THE ISLAND OF SEA WOMEN

해녀들의 섬

THE ISLAND OF SEA WOMEN

리사 시 장편소설 ○ 이미선 옮김

북레시피

10년 전쯤 진료실 앞에서 내 이름이 호명되길 한없이 기다리고 있을 때였다. 진료를 기다리는 대부분의 사람들처럼 나 역시 무료함을 달래기 위해 잡지책을 넘기기 시작했다. 그러다 제주의 해녀들을 다룬 기사를 접하게 됐다. 문단 하나와 가로, 세로 5센티짜리 할머니 사진이 전부인 기사였다. 사진 속에서는 한 해녀가 젖은 잠수복을 입고 뚫린 얼굴 부분으로 얼굴을 내민 채 수확물을 자랑스럽게 치켜들고 활짝 웃고 있었다. 나는 사진이 실린 지면을 뜯어서 가방 속에 쑤셔 넣었다. 해녀에 매료된 나는 언젠가 그들에 대한 책을 쓰리라 다짐했다.

지금까지 나는 사라지거나 잊힌 여성들, 혹은 고의로 숨겨진 여성들의 이야기에 항상 관심을 가져왔다. 그런데 해녀들에 관한 이야기는 수백 년 동안 존재했다가 이제는 사라질 위기에 처한 여성들의 문화 전체에 관한 것이었다. 시간이 제일 중요하다고들 하지만 나는 다른 책을 집필 중이었고 『해녀들의 섬』에 착수하려면 다른 두 권의 책을 먼저 마쳐야만 하는 상황이었다. 나한테는 이런 상황이 그리 특별하진 않았다. 나는 무언가 — 여성들의 비밀스러운 언어, 17세기 중국의 문인 여성들, 중국에서 여자아이를 입양하는 미국 가정들이 늘어나는 현상 — 를 발견하면 오랫동안 그것에 대해 생각해본 다음 "그래, 이걸 써 보자"라고 이내 결정을 내린다.

책을 쓰고 싶은 그 무엇에 대해 생각할 때면 나는 그 이야기가 필요로 하는 어두운 곳들에 갈 용기가 있는지 나 자신에게 묻곤 한다. *준비됐어?* 내가 『사랑에 빠진 피어니』에서 다뤘던 17세기 중국 여성 작가들은 이것을 알고 있었다. 그들은 "글을 쓰기 위해서는 뼈를 깎는 노력을 해야 한다"고 믿었다. 분명히 밝히지만 내가 아침에 눈을 떠서는 "오, 이런. 오늘은 진짜로 마음에 드는 등장인물을 한 사람 죽여 치워버려야겠군!" 하고 생각하진 않는다. 그런 장면을 쓸 때면 마음이 아프다. 실제로 그런 장면을 쓰고 나서도 오랫동안 마음에 남아 괴롭다. 그러나 그럴 때면 자주 나는 그렇게 쓰도록 영감을 불어넣어준 사람들에 대해 생각하곤 한다. 나는 그들의 이야기와 그들의 경험에 경의를 표하려고 애쓴다.

다른 사람들을 인터뷰할 때도 마찬가지이긴 했지만 제주 해녀들을 인터뷰할 때 가장 어려웠던 점은 먼저 신뢰를 쌓아야 할 필요가 있다는 것이었다. (이 경우에는) 물질(잠수)의 실질적인 측면이나 위험요소와 연관된 질문뿐만 아니라 그들의 개인적인 삶에 대해 질문해야 했기 때문이다. 결혼생활은 어땠어요? 여자들이 생계를 책임지는 상황에 대해 남편들은 어떤 식으로 반응하나요? 해녀들은 물질하다가 물속에서 아이를 출산했나요? 아니면 배 위에서요? 아니면 바닷가에서요? 출산 후에는 얼마나 있다가 다시 물질을 시작했나요? 혹시 누가 죽는 걸 본 적이 있었어요? 개인적으로 죽을 뻔한 위험에 처해본 적은요?

다음으로는 제주도 사람들이 겪었던 더 큰 역사 문제가 있었다. 『해녀들의 섬』은 일제강점기부터 시작해서 2차 세계대전을 거쳐 한반도가 남북으로 분단되고 공산주의에 대한 공포(적색공포)가 휩쓸었던 시기로 이어진다. 제주에서 이 모든 것은 4.3사건 때 정점에 이르렀다. 친구가 친구에게 등을 돌리고 가족들끼리 등을 돌렸으며 경찰과 군대는 주민들에게 등을 돌렸다. 4만 명(그 당시 인구의 10%)이 목숨을 잃었고 8만 명의 중산간 사람들이 피난민이 되었으며, 많은 마을이 불에 타 사라졌다. 50년 동안 제주 사람들은 이때 일어난 일에 대해 말할 수가 없었다. 나는 이 모든 역사에 대해 질문하고 답을 얻기 위해 그곳 사람들과 여러 번 차를 마셨고, 신뢰와 친밀한 관계를 쌓으면서 모두가 공유할 수 있는 공통점을 만들어나가야 했다.

또한 제주 4.3사건 진상규명위원회에서 내린 결론을 모아놓은 755쪽짜리 문서, 『제주 4.3사건 보고서』도 공부했다. 이 보고서를 통해 나는 기밀문서에서 해제된 미군과 한국군의 서류들을 접할 수 있었다. 이 보고서에는 힘들고 잔인했던 그 시절에 일어난 여러 사건들을 직접 겪은 목격자들의 이야기가 들어 있었다. 특히 북촌에서 무슨 일이 벌어질지에 대해 군인들이 나누던 대화를 우연히 듣게 된 앰뷸런스 기사의 회상이 인상적이었다. 그의 회상은 『해녀들의 섬』에도 인용됐다.

제주는 용서라는 힘든 일을 받아들였고 이제는 평화의 섬으로 간주되고 있다. 제주도에는 자연경관이 아름다운 곳이 많다. 그러나 혹시라도 제주도를 방문하고 싶다면 4.3평화공원에 꼭 가보길 추천한다. 그곳에는 4.3사건 때 죽은 사람들의 이름이 새겨져 있고, 박물관에서는 과거에 일어난 일의 끔찍함뿐만 아니라 평화와 용서를 찾는 법도 알려주고 있다. 소설 속의 허구적인 인물인 영숙과 미자처럼 개인이건, 혹은 피해자와 가해자로 나뉘었던 마을이건, 제주 사람들은 용서할 수 있는 방법을 찾기 위해 다 함께 애써왔다. 이것은 특별하고도 감동적인 일이다.

우리 모두 그 순간에는 미처 깨닫지 못한다 해도 주변에서 일어나고 있는 더 큰 역사에 의해 영향을 받는다. 그런 일은 내 가족에게도 일어났고 여러분의 가족에게도 일어났다. 그리고 바로 지금 이 책을 읽고 있는 모든 사람에게도 일어나고 있다. 또한 여러 사회와 문화 속에서, 한 나라의 국경 안에서, 혹은 각 나라들 사이에서 일어나고 있다. 내 조국인 미국은 지금 분열되어 있다. 화해로 향하는 길을 찾기 위해 노력하는 것은 말할 것도 없고, 상대방과 의사소통을 하거나 협상하는 일에 사람들은 관심을 거의 기울이지 않는다. 그 결과 나는 다시 용서라는 주제와 이상으로 되돌아가게 된다. 용서는 개인적인 차원에서 일어날 수 있다. 내게, 혹은 내 가족에게 잘못을 저지른 사람을 용서할 수 있을까? 어떻게 용서할 것인지 고민하고 과연 용서가 가능하기나 한 것인지 의구심을 가졌던 때가 많았다. 제주도를 배경으로 한 소설 속 영숙과 미자의 관계는 용서라는 것이 과연 제대로 이루어질 수 있는지, 왜 용서가 이루어져야 하는지, 용서가 이루어지지 않으면 무슨 일이 벌어지는지 살펴볼 수 있는 기회를 제공해준다.

차례

첫째 날

2008년

바닷가에서는 한 할머니가 엉덩이에 묶어놓은 깔개를 깔고 앉아 파도에 휩쓸려온 미역을 고르고 있었다. 그녀는 바닷속에서 물질을 하며 시간을 보내는 것에 익숙했지만 뭍에서도 주변 상황에 대해 경계를 늦추지 않았다. 그녀는 바람과 돌, 여자가 많아 삼다도로 알려진 제주도에서 태어났다. 오늘은 이 셋 중에서도 가장 변덕이 심한 바람이 산들바람 수준으로 부드럽게 불고 있었다. 하늘은 구름 한 점 없이 맑았다. 햇살이 그녀의 머리와 목을 따뜻하게 비추자 모자와 옷 속으로 따사로움이 스며들었다. 너무 포근했다. 그녀의 집은 바다가 내려다보이는 바위투성이 바닷가에 자리 잡고 있었다. 사실 집은 그렇게 대단하진 않았다. 주변의 돌로 지어진 돌집 두 채에 불과했지만 위치가 더할 나위 없이 좋았다. 자식들과 손자들은 그 집을 식당으로 개조해보는 게 어떻겠느냐고 권했나. "할머니, 부자가 되실 거예요. 일하실 필요도 없고요." 이웃 사람 중 하나도 젊은 사람들과 똑같은 권유를 했다. 그 이웃 여자의 집은 지금 게스트하우스와 이탈리아 양식당으로 바뀐 상태였다. 영숙의 바닷가, 그녀의 마을에서. 영숙은 자신의 집에 결코 그런 일이 일어나게 내버려두지 않을 작정이었다. "온 나랏돈을 다 줘도 나는 여길 안 떠날 거야." 영숙은 이미 수차례 그렇게 말해왔다. 어떻게 떠날 수 있단 말인가? 집은 평생 그녀가 느낀 기쁨과 웃음과 슬픔과 회한이 숨어 있는 둥지였다.

바닷가에서 일하고 있는 사람이 그녀 혼자는 아니었다. 그녀와 비슷한 연배인 8, 90대의 다른 여자들도 모래 위에 널린 미역을 집어서 팔 만한 것은 작은 봉지에 담고 나머지는 모래 위에 내버려뒀다. 이곳 후미의 가장자리에 난 도로 위로는 신혼여행을 온 듯한 젊은 커플이 머리를 맞대고 손을 잡고 걸으며, 대낮에 그것도 다른 사람들이 다 보는 앞에서 때때로 입을 맞췄다. 육지에서 온 것이 분명한 한 관광객 가족도 있었다. 아이들과 남편은 물방울무늬 티셔츠와 연두색 반바지로 맞춰 입고 있어서 가족이라는 것을 단박에 알 수 있었다. 아내는 똑같은 물방울무늬 티셔츠를 입었지만 긴바지와 팔토시, 장갑과 모자, 천 마스크로 햇볕이 닿지 않도록 살이란 살은 전부 꽁꽁 싸매고 있었다. 마을 아이들이 모래사장을 가로질러 바다로 이어지는 바위를 넘어왔다. 아이들은 곧 얕은 물에서 킥킥거리며 장난을 치면서, 누가 먼저 제일 깊은 바위에 닿아 물안경을 찾아가지고 운 좋게 성게를 잡아올 수 있는지 서로 내기를 하기 시작했다. 그녀는 혼자 미소를 지으며 웃었다. 이 아이들에게는 얼마나 다른 삶이 펼쳐질까…….

그녀는 다른 사람들도 유심히 살펴봤다. 어떤 사람들은 호기심을 숨기지도 않고 그녀를 빤히 쳐다보다가 그날 바닷가에 나와 있던 다른 할머니들에게로 시선을 돌렸다. 어떤 할머니가 제일 착해 보이지? 제일 편해 보이는 할머니는? 그 사람들은 영숙과 그녀의 친구들 역시 그들을 평가하고 있다는 사실을 미처 알아채지 못하고 있었다. 저 사람들은 학자일까? 기자일까? 아니면 다큐멘터리 제작자들일까? 돈을 줄까? 저 사람들이 해녀에 대해 많이 알고 있을까? 그들은 그녀의 사진을 찍고 싶어 할 것이다. 얼굴에 마이크를 들이대고 예상 가능한 질문들을 해낼 것이다. "자신을 바다의 할머니라고 여기시나요? 아니면 인어와 닮았다고 생각하세요?" "정부는 해녀를 문화유산 보물로 ─ 사라지는 것들을 단지 기억으로라도 반드시 보존해야 하는 것으로 ─ 지정했는데요. 마지막의 마지막이 된 기분이 어떤가요?" 만약 학자라면 그들은 "가모장제가 아니라 오히려 여성들을 중심으로 하는 사회죠"라고 설명하면서 제주의 모계 중심 문화에 대해 이야기를 하고 싶어 할 것이다. 그런 다음 그들은 캐묻기 시작할 것이다. "할머니께서 실제로 집안을 책임지셨어요? 남편분에게 용돈을 주셨나요?" 때로는 젊은 여성이 와서 영숙이 평생 동안 들어온 질문을 하기도 한다. "남자인 게 더 나은가요? 여자인 게 더 나은가요?" 질문이 무엇이건 그녀는 항상 같은 답을 한다. "내가 최고의 해녀였어!" 그녀는 그 정도로만 대답하길 선호했다. 방문객이 물고 늘어지면 영숙은 퉁명스럽게 대꾸하곤 했다. "나에 대해 알고 싶으면 해녀박물관에 가봐요. 내 사진도 볼 수 있고, 나에 대한 비디오도 볼 수 있을 거요!" 그래도 그 사람들이 여전히 떠나지 않으면, 그때는 훨씬 더 대놓고 말했다. "날 좀 내버려둬요! 일해야 하니까!"

그녀의 반응은 대개 몸 상태에 따라 달라졌다. 오늘은 날이 화창하고 바닷물도 반짝이고 있었다. 바닷가에 앉아 있을 뿐인데도 바다의 무중력 상태와, 근육통을 어루만지는 파도, 관절의 열기를 식히며 감싸주는 한기가 뼛속으로 느껴졌다. 그래서 그녀는 한 청년에게 자기 사진을 찍게 해줬고, "얼굴이 더 잘 나오도록" 모자 가장자리를 뒤로 젖혀주기까지 했다. 청년은 피할 수 없는 불편한 주제 쪽으로 슬금슬금 옮겨가다가 마침내 물어보고 싶었던 질문을 던졌다. "4.3사건 때 가족들이 피해를 당했습니까?"

"아이고." 아무렴, 그렇고말고. 피해를 당하고말고. 그녀는 피해를 당했다. 물론이다. "제주도 사람들 모두가 피해를 당했소." 그녀가 대답했다. 그러나 그녀는 그 일에 대해서는 이 말만 할 작정이었다. 아무렴. 지금이 그녀 인생에서 가장 행복한 때라고 그에게 말해주는 편이 더 나았을지 모른다. 그리고 실제로 그러하기도 하다. 그녀는 여전히 물질을 하지만 친구들을 찾아가기도 하고 여행도 할 수 있을 정도로 여유도 있다. 지금은 증손녀들을 보면서 "저 애는 예쁘고, 저 애는 아주 똑똑해"라든가 "저 애는 결혼해서 잘 살 거야"라고 생각하기도 한다. 손자들과 증손자들은 그녀에게 최고의 기쁨이다. 왜 좀 더 젊었을 때는 그런 생각이 안 들었을까? 그러나 그때만 해도 그녀는 자기 인생이 어떻게 펼쳐질지 전혀 상상할 수 없었다. 꿈에서조차 오늘 같은 날이 오리라고 상상하지 못했다.

청년은 그녀 옆을 떠났다. 그는 10미터 정도 떨어져서 일하고 있던 강구자에게 말을 걸어보려고 애를 썼다. 항상 변덕스러운 구자는 고개조차 들려 하지 않았다. 청년이 구자의 동생인 구선에게 억지로 말을 시키자 구선이 소리를 냅다 질렀다. "저리 가요!" 영숙은 고마워하는 마음으로 함께 콧방귀를 뀌었다.

작은 구덕(바구니)이 가득 차자 영숙은 비틀거리며 자리에서 일어나 더 큰 구덕들이 모여 있는 곳으로 발을 끌며 걸어갔다. 작은 구덕을 큰 구덕에 비운 다음 그녀는 다른 사람들이 가지 않은 바닻가로 절뚝거리며 걸어갔다. 그녀는 다시 자리를 잡고 앉아서 깔 개를 엉덩이 아래로 오도록 잘 받쳤다. 영숙의 손은 일을 많이 해 서 마디가 생기고 오랜 세월 동안 햇볕에 노출한 탓에 심하게 주 름이 졌지만, 손놀림은 빨랐다. 파도 소리와 따뜻한 공기의 간질 임. 이 섬에 살고 있는 수천의 여신들에게 보호받고 있다는 느낌. 구선의 찰진 욕조차도 그녀의 기분을 상하게 하진 못했다.

그때 영숙의 시야에 또 다른 가족이 다가오는 모습이 힐끗 보 였다. 그들은 똑같은 옷을 입고 있지도 않았고 닮아 보이지도 않 았다. 남편은 백인이고 아내는 한국인이었다. 남자 꼬마아이와 십 대 소녀는 혼혈이었다. 영숙도 어쩔 수가 없었다. 피가 반반 섞 인 아이들을 보자 그녀의 마음이 불편해졌다. 남자아이는 반바지 에 슈퍼히어로 티셔츠를 입고 투박한 테니스화를 신고 있었고, 여 자아이는 다리가 거의 다 드러나는 짧은 바지에 귀에는 이어폰을 낀 채 덜 자란 가슴 위로 줄을 늘어뜨리고 있었다. 영숙은 그들이 미국인일 것이라 추측하면서 그녀 쪽으로 다가오는 모습을 경계 하며 지켜봤다.

"김영숙 씨죠?" 창백하고 예쁜 여자가 물었다. 영숙이 보일락 말락 고개를 끄덕이자 여자가 말을 계속 이어나갔다. "제 이름은 지영이에요. 다들 재닛이라고 부르죠."

영숙은 그녀의 이름을 소리 내어 불러본다. "재닛."

"그리고 제 남편 짐하고 아이들인 클라라와 스콧이에요. 혹시 저희 할머니를 아시는지 알고 싶어서요." 재닛이 말을 하는데 도 대체 어느 나라 말을 하는 걸까? 한국어도 아니고, 그렇다고 제주 방언도 아니었다. "할머니 성함은 미자이고 성은 한 씨예요."

"그런 사람은 모르겠는데."

여자의 콧등 위로 작은 주름이 살짝 잡혔다. "그런데 두 분 다이 마을에 사시지 않았나요?"

"나는 여기 살지. 그렇지만 지금 누구를 말하는 건지 잘 모르겠소." 영숙의 목소리가 구선의 목소리보다 훨씬 더 날카롭고 커지자 강씨 자매가 그녀 쪽을 처다보았다. *괜찮은 거야?*

그러나 미국에서 온 여자는 단념하지 않았다. "할머니 사진을 보여드릴게요."

그녀는 손가방을 뒤져서 황갈색 봉투를 꺼낸 다음 찾던 것을 찾을 때까지 봉투 속을 뒤적거렸다. 그녀는 손을 앞으로 내밀어서 옛날 스타일의 흰색 물옷을 입고 있는 아가씨의 흑백 사진을 영숙에게 보여줬다. 그녀의 머리카락은 물옷에 맞춰 맨 흰색 수건 뒤에 가려져 있었다. 그녀의 얼굴은 동그랗고, 가는 두 팔에는 근육의 윤곽이 드러났으며 다리는 탄탄했다. 그녀는 수줍어하지 않고 활짝 웃고 있었다.

"미안해요." 영숙이 말했다. "나는 이 사람을 모르오."

"사진이 더 있어요." 여자가 말을 계속 이어나갔다.

재닛이 다시 봉투 속을 들여다보며 사진임에 틀림없는 것들을 뒤지고 있을 때 영숙은 백인 남자를 올려다보며 미소를 지었다. "전화기 있소?" 그녀가 영어로 물었다. 영숙은 자기 영어가 그의 아내의 한국어보다 훨씬 더 형편없게 들렸을 것이라고 느끼면서 귀에 전화기를 대고 통화하는 시늉을 했다. 그녀는 귀찮게 방해하는 사람들을 피하기 위해 전에도 이런 방법을 여러 번 사용했다. 젊은 여자가 귀찮게 하면 그때는 "질문에 대답하기 전에 우리 손자에게 물어봐야 하오"라고 대답했고, 남자가 그러면 ─ 몇 살이건 상관없이 ─ "결혼했소? 내 조카딸의 딸이 예쁜데 지금 대학에 다니고 있거든. 와서 그쪽이랑 만나보라고 하겠소"라고 말하곤 했다. 얼마나 많은 사람들이 그녀의 수법에 속아 넘어가는지 놀라울 뿐이었다. 당연히 외국인 남자는 호주머니를 두드리며 전화기를 찾았다. 그가 미소를 지었다. 상어 이빨처럼 하얗게 반짝이고, 매우 반듯한 이였다. 십대 소녀가 먼저 자기 전화기를 꺼냈다. 영숙이 올해 증손자들 생일에 선물로 사준 것과 똑같이 생긴 신형 아이폰이었다.

군이 이어폰을 빼지도 않고 클라라가 말했다. "전화번호를 말씀해보세요." 그녀의 목소리에 영숙은 더더욱 심기가 불편해졌다. 소녀는 제주 방언을 사용했다. 완벽하지는 않았지만 그럴싸했고 그녀의 억양에 영숙은 팔에 소름이 돋았다.

영숙이 번호를 불러주자 클라라가 전화기 버튼을 눌렀다. 번호를 다 누른 후 소녀가 이어폰을 뽑은 다음 전화기를 영숙에게 내밀었다. 그러나 영숙의 몸이 이상하게도 마비된 것같이 느껴졌다. 얼떨결에 — 분명 얼떨결에 그런 것이겠지? — 소녀가 몸을 숙여서 전화기를 영숙의 귀에 대줬다. 그녀의 손길이…… 용암 같았다…… 금목걸이에 달린 작은 십자가가 소녀의 티셔츠 밑에서 빠져나와 영숙의 눈앞에서 흔들렸다. 이제 영숙은 소녀의 어머니인 재닛 역시 십자가를 차고 있다는 것을 알아차렸다.

네 명의 외국인이 기대에 차서 그녀를 바라보았다. 그들은 그녀가 자신들을 도와줄 것이라고 생각하고 있었다. 영숙은 빠르게 전화기에 대고 말했다. 무슨 말인지 알아들으려고 애쓰는 재닛의 이마에 다시 주름이 생겼다. 그러나 영숙은 프랑스어와 일본어가 다른 것만큼이나 표준 한국어와는 완전히 다른 순 제주 방언을 썼다. 일단 통화가 끝나자 클라라는 뒷주머니에 전화기를 밀어 꽂아 넣고, 자기 어머니가 사진을 더 꺼내놓는 모습을 당혹해하며 바라봤다.

"이건 저희 아버지 젊었을 때 사진이에요." 재닛이 영숙의 눈앞에 흐릿한 이미지를 내밀었다. "혹시 기억나세요? 이건 저희 할머니 사진이고요. 혼례식 날 찍었대요. 저희 할머니 옆에 서 있는 아가씨가 할머니라는 말을 들었어요. 제발 잠깐만 저희랑 이야기 좀 해주세요."

그러나 영숙은 다시 콧방귀를 뀌었고, 예의상 한 번씩 사진을 쳐다보았지만 마음속 감정을 얼굴 표정으로 전혀 드러내지 않았다.

몇 분 후에 카트가 달린 오토바이 한 대가 덜거덕거리며 바닷가로 다가왔다. 오토바이가 가까이 오자 그녀는 비틀거리며 일어섰다. 외국인 남자가 흔들리지 않도록 그녀의 팔꿈치를 붙잡아줬다. 백인이 자기 몸을 만진 것이 너무 오랜만이라 그녀는 본능적으로 팔을 뺐다.

"아버지는 그냥 돕고 싶어서 그런 거예요." 클라라가 아이들이 쓰는 제주 방언으로 말했다.

영숙은 손자가 카트 바닥 위에 미역 봉지들을 실을 때 낯선 사람들이 그를 도와주려고 애쓰는 모습을 바라봤다. 미역을 모두 실었을 때 그녀는 오토바이 뒷자리에 올라타서 손자의 허리를 양팔로 감쌌다. 영숙이 팔꿈치로 손자를 슬쩍 찔렀다. "가자!" 그들이 바닷가에서 나와 덜컹거리며 도로로 올라왔을 때 그녀가 더 작은 소리로 말했다. "잠깐만 더 타고 돌자. 저 사람들한테 내가 어디 사는지 알려주고 싶지 않으니까."

1부

우정

1938년

물속에서 숨 삼키기

나의 첫 물질은 해뜨기 전, 까마귀들도 아직 자고 있을 이른 새벽부터 시작됐다. 나는 옷을 입은 다음 어둠 속을 지나 통시(재래식 화장실)로 향했다. 내가 사다리를 타고 돌 건물로 올라가서 마루에 난 구멍 위에 자리를 잡자 그 아래로 돼지들이 몰려와서 열심히 킁킁거리며 냄새를 맡았다. 극성스러운 돼지가 위로 뛰어오르는 사태를 대비해서 구석에는 큰 나무 작대기가 벽에 기대 세워져 있었다. 어제는 돼지 한 마리를 상당히 세게 때려줘야 했다. 그것을 기억하고 있는지 오늘 아침에는 돼지들이 내 똥이 바닥에 떨어질 때까지 기다렸다가 서로 먹겠다고 싸움을 벌였다. 나는 집으로 돌아와서 갓난아이인 남동생을 등에 업고 동네 우물로 물을 길러 나갔다. 아침에 집에서 필요한 만큼 물을 길어오려면 양손에 허벅(물동이)을 들고 세 번은 우물까지 왔다 갔다 해야 했다. 그다음에는 난방도 하고 요리도 할 때 쓸 똥을 주워왔다. 이 일도 어른이든 아이든 마을의 다른 여자들과 심한 경쟁을 벌여야 해서 아침 일찍 서둘러야 했다. 이런 허드렛일을 마치고 나면 나는 남동생을 데리고 집으로 향했다.

　우리 가족은 삼대가 한 울타리 안에서 살았다. 아버지와 어머니, 우리 자식들이 안거리(안채)에서 살았고, 할머니는 마당 건너편의 밖거리(바깥채)에서 살았다. 두 채 모두 돌로 지어졌고, 초가지붕이 섬에서 불어오는 바람에 날려가지 않도록 돌이 지붕을 누르고 있었다. 안거리는 세 개의 방, 즉 정지(부엌)와 큰구들(큰방) 그리고 여자들이 혼례식 밤과 출산 후에 사용하는 작은구들(작은방)로 이루어져 있었다. 큰구들에서는 기름등잔이 나풀거리며 톡톡 튀는 소리를 냈다. 요는 이미 개켜져서 벽 쪽에 차곡차곡 쌓여 있었다.

　할머니는 일어나서 옷을 입고 따뜻한 물을 마셨다. 머리에는 수건이 둘러져 있었다. 할머니의 얼굴과 손은 앙상했고 밤색이었다. 열두 살과 열 살인 첫째 남동생과 둘째 남동생은 책상다리를 하고 무릎을 맞댄 채 바닥에 앉아 있었다. 그들 건너편으로는 셋째 남동생이 일곱 살짜리가 그렇듯이 몸을 비틀고 있었다. 나보다 여섯 살 어린 여동생은 어머니를 도와 세 개의 구덕을 싸고 있었다. 어머니는 다 잘 챙겼는지 확인하고 또 확인하느라 집중하는 표정을 짓고 있었다. 여동생은 훌륭한 해녀가 되는 훈련을 이미 시작했다는 것을 보여주려고 애썼다.

　아버지는 직접 만든 묽은 수수죽을 사발에 펐다. 나는 아버지를 사랑했다. 아버지는 할머니를 닮아서 얼굴이 작았다. 아버지의 길고 가는 손은 부드러웠고, 눈은 깊고 따뜻했다. 군은살이 박인 그의 두 발은 거의 항상 맨발이었다. 아버지는 좋아하는 개털 모자를 귀까지 눌러쓰고 옷을 여러 겹 겹쳐 입고 있었다. 그 덕분에 음식을 적게 먹어도 티가 나지 않아서 자식들에게 더 많이 먹일 수 있었다. 어머니는 한순간도 허비하는 법 없이 바닥에 앉은 우리 곁에서 남동생에게 젖을 물리며 밥을 먹었다. 국을 다 먹고 아기에게 젖을 다 먹이자마자, 어머니는 아기를 아버지에게 넘겼다. 모든 해녀 남편들처럼 아버지는 하루 중 나머지 시간을 하도의 넓은 공터에 있는 정자나무 아래서 다른 아버지들과 함께 보냈다. 그들은 함께 아기들과 어린 자식들을 돌봤다. 아버지의 품에서 넷째 남동생이 편하게 있는 모습을 보고 흡족한 표정으로 어머니는 내게 서두르라는 몸짓을 보냈다. 불안감이 확 밀려왔다. 오늘 내 능력을 제대로 보여줄 수 있으면 좋으련만.

어머니, 할머니와 함께 내가 밖으로 나갔을 때는 하늘이 막 분홍색으로 변하기 시작했다. 날이 환해졌기 때문에 입김이 나와 소용돌이치다가 차가운 공기 속에서 흩어졌다. 할머니는 천천히 움직였지만, 어머니의 걸음걸이와 움직임은 씩씩해 보였다. 그녀의 팔다리는 튼튼했다. 어머니는 구덕을 등에 멘 다음, 구덕을 메는 나를 도와 끈을 단단하게 묶어줬다. 나는 지금 일을 하러 가면서 내 가족을 먹이고 돌보는 일을 도울 것이며, 오랜 해녀 전통의 일부가 될 예정이었다. 갑자기 내가 다 큰 여자가 된 것 같은 기분이 들었다.

어머니는 세 번째 구덕을 들어 올려서 그것을 몸 앞쪽에 안았다. 안이 들여다보이지 않도록 해주고 무자비한 바람으로부터 작은 우리 집을 보호해주는 돌담의 입구로 나가서 우리는 올레를 따라갔다. 올레는 집들 사이로 이어지면서 섬을 종횡할 수 있는 길이 되어주는 수천 개의 돌담길 중 하나였다. 우리는 일본 군인들이 있는지 계속 경계했다. 조선이 일본의 식민지가 된 지 벌써 28년이 됐다. 우리는 일본인들을 미워했고, 그들도 우리를 싫어했다. 그들은 잔인했고 식량을 약탈해 갔다. 내륙에서는 가축을 훔쳐 갔다. 그들은 계속 약탈해갔다. 부모가 그들 손에 죽었기 때문에 할머니는 그들을 쪽발이(일본 사람을 낮잡아 이르는 말로, 엄지발가락과 나머지 발가락들을 가르는 게다를 신는다는 데서 온 말이다)라고 부르며 싫어했다. 어머니는 혹시라도 나 혼자 있을 때, 군인이건 민간인이건, 일본인을 보게 되면 도망쳐서 숨으라고 항상 일렀다. 그들이 많은 제주 여자들을 겁탈했다고 한다.

모퉁이를 돌자 긴 신작로가 나왔다. 멀리 앞쪽에서 내 친구 미자가 발을 동동거리며 몸을 덥히고 있었다. 그녀의 피부는 완벽했고, 뺨은 아침 햇살을 받아 반짝반짝 빛이 나는 것 같았다. 나는 하도의 굴동 마을에서 컸고 미자는 섯동 마을에서 살았기 때문에 우리 둘은 항상 이곳에서 만났다. 우리가 미자에게 다가가기도 전에, 미자는 어머니에게 감사와 겸손함의 표시로 몸을 깊게 숙여 절을 했고 어머니는 허리만 살짝 숙여서 미자의 절을 받았다. 그런 다음 어머니는 아무 말 없이 미자의 등에 세 번째 구덕을 메어 줬다.

"너희 둘은 함께 수영을 배웠다." 어머니가 말했다. "견습생으로 많은 것을 보고 배웠다. 미자 네가 특히 열심히 배웠다."

나는 어머니가 미자를 꼭 집어서 칭찬해주는 것에 대해 신경 쓰지 않았다. 그녀에게는 그럴 자격이 있었다.

"뭐라고 감사를 드려야 할지 모르겠어요." 미자의 목소리는 꽃 잎처럼 나긋나긋했다. "저한테 어머니처럼 대해주셔서 항상 너무 감사해요."

"너는 내 딸이나 다름없어." 어머니가 대답했다. "오늘로 삼승할망(삼신할머니)의 일은 끝난다. 임신과 출산의 여신이자 열다섯 살이 될 때까지 아이를 키우는 일을 관장하는 여신으로서, 삼승할망은 이제 완전히 그 일에서 벗어나게 됐다. 많은 여자아이들이 친구를 삼지만 너희 둘은 친구보다 더 가깝다. 너희는 자매나 다름없으니까 피를 나눈 형제처럼 오늘뿐만 아니라 날마다 서로 돌봐주길 바란다."

그것은 경고이면서 동시에 축복의 말이기도 했다.

미자가 두려움에 대해 먼저 말을 꺼냈다. "파도 밑으로 들어가기 전에 물숨을 삼켜야 한다는 걸 알고 있어요. 최대한 공기를 몸속에 많이 집어넣어야 하는 거죠. 그런데 언제 위로 나와야 하는 건지 모르면 어쩌죠? 숨비소리를 제대로 못 내면은요?"

물숨을 삼킨다는 것은 모든 해녀들이 잠수할 때 숨을 참고 견디려고 폐 속에 충분한 공기를 모으기 위해 쓰는 방법이다. 숨비소리는 해녀가 물 밖으로 나와 폐 속에 가둬두었던 공기를 내보내고 다시 깊게 숨을 들이쉬면서 내는 특별한 소리로, 휘파람 소리 같기도 하고 돌고래의 외침 같기도 하다.

"숨을 들이쉬는 것이 힘들면 안 된다." 어머니가 말했다. "매일 땅 위를 걸을 때 숨을 들이쉬잖아."

"그렇지만 깊은 물속에서 숨이 차면 어쩌죠?" 미자가 물었다.

"숨을 들이쉬는 것과 내쉬는 것. 모든 초보 해녀가 이것에 대해 걱정한다." 어머니가 대답하기 전에 할머니가 불쑥 말했다. 할머니는 미자에게 짜증이 난 것 같았다.

"어떻게 해야 할지 네 몸이 알 거야." 어머니가 안심시켜주면서 말했다. "설사 그렇지 않다 해도 내가 너와 함께 있을 거야. 해녀들 모두 바닷가로 무사히 돌아오도록 하는 게 내 책임이니까. 나는 우리 해녀공동체에 속한 모든 해녀들의 숨비소리를 확인하며 듣는다. 우리 숨비소리는 함께 어우러져 제주에서 공기와 바람의 노래를 만들어내지. 그것은 세상 가장 깊숙한 곳에서 나오는 소리야. 우리를 미래와도 과거와도 연결해주지. 처음에 그것은 우리 부모를 위해, 다음에는 우리 자식들을 위해 일할 수 있게 해주는 소리다."

나는 이 말에 마음이 편해졌지만 미자가 나를 기대에 찬 눈으로 바라보고 있는 것을 깨달았다. 우리의 걱정거리에 대해 어머니께 털어놓자고 어제 약속했었기 때문이다. 미자는 자신의 걱정거리에 대해 먼저 나서서 물어봤지만 나는 주저하고 있었다. 바다에서는 여러 방식으로 죽을 수 있었기 때문에 나는 겁이 났다. 어머니는 미자가 딸 같다고 말했다. 그리고 나도 어머니가 내 친구를 사랑해줘서 좋았다. 그러나 어머니가 친딸인 나를 미자보다 못하다고 생각하게 만들고 싶진 않았다.

어머니가 걷기 시작했을 때 나는 무슨 말인가 해야만 한다는 압박감에서 벗어날 수 있었다. 미자와 내가 어머니 뒤를 따라갔고 할머니가 우리 뒤를 따라왔다. 우리는 초가지붕 돌집을 한 집 한 집 지나갔다. 넓은 공터에는 짠 소금 냄새와 파도 소리를 따라 바다로 이끌려가고 있는 여자들 말고는 아무도 없었다. 바닷가에 이르기 직전 우리는 발을 멈추고 둑에서 쑥 이파리를 한 움큼 딴 다음 그것을 구덕에 쑤셔 넣었다. 모퉁이를 하나 더 돌자 바닷가가 나타났다. 우리는 뾰족한 바위 위로 올라가서 불을 지피는 공간인 불턱으로 향했다. 그것은 둥그렇게 용암을 쌓아 만든 지붕 없는 구조물이었다. 출입문 대신 두 개의 둥근 담이 겹쳐져 있어서 밖에 있는 사람들이 안을 들여다보지 못하게 되어 있었다. 물이 얕은 곳에도 비슷한 구조물이 자리 잡고 있었다. 이곳에서는 사람들이 목욕을 하고 옷을 빨았다. 그리고 물이 우리 무릎 높이까지밖에 차지 않은 바로 앞바다에는 돌로 담을 쌓아놓은 공간이 있었다. 이곳에서는 밀물 때 멸치들이 휩쓸려 들어왔다가 썰물 때 갇혀 있으면 그물을 들고 걸어 들어가서 멸치를 잡을 수 있었다.

하도에는 동네별로 해녀공동체가 사용하는 불턱이 일곱 군데 있었다. 우리 해녀공동체에는 회원이 30명이었다. 해녀들이 하루 종일 입구로 들락거려야 하기 때문에 입구가 바다 쪽으로 나 있는 것이 논리적으로 맞을 것 같지만, 입구가 뒤쪽에 있어 바다에서 끊임없이 불어오는 바람을 더 잘 막아주는 가리개 역할을 했다. 부서지는 파도 소리 너머로 장난치고 웃으며 진한 농담을 주고받는 여자들의 목소리가 들려왔다. 우리가 들어가자 모여 있던 여자들이 몸을 돌려서 누가 왔는지 살펴봤다. 그들 모두 솜저고리와 바지를 입고 있었다.

미자는 구덕을 내려놓고 서둘러 불 옆으로 갔다.

"지금은 불이 꺼지지 않도록 신경 쓸 필요 없어." 양도생이 부드럽게 소리쳤다. 그녀는 광대뼈가 튀어나오고 팔꿈치가 뾰족했다. 내가 알고 있는 사람 중에서 그녀만 유일하게 항상 머리를 땋고 있었다. 그녀는 어머니보다 약간 더 나이가 많았지만, 두 사람은 물질할 때 짝이었을 뿐만 아니라 가장 친한 친구 사이였다. 도생은 남편과의 사이에서 아들 하나와 딸 하나를 낳았다. 그러고는 끝이었다. 분명히 슬픈 일이었다. 그럼에도 불구하고 우리 두 집은 매우 가까이 지냈다. 도생의 남편이 공장 일을 하며 일본에서 지내고부터는 특히 더 그랬다. 요즘은 제주 사람 중 1/4 정도가 일본에서 살았다. 우리 섬에서는 일본으로 가는 여객선 표 값이 쌀한 가마니 값이었기 때문이다. 도생의 남편은 여러 해 동안 히로

시마에 살았기 때문에 나는 그의 얼굴도 기억하지 못했다. 어머니는 도생이 제사를 지낼 때면 가서 도왔고, 도생 역시 우리 집에 제사가 있으면 와서 음식 만드는 것을 도왔다. "너는 더 이상 견습생이 아니다. 오늘은 우리와 함께 물질을 할 것이다. 준비됐지, 얘야?"

"네, 아주머니." 미자가 존댓말로 대답하면서 절을 하고 뒤로 물러났다.

다른 여자들이 웃음을 터뜨리자 미자의 얼굴이 빨개졌다.

"그만 놀려." 어머니가 말했다. "얘 둘이 오늘 걱정이 이만저만이 아닌데."

대장인 어머니는 바람을 가장 잘 피할 수 있는 돌담 부분에 기대앉아 있었다. 어머니가 자리를 잡고 나자 다른 여자들도 각자의 물질 숙련 정도에 따라 엄격하게 순서대로 자리를 잡았다. 뭍에서는 벌써 할머니가 될 연배가 되었다 해도 바다에서 최고의 위치에 올랐던 할머니 해녀들은 어머니처럼 상석을 차지했다. 우리 할머니처럼 실제로 할머니가 된 해녀들은 다른 호칭이 필요하지 않았다. 그들은 진짜 할머니로서 그에 걸맞게 정중한 대접을 받아야 했다. 물질을 그만둔 지 오래됐다 해도 그들은 삶의 대부분을 함께한 여자들과 같이 시간 보내는 것을 즐겼다. 이제 할머니와 친구들은 바람에 해변으로 휩쓸려온 해초를 고르거나 얕은 물, 바닷가와 가까운 곳에서 물질하는 것을 좋아했다. 그렇게 그들은 농담을 주고받고 불행을 서로 나눴다. 존경과 경의를 받는 여자들로서 그들은 불턱에서 두 번째로 중요한 자리를 차지했다. 다음으로 아직 기술을 연마하고 있는 이십대와 삼십대 초반의 중군 해녀들이 자리했고 미자와 나는 애기 해녀들, 그러니까 우리보다 두 살 위인 강씨 자매 구자와 구선, 그리고 벌써 열아홉 살이 된 도생의 딸 유리와 함께 앉았다. 이 세 사람은 2년간의 물질 경험이 있었고 미자와 나는 진짜 초보였지만, 우리 다섯 명은 회원 중 하군으로 분류됐다. 이것은 우리 자리가 불턱 입구 쪽이라는 것을 의미했다. 차가운 바람이 우리 주변으로 휘몰아쳤다. 미자와 나는 재빨리 불 쪽으로 더 가까이 다가갔다. 바다에 들어가기 전 최대한 몸을 따뜻하게 해주는 것이 중요했다.

"이 바닷가에 먹을 것이 있나요?" 어머니가 이렇게 물으며 모임을 시작했다.

"제주에 있는 모래알보다 더 많은 먹을거리가 있죠." 도생이 노래하듯 말했다. "우리에게 바위 대신 많은 모래가 있다면요."

"스무 개의 달보다 더 많은 먹을거리가 있어요." 다른 여자가 소리쳤다. "우리 위에 스무 개의 달이 있다면요."

"우리 할머니 집에 있는 오십 개의 항아리 안에 들어 있는 것보다 더 많은 먹을거리가 있어요." 너무 어려서 과부가 된 여자가 가세했다. "할머니에게 오십 개의 항아리가 있다면요."

"좋아요." 어머니가 의식용 농담에 대해 이렇게 반응했다. "그렇다면 오늘 어디서 물질을 할지 의논해봅시다." 집에서 어머니의 목소리는 항상 너무 컸었다. 그러나 여기서는 여러 큰 목소리 중 하나에 불과했다. 수압 때문에 해녀들의 귀는 모두 오랜 시간에 걸쳐 손상된다. 언젠가는 나도 목소리가 커질 것이다.

바다는 어느 누구의 소유도 아니지만, 모든 해녀공동체에는 특정한 영역에서 물질할 권한이 부여되었다. 걸어 들어갈 수 있을 만큼 바닷가에서 가까운 곳으로 나갈 것인지, 뭍에서 수영으로 이삼십 분 걸리는 거리로 나갈 것인지, 혹은 배로만 갈 수 있는 먼

바다로 나갈 것인지, 아니면 이곳 후미에서 물질을 할 것인지, 해변에서 너무 멀지 않은 곳에 있는 물속의 해대海臺로 갈 것인지, 이 섬 혹은 저 섬의 북쪽으로 갈 것인지 논의가 벌어졌다. 미자와 나는 여자들이 여러 가능성을 따지는 소리를 들었다. 애기 해녀인 우리에게는 발언권이 없었다. 중군 해녀들조차 침묵을 지켰다. 어머니는 대부분의 제안을 물리쳤다. "그 지역은 물고기가 너무 많아요." 어머니가 도생에게 말했다. 이어 그녀가 다음과 같이 대꾸했다. "뭍에서와 똑같이 우리 바다 밭도 계절을 따릅니다. 산란기를 존중해서 7월부터 9월까지는 소라를 따서는 안 되고 10월부터 12월까지는 전복을 따서는 안 됩니다. 바다의 파수꾼이자 관리자가 되는 것이 우리의 의무입니다. 우리가 우리의 바다 밭을 보호하면 바다 밭은 계속 우리를 먹여살려줄 것입니다." 마침내 그녀는 결정을 내렸다. "여기서 그리 멀지 않은 물속 골짜기까지 노를 저어 갑시다."

"애기 해녀들은 그럴 준비가 안 돼 있는데." 할머니 해녀 중 한 사람이 말했다. "그 애들은 충분히 강하질 못해. 그리고 그럴 권한도 따지 못했고."

어머니가 손을 들었다. "그 지역은 설문대 할망에게서 용암이 흘러나와 바위 골짜기가 만들어졌습니다. 그 암벽들은 모든 수준의 해녀에게 적당합니다. 우리 중에서 경험이 제일 많은 사람들은 원하는 만큼 깊이 내려갈 수 있는 반면, 애기 해녀들은 표면 가까운 지점에서 수확할 수 있으니까요. 강씨 자매는 미자에게 어떻게 하는지 보여줘요. 도생의 딸 유리가 영숙이를 지켜봐주면 좋겠고. 유리는 곧 중군 해녀가 될 테니까 이게 좋은 훈련이 될 겁니다."

일단 어머니가 설명을 하자 더 이상의 반대는 나오지 않았다.

어머니들은 자기 자식들보다 같은 해녀공동체에 속한 여자들과 더 친했다. 오늘 어머니와 나는 그런 더 깊은 관계를 형성하기 시작했다. 도생과 유리를 살펴보면서 나는 몇 년 후에 어머니와 내가 어떤 관계로 이어질지 알게 됐다. 그러나 동시에 어머니가 왜 대장으로 뽑혔는지도 알게 됐다. 어머니는 지도자였고 그녀의 판단은 존중됐다.

"바다에 들어가는 모든 여자는 등에 관을 짊어지고 가는 겁니다." 그녀가 모여 있는 사람들에게 경고했다. "이 세상에서, 바닷속 세상에서 우리는 힘든 삶의 짐을 끌고 다닙니다. 우리는 매일 삶과 죽음 사이를 건너고 있습니다."

이런 전통적인 말들이 제주에서는 자주 반복됐지만 우리 모두 처음으로 그 말을 듣는 것처럼 우울하게 고개를 끄덕였다.

"바다에 갈 때면 우리는 일과 위험을 함께 나눠 가집니다." 어머니가 덧붙였다. "우리는 함께 수확하고, 함께 고르고, 함께 판매합니다. 바다 자체가 공동의 것이니까요."

마치 그렇게 기본적인 것을 잊은 사람이 있기라도 한 듯 그 마지막 규칙을 말하고 나서 어머니는 양손으로 허벅지를 두 번 찰싹 때렸다. 그것은 모임이 끝나서 우리가 움직여야 한다는 신호였다. 할머니와 할머니 친구들이 일을 하러 줄 지어 바닷가로 향할 때, 어머니는 유리에게 내 준비를 도와주라고 손짓했다. 유리와 나는 태어나면서부터 서로 알고 지내온 사이였기 때문에 당연히 잘 맞았다. 강씨 자매는 미자를 잘 몰랐고, 아마도 그녀와 거리를 두고 싶어 했을 것이다. 미자는 고아였고, 그녀의 아버지는 제주시에서 일본인들을 위해 일한 친일협력자였다. 그러나 강씨 자매는 좋건 싫건 어머니가 시킨 대로 해야 했다.

"불 가까이 서 있어." 유리가 내게 말했다. "네가 옷을 더 빨리 벗으면 벗을수록 우리가 더 빨리 물에 들어갈 수 있어. 더 빨리 물에 들어갈수록 더 빨리 여기로 돌아올 수 있고. 자, 내가 하는 대로 따라해봐."

우리는 불꽃이 있는 곳으로 더 가까이 다가가서 옷을 벗었다. 어느 누구도 주저하지 않았다. 이것은 공중목욕탕에 함께 있는 것과 같았다. 젊은 여자들 중 몇 사람은 배 속에서 자라고 있는 아기 때문에 몸집이 컸다. 나이 든 여자들은 임신선이 있었다. 훨씬 더 나이 든 여자들은 너무 많은 생활과 젖 물림으로 가슴이 축 처져 있었다. 미자와 내 몸에서도 나이가 드러났다. 우리는 열다섯 살이었지만 열악한 환경과 힘든 육체노동, 추운 날씨 때문에 뱀장어처럼 말라 있었다. 가슴은 아직 자라지 못했고 다리 사이에는 겨우 몇 개의 음모만 보였다. 우리는 떨며 서 있었다. 유리와 구자, 구선이 무지 흰색 무명으로 만든 물옷을 입는 우리를 도와줬다. 전해지는 말에 의하면 흰색은 물속에서 우리를 더 눈에 띄게 해주고 상어와 고래를 쫓아주는 역할을 한다고 한다. 그러나 천이 너무 얇아서 보온에는 별 소용이 없다는 것을 깨달았다.

"미자가 아기라고 생각해봐." 유리가 강씨 자매에게 말했다. "옷 속으로 그 애를 넣어서 묶어봐." 그런 다음 그녀가 내게 설명을 해줬다. "옆이 열려 있는 게 보이지? 끈으로 옆을 매봐. 임신이나 다른 이유로 몸무게가 늘어나거나 줄어들면 이렇게 해서 옷을 늘리거나 줄일 수 있어." 그녀가 몸을 앞으로 기울였다. "나는 시어머니에게 남편이 내 몸에 아기를 심어줬다고 말할 수 있는 날이 오길 간절히 바라고 있어. 아들일 거야. 분명해. 내가 죽으면 그 애가 내 제사를 지내줄 거야."

유리의 혼례식은 다음 달로 정해졌고 당연히 그녀는 장차 갖게 될 아들을 꿈꾸고 있었다. 그러나 그녀의 바람은 바로 그 순간에는 대수롭지 않게 보였다. 내 살에 닿는 그녀의 손가락이 얼음장 같아서 온몸에 소름이 돋았다. 유리가 최대한 단단하게 끈을 묶어 줬는데도 해녀복은 여전히 내 몸에 헐렁했다. 미자도 마찬가지였다. 이런 해녀 옷 때문에 해녀에게는 정숙하지 못하다는 낙인이 계속 찍혔다. 육지에서건 제주에서건 품위 있는 조선 여자라면 절대 그렇게 살을 많이 드러내려 하지 않았기 때문이다.

유리는 계속해서 끊임없이 재잘댔다. "내 남동생은 매우 똑똑해서 학교에서 진짜 열심히 공부하고 있어." 우리 어머니가 대장이었다면, 도생에게는 하도의 자랑인 아들이 있었다. "언젠가는 준부가 일본으로 유학을 갈 거라고 모든 사람이 말해."

준부는 독자였고, 그만이 공부 재능을 타고났다. 물론 여전히 도생만큼 많이 벌진 못해도 유리와 그녀의 아버지도 가족의 수입에 일조했다. 반면 어머니는 아버지로부터 아무런 도움을 받지 못했기 때문에 남동생들을 학교에 보낼 돈을 전부 혼자 모아야 했다. 남동생들이 초등학교 이상을 다니게 된다면 다행이었다.

"준부의 학비도 보태고 새 가족도 부양하려면 내가 더 열심히 일해야 돼." 유리가 건너편에 있는 자기 어머니와 미래의 시어머니에게 소리쳤다. "저 좋은 일꾼이죠, 그렇죠?" 유리는 수다쟁이로 마을에 소문이 자자했다. 그녀는 걱정거리가 전혀 없는 사람이었고, 실제로 좋은 일꾼이었다. 바로 그런 이유 때문에 쉽게 짝을 찾을 수 있었다.

유리가 내게로 관심을 되돌렸다. "너희 부모님이 널 많이 사랑하면 여기 하도에서 결혼할 사람을 정해주실 거야. 네 물질 권리도 유지할 수 있고 친정 식구들도 매일 볼 수 있을 테니까." 그런 다음 자기가 한 말을 깨닫고 미자의 팔을 가볍게 두드렸다. "미안해. 부모님이 안 계시는 걸 내가 잊었어." 그러고는 오래 생각해보지도 않고 다음 말을 이어나갔다. "너는 어떻게 남편을 찾으려고 하니?" 그녀가 진짜로 궁금하다는 표정으로 물었다.

나는 미자가 유리의 무심함에 상처 입지 않았길 빌며 그녀를 힐끗 바라봤지만, 미자는 강씨 자매의 지시에 따르느라 정신이 없는 것처럼 보였다.

우리는 해녀 옷을 입은 다음 물적삼을 걸쳤다. 이 적삼은 찬물을 막기 위한 것이었지만 나머지 옷과 마찬가지로 똑같이 얇았기 때문에 과연 소용이 있을지 의심스러웠다. 마지막으로 우리는 체온을 보존하기 위해 머리 위에 하얀 수건을 묶었다. 어느 누구도 느슨하게 끈을 맸다가 그것이 해초에 걸리거나 바위에 끼는 것을 원치 않았기 때문이다.

"자." 유리가 하얀 가루가 가득 들어 있는 종이봉지를 우리 손에 쥐여주면서 말했다. "이걸 먹어. 그러면 현기증과 두통, 다른 통증 같은 잠수병을 막아줄 거야. 귀 울림도!" 유리가 귀 울림을 생각하면서 얼굴을 찌푸렸다. "나는 애기 해녀인데도 벌써 귀가 울려. 우웅-" 그녀는 머릿속에서 윙윙대는 것 같은 고음을 흉내 냈다.

유리와 강씨 자매를 본보기 삼아 미자와 나는 종이봉지를 뜯은 다음 아기 새들처럼 고개를 뒤로 젖히고 쓴맛이 나는 하얀 가루를 입에 털어 넣고 삼켰다. 그런 다음 미자와 나는 다른 사람들이 칼에 침을 뱉는 모습을 바라봤다. 그것은 많은 돈을 받을 수 있는 비싼 해산물인 전복을 따는 행운을 비는 의식이었다.

내가 장비를 모두 제대로 갖췄는지 어머니가 확인 점검을 했다. 어머니는 특히 내 테왁에 신경을 많이 썼다. 테왁은 속을 파내고 햇볕에 바짝 말린 조롱박으로, 물질할 때 내 부표 역할을 해줄 것이다. 어머니는 미자도 똑같이 점검을 해줬다. 우리는 해산물을 떼어내는 빗창과, 바위 틈새에서 해산물을 따내기도 하고 모래 속에 집어넣거나 바위 위에 대고 끌어당겨서 이곳저곳으로 옮겨갈 수 있게 해주는 긴 호미를 들고 가야 했다. 해초를 자를 낫과, 바다 성게를 여는 데 필요한 칼과, 보호용 작살도 가져가야 했다. 미자와 나는 얕은 물에서 놀 때 연습 삼아 이 장비들을 사용해본 적이 있었다. 그러나 어머니는 분명하게 말했다. "오늘은 이것들을 쓰지 말거라. 그냥 너희들 주변의 바닷물에 익숙해지도록 해라. 주변 환경에 계속 주의를 기울이고. 모든 것이 달라 보일 테니까."

우리는 함께 불턱을 떠났다. 몇 시간 후에야 돌아와서 장비를 저장하고 수리하고, 그날의 수확물을 측정하고, 수익을 나누고, 가장 중요한 일인 몸을 데우는 일을 할 수 있게 될 것이다. 수확량이 풍부하면, 망사리 속에 넣어 온 것을 요리해서 나눠 먹을 수도 있었다. 나는 그렇게 되길 고대했다.

다른 여자들이 배에 올라탔을 때 미자와 나는 둑에 남아 잠시 서성거렸다. 미자는 구덕을 뒤져서 책을 한 권 꺼냈고 나는 내 구덕에서 숯 한 덩어리를 꺼냈다. 그녀는 책에서 책장을 하나 뜯어낸 다음 배 위에 적힌 글씨 위로 종이를 댔다. 배가 묶여 있는데도 불구하고 파도에 밀려 위아래로 심하게 움직였다. 미자가 종이를 흔들리지 않게 붙잡고 있는 동안 나는 숯으로 종이 위를 문질렀다. 내가 간신히 탁본을 끝냈을 때 우리는 잠깐 동안 결과를 살펴봤다. 거무스름하게 글씨 형태가 남아 있었다. 우리는 글씨를 읽을 줄은 몰랐지만 그것이 "일출"을 의미한다는 것은 알고 있었다. 우리는 이런 식으로 여러 해 동안 마음에 드는 순간과 장소를 기념해왔다. 썩 잘 떠진 탁본은 아니었지만 그것으로 우리는 오늘을 영원히 기억할 것이다.

"빨리 따라와라." 어머니가 참을성 있게, 그러나 어느 정도까지만 용인하며 우리에게 소리쳤다.

미자는 종이를 책 속에 끼워서 안전하게 보관했고, 우리는 배에 기어올라 노를 저었다. 천천히 노를 저어 둑에서 멀어져가고 있을 때, 어머니가 노래를 선창했다.

"물질하게 해주세요." 그녀의 굵고 쉰 목소리가 바람을 가르고 내 귀에 닿았다.

"물질하게 해주세요." 우리는 그녀에게 답창을 하며 노랫가락에 맞춰 노를 저었다.

"황금빛 조개들과 은빛 전복들." 그녀가 노래했다.

"그것들을 전부 따게 해주세요!" 우리가 화답했다.

"사랑하는 사람에게 대접하게요."

"그가 집에 온다면요."

나는 얼굴이 붉어지지 않을 수 없었다. 어머니에게는 연인이 없었지만, 이것은 널리 애창되는 노래였다. 여자들 모두 이 노래를 좋아했다.

조류는 적당했고 바다는 비교적 잠잠했다. 그러나 노를 젓고 노래를 하는데도 불구하고 속이 울렁거리기 시작했다. 평소에는 발그레하던 미자의 두 뺨이 잿빛으로 변했다. 잠수 지점에 도착했을 때 우리는 노를 올려놓았다. 배는 살짝 잠겨서 가볍게 철썩대며 흔들거렸다. 나는 허리에 빗창을 메고 망사리와 테왁을 집어 들었다. 살짝 바람이 불었고 나는 몸을 떨기 시작했다. 매우 비참한 기분이 들었다.

"천 년 동안, 만 년 동안 용왕해신님께 비나이다." 어머니가 파도 너머로 소리쳤다. "제발, 바다 신님, 바람이 세지 않게 해주십시오. 제발 해류가 세지 않게 해주십시오." 그녀는 물속에 쌀과 막걸리를 제물로 바쳤다. 의식이 끝났을 때 우리는 따가지고 온 쑥으로 김이 서리지 않도록 물안경의 안쪽을 닦은 다음 눈 위에 썼다. 어머니는 여자들이 한 사람씩 물속에 뛰어들어 삼삼오오 짝을 지어 헤엄을 쳐서 멀어질 때마다 수를 셌다. 배를 눌러줄 여자들이 줄어들자 배가 훨씬 더 심하게 흔들렸다. 유리가 마침내 몸을 가다듬은 다음 큰 파도 위로 뛰어내려 물속으로 들어갔다. 강씨 자매는 뛰어내리기 전에 손을 잡았다. 두 사람은 떼려야 뗄 수 없는 사이였다. 나는 두 사람 사이의 의리가 미자에게까지 확대돼서 그 둘이 서로를 돌봐주는 것처럼 똑같이 미자를 보살펴주길 빌었다.

어머니는 마지막 충고를 해줬다. "바다는 어머니와 같다고들 한다. 짠 물, 해류의 파동과 너울, 심장의 커진 박동, 그리고 물속으로 울려 퍼지는 숨죽인 소리가 모두 자궁을 상기시킨다. 그러나 우리 해녀들은 항상 돈을 벌고…… 살아남는 것에 대해 생각해야만 한다. 알겠니?" 우리가 고개를 끄덕이자 어머니가 말을 이어나갔다. "오늘이 너희 첫날이다. 욕심내지 말거라. 문어를 보면 그냥 무시해라. 해녀는 물속에서 문어를 때려잡는 법을 배워야만 한다. 그렇지 않으면 문어가 너희한테 무기를 쓸 수 있다. 그리고 전복도 멀리해라!"

더 이상 설명할 필요도 없었다. 초보 해녀가 바위에서 전복을 따내는 위험을 감수할 준비가 되려면 몇 달이 걸릴 수 있다. 전복은 혼자 있을 때면 영양분 많은 바닷물이 흘러들어와 그것을 둘러쌀 수 있도록 껍질을 바위에서 떨어뜨린다. 그러나 놀라면, 설사 큰 물고기가 지나가면서 만든 해류의 변화 때문에 놀랐다 해도, 전복은 바위에 찰싹 달라붙어버린다. 그러면 단단한 껍질이 안에 있는 전복을 모든 약탈자들로부터 보호해준다. 그렇기 때문에 전복에 접근할 때는 신중해야 한다. 빗창 끝을 껍질 밑에 집어넣은 다음 한 번의 신속한 동작으로 전복을 홱 튕겨 올려야 한다. 그렇지 않으면 전복이 빗창에 달라붙어서 그것을 바위에 고정시켜버린다. 그렇게 되면 빗창이 해녀의 허리에 묶어놓은 끈에 연결돼 있기 때문에 해녀는 바위에서 떨어져 나올 수가 없게 된다. 다년간의 경험을 통해서만 전복으로부터 도망쳐서 공기를 찾아 표면에 도달할 만큼 충분한 시간을 남겨두는 법을 배울 수 있다. 나는 절대 서둘러서 그런 위험한 행동을 시도하지 않을 작정이었다.

"내가 예전에 어머니 뒤를 좇았던 것처럼 너희는 오늘 내 뒤를 따라와라." 어머니가 말을 계속했다. "그리고 언젠가는 너희 딸들이 너희들 뒤를 좇을 것이다. 너희는 애기 해녀들이다. 너희 능력 밖의 일을 시도하지 말거라."

그 축복과 경고를 들으며 미자는 내 손을 잡았고, 우리는 함께 발부터 먼저 물속으로 뛰어내렸다. 한순간에 엄청나게 차가운 물이 느껴졌다. 나는 부표에 매달려서 앞뒤로 물장구를 쳤다. 미자와 나는 서로의 눈을 들여다봤다. 이제 물숨을 삼킬 때가 됐다. 우리는 함께 한 번, 두 번, 세 번 숨을 들이쉬어서 폐 속에 최대한 공기를 채우며 가슴을 부풀렸다. 그런 다음 밑으로 내려갔다. 표면 가까이에서는 빛이 청록색으로 스며들었다. 우리 주변으로는 다른 사람들이 머리를 해저로 향하고 다리는 하늘로 향한 채, 어머니가 묘사했던 골짜기를 지나 밑으로 내려갔다. 여자들은 빠르고 힘차게 몸길이만큼 한 번에 곤두박질하고, 또 한 번 곤두박질하면서, 더 깊고 더 진한 푸른 바닷속으로 돌진했다. 나한테 가장 힘들었던 대목은 물안경이었다. 금속 테가 이렇게 얕은 물속에서도 수압에 반응하여 살을 파고들었다. 뿐만 아니라 눈 가장자리 부분의 시야를 제한해 또 다른 위험을 만들어냈기 때문에, 이런 유령 같은 희미한 환경에서 훨씬 더 주의를 기울여야 했다.

애기 해녀인 유리와 강씨 자매, 그리고 미자와 나는 몸길이의 두 배 정도까지만 내려갈 수 있었지만, 어머니는 골짜기의 짙푸른 틈새 속으로 사라졌다. 어머니는 한 숨에 20미터를 내려갈 수 있었고, 때로는 그 이상을 내려갈 수 있었다고 한다. 그러나 내 폐는 이미 동이 났고, 귓전에서는 심장이 쿵쾅거리는 소리가 들렸다. 나는 물을 박차고 위로 올라갔다. 폐가 터져버릴 것 같았다. 내가 물 위로 나오자마자 숨비소리가 터져 나와 공기 중으로 흩어졌다. *아아아.* 내 숨비소리는 깊은 한숨 소리처럼 들렸다. 나는 그 소리가 어머니가 항상 말했던 것과 똑같다는 걸 깨달았다. 내 숨비소리는 독특했다. 그리고 미자의 숨비소리도 독특했다. 나는 그 사실을 그녀가 내 옆에서 물을 갈랐을 때 알았다. *휘이이이.* 우리는 서로 바라보면서 씩 웃은 다음 물숨을 더 삼키고 다시 물속으로 들어갔다. 자연이 내게 어떻게 해야 할지 알려줬다. 다음에 내가 표면으로 올라왔을 때는 내 손에 성게가 들려 있었다. 내가 처음으로 잡은 것이었다! 나는 그것을 테왁에 묶어놓은 망사리 속에 넣고, 다시 깊은 숨을 여러 번 들이마신 다음 물속으로 들어갔다. 유리와 나는 다른 간격으로 물 위에 올라왔지만, 나는 유리가 보이는 곳에 머물렀다. 내가 미자를 찾을 때마다 그녀는 강씨 자매 중 한 사람과 1미터 이상 떨어져 있지 않았다. 강씨 자매 역시 자기들끼리 함께 꼭 붙어 있었다.

이렇게 반복하면서 이따금씩 물질을 멈추고 부표에 올라와 쉬다 보니 배로 돌아갈 때가 됐다. 배에 이르렀을 때 나는 망사리를 쉽게 들어 올릴 수 있었다. 내 것은 다른 사람들의 망사리에 비해 눈에 띄게 가벼웠다. 나는 내 뒤의 여자가 어획물을 들고 배에 올라탈 수 있도록 망사리를 갑판 건너편으로 옮겼다. 어머니가 모든 상황과 사람들을 감독했다. 몇몇 여자들은 망사리를 꼭 붙잡고서 귀한 해산물이 탈출하지 못하도록 윗부분을 묶었다. 반면 도생과 몇몇 다른 사람들은 화롯가에 모여 차를 마셨다. 그들은 온몸 구석구석까지 온기를 실어나르며 자기들이 잡은 것에 대해 자랑했다. 네 명의 낙오자들이 아직도 배를 향해 철벅거리며 오고 있었다. 어머니가 모든 사람이 안전한지 확인하면서 숫자를 세고 있다는 것이 느껴졌다.

유리는 몸을 떠는 우리를 보고 킥킥대면서 언젠가는 우리도 항상 추운 것에 익숙해질 거라고 말했다. "4년 전에는 나도 너희들하고 똑같았지만 지금은 어떤지 봐." 그녀가 자랑했다.

날씨는 좋았고 모든 것이 완벽하게 돌아갔다. 나는 뿌듯함을 느꼈다. 그러나 큰 파도가 일기 시작했기 때문에 나는 그저 집에 가고 싶었다. 어림도 없는 일이었다. 팔다리가 온기로 불그스름해졌을 때 우리는 물속으로 돌아갔다. 다섯 명의 애기 해녀들은 함께 붙어 있었고 서로 앞서거니 뒤서거니 한 사람씩 공기를 마시러 물 위로 튀어 올라왔다. 내 몸의 컨디션과 심장 박동, 폐를 누르는 압력과 보는 것 자체에 그렇게 열심히 집중해본 적이 없었다. 미

44

자나 나나 바다 생물을 많이 발견했다고 할 수 없었다. 우리의 주된 목표는 머리를 숙이는 잠수 동작을 완벽하게 만들어서 창피를 당하지 않는 것이었다. 우리는 형편없었다. 그런 기술을 얻는 데는 시간이 걸릴 것이다.

그날 일이 끝났음을 알리는 어머니의 외침 소리가 들렸을 때 나는 안도했다. 어머니가 내 쪽을 쳐다보는 것 같았지만, 나를 봤는지 못 봤는지는 확실치 않았다. 미자와 강씨 자매가 배 쪽으로 헤엄쳐오는 모습이 보였다. 그들 세 사람은 배에 맨 먼저 올라타서 다른 여자들이 물 위로 솟아올라 숨비소리 내는 것을 들을 것이다. 내가 막 헤엄을 치려고 할 때 유리가 말했다. "기다려봐. 마지막으로 잠수할 때 뭔가를 봤어. 가서 그걸 따오자." 그녀가 주변을 힐끗 둘러보며 할머니 해녀들이 배에서 얼마나 떨어져 있는지 파악했다. "할머니들이 여기로 오기 전에 우리가 해낼 수 있어. 어서!"

어머니는 나더러 꼭 유리 옆에 있으라고 말했었고, 지금은 우리에게 배로 돌아오라고 소리쳤다. 나는 번개처럼 결정을 내리고 몇 번 깊게 숨을 들이쉰 다음 유리를 따라갔다. 우리는 성게를 땄던 암초 쪽으로 갔다. 유리는 울퉁불퉁한 표면을 끌어당기며 따라갔다. 그녀가 빗창을 꺼내서 구멍 속으로 꿰찌른 다음 문어를 확 잡아당겼다. 엄청나게 큰 문어였다! 발길이가 1미터는 됐을 것이다. 대단한 수확이었다! 나도 그것을 잡는 데 약간의 공을 세웠다.

문어가 발을 뻗쳐서 내 팔목을 감았다. 나는 그것을 비틀어 떼어냈다. 내가 문어발을 떼어낼 무렵 다른 문어발들이 유리에게 달라붙었다. 발 하나는 내 허벅지에 찰싹 붙어서 나를 끌어당겼고, 또 다른 발은 빨판을 계속 움직이면서 내 다른 팔 위로 미끄러지

45

듯 올라오고 있었다. 나는 안간힘을 쓰며 그것들을 잡아 떼어냈다. 문어의 둥근 머리가 유리의 머리를 향해 움직였다. 그러나 그녀는 자신을 더 죄어오고 있는 다른 발들과 싸우느라 정신이 없어서 그것을 눈치채지 못했다. 나는 도와달라고 소리치고 싶었지만 그럴 수가 없었다. 물속에서는 그럴 수가 없었다.

순식간에 유리의 얼굴이 덮였다. 싸우거나 저항하는 대신 나는 더 가까이 헤엄쳐 가서 문어와 유리를 두 팔로 에워싼 다음 온 힘을 다해 물장구를 쳤다. 우리가 표면에 도달하자마자 나는 "살려줘요! 살려주세요! 살려줘요!" 하고 소리쳤다.

문어는 강했다. 유리의 얼굴은 아직도 덮여 있었다. 문어는 우리를 다시 물속으로 끌고 들어가려 했다. 나는 발길질을 계속했다. 이제는 내가 더 큰 위협이라는 것을 감지하고 빨판이 유리를 놓고 내게로 다가왔다. 빨판들이 내 팔과 다리로 기어 올라왔다.

풍덩 하는 소리가 들려왔고, 팔들이 나를 부축했다. 칼들이 햇살을 받아 번쩍였고 빨판들이 내 살갗에서 떨어져 나갔다. 문어 다리들이 토막 나서 공중으로 던져져 버려졌다. 다른 사람들이 나를 끌어 올리자 나는 그들이 빨판을 제거할 수 있도록 다리를 들어 올렸다. 집중하느라 무서운 표정을 짓고 있는 어머니의 얼굴을 힐끗 보고 나니 이제는 안전하다는 생각이 들었다. 여자들이 유리도 도와주려 했지만 그녀는 그들에게 협조해주지 않았다. 도생이 손에 칼을 쥐고 있는 유리의 팔을 뒤로 잡아당겼다. 내가 그녀라면 나는 온 힘을 다해서 문어의 머리를 찔렀을 것이다. 그러나 그녀는 그럴 수가 없었다. 유리는 문어의 머리 밑에 있었다. 도생이 딸의 얼굴과 같은 방향으로 칼을 찌르면서 문어의 머리 아래쪽에서 위로 올라갔다. 다른 해녀들이 유리와 내 몸을 붙잡아주고 있었음에도 불구하고 문어는 계속 우리를 밑으로 끌고 내려가려 했다. 바로 그때 우리가 계속 물에 떠 있을 수 있었던 건 내가 버티고 있기 때문이라는 것이 두 발에서 느껴졌다. 다른 사람들은 아직 깨닫지 못했지만 나는 내 팔에 안긴 축 처진 유리의 몸을 통해 무슨 일이 일어났는지 알았다. 나는 강하고 싶었지만 물안경 속으로 울기 시작했다.

여자들은 문어 몸에서 더 굵은 위쪽 부분들을 공략하기 시작했다. 도생이 칼끝으로 문어의 머리를 반복해서 찌르고 쑤셔서 문어를 철저하게 약화시켰다. 이미 죽었거나 거의 죽었음에도 불구하고 도마뱀이나 개구리처럼 문어의 몸은 여전히 움찔거렸고 힘이 남아 있었다.

마침내 나는 풀려났다.

"배까지 헤엄쳐 갈 수 있겠니?" 어머니가 물었다.

"유리는 어떻게 해요?"

"우리가 그 애를 돌볼 거야. 혼자 갈 수 있겠니?"

나는 고개를 끄덕였다. 그러나 젖 먹던 힘까지 다 끌어 모아 열심히 싸웠던 탓에, 싸움이 끝나고 나자 기운이 빠르게 빠지기 시작했다. 배를 향해 절반쯤 갔을 때 나는 몸을 돌려 바로 누운 상태로 물에 떠서 잠시 쉬었다. 내 위로는 바람에 밀려서 구름이 빠르게 지나가고 있었다. 머리 위로 새 한 마리가 날아갔다. 나는 눈을 감고 더 깊은 곳에서 기운을 끌어내려고 애썼다. 파도가 귓전에서 철썩거렸다. 한순간은 귀가 잠겼다가 다음 순간에는 아직도 유리와 함께 있는 여자들의 걱정스러운 소리가 들려왔다. 첨벙 소리가 들려왔고 두 번째 첨벙, 세 번째 첨벙 소리가 들려왔다. 팔들이 다시 나를 부축했다. 눈을 뜨자 미자와 강씨 자매가 보였다. 그들은 함께 나를 도와 배로 데려갔다. 나는 배 한쪽에 두 팔을 올려놓고 몸을 일으켜 올라타려고 했지만 방금 전 겪은 시련 때문에 기운이 하나도 없었다. 미자와 구선이 각자 한 손을 내 엉덩이 밑에 받치고 나를 밀어 올렸다. 나는 잡힌 물고기처럼 갑판 위로 미끄러져 올라갔다. 나는 숨을 헐떡이며 그곳에 누웠다. 팔다리는 흐느적거렸고 마음은 녹초가 됐다. 내가 물안경을 당겨서 벗자 그들이 갑판으로 우르르 몰려들었다. 한동안 세 여자는 쉴 틈도 없이 재잘거렸다.

"너희 어머니가 우리더러 갑판에 있으라고 하셨어."

"우리가 돕는 걸 원치 않으셨어."

"애기 해녀들은 문제만 더 일으키는 법이야."

"구조할 때……."

그들이 하는 말을 거의 알아들을 수가 없었다.

다른 여자들이 도착하기 시작했다. 나는 간신히 일어나 앉았다. 미자와 강씨 자매는 배의 가장자리로 가서 팔을 아래로 내밀었다. 나는 그들과 함께 유리를 붙잡아 올리는 일을 도왔다. 그녀는 무겁게 느껴졌다. 죽은 것처럼 굉장히 무거웠다. 우리는 그녀를 끌어 올리다가 갑판에서 뒤로 넘어졌다. 유리가 내 몸 위에 누워서 움직이지 않았다. 배가 기울자 그녀가 옆으로 굴러갔다. 이어 도생이 왔고 어머니가 그 뒤를 따랐다. 그들은 유리 옆에 무릎을 꿇고 앉았다. 다른 해녀들이 배에 기어올랐을 때 어머니는 유리의 입과 코에 뺨을 대고 숨이 나오는지 확인했다.

"살아 있어." 어머니가 쪼그리고 앉아서 말했다. 도생과 다른 해녀들 몇 사람이 유리의 팔다리를 문질러서 온기를 되살리려고 애썼다. 유리는 반응하지 않았다. "몸에서 물을 빼내야 해." 어머니가 제안했다. 도생은 방해되지 않도록 비켜줬다. 어머니가 유리의 가슴을 세게 눌렀지만 입으로 아무것도 나오지 않았다. 실패한 후 어머니가 말했다. "문어가 저 애 얼굴을 덮어서 목숨을 구해줬다고 봐야 할 것 같아. 안 그랬으면 물을 먹었을 테니까……"

다른 여자들이 동그랗게 다시 모여들어서 몸을 문질렀다.

어머니가 갑자기 미자와 강씨 자매, 내게로 관심을 돌렸다. 그녀는 우리의 행동을 눈여겨보면서 우리를 응시했다. 우리는 함께 붙어 있어야 했다. 미자와 강씨 자매는 그렇게 했음에도 불구하고 당혹스러워하는 것처럼 보였다. 어머니는 한마디도 하지 않았지만 그들의 입에서 변명이 튀어나오기 시작했다.

"숨 쉬러 마지막으로 나왔을 때 그 애를 봤어요." 구선이 더듬거리며 말했다.

"저희는 유리의 시야에서 벗어난 적이 없어요." 미자가 간신히 말했다. "하루 종일 유리가 저희를 지켜봐줬어요."

"큰 걸 봤다고 말했어요." 내가 웅얼거리며 말했다.

"그래서 너희 둘이 갔지. 너희들이 가는 걸 봤다. 내가 돌아오라는 신호를 했는데도 말이야."

어머니가 유리에게 일어난 일에 대해 내게 부분적으로 책임이 있다고 여길지 모른다고 생각하니 참을 수가 없었다. 그래서 나는 "저희는 못 들었어요"라고 말했다. 나는 눈을 내리깔고 충격과 슬픔으로, 그리고 지금은 어머니에게 거짓말했다는 수치심에 몸을 떨었다.

어머니는 모두에게 자기 자리로 가라고 소리쳤다. 우리는 노를 집어 들었다. 흰 파도를 가르며 움직이기 시작하자 배가 비틀거렸다. 도생은 딸 옆에 남아서 제발 깨어나라고 간청했다. 유리의 예비 시어머니가 노래를 선창할 책임을 맡았다. "이 추운 밤 내 어깨는 파도와 함께 흔들리네. 이 작은 여자의 마음은 평생의 슬픔으로 떨리네." 너무 구슬픈 노래라 곧 눈물이 모두의 뺨을 타고 흘러내렸다.

어머니는 유리의 몸 위에 담요를 덮어줬고 도생의 어깨 위로도 담요를 덮어줬다. 도생은 거친 천의 모서리로 얼굴을 훔쳤다. 그녀가 무슨 말을 했지만 그 말은 바람에 실려가버렸다. 처음 노래를 부른 여자가 노래를 마쳤고, 다른 여자가 다음 노래를 마쳤다. 우리는 모두 도생의 말을 듣고 싶었다. 유리의 예비 시어머니는 물질 도구의 나무 손잡이 부분으로 배의 모서리를 두드리면서 노 저을 때 부르는 노래를 계속하게 만들었다.

"해녀가 욕심을 부리다간 죽는 법이야." 도생이 한탄했다. 우리 모두 그런 말을 알고 있었다. 그러나 어머니가 자기 딸에 대해 그런 말을 한다고? 바로 그때 나는 어머니란 존재가 얼마나 강해야 하는 것인지 알았다. "이것은 해녀가 범할 수 있는 가장 큰 죄야." 그녀가 계속 말을 이어나갔다. *"저 문어를 원해. 많은 돈을 받고 팔 수 있을 거야."*

"바닷속에는 우리보다 더 강한 것들이 많이 존재해." 어머니가 말했다.

어머니가 도생의 어깨를 팔로 감싸자 도생이 가장 끔찍한 두려움을 털어놓았다. "못 깨어나면 어쩌지?"

"깨어나길 빌어야지."

"그런데 계속 이런 상태로, 이승과 저승 사이에 어중간하게 있으면 어떻게 해?" 도생이 물으면서 부드럽게 딸의 머리를 들어 자기 무릎에 올려놓았다. "만약 물질도 못 하고 밭에서 일도 못 하게 되면 그냥 가게 놔두는 것이 더 낫지 않을까?"

어머니가 도생을 가까이 끌어당겼다. "진심이 아닌 걸 알아."

"그렇지만……." 도생은 자신의 생각을 말로 다 끝내지 못했다. 대신 딸의 얼굴에서 젖은 머리 가닥을 쓸어 넘겨주었다.

"여신님이 유리에게 어떤 운명을 정해놓았는지 아직은 아무도 몰라." 어머니가 말했다. "내일 아침 일어나서 다시 평소처럼 수다를 떨지도 모르잖아."

*

다음 날 아침 유리는 깨어나지 않았다. 그다음 날도 깨어나지 못했다. 그다음 주에도. 절박한 심정으로 도생은 우리의 정신적 지도자이자 안내자이며 신성하고 현명한 사람인 심방(무당) 김씨에게 도움을 청했다. 일본인들이 샤머니즘을 금지했지만 그녀는 장례식과 굿을 몰래 계속했다. 그녀는 시력이 희미해지기 시작하는 할머니들을 위해, 군대에 간 아들을 둔 어머니들을 위해, 돼지 세 마리가 연달아 죽는 것같이 운이 안 좋은 여자들을 위해 굿을 지냈다. 그녀는 인간 세계와 영靈의 세계 사이를 잇는 도랑이 되어줬다. 그녀에게는 빙의 상태로 들어가서 죽거나 실종된 사람에게 말을 걸고 그들이 전하는 말을 친구들과 가족, 심지어는 적들에게 전달할 수 있는 능력이 있었다. 도생은 심방 김씨가 유리의 영혼에 닿아서 그녀의 마음을 그녀의 몸과 가족에게 다시 데려다주길 바랐다.

굿은 도생의 집에서 벌어졌다. 심방 김씨와 조수들은 제주에서 일상적으로 입는 갈색 바지저고리 대신 화려한 빛깔의 활옷 — 육지에서 온 전통 한복 — 을 입었다. 그녀의 조수들은 북을 치고 징을 울렸다. 심방 김씨가 두 팔을 들고 빙글빙글 돌면서 귀신들에게 어린 해녀를 어머니에게 보내달라고 소리쳤다. 도생은 드러내놓고 울었다. 뺨에 복숭아빛 솜털이 나기 시작한 유리의 남동생 준부는 감정을 억누르려고 애썼지만 우리 모두 그가 누이를 얼마나 사랑했는지 알고 있었다. 유리의 예비신랑은 슬픔으로 창백했고, 그의 부모는 그를 위로하기 위해 최선을 다했다. 그들의 슬픔을 보기가 괴로웠다. 여전히 유리는 눈을 뜨지 않았다.

그날 밤 나는 미자에게 유리가 나한테 어머니 말을 거역하자고 해서 나도 그렇게 했다는 비밀을 털어놓았다. "내가 다시 한 번 더 물속으로 내려가자는 것에 동의하지 않았다면 유리는 지금 같은 상태가 되지 않았을 거야."

미자는 나를 위로해주려고 애썼다. "널 보살펴주는 것이 유리의 의무였어. 반대가 아니야."

"그래도 여전히 책임감을 느껴." 내가 인정했다.

미자가 그 문제에 대해 잠깐 동안 생각해보더니 말했다. "유리가 왜 그렇게 행동했는지 우리는 절대 알 수 없을 거야. 그렇지만 네 비밀을 누구한테도 말하지 마. 그것이 가족들에게 가져다줄 고통을 생각해봐."

나는 어머니의 마음이 더 괴로워질 것에 대해 곰곰이 생각해봤다. 미자가 옳았다. 이 일은 비밀로 간직하는 편이 나았다.

*

다시 한 주가 지난 후 도생은 심방 김씨에게 한 번 더 굿을 해달라고 부탁했다. 이번에는 굿이 일본인들의 눈길을 피해 몰래 우리 불턱에서 벌어졌다. 사실 남자들은 아무도 참석하지 않았다. 유리의 남동생도 오지 않았다. 도생이 딸을 불턱으로 안고 와서 불구덩이 옆에 뉘었다. 둥근 돌담에 기대서 제단이 차려졌다. 너무 빈약해 보이는 제물 음식이 그릇에 담겨 놓여 있었다. 높게 쌓아 올린 귤과 제주의 오곡을 담은 주발들, 집에서 담근 술 몇 항아리가 전부였다. 촛불이 깜박였다. 어머니는 준부에게 긴 종이 띠에 유리에게 전하는 말을 써달라고 부탁하면서 돈을 주겠다고 제안했지만 준부는 그 일을 무료로 해줬다. 내가 그것을 찾으러 그의 집으로 갔을 때 준부는 "누나를 위해서야"라고 말했다. 지금은 종이 띠의 끝부분을 담벼락의 돌 틈에 끼워놓아서 꼬리가 틈새를 지나는 바람에 나풀거리고 있었다.

심방 김씨는 가장 화려한 비단 한복을 입고 있었다. 밝은 파란색 겉옷의 몸통 부분을 가을 단풍잎 색깔 허리띠로 꼭 묶은 채 그녀가 움직일 때마다 가벼운 자홍색 활옷 자락이 나부꼈다. 그녀는 빨간 머리띠를 매고 있었고, 소맷자락은 노란 유채꽃 색깔로 빛났다.

"제주에는 여성의 음부처럼 꼭대기가 오목한 화산 원뿔들이 우뚝 솟아 있습니다. 그것을 고려하면 우리 섬에서는 여자들이 앞장서 외치고 남자들이 따르는 게 너무 당연합니다." 그녀가 말을 시작했다. "여신님은 항상 최고인 반면, 남신은 배우자나 후견인에 불과합니다. 이 모든 것들보다 거대한 여신님 설문대는 창조주이십니다."

"설문대 할망이 우리 모두를 굽어보고 계십니다." 우리는 다 함께 노래했다.

"여신으로서 그분은 바다 위를 날아다니며 새 집을 찾았습니다.

그분은 치맛자락에 흙을 날랐습니다. 그분은 황해와 동중국해가 만나는 이곳을 발견하고 집을 짓기 시작했습니다. 집이 너무 평평하다 생각하고 그분은 치마에 담아온 흙을 더 많이 써서 산을 쌓았고 곧 은하수에 닿을 수 있을 만큼 산이 높아졌습니다. 곧 그분의 치마는 해져서 옷에 작은 구멍들이 생겨났습니다. 구멍으로 흙이 새서 작은 언덕들이 만들어졌습니다. 바로 그 때문에 우리 섬에 오름이 그렇게 많아진 것입니다. 이런 화산 분화구마다 또 다른 여신이 살고 계십니다. 그분들은 우리의 정신적인 자매들로, 우리는 언제든지 찾아가서 도움을 청할 수 있습니다."

"설문대 할망이 우리 모두를 굽어보고 계십니다." 우리가 노래했다.

"그분은 모든 여자들이 그래야 하는 것처럼 여러 가지 방식으로 자신을 시험하셨습니다." 심방 김씨가 우리에게 말했다. "그분은 해녀들이 바다에 왔을 때 그들이 안전할 수 있도록 물이 얼마나 깊은지 알아보기 위해 바닷물을 측정했습니다. 그분은 또한 밭에서 일하는 사람들의 생활이 나아질 수 있는 방법을 찾기 위해 연못과 호수를 찾았습니다. 어느 날 물장오리 오름에서 신비로운 안개에 이끌려 그분은 그곳의 분화구를 발견했습니다. 그곳의 물은 짙은 파란색이어서 그 깊이를 추측할 수가 없었습니다. 숨을 크게 들이쉬고 그분은 곧장 물속으로 헤엄쳤습니다. 그리고 다시는 돌아오지 못했습니다."

몇몇 여자들이 심방의 이야기에 감탄하면서 고개를 끄덕였다.

"그런 이야기도 있고요." 심방이 계속했다. "또 다른 이야기에 의하면 설문대 할망은 모든 여자들처럼 다른 사람들, 특히 자식들을 위해 여러 가지 일을 하느라 피곤했습니다. 오백 명의 아들은 항상 배고파했습니다. 자식들을 위해 한 솥 가득 죽을 끓이다가 졸려서 그만 솥 속에 빠졌답니다. 아들들이 어머니를 찾아 사방을 뒤졌는데 막내아들이 마침내 솥 바닥에서 어머니의 잔해 ― 유골 ― 를 발견했답니다. 그분은 모성애로 인해 죽었습니다. 슬픔에 빠진 아들들은 곧바로 오백 개의 기암괴석으로 변해버렸습니다. 이 바위들은 지금도 볼 수 있습니다."

도생은 조용히 눈물을 흘렸다. 그 이야기는 고통당하고 있는 한 어머니가 또 다른 고통 속에 있는 어머니에 대해 들을 수 있게 해 주었다.

"만약 설문대 할망이 존재했고, 오름이 그분의 물속 궁전으로 가는 물길이라면 우리의 모든 여신들과 신들이 그랬던 것처럼 그분이 우리를 버린 것이라고 일본인들은 말합니다." 그녀가 말을 계속했다. "저는 그분이 우리를 결코 떠나지 않았다고 말씀드리고 싶습니다."

"우리는 매일 밤 그분 위에서 잡니다." 우리가 함께 노래했다. "우리는 매일 아침 그분 위에서 깨어납니다."

"여러분이 바닷속으로 들어갈 때 여러분은 그분의 치마 물속 잔물결 사이에서 물질을 합니다. 그분은 우리 섬 한중간에 있는 커다란 화산입니다. 어떤 사람들은 그것을 한라산이라 부르고, 어떤 사람들은 은하수를 끌어당기는 봉우리라 부르고 또 어떤 사람들은 축복받은 섬의 산이라고 부릅니다. 우리에게는 그분이 우리 섬입니다. 어디를 가건 우리는 그분을 부를 수 있고 울면서 고민을 털어놓을 수 있습니다. 그러면 그분이 들어주십니다."

이제 심방 김씨는 꼼짝도 하지 않는 유리에게로 관심을 돌렸다.

"우리는 혼이 떠돌아다니고 있는 유리를 도와주러 여기 와 있습니다. 그러나 우리는 충격을 받을 때마다 일어날 수 있는 혼의 상실을 겪은 사람들에 대해서도 걱정해야 합니다." 그녀가 말했다. "여러분의 해녀공동체는 심한 타격을 겪었습니다. 어느 누구도 유리의 어머니보다 더 많은 고통을 당한 사람은 없습니다. 도생, 제단 앞에 엎드려봐요. 또 괴로운 사람이 있으면 함께 엎드려요."

어머니가 도생 옆에 엎드렸다. 곧 우리들 모두 동그랗게 모여 괴로움을 함께 나누며 엎드렸다. 심방은 흰색 끈들이 나부끼는 의식용 칼을 손에 들었다. 그녀가 어둠 속을 가르자 끈들이 공중을 가르는 제비처럼 우리 주변에서 소용돌이치듯 휘날렸다. 그녀의 한복은 화려한 색의 구름 속에서 부풀어 올랐다. 우리는 노래를 부르며 울었다. 심방 김씨의 조수들이 연주하는 징과 종과 북의 불협화음을 반주 삼아 우리의 감정이 흘러넘쳤다.

"모든 여신님들께 유리의 혼을 바다로부터, 유리의 혼이 숨어 있는 곳으로부터 데려다주시길 비나이다." 심방 김씨가 간청했다. 두 번 더 이렇게 간청한 다음 유리가 그녀 몸에 자리를 잡자 심방의 목소리가 달라졌다. "저는 어머니가 보고 싶어요. 아버지도, 남동생도 보고 싶어요. 제 미래의 남편도요…… *아이고*……." 심방은 어머니를 향해 몸을 돌렸다. "대장님, 당신이 절 이곳으로 보냈어요. 이제는 저를 집으로 데려가줘요."

유리의 목소리가 심방 김씨의 입을 통해 나올 때 그 소리는 도움을 구하는 간청이라기보다 원망처럼 들렸다. 이것은 좋은 징조가 아니었다. 심방 김씨도 이를 인정하는 것 같았다. "순실, 어떻게 대답하고 싶은지 말해봐라."

어머니가 일어섰다. 유리에게 말할 때 그녀의 얼굴은 긴장해 있었다. "너를 바닷속으로 보낸 책임은 받아들이마. 그러나 나는 그

56

날 너에게 단 하나의 임무만 줬다. 내 딸과 함께 있으면서 미자를 돌보는 강씨 자매를 도와주라는 것이었다. 너는 애기 해녀들 중에서 연장자였다. 너에게는 그들과 우리에 대한 책임이 있었다. 너의 행동으로 나는 내 딸을 잃을 뻔했다."

어쩌면 오직 나만이 그때 일어났던 일로 어머니가 얼마나 많은 충격을 받았는지 알 수 있었다. 어머니를 존경하는 마음과 동시에 어머니에 대한 겸손한 마음이 들었다. 나는 언젠가는 어머니가 나를 사랑하는 것만큼 나도 어머니를 사랑한다는 것을 증명할 수 있는 날이 오기를 바랐다.

심방 김씨가 도생에게 몸을 돌렸다. "네 딸에게 뭐라 말하고 싶으냐?"

도생이 유리에게 날카롭게 말했다. "네가 욕심부린 결과에 대해 다른 사람을 원망하고 싶으냐? 네가 창피하구나! 지금 있는 곳에 욕심을 버려두고 지금 당장 집으로 돌아오너라! 다른 누군가에게 널 도와달라고 부탁하지 말거라!" 그런 다음 그녀가 목소리를 부드럽게 했다. "얘야, 돌아오너라. 네 어머니와 동생이 널 보고 싶어 한다. 돌아와주기만 한다면 온 마음을 다해 사랑을 쏟아부어주마."

심방 김씨가 주문을 몇 개 더 외웠다. 조수들이 징과 북을 쳤다. 그다음에는 할 말도, 할 일도 더 이상 남지 않았다.

다음 날 아침 유리는 깨어났다. 그러나 예전과 같은 처녀가 아니었다. 그녀는 웃을 수는 있었지만 말을 할 수는 없었다. 움직일 수는 있었지만 다리를 절었고, 가끔씩 팔을 갑자기 흔들었다. 양가 부모는 결혼이 더 이상 불가능하다는 데에 합의했다. 미자와 나는 내 비밀을 지켰고, 우리 두 사람은 그 어느 때보다 더 끈끈해졌다. 몇 주 후 밭이나 물에서 일을 마친 후 우리는 유리를 찾아갔다. 유리가 아직 아무 걱정 없는 젊은 처녀라고 느낄 수 있도록 그녀 앞에서 미자와 나는 수다를 떨며 깔깔댔다. 때로는 준부가 우리와 함께 학교에서 쓴 글을 큰 소리로 읽어주거나 예전에 자기 누이를 놀렸던 것처럼 우리를 놀리려고 애썼다. 때로는 미자와 내가 도생을 도와 유리의 몸을 씻기고 머리를 감겼다. 날씨가 따뜻해졌을 때 미자와 나는 그녀를 바닷가로 데려가서 얕은 물속에 앉혀놓고, 부드러운 파도가 그녀의 몸을 찰싹이게 해줬다. 우리는 그녀에게 이야기를 들려주고, 얼굴을 쓰다듬어주고, 우리가 그곳에 있다는 것을 알려주곤 했다. 그러면 그녀는 예쁜 미소로 우리에게 보상을 해주곤 했다.

내가 찾아갈 때마다 도생은 절을 하면서 감사를 표했다. "너 아니었으면 내 딸은 죽었을 거야." 그녀는 메밀차를 따라주거나 소금에 절인 바다빙어 음식을 대접하면서 이렇게 말하곤 했다. 그러나 그녀의 눈은 더 어두운 말을 전하고 있었다. 그녀는 유리의 사고에 내가 어떤 식으로 관련됐는지 정확히 알 수는 없었겠지만, 그녀에게나 우리 어머니에게 내가 발설하지 않은 무엇이 있다는 것을 분명히 느끼고 있었다.

우리는 어떻게 사랑에 빠지나?

(1938년 이전)

미자와 내가 처음 만났을 때 우리는 완전 반대였다. 나는 우리 섬의 바윗돌처럼 다듬어지지 않고, 거칠고, 모가 나 있었다. 그러나 허튼짓은 전혀 하지 않고, 쓸모 있는 사람이었다. 그녀는 떠다니며 흩어지는 구름 같아서 붙잡거나 완전히 이해하기가 불가능했다. 우리 둘 다 해녀가 됐지만, 나는 현실적이고 또 우리 가족을 위해 항상 신경을 썼다는 의미에서 영원히 땅에 속한 사람이었다. 미자는 언제나 변화무쌍하고 이따금씩 폭풍우로 광포해지기도 하는 바다와 더 비슷했다. 나는 어머니와 긴밀하게 연결돼 있어서 그녀를 따라 바닷속의 삶으로 들어가기를 갈망했다. 미자는 어머니에 대한 기억이 전혀 없었지만 아버지를 몹시 그리워했다. 나는 남동생들과 여동생의 사랑과 존경을 받았지만, 미자에게는 무심한 삼촌과 숙모만 있었다. 나는 열심히 일하고, 물을 길어오고, 갓난이 남동생을 등에 업은 채 밭일을 하고, 난방용으로 말린 똥을 주워왔지만, 미자는 삼촌과 숙모를 위해서 허드렛일을 다 하고 우리 밭에서, 해녀공동체를 위해서 더 열심히 일했다. 나는 내 이름조차

59

도 읽거나 쓸 줄 몰랐지만, 미자는 자기 이름을 쓸 줄 알았고 일본 글자를 몇 개 알고 있었다. 그리고 나는 다른 사람들한테 침착하게 보여도 속으로는 두려움에 떠는 경우가 많았던 반면 미자는 겉으로 여려 보였지만 내적 강인함은 대나무처럼 단단해서 거의 어떤 힘이나 무게에도 끄떡없었다. *세 살 때 행복하면 여든 살 때까지도 행복할 것이라는* 제주 속담이 있는데 나는 이 말이 맞는다고 믿었다. 반면에 미자는 자주 비관적으로 말하곤 했다. "나는 해도 안 뜨고 달도 안 뜬 날에 태어났어. 우리 부모님은 내 삶이 얼마나 힘들지 아셨을까?" 우리는 극과 극이었지만 매우 친했다.

우리는 어떻게 사랑에 빠지는가? 약혼 날 처음으로 남편의 얼굴을 보게 될 때, 그때는 시간이 지나면서 자신의 감정이 어떻게 변할지 알 수가 없다. 아기가 배 속에서 꿈틀대는 순간, 사랑은 우리가 느끼는 것과 같지 않을 수 있다. 사랑이란 해녀가 바다 밭을 돌보는 것처럼 가꾸고 돌봐야 하는 것이다. 중매결혼을 한 많은 아내들은 남편과 곧 사랑에 빠진다. 그러나 어떤 사람에게는 몇 년이 걸릴 수도 있다. 어떤 사람은 이불을 같이 쓰는 사람에게 정을 느끼지 못해서 수십 년의 결혼생활 내내 외로움과 슬픔을 느낄 수 있다. 자식들 때문에 모든 여자들은 두려움과 슬픔을 느낀다. 즐거움은 매우 조심스럽게 느껴야 하는 감미로운 사치다. 비극이 모퉁이마다 숨어 있기 때문이다. 사랑은 우정과는 완전히 다르다. 어느 누구도 우리에게 친구를 정해주지 않는다. 우리는 스스로 선택해서 함께한다. 우리는 의식儀式이나 아들을 낳아야 한다는 책임감을 통해 함께 묶이지 않는다. 여러 순간을 통해 우리는 서로 결합한다. 처음 만날 때 불꽃이 일어난다. 우리는 함께 웃고 함께 울며, 비밀을 소중하게 간직하고 보호한다. 나와 너무나 다른 사람이 어느 누구도 할 수 없는 식으로 내 마음을 이해해줄 수 있다는 것은 너무나 놀라운 일이다.

미자를 처음 봤던 날을 나는 아직도 생생하게 기억한다. 내가 막 일곱 살이 됐을 때였다. 나는 소박하지만 행복한 삶을 살고 있었다. 우리는 가난했지만 우리 이웃보다 더 잘살지도, 더 못살지도 않았다. 우리에게는 바다 밭이 있었고 뭍에도 밭이 있었다. 정지 옆에도 작은 텃밭인 우영이 있어서 어머니는 무와 오이, 깻잎, 마늘, 양파, 고추를 키웠다. 광활한 바다는 끝없는 자비로움을 의미하지만, 그것은 믿을 수 없는 식량원이었다. 섬에는 자연항이 없었다. 바다는 거칠었다. 조선의 왕들은 제주의 남자들이 주축이 되어 고기잡이하는 것을 금지했고, 일본의 지배하에서는 어부들에게 자리 하나와 돛만 달린 뗏목만 허용했다. (아니면 남자들은 일본의 대형 어선이나 통조림공장에서 일할 수 있었다.) 거친 조류와 높은 파도, 강한 바람에 많은 제주 남자들이 목숨을 잃었다. 아주 오래전에는 제주 남자들이 물질을 했다. 그러나 왕들은 그들이 하는 일에 엄청나게 많은 세금을 부과했고 결국에는 그 일이 여자들에게 주어졌다. 여자들에게는 세금이 더 낮게 부과됐다. 여자들이 물질에 적합한 것으로 판명됐다. 여자들에게는 어머니처럼 끈기가 있었다. 여자들은 고통을 이해했다. 여자들이 피하지방이 더 많아서 추위를 견디기에 더 적합했다. 그럼에도 불구하고 어머니들에게는 바다 성게 알과 바다방석고둥, 바다 우렁이와 전복만으로는 대가족을 충분히 먹일 수 있을 만큼 풍족한 음식을 만들어내기가 힘들었다. 게다가 그런 해산물은 우리를 위한 것이 아니었다. 그것은 부자들, 아니면 적어도 우리보다 더 잘사는 육지 사람들이나 일본, 중국, 소련에 사는 사람들을 위한 것이었다. 이 모든 것은 우리 가족이 거의 일 년 내내 밭에서 기른 기장과 배추와 고구마로 연명하고, 어머니가 물질해서 번 돈은 옷과 집수리, 현금이 필요한 다른 모든 일에 썼다는 것을 의미했다.

남편의 가계를 이을 아들을 낳는 것은 아내의 사회적 의무이자 가정에서의 의무였다. 그러나 제주의 해안가 마을에 있는 모든 집에서는 딸이 태어나는 것을 매우 감사하게 여겼다. 딸은 항상 부양자 역할을 할 것이기 때문이다. 이런 점에서 우리 집은 그렇게 운이 좋진 않았다. 우리 집안에는 여자가 네 명 있었다. 할머니와 어머니, 나, 여동생. 여동생은 당시 겨우 생후 11개월밖에 안 돼서 집안일에 도움이 되질 못했다. 그럼에도 불구하고 언젠가는 여동생이 나와 함께 일하면서 부모님을 도와 빚도 갚고, 부모님이 노년을 보낼 수 있도록 갹출해서 더 좋은 집도 지어드리고, 어쩌면 남동생들을 학교에 보낼 수 있을 것이다.

8년 전, 내가 처음 미자를 만났던 어느 여름날, 아버지는 평소처럼 집에 남아서 남동생들을 돌봤다. 어머니와 나는 밭에 씨를 뿌리러 출발했다. 어머니는 일그러진 참외같이 보였다. 그녀의 배는 곧 내 세 번째 남동생이 될 아기로 불룩했고, 등은 농기구와 거름으로 가득 찬 구덕 무게 때문에 휘어졌다. 나는 마실 물과 점심 식사로 가득 채워진 구덕을 들고 있었다. 우리는 함께 올레길을 걸었다. 마을에서는 집들 주변의 올레가 충분히 높아서 이웃들이 안을 들여다볼 수 없었다. 그러나 마을 밖으로 나가면 올레가 허리 높이 정도로 낮았다. 또한 밭뙈기마다 돌담이 둘러져 있었다. 이것은 누구네 집 소유의 땅인지 표시하기 위한 것이라기보다는 줄기가 긴 작물들을 반으로 꺾어버릴 수 있는 혹독한 바람을 막기 위한 것이었다. 용도가 무엇이건 올레는 매우 큰 화산암으로 만들어졌다. 아마도 바위를 하나씩 들어 쌓는 데 우리 조상이 적어도 두 사람은 필요했을 것이다.

막 밭에 도착했을 때 어머니가 너무 갑작스럽게 발을 멈추는 바람에 나는 어머니와 부딪혔다. 혹시 일본 군인들과 맞닥뜨린 것은 아닌지 겁이 났다. 그러나 어머니가 그때 소리를 질렀다. "얘! 거기 서! 뭐 하고 있는 거야?"

내가 발꿈치를 들고 돌담 너머를 보자 우리 고구마 줄기 사이에 웅크리고 앉아서 손으로 흙을 파고 있는 꼬마 여자아이가 보였다. 제주가 바람과 돌과 여자가 많은 '삼다三多'로 유명하다면, 또 한편으로 제주에는 거지와 도둑과 대문, 세 가지가 없는 것으로도 유명하다. 그런데 여기 도둑이 있었다! 멀리서도 아이가 궁리를 하고 있는 것이 보였다. 아이는 담에 난 통로로는 도망칠 수가 없었다. 그렇게 하면 우리가 있는 올레 쪽으로 나올 것이기 때문이다. 아이는 벌떡 일어나서 밭의 맨 끝 쪽으로 냅다 달리기 시작했다. 어머니가 나를 밀치며 소리쳤다. "쟤를 잡아!"

나는 구덕을 떨어뜨려놓고 밭 가장자리를 두르고 있는 올레를 따라 뛰었다. 나는 왼쪽으로 꺾어 바로 옆 밭으로 들어간 다음, 밭을 가로질러 뛰어가서는 돌담 위로 기어올라 반대편으로 뛰어내렸다. 다음 돌담에 이르렀을 때는 담 위로 올라갔다. 아이가 맞은편 담 밑으로 생쥐처럼 급히 기어가고 있었다. 알아차리기 전에 나는 아이의 몸 위로 뛰어내려서 그 애를 땅바닥에 넘어뜨렸다. 아이는 있는 힘을 다해 싸웠지만 내가 그 애보다 훨씬 더 힘이 셌다. 일단 아이의 양 손목을 움직이지 못하게 누른 다음 나는 그 애 얼굴을 볼 수 있었다. 분명히 우리 마을 아이가 아니었다. 이곳에서는 어느 누구도 그렇게 창백한 사람이 없었다. 마치 살아오는 내내 방 안에서만 갇혀 지낸 것처럼 보였다. 아니면 배고픈 귀신 ― 땅 위를 정처 없이 헤매면서 살아 있는 사람들에게 문제를 일으키는 유령의 일종 ― 일 수 있었다. 다른 상황에서라면 나는 깜짝 놀라 자빠졌을 것이다. 대신 심장이 쿵 하고 내려앉았다. 추격전과 체포라니.

"놔줘." 그녀가 일본어로 불쌍하게 소리쳤다. "제발 놔줘."

바로 그때 나는 겁이 더럭 났다. 우리 모두 일본 사람들 때문에 일본어를 사용해야 했지만, 이 아이의 어조는 완벽했다. 일본인 여자아이를 붙잡은 것이라면 어쩌지? 그러다가 뺨을 타고 귓가로 흘러내리는 아이의 눈물이 보였다. 일본 여자애를 괴롭히다 붙잡히면 어쩌지?

내가 막 그 애를 놓아주려던 찰나 위쪽에서 어머니의 목소리가 들려왔다. "아이를 이리 데려와라."

고개를 들어보니 어머니가 돌담 너머로 우리를 내려다보고 있었다. 나는 조심스럽게 여자애한테서 몸을 일으켰다. 여전히 아이의 팔은 꽉 붙잡고 있었다. 나는 아이를 잡아당겨서 일으켜 세운 다음 내 앞쪽으로 밀었다. 아이는 어쩔 수 없이 담 위로 기어 올라가야 했다. 어머니가 천천히 아이를 머리끝부터 발끝까지 훑어보고 다시 또 훑어봤다. 마침내 어머니가 물었다. "넌 누구냐? 누구네 집 아이냐?"

"제 이름은 한미자예요." 아이가 손등으로 눈물을 훔치면서 말했다. "저는 하도의 섯동에서 숙모와 삼촌과 살아요."

어머니가 혀를 차며 "쯧" 소리를 냈다. "너희 집을 알 것 같다. 한길호의 딸인 것 같은데."

미자가 고개를 끄덕였다.

어머니는 아무 말 없이 가만히 있었다. 어머니가 화가 났다는 것을 알 수 있었지만 왜 그런지는 알 수가 없었다. 마침내 어머니가 입을 열었다. "그렇다면 말해보렴. 왜 우리 밭에서 훔치려고 했는지 얘기해봐라."

미자의 입에서 말이 봇물처럼 쏟아져 나왔다. "저희 어머니는 제가 어머니 몸에서 나올 때 돌아가셨어요. 아버지는 두 달 전에 돌아가셨고요. 심장마비로요. 지금은 이옥 숙모와 힘찬 삼촌과 살고 있어요. 그리고……"

"그런데 그 사람들이 너한테 밥을 안 줬구나." 어머니가 끼어들었다. "내가 알기론 그 이유가……"

미자의 얼굴에 반항하는 표정이 스쳐 지나갔다. "저희 아버지는 반역자가 아니에요. 제주시에서 일본인들을 위해 일했지만 그렇다고 해서……"

어머니가 아이의 말을 끊고 친숙한 속담을 읊조렸다. "*콩 심은 데 콩 나고 팥 심은 데 팥 난다.*" 이 말은 아이의 성격과 행동이 부모가 심은 대로 나온다는 것을 의미했다. "어느 누구도 친일협력자를 좋아하지 않는다." 어머니가 냉정하게 말했다. "하도의 일곱 개 마을에 사는 사람들 모두 너희 어머니와 아버지가 그런 삶을 선택했을 때 부끄러워했다. 그리고 네 이름을 한번 생각해보렴. 미자라니. 너무 일본식이잖니."

나는 어렸지만 어머니가 일본인들과 친일협력자들을 그렇게 대놓고 공격하는 위험을 무릅쓰고 있다는 것을 알았다.

미자의 손과 얼굴은 땟구정물로 꼬질꼬질했다. 그녀의 옷은 내가 본 어떤 옷보다 더 좋았지만 더러웠다. 도망치는 와중에 목도리를 잃어버렸고 머리카락은 몇 주째 빗질을 해주지 않은 것처럼 엉켜 있었다. 그러나 내가 제일 놀랐던 것은 그녀가 너무 말랐다는 점이었다. 그 애가 불쌍했지만 어머니는 추궁을 멈추지 않았다.

"네 호주머니 속에 든 걸 좀 보자." 어머니가 요구했다.

미자는 옷을 뒤져서 어머니에게 모든 것을 보여줬다. 그녀는 석탄 한 덩어리를 들어서 보여준 다음 다시 그것을 호주머니 속에 집어넣었다. 그러고는 지저분한 손을 셔츠에 꼼꼼하게 닦은 뒤 소맷자락 밑으로 손을 넣어서 책을 한 권 꺼냈다. 태어나서 처음으로 책이라는 것을 봤기 때문에 나는 감동을 받고 말고 할 수조차 없었지만, 어머니는 눈이 휘둥그레졌다. 긴장해서 그랬는지 아니면 겁이 나서 그랬는지 모르지만 미자가 책을 떨어뜨렸다. 어머니가 몸을 구부려서 책을 집으려 했지만 미자가 먼저 책을 집었다. 그 애는 다시 반항적인 시선으로 어머니를 바라봤다.

"제발요. 이건 제 거예요." 그녀가 재빨리 소맷자락 속에 책을 숨기면서 말했다. 아이는 마지막 호주머니 속에 손을 넣더니 주먹을 꽉 쥔 채 꺼냈다. 그러고는 조약돌보다 더 작은 새끼고구마를 한 줌 어머니의 손바닥에 떨어뜨렸다. 어머니가 그 고구마들을 앞뒤로 굴리면서 손상된 곳이 없나 살펴보는 동안 또다시 긴 침묵이 드리웠다. 어머니가 입을 열었을 때 그녀의 목소리는 평소와 마찬가지로 여전히 컸지만, 말투는 더 부드러웠다.

"운이 좋은 줄 알아라." 어머니가 말했다. "내가 아니고 다른 사람이었다면…… 아무튼 난 그들과 달라. 우리 밭으로 돌아가서 이걸 다시 심어라. 다 마치고 나면 우리를 도와. 일을 잘하면 점심을 함께 먹게 해주겠다. 네가 도망치지 않고 내가 시킨 대로 따라 하면 내일 다시 오게 해주겠다. 알겠니?"

나는 그 첫날 미자와 사랑에 빠지진 않았다. 그날은 추격전 때문에 짜증이 났었고, 그 아이에 대한 어머니의 반응에 어리둥절했으며, 도둑과 우리 점심을 나눠 먹어야 한다는 사실에 화가 나 있었기 때문이다. 미자는 어머니가 시키는 모든 말에 귀를 기울였지만, 내가 하는 대로 따라했다. 나는 미자에게 고구마를 심는 법을 보여준 다음, 바람에 날려가지 않도록 흙을 꾹꾹 눌러 밟았다. 우리는 나머지 시간 동안 풀을 뽑고 갈퀴로 땅을 갈았다. 햇빛이 바뀌고 하늘이 선홍색으로 물들기 시작했을 때, 미자는 농기구를 챙기는 우리를 도왔다.

어머니가 말했다. "내일 또 보자. 너희 숙모와 삼촌에게는 말할 필요 없다."

미자가 여러 번 몸을 매우 깊이 숙여 절을 했다. 인사를 받고 어머니가 출발했다. 내가 막 어머니를 따라가려는 순간 미자가 나를 붙잡았다.

"너한테 보여줄 게 있어." 그녀가 소맷자락 밑에서 책을 꺼냈다. 그 아이와 내 눈이 마주쳤다. 제사 때나 보았던 공손한 태도로 그 애가 두 손으로 그것을 내게 내밀었다. "원하면 봐도 돼." 보고 싶은지, 아닌지 확실하지 않았지만 나는 어쨌든 그것을 받아들었다. 가죽으로 제본된 얇은 책이었다. "우리 아버지가 물려주신 것 중에서 내가 유일하게 가지고 있는 거야." 그녀가 말했다. "펴봐."

나는 책을 폈다. 얇은 종이로 만들어진 책이었다. 일본어 글씨라는 생각이 들었지만 한글일 수도 있었다. 중간 부분에서 두 장이 책 밖으로 삐죽 삐져나와 있었다. 그 부분을 펼쳐보니 그곳이 뜯겨 있었다. 그런 짓을 한 것이 불경스럽게 보였지만 미자는 웃고 있었다.

"내가 뭘 했는지 봐." 그녀가 책을 다시 가져가면서 말했다. "이건 제주시의 우리 집에 있던 조각을 문지른 거야. 이건 아버지 관에 박힌 철물 경첩을 문지른 거고. 이건 이옥 숙모가 나를 데리러 온 날 만든 거야. 이건 옛날 내 방에 있던 바닥 문양이고. 이렇게 하는 것이 내 기억을 보존할 수 있는 유일한 방법이야."

그 말을 듣는 내내 나는, 도시에 살면서 자기 방을 가지고 책들에 둘러싸여 지낸 그 애의 삶이 어땠을까 상상해보고 있었다.

"숙모가 우리 물건들을 팔아버렸어. 숙모 말로는 하도 사람들 중에서 우리 아버지를 떠올리게 하는 물건을 보고 싶어 하는 사람은 아무도 없다는 거야. 그 돈으로 날 먹여주고 학교에 보내주겠다고 했는데 지금 여기 이런 꼴로 있어……." 미자가 턱을 내밀었다. "여자아이들이 다니는 학교는 없어. 숙모가 그걸 알았어야 해. 숙모는 우리 아버지가 나쁜 사람이었다고 생각해. 그래서 나한테 미역하고 김치만 줘. 우리 아버지 돈으로는 돼지들을 샀대…… 잘 모르겠어……." 한참 말을 쉰 다음 그녀의 얼굴에서 어두움이 사라졌다. "너랑 너희 어머니는 내가 여기 온 후 만난 사람들 중에서 제일 좋은 사람들이야. 그리고 아버지가 돌아가신 후 오늘이 최고로 좋은 날이야. 우리, 너랑 내가, 그걸 기억하자. 이곳에서 말이야. 그러면 우리는 항상 오늘을 기억하게 될 거야."

내 동의를 기다리지도 않고 그녀는 책장을 하나 찢어서 우리 밭 입구에 있는 바위 위에 올려놓고 석탄 덩어리를 꺼내 종이 위에 대고 문질렀다. 바위는 나한테 전혀 특별한 것이 아니었다. 바위는 눈이 닿는 한 사방에 널려 있었다. 그러나 그녀가 내 손에 탁본을 쥐여줬을 때 나는 내 고향의 거친 돌의 형태를 보았고, 그림 밑의 알 수 없는 말은 내가 또한 전혀 알 수 없는 세상의 한 부분이었다. 석탄과 바위가 종이에 뚫어놓은 작은 바늘구멍들은 밤하늘의 별들이 약속한 무한한 가능성처럼 보였다. 너무 특별해서 내가 간직할 수 없는 뭔가를 받은 것 같은 기분이 들었고 나는 그 느낌을 있는 그대로 말했다.

미자는 그 말에 대해 곰곰이 생각해보더니 입술을 굳게 다문채 고개를 살짝 끄덕이고는 전에 만든 다른 탁본들과 함께 그것을 책 속에 끼워 넣었다. "그럼 내가 이걸 간직하고 있을게." 그녀가 말했다. "그런데 이건 우리의 추억이야. 무슨 일이 있건, 어디서 그것을 찾을지 항상 알게 될 거야."

＊

누구나 일곱 살 때는 영원히 제일 친한 친구가 될 것이라고 말한다. 그러나 그렇게 되는 경우는 거의 없다. 하지만 미자와 나는 달랐다. 우리는 계절이 지나갈 때마다 더 가까워졌다. 미자의 삼촌과 숙모는 계속 그녀를 구박했다. 그들에게 그녀는 노예나 하녀와 마찬가지였다. 미자는 돼지들이 살면서 냄새를 풍기는 통시와 안거리 사이에 있는, 지름이 채 1미터도 되지 않는 쇠막(헛간)에서 잤다. 나는 그녀에게 허드렛일하는 법을 알려주고 노동요를 가르쳐줬다. 제주에서는 기장을 빻고, 말 털모자를 짜고, 그물로 멸치를 잡고, 밭에 뿌릴 돼지 똥을 모으고, 쟁기질과 씨뿌리기, 잡초 뽑기를 할 때 노동요를 불렀다. 그녀는 내게 상상력으로 보답했다.

제주도에는 격언이 많다. 그중 하나로 *제주에서는 어딜 가건 설문대 할망을 볼 수 있다*는 말이 있다. 반대로 설문대 할망이 우리 모두를 굽어보고 있다는 말도 있다. 미자와 내가 어디를 가건 — 밭에 가건, 바닷가를 걷건, '하도'라는 더 큰 경계 안에서 우리 동네와 그녀의 동네 사이를 몇 분 동안 달리건 — 설문대 할망이 하늘로 높이 솟아 있는 모습이 보였다. 겨울이면 설문대 할망의 산봉우리에는 눈이 쌓였다. 그때는 집안일을 하기가 가장 힘들었다. 아무것도 입지 않은 것처럼 얇은 옷 속으로 바람이 날카롭게 파고 들어와 뼛속까지 에이는 추운 아침에, 물을 길어오고 서리나 눈으로 하얗게 변한 길을 걷는 것은 견디기 힘들었다.

처음 첫 번째 달과 두 번째 달에 미자와 나는 어머니가 기장밭과 유채밭에서 김매는 것을 도왔다. 남자들의 무릎은 이런 일을 하기에 너무 뻣뻣하다는 게 묵인된 사실이었고, 또한 그들은 낮이나 괭이를 들고 다니는 것을 부끄러워했다. 제주는 오곡 — 쌀, 보리, 콩, 기장, 메조 — 으로 유명했다. 쌀은 설을 쇨 때만 먹을 수 있었는데, 그것도 어머니가 쌀을 살 수 있을 만큼 돈을 충분히 모아뒀을 때만 가능했다. 보리는 제주시와 중산간 지역에 사는 부자들을 위한 것이었고, 기장은 가난한 사람들이 먹는 곡식이었다. 기장은 우리 배를 채워주던 식량이었고, 유채 씨로는 기름을 짤수 있어서 이 두 곡식은 우리에게 매우 중요했다.

그 첫해 겨울에 어머니는 미자를 해녀공동체에서 일할 수 있게 해줬다. "다른 해녀들이랑 내가 바다에서 돌아오면 같이 공동으로 식사할 때 너도 낄 수 있게 해주마." 어머니가 말했다. "불이 꺼지지 않도록 잘 지피고 입만 다물고 있으면 다른 사람들이 널 건드리지 않을 거야." 그렇게 미자는 나보다 훨씬 먼저 불턱에 들어갔다. 그녀는 불쏘시개를 구해오고, 화덕의 불꽃을 일정하게 유지하고, 해녀들이 바닷가로 가져온 성게와 소라, 한천을 고르는 일을 도왔다.

할머니는 이것을 잘 수긍하지 못했다. "일본인들을 위해 저 애

아비가 한 짓의 흔적을 어느 누구도 지울 수 없다. 바로 그런 이유 때문에 다른 고아한테 하듯이 저 애를 뽑아서 허드렛일을 시키려는 사람이 너 말고는 아무도 없을 것이다."

그러나 이 문제에 대해서 어머니는 강경한 입장을 취했다. "저 애를 보면 항상 눈치와 배고픔으로 살아갈 것 같아서요."

봄에는 진달래가 멀리 설문대 할망의 산등성에서도 자홍색, 보라색, 선홍색 빛을 발했다. 유채꽃밭에서는 유채꽃이 태양만큼 노랗게 빛났다. 우리는 유채 씨를 수확한 다음, 손으로 밭을 갈아엎고 팥과 고구마를 심었다. 봄이 끝날 무렵이면 섬 전역에서 집집마다 지붕에서 짚 지붕을 뜯어냈다. 미자의 삼촌과 숙모는 그녀에게 오래된 짚을 뜯어내고 새 짚을 들여온 다음, 짚을 눌러서 움직이지 않도록 지붕에 있는 남자들에게 돌을 올려주라고 시켰다. 그일이 끝난 후 미자가 우리 집에 왔을 때 어머니는 그녀에게 나를 도와 오래된 짚더미 속에서 굼벵이를 찾아내게 한 다음 그것을 먹을 수 있도록 삶아줬다.

여름은 설문대 할망의 비탈에 시원한 녹색을 만들어냈다. 그러나 다른 모든 것은 뜨겁고, 후텁지근했으며, 비가 많이 내렸다. 어머니는 내 생애 첫 테왁을 손수 만들어줬다. 나는 그것이 너무 자랑스럽기도 했을뿐더러, 미자와 그것을 함께 나눠 쓰는 게 눈곱만큼도 싫지 않았다. 그녀는 제주시에 살았고 본보기가 되어줄 어머니가 없었기 때문에 헤엄칠 줄을 몰랐다. 나는 서너 살 때 놀던 바위 사이의 웅덩이로 미자를 데려갔다. 가장 무더운 여름날이면 우리는 **얕은** 후미로 가서 다른 하도 아이들과 물장구를 치고 장난을 치곤 했다. 강씨 자매가 항상 그곳에 있었고, 우리는 그들이 싸웠다가 화해하는 소리를 즐겨 들었다. 유리도 남동생 준부와 함께 그곳에 오곤 했다. 준부는 동갑내기 다른 남자애들과 어울려서 담처럼 우리를 보호해주는 바위 위에 올라가 무방비의 넓은 바다에 뛰어들었다. 우리는 그런 남자애들을 바라보는 것을 좋아했다. 특히 준부가 그랬다. 그처럼 공부를 잘하는 애가 어떻게 그렇게 태평하게 웃을 수 있는지 우리는 그저 놀라울 뿐이었다.

때로는 어머니와 다른 해녀들이 아기에게 젖을 물리려고 한낮에 바닷가로 돌아오곤 했다. 그들은 우리를 바라보고는 더 세게 발길질을 하라거나 폐가 튼튼해지도록 숨을 더 깊이 들이쉬라고 큰 소리로 알려줬다. 그러나 대개는 낮에 물질하는 동안 어머니들이 바닷가로 돌아올 수 있는 시간적인 여유가 없었다. 오후의 대기는 배가 고파서 칭얼대는 아기들과 아기를 달래는 아버지들의 소리로 가득 찼다. 그러나 어머니만이 젖을 물릴 수 있었기 때문에 아버지의 어떤 말도 소용이 없었다. 두 번째 여름이 끝날 무렵 미자는 수영을 잘하게 됐다. 우리는 바위 밑에 뭔가를 숨겨놓고 다른 사람에게 찾게 하거나 말미잘을 건드려 몸을 말아 넣는 모습을 보면서 1미터 정도 바닷속으로 들어가는 연습을 시작했다.

물론 여름에 놀기만 한 것은 아니었다. 음력 6월에는 보리를 수확해서 안거리와 밖거리 사이에 있는 마당에서 말렸다. 우리는 어머니가 특별한 의식에 쓸 수탉을 잡는 것을 도왔다. 그런 다음 그것을 요리해서 노년에 병에 걸리지 않도록 할머니에게 바쳤다. 재와 해초를 섞어서 비료 만드는 법도 배웠고, 그것을 밭으로 날랐다. 메밀을 심은 다음에는 잡초를 뽑고, 또 뽑아내고, 또 뽑았다. 그리고 항상 음력 7월 칠석 무렵에는 떫은 감물로 염색한 특별한 종류의 천인 갈옷을 만들었다. 감의 탄닌이 냄새가 배거나 쉰 냄새가 나지 않도록 막아줬다. 이 옷은 몇 날, 몇 주를 입어도 냄새가 나지 않았다. 또한 이 옷에는 방수 기능과 모기를 쫓는 기능도 있었다. 보리 이삭의 털이 이런 종류의 천에는 붙지 않았다. 그리고 감물이 천을 질기게 만들었기 때문에 가시로 문질러도 찢어지지 않았다. 우리는 갈옷을 온갖 데 다 썼다. 몸이 커져서 더 이상 화려한 도시 옷을 입지 못하게 된 미자는 이 천으로 만든 갈굴중이(여자 바지)와 갈적삼(저고리)을 입었다. 내 옷은 남동생들과 여동생에게 물려줬지만 미자는 자기 옷을 잘 간직해뒀다. "자식들을 낳게 되면 부드러워진 천으로 담요와 기저귀를 만들 거야"라고 그녀는 말했다. 언젠가는 자식을 갖게 될 것이라는 생각을 나는 아직 해본 적이 없었다.

가을마다 설문대 할망의 산등성이는 노란색과 오렌지색, 그리고 빨간색 단풍잎으로 불타올랐다. 일 년 중 이 무렵이면 미자와 나는 설문대 할망이 폭발할 때 탄생시킨 작은 곁가지 봉우리들인 오름에 오르는 것을 좋아했다. 우리는 함께 앉아서 누비이불처럼 발아래 펼쳐진 담으로 둘러싸인 밭들과 구름 한 점 없는 하늘, 멀리서 반짝이는 바다, 그리고 왜구가 다가오고 있다는 것을 섬사람들에게 봉화로 알려주던 오래된 망루가 서 있는 높은 오름들을 바라봤다. 우리는 끊임없이 이야기를 나누곤 했다. 나는 제주시에 대한 이야기를 듣는 것이 좋았다. 내게는 이 이야기가 앞서 말한 것들보다 더 환상적이었다.

어느 날 미자가 제주시에는 전기가 들어온다는 말을 했다. 내가 전기가 뭔지 모른다고 하자 미자가 깔깔댔다. "전기는 송진이나 기름 없이노 방을 환하게 밝혀줘. 길에도 전등이 있어. 색깔 있는 전구들이 가게 진열창들을 밝혀주고. 그건……." 어떻게 하면 내가 도저히 이해할 수 없는 것을 가장 잘 설명해줄 수 있을까 고민하는 그녀의 미간에 주름이 잡혔다. "그건 일본식이야!"

미자네 집에는 라디오도 있었다. 그녀가 설명하기를, 라디오는 사람 소리가 흘러나오는 상자로, 일본에서 만들어진 것이라고 했다. 나는 그것도 상상할 수가 없었다. 그리고 쪽발이들이 그처럼 신기한 발명품들을 그렇게나 많이 만들어냈다고 생각하니 혼란스러웠다.

조랑말이 끄는 짐마차와 해외 출가 해녀들을 태우러 우리 마을에 이따금씩 들르는 트럭밖에 본 게 없던 내게 미자는 아버지의 차 ― 자동차라니! ― 에 대해, 일본인들이 건설한 도로를 따라 아버지가 섬 전체를 운전하고 다녔던 모습에 대해 이야기했다. "아버지는 일본인들을 위해 도로 건설반을 감독했어." 미자가 설명했다. "아버지의 도움으로 그들은 섬의 네 지역을 처음으로 연결했어!"

내가 아는 것은 하도가 전부였다.

"우리 아버지는 존경을 많이 받았어." 미자가 말했다. "아버지는 날 사랑하고 잘 보살펴주셨어. 장난감과 예쁜 옷도 사주시고."

"그리고 널 잘 먹여주셨고." 나는 한 번도 맛보지 못했지만 미자가 먹었던 모든 음식 ― 꿩고기가 들어간 메밀국수나 산중턱에서 나는 말고기 양념불고기 ― 에 대한 이야기를 듣는 것이 좋았기 때문에 그녀를 부추겼다. 돼지고기와 해산물밖에 먹어보지 못한 어린 소녀에게 그 모든 것은 터무니없으면서도 맛있게 들렸다. 그리고 설탕도 있었다.

"얼굴이 아플 정도로 너무 심하게 미소가 지어지는 그런 음식을 먹었다고 상상해봐. 그것은 사탕이나 아이스크림, 과자, 화과자와 안미쓰(일본식 디저트)를 먹는 것과 비슷해."

나는 언제나 서양식이나 일본식 디저트를 먹어볼 수 있을까?

제주시에서는 미자에게 "놀이친구들"이 있었다. 이 역시 나는 도저히 이해할 수 없는 부분이었다. 그녀가 술래잡기를 설명했을 때도 이해할 수가 없었다. 소라를 따러 잠수하거나 해초 따는 법 같은 실제적인 것을 가르쳐주지 않는 놀이에 누가 관심을 갖겠는가? 마찬가지로 과일나무가 자라는 텃밭이 있고, 하인들을 시켜 가정용 물고기를 키우는 연못이 있는 집에 살면서, 미자가 언젠가 배를 곯으며 살게 되리라고는 상상조차 할 수 없었을 것이다.

미자는 자신이 잃어버린 모든 것을 잘 알고 있었다. 그래서 그녀가 자신의 과거에 대해 이야기할 때면, 그 이야기는 나한테는 재미있었지만 때로는 그녀를 우울하게 만들기도 했다. 바로 그럴 때면 나는 그녀에게 아버지의 책을 꺼내보라고 제안하곤 했다. 우리는 나란히 앉아서 책장을 넘겼다. 그것은 섬 전체를 돌아다니면서 사용하던 안내서였다. 처음에 미자는 여기저기에서 기름, 동쪽, 길, 산, 다리 같은 글자의 뜻을 기억했다. 그러나 여러 달이 지나자 아무도 상기시켜주는 사람이 없었기 때문에 글을 읽을 수 있는 그녀의 능력은 감퇴했다. 하지만 책장에 적힌 글자들에는 신비롭고 마술적이기까지 한 뭔가가 있었다. 미자는 세로쓰기로 적힌 문장을 손가락으로 짚어 따라 내려가며, 여신들과 어머니들의 이야기를 지어내서 내게 "읽어주길" 좋아했다.

*가랑비에 속옷 젖는 줄 모른다*는 속담은 점진적인 변화를 의미하는데 하나는 긍정적으로, 다른 하나는 부정적으로, 이렇게 두 가지로 해석될 수 있다. 긍정적인 이야기는 시간이 지나면서 커지는 우정과 관련된다. 처음에는 안면이 있던 중 친구가 되고 더 친한 관계로 발전하다가 마침내 서로 사랑한다는 것을 깨닫게 된

다. 안 좋은 예는 도둑에 관한 것일 수 있다. 작은 물건을 훔치던 사람이 더 큰 물건을 훔치다가 결국에는 도둑이 된다. 요점은 진눈깨비라도 맞다 보면 얼마나 젖었는지 잘 깨닫지 못한다는 것이다. 그러나 대부분의 사람들과 달리 미자와 내게는 우리가 더 가까워지고 있다는 물리적인 증거가 있었다. 첫날 그녀가 말했던 것처럼, 우리는 탁본으로 순간들을 포착하고 있었다. 아버지의 책이 그녀에게 소중했다 해도, 미자는 나와 함께 탁본을 만들기 위해 책장을 뜯어낼 때 조금도 주저하지 않았다. 우리 중 한 사람이 종이를 들고 있으면 다른 사람이 종이 위로 석탄 덩어리를 문질렀다. 그렇게 우리는 수영 대회에서 탄 조개의 이랑진 윤곽과, 우리 집에서 처음으로 밤을 보낼 수 있도록 허락받은 날 우리 집 나무문의 무늬와, 어머니가 친딸처럼 생각하고 미자를 위해 만들어준 첫 테왁의 표면을 본뜰 수 있었다.

*

우리가 아홉 살이 됐을 때 하도의 해녀들은 섬 전역에서 항일 시위를 벌이는 계획에 동참했다. 어머니는 하도의 야학에 다니기 시작했다. 내가 아는 한 어머니는 읽기나 쓰기 쪽으로 많은 것을 습득하진 않았다. 그러나 어머니와 친구들은 사기를 당하지 않도록 수확물의 무게를 재는 법을 배웠다. 또한 자신의 권리에 대해서도 배웠다. 한 젊은 남자 선생님 — 어머니는 그를 좌파지식인이라고 불렀다 — 으로부터 자극을 받은 다섯 명의 해녀들은 함께 단결해서 일본인들이 해녀들에게 강제로 부과하고 있던 규칙들에 맞서서 싸우기로 했다. 어머니는 지도부에 속하진 않았지만 그들에게서 들은 이야기를 반복했다.

"일본인들은 우리에게 제값을 쳐주지 않아요. 그들은 자기들을 위해서 너무 많은 부분을 가져가고 있어요. 40퍼센트나요! 우리더러 그걸 받고 어떻게 살라고요? 그리고 그들 관리 중 일부는, 그러니까 친일협력자들은 자기네 이익을 위해서 제주시 항구를 통해 우리가 수확해 온 우뭇가사리를 몰래 빼돌리고 있어요."

친일협력자들. 이 말에 미자의 목이 움츠러져서 귀가 어깨까지 내려왔다. 어머니는 미자의 목덜미에 손을 얹고 그녀를 안심시켰다.

"저항해야 해요." 어머니가 말을 이어나갔다. "우리는 저항해야 해요."

소식이 한 여자의 입에서 다른 여자의 귀로, 한 해녀공동체에서 또 다른 해녀공동체로 전해져 섬 전체에 퍼져나갔다. 그렇게 많은 불만이 터져나오자 일본인들은 조치를 취하겠다고 말했다.

"그 사람들이 우리한테 거짓말을 한 거예요!" 어머니가 화가 나서 내뱉었다. "벌써 몇 달이 지났는데……."

내가 알고 있는 사람 중에서 그 누구보다 일본인들을 미워하는 할머니가 경고했다. "조심해야 한다."

그러나 그 말을 따르기에는 너무 늦었다. 이미 계획이 정해졌기 때문이다. 세화 마을에 오일장이 열리는 날 아침 하도 해녀들은 시장으로 행진하여 그곳에서 더 많은 해녀들을 모을 예정이었다. 그리고 평대에 있는 군청으로 가서 요구사항을 제시하기로 했다. 모두가 흥분했지만 긴장도 했다. 일본인들이 어떻게 반응할지 아무도 예측할 수 없었기 때문이다.

행진 전날 밤 미자는 우리 집에 머물렀다. 1월 초라 밖에 나가 별을 보기에는 너무 추웠지만 아버지는 셋째 남동생을 데리고 나가서 잠이 들 때까지 산보를 시켰다. 어머니는 우리에게 할머니와 어머니가 있는 큰구들로 오라고 시켰다.

"내일 올래?" 어머니가 내게 물었다.

"그럼요! 제발요!" 나는 이런 청을 받고 기뻤다.

미자는 눈을 내리뜨고 있었다. 어머니는 미자를 좋아했고 그녀를 위해 많은 일을 했다. 그러나 그녀에게 반일 집회에 참석하라고 초대하는 것은 지나친 기대일지 모른다.

"네 숙모와 이야기를 나눴다." 어머니가 미자에게 알렸다. "참 재수 없는 여자더구나."

미자가 간절하게 희망을 품고 올려다봤다.

"만약 네가 우리를 따라온다면, 네 아버지의 과거 행적 때문에 너한테 꼬리표처럼 따라다니는 오점을 많이 지울 수 있을 것이라고 네 숙모한테 말했다." 어머니가 말을 이어나갔다.

"이이이이." 미자가 기뻐서 소리를 질렀다.

"그렇다면 모든 게 해결됐다. 이제는 할머니 말씀을 들어보렴."

미자는 내 옆에 바싹 달라붙었다. 할머니는 자신의 할머니로부터 들었던 이야기를 우리에게 가끔 들려줬다. 할머니를 통해 우리는 과거에 대해 알았을 뿐만 아니라 세상에서 일어나고 있는 일들에 대해 알게 됐다. 어머니는 행진 전에 우리에게 이런 것들에 대해 일깨워주고 싶은 것이 분명했다.

할머니가 이야기를 시작했다. "아주 오래전에 고씨, 부씨, 양씨 세 형제가 세 구멍에서 솟아나 제주의 시조들이 됐다. 그들은 열심히 일했지만 외로웠어. 어느 날 세 자매 — 모두 공주들이었다 — 가 말과 소떼, 오곡을 가득 실은 배를 타고 도착했다. 이것들은 모두 사랑의 여신인 자청비 할망이 공주들에게 준 것이었지. 이 세

쌍은 함께 탐라 왕국을 만들었고 이 왕국은 천 년간 지속됐다."

"탐라는 '섬나라'라는 뜻이야." 미자가 과거에 대한 이야기를 들으면서 얼마나 많은 것을 배웠는지 보여주며 읊조렸다.

"우리 탐라 조상들은 뱃사람들이었다." 할머니가 말을 계속했다. "그들은 다른 나라들과 교역했다. 항상 밖으로 눈을 돌림으로써 그들은 우리에게 독립적이 되라고 가르쳤지. 그들이 우리에게 우리말을 줬어……."

"그런데 저희 아버지 말로는 제주 말에 중국과 몽골, 러시아와 다른 나라에서 온 단어들이 있다고 했어요." 미자가 다시 끼어들었다. "일본과 피지, 오세아니아에서도요. 심지어 수백, 수천 년 전부터 내려온 한국 단어들도 있대요. 아버지가 그렇게 알려줬어요……."

미자의 목소리가 점점 잦아들었다. 그녀는 열의를 보이기도 했고, 때로는 제주시에서 배운 지식을 자랑하고 싶어 했다. 그러나 할머니는 미자의 아버지를 떠올리는 것을 좋아하지 않았다. 오늘 밤에는 불만을 나타내는 쉿소리를 내는 대신, 할머니는 그냥 계속 말을 이어나갔다. "탐라를 통해 우리는 외부는 위험하다는 것을 배웠다. 수세기 동안 우리는 일본에 맞서서 싸워왔다. 그들은 우리를 지나서……."

"중국을 약탈하러 가려 했어요." 내가 말했다. 나는 피지나 오세아니아에 대해 들은 적은 없었지만 몇 가지는 알고 있었다.

할머니가 고개를 끄덕였다. 그러나 짜증이 난 할머니의 표정 때문에 나는 그때부터 입을 다물고 있기로 작정했다. "칠백 년 전쯤 몽골인들이 제주를 침략했다. 그들은 중산간 지역에서 말을 길렀어. 이곳을 말들의 수호성 섬이라고 부를 정도로 그들은 우리 목

초지를 사랑했지. 몽골인들은 또한 제주를 일본과 중국을 침공하기 위한 초석으로 이용했다. 그러나 그들을 무턱대고 미워할 수만은 없어. 그들 중 많은 사람들이 제주 여자들과 결혼했으니까. 바로 그들에게서 우리가 힘과 끈기를 물려받았다고 말하는 사람들도 있다."

어머니가 우리 잔에 뜨거운 물을 따랐다. 어머니는 모두에게 물을 따라주고 난 다음 할머니가 이야기를 멈춘 부분에서 말을 이어나갔다. "오백 년 전에 우리는 한국의 일부가 됐고 왕들의 지배를 받았다. 그러나 대부분 우리를 내버려뒀다. 모든 왕이 이곳을 자신에게 반대한 양반과 학자를 귀양 보내는 곳으로 간주했기 때문이지. 그들이 이곳에 유교를 들여왔다. 유교의 가르침에 따르면 사회질서가 유지되는 것은……."

"자신과 가족, 나라와 세상을 통해서요." 미자가 읊조렸다. "그들은 이 세상에 사는 모든 사람이 다른 누군가의 지배를 받고 산다고 믿었어요. 백성은 왕의 지배를 받고, 아이들은 부모의 지배를, 아내들은 남편의 지배를 받아요."

"그리고 지금은 우리가 일본인들의 지배를 받고 있지." 할머니가 콧방귀를 뀌었다. "그들은 우리를 다시 초석으로 변화시켜서, 비행기로 중국에 폭격을 가하기 위해 우리 섬에 비행장을 건설하고 있다."

"그들이 하는 모든 것을 막을 수는 없어." 어머니가 끼어들었다. "그러나 약간의 변화를 일으킬 수는 있을 거야. 나는 너희 여자애들이 그 일에 동참하기를 바란다."

다음 날 아침, 미자는 항상 기다리던 올레 지점에서 우리를 기다리고 있었다. 날씨는 쌀쌀했고, 입에서는 김이 모락모락 났다.

우리는 올레를 계속 걸으며 도생과 유리 그리고 다른 여자들과 소녀들을 만났다. 우리 모두 과거의 해녀, 현재의 해녀, 미래의 해녀라고 적힌 수건을 둘렀다.

"대한독립만세!" 우리가 소리쳤다.

"부당한 노동 관습 중단하라!" 우리 목소리가 함께 울려 퍼졌다.

세화 오일장은 항상 붐볐지만 그날은 더 붐볐다. 다섯 명의 하도 야학 출신 지도자들이 차례로 연설을 했다. "군청까지 우리와 함께 행진합시다. 우리 요구를 전달하도록 도와주세요. 우리는 함께 물질할 때 가장 강합니다. 해녀공동체들이 함께할 때 우리는 훨씬 더 강합니다. 우리 말에 일본인들이 귀 기울이게 만듭시다!"

상군 해녀들이 우리를 이끌었다. 그러나 모든 사람에게 우리의 목적을 상기시켜준 것은 일본인들이 오기 전의 시절을 기억하고 있는 할머니들과, 미자나 나처럼 태어나면서부터 일본의 통치를 받으며 살아온 소녀들의 참석이었다. 이것은 단순히 일본인들이 해녀들에게 부과하고 있던 40퍼센트의 할인 가격에 대한 문제가 아니라, 자유와 우리 제주의 독립적인 방식에 관한 문제였다. 이는 곧 제주 여자들의 힘과 용기에 관한 문제였다.

미자의 눈이 반짝거렸다. 미자의 그런 모습을 한 번도 본 적이 없었다. 혼자라고 자주 느꼈던 미자가 지금은 그녀보다 훨씬 더 큰 뭔가에 속해 있었다. 그리고 어머니의 말이 맞았다. 미자의 참석이 다른 여자들에게도 큰 인상을 준 것이 분명했다. 그들 중 몇 사람이 미자 옆을 스쳐 지나가며 미자가 "대한독립만세!"라고 외치는 소리를 늘었기 때문이었다. 나 역시 흥분했지만 그것은 매우 다른 이유 때문이었다. 이렇게 멀리 집 밖으로 나온 것은 처음이었다. 내 옆에는 미자가 있었다. 우리는 손을 잡고 주먹을 불끈 쥔 채 다른 손을 들며 구호를 외쳤다. 내가 그녀에게 가르쳐준 모든 것과 그녀가 내게 준 모든 상상력과 이야기들, 기쁨 사이에서 우리는 더 가까워지고 있었다. 이 순간 우리는 하나였다.

우리가 평대에 도착했을 무렵 천 명의 여자들이 모였다. 미자와 나는 팔짱을 꼈고 어머니와 도생은 어깨를 맞대고 걸었다. 우리는 군청 청사로 들어갔다. 다섯 명의 주최자들이 본관 계단에 올라서서 군중들에게 연설을 시작했다. 연설은 전에 한 연설들과 거의 비슷했지만, 그렇게 많은 사람들이 반응을 하고, 들은 내용을 큰 소리로 따라 외친다는 사실에 더 많은 힘이 발산되는 것 같았다.

"식민지 지배를 중단하라!" 강구자가 외쳤다.

"제주에 자유를 달라!" 강구선이 소리를 질렀다.

그러나 어느 누구도 우리 어머니의 목소리를 따라올 수가 없었다. "조선에 독립을 달라!" 어머니가 평생 해온 모든 일에도 불구하고, 자신의 해녀공동체 해녀들을 보호하고 분발시키던 온갖 방식에도 불구하고, 나는 이 순간에 어머니가 가장 자랑스러웠다.

일본 군인들이 오더니 연설을 하는 사람들과 군청의 앞문 사이로 늘어섰다. 다른 군인들은 군중의 가장자리에 자리를 잡았다. 너무나 많은 사람들이 함께 밀고 나아갔기 때문에 상황이 긴박하게 느껴졌다. 마침내 앞문이 열렸다. 한 일본인이 나왔다. 습관에 의해서, 한편으로는 두려움 때문에 다섯 명의 하도 여자가 깊이 몸을 숙여 절했다. 자세를 낮춘 상태에서 가운데 서 있던 여자가 양손으로 요구사항 목록을 바쳤다. 남자가 아무 말 없이 그것을 받아서 안으로 들어가더니 문을 닫았다. 우리 모두 서로 얼굴을 쳐다봤다. 이제 어떻게 될까? 아무 일도 일어나지 않았다. 그날은 어떤 협상도 일어나지 않았다. 우리 모두 마을로 걸어서 돌아왔다.

그러나 떠나기 전에 미자와 나는 기념품을 만들어야 했다. 나는 한 청사 건물의 문 위에 새겨진 일본 글자를 가리켰다. 어머니는 친구들과 이야기를 나누고 있었고 흥분이 가셨기 때문에 군인들 역시 흥미를 잃은 상태였다. 그래서 우리가 문으로 걸어가 우리의 의식을 시작했을 때, 아무도 우리에게 관심을 기울이지 않았다. 그러나 두 가지 일이 동시에 일어났기 때문에 그것이 최상의 생각은 아니었던 듯하다. 네 명의 경비가 우리가 무슨 짓을 하고 있는지 보기 위해 달려왔고, 어머니가 우리에게 소리쳤다. "거기서 당장 이리 와라!" 미자는 한 손에 숯 조각을 꽉 쥐고, 나는 완성된 탁본을 손에 꽉 쥔 채, 어머니 옆에서 떼 지어 돌아다니고 있는 여자들 속으로 뛰어 들어갔다. 휴, 어머니는 화가 나 있었다. 그러나 우리가 군인들 쪽을 뒤돌아봤을 때 그들은 몸을 숙인 채 양손을 무릎에 대고 웃고 있었다. 여러 해가 지나고 나서야 우리는 보물로 선택한 글자가 '화장실'이었다는 것을 알았다.

*

그 행진은 한국에서 일어난 3대 항일 시위 중 하나였고, 여자들이 주도한 시위 중 최대 규모였으며, 참가자가 17,000명으로 그해 최대 시위였다. 그 후 12개월에 걸쳐서 한국에서 4천 건의 시위가 촉발됐다. 새로 부임한 일본인 제주 지사는 몇 가지 요구사항에 동의했다. 한인은 멈췄고 몇몇 부정한 판매인은 직위에서 쫓겨났다. 그 모든 것은 좋았지만 다른 일들도 일어났다. 체포 소식이 들려왔고, 바로 또 다른 체포 소식이 들려왔다. 하도 야학 출신인 최초의 다섯 명 지도자들을 포함해서 34명의 해녀가 체포됐다. 단속 기간 동안 추가 시위를 막기 위해서 수십 명의 해녀들이 억류당했다. 하도 야학의 몇몇 선생님들이 사회주의자, 혹은 공산주의자들이고 그들 중 다수가 은신 중이거나 다른 곳으로 옮겨갔다는 소문이 퍼졌다. 그런 소문에도 상관없이 어머니는 수업에 빠지지 않고 출석했다.

"너희 둘 다 읽고 쓰는 법과 기본적인 산수를 배울 수 있으면 좋겠다. 장차 너희들 중 하나가 해녀 대장이 되면 크게 도움이 될 테니까." 어머니가 우리에게 말했다. "내가 충분한 돈을 저축할 수 있으면, 나와 함께 너희 둘 다 학교에 갈 수 있게 돈을 대주마."

그것은 시위에 참여하는 것보다 훨씬 더 위험한 소리처럼 들렸다. 구속된 여자들이 붙잡혀 있는 것은 바로 그들이 받은 교육으로부터 고취됐기 때문이다. 그러나 나는 미자가 원하는 것이면 무엇이건 원했고 그녀는 야학에 가고 싶어 했다. 우리 어머니는 그녀의 유일한 희망이었다.

*

하도에서 주도한 시위가 있고 나서 8개월 후 어머니와 미자와 나는 다시 밭에서 농사일을 하고 있었다. 김매기는 끔찍했다. 하루 종일 몸을 굽히고 비나 땀으로, 혹은 둘 다로 인해 뼛속까지 젖은 채, 재배 작물의 뿌리에 손상이 가지 않도록 잡초만 정확하게 뽑아야 하는 지루한 작업이었다. 어머니는 우리가 힘들어서 산만해지지 않도록 응창應唱을 주도했다. 그러나 옆에 미자가 있었기 때문에 나는 너무 많이 불평할 수가 없었다. 미자는 우리와 아주 오랫동안 일을 해왔기 때문에 밭일에 익숙해져 있었다. 어머니는 미자에게 음식으로 사례했고, 항상 그녀에게 우리가 있는 곳에서 먹으라고 요구했다. "나는 네가 일해서 번 결과물을 네 숙모와 삼촌에게 먹이고 싶진 않다." 어머니가 말했다.

우리는 김을 매면서 노래를 불렀고, 우리 밭을 둘러싸고 있는 돌담 밖의 세상에는 관심을 기울이지 않았다. 어머니의 청력은 좋지 않았지만 주변을 살피는 시선은 날카로웠고 모든 위험에 대해 경계하고 있었다. 어머니가 한 손에 호미를 든 채 벌떡 일어섰다. 그러다 호미를 떨어뜨리고 땅에 주저앉아서 마주 잡은 두 손 위로 이마를 조아렸다. 이 모든 것이 몇 초 사이에 일어났다.

내 옆에서 미자가 노래를 멈췄다. 일본 군인들이 무리를 지어 밭으로 성큼성큼 걸어 들어오고 있었다. 나는 깜짝 놀라서 떨기 시작했다.

"엎드려서 절해." 어머니가 속삭였다.

미자와 나는 땅바닥에 엎드려 어머니처럼 애원하는 자세를 따라했다. 공포 때문에 내 오감이 강화됐다. 돌담 틈새로 바람이 휘파람 소리를 내며 지나갔다. 몇 개의 밭뙈기 너머로 다른 여자들이 농사일을 하면서 노래를 부르는 소리가 들려왔다. 군인들이 다가올 때 그들의 군화 소리가 밭에 퍼졌다. 나는 고개를 살짝 들고 그들을 엿봤다. 군화의 광택과 재킷의 기장記章을 통해 계급이 경사임을 보여주는 남자가 들고 있던 나무 봉을 확 움직여서 다른 손의 손바닥을 탁 내리쳤다. 나는 다시 흙 쪽으로 눈을 내리깔았다.

"당신이 그 문제를 일으킨 말썽꾸러기들 중 한 사람이오?" 그가 어머니에게 물었다.

내 머릿속이 빠르게 움직였다. 어쩌면 그들이 어머니를 체포하러 왔을지 모른다. 그런데 어머니가 시위에 연루된 사실을 알았다면 이미 잡으러 왔을 것이다. 그러다 내 마음은 더 어두운 가능성 쪽으로 재빨리 나아갔다. 아마도 이웃 중 한 사람이 어머니를 밀고했을 거야. 실제로 그런 일들이 일어나는 것으로 알려져 있었다. 정확한 정보를 제공하는 집은 쌀 한 가마니를 받을 수 있었다.

"이 아이들은 집으로 보내주세요." 어머니가 말했다. 이 말은 결코 무죄를 선언하는 것처럼 보이지 않았다.

그것 이외의 다른 무엇이었을 것이다. 나는 열 살밖에 안 됐지만, 군인들이 여자들과 소녀들에게 무슨 짓을 할 수 있는지에 대해 이미 주의를 받았다. 나는 다시 위쪽을 힐끗 보면서 언제 도망쳐야 할지 엿볼 필요가 있었다.

"여기서 뭘 기르고 있지?" 경사가 어머니를 군화 앞부리로 쿡쿡 찔렀다. 어머니의 몸이 굳어졌다. 나는 그것을 처음에는 분노로 받아들였다. 어머니는 해녀 대장이 됨으로써 힘을 입증했다. 그래서 틀림없이 마음속으로 어머니는 한 사람씩 그들과 싸울 준비를 하고 있을 것이라고 생각했다. 그러나 그때 나는 어머니의 옷이 몸 위로 떨리는 것을 봤다. 어머니는 두려움에 떨고 있었다. "대답해!" 그가 나무 봉을 머리 위로 올렸다가 어머니의 등을 내리쳤다. 어머니는 비명을 삼켰다.

경사 뒤에서 다른 남자들이 곡식을 잡아당겨 딴 다음 그것을 어깨 위에 두르고 있던 가방 속에 찔러 넣었다. 이번 침입은 어머니의 활동에 관한 것이 아니었다. 또한 어머니와 미자, 그리고 내게 나쁜 짓을 하려는 것도 아니었다. 다만 우리 식량을 훔쳐가려는 것이었다.

경사가 나무 봉을 들어서 다시 내리치려는 순간, 미자가 일본어로 속삭이는 소리가 들렸다. "제발 저희 농작물의 뿌리는 뽑지 마세요."

"저건 뭐야?" 경사가 그녀 쪽으로 몸을 돌렸다.

"저 애한테 신경 쓰지 마세요." 어머니가 말했다. "저 애는 잘 몰라요. 저 애는 무지한……."

"제가 잎을 잘라드릴게요." 미자가 말하면서 일어서기 시작했다.

"그렇게 하면 작물이 계속 자랄 거예요. 그러면 다시 오세요."

미자가 한 말과 말투에 남자들이 잠시 말을 잃었다. 그녀의 일본어는 어조가 분명했다. 우리가 들은 바에 의하면 미자는 일본인들이 좋아하는 귀여운 타입이었다. 창백하고 고운 얼굴에 순종적인 태도를 지니고 있었다. 미자가 몸에 힘을 주기도 전에, 혹은 피하려는 시도를 해보기도 전에 아주 순식간에 번개처럼 경사가 나무 봉으로 그녀의 맨다리를 내려쳤다. 미자는 흙 속에 쓰러졌다. 그는 나무 봉을 머리 위로 쳐들었다가 다시 그것을 내리쳤고, 또다시 내리쳤다. 미자는 아파서 비명을 질렀지만 어머니와 나는 꿈쩍도 하지 않았다. 한 군인이 자기 벨트 버클을 손가락으로 만졌다. 또 한 군인은 윗입술을 깨물면서 등이 돌담에 닿을 때까지 뒤로 물러섰다. 어머니와 나는 쥐 죽은 듯이 꼼짝도 하지 않았다. 경사의 분이 풀리고 마침내 미자에게 하던 채찍질을 멈췄을 때 그녀가 고개를 들었다.

"고개 숙이고 있어." 어머니가 소리 없이 입 모양으로 말했다.

그러나 미자는 계속 움직여서 무릎을 꿇고 앉은 상태로 상체를 일으킨 다음, 손바닥이 위로 오게 두 손을 들어 올렸다. "제발, 당신을 위해 제가 수확해드릴 수 있게 해주세요. 제일 좋은 잎으로요……."

어머니와 나처럼 남자들이 갑자기 꼼짝도 하지 않았다. 그들은 섬 이곳저곳에서 볼 수 있는 오래된 돌하르방처럼 꼼짝도 하지 않은 채 미자가 비틀거리며 일어서서 몸을 숙이고 배추의 겉부분 이파리를 벗겨내는 모습을 바라봤다. 머리를 숙인 채 미자는 양손으로 경사에게 배춧잎을 바쳤다. 그는 양손으로 미자의 허리를 감고 자기 쪽으로 끌어당겼다.

날카로운 금속성의 휘파람 소리가 허공에 울려 퍼졌다. 일곱 명의 남자가 소리 나는 쪽으로 고개를 돌렸다. 경사가 미자를 풀어주고는 똑바로 선 채 몸을 돌려 담 입구 쪽으로 행진했다. 다섯 명의 군인들이 그 뒤를 따랐다. 일찌감치 물러나 있던 여섯 번째 군인은 배추를 움켜쥐고 가방 안에 넣은 다음 올레를 따라 올라가며 섬의 더 안쪽으로 가는 다른 사람들 뒤를 쫓아 떠났다.

미자가 훌쩍이며 쓰러졌다. 나는 그녀의 옆으로 기어갔다. 어머니는 간신히 일어나서 새소리처럼 높고 날카로운 선율로 연속적인 휘파람을 불어 밭에서 일하고 있는 다른 사람들에게 경고를 보냈다. 이후 두 여자가 체포됐다는 말이 들려왔지만, 그때 우리는 미자를 보살펴야만 했다. 어머니는 미자를 등에 업어 우리 집으로 데려온 다음 따뜻한 물로 찢어진 살갗에서 옷을 떼어냈다. 나는 미자의 손을 잡고 중얼거렸다. "너는 진짜 용감하다. 네가 어머니를 구했어. 네가 우리 모두를 보호한 거야." 그런 말로 미자의 통증을 줄일 수는 없었을 것이다. 꼭 감은 그녀의 눈에서 눈물이 새어 나왔다. 어머니가 상처에 연고를 바르고 깨끗한 천 조각으로 다리를 감아준 후에도 오랫동안 그녀의 눈물은 멈추지 않았다.

다음 날 다른 군인들이 빗속을 뚫고 진흙길을 걸어서 우리 집으로 왔다. 이번에는 어머니를 잡으러 온 것이 분명했다. 아니면 우리 집에 보복을 하러 온 것일지도 모른다. 첫째 남동생은 최대한 동생들을 모은 다음 집 뒤쪽으로 가서 담을 넘어 피신했다. 나는 미자가 누워 있는 요 옆 바닥에 앉아 있었다. 미자는 너무 아파 마당에서 일어난 소동에 대해 의식하지 못하는 것 같았다. 다음에 무슨 일이 일어나건 나는 미자 곁을 떠나지 않을 작정이었다. 집 옆에 들어 올린 풍채(판벽) 사이로 나는 군인들이 아버지에게 말을 거는 모습을 살펴봤다. 우리 집의 주인은 아버지로 돼 있지만 우리 가족을 책임지고 있는 사람은 아버지가 아니었다. 아버지는 어머니보다 우는 아기를 더 잘 달랠 수 있었지만, 역경이나 위험에는 익숙하지 않았다. 놀랍게도 그들은 아버지에게 정중하게 대했다. 더 정확히 말하면 점령자들치고는 정중했다는 말이다.

"당신네 작물에 피해를 입혔고 몇 가지를…… 가져왔다고 들었소." 경사가 말했다. "이미 먹은 것은 돌려줄 수가 없소."

경사는 말하는 내내 마당 이곳저곳을 재빨리 살펴봤다. 그는 여기 몇 사람이 살고 있는지 세고 있기라도 하듯 집 옆에 기대 쌓아둔 테왁들과 아버지가 담뱃대로 담배 피울 때 즐겨 앉는 돌, 뒤집어놓은 밥그릇들을 훑어봤다. 그는 어머니에게 가장 큰 관심을 기울이며 어머니를 평가하고 있는 것처럼 보였다.

"저희 집 여자들의 잘못된 행동에 대해 사과드립니다." 아버지가 더듬거리며 일본어로 말했다. "저희는 항상 도움을 드리고 싶어 합니다……."

"우리는 나쁜 사람들이 아니오." 경사가 끼어들었다. "문제를 일으킨 사람들을 단속해야 했지만 우리도 남편이자 아버지요."

경사의 말은 호의적이었지만 그를 믿을 수는 없었다. 아버지는 손톱을 깨물었다. 나는 아버지가 너무 겁먹은 것처럼 보이지 않기를 바랐다.

경사가 한 부하에게 손짓을 했다. 가방 하나가 땅에 떨어졌다. "이것으로 보상해주겠소." 그가 말했다. "지금부터는 우리가 하라는 대로 하도록 하시오. 여자들을 집에 있게 하시오."

그것은 불가능한 요청이었지만 아버지는 그렇게 하겠다고 동의했다.

그날 이후 어머니는 수업과 회의에 참석하지 않았다. 어머니는 해녀공동체를 운영하느라 너무 바빠서 시위에 참여할 수 없다고 말했지만, 그것은 단지 우리를 보호하기 위해서였다. 밭에서 일어난 일은 무섭고 모욕적이었다. 우리는 이것이 우리가 겪을 수 있는 최악의 시기 — 일본의 통치, 저항과 보복 — 라고 믿었다. 미자는 어머니를 보호하기 위해 나섰고 그것이 우리의 우정을 영원히 바꿔놓았다. 그날부터 나는 미자에게 내 목숨을 맡길 수도 있다고 믿었다. 우리 어머니도 마찬가지였다. 할머니의 마음만 부드러워지지 않았는데, 할머니는 노인이어서 자기 방식을 고집했다. 이 모든 것은 미자와 내가 열다섯 살이 됐을 때 — 그리고 유리가 다른 사람이 됐을 때 — 우리가 젓가락 한 쌍처럼 단짝이 됐다는 것을 의미했다.

숨 방울들

유리의 사건이 일어난 후에도 우리의 일과는 변하지 않았다. 도생도 불턱으로 돌아왔다. 우리는 기울었다 차는 달을 따라 한 달에 두 시기 동안 엿새씩 하루에 두 번 물질을 했다. 다음 7개월에 걸쳐서 내 수영 실력은 늘어났다. 멀리는 못 가더라도 바로 물속으로 잠수할 수 있게 됐다. 얕게 여러 번 잠수를 할 수 있으면 한 번 더 깊게 잠수할 용기를 낼 수 있었다. 이제야 나는 어머니가 미자와 나를 얼마나 세심하게 계획을 짜서 교육시켰는지 깨닫게 됐다. 내가 열 살이 되자 어머니는 내게 자신이 쓰던 낡은 물안경을 줬고, 나는 그것을 미자와 함께 썼다. 내가 열두 살이 됐을 때 어머니는 밭에서와 마찬가지로 뿌리에 손상을 입히지 않고 바닷속 식물들을 수확하는 법을 우리에게 가르쳤다. 이제는 수확할 것을 찾아 해저를 읽을 수 있는 능력이 날마다 커져갔다. 갈색 갈조와 미역, 해조의 차이를 쉽게 알아볼 수 있게 됐고, 포식자 — 독을 품고 무는 바다뱀이나 감각이 마비될 정도로 쏘는 해파리 — 를 감지할 수 있는 기술도 향상했다.

"머릿속으로 해저 지도만 그려서는 안 된다." 어느 맑은 가을 아침에 우리가 불턱으로 걸어가고 있을 때 어머니가 내게 알려줬다. "네가 있는 공간적인 위치도 알아야 한다. 배와 바닷가와 테왁, 미자와 나, 그리고 다른 해녀들 속에서 네가 어디에 있는지 항상 의식하고 있어야 한다. 조류와 해류, 너울에 대해, 그리고 달이 바다와 네 몸에 미친 영향에 대해서도 알아야 한다. 폐가 숨을 원하기 시작하는 그 순간 네가 어디에 있는지 항상 신경 쓰는 것이 무엇보다 중요하다."

나는 점차 추위에 익숙해져서 덜 떨게 되었고, 절대 해결될 수 없는 해녀 생활의 이런 측면을 받아들였다. 한편으로는 내가 이룬 성과에 뿌듯했지만, 나는 전복을 수확하기는커녕 아직 한 번도 발견하지 못했다. 반면에 미자는 전복을 벌써 다섯 개나 따서 배로 올라왔다.

미자를 만나 데려갈 올레 지점에 다가갈 때 어머니는 침묵에 빠져들었다. 미자가 그곳에 와 있을지 어떨지 알 수가 없었다. 미자의 삼촌이나 숙모가 그녀에게 시킬 일이 있으면, 그 일이 먼저였기 때문에 어머니가 끼어들 수가 없었다. 미자가 아픈지, 그들이 미자를 때리는지, 아니면 그들이 그냥 잔인한 명령을 내릴 수도 있는 사람들이기에 미자한테 2킬로 떨어진 곳에서 물을 길어 오라고 시키는지 미리 알 수가 없었다.

올레 모퉁이를 돌자 미자가 그곳에 와 있었다. "잘 주무셨어요?" 그녀가 소리쳤다.

내 옆에 선 어머니의 어깨에서 긴장이 풀어졌다.

"잘 잤어?" 미자에게 다가가면서 내가 웃으며 물었다.

"오늘부터 엿새 동안 즐겨야 한다." 어머니가 말했다. "물이 아직은 견딜 만하지만 이곳에도 곧 겨울이 닥칠 거야……."

미자가 나를 곁눈질로 봤다. 어머니를 아는 사람들은 모두 어머니가 유리의 사고 후에 달라졌다는 것을 분명하게 느꼈다. 그래서 사람들은 내가 아직까지 전복을 한 번도 따지 못한 것에 대해 어머니를 대놓고 놀리지 못했다. 그럼에도 이따금씩 해녀들이 어머니를 놀렸다. "도대체 무슨 엄마가 못……"이라거나 "대장이라면 자기 딸에게 가르쳐서……"라고 말했다. 그런 질문이나 문장은 제대로 끝맺음이 되지 못했다. 다른 해녀가 그렇게 말한 여자의 옆구리를 쿡쿡 찌르거나 남편이나 조류, 혹은 다가올 폭풍우의 도착 예정시간으로 화제를 재빨리 바꾸곤 했기 때문이다. 이제는 해녀공동체를 이끌고 갈 책임이 어머니에게 무겁게 드리워져 있었기 때문에 모두가 어머니를 보호하려고 애썼다. 그러나 가끔씩 몇몇 해녀들이 잠깐 도를 넘어서서 다시 분별없는 말을 하곤 했다. 분위기가 불안해졌다. 다른 해녀들의 부상이나 죽음으로 인해 괴로워하는 해녀들의 이야기를 안 들어본 사람이 어디 있겠는가? 귀신 때문이건 죄책감 때문이건, 혹은 슬픔 때문이건 해녀들은 쉽게 실수를 할 수 있었다. 우리는 하도 맨 끝에 사는 여자에 대한 일을 알고 있었다. 그녀는 친구가 죽은 후 막걸리를 마시기 시작했고, 방향 감각을 잃고 파도에 휩쓸려서 날카로운 바위에 부딪혔다. 바위에 다리가 깊게 파여서 근육이 찢어져 그녀는 다시는 물질을 할 수 없게 됐다. 아들을 열병으로 잃은 한 이웃은 파도에 떠밀려갔고 생리 중이던 한 여자에게 운수 나쁘게도 상어 떼들이 몰려든 일도 있었다.

어머니의 몸은 걱정으로, 바닷속에 들어가 있는 고통으로, 너무 많은 사람들을 보살펴야 하는 책임으로 몹시 지쳐 보였다. 그녀에게는 쉴 틈이 없었다. 물질이나 밭일을 한 후 집에 돌아가면, 생후 8개월 된 토실토실한 네 번째 남동생에게 젖을 물리는 일을 포함해서 그녀에게는 아직도 할 일이 많았다. 아침 해가 뜨면 식구들에게 밥을 먹여야 했고, 삶은 이어졌지만 어머니는 새벽이 되기 전부터 밤늦게까지 일을 해야 했다. 그러다 보니 어머니의 몸이 축나고 있었다.

불턱에 도착했을 때는 어머니가 해녀 대장의 얼굴을 하고 있었다. 그녀는 다른 사람들 옆에 구덕을 내려놓고 불 옆의 상석에 자리를 잡았다. 그리고 우리에게 어디서 물질을 하고 어떻게 무리를 나눌 것인지 지시를 내렸다. 옷을 갈아입은 다음 할머니 해녀들은 배를 타고 어머니와 함께 해변에서 멀리 떨어진 곳으로 떠났고, 하군 해녀들은 바닷가에서 반 킬로 떨어진 지점으로 테왁에 매달려 헤엄쳐 나갔다. 진짜 할머니들과 미자와 나 같은 애기 해녀들은 근처 후미를 청소했다. 다음 계절과 미래 세대를 위해 어장을 청소하는 것은 모든 해녀의 의무였다. 갯닦이(갯바위 청소) 일은 쉬웠다. 나는 즐거웠고, 할머니와 시간을 같이 보내는 것이 좋았다.

우리 일행이 점심을 먹으러 불턱으로 돌아왔을 때, 아버지와 한 남자가 우리를 기다리고 있었다. 각자 아기를 등에 업고 있었다. 다섯 살이 안 된 또 다른 어린아이들은 아버지들의 다리 주변을 맴돌고 있었다. 아기들은 발길질 한 번에 뒤집힌 새끼 돼지들처럼 빽빽 울어댔다. 아버지가 내게 네 번째 남동생을 넘겨줬고, 아기는 아무것도 없는 내 가슴으로 코를 비벼댔다. 원하는 것을 찾지 못한 아기의 분홍색 입은 좌절된 갈망으로 길게 울부짖는 소리를 냈다. 배가 바닷가로 다가오자 두 어머니가 갑판에서 재빨리 뛰어내린 다음 바위를 뛰어넘어 우리에게 왔다. 그들은 울부짖는 아기들을 불턱으로 데려갔다. 몇 초 후에는 아기들이 젖을 먹으며 규칙적으로 내는 꿀꺽거리는 작은 소리와 다른 해녀들이 불턱으로 오면서 웃는 소리만 남았다. 아버지와 그의 친구는 다른 아들과 딸들을 데리고 몇 미터 걸어 나갔다. 두 남자는 바위 위에 앉아서 담뱃대에 불을 붙이고 들리지도 않게 낮은 목소리로 이야기를 나눴다.

미자가 나를 쿡쿡 찔렀다. "밥 먹자!"

불턱으로 들어가자 맛있는 냄새가 우리를 맞아줬다. 비록 갯닦이 중이었다 해도, 할머니는 해삼을 발견했다. 할머니는 그것을 삶아서 양념을 하고 모두가 나눠 먹을 수 있도록 잘라놓았다. 또다른 할머니는 모래에 사는 게들을 잡아서 콩을 넣고 끓여놓았다. 해가 하늘 높이 떠 있었다. 우리가 밥을 먹고 있을 때 햇살이 지붕 없는 불턱 안으로 들어와 우리에게 쏟아졌다.

점심 식사 후 우리는 다시 일을 시작했다. 오후에는 오전에 했던 일을 반복했다. 세 시간 후 모든 사람이 불턱에 다시 모였다. 아버지들은 다시 우리가 도착하기를 기다리며 우는 아기들을 세워서 안고 있었다. 어머니들은 아기들을 받아서 젖을 물렸고 나머지 사람들은 육지 옷으로 갈아입은 다음 불 옆에서 몸을 녹이며 오징어 요리를 먹었다. 그러나 일이 다 끝난 것은 아니었다. 우리는 망사리에 든 것을 분류했다. 소라에서 전복을, 성게에서 해삼을, 바다 우렁이에서 게를, 바다 달팽이에서 멍게를 골라냈다.

그런 다음에는 수확물을 판매할 준비를 했다. 성게를 열어서 알을 파내고 오징어를 말리기 위해 걸어놓았다. 고객들에게 아직 살아 있는 신선한 상품을 팔고 있다는 것을 알리기 위해 몇 가지 해산물은 바닷물을 담은 양동이 속에 넣어뒀다. 어떤 날은 이 모든 일을 하는 데 20분밖에 걸리지 않았고, 또 어떤 날은 두세 시간을 더 그곳에 있어야 했다. 그래서 불턱에서는, 아침에는 심각하지만 하루의 끝은 웃음과, 모두가 안전하게 돌아왔다는 안도감, 그리고 수확물에 대한 해녀들의 자랑이 넘쳐났다. 우리는 해녀공동체였지만 모든 것을 똑같이 나눠 갖지는 않았다. 조류와 해초는 함께 무게를 재서 이익을 똑같이 나눴다. 조개를 판 돈은 조개를 따온 해녀의 몫이었다. 수확 망사리 속에 몇 킬로의 소라가 들어 있어? 어떤 해녀가 전복을 찾은 거야? 그 해녀는 정말 복 터졌네!

불턱에서의 공인된 의식儀式은 여자들의 불만 토로였고, 여자들은 실제로 불만을 쏟아냈다. 가볍게 주고받는 농담은 떠들썩했고, 우리 귀는 물속에서 받은 엄청난 수압으로 아직도 막혀 있었다.

"우리 남편은 내가 번 돈을 술로 다 탕진해버려요."

"우리 남편은 내가 주는 용돈을 노름으로 다 날려버려요."

"우리 남편이 하는 일이라고는 정자나무 아래서 자기가 무슨 성공한 농부라도 되는 양 유교 사상에 대해 논하고 앉아 있는 거라니까요. 허!"

"남자들이란," 또 다른 여자가 씩씩댔다. "어쩔 수가 없어요. 약해 빠지고 게을러 터졌어요. 항상 미루기나 하고……."

"맞아요. 생각이 모자라요. 그래서 남자들한테 우리가 필요해요."

이것은 공통된 불만이어서 어떨 때는 누구의 남편이 가장 형편없는지 여자들이 경쟁을 하는 것 같았다.

"우리 남편이 작은마누라를 집에 데려와도 내버려둬야 했어요." 또 다른 여자가 알렸다. "내가 아들을 못 낳아줬으니까요. 그 여자는 과부였어요. 예쁘고 젊고 아들이 둘이에요. 지금 그 여자가 하는 일이라곤 보채는 것뿐이에요."

미자와 나도 그 문제에 대해 이야기를 나눈 적이 있었다. 미래의 남편이 작은마누라 — 다른 여자의 남편을 유혹해서 딴살림을 차린 과부나 이혼한 여자 — 를 얻는다면 우리는 도저히 참을 수 없을 것 같았다. 남편이 작은마누라와 살기 위해 집을 나간다면 그것은 더 끔찍한 일이었다. 이것은 남자들이 쾌락은 대단히 중시하면서 첫 번째 가정에 대한 책임은 너무 소홀히하는 것처럼 보이는 행동이었다. 그러나 한 여자는 다른 견해를 취했다.

"두 명의 아내는 두 개의 지갑을 의미한다." 그녀는 작은마누라가 얼마나 편리할 수 있는지를 표현하는 말을 읊조렸다.

"작은마누라가 해녀라면 돈을 벌어들일 테니까요." 첫 번째 해녀가 마지못해 동의했다. "어떤 경우에는 작은마누라가 딸보다 더 나을 수 있어요. 그러나 이 경우는 아니에요. 그 여자는 우리 남편한테 용돈도 안 줘요!"

"남편이 작은마누라 얻는 걸 막는 유일한 방법은 아들을 낳는 거예요. 나중에 제사를 지내줄 아들이 없으면 여자들은 누군가의 하인에 불과해요."

여자들은 이 기본적인 사실을 인정하는 말을 중얼거렸다.

"그렇지만 자기 남편이 더 어리고 예쁜 누군가를 집으로 데려오는 걸 원하는 여자가 세상에 어디 있겠어요?" 더 나이 많은 해녀가 큰 소리로 깔깔대면서 대화에 유머를 끌어들였다.

"일은 내가 다 하고, 작은마누라는 즐기면서 살아."

"즐긴다고? 뭘 즐기는데요?"

여자들이 그 말에 웃음을 터뜨렸다.

"우리 모두 속담을 알잖아." 할머니가 말했다. "여자로 태어나느니 소로 태어나는 것이 낫다."

"누가 더 많이 먹어야 할까요? 남자일까요, 아니면 여자일까요?" 도생이 화제를 바꾸려고 소리쳤다.

불턱의 여자들이 합창하며 소리쳤다. "여자요!"

"항상 여자가 더 많이 먹어야죠." 도생이 환하게 웃었다. "여자가 더 열심히 일하니까요. 나를 봐요! 나는 바다에서도, 밭에서도 일해요. 아들과 딸도 돌봐요. 그런데 우리 남편은 어디 있나요? 공장에서 일하는 것이 내가 하는 일보다 더 쉬울 거예요."

"그래도 당신 남편은 집에 돈을 보내잖아요!"

도생이 킥킥대며 웃었다. "그런데 너무 멀리 있어서 항아리 안을 휘저을 수가 없어요."

내 얼굴이 빨개졌다. 항아리 안을 휘젓다니.

유리의 시어머니가 될 뻔했던 여자가 도생의 처음 질문으로 되돌아갔다. "어떻게 남자들은 그렇게 일도 안 하면서 밥을 먹을 수 있을까요?"

"우리 남자들에게 너무 심하게 그러지 맙시다." 어머니가 막내아들을 무릎에 앉히고 어르며 말했다. "우리가 물질할 때 아이들을 돌보고 저녁상도 차리잖아. 빨래도 해주고."

"그리고 항상 우리한테 돈을 달라고 하지……."

여자들이 까르르 웃음을 터뜨렸다.

"그렇다고 내게 그만한 돈이 있다는 건 아니에요." 누군가가 말하자 다른 여자들이 다시 떠들기 시작했다. "그리고 내가 가진 돈을 그의 손가락 사이로 빠져나가게 가만히 내버려두진 않을 거예요."

"여자들이 돈은 더 잘 간수한다는 건 누구나 다 알죠."

"우리는 돈을 술로 바꿔서 목구멍에 쏟아붓진 않으니까요."

"우리 남편들이 술을 마신다고 해서 그걸 비난해서는 안 돼요."

어머니가 말했다. "할 일도 없고 하루를 보낼 목적도 없으니까 지겨운 거죠. 그리고 치맛자락에 의지해서 살아야 하는 삶이 어떨지 한번 생각해봐요." 여자들이 그 말뜻을 생각해보고, 아내에게 전적으로 의지한다는 것이 남편에게 어떤 의미인지 현실을 이해할 수 있도록, 어머니는 잠깐 말을 멈췄다. "적어도 우리에게는 바다가 있잖아요." 어머니가 말을 이어나갔다. "나한테는 바다가 두 번째 집이에요. 심지어는 내가 더 좋아하는 집이죠. 오히려 그 집에 대해 더 많이 알아요. 바위들과 표석들, 들판과 계곡들을요. 나는 남편의 마음속은 말할 것도 없고 우리 섬의 내륙 지방에 대해 아는 것보다 바다에 대해 더 많이 알고 있어요. 바다야말로 내가 가장 편해질 수 있는 곳이에요."

다른 여자들이 고개를 끄덕였다.

수확물을 고르고, 테왁을 쌓아두고, 망사리를 손질하는 일이 끝났을 때 우리는 불 위로 모래를 뿌렸다. 우리는 함께 둑을 건넌 다음, 아침에 바다로 나왔을 때와 똑같이 바닷가를 따라 길게 줄을 지어 제방을 넘고 해안가 오솔길로 올라갔다. 어떤 여자들은 혼자 걸었다. 어떤 여자들은 시어머니와 며느리가, 어머니와 딸이, 혹은 어머니와 도생, 미자와 나 같은 친구끼리 둘씩, 셋씩 무리를 지어 걸었다. 도생은 바닷가 바로 앞에서 살았다. 그녀와 작별인사를 한 다음 우리는 계속 섬 안쪽으로 걸어갔다. 우리가 하도의 큰 공터를 지날 때 당연히 남자들은 나무 밑에 앉아서 화투를 치며 술을 마시고 있었다. 두 여자가 무리에서 재빨리 벗어나 남편들을 붙잡아 집으로 데려갔다. 미자가 숙모와 삼촌네 집으로 가는 올레에서 멀어져갔을 때 내 하루 일과는 끝이 났다.

*

다음 날 아침 항상 기다리고 있던 올레에 미자가 없었다. 불턱에 도착했을 때 도생도 그곳에 없었다. "두 사람 없이 물질을 합시다." 어머니가 이렇게 말한 다음 지시를 내렸다. 진짜 할머니들과 애기 해녀들은 둑의 끝부분에서 일하기로 했다. "나머지 사람들은 모두 1킬로 정도 헤엄쳐 나갑시다. 오늘은 미자와 도생이 없으니까 내가 딸과 함께 잠수할 겁니다. 이제는 그 애가 전복을 딸 때가 됐죠."

나는 그 말을 믿을 수가 없었다. 그것은 애기 해녀에게는 생각할 수도 없는 큰 영광이었다. 물옷으로 갈아입고 있을 때 두 여자가 내게 축하 인사를 건넸다.

"내가 바다에 관해 알고 있는 것은 전부 너희 어머니가 가르쳐 주신 거야." 한 여자가 말했다.

"전복도 딸 수 있을 거야. 내가 장담해." 다른 해녀가 말했다.

나는 더 이상 행복할 수가 없었다.

일단 준비가 끝나자, 우리는 어깨에는 테왁과 망사리를 메고, 허리에 찬 가방에는 바다 양식 도구들을 매단 다음, 한 손에는 창을 든 채 줄지어 나갔다. 한 사람씩 우리는 바닷속으로 떨어졌다. 애기 해녀들과 할머니를 포함한 노인들은 함께 오른쪽으로 헤엄쳐 나갔다. 하군 해녀들과 진짜 할머니 해녀들, 그리고 나는 테왁에 양팔을 감고 철벅거리며 바닷가를 벗어나 어머니를 따라 지정된 지점으로 헤엄쳐 갔다. 햇살이 우리의 얼굴과 팔과 어깨 위로 환하게 쏟아졌다. 물은 파란 하늘색이었다. 너울은 부드러워서 맞서 싸울 필요가 전혀 없었다. 미자가 나를 볼 수 있으면 좋겠다는 생각이 들었다.

"다 왔어요." 어머니가 바람과 파도 소리를 누르고 다른 사람들에게 다 들릴 만큼 큰 목소리로 외쳤다. 그녀는 재수 있으라고 빗창에 침을 뱉었다. 나도 똑같이 했다. 그런 다음 우리는 함께 아래로 헤엄쳐 내려갔다. 물은 그리 깊진 않았다. 우리는 큰 바위들 사이를 이리저리 헤집고 다녔다. 어머니는 나중에 돌아와 딸 수 있는 성게와 다른 해산물들을 가리켰다. 그러나 무엇보다도 내게 전복이 어디 있는지 알려줬다. 이런 기술을 알려주는 어머니가 있으니 나는 얼마나 복이 많은가.

나는 숨을 쉬러 물 위로 나왔다 다시 잠수했다. 어머니의 폐활량을 따라가려면 앞으로 여러 해가 지나야 했다. 그러나 어머니는 불평하지 않았다. 그녀는 참을성 있게 기다렸다. 숨 쉬러 올라왔다 다시 내려가기. 그녀는 전복이 군데군데 붙어 있는 표석漂石을 발견했다. 전복이 위장을 너무 잘했기 때문에 전에는 전복을 못 본 것이 당연했다. 이제는 봤기 때문에 나는 무엇을 찾아야 할지 알게 됐다. 조류로 덮인 표석의 울퉁불퉁한 윤곽 위로 솟아오른, 회색빛이 감도는 푸른색이나 검은색의 완전히 매끈하지는 않은 돌기를 찾으면 됐다. 숨 쉬러 올라가기.

"배운 것을 모두 잘 기억해둬라." 어머니가 조언했다. "내가 바로 옆에 있을 테니까 두려워하지 말고."

우리는 몇 번 깊이 숨을 들이쉰 다음 다시 내려가서 물을 휘젓지 않으려고 천천히 접근했다. 먹잇감을 덮치는 뱀처럼 빠른 속도로 나는 살짝 들린 전복 가장자리 밑에 빗창을 밀어 넣고 전복이 달라붙기 전에 홱 뒤집었다. 전복이 바닥으로 떨어지려는 찰나 그것을 붙잡았다. 내가 이미 성공했고 나보다는 숨을 더 많이 참을 수 있었기 때문에, 어머니는 내가 표면을 향해 올라가기 시작했을 때 다른 전복 밑에 빗창을 쑤셔 넣었다. 나는 머리 위로 내가 얻은 수확물을 들고 물 밖으로 나왔다. 내 숨비소리가 의기양양하게 울려 퍼졌다. 테왁 위에서 쉬고 있던 해녀들이 나를 위해 환호했다.

"축하해!"

"이걸 시작으로 앞으로 왕창 잡아라!"

전통에 따라 나는 천천히 전복을 뺨에 비비면서 애정과 감사의 마음을 보인 다음 조심스럽게 그것을 망사리에 넣었다. 또 다른 전복을 따고 싶어서 다시 잠수할 준비를 하다가 나는 어머니가 아직도 숨을 쉬러 올라오지 않은 것을 깨달았다. 어머니는 숨을 오래 참을 수 있었지만 지금쯤이면 물 밖으로 나와야만 했다. 숨을 들이쉬고, 들이쉬고, 들이쉰 다음 밑으로 내려가기.

머리를 숙인 자세를 취하자마자 어머니가 그 표석에, 내가 떠났던 바로 그 자리에, 아직도 있는 것이 보였다. 어머니는 발밑의 모래 속에 있는 뭔가를 잡기 위해 안간힘을 쓰고 있었다. 물속으로 스며들어온 햇빛이 손으로 잡을 수 없는 곳에 놓인 어머니의 칼 가장자리에서 반짝였다. 나는 두 번 더 세게 발길질을 한 다음 어머니 옆으로 미끄러져 갔다. 바로 그때 어머니의 빗창이 전복 밑에 갇혀 있는 것이 보였다. 어머니에게는 가죽끈을 잘라낼 칼이 필요했다. 절대 당황하지 말라는 것이 바닷속에서의 가장 큰 안전 장치였지만 나는 겁이 났다. 나는 허리띠에서 칼을 잡아당기며 어머니가 칼을 떨어뜨린 것처럼 나도 떨어뜨리지 않을까 우려하는 가운데 열심히 집중했다. 이때쯤에는 이미 내 폐가 가슴을 심하게 압박해오고 있었다. 어머니는 훨씬 더 오래 물속에 있었다. 틀림없이 고통스러웠을 것이다. 나는 더 가까이 몸을 들이대고 가죽끈

밑에 칼을 밀어 넣으려고 애썼다. 그러나 끈은 물속에서 더 질겨져 있었다. 심장이 쿵쾅거렸고 머리에서는 피가 고동쳤다. 공기가 필요했지만 나보다 어머니에게 더 필요했다. 도움을 청하러 표면으로 나갈 시간이 없었다. 그렇게 하면 돌아올 때쯤에는······.

이제 우리 둘 다 필사적이 됐다. 어머니가 내 칼을 붙잡아서 가죽을 자르려고 시도했다. 서두르다 팔뚝을 깊게 벴다. 피로 물이 뿌옇게 변해서 어디를 자르고 있는지 더 보이질 않았다. 어머니가 양다리를 미친 듯이 발버둥치기 시작하며 빗창을 누르고 있는 전복에게서 벗어나기 위해 안간힘을 썼다. 나는 그녀의 팔을 잡아당기며 도우려고 애썼다. 그러나 더 이상 계속할 수가 없었다.

갑자기 어머니가 몸부림을 멈췄다. 어머니는 조용히 표석 위에 칼을 내려놓고 이제는 빈손으로 내 손목을 잡으며 나를 주시했다. 어머니의 눈동자는 어둠 때문에, 두려움 때문에 커져 있었다. 어머니가 1, 2초 동안 내 눈을 깊이 들여다보며 나를 자세히 보고, 나를 기억했다. 그런 다음 숨을 놓았다. 어머니의 숨 방울들이 우리 두 사람 사이로 보글거리며 올라갔다. 다시 1초가 지났다. 어머니는 여전히 내 손목을 붙잡고 있었지만 나는 다른 손을 어머니의 뺨에 댔다. 평생의 사랑이 우리 둘 사이를 지나갔다. 그런 다음 어머니는 물을 들이삼켰다. 어머니의 몸이 뒤로 젖혀지면서 마구 움직였다. 나는 공기가 몹시 필요했지만 어머니가 바위에 묶인 채 평화롭게 떠서 떠날 때까지 그 곁을 지켰다.

*

어머니의 시신은 쉽게 회수해서 바닷가로 옮길 수 있었다. 적어도 어머니는 배고픈 귀신은 되지 않을 것이다. 내가 할머니와 아버지, 형제자매들에게 어머니가 다시 숨을 쉬지 못할 것이고 그녀의 몸이 다시 따뜻해지지 않을 것이라는 사실을 알릴 때, 이것이 그들에게 해줄 수 있는 유일한 위로였다. 성화에 못 이겨서 나는 어머니의 마지막 순간들에 대해 그들에게 이야기했다. 우리 모두 울었지만 아버지는 나를 원망하지 않았다. 정확하게 말하면 설사 그랬다 해도, 내가 자책한 것에 비하면 아무것도 아니었다. 내가 어머니를 죽게 만든 원인이었다는 생각은 양잿물처럼 나를 초조하게 만들었다. 나는 고통과 죄책감에 시달렸다.

다음 날 아침 미자가 우리 집에 왔다. 그녀는 하루 동안 밤낮으로 배앓이를 해서 눈 밑이 검게 변해 있었고, 뺨은 홀쭉해져 있었다. 미자는 내가 숨도 못 쉴 정도로 흐느끼며 무슨 일이 일어났는지 설명해주는 것을 들었다. "어쩌면 내가 수면 위로 올라가려고 발차기를 할 때 전복이 놀랐을지 몰라. 내가 너무 흥분해 있었고 뿌듯해했으니까. 내가 바닷물을 너무 휘젓는 바람에 전복이 어머니의 빗창을 세게 눌러버린 거야."

"어쩌면 일어났을 일들 때문에 너 자신을 탓하지 마." 그녀가 말했다.

설사 그녀의 말이 맞는다 해도, 내 죄책감을 없앨 수가 없었다.

"내가 왜 그냥 어머니 칼을 주워서 어머니에게 드리지 않았을까? 그렇게 했다면 어머니가 직접 가죽끈을 잘라낼 수 있었을 텐데. 그리고 더 끔찍한 건 말이야." 나는 울었다. "내가 칼 다루는 법을 몰랐다는 거야."

"애기 해녀한테 그럴 정신이 있을 거라고 생각하는 사람은 아무도 없어. 그래서 우리가 훈련을 받는 거잖아."

"그렇지만 내가 어머니를 구해야만 했어."

미자는 어머니와 아버지를 잃었기 때문에, 어느 누구와도 비교할 수 없을 정도로 내 고통에 공감했다. 그녀는 줄곧 내 곁을 떠나지 않았다. 아버지는 어머니가 마지막으로 입은 적삼을 지붕으로 들고 가서 머리 위로 흔들며 허공에 대고 세 번 소리쳤다. "하도 마을의 굴동 부락에 사는 제 아내 김순실이 서른여덟 살에 죽었습니다. 그녀가 원래 왔던 곳으로 돌아감을 천지신명께 고합니다." 이것으로 아버지는 우리 집의 초상이 공식적으로 시작됐음을 알렸다. 미자가 내 손을 잡아줬다.

미자는 우리 집에 머물며 아침 일찍 일어나서 물을 길어오고 땔감 모아오는 일을 도왔다. 내가 어머니의 시신을 씻기고, 저승길에 만날 혼령 개에게 먹이라고 메밀 낟알들을 어머니의 손바닥과 가슴에 올려놓고 천으로 염할 때 미자가 나를 도왔다. 이것은 딸로서 겪을 수 있는 가장 큰 영광이자, 가장 큰 슬픔이었다. 미자는 내 남동생들과 여동생에게 흰 상복을 입혔다. 그녀는 나를 도와서 성게국과 장례식에 필요한 다른 음식들을 만들었다.

미자는 장례 행렬이 하도를 지나는 동안 내 옆에서 걸었다. 그녀는 넷째 남동생을 등에 업고 울지 않도록 계속 얼렀다. 어머니의 위패를 든 나는 어머니가 이승으로 다시 돌아올까 봐 어깨 너머로 보지 않도록 조심했다. 불턱에서 온 여자들은 우리 뒤를 따르면서 무덤까지 망자가 지나가도록 길을 치웠다. 그들 뒤로는 열두 명의 남자들이 어머니의 관을 날랐다. 많은 사람들이 올레를 따라왔다. 모두가 어머니의 저승길에 함께하고 싶어 했다.

관이 우리 집으로 옮겨졌다. 친구들과 이웃들이 제물 — 떡, 곡식을 담은 사발, 막걸리 — 을 제단에 놓았다. 어머니와 아버지의 결혼사진이 가운데 자리를 차지했다. 어머니는 젊었을 때 예뻤다. 오랜 시간 동안 햇빛과 바람, 소금물에 노출되고 걱정과 책임으로 인해 그녀의 얼굴에는 주름이 생겼고, 얼굴색이 쇠가죽처럼 까맣게 변했다. 그러나 나는 어머니가 지금 어떤 모습일지만 생각했다. 내게 떠오르는 모습은 바다의 한기와 죽음의 차가움 때문에 영원히 퍼렇게 변한 모습뿐이었다.

이웃들이 애도와 경의를 표하는 동안, 미자는 오른쪽 무릎을 내 왼쪽 무릎에 대고 제단 바로 앞의 바닥에 나와 함께 앉아 있었다. 남자들이 상여를 다시 들어 올렸을 때 미자는 우리 식구와 함께 밭으로 따라갔다. 그곳은 지관地官이 아버지에게 어머니의 묏자리로 좋다고 알려준 곳이었다. 바람에 깎이거나 짐승들의 발에 밟히지 않도록 돌담으로 둘러싸인 명당이었다. 사람들이 무덤을 파는 동안 미자는 내 옆에 서 있었다. 먼저 나이 든 남자들에게, 다음에는 젊은 남자들에게, 그다음에는 어린 남자아이들에게 음식이 나누어졌다. 이어서 여자들이, 나이 든 여자부터 어린 여자아이들까지 차례로 왔다. 미자와 유리와 나는 음식을 거의 받지 못했다. 여동생을 포함해서 몇 명의 여자아이들은 아무것도 받지 못했다. 몇몇 해녀들이 걸걸한 목소리로 공평하지 못하다고 소리를 질렀다. 그러나 따지고 보면 죽음은 공평한가? 땅과 조화를 이루는 땅속 위치로 관이 내려졌고, 남자 몇 명이 무덤 위에 어머니의 이름이 새겨진 비석을 세웠다. 앞으로 나는 여기에 와서 어머니를 기억하며 그녀를 위해 울고, 나를 이 세상으로 데려온 것에 감사하며 제물을 바칠 것이다.

"보이지?" 미자가 속삭였다. "우리를 둘러싼 저 돌담들이 어머니를 항상 보호해줄 거야. 너는 항상 여기서 어머니를 만날 수 있을 거야." 그녀는 내게 부드러운 미소를 보냈다. "3월마다 산에 가서 고사리를 따다가 제사음식으로 바치자."

고사리는 아홉 번을 따도 다시 싹이 난다. 칠전팔기라는 말은 우리에게 이것을 상기시켜주고, 미래 세대에게 망자들이 길을 닦아주기를 바라는 마음을 상징한다. 일 년 동안 여러 가지 형태로 제사를 지낼 기회가 많을 것이다. 그러나 그날 우리 집에 어머니를 위해 위패를 안치한 사당이 세워졌을 때 상 위에 첫 번째로 귤을 놓은 사람은 미자였다. 그것을 사기 위해 미자가 썼을 돈을 생각하면…….

그날 밤 미자는 내 옆에 누워서 울고 있는 나를 위로했다. "넌 혼자가 아냐. 앞으로도 절대 혼자가 아냐. 내가 항상 같이 있어줄게." 그녀는 이 말을 반복했고, 이 세 문장은 최면을 거는 것처럼 내 머릿속에 울려 퍼졌다.

그러나 어머니의 여정은 아직 완결되지 않았다. 심방 김씨는 이틀에 걸쳐 열두 시간마다 어머니의 혼을 정화했고, 어머니를 망자들의 나라로 평화롭게 인도해주려고 해녀공동체를 위해 특별한 씻김굿을 행했다. 너무나 많은 사람들이 어머니의 죽음으로 직접적인 영향을 받았기 때문에 심방은 살아 있는 사람들에게도 신경을 쓸 예정이었다. 나는 어머니의 죽음을 목격한 사람이었고, 도생과 미자는 그날 물질에 안 나와서 어머니로 하여금 나를 도와 전복을 따게 만든 역할을 했다. 다른 해녀들은 어머니를 풀어내서 바닷가로 옮기는 일을 도왔다. 우리 모두 충격을 받았고, 죽음에 영향을 받았다.

굿은 바닷가의 바위들 속에 세워진 오래된 신당에서 벌어졌다. 이웃 마을 여자들과 소녀들이 생선 요리를 담은 그릇과 쌀, 달걀과 술을 가져와서 어머니의 사진 옆에 만든 제단에 올려놓았다. 사진은 어머니의 혼례식 사진이 아니라, 하도 야학 앞에서 열두 명의 학우들과 함께 최근에 찍은 것이었다. 물질 짝에게 경의를 표하기 위해서 도생은 아들에게 흰색 종이끈에 전하는 말을 적게 했다. 종이끈이 바람에 축제처럼 나부끼고 있었다. 활기를 불어넣는 것은 이것뿐만이 아니었다. 슬픈 행사임에도 불구하고 심방 김씨는 무지개색과 시끌벅적한 소리를 끌어들였다. 그녀가 입은 한복은 빨강, 파랑, 노란색의 색동옷이었다. 그녀는 빨간색 술을 빙글빙글 돌렸다. 두 명의 조수는 징을 울렸고, 세 명의 조수는 북을 두드렸다. 이 모든 것에 통곡 소리와 울음소리가 어우러졌다. 곧 우리는 한 몸이 되어 춤을 췄고 그런 다음에는 목소리를 높여 기도하고 노래를 불렀다.

해가 지자 우리는 물가로 갔다. 그곳에서 심방 김씨는 바다의 신들에게 제사를 올렸다. "순실의 혼을 풀어주시길 비나이다." 그녀가 간청했다. "그녀가 제게 돌아올 수 있게 해주시길 비나이다." 심방은 긴 흰색 천 조각의 한쪽 끝을 파도 속에 던진 다음, 그것을 천천히 끌어당겨서 어머니의 혼을 데려왔다.

다음 날 아침에는 바람이 심하게 불어서 촛불을 켜놓기가 불가능했다. 오늘은 풀이굿이었다. 어머니는 이승으로부터 풀려날 것이고, 우리는 어머니로부터, 괴로움으로부터 풀려날 것이다. 우리는 똑같은 방식으로 울고, 통곡하고, 춤추고, 노래했다. 그러다가 마침내 심방 김씨가 우리에게 앉으라고 권했다. 주변 사람들의 얼굴이 슬픔뿐만 아니라 흥분으로 가득 차 보였다.

"모든 여신님들께 인사드럽니다." 심방 김씨가 소리쳤다. "존경하는 신령님들, 어서 여기로 오십시오. 순실의 해녀공동체에 속한 여자들 모두 불행에 영향을 받았다는 사실을 알아주시길 바랍니다. 도움이 가장 절실한 사람들을 치유해줘야 합니다. 혼령들께서 순실의 큰딸과 시어머니, 도생, 그리고 미자에게 내 앞에 무릎을 꿇으라고 하십니다."

우리 네 사람은 제단에 세 번 절한 다음 시키는 대로 했다. 심방 김씨가 술로 부드럽게 할머니의 가슴을 쓰다듬으며 할머니부터 시작했다. "너는 좋은 시어머니였다. 며느리에게 잘 대해줬다. 순실에 대해 한 번도 험담한 적이 없었다."

조문하러 온 사람들은 이 칭찬에 맞장구를 쳤다.

심방 김씨의 술이 미자의 가슴으로 와서 머물렀다. "그날 아팠던 것에 대해 자책하지 말거라. 운명과 하늘의 뜻에 따라 순실은 이 세상을 떠난 것이다." 이 말에 미자가 흐느꼈다. 나는 나 자신의 슬픔에 빠져 있느라 미자가 어떤 기분이었을지 깨닫지 못했다.

"그분이 제가 알았던 유일한 어머니였어요." 미자의 목이 메었다.

다음은 도생 차례였다.

심방 김씨가 도생을 위로하는 말을 듣는 게 아마도 굿의 가장 어려운 부분이었을 터이다. 도생은 예전의 발랄했던 딸을 잃어버렸고, 이제는 가장 친한 친구가 사라졌다. 심방 김씨는 긴 흰색 끈이 묶인 칼로 도생을 감싸고 있는 나쁜 기운을 잘라냈다. "이 여자의 충격과 슬픔을 가져가라. 해녀공동체는 이 여자를 새 대장으로 뽑아라. 해녀들을 현명하고 신중하게 이끌어주길 바란다. 제발 이 여자들에게 더 이상 비극이 일어나지 않길 빈다."

마침내 심방 김씨가 내게로 몸을 돌렸다. 척추를 따라 내려가는 그녀의 손가락에 내 등이 편안해졌고, 이마를 두드리는 그녀의 집게손가락에 내 마음이 열렸다. 버석거리며 내 가슴을 스치는 그녀의 술에 깊숙이 자리 잡고 있던 내 괴로움이 드러났다. "이 처녀의 영혼을 치유해줍시다." 그녀가 말했다. "이 처녀를 슬픔에서 벗어나게 해줍시다." 그런 다음 그녀는 내게서 방향을 옮겨 저승 쪽으로 관심을 기울였다. "바다의 신 용왕님께 비나이다. 순실의 혼을 저희에게 마지막으로 한 번 데려다주시길 비나이다."

내 눈앞에서 심방 김씨는 마음을 완전히 열고 어머니의 목소리로 어머니의 삶에 대해 이야기하기 시작했다. "나는 스무 살 때 중매로 결혼했다. 같은 해에 콜레라가 퍼져서 부모와 형제자매를 잃었다. 한 해에 고아도 되고 아내도 됐다. 내 결혼생활은 특별히 좋지도, 나쁘지도 않았다. 그러다가 나는 어머니가 됐다."

나는 어머니가 내 잘못이 아니었다고 말해주길 바랐다. 어머니가 내게 강해지라고 말해주길 바랐다. 형제자매를 어떻게 돌봐야 하는지 어머니의 조언이 필요했다. 내게는 나만을 위한 특별한 사랑의 메시지가 필요했지만, 우리가 원하는 것을 말하거나 행할 의무가 혼령들에게는 없었다. 그들은 지금 저승에 존재하고 그들만의 권리를 지니고 있었다. 더 깊은 의미를 읽어내는 것은 우리에게 달려 있다. 심방의 목소리가 높아졌다. 내가 사랑으로 감싸였을 때는 목덜미 털이 쭈뼛하고 서는 느낌이 들었다. "나는 평생 바다에서 지냈지만 내 마음은 항상 내 딸들과 함께 있었다. 나는 용기 있는 큰딸을 사랑한다. 막내딸의 웃음소리를 사랑한다. 어두운 죽음의 냉기 속에서 딸들을 그리워할 것이다."

그 말과 함께 심방 김씨는 빙의 상태에서 빠져나왔다. 이제는 더 많이 노래하고 춤추는 시간이 됐다. 그런 다음 우리는 바다에서 나온 것들로 만든 음식 — 문어 조각들과 성게, 생선회 — 을 나눠 먹었다. 어머니는 바다에서 죽었지만, 바다가 우리에게 생명을 준다는 사실을 잊을 수는 없었다.

그날 밤 미자는 다시 나와 함께 지냈다. 그녀가 옆에 누워서 내 몸을 감싸 안았다. "한 해, 한 해 시간이 갈수록 슬픔이 조금씩 줄어들고, 슬픔에서 더 많이 놓여나게 될 거야." 그녀가 내 귀에 속삭였다. "곧 네 슬픔이 바다거품처럼 녹아 없어질 거야."

나는 그녀의 말을 알아들은 것처럼 고개를 끄덕였지만, 사실 그 말은 별 위로가 되지 못했다. 그녀 자신이 어머니와 아버지를 잃은 슬픔으로부터 벗어나지 못했다는 사실을 내가 알기 때문이었다.

*

암탉이 울면 집안이 망한다라는 속담이 있다. 그러나 암탉이 죽었을 때 무슨 일이 일어나는지에 대한 속담은 없다. 큰딸로서 나는 항상 동생들을 책임져왔다. 이제는 내가 그들에게 먹을 것과 입을 옷을 장만해주고 그들에게 두 번째 어머니가 되어줘야 했다. 아버지는 아무런 도움이 되지 못했다. 아버지는 착하기는 했지만, 책임이 늘어난 것에 대해 몸서리를 쳤다. 슬픔에 빠져서 혼자 밖에 나가 있는 아버지의 모습이 너무 자주 보였다. 가족을 먹이고 돌봐야 하는 모든 책임을 짊어질 수 있도록 태어난 남자는 아무도 없었다. 바로 그 때문에 남자들에게는 아내와 딸들이 있었다.

집안 걱정만으로 충분하지 않았는지, 일본 군국주의자들은 어머니의 죽음 후 여러 달 동안 우리를 훨씬 더 세게 죄어왔다. 어머니는 내 남동생들을 열 살 때까지만이라도 학교에 보낼 수 있을 만큼의 돈을 모으고 싶어 했다. 내가 벌어들이는 부수입이 남동생들의 앞길에 도움이 됐을 것이다. 그러나 설사 우리 집이 내 부수

입에 의지할 수 있었다 해도, 남동생들을 학교에 보내는 것은 너무 위험했다. 섬에서 학교에 다니는 그런 "복 많은" 소년들이 일본 군인들의 은신용 지하 벙커 건설에 갑자기 강제 동원되고 있었기 때문이다.

사방에서 나를 압박해오는 것 같았다. 나는 어머니의 방식으로 용기와 영감을 찾았다. 제주에서는 어디에 있건 설문대 할망을 볼 수 있다. 나는 여신의 살 위를 걸었고, 여신의 치맛자락 위로, 치마 속으로 헤엄쳐 다녔으며, 여신이 내쉰 공기를 들이마셨다. 그리고 내게는 의지할 수 있는, 살아 있는 두 사람이 있었다. 끝까지 살아남은 생존자 미자가 있었고, 나를 매우 많이 사랑해주고 수많은 비극을 함께 겪은 할머니가 있었다. 그들은 내가 가족을 위해 최선을 다할 것이라 믿었다.

"부모는 자식들 속에 존재한다." 할머니는 내 자신감을 북돋아주기 위해 말했다. "네 어미는 항상 네 속에 존재할 것이다. 네가 어디를 가건 네 어미가 너에게 힘을 줄 것이다."

아침에 바다로 가다가 미자와 항상 만나는 올레 지점에서 미자를 보게 되면 할머니는 엄마 없는 두 소녀를 위로하고 싶은 마음에 세간에 전해 내려오는 말을 들려주곤 했다. *"바다가 친엄마보다 낫다."* 할머니는 또 이렇게 말했다. *"바다는 영원하다."*

두 번째 날

2008년

바닷가에서 그 가족을 만난 다음 날 아침 영숙은 일찍 일어났다. 그녀는 거의 뜬눈으로 밤을 보냈다. 깜깜한 어둠 속에서 외국인 여자와 그녀의 남편, 그리고 그들의 자식들에 대해 생각하면서 영숙의 마음은 편치 않았다. 영숙은 여러 해를 거쳐오면서 미자에 대해 들었던 온갖 소문을 떠올렸다. 미자가 미국 저택에 살면서 자가용을 몰고 다니고 자기가 살았던 동네에 돈을 보내고 있다는 소문이었다. 그러나 다른 소문도 있었다. 그녀가 LA에 작은 식료품점을 가지고 있고, 작은 아파트에 살고 있으며, 나이가 많아 언어를 배울 수 없어서 외롭게 지낸다는 것이다. 미자의 가족을 만난 후 영숙은 어떤 소문을 믿어야 할지 알 수가 없었다.

영숙은 정지로 가서 물을 끓이고 귤청을 넣어 저은 다음, 신 귤차를 천천히 마셨다. 그녀는 정지에 딸린 텃밭으로 가서 쪽파와 마늘을 뽑아 아침에 먹을 게 죽에 넣었다. 그런 다음에는 방으로 가서 옷을 입고, 이불을 개킨 뒤 아침을 먹었다. 아직 동은 트지 않았다.

그녀가 어렸을 때는 해녀들이 55세에 공식적으로 은퇴했다. 이승의 공기를 계속 숨 쉬는 사람들은 집에만 있고 싶지 않았기 때문에 바닷가에서 물질을 했다. 그러나 시대가 변했다. 안거리로 가서 손자 가족들과 아침 식사를 할 때면, 그녀는 "집에 혼자 있기가 외롭다. 바다에 내려갔다 와야겠다"라고 말하곤 했다. 그녀의 말은 집에서 어린 증손자들과 죽치고 앉아 있는 것이 지겹다는 뜻이었다. 물론 아기들과 보내는 그 특별한 시간을 즐기긴 했지만 — 그녀가 젊었을 때는 자식들과 함께 시간을 보내지 못했다 — 아기들은 그녀에게 들려줄 이야깃거리도 없었고, 또 아기들과는 서로 놀리거나 농담을 주고받을 수도 없었다. 더구나 밭에서 계속 몸을 구부린 채 김매기를 하고, 호미질을 하고, 씨를 뿌리고, 수확하는 일을 하는 것은 증손자들의 표현대로 "그녀의 장기"가 아니었다. 그녀에게는 자연 — 바람과 파도와 달 — 과 조화를 이루며 살 때가 더 좋았다.

영숙은 경제적으로 자립할 수 있는 상태였기 때문에 원하는 것은 무엇이든 할 수 있었다. 어느 누구에게 신세를 지면서 산 적이 없었고, 앞으로도 그럴 것이다. 그녀는 바다를 자신의 은행으로 간주했다. 그녀에게는 수표도, 신용카드도 없었지만 바닷속에서 돈을 벌 수 있었다. 그녀는 물질할 때 가장 건강하다고 항상 느꼈고, 물속에서 치유되는 것 같은 기분을 느꼈다. 살면서 문제가 생길 때마다 그녀는 물질을 하러 갔다. 물론 그것은 위험했지만, 매일 무엇인가가 그녀를 바다로 끌어당겼다. 몸이 바닷속에 없을 때도 그녀의 마음은 바다에 가 있었다.

"바다가 부르는 소리가 들린다." 영숙은 오늘 아침 손자에게 말했다. 손자는 그녀와 그 문제로 실랑이를 벌이지 않으려 했고, 집안의 어느 누구도 그러지 않았다. 은퇴할 나이가 훨씬 지난 후에도 영숙은 최고의 해녀 중 한 사람이었다. 파도와 해류와 너울에 대해 고생하면서 얻은 경험이 제일 많았고, 문어의 서식지에 대한 가장 깊은 지식을 가지고 있었으며, 숨을 참을 수 있는 능력이 뛰어났다. 요즘에는 55세 이하의 해녀를 찾기 힘들다니 얼마나 이상한 일인가. 20년 후에는 해녀가 사라질 것이라고 한다.

수십 년 동안 받은 수압 때문에 그녀는 귀에 계속 통증을 느꼈고 이명이 들렸다. 항상 흔들리는 배를 타고 있는 것처럼 두통과 현기증, 구토 증상을 달고 살았으며 고무로 된 잠수복을 입기 시작했을 때는 해저로 쉽게 내려갈 수 있도록 허리에 차고 다니던 연철 때문에 엉덩이가 아팠다. 표면으로 다시 올라올 때면 연철 무게 때문에 힘을 더 들이다 보니 아플 수밖에 없었다. 손으로 물을 저어 30킬로에 달하는 하루 수확물이 든 망사리를 끌고 배나 바닷가로 돌아가서, 육지 위로 끌어 올려 불턱으로 돌아갈 때면, 이 연철 때문에 그렇지 않아도 무거운 짐이 더 무거워졌다. 그럼에도 불구하고 가차 없는 바다가…… 그것이 그녀를 손짓하며 불렀다.

바닷가로 가까이 다가가면서 영숙은 옛 돌 불턱과, 울타리가 둘러진 탈의장 흔적을 바라봤다. 요즘은 그곳에서 젊은 사람들이 몰래 만나 음악을 듣고 담배를 피우기도 했다. 그런 낭비를 하다니. 그녀는 왼쪽으로 방향을 틀어서 새 불턱으로 들어가는 다른 늙은 여자들과 합류했다. 새 불턱에는 개별적인 샤워실과 탈의실, 냉방 시설과 난로, 그리고 적어도 열두 명의 여자가 들어가서 소금물을 씻어내고 동시에 몸을 데울 수 있는 큰 욕조가 있었다. 불구덕이 없는 대신 지붕이 있었고, 필요할 때는 난방 기구를 꺼내 켤 수 있었다. 건강관리 시설과 더불어 이 모든 설비는 해녀들의 노고에 대한 답례로 정부가 마련해준 것이었다.

여자들이 옷을 벗었다. 오래전 아기들에게 젖을 먹이고 남편들에게 기쁨을 줬던 젖가슴은 배꼽까지 축 늘어져 있었다. 한때 탄탄했던 배는 이제 뱃살이 겹겹이 출렁거렸고 한때 윤기가 흐르던 검은 머리는 칙칙하게 흰색으로 변했다. 평생 일을 해온 두 손에는 마디가 지고 주름과 흉터가 가득했다. 영숙의 옆에서는 강씨 자매가 늘어진 엉덩이 위로 검은색 네오프렌 합성고무 바지를 잡아당겨 입은 다음, 머리 위로 오렌지색 네오프렌 상의를 잡아당겨 입었다. 오렌지색 상의 덕에 지나가는 배들한테 그들이 더 잘 눈에 띄게 될 것이다.

영숙은 모자 속에 머리를 구겨 넣고 작은 구멍이 위로는 눈썹 위에 오고 아래로는 입술 바로 밑에 오도록 맞췄다. 불턱을 둘러보자, 평생 알아온 친구들의 그을린 얼굴들이 작은 구멍 밖으로 찌부러져 나와 있었다. 여자들의 성격과, 그들의 착함과 관대함, 인색함과 무뚝뚝함의 역사들이, 그 몇 센티미터 속에 집중되어 있었다. 주름살 하나하나가 물속에서의 여행과 출생과 죽음, 생존과 승리의 이야기를 전해주었다. 강구자의 입가에 난 깊은 주름들은 아이가 그린 햇살처럼 밖을 향해 피어났다. 주름살들이 그녀의 눈꼬리부터 뺨으로 길게 이어졌다. 그녀에게 강구선은 영원히 동생이었다. 많은 상실을 겪었음에도 불구하고 그녀의 눈에서는 친절함이 묻어 나왔다. 어떤 여자들은 이가 다 빠져서 뺨이 푹 꺼졌기 때문에 슬픔과 기쁨의 골이 더 커 보였다. 그들은 머리 위로 거의 비슷하게 얼굴 마스크를 끌어 올렸지만, 각자 독특한 방식으로 그것을 올려놓고 있었다. 어떤 사람은 눈썹 위로, 어떤 사람은 머리 꼭대기로 그것을 올려놓았고, 어떤 사람은 약간 비스듬히 쓰고 있었다. 몇몇 여자들은 개성을 과시하기 위해 네오프렌 상의 위에 집에서 만든 꽃무늬 조끼를 걸쳐 입었다.

할머니들은 테왁과 망사리, 오리발과 다른 도구들을 들고 불턱을 떠나서 몇 발자국 걸어 내려간 다음 방파제를 넘어 배로 향했다. 그들은 소라가 많이 잡히는 곳으로 유명한 근처 섬의 후미로 배를 타고 갈 예정이었다. 배가 목적지에 닿자 영숙과 다른 여자들은 몇 분 동안 용왕신에게 쌀과 막걸리를 바치고 풍부한 수확과 안전한 귀환, 그리고 마음의 평화를 빌었다. 영숙의 삶은 지금까지 기도하고, 기도하고, 기도하라는 세 단어로 요약될 수 있었다. 그 기도들은 그녀에게 좋은 일들을 가져다줬다.

그런 다음, 휙…… 물속으로 들어갔다. 그녀와 다른 해녀들이 고무 옷을 입기 시작한 지 약 30년이 됐다. "머리부터 발끝까지 감쌀 수 있을 것입니다." 정부에서 나온 공무원이 그들에게 설명했다. "이 옷으로 해녀들이 정숙하지 못하고 살을 너무 많이 드러낸다는 비난은 끝나게 될 것입니다. 그리고 여러분이 우리 관광 산업을 돕게 될 것입니다!"(그는 육지에서 오는 관광객들에 대해 계속 이야기를 해오고 있었고, 그 점에 대해서는 그가 옳았다. 그러나 그때만 해도 어느 누구도 외국인 관광객들에 대해서는 예측하지 못했다. 외국인 관광객들이, 그녀 같은 노인들이 바다에 들어가는 것을 보러 바닷가에 오거나, 새로이 설립된 해녀박물관에서 매일 전통적인 물옷을 입고 노 젓기 노래를 하는 해녀 "재현" 공연을 보며 즐길 것이라는 사실을 아무도 예측하지 못했다.) 처음으로 잠수복을 사용하기 시작했을 때, 영숙은 추위를 막을 수 있었기에 더 오래 물속에서 견딜 수 있었다. 해파리에 쏘이거나 물뱀에게 물리는 것도 잠수복이 막아줬다. 그러나 낚싯줄이나 관광객을 실은 쾌속정 같은 다른 위험들로부터는 그녀를 보호해주지 못했다. 연철과 물갈퀴 덕에 더 깊은 곳으로 내려갈 수도 있었다. 그 결과 그녀는 더 안전해졌고, 수확물은 더 많아졌으며, 더 많은 돈을 벌었다. 그러나 사람들이 해녀들에게 산소통을 쓰는 것이 어떻겠느냐고 제안했을 때 영숙은 섬의 다른 해녀들과 함께 그것을 거부했다. "우리가 하는 모든 일은 자연적이어야 합니다." 그녀는 계원들에게 말했다. "그렇지 않으면 너무 많이 수확을 하게 돼서 바다 밭이 고갈될 것이고 결국에는 한 푼도 못 벌게 될 것입니다." 그곳에서도 다시 균형이 필요했다.

무중력의 느낌 속으로 자리를 잡아가자, 쑤시고 아프던 증상이 사라졌다. 그리고 마음이 싱숭생숭한 오늘 같은 날에는 바다의 광활함이 위로가 됐다. 영숙은 발길질을 하며 머리부터 아래로 향하고 더 깊이, 깊이 내려갔다. 귀를 누르는 압력에 과거의 기억이 짓이겨지길 바랐지만 오히려 튜브에서 치약이 눌려 나오듯이 과거의 기억이 삐져나오는 것 같은 기분이 들었다. 기억 속의 이미지가 그녀를 괴롭혔다. 집중하고 또 항상 조심해야 했지만, 어머니와 할머니, 그리고 마음속 그늘에 숨어 있던 미자가 계속 눈 뒤쪽을 밀치고 나오려 했다.

영숙의 어머니는 바다가 어머니 같다고 말하곤 했지만, 할머니는 바다가 어머니보다 더 낫다고 말했다. 이 모든 세월이 지난 후, 영숙은 할머니의 말이 더 맞는다는 것을 알게 됐다. 바다는 어머니보다 정말로 더 낫다. 내가 아무리 어머니를 사랑한다 해도 어머니는 나를 두고 떠날 수 있다. 그러나 바다는 내가 바다를 사랑하건 싫어하건, 항상 거기 있을 것이다. 영원히. 바다는 그녀에게 삶의 중심이었다. 그녀에게 먹을 것을 주고 그녀에게서 많은 것을 빼앗아 가기도 했지만, 바다는 한 번도 그녀를 떠나지 않았다.

세 번째 잠수를 할 때는 마음이 느긋해지기 시작했다. 영숙은 자신을 땅과, 잃어버린 것들과, 사랑과 연결시켜주는 심장의 쿵쿵 소리에 맞춰 나갔다. 머리에서 피가 쿵쿵거리는 소리를 통해 그녀는 자신이 살아 있다는 것을 느꼈다. 바닷속에 있을 때면 그녀는 세상의 자궁 속에 있는 것이었다.

그리고 그녀는 경계심을 잊었다.

영숙은 몇 년 동안 가보지 않은 더 깊은 곳으로 잠수했다. 수압이 이제는 더 세게 느껴졌다. 그녀는 20미터나 내려갈 수 있었던 시절을 기억했다…… 플라스틱 병이 찌그러질 만큼 깊은 곳이었다. 그러나 그것은 플라스틱 병이 생기기 전이었다.

표면으로 되돌아오기…… *아아.* 그녀의 숨비소리가 너울 너머로 퍼져나갔다. 그녀는 헐떡이며 숨을 몇 번 들이쉬었다. 숨비소리를 방출하고 나서 다음 잠수를 위해 공기를 짧게 들이켜며 짧은 시간 동안 물질을 여러 번 계속했다. 그녀는 분별력이 있는 사람이었지만 물이 너무 좋게 느껴졌다. 다음 잠수에서는 그냥 할수 있는지 알아볼 요량으로 옛날처럼 20미터 잠수를 시도할 작정이었다. 마지막으로 한 번 숨을 들이쉰 다음 머리를 아래로 향하고 세게 발길질을 하면서 아래로, 아래로, 아래로 내려갔다. 영숙은 다른 해녀들이 자신을 바라보고 있다는 것을 알고 있었다. 그 사실이 그녀를 더 용감하게 만들었다. 마침내 그 소중한 몇 초 동안, 영숙은 바닷가에서 만난 가족과 그들이 가져온 사진들, 그리고 미자와 너무 닮은 그들의 딸을 잊을 수 있었다. 그러나 그 망각의 순간 그녀는 가장 중요한 것 — 공기 — 에 대해 신경 쓰는 것을 깜박해버리고 말았다. 이제 그녀는 재빨리 표면으로 돌아가야 했다. 표면이 보이기 시작했다…… 그러다가 사방이 깜깜해지기 시작했다.

친구들이 영숙의 테왁 옆에서 기다리고 있을 때, 그녀가 의식 없이 표면으로 올라왔다. 그들은 함께 배로 그녀를 끌고 갔다. 배에 있던 남자가 영숙의 물옷 뒷면을 잡아끌었고 여자들은 밑에서 그녀를 밀어 올렸다. 모두 배에 오르고 나자 선원이 배의 속력을 높였다. 한 여자가 전화로 도움을 청했다. 영숙은 이 모든 것을 전혀 의식하지 못하고 있었다. 그녀의 눈은 감겨 있었고 팔다리는 늘어져 있었다.

바닷가에서 앰뷸런스가 그들을 기다리고 있었다. 이제는 깨어난 영숙이 그렇게 무모한 짓을 한 것에 대해 이미 자책을 하고 있었다.

응급실 담당 의사는 젊고 예쁜 여의사였다. 그녀는 섬에서 태어났고 엄마가 해녀였다. 그럼에도 불구하고 닥터 신의 질문들은 신랄하고 곤혹스러웠다. 그녀는 증상 목록과 가능한 원인들에 체크 표시를 했다. "아마도 이건 해녀들이 얕은 물 기절증이라 부르는 것 같아요. 잠수하기 전에 과호흡으로 일어난 것일 수 있어요. 이걸로 죽은 사람을 몇 번 본 적이 있어요. 숨을 참을 수 있는 능력을 늘리기 위해 빠르게 너무 많이 숨을 들이쉰 거죠. 이런 형태의 과호흡을 하게 되면 이산화탄소 수치가 낮아져요. 그러면 뇌에 저산소증이 일어날 수 있어요."

영숙에게 전문용어는 아무 의미가 없었다. 아마도 그것이 그녀의 얼굴에 드러났는지 의사가 설명을 시작했다. "뇌간이 공기가 필요하다는 신호를 보내질 않으면 물속에서 기절하게 되는 거예요. 그렇게 되면 계속 숨을 쉬다가…… 물을…… 사람들이 그곳에 없었더라면…….”

“나도 안다. 조용히 물에 빠져 죽는 거지.” 해녀가 분별력을 잃고 마치 땅 위에 있는 것처럼 정상적으로 숨을 들이쉬면 무슨 일이 일어나는지에 대한 해녀식 표현을 써서 영숙이 말했다. “내가 숨 쉬는 것에 대해 적절한 주의를 기울이지 않은 것은 사실이지만, 그게 전부는 아니야.”

“어떻게 아세요?”

“그냥 알아.”

“좋아요.” 자신의 노인 환자에게 더 이상 보탤 말이 없다는 것이 분명해지자 닥터 신이 말했다. 그런 다음 그녀는 잠시 생각에 잠겼다가 혼자 중얼거렸다. “심장마비는 배제할 수 있을 것 같지만 질소 혼수상태를 고려해봐야 하나? 심해 잠수가 전반적인 신체장애를 일으킬 수 있지만 동시에 행복감도 느끼게 해주지. 예를 들면 환희에서 오는 망각에 의해 판단력 상실이 심화되는 거야. 바로 이런 행복감 때문에 해녀들이 바다에 중독되는 것이라고 말하는 사람도 있어.” 그녀가 입술을 오므리며 세게 고개를 끄덕이고는 자기 앞에 있는 여자에게로 관심을 되돌렸다. “숨쉬기와 표면까지의 거리를 잊으신 거죠? 마치 더 이상 내가 내 몸 안에 없는 것같이 우쭐하고 황홀하고 즐거운 기분이 들었기 때문에요.”

영숙은 거의 듣고 있지 않았다. 온몸이 쑤셨지만 그녀는 그것을 인정하고 싶지 않았다. *내가 어떻게 그렇게 바보같이 그랬을까?* 영숙은 의사도 똑같이 생각할 것이라 확신하면서 스스로에게 물었다.

“추위는 어땠어요?” 닥터 신이 물었다. “차가운 물에서는 사람 몸이 매우 빠르게 추워지거든요.”

"나도 그건 알아. 겨울에도 잠수를 했으니까. 러시아에서……."

"네, 그 이야기는 들은 적이 있어요."

닥터 신도 영숙의 명성에 대해 익히 알고 있었다.

"거기서는 더 조심하셔야 해요." 의사가 말했다. "위험한 일을 하고 계시잖아요. 제 말씀은, 남자들이 그 일을 하는 걸 보셨어요?"

"물론 못 봤지!" 영숙이 소리쳤다. "남자들이 차가운 물 때문에 고추가 쪼그라져서 죽게 된다는 건 세상 사람들이 다 아는 얘기야."

의사가 고개를 흔들며 웃었다.

영숙은 진지해졌다. "실제로 해녀들이 찬물에 들어가자마자 죽는 걸 본 적이 있어."

"심장이 멈춘 거예요……."

"그래도 오늘은 그렇게 춥지 않았는데……."

"그게 무슨 상관이 있어요?" 의사가 조바심을 드러내며 물었다. "아주머니 연세에는 따뜻한 날씨에 잠수하는 것도 위험해요."

"몸의 오른쪽이 약간 마비된 것 같아." 영숙이 갑자기 내색을 했지만 실제로 느끼는 것은 그보다 훨씬 심했다. 쑤시던 곳이 화끈거리며 아파오기 시작했다.

"아주머니만큼 오래 잠수를 해온 여자분들에게는 뇌졸중이 흔해요." 닥터 신이 가늠을 하면서 그녀를 자세히 들여다보았다. "통증이 느껴지는 것 같아 보이시는데요."

"사방이 아파."

의사의 눈이 알았다는 듯이 반짝거렸다. "진작 이걸 알아봤어야 했는데, 환자들이 도와주지 않으면 그게 어려워요. 아주머니는 숨을 참는 해녀잖아요. 감압병에 걸리신 것 같아요……."

"그렇게 깊이 내려가지 않았는데……."

"해녀들은 어머니와 할머니로부터 배우잖아요. 그런데 그분들이 가르쳐주신 게 제일 나쁜 것들이에요. 짧게 숨을 쉰 다음 깊게 잠수를 하고, 물속에서 줄곧 숨을 참다가 표면으로 빠르게 올라오잖아요. 그런 다음 그걸 반복해서 여러 번 하죠. 그건 끔찍하고 매우 위험해요. 잠수병에 걸리신 거예요. 아주머니 혈관과 폐에 있던 공기 방울이 뇌에 들어가지 않아서 다행이에요."

영숙은 한숨을 쉬었다. 고압 산소실에 누워 시간을 보내게 된 최초의 제주 해녀가 되지는 않을 것이다. 그럼에도 불구하고 그녀는 걱정스러웠다. "다시 잠수할 수 있을까?"

의사는 청진기를 살펴보면서 영숙의 눈과 마주치는 것을 피했다. "사람은 몸의 한계를 더 이상 속일 수 없는 시점이 오기 마련이에요. 그렇지만 제가 아주머니에게 안 된다고 말하면 그만두실 거예요?" 영숙이 대답하지 않자 의사가 말을 이어나갔다. "물속에서 기절하시면 다음에는 무슨 일이 일어날까요? 아주머니 연세에 갑작스럽게 죽는 것은 놀랄 일도 아니에요."

영숙은 설교를 듣고 싶지 않아서 눈을 감아버렸다.

그녀가 탄 휠체어가 복도를 지나 다른 방으로 옮겨질 때 영숙은 눈을 감고 있었다. 간호사들이 그녀를 부축해 관처럼 생긴 통 속에 들어가게 했다. 통에는 밖을 볼 수 있게 창이 하나 달려 있었다. 영숙은 몇 시간 동안 고압 산소실에 있어야 한다는 말을 들었다.

"음악을 틀어드릴까요?" 한 간호사가 물었다.

영숙은 고개를 저었다. 그러자 간호사가 불을 어둡게 조절했다. "제가 여기 있을 거예요. 혼자 계시지 않을 거예요."

그러나 산소실 안에서 영숙은 혼자였다. 옛날이라면, 신식 의술이 들어오기 전이라면 나는 죽었을 거야. 그렇지만 옛날이라면 미자가 나를 보호해줬을 거야. 거기서부터 모든 것들이 소용돌이치며 솟아올랐다. 어제 그 가족을 만난 이후 피하려고 애써왔던 모든 생각이 그녀를 에워싸며 몰려왔다.

2부

사랑

1944년 봄－1946년 가을

해외 출가물질

"손에 못이 박히라고 우리 어머니는 나를 낳으셨을까?" 미자가 노래했다.

"장차 잘 살라고 우리 어머니는 나를 낳으셨을까?" 우리가 그녀에게 장단을 맞췄다.

"우리 배의 사공이 얼마나 잘 가는지 보라!" 미자가 높은 소리로 노래했다.

"돈아, 말없는 돈아." 우리가 그녀의 리듬에 맞춰서 대답했다. "돈아, 내가 집에 가져가는 돈아. 가요, 사공님, 가요."

자식을 보고 싶어 하는 어머니들 이야기나 시어머니를 모시고 사는 것이 얼마나 힘든지에 대해 강씨 자매가 선창하는 신세한탄보다 나는 이런 종류의 노래가 훨씬 더 좋았다. 강씨 자매는 아내가 되고 어머니가 된 후 변해버려서 옛날만큼 재미있질 않았다. 그들은 옛닐에 시하 용암굴 속에서 남자애들을 만났다거나 화산구 꼭대기에서 누군가와 키스를 한 일에 대해 속삭이던 시절이 있었다는 것을 마음속에서 다 지워버린 듯했다. 그들은 재미로 노래를 부르는 것이 얼마나 즐거운 일인지 잊어버렸다. 모두가 불평할 수는 있지만, 그런다고 우리 상황이 감정적으로 더 쉬워진다거나 육체적으로 더 편안해질 수 있을까?

2월이었고 아침은 아직 어두웠다. 배는 블라디보스토크 해안에서 철썩거리는 파도에 부딪혔다. 우리 넷은 화로 주변에 웅크리고 몰려 앉아 있었다. 그러나 열기가 몸속까지 닿을 만큼 충분하지 않아서 몸이 떨렸다. 우리 중 어느 누구도 힘들게 번 돈을 차를 사는 데 쓰고 싶지 않았기 때문에 우리는 따뜻한 물을 조금씩 마셨다. 배가 고팠다. 사실 나는 항상 배가 고팠다. 땅에서건, 배에서건, 바다에서건 끊임없이 떨면서 일을 하다 보니 몸속에 어떤 음식을 집어넣든 빠르게 소모돼버렸다.

우리 섬에 있는 집으로 돌아가고 싶었지만 그것은 불가능했다. 내가 열여섯 살이 됐을 때 막내 남동생이 사흘 밤 동안 열병을 앓다가 세상을 떠났다. 지금까지 아버지는 아들이 태어났다는 것을 알리기 위해 문간에 말린 빨간 고추를 끼운 금줄을 네 번 매달 수 있었고, 두 번은 이웃들에게 딸 — 부양자 — 이 태어났다는 것을 알리기 위해 소나무 가지를 두 번 매달아놓았다. 가족이 전부 온전히 살아 있었다면, 어머니는 삼승할망의 사당 앞에서 네 번째 남동생이 삼승할망에게서 놓여났음을 알리기 위해 남동생의 아기구덕(요람)을 뒤집었을 것이다. 그러나 어머니가 우리에게서 떠난 상태라 이 의식은 내게 맡겨졌다. 네 번째 남동생이 죽은 후, 남은 형제자매의 얼굴은 슬픔과 절망감으로 처져 있었다. 막 열한 살이 된 여동생은 집안일을 돕기에는 아직 너무 어렸다. 학교에 다니지 않았기 때문에 남동생들은 집에서 빈둥거리거나 마을을 싸돌아다니면서 문제를 일으켰다. 아버지는 집을 보고, 정자나무 아래로 남자들을 만나러 나갔지만 새 아내를 들이는 것만큼은 참 았다. 이런 상황은 나만이 우리의 운명을 바꿀 수 있는 뭔가를 할 수 있다는 것을 의미했다.

어머니가 죽는 모습을 본 후에는 다시 바다를 보고 싶지 않았고, 당연히 바닷속에 들어가 잠수하는 것도 원하지 않았다. 그러나 그것을 피할 수도 없었다. 도생이 대장으로 선출됐다. 어머니에게 일어난 일에 대해 나보다 더 많이 죄책감을 느낀 사람은 아무도 없었을 것이다. 그러나 도생은 나를 후미나 암초의 황량한 구역에 배정했다. 그렇게 함으로써 그녀는 내가 어머니의 죽음과 유리의 사고에 어떤 역할을 했을지 모른다는 의심과 나에 대한 생각을 다른 사람들에게도 알렸다. 그럼에도 불구하고 우리 식구들의 식량과 집안에 필요한 물건들을 사려면 집에 돈을 가져가야만 했다. 다행히도 내게는 다른 선택의 여지가 있었다. 이 무렵 제주 인구의 1/4은 일본으로 이주했다. 남자들은 철과 에나멜을 생산하는 일을 했고 여자들은 방적 공장과 재봉 공장에서 일했다. 일부 사람들은 당연히 학생이었다. 여자들이 섬을 떠날 수 있는 유일한 또 다른 합법적인 방법은 다른 나라에서 배를 타고 잠수하는 해녀로 일하는 것이었다. 나는 학생이 아니었고, 실내 공장 일에 적응할 수도 없었다. 그래서 5년 전 "여름 벌이"를 위해 일할 해녀를 구하러 모집책이 트럭을 타고 마을에 왔을 때, 나는 해외 출가물질에 지원했다.

"나도 갈게." 미자가 선언했다.

나는 그녀에게 그러지 말라고 애원했다. "그 여행은 너한테 고 생을 의미해."

"그렇지만 너 없이 내가 제주에서 뭘 하겠어?"

우리는 강씨 자매인 구자, 구선과 함께 가기로 했다. 두 사람은 집에 아들들이 있었고 이미 두 번 집을 떠나서 일한 적이 있었다. 우리 네 사람은 — 나는 생전 처음으로 — 트럭 뒤에 올라탔다. 모집책이 많은 배들을 채울 만큼 충분히 해녀를 구할 때까지 다른 마을들로 차를 타고 돌아다녔다. 이어 우리는 제주시 항구로 가서 여객선에 승선한 다음 칙칙 소리를 내며 파도치는 바다를 건너 5백 킬로 떨어진 중국으로 갔다. 다음 해에는 괴물 같은 파도를 넘어 3백 킬로 떨어진 일본으로 갔고, 그다음 해에는 덜컹대고 흔들리며 제주해협을 지나 백 킬로 떨어진 한반도 육지로 가서 다른 여객선을 타고 소련으로 갔다. 우리는 그것이 돈 벌기에 가장 좋은 방법이라고 들었다. 지난 2년 동안 미자와 나는 블라디보스토크에서 "여름 벌이"와 "겨울 벌이"에 고용됐다. 이 말은 우리가 아홉 달 동안 나가 있다 8월의 고구마 수확 때 제주로 돌아온다는 것을 의미했다.

그렇게 지난 5년 동안 내내, 집에서 떨어져 지내는 데 동의한다는 말이 적혀 있는 계약서에 이름을 쓸 줄 아는 미자는 서명했고 나는 엄지손가락 지문을 찍었다. 그 시간 동안 세상은 — 우리 섬뿐만 아니라 — 크게 흔들렸다. 수십 년 동안 일본은 제주에서, 전적으로 증오의 대상이었다 해도, 안정된 권력을 유지했다. 한국은 34년 동안 합병 식민지였다. 물론 우리에게 긴장 상태가 있었다. 일본 군국주의자들은 우리를 학대해도 제재를 받지 않았다. 그들은 우리를 이용했다. 우리가 의지할 수 있는 유일한 방법은 파업과 행진이었지만 결국에는 일본인들이 항상 이겼다. 그러다가 3년 전, 한국을 식민지로 둔 것이나 중국을 침략한 데에 만족하지 않고 일본은 태평양을 횡단해서 공격을 개시했다. 미국이 참전했고 사방에서 전투가 벌어졌다.

미자와 나는 가능한 모든 곳에서 소식을 모았다. 하도에서는 정자나무 옆을 지나다가 남자들의 이야기를 우연히 들었고 블라디보스토크에서는 기숙사에서 라디오를 들었다. 제주에 있을 때 우리는 일본 군인들 수가 훨씬 더 늘어난 것을 직접 눈으로 목격했다. 그들은 젊고, 동행 없이 혼자 다니는 여자들에게 항상 위험한 존재였지만 모든 연령층의 여자들을 위협하기 시작했다. 수다를 떨면서 즐거운 시간을 보내려고 바닷가에 모인 할머니들에게 그들은 해초를 모아서 말리도록 강제적인 할당량을 정해줬다. 해초가 화약을 만드는 재료로 사용됐기 때문이다. 남자들과 소년들이 가장 위험해졌던 것 같다. 그들은 붙잡혀서 때로는 가족들에게 알릴 기회조차 갖지 못한 채 일본군으로 징집됐다.

우리는 지금 이곳, 블라디보스토크의 해변에 떠 있는 배 위에 있었다. 나는 최근 스물한 살이 됐고 미자는 몇 달 후에 생일을 맞이할 것이다. 나는 그녀와 같이 지내는 것에 대해, 그녀의 아름다운 노랫소리나 용기에 대해 감사한 마음을 갖지 않은 적이 없었다. 제주에서도 기온이 매우 낮게 내려갈 수 있었다. 그래서 블라디보스토크에 있을 때 육지의 추위와 바다에서의 추위에 결국 우리가 점차 익숙해질 것이라고 생각한 적이 있었다. 제주에서도 겨울이면 바위 사이의 작은 웅덩이에 눈이 휘몰아치며 쌓였고, 잠수복을 말리려고 바위 위에 널어놓으면 꽁꽁 얼어버렸다. 그러나 우리 고향의 상황은 블라디보스토크와 비교하면 아무것도 아니었다. 미자와 나는 서로에게 이런 고생을 할 가치가 있다고 말했다. 우리가 결혼해서 가정을 꾸릴 수 있을 만큼 충분한 돈을 저축해야 할 나이가 됐기 때문이다.

선원이 엔진을 껐다. 우리 배는 부목처럼 파도에 상하좌우로 움직였다. 미자와 강씨 자매, 그리고 나는 외투와 수건, 모자를 벗었다. 우리는 이미 무명 물옷에 보온을 위해 가벼운 면 적삼을 입고 있었다. 다른 사람들은 흰옷을 입고 있었지만 나는 생리 중이라 검은색 잠수복을 입고 있었다. 일반적으로 초경은 열일곱 살에 시작되지만 우리 모두 날마다 겪는 추위와 다른 역경들 때문에 초경을 늦게 시작했다. 우리는 수건으로 머리를 묶은 다음 선실 밖으로 걸어 나와 살을 에는 바람을 맞았다. 어떤 방향으로도 육지는 보이지 않았다.

나는 용왕 바다 신에게 개인적으로 제물을 바쳤다. 바다에 가족을 잃은 여자들이라면 누구나 지키는 풍습을 따라 나는 딱딱한 땅에서 물의 나라로 떠날 때마다 제물을 바쳤다. 나는 재빨리 장비를 집어 들었다. 그런 다음 우리는 한 사람씩 배 옆에서 뛰어내렸다. 그 어느 곳도 블라디보스토크보다 물이 더 차갑진 않았다. 그곳에서는 오로지 소금 때문에 바다가 얼지 않을 뿐이었다. 내 가슴속 깊은 곳에 항상 숨겨져 있는 끊임없는 떨림이 몸 전체로 퍼져나갔다. 나는 억지로 신체적인 고통을 무시하려고 애썼다. *나는 여기에 일하러 온 거야.* 나는 숨을 들이쉬고 머리를 아래로 향한 다음 발길질을 했다. 배의 시동이 켜졌고, 선원이 우리 넷을 바다에 덩그러니 남겨놓고 멀어져가자 해류의 변화가 느껴졌다. 그 늙은 선원은 우리의 안전망이 아니었다. 그는 그저 우리를 태워다 준 기사에 불과했다. 그는 너무 멀지 않은 곳에서 — 우리 소리가 들리는 곳에서 — 멈춰 섰지만 우리들 중 누구에게라도 문제가 생기면 도와줄 수 있을 만큼 가깝진 않았다. 그는 대개 지루하지 않도록 낚싯줄을 드리우거나 그물을 쳤다.

나는 위로 올라갔다 내려가기를 반복했다. 미자는 항상 가까이 있었지만, 내 시선이 이미 닿은 것을 집어갈 수 있을 정도로 그렇게 가깝진 않았다. 우리는 경쟁했지만 서로를 존중했다. 우리는 또한 경계심을 풀지 않았다. 돌고래는 크게 신경 쓰지 않았지만 상어들은 또 다른 문제였다. 내가 생리 중일 때는 특히 더 그랬다.

반 시간 후에 배가 물을 가르며 우리를 향해 다가오는 소리가 들렸다. 바위틈에 있던 문어가 진동을 피해 어두운 굴속으로 쏙 들어갔다. 나중에 그것을 잡으러 올 것이다. 우리가 표면으로 올라간 다음 수영을 해서 배로 돌아가자 늙은 선원이 망사리를 끌어 올렸다. 우리는 사다리를 타고 올라가서 서둘러 선실로 들어갔다. 사나운 바람이 젖은 무명옷 속으로 헤집고 들어왔다. 화로가 켜져 있었고, 선원은 우리가 발을 담글 수 있도록 김이 모락모락 나는 뜨거운 물을 가득 채운 물통을 준비해두고 있었다. 미자와 나는 허벅지를 맞대고 앉았다. 살에는 소름이 돋아났고, 핏줄이 너무 가늘고 슬퍼 보였다. 마치 핏줄 안의 피가 혹독한 추위 때문에 줄어들어서 천천히 흐르는 것 같았다.

"성게를 다섯 마리 발견했어." 구선의 말은 덜덜거리는 잇소리에 묻혀버렸다.

추위에 구자의 목소리가 훨씬 더 심각한 영향을 받았다. "그래? 나는 전복을 발견했는데."

"좋겠네요. 그렇지만 나도 문어를 한 마리 잡았어요." 미자가 우쭐해하며 씩 웃었다.

그리고 그렇게 이야기가 이어졌다. 자랑하는 것은 해녀의 권리이자 의무였다.

위험과 역경, 희생에도 불구하고, 또 그 때문에 우리 각자는 한

가지 목표를 위해 애쓰고 있었다. 바로 최고의 해녀가 되는 것이었다. 우리 모두 전복을 딸 때의 위험을 알고 있었다. 그러나 문어를 잡는 것은 더 큰 승리였고 더 큰 위험을 의미했다. 하지만 우리 중 누군가가 이 배에서 최고의 해녀 수준에 이른다면 선장은 새신 한 켤레와 속옷 한 벌을 상으로 내릴 것이다.

"바다에서 나한테 불가능한 곳은 없어." 미자가 의기양양하게 말했다. 그런 다음 그녀는 허벅지로 나를 슬쩍 찌르며 나한테도 말을 해보라고 부추겼다.

"나는 바다에서 너무 능숙해 물속에서 요리도 하고 밥도 먹을 수 있어." 내가 자랑했다. 그들 중 누구도 그것을 부정하거나 나를 능가할 수 없었다. 나는 우리 일행 중 어느 누구보다도 더 깊이 들어가서 더 오래 머물 수 있었다. 고향 사람들은 그것이 내가 비슷한 경험을 한 또래의 일반적인 능력을 넘어설 정도로 폐를 확장시키며 어머니가 숨을 거둘 때까지 옆에서 기다렸기 때문이라고 생각했다.

30분이 지났을 때 우리는 다시 밖으로 나가서 도구를 집어 들고 물속으로 잠수했다. 선원은 또다시 배를 몰고 멀어져갔다. 우리가 해산물을 찾고 있을 때 해저에 사는 해산물들을 동요시키지 않으려는 조치였다. 우리는 반 시간 동안은 물질을 하고 반 시간은 몸을 녹이며 바다와 배를 오갔다. 며칠 동안은 잡을 거리가 다양한 이곳에 왔다가 또 며칠 동안은 전복이 풍부한 구역이나 해삼이 많은 지대로 갔다. 성게는 밤에 더 많이 찾을 수 있기 때문에 우리는 밤에도 나가곤 했다.

네 번째 잠수를 하는 동안 물이 크게 진동하며 울려 퍼졌다. 배가 오고 있었다. 해산물들이 동굴과 틈새 속으로 쏙 들어가버렸다. 물이 진정될 때까지는 수확을 할 수 없겠지만, 그렇다고 소득이 없는 것은 아니었다. 일본 군인들은 성게 알 없이 하루도 지낼 수가 없는 반면, 중국인들은 배낭 속에 넣어 다닐 수 있도록 말린 오징어와 생선, 문어를 원한다는 말을 들은 적이 있었다. 소련 사람들은 가리는 것이 없었다. 그들은 뭐든지 먹었다.

선원이 우리를 배에 태웠다. 우리는 누가 오건 거의 나체에 가까운 몸을 가리기 위해 외투를 걸쳤다. 태평양 전쟁에 참전하지 않았던 소련 사람들은 비교적 해를 입히지 않았다. 다가오는 배가 일본 배였다면, 우리는 다시 물속으로 들어가고 그사이 늙은 선원이 거래를 해야 했을 것이다. 쪽발이들이 젊은 여자들을 훔쳐다가 특별한 막사로 데려가서 자기네 군인들을 위한 위안부로 이용하는 것으로 널리 알려져 있었기 때문이다. 그러나 다가오는 배는 미국 깃발을 달고 있었다.

우리의 작은 배는 구축함이 다가오자 속도를 냈다. 배는 길었지만 그렇게 높진 않았다. 수십 명의 선원들이 함께 난간에 바싹 붙어서 우리를 내려다보며 환호했다. 그 말을 알아들을 수는 없었지만, 그들은 집을 떠나 여자 한 명 없이 배에서 지내는 젊은이들이었다. 우리는 그들의 외로움과 흥분을 짐작할 수 있었다. 다른 선원들과는 다른 모자를 쓴 한 남자가 우리에게 더 가까이 오라고 손짓했다. 밧줄 사다리가 밑으로 던져졌고, 구자가 그것을 붙잡았다. 다섯 명의 남자들이 거미처럼 밧줄을 타고 내려와서 우리에게 다가왔다. 첫 번째 남자는 우리 배에 올라타자마자 무기를 끼냈다. 이것은 특별한 일은 아니었다. 우리 네 사람은 손을 들었다. 구자는 아직도 사다리에 매달려 있었다.

특별한 모자를 쓴 남자가 부하들에게 영어로 크게 명령을 내리며 우리 배 위에서 수색할 지점들을 가리켰다. 그들은 아무런 무기도 발견하지 못했다. 우리 배에 노인과 네 명의 해녀밖에 없다는 것을 알자, 특별한 모자를 쓴 남자가 자기 배를 향해 위쪽으로 소리를 쳤다. 잠시 후 또 다른 남자가 밧줄 사다리를 타고 기어 내려왔다. 그는 기름 자국이 있는 앞치마를 입고 있었다. 마치 그렇게 하면 자기 말을 이해시키는 데 도움이 되리라 생각했는지 요리사가 우리에게 고함을 질렀다. 그것이 효과가 없자 그는 손가락들을 동그랗게 모아 입술로 가져가며 먹는 시늉을 했다. 먹을거리. 그런 다음 그는 손바닥으로 가슴을 두드렸다. 돈을 내겠소.

구선과 미자와 나는 망사리를 열었다. 우리는 그에게 성게를 보여줬다. 그가 고개를 저었다. 미자는 자기가 잡은 문어를 들어 올렸다. 요리사가 손으로 목을 긋는 몸짓을 보냈다. 싫어! 내가 이미 분류해놓은, 바다 달팽이가 들어 있는 다른 망사리를 가리켰다. 나는 하나를 꺼내서 구멍 부분을 입술에 대고 통통한 살을 뽑아냈다. 그러고는 요리사에게 그것이 얼마나 맛있는지 보여주려고 애쓰면서 씩 웃었다. 이어 나는 달팽이를 양손으로 가득 퍼 올려서 그에게 권했다. 가져가요, 가져가. "가격도 괜찮아요." 나는 제주 방언으로 말했다. 요리사가 한 손가락으로 달팽이를 가리킨 다음 남자들을 가리키고는 마지막으로 손가락을 목구멍에 집어넣고 토하는 시늉을 했다. 그렇게 모욕적으로 굴 필요는 없었다.

요리사가 양 손바닥을 대고 꿈틀거리는 흉내를 냈다. 그가 문득이 나를 바라봤다. 생선이 있소?

"그럼요!" 늙은 선원이 말했다. 물론 요리사가 그 말을 알아들은 것은 아니었다. "와요, 이리 와요."

미국인 요리사는 늙은 남자가 잡은 생선을 네 마리 샀다. 잘된 일이었다. 우리가 물속에 있는 동안 그는 줄곧 배에 앉아서 시간을 보내고 있었다. 그리고 지금 우리는 물질 시간을 반 시간 허비했다.

미국인들이 밧줄 사다리를 타고 다시 올라간 후 두 배는 서로 멀어졌다. 미국 선박이 바다를 휘저으며 멀어져갈 때, 뒤에 남은 우리는 파도에 밀려 높이 올라갔다가 한쪽으로 기울어졌다.

점심시간이 됐다. 선원은 우리에게 김치를 줬다. 고추의 매운맛에 몸 안에서부터 따뜻한 기운이 퍼졌지만, 물질하면서 쓴 에너지를 대신하거나 우리의 실망을 최소화시킬 수 있을 만큼 충분하지는 않았다.

"우리 둘은 항상 배가 고파요." 구자가 큰 소리로 불평을 토로했다.

"유감이군." 선원이 말했다.

"팔지 않은 생선은 우리가 요리해서 먹으면 안 돼요?" 구자가 물었다. "저희 둘이 갈치탕을 만들 수 있어요."

노인이 웃었다. "그걸 너희 넷한테 허비하고 싶지 않아. 집에 있는 마누라한테 가져다줄 거야."

미자와 나는 시선을 교환했다. 우리는 노인을 미워하지 않았다. 그는 여러 가지 면에서 책임감이 강했다. 그는 항구까지 오고 가는 시간을 포함해서 우리가 하루에 8시간 이상 일하지 않게 신경을 썼다. 그리고 날씨에도 많은 주의를 기울였다. 아마도 우리의 안전보다는 자기 배를 더 끔찍하게 아꼈기 때문이었으리라. 그러나 미자와 나는 다음 시즌에는 그와 계약하지 않기로 이미 작정해놓은 상태였다. 다른 배와 선원들도 많았다. 우리는 잘 먹을 자격이 있었다.

*

우리는 부두 옆 골목 아래쪽에 위치한, 한국 해녀를 위한 하숙집에서 살았다. 우리의 유일한 휴일인 일요일에는 주인아주머니가 아침 식사로 죽을 끓여줬다. 양은 적었지만 고추 때문에 몸에서 열이 났다. 그릇을 비우자마자 강씨 자매는 방을 둘로 나눠주는 커튼 뒤로 사라졌다. 그들은 하루 중 나머지 시간을 내내 잠을 자며 보내곤 했다.

"어떻게 저럴 수 있지?" 미자가 물었다. "나는 환한 낮시간을 껌껌한 데서 낮잠 자며 낭비하진 않을 거야."

나는, 특히 생리 중일 때면, 배와 등이 아파서 요 위에 누워 하루 종일 지내고 싶었던 적이 많았다. 그러나 미자는 나를 향수병에 걸리도록 내버려두지 않은 것처럼 그런 일을 절대 용납하지 않았다. 그녀는 항상 소풍 계획을 짰다. 5년 동안 여러 나라를 여행하고 난 터라 전깃불이나(우리 하숙집에는 들어오지 않았다) 전차(너무 비쌌다!)에 놀라는 일은 더 이상 없었다. 그러나 이처럼 빠르게 새로운 문물에 익숙해질 수 있다니 놀라울 뿐이었다. 미자는 아버지와 "관광"했던 때를 기억하고 있었지만, 지금 우리는 우리만의 모험을 하고 있었다. 우리는 제주의 건물과 달리 장식이 많고 오래된, 여러 층으로 된 건물들이 양쪽으로 늘어선 넓은 대로를 따라 산책하는 것을 즐겼다. 또한 블라디보스토크의 언덕으로 하이킹도 갔다. 그곳에는 일본군의 침공을 막기 위해 수십 년 전 세워진 요새가 있었다. 일기를 쓰거나 집으로 편지를 보내서 이런 경험들을 기념할 수 있었지만, 우리는 이 둘 중 아무것도 할 수가 없었다. 대신 우리가 본 것들—호텔 입구 바로 안쪽에 서 있던 가는 줄로 세공된 큰 촛대의 튼튼한 받침, 범퍼나 트렁크 위에 돋을새김으로 적혀 있는 브랜드 이름, 벽에 박힌 장식적인 쇠 장식판 — 을 탁본으로 만들었다.

그날 아침 우리는 서두르지 않았다. 우리는 가져온 두 벌의 옷 중 더 나은 옷을 입고 면기저귀를 속옷 안에 넣은 다음, 코트에 머플러를 두르고 부츠를 신은 뒤 거리로 나갔다. 아침 공기는 신선했고, 하늘은 맑았다. 숨을 쉴 때마다 입에서 김이 나왔다. 남자 몇 명이 비틀거리며 자신들의 배로, 혹은 셋방으로 돌아가는 모습이 보였다. 두 남자의 팔에는 화장한 여자들이 매달려 있었다. 우리가 사는 곳은 좋은 지역이 아니었다. 그곳은 거친 곳이라 할 수 있었고 썩은 스튜 같은 냄새가 났다. 담에 방뇨하거나 토요일 밤 무절제하게 자유를 만끽한 후 골목에서 술을 토한 냄새와, 사방에 퍼져 있는 생선과 기름, 김치 냄새가 섞여 있었다. 골목길이 작은 길로 이어지고 작은 길이 큰 길로 이어지다가 마침내 대로가 됐다. 가족들이 우리 옆을 걸어 지나갔다. 아버지들은 유모차를 밀고 갔고, 어머니들은 더 큰 아이들의 손을 잡고 갔다. 외투와 모자와 장갑 색을 맞춰서 입고 있는 아이들이 많았다. 물론 많은 아이들이 우리를 쳐다봤다. 우리의 피부색과 눈, 옷이 외국인 같았기 때문이다.

우리는 미자 아버지의 책을 한 장이라도 낭비하고 싶지 않아서 뭔가 독특한 것을 찾았다. 공원에 들어가서 오솔길을 걷다 보니 여신처럼 보이는 여자 조각상이 있었다. 그녀의 흰 대리석 드레스는 몸을 따라 흘러내렸고 얼굴 표정은 진지했다. 손에는 꽃 한 송이를 들고 있었다. 손바닥에 난 주름이 너무 사실적이어서 살아 있는 진짜 내 손과 맞먹을 정도였다.

"저승할망이라고 하기에는 너무 예뻐." 내가 미자에게 속삭였다. 저승할망은 아기나 아이의 이마에 파괴의 꽃을 대서 죽음에 이르게 하는 여신이었다.

"삼승할망인지도 몰라." 미자 역시 목소리를 낮추며 말했다.

"그렇지만 만약 저 동상이 다산과 출산, 아기들의 여신이라면 왜 꽃을 들고 있는 거야?" 내가 주저하면서 물었다.

미자는 이 문제에 대해 곰곰이 생각하면서 아랫입술을 깨물었다. 마침내 그녀가 입을 열었다. "어느 쪽이건 우리가 결혼한 후에 여기 올 때는 제물을 가져오자. 그냥 안전을 위해서 말이야."

그 문제는 그 정도로 결말을 지은 다음 나는 여신의 손바닥에 종이 한 장을 펼쳐놓았고 미자가 종이 위로 석탄을 문질렀다. 이런저런 말을 주고받으며 여신의 손바닥 주름을 보느라 너무 집중하고 있었기 때문에 우리는 가까이 다가오는 발소리를 늦게까지 알아차리지 못했다.

"거기! 한국 놈들!" 경찰관들이 우리가 알아들을 수 없는 다른 말들로 소리치기 시작했다. 미자가 내 팔을 붙잡았고, 우리 둘은 공원을 벗어날 때까지 최대한 빠른 속도로 도망쳤다. 우리는 보도 위를 가득 메운 가족들 사이를 미친 듯이 달려서 옆길로 내려갔다. 우리의 다리와 폐는 튼튼했다. 우리를 붙잡을 수 있는 사람은 아무도 없었다. 세 블록을 지난 후 우리는 멈춰 서서 두 손으로 무릎을 짚고 숨을 헐떡거리며 웃었다.

우리는 이리저리 돌아다니며 남은 하루를 보냈다. 중앙 광장 옆에 줄지어 늘어선 카페에는 들어가지 않았다. 대신 낮은 담 위에 앉아서 오고 가는 사람들을 구경했다. 엄지장갑을 낀 손에 파란 풍선을 들고 가는 남자아이, 모직 코트를 입은 어깨 위로 여우 털

목도리를 무심하게 늘어뜨리고 길을 따라 또각또각 하이힐 소리를 내며 걸어 내려가는 여자, 부자들과 가난한 사람들, 젊은이들과 노인들이 지나갔다. 선원들 역시 사방에 있었다. 우리에게 말이라도 걸어보려고 그들은 미소를 지으며 우리를 유혹했지만 아무도 성공하지 못했다. 그러나 그런 청년들 중 몇 명은 너무 잘생겼고, 우리는 킥킥대고 웃으며 얼굴을 붉혔다. 비록 감물로 염색한 천으로 집에서 만든 갈옷을 입고 있는 시골뜨기 한국인 처녀들이었다 해도, 우리는 젊었고 미자는 굉장히 예뻤다.

또 다른 두 명의 선원이 다가왔다. 그들은 두꺼운 모직 바지에 두꺼운 스웨터를 입고 똑같이 생긴 모자를 쓰고 있었다. 한 사람은 웃을 때면 왼쪽 입가가 말려 올라갔고 다른 한 사람은 덥수룩한 더벅머리가 모자 밑으로 삐져나와 있었다. 물론 우리는 그들이 하는 말을 한마디도 알아듣지 못했다. 그들은 몸짓을 보내며 미소를 지었고, 우리에게 머리 숙여 인사했다. 그들은 썩 괜찮아 보였지만, 미자와 나는 소련 청년들에 대해 정해놓은 규칙을 확고하게 지켰다. 우리는 출가물질을 하다 임신한 해녀들을 너무 많이 알고 있었다. 그런 처녀들은 영원히 망친 인생이었다. 우리에게는 절대 그런 일이 일어나지 않아야 했다. 그러나 아무리 해녀라 해도 — 나름대로 강했지만 — 우리는 아직 어린 처녀들이었고, 남자들과 잠깐 어울린다고 해서 크게 해가 되진 않을 터였다. 여러 번 서로를 가리키며 웃음을 주고받은 후, 우리는 한 사람은 블라드고 다른 한 사람은 알렉시라고 이름을 정했다.

더벅머리를 한 청년인 알렉시는 카페로 서둘러 걸어 들어갔고, 블라드는 우리를 지키며 서 있었다. 몇 분 후 알렉시가 손가락 사이에 아이스크림콘을 끼워서 조심스럽게 균형을 잡으며 돌아왔다. 미자와 나는 사람들이 아이스크림을 먹는 것을 본 적은 있었지만, 우리 자신을 위해 한 번도 그런 사치를 부려본 적은 없었다. 알렉시가 우리에게 콘을 건넸다. 그런 다음 그와 친구는 담 위에 앉아 있는 우리 양옆에 자리를 잡았다.

미자가 주저하며 혀를 내밀어서 부드러운 아이스크림에 댔다가 재빨리 거둬들였다. 그녀의 얼굴은 매우 차분했다. 어쩌면 어린 시절에 먹었던 디저트를 떠올렸을지도 모른다. 나는 그녀의 평을 기다리지 않았다. 나는 다른 사람들이 하던 대로 혀를 쑥 내밀어서 크게 한 번 핥았다. 날씨가 이미 찼지만, 이건 너무 차가웠다! 배에서 얼음물 속으로 뛰어내릴 때만큼 머리 꼭대기가 꽁꽁 얼어붙는 것 같았다. 그러나 바다는 짠 반면 이것은 내가 지금까지 맛본 그 어떤 것보다 달콤했다. 그리고 그 감촉이란! 너무 빨리 아이스크림을 다 먹어버린 나는 세 사람이 먹는 모습을 괴로워하며 지켜봐야 했다. 미자는 다 먹자마자 담에서 벌떡 일어나 부두 쪽으로 출발했다. 어쩌면 알렉시가 또 아이스크림콘을 사주거나 다른 맛있는 음식을 사줄지 몰랐기 때문에, 나는 그와 더 있고 싶었지만 친구와 헤어지고 싶진 않았다. 내가 담에서 미끄러져 내려오자 두 청년은 과장된 신음소리를 냈다.

블라드와 알렉시가 우리 뒤를 쫓아왔다. 어쩌면 그들은 기회가 있을지 모른다고 생각했거나, 우리가 보기만큼 순진하지 않을 수도 있다고 생각했을지 모른다. 막 홍등가에 들어서려는 순간 우리는 돌아서 한국인 동네로 들어갔다. 청년들은 멈춰 서서 더 이상 따라오지 않았다. 소련인들이 거칠다고 알려져 있지만, 이곳에 사는 사람들이 싸움은 훨씬 더 잘했다. 이제는 우리가 한국인 동네로 들어왔기 때문에 그들이 우리를 보호해줄 것이다. 우리가 몸을 돌려 블라드와 알렉시를 돌아보자 — 혹시 미자가 그들에게 우리를 따라오라고 유혹하고 있었던 것은 아닐까? — 그들이 어깨를 으쓱하고는 서로 등을 두드려주더니 — *시도는 해봤잖아* — 떠났다. 나는 복잡한 기분이 들었다. 나는 결혼하고 싶었고, 이는 곧 내가 문제를 일으켜서는 안 된다는 것을 의미했다. 동시에 나는 청년들, 심지어는 외국인 청년들에게도 흥미를 느꼈다. 그렇다. 우리는 좀 더 강씨 자매들처럼 지냈어야 했다. 위험을 감수하지 않고 그들처럼 집에만 있으면 우리의 평판은 온전하게 유지될 것이다. 하지만 그렇다면 어찌 모험을 경험할 수 있겠는가? 미자와 나는 아슬아슬하게 곡예를 하고 있거나 운명에 도전하고 있거나, 둘 중 하나였다.

"네가 그 머리숱 많은 사람을 마음에 들어하는 것 같던데." 미자가 말했다.

나는 쿡쿡대며 웃었다. "맞아. 나는 머리를 너무 짧게 자른 남자는 별로 안 좋아해……."

"그러면 참외처럼 보인다고 생각해서 그런 거지."

"그러는 너는? 아이스크림을 왜 그렇게 먹었는데? 불쌍한 청년들!"

항상 이런 식이었다. 우리는 서로를 부드럽게 놀렸다. 이 외국인 남자들이 아무 의미가 없다는 것을 우리 둘 다 잘 알고 있었다. 우리는 한국인과 결혼하고 싶어 했고 완벽한 결합을 원했다. 지난해 고구마 수확을 하러 고향에 돌아갔을 때, 미자와 나는 사랑의 여신인 자청비 할망의 신당을 방문했다. 곡물신이기도 한 자청비라는 여신의 이름은 "스스로 바라는 것을 이룬다"는 의미를 담고 있었고, 우리는 우리가 원하는 것을 분명히 알고 있었다. 우리는 미래의 남편들에게 약혼 선물로 주기 위해 짚신을 만들었다. 또한 신혼집에 들어갈 물건들 — 이불, 젓가락, 단지들, 그릇들 — 을 사기 시작했다. 나는 중매로 결혼하게 될 것이다. 혼례식은 향기롭고 섬세한 분홍색 벚꽃 잎이 공중에서 소용돌이치는 봄에 열릴 것이다. 어떤 처녀들은 같은 마을에서 자라 오랫동안 알고 지낸 사람을 남편으로 맞았다. 운이 좋다면 나는 약혼식장에서 미래의 남편과 몇 마디 말을 나눌 수 있을 것이다. 그렇지 않으면 혼례식 날에야 남편 얼굴을 보게 될 것이다. 어느 쪽이건 나는 남편을 첫눈에 사랑하게 돼서 두 사람이 천생연분이 되길 꿈꿨다.

우리가 하숙집에 들어갔을 때, 구자와 구선은 바닥에 무릎을 꿇은 채 앉아서 손에 그릇을 들고 있었다. 미자와 나는 외투와 목도리, 부츠를 벗었다. 주인아주머니가 말린 생선으로 맛을 낸 기장죽사발을 건넸다. 그것은 그 전날 밤에도, 또 그 전날 밤에도, 거의 매일 밤 우리가 먹었던 것과 똑같은 식사였다.

"오늘 탁본해 온 것 좀 보여줄래?" 구선이 청했다.

"오늘 뭘 봤는지 우리한테 이야기해줘." 구자가 덧붙였다.

"언제 하루 우리랑 같이 나가보는 건 어때요?" 미자가 제안했다. "직접 알아봐요……."

"위험하잖아, 너도 알다시피." 구자가 날카롭게 대답했다.

"지금은 순종적인 아내라서 그렇게 말하는 거잖아요." 미자가 말했다.

나는 미자가 농담으로 그 말을 했다는 것을 알고 있었다. 어쨌든 어떤 상황에서 해녀가 순종적이라 불릴 수 있겠는가? 그러나 구자는 그 말을 모욕으로 받아들였던 것 같다. 그녀가 되받아쳤다. "어느 누구도 너랑은 결혼하려고 안 할 테니까 그런 말을 하는 거겠지……."

몇 마디 만에 부드러운 요청은 적대적으로 변했다. 미자가 중매결혼을 하기 힘들 것이라는 사실은 우리 모두가 알고 있었다. 그렇지만 내일 물질을 해야 하는 상황에서 뭐하러 일부러 그녀의 마음을 상하게 하는 것일까? 그 이유는 특별할 게 없었다. 다만 우리는 너무 많은 시간을 함께 보냈고, 우리의 생활이란 게 일주일에 6일은 서로에 대해 뻔히 알고 있는 것이었으며, 우리 모두 고향을 그리워하고 있었던 것이다. 그러나 물은 이미 엎질러졌고, 너무 무심한 구자의 말 때문에 그렇지 않아도 어두운 방이 더 어두워졌다. 분위기를 바꿔보려고 구선이 처음 했던 질문을 다시 했다. "오늘 만든 거 좀 보여줄래?"

미자가 조용히 아버지의 책을 꺼내며 말했다. "네가 보여줘."

미자에게서 책을 받은 나는 눈을 들어 의아한 표정으로 그녀를 바라봤다. 책 속에 끼워두지 않아서 오늘 만든 탁본이 아직 그녀의 호주머니 속에 있다는 것을 우리 두 사람 모두 알고 있었다. 미자는 구자와 구선에게 우리가 만든 새 탁본을 보여주고 싶지 않다는 것을 말없이 내게 알려주고 있었다. 이제 미자는 얼굴이 보이지 않도록 왼쪽으로 몸을 돌려 누워 있었다. 이것은 사람이 많은 방에서 상한 감정을 혼자 조용히 달래고 싶을 때 쓰는 그녀만의 방식이었다.

"여기요." 나는 책을 펼쳐 책장을 넘기며, 이 따분하고 고립된 장소 바로 밖의 세상에서 만들어 온 여러 탁본들을 강씨 자매에게 보여줬다. "이건 정부 건물 밖에 있는 동상의 하단에서 떠온 것이고, 이건 광장에 남겨진 장난감 트럭의 옆면에서 떠온 거예요. 나는 이게 무척 마음에 들어요. 이건 얼마 전 산에 있는 공원에 갈 때 타고 갔던 버스의 울퉁불퉁한 금속 옆면이에요. 아, 여기 나무껍질도 하나 있네요. 그날 기억나지, 미자야?"

미자는 대답하지 않았다. 두 자매도 역시 흥미를 보이지 않았다.

"항구 밖으로 배를 타고 나갈 때 언덕 위로 보이는 그 요새 알고 있죠?" 내가 물었다. "이걸 보면 그 담들이 얼마나 거친지 알 수 있어요……."

"이것들은 전에 보여준 거잖아." 구자가 불평했다. "오늘 본 걸 우리한테 보여줄 거야, 말 거야?"

"조금만 더 착하게 굴면요." 미자가 여전히 우리에게 등을 돌린 채 말했다. "눈곱만큼이라도 더 착해지면요."

그녀의 말은 날카로웠다. 아마도 구자는 자신이 너무 지나쳤다는 걸 깨달았는지 조용해졌다. 그러나 내 친구의 결혼 가능성에 대한 구자의 말이 미자에게 얼마나 많은 상처를 줬는지 나는 이 대화를 통해 알게 됐다. 미자가 오랫동안, 나보다 훨씬 더 많이, 결혼하고 싶어 했을지 모른다는 생각이 번개처럼 스쳐 지나갔다. 결혼하면 그녀는 어머니와 아버지, 자식들이 있는 그녀만의 가정을 만들 수 있을 것이다.

나중에 우리는 요를 깔고 무거운 이불을 함께 덮고 앉아서 따뜻한 체온을 나누며, 커튼 반대편에서 함께 누워 있는 강씨 자매를 방해하지 않도록 소곤거리며 이야기를 나눴다. 미자와 나는 그날 만든 탁본을 조용히 검사한 다음 다른 탁본들과 비교했다. 우리는 일곱 살 때부터 친구로 지냈고, 14년 동안 탁본을 모아왔다. 기념하고, 추억하고, 축하하고, 추도할 일들, 그 모든 것을 우리는 가지고 있었고, 그것들이 우리의 외로움과 향수병을 달래줬다. 우리의 걱정거리도 달래줬다. 우리는 제주가 폭탄을 맞았는지, 아니면 침략을 당했는지 전혀 알 수 없는 상태였다.

평소처럼 책장을 덮으며 우리가 마지막으로 본 탁본은 맨 처음 만들었던 탁본이었다. 그것은 우리 밭을 두르고 있던 돌담의 거친 표면이었다. 나는 손가락으로 종이를 쓰다듬으며 전에도 여러 번 물었던 질문을 속삭였다. "어머니 장례식 날이나 제삿날에는 내가 왜 탁본을 만들지 않았을까?"

"그것 때문에 너무 자책하지 마." 미자가 낮은 목소리로 대답했다. "그러면 우울해지잖아."

"그래도 어머니가 보고 싶어."

내가 울기 시작하자 미자도 따라 울었다.

"너는 그래도 어머니에 대해 알잖아." 그녀가 말했다. "내가 할 수 있는 일이라곤 어머니에 대한 막연한 생각뿐이야."

커튼 반대편에서 기름 등불이 꺼졌다. 미자는 책장들을 아버지의 책에 다시 끼워 넣었고, 나는 우리 쪽 기름 등불을 껐다. 미자는 내게 찰싹 달라붙어서 평소보다 더 세게 나를 끌어안았다. 그녀는 내 무릎에 자기 무릎을 대고, 내 허벅지에 자기 허벅지를, 내 등에는 자기 가슴을 바싹 댔다. 그녀는 내 엉덩이 위로 한 팔을 걸치고 내 배 위에 손을 대고 있었다. 다음 날 우리는 아침 일찍 일어나서 지독히 찬 바닷속에 다시 떨어뜨려질 것이다. 잠을 자야 했지만, 내 목 뒤로 느껴지는 고르지 않은 그녀의 숨소리와 여전히 힘이 들어가 있는 그녀의 몸을 통해 미자가 깨어 있을 뿐만 아니라 귀를 쫑긋 세우고 있다는 것을 알 수 있었다. 방 건너편에서도 강씨 자매가 똑같이 우리 쪽에서 나는 소리에 귀 기울이고 있다는 것이 느껴졌다. 그러나 얼마 지나지 않아 구선이 가볍게 새근거리며 코를 골기 시작했다. 곧 구자도 그 친숙한 소리에 진정돼서 그녀의 숨소리도 깊어지고 길어졌다.

미자의 몸이 느슨해졌다. 그녀가 내 귀에 속삭였다. "나는 내 남편이 담력과 기개가 넘치는 사람이면 좋겠어." 그녀는 구자의 말을 마음에서 떨쳐버리지 못한 것이 분명했다. "잘생길 필요는 없지만, 일을 잘한다는 것을 보여줄 수 있도록 몸이 튼튼하면 좋겠어."

"육지 남자를 말하는 것처럼 들리는데." 내가 말했다. "그런데 그런 사람을 어떻게 찾을 건데?"

"중매쟁이가 찾아줄지도 모르지." 그녀가 대답했다.

중매는 중매쟁이에 의해 이루어지거나, 존경받는 친척이 청을 넣어서 이루어진다. 적어도 내 관점에서 보면 미자의 숙모와 삼촌이 중매쟁이에게 돈을 낼 것 같지는 않았고, 중신을 할 만한 존경받는 친척이 있다는 말을 미자에게서 들어본 적도 없었다. 가장 중요한 것은 육지 남자들이 제주 여자들을 못생기고, 시끄러우며, 마른 몸에 근육이 많아서 남자 같은 몸매를 하고 있다고 생각한다는 사실이었다. 그들은 우리가 햇볕에 너무 까맣게 탔다고 생각했다. 또한 육지 남자들은 여자들의 행동거지에 대해 엄격한 생각을 지니고 있었다. 그들은 제주 남자들보다 유교적인 이상을 훨씬 더 많이 따랐고, 여자가 말할 때는 상냥해야 한다고 생각했다. 미자의 목소리는 예뻤지만 물질을 계속하다 보면 결국 청력이 떨어져서 다른 해녀들과 마찬가지로 시끄럽게 소리를 지르게 될 것이다. 육지 남자와 결혼하면 그녀는 계속 예쁜 외모를 유지해야 한다. 그러나 날마다 햇볕을 받고 짠 바닷물 속에서 바람과 싸우며 지낸다면, 어떻게 그렇게 할 수가 있겠는가? 아내는 붉은 입술과 반짝이는 눈에 차분한 성격을 지니고 있어야 한다…… 여자에 대한 이런 모든 생각은 육지 남자들의 마음에 확고하게 자리 잡고 있었다. 제주 남편들은 게으르긴 했지만, 여자들에게 이렇게 말하라거나 저렇게 말하지 말라거나, 혹은 이렇게 하라거나 저렇게 하지 말라거나 하는 것에 대해 싸워서 이기려 하지 않았다. 그러나 나는 이런 것에 대해 아무 말도 하지 않았다.

"나는 생긴 건 별로 신경 안 써." 내가 말했다.

"무슨, 신경 쓰잖아!" 미자가 소리쳤다.

방 건너편에서 구선의 코골이가 잠깐 멈췄고, 구자는 돌아누웠다.

"좋아." 강씨 자매가 다시 안정을 되찾은 후 내가 조용히 인정했다. "그래, 나는 젓가락처럼 말라 빠진 사람은 원치 않아. 피부가 가무잡잡해 햇볕 속에서 일하는 것을 두려워하지 않는다는 걸보여줄 수 있는 사람이면 좋겠어."

미자가 쿡쿡거리며 웃었다. "그러니까 우리 두 사람 다 일할 남자를 원하는 거네."

"그리고 성격도 좋아야 하고."

"성격이 좋아야 한다고?"

"해녀는 욕심을 내서는 안 된다고 어머니가 항상 말씀하셨어. 남자도 마찬가지 아냐? 나는 욕심 많은 눈빛을 보고 싶지도 않고, 욕심 많은 손들 주변에 있고 싶지도 않아. 그리고 용감한 남자여야 해." 미자의 대꾸가 없어서 나는 말을 계속해나갔다. "그리고 제일 중요한 건 하도 출신 청년이랑 결혼하는 거야. 그러면 계속해서 우리 식구들을 보고 도울 수 있을 테니까. 너도 결혼하면 우리 모두 물질할 권리를 유지할 거야. 기억해둬. 네가 시집을 딴 데로 가면 그 마을의 해녀공동체에 들어가야만 한다는 걸."

"더 중요한 건 내가 딴 데로 시집을 가면 우리가 더 이상 함께할 수 없다는 거지." 미자가 말하면서 종이 한 장만큼의 틈새도 없을 때까지 나를 더 꼭 끌어안았다. "우리는 항상 함께 있어야 해."

"항상 함께." 내가 그 말을 따라했다.

우리는 침묵에 빠져들었다. 졸리기 시작했지만 몇 가지 마지막 생각을 나누고 싶었다. 나는 항상 들어왔던 제주 남자들에 대한 가장 큰 불만 중 몇 가지를 속삭였다. "나는 생각이 덜 자란 남편은 원치 않아. 꾸지람을 들어야 하는 남편은 참을 수 없어."

"아니면 내가 자기를 좋아한다는 것을 알고 싶어서 끊임없이 관심을 요구하는 남편도." 그녀가 덧붙였다. "술을 마시거나, 도박을 하거나, 작은마누라를 두고 싶어 해서도 안 돼."

거기, 깜깜한 어둠 속에서 우리는 꿈을 꿀 수 있었다.

생각이 혼례식으로 향할 때

1944년 7월-8월

7월 말 물질 주기가 끝났을 때, 나는 강씨 자매와 미자와 함께 블라디보스토크에서 여객선을 타고 한국 육지로 온 다음 두 번째 여객선을 타고 동해안을 거쳐 부산으로 내려갔다. 제주로 가는 배를 타기 전에 우리는 쇼핑을 했다. 사람들이 많은 곳에서는 군국주의자들이 요구하는 대로 일본어를 쓰도록 조심하며. 강씨 자매는 재빨리 물건을 산 다음 집으로 향했다. 미자와 나는 우리를 보고 싶어 하는 남편과 아기들이 없었기 때문에, 하루 더 머물면서 골목길과 시장을 쏘다니기로 했다.

우리는 한 곡물 노점의 단골이 돼서 보리와 품질 낮은 쌀로 가득 채운 마대 자루들을 사들이고는 그것을 한 자루씩 어깨에 메고 여관으로 날랐다. 천 행상에게서 산 이불은 부피를 줄여 들고 가기 더 편하게 만들기 위해 꼭꼭 눌러 동그랗게 말았다. 이것은 우리가 결혼할 때 가져간 것들이었다. 나는 미래의 남편에게 줄 좋은 선물이 될 것이라 생각하고서, 일주일 급여를 트랜지스터라디오를 사는 데 썼다. 미자는 미래의 남편을 위해 카메라를 골랐다. 형제자매들을 위한 실용적인 선물들 — 긴 천, 바늘과 실, 칼, 등등 — 을 살 때는 힘겹게 흥정을 했다. 아버지를 위해서는 신발 한 켤레를 샀고 할머니를 위해서는 겨울밤에 따뜻하게 지낼 수 있는 양말을 샀다. 미자와 나는 돈을 각출해서 유리에게 만들어줄 수건 재료를 산 다음 집으로 가는 배 위에서 바느질을 할 계획이었다. 미자는 숙모와 삼촌에게 줄 물건들을 구입했다. 그녀는 몇 번이나 가만히 서서 먼 곳을 응시하며 그들이 집에 사오라고 한 것들을 모두 기억해내려고 애쓰곤 했다. 서로 떨어져 각자 다닌 적도 있었지만 우리는 대부분 함께 있으면서 더 싸게 물건값을 흥정하고, 도움이 되겠다 싶으면 상인들에게 미소를 지어 보이기 까지도 했다. 상인들이 우리를 공장에서 일하는 아가씨 취급을 한다는 생각이 들면 우리는 커다란 해녀 목소리로 소리를 지르기도 했다.

"나 두 개, 쟤 세 개가 아니고 여섯 자루 살게요." 미자는 확고한 마음을 전달하면서 완벽에 가까운 일본어로 말하곤 했다. "물건값을 깎아주면요."

이렇게 다 사고 나서도 방값을 내고, 제주행 갑판석 표를 사고, 간단한 음식을 사 먹을 수 있을 만큼의 돈이 충분히 남았다. 앞으로 혼례식을 치를 때 보탤 돈도 충분했다. 물건들을 모두 갑판에 옮기는 데 시간이 걸렸다. 우리는 물건을 지키는 사람 없이 방치하고 싶지 않았기 때문에, 한 사람이 가방과 상자들을 방에서 갑판으로 나르는 동안, 다른 한 사람은 점점 쌓이는 짐들을 서서 지켰다. 그런 다음에는 차례를 바꿔서 모든 짐을 배다리 위로 올리고, 다시 짐을 갑판 위의 안전한 구석으로 옮겼다. 그 옆에는 집으로 돌아가는 해녀들이 있었다. 해녀는 절대 다른 사람의 물건을 훔치지 않았다. 배가 바다로 나갔을 때는 낯선 사람들이 우리 물건을 훔쳐갈지 모른다고 걱정할 필요가 없었다.

해협은 거칠었지만 하늘은 맑았다. 미자와 나는 여객선의 뱃머리에 서서 난간을 붙잡고 있었다. 파도를 가로질러 가는 배 위에서 몸이 위아래로 흔들렸다. 마침내 멀리 설문대 할망 ─ 한라산 ─ 이 시야에 들어왔다. 빨리 섬에 내리고 싶어서 내 마음은 안달이 났다. 여객선이 방파제를 지나 인공 항구에 들어가기까지 시간이 엄청나게 길게 느껴졌다.

지난 9개월 동안 많은 변화가 일어났다는 것이 갑판에서도 보였다. 육지에서 본 것보다, 전에 제주시 항구에서 본 것보다 분명히 훨씬 더 많은 ─ 그랬다, 정말로 더 많은 ─ 일본 군인들이 있었다. 그들 중 일부는 입구와 출구, 업무 처리 지점마다 차렷 자세로 서 있었다. 어떤 군인들은 대검을 끼운 소총을 어깨에 댄 채 편대를 지어 행진하고 있었다. 몇몇 군인은 근무 중이 아닌 것이 분명했다. 그들은 벽에 기대서 빈둥거리거나 나무틀 위에 다리를 흔들거리며 앉아 있었다. 우리는 블라디보스토크에서 혼자 있어본 적이 있었고, 우리에게 휘파람을 불거나 큰 소리로 알아들을 수 없는 말들을 던지는 남자들에게 익숙해져 있었다. 그러나 그런 것은 모두 크게 악의가 없는 행동이었다. 한데 여기서는 다르게 느껴졌다. 둘 중 한 사람은 부두에 남아 있고 나머지 한 사람은 짐을 나르면서 소지품과 구매한 물건들을 차례로 내리고 있을 때, 군인들의 시선이 우리를 따라다녔다. 아직도 매우 많은 승객들이 가족들과 인사를 나누고 있었고, 상인들은 군중을 헤치고 과감하게 성큼성큼 걸어가고 있었다. 다른 사람들도 트렁크와 가방을 내리고 있었다. 지금은 그들이 우리에게 아무 짓도 할 수 없을 것이다. 그러나 대부분의 해녀가 우리보다 먼저 짐을 내렸고 몇 분 이내에 여자들 가운데 미자와 나만 부두에 남게 됐다.

내게는 세 가지가 더 충격적이었다. 먼저, 우리 항구는 내가 방문한 그 어떤 항구보다 악취가 심했다. 디젤 연료와 비린내가 섞여서 고약한 냄새가 났다. 두 번째로는, 배와 여객선이 도착하면 일을 찾아서 부두로 몰려왔던 지역 청년들이 눈에 띄지 않았다. 세 번째로는, 일본 군인들과 선원들, 경비들을 보자 순찰대가 우리 밭으로 들어왔던 때가 떠올랐다. 그러나 우리는 지금 더 나이가 들었고 — 스물한 살 — 그들에게 매력적으로 보였음에 틀림없다. 미자 역시 그들의 관심을 알아차린 것 같았다. 그녀가 내게 "어떻게 할까? 너 혼자 여기 남겨두고 싶지 않은데"라고 말했기 때문이다.

"나도 너 혼자 모집책의 매점까지 걸어가게 놔두지 않을 거야."

몇 미터 떨어진 곳에서 한 군인이 과일을 먹고 있는 모습이 보였다. 우리에게 추파를 던지는 꼬락서니하고는…….

"도움이 필요하신 것 같군요. 제가 해드릴 일이 뭐 있을까요?" 어떤 목소리가 일본어로 물었다. 미자와 나는 몸을 돌렸다. 일본인일 거라고 예상했지만 그는 분명히 일본인이 아니었다. (얼마나 안심이 됐던가.) 제주에서 태어난 토박이는 아닌 것 같았다. 바지에, 칼라가 있는 흰색 셔츠와 앞에 지퍼가 달린 재킷을 입고 있었기 때문이다. 그는 나보다 키가 많이 크진 않았지만 다부져 보였다. 그의 몸매가 열심히 일해서 생긴 것인지, 아니면 너무 많이 먹어서 그렇게 된 것인지, 옷 입은 모습으로 봐서는 알 수가 없었다.

미자가 턱을 내렸다 올리며 우리 짐을 트럭 픽업 장소로 옮기는 실질적인 측면들에 대해 설명했다. 미자가 말하는 내내, 그는 주의 깊게 그녀를 쳐다봤다. 그동안 나는 두 사람 중 어느 누구도 눈치채지 않게 그를 더 잘 살펴볼 수 있는 기회를 얻었다. 그의 머리는 검었고 피부는 그렇게 많이 탄 편은 아니었다. 그는 소련 사람들과 달리, 그리고 일본인과는 전혀 달리, 내게 친숙한 방식으로 잘생겨 보였다. 나는 꿈을 꾸기 시작했다. 나는 그가 누구인지 궁금했다. 내 생각은 혼례식으로 향했다. 나는 얼굴을 붉히면서 얼굴 표정을 통해 내 생각이 드러나지 않았는지 걱정했다. 그러나 그들 두 사람은 내게 조금도 관심을 보이지 않았다.

미자가 설명을 다 마치고 나자, 그는 얼굴을 숙여서 가까이 대며 제주 말로 우리에게 속삭였다. "저는 이상문이라고 합니다." 그의 숨결은 따뜻하고 귤을 먹은 것처럼 달콤했다. 이것은 그가 좋은 집안 사람으로, 마늘과 양파, 김치 같은 흔한 음식을 먹고 사는 농부의 아들이 아니라는 또 다른 표시였다. 그는 몸을 곧게 편 다음 일본어로 상당히 크게 외쳤다. "제가 도와드리겠습니다."

주변의 반응이 나를 놀라게 했다. 많은 일본 군인들이 눈을 내리뜨거나 우리에게서 시선을 돌렸다. 이는 내게 또 다른 정보를 제공해줬다. 상문은 어떤 면에서 중요한 사람이었다.

그가 손가락으로 딱 소리를 내자 세 명의 부두 일꾼이 우리에게 빠르게 달려왔다. "이 물건들을 옮겨서 이분……."

"저는 김영숙이에요." 내가 무심결에 말했다. "그리고 애는 한미자예요."

"여러분, 해녀들을 모집하는 곳까지 미스 김을 따라가요. 어딘지 알고 있죠?" 그의 유창한 일본어와 억양은 거의 미자의 일본어만큼 완벽했다. "거기서 한 사람은 미스 김과 함께 있고 다른 두 사람은 다시 내게로 와서 나머지 짐을 가져가고 미스 한을 친구분한테 모셔다드려요."

내가 가방을 하나 들어서 어깨에 메려고 하자 그가 말했다. "아니, 아니에요. 여기 청년들이 전부 처리할 거예요."

나는 그런 도움을 받자 여신이 된 것 같은 기분이 들었다. 내 뒤를 따르는 부두 일꾼들과 함께 출발할 때, 나는 상문의 시선이 내가 보이지 않을 때까지 따라올 것이라 확신하면서 머리를 높이들고 등을 곧게 폈다.

우리가 지정된 모퉁이에 도착했을 때, 일꾼 두 사람은 상문이 명령한 대로 부두로 되돌아갔고 한 사람은 나와 함께 웅크리고 앉아서 기다렸다. 이 상황은 해녀들의 장난기를 부추기기에 충분했다!

"봐! 해녀에게 하인이 생겼어!" 한 여자가 나를 놀렸다.

"신붓감을 찾고 있어요?" 그들 중 한 사람이 부두 일꾼에게 물었다.

"그녀를 잘 감시해요. 도망칠지 모르니까!"

그 남자는 양팔로 무릎을 감싼 다음 머리를 묻고 그들의 말을 무시하려고 애썼다.

30분 후 — 엄청나게 긴 시간이었다 — 새 행렬이 시야에 들어왔다. 이번에는 두 일꾼이 짐을 가득 실은 손수레를 끌고 왔다. 미자와 상문은 나란히 걸어왔다. 멀리서도 그의 웃음소리를 들을 수 있었다. 그때서야 나는 그가 미자와 단둘이 있기 위해 나를 먼저 보냈다는 것을 깨달았다. 나는 이를 확신했다. 그들이 다가오고 있는 지금 이 순간 미자의 얼굴이 해파리처럼 창백한 것이 보였다. 그가 그녀에게 끌리는 것은 놀랄 일이 아니었다. 여러 해 동안 미자를 질투해본 적이 없었지만, 지금은 질투심이 솟아나서 진정이 되질 않았다. 나는 머리를 가다듬고 미자처럼 새침하게 굳은 표정을 지어보려고 애썼다. 미자처럼 완벽하게 그런 표정을 짓지는 못했지만, 내 나름대로 똑똑하게 처신했다.

여러 목적지로 향하는 트럭들이 왔다가 떠났지만, 우리가 원하는 방향으로 가는 트럭은 오지 않았다. 기다리는 동안 나는 상문에게 여러 가지 질문을 했고, 그는 쉽게 대답해줬다. 그는 제주시에서 태어나 일본에서 공부를 했다. "알다시피, 굉장히 많은 제주 사람들이 일본으로 공부를 하러 갔기 때문에, 지금은 한국의 그 어느 곳보다 제주에 일본 유학을 다녀온 사람이 많아요."

이 말이 사실일 수도 있지만, 내가 경험한 것과는 다른 듯했다.

"우리 아버지는 여기 항구에서 통조림 공장을 운영하고 계십니다." 상문이 말을 이어나갔다. 이는 그의 아버지가 친일협력자라는 것을 의미했다. 통조림 공장은 모두 일본인 소유였기 때문이다. 내가 즉시 흥미를 잃었어야 옳은가? 그러나 생각해보니 아닐 수도 있었다. 나의 가장 친한 친구는 친일협력자의 딸이었다. 어쩌면 나의 남편 역시 친일협력자의 아들이 될 수도 있지 않을까, 게다가 너무나 매력적인 그의 표정과 기분 좋은 미소를 보면서 나는 그가 정말 잘생겼다는 생각만 했다.

나는 더 많은 질문을 했다. 그의 모든 답은 내가 지금까지 만난 어느 누구와도 그가 비슷하지 않다는 것을 보여줬다. 미자는 내내 길 아래쪽을 내려다보면서 대화를 무시했다. 그녀의 무관심은 내게 훨씬 더 많은 자신감을 심어줬다.

"니는 배가 항구로 들어오고 나가는 시간에 맞춰서 자랐어요." 그가 설명했다. "언젠가는 아버지의 사업을 물려받을 것이라 예상하지만 지금은 제주시 정부를 위해 일하고 있어요. 식품 창고와 다른 저장 자재를 감독하고 있어요." 이것은 그의 지위에 대한 또 다른 확인이었다. "제주시 정부"를 위해 일한다는 것은 그가 일본 군에게 고용됐다는 것을 의미했다. 그는 단순한 친일협력자가 아니라 고위급 인사였다. "나도 인정해요." 그가 말했다. "나는 꿈이 커요. 내 일이 매우 중요해 보이진 않겠지만, 어딘가부터 시작해야 하잖아요."

평상꼴 트럭이 멈춰 섰다. 기사가 창문 밖으로 고개를 내밀고 해안 길을 따라 동쪽으로 가면서 최종 목적지인 성산에 가기 전 하도를 비롯해 많은 바닷가 마을을 지날 것이라고 외쳤다. 성산에서는 남은 해녀들이 마지막 여객선을 타고 바로 앞에 있는 작은 섬인 우도의 집으로 돌아갈 수 있었다. 열두 명가량의 여자들이 군중 속에서 떨어져 나와 트럭에 가방을 던져 넣기 시작했다.

"자," 미자가 중얼거렸다. "우리 차례야." 그녀는 즉시 일을 시작하면서 말없이 우리 물건들을 평상 위로 던져 올렸다. 상문과 나 역시 도왔지만 우리는 여전히 최대한 많은 정보를 주고받으려 애쓰고 있었다.

"하도의 어느 지역에 살아요?" 그가 물었다.

"굴동에 살아요." 내가 대답했다. 나는 얌전하게 보이려 애썼지만 그러기가 힘들었다. 나한테 관심이 없었다면, 그는 내가 어디에 사는지 질문하진 않았을 것이다. 그때 미자가 그곳에 서 있었기 때문에 나는 너무 지나치게 관심을 드러내는 것처럼 보이고 싶지 않아서 덧붙였다. "내 친구는 매우 가까운 섯동에 살아요." 미자는 눈을 감고 주먹을 쥔 손을 가슴에 대는 반응을 보였다. 만약 그것이 새침해 보이기 위한 행동이었다면, 그녀는 제대로 했다. 나는 또다시 밀려오는 질투심을 애써 눌렀다.

나는 상문에게 도와줘서 고맙다고 인사를 했다. 미자가 트럭에 올라타서는 한 손을 내밀어 나를 끌어 올려줬다. 기사가 기어를 올리자 트럭이 비틀거리며 굴러가기 시작했다. 나는 손을 흔들며 상문에게 작별인사를 했지만 미자는 이미 등을 돌린 채 평상에 자리를 잡고 앉은 해녀들 무리에 합류했다. 그녀는 약간의 과일을 싸놓은 손수건을 펼쳤다. 나는 구덕을 열고 주먹밥을 꺼냈다. 다른 여자들이 말린 오징어와 집에서 만든 무장아찌와 김치가 가득 든 항아리, 쪽파 한 다발을 보탰다. 한 여자는 마실 물이 가득 들어 있는 도기 주전자를 돌렸고 또 다른 여자는 발효시킨 쌀 막걸리 항아리를 열었다. 미자는 막걸리를 꿀꺽꿀꺽 마신 다음 시큼한 맛에 대한 반응으로 눈을 가늘게 떴다. 나는 목구멍으로 술을 넘기자 가슴이 고향의 맛으로 확확 타올랐다.

보통 때라면 블라드나 알렉시, 혹은 이런저런 항구에서 만났던 다른 청년들에 대해 그랬듯 미자와 나는 상문과의 만남을 세세하게 조목조목 따져보고 분석했을 것이다. 그러나 이번은 아니었다. 내가 상문이 나타나서 다행이었다고 말하자 그녀는 방어적으로 대꾸했다. "나라면 절대 너를 부두에 혼자 있게 내버려두지 않았을 거야."

"그가 나에 대해 물어봤어?"

"너에 대해 아무 말도 하지 않았어." 그녀가 쌀쌀맞게 대답했다. "이제 더 이상 그 얘기는 하지 말자."

그런 다음 미자는 내가 묻는 말에 아무 대답도 하지 않았다. 그래서 우리는 다른 여자들과 수다를 떨었다. 음식과 술, 그리고 집에 돌아왔다는 사실에 모두 기분이 들떠 있었다.

덜컹거리며 1킬로씩 나아갈 때마다 친숙하고 그리운 풍광이 나타났다. 우리는 삼양과 조천, 함덕, 북촌, 세화를 지나며 마을마다 멈춰 서서 한두 명의 여자를 내려놓았다. 올레의 낮은 돌담이 산등성이로 구불구불 나 있었다. 또한 밭의 가장자리를 두르고 있는 올레 돌담은 여러 가지 색깔과 형태들로 이루어진 조각보를 만들어냈다. 까마귀 떼가 하늘을 가로질러 천천히 날아가고 있었고 바다에는 해녀들 무리와 그들의 테왁이 이리저리 움직이는 모습이 보였다. 그리고 섬 한중간에는 설문대 할망이 줄곧 어렴풋이 거대한 모습을 드러내고 있었다. 모든 것이 아름답고 따뜻했지만 나는 머릿속에서 상상을 멈출 수가 없었다. 어쩌면 심방 김씨가 내 혼인축하 의식을 치러줄지도 모른다. 어쩌면 어머니의 혼례식 예복을 입을 수도 있었다. 아니면 상문이 좋은 천을 떠줘서 나만의 혼례식 예복을 만들 수 있을지 모른다. 아니면 그는 군국주의자들이 요구하는 대로 일본 기모노를 입은 나와 일본식 혼례를 치르길 원할지도 모른다. 맞다. 어쩌면 그게 정답일지 모른다. 심방은 사절이지만 일본 기모노는 환영이었다. 물론 돈을 어떻게 구할지는 모르겠지만, 어쩌면 아버지가 하도와 제주시에서 잔치를 열어줄지도 모른다.

"거의 다 왔네요." 미자가 말하고 짐을 챙기기 시작했다. 밭에서 일하고 있던 몇 사람이 트럭이 멈추자 고개를 들었다. 우리는 뛰어내렸다. 이웃들의 시끄러운 섬 목소리들이 우리를 맞아줬다.

"미자야!"

"영숙아!"

한 어머니가 자기 아이에게 우리 집으로 뛰어가서 내 도착 소식을 알리라고 시켰다. 트럭에 타고 있던 여자들이 우리 짐을 던져줬다. 우리가 짐을 반쯤 내리고 있을 때, "야아" 하는 외침과 부르는 소리가 내 귀에 들려오기 시작했다. 세 번째 남동생과 여동생이 올레를 뛰어 올라오고 있었다. 그들은 내 허리를 양팔로 감싸고 내 어깨 양쪽에 얼굴을 묻었다. 그런 다음 여동생은 내 몸에서 떨어지더니 좋아서 깡충깡충 뛰기 시작했다. 이제 열여섯 살이 된 여동생은 도생의 해녀공동체에서 벌써 해녀로 일하고 있었다. 물질할 나이가 된 딸을 둘 둔 집은 돈을 빌리거나 빚을 갚는 데 아무 문제가 없을 것이다라는 제주 속담이 맞는다면, 우리 생활은 지금쯤 더 편안해져야 했다. 나는 동생을 보게 돼서 너무 기뻤다. 그러나 가족이 모두 오지는 않았기 때문에 나는 올레 아래쪽을 내려다보면서 나머지 가족들을 찾았다.

"아버지는 어디 계셔? 첫째랑 둘째 남동생은 어디 있는 거야?"

대답을 듣기도 전에 트럭 기사가 창밖으로 소리를 질렀다. "서둘러요! 여기서 하루 종일 기다릴 수 없소!"

동생들의 도움을 받아 미자와 나는 트럭 위에서 던져주는 나머지 짐들을 받았다. 세 번째 남동생이 자기가 들 수 있는 짐을 집어 들고 집을 향해 올레를 내려가기 시작했을 때, 미자의 숙모 이옥과 삼촌인 힘찬이 나타났다. 미자가 그들에게 깊이 몸을 숙여 절을 했지만 그들은 우리가 집으로 가져온 물건들에 너무 집중해 있었기 때문에 절한 것도 거의 알아차리지 못했다.

"영숙이가 너보다 더 많이 가져왔구나." 미자의 숙모가 흠을 잡으며 말했다. "저 애가 너보다 더 말랐어. 너는 벌어서 먹는 데 다 썼니?"

내가 끼어들려고 했다. "서는 물건을 크기별로 샀어요. 제 짐은 보기에만……."

그러나 미자의 숙모는 내 말을 무시했다. "흰쌀은 샀니?" 그녀가 미자에게 물었다.

"물론 아니죠!" 내가 다시 친구를 보호하려고 애쓰면서 대들었다. "미자는 항상 실질적이에요……."

"네, 이옥 숙모. 흰쌀을 샀어요."

나는 화들짝 놀랐다. 나와 함께 있지 않을 때 미자가 흰쌀을 구입한 것이 틀림없었다. 그녀는 너무 열심히 일했고 많은 것을 희생했다. 그녀가 그들에게 그렇게 지나친 것을 사줘서는 안 될 일이었다. 그러나 지금은 미자에게 그것에 대해 물어볼 때가 아니었다. 셋째 남동생이 여동생과 나를 돕기 위해 뛰어 돌아오고 있었기 때문에 물어볼 수도 없었다. 몇 분 후 나는 동생들을 따라 쫓아가면서 미자를 숙모와 삼촌에게 남겨두고 떠났다.

올레에 퍼지는 내 신발 소리와 바닷가에 율동적으로 부서지는 파도 소리가 나를 안심시키고 환영해주는 것처럼 느껴졌다. 집이다! 그러나 대문을 들어서자마자 뭔가 잘못됐다는 느낌이 들었다. 안거리와 할머니가 사는 밖거리 사이의 공간이 어수선해 보였다. 할머니 집의 앞 벽에 댄 풍채가 대나무 장대로 받쳐져 있었다. 할머니는 천천히 바닥에서 간신히 일어선 다음 풍채 밑으로 몸을 숙여 우리 쪽으로 왔다. 내가 어렸을 적에도 할머니는 늙어 보였지만, 지난 아홉 달 동안 기운이 많이 없어진 것 같았다. 캐묻듯이 남동생과 여동생을 힐끗 쳐다보는데 무서운 느낌이 온몸을 훑고 지나갔다. 불과 몇 분 전 그들이 내게 보여줬던 환영은 행복해서라기보다 안도하는 마음에서 나온 것이었음을 나는 깨달았다. 여동생이 특히 더 그랬을 것이다. 내가 없는 동안 그녀가 가족에 대한 책임을 떠맡았기 때문이다.

내가 다시 물었다. "아버지는 어디 계셔? 다른 동생들은 어디 있어?"

"일본인들이 동생들을 데려갔어." 여동생이 대답했다. "징집당 했어."

"그렇지만 아직 애들인데!" 아니면 다 자란 건가? 첫째 남동생 은 열아홉 살이었고 둘째 남동생은 열일곱 살이었다. 일본군에서 많은 군인들이 그보다 훨씬 더 어렸다. "언제 붙잡혀갔는데?" 최근에 일어난 일이라면 동생들을 데려올 수 있는 방법이 있을지도 모른다고 생각하면서 내가 물었다.

"언니가 떠난 직후 일본인들이 동생들을 붙잡아갔어." 여동생이 대답했다.

그렇다면 아홉 달 전이었다.

"어쩌면 내가 가져온 음식과 다른 식량을 주고 동생들을 풀어 달라고 부탁해볼 수 있을 거야." 나는 긍정적이 되려고 애쓰면서 제안했다.

그들은 나를 슬프게 바라봤다. 절망감이 밀려왔다.

"그 애들에게서 소식은 들었어?" 집으로 돌아온 데에서 뭔가 상서로운 것을 발견하려고 여전히 애쓰며 물었지만, 세 사람은 나를 슬프게 쳐다볼 뿐이었다. "여기 제주에 있는 거야?" 그렇다면 그것은 힘든 노동만을 의미할 터였다.

"아무 소식도 못 들었다." 할머니가 말했다.

우리 가족이 다시 줄어들었지만, 나는 그 사실을 모르고 있었다. 제주로 오면서 느꼈던 모든 행복감 — 상문을 만나고, 집에 도착하는 기쁨을 기대하고, 동생들의 얼굴을 보는 것 — 이 사라지고 마음속 깊은 곳이 슬픔으로 어두워졌다. 그러나 나는 우리 집안의 장녀였다. 그리고 해녀였다. 살림살이를 대주고 안정을 제공하는 사람이 되는 것이 내 목표였다. 나는 간신히 희미한 미소를 지으며 동생들을 안심시키려고 애썼다.

"그 애들은 집에 돌아올 거야, 분명히." 내가 말했다. "그동안 내가 집에 가져온 것들 중 일부를 팔도록 하자. 그 돈으로 셋째 남동생을 잠시 학교에 보내보자."

여동생이 고개를 저었다. "그건 안전하지 않아. 겨우 열네 살이야. 일본인들은 그 애를 붙잡아다 바리케이드 만드는 일을 시키거나 전쟁터로 보낼 거야. 낮동안에는 집에 숨어 있어야 한다고 동생한테 말해뒀어."

나는 여동생이 판단을 잘한 것에 기뻤다. 이런 자질은 해녀로서 그녀에게 도움이 될 것이다. 그럼에도 불구하고 이 모든 슬픔을 받아들이기가 어려웠다. 그러나 동생들에 대한 소식이 최악의 충격은 아니었다. 아버지가 자정이 한참 지난 후 술에 잔뜩 취해 비틀거리며 집으로 돌아왔다.

*

집으로 돌아와 맞이한 첫 번째 아침에는 날씨가 구질구질했다. 짙은 구름이 섬을 뒤덮고 있었다. 뜨겁고 후텁지근한 공기에 숨이 막힐 것 같았다. 곧 폭우가 쏟아지겠지만 시원해지지는 않을 것 같았다. 비는 내 땀과 섞일 그저 더 따뜻한 액체에 불과하리라. 나는 하루 종일 엎드린 채 껍질이 상하지 않도록 고구마를 캐서 곧 먹을 것과, 술을 만들 수 있도록 정제소에 팔 것, 겨울에 먹을 수 있도록 잘라 말려서 저장할 것 — 또 다른 지겨운 허드렛일 — 으로 분류해 세 개의 통에 나눠 담았다. 바다 밑에 들어가는 편이 훨씬 더 나을 것 같았다.

마음이 안정되지 않았다. 경적을 울리는 자동차나 버스, 트럭, 공장에서 나는 시끄러운 소리, 통조림 공장, 정제소가 그리웠던 게 아니었다. 오히려 제주의 쌩쌩거리는 바람 소리를 듣고 싶었지만, 그것은 일본인들이 섬에 지은 세 곳의 공군 기지에서 쉬지 않고 이륙하는 일본군 비행기들이 내는 굉음에 묻혀버렸다. 그 죽음의 새들의 엔진이 내는 굉음은 태평양에 대한 일본의 의도를 끝없이 상기시켜줬다.

그래서 머리 위로는 죽음의 이미지들이 있었고, 발밑으로는 흙이 있었다. 내 옆에는 여느 때와 마찬가지로 미자가 있었다. 미자 옆에서 여동생은 남자애들에 대한 이야기를 멈추려 하지 않았다. 여동생은 우리보다 남자에 대해 관심이 더 많았고, 자기가 언제 결혼할 것인지 계속 질문을 해댔다.

"관습대로 하자면 내가 먼저 결혼해야 해." 내가 말했다. "보챈다고 그게 바뀌진 않아. 어쨌든 너는 너무 어려!" 나는 어조를 부드럽게 하려고 애썼다. "너는 예쁜 데다 열심히 일한다는 소문이 나면 할머니가 너한테 적당한 사람을 쉽게 찾아주실 거야."

"쉽게?" 여동생이 삽을 땅속 깊이 파서 고구마 한 알을 들어 올린 다음 푸석푸석한 흙을 살살 털어내며 말했다. "제주에 남자가 많이 남아 있질 않아. 그걸 못 느꼈어?"

나는 일반적인 변명을 읊조렸다. "우리 남자들은 태풍과 또 다른 폭풍우 때문에 바다에서 죽었어. 그들은 몽고인들에게 죽임을 당했거나 추방당했고 지금은⋯⋯."

"지금은 일본인들한테 징집당하고 있어." 여동생이 대신 말을 끝마쳐주었다. 자기 결혼에 대해서만 관심이 있었기 때문에, 그녀는 자신이 바로 우리 친동생들한테 일어난 일에 대해 이야기하고 있다는 사실은 별로 신경 쓰지 않는 것 같았다. "내 나이 또래의 많은 처녀들이 이미 중매로 시집가는 걸 봤지만, 나한테는 아직 맞선이 한 번도 안 들어왔어."

"나도 한 번도 못 받았어." 미자가 말했다. "아마도 그건 우리에게 그런 중신을 해줄 어머니가 안 계셔서 그런 걸 거야."

여동생의 눈이 반짝하고 빛났다. "아니면 우리가 기꺼이 사랑을 나누려고 하지 않았기 때문일 수도 있어."

"입 닥치고 네 할 일이나 해!" 나는 이 수다를 중단시켜야만 했다. 강씨 자매가 몰래 남자들을 만나고 다녔다고 자랑했던 것을 떠올렸기 때문이다. 생각해보면 언니의 혼례식 후에 동생의 결혼이 약간 너무 빨리 성사되지 않았던가? 구선의 첫아들이 태어난 게…….

"사람들이 뭐라고 하는지 알지?" 여동생이 몽롱하게 말을 계속했다. "섹스를 한다는 것은 '사랑을 나누는 것'이래."

사랑을 나누는 것. 강씨 자매는 남편과 사랑을 나누는 것에 대해, 그리고 그것이 얼마나 좋은지에 대해 즐겨 이야기했었다. 우리가 해외에 나가 있었을 때 그들은 남편이 그립고 사랑을 나누는 것이 그립다고 말하곤 했었다.

"나는 결혼에 대해 잘 모르겠어." 미자가 말했다. "*여자가 결혼하면 사흘 동안 제일 좋은 음식을 먹는다. 그러나 여자는 평생 그래야 한다.* 평생 제일 좋은 음식을 먹는다면, 왜 어른들이 그런 말을 하겠어?"

"오늘 왜 그렇게 우울한 거야?" 내가 물었다. "너는 항상 결혼하고 싶다고 말했잖아. 남편에게 원하는 것에 대해 이야기했었고."

미자가 내 말을 잘랐다. "우리가 남자와 함께하길 원해야 하는 게 당연한 건지도 모르지. 하지만 그것이 불행만 가져다줄지도 몰라."

"네가 왜 마음을 바꿨는지 모르겠구나." 내가 말했다.

미자가 미처 대답하기 전에 여동생이 큰 소리로 말했다. "사랑을 나누기! 그게 바로 내가 하고 싶은 거야."

나는 동생의 손을 찰싹 때렸다. "사랑을 나누는 것에 대한 이야기는 더 이상 듣고 싶지 않아! 네 일이나 해. 집에 가기 전에 앞으로 세 이랑 더 끝마쳐야 해."

미자와 여동생은 침묵했고, 나는 나만의 생각에 빠질 수 있게 됐다. 미자와 나 둘 다 결혼을 해야 했다. 이것이 정상적인 길이었다. 줄곧 이야기를 나눠본 적은 없지만, 우리는 분명히 그것에 대해 항상 생각하고 있었다. 나는 이미 불가능한 선택 — 상문 — 으로 마음을 정해놓았다. 아직은 친구에게 그에 대한 내 감정을 이야기하지 않았다. 그녀가 누군가로 마음을 정할 때까지 기다리기로 했기 때문이다. 그러나 미자의 태도 변화는 나를 혼란스럽게 만들었다. 지난 몇 달 동안 혼수 장만할 돈을 저축했는데 이제 와서 갑자기 시집을 가고 싶지 않다니 어떻게 그럴 수 있을까?

*

세 번의 아침이 지난 후 집안의 일상사는 다시 자리를 잡았다. 나는 여동생을 보내 물을 긷고 땔감을 모아오게 했다. 아버지는 여전히 잠을 자고 있었고, 셋째 남동생은 일본인들의 염탐하는 시선을 피해서 뒷담에 기대앉아 있었다. 내가 막 연장과 마대 부대를 챙기고 있을 때 놀랍게도 미자가 나를 데리러 왔다. 우리가 밭으로 출발하려 할 때, 할머니가 밖거리에서 우리를 불렀다. "와서 잠깐 앉아봐라. 너희들과 상의할 게 있다."

우리는 신발을 벗고 들어갔다.

"*신랑은 집을 짓고 신부는 그 집을 채운다.*" 할머니가 읊조렸다.

나는 미소를 지었다. 집에 돌아온 후 네 번째 날 드디어 혼례식과 행복한 결혼생활에 대한 전통적인 말을 듣게 됐다. 그러나 미자는 감정을 더 잘 통제하고 있었다.

"너희 삶은 항상 얽혀 있었다." 할머니가 말을 이었다. "그래서 너희들이 동시에 결혼하는 게 좋을 것 같구나."

"영숙이는 쉽게 남편감을 찾을 수 있을 거예요." 미자가 말했다. "그렇지만 누가 저랑 결혼하려고 하겠어요? 전에……." 그녀가 하고 싶은 말을 찾으며 주저했다. "제 말은, 저처럼 집안에 문제가 있으면요."

"아, 얘야. 이 문제에 대해서는 네가 틀렸다. 네 숙모 말에 의하면 너와 결혼하고 싶다고 관심을 표하는 사람이 있다는구나. 너는 순실에게 딸이나 다름없었으니까 네 숙모가 나한테 네 집안을 대신해서 중신을 넣어달라고 부탁하더라. 너한테 숙모가 아무 말도 안 하더냐?"

나는 매우 놀랐고 더 이상 행복할 수 없었지만, 미자의 얼굴은 어두워졌다.

"이옥 숙모가 드디어 저를 떼어낼 수 있겠군요."

"어떤 면에서 네 상황이 훨씬 더 좋아질 거야." 할머니가 말했다.

그 말이 무슨 뜻인지 확실히 알 수는 없었지만, 미자는 아무것도 묻지 않았다. 그녀는 전혀 즐거운 표정이 아니었다. 내가 막 질문을 시작하려는 찰나 할머니가 말을 이어나갔다. "그리고 우리 귀한 아가 영숙아, 너도 친자매나 다름없는 미자와 같은 주에 혼인하게 될 것이다. 네 어미가 이걸 알았다면 기뻐할 텐데."

그 말을 듣는 순간 미자에 대한 관심은 증발해버렸다. "제 남편은 누가 될 건데요?" 내가 흥분해서 물었다.

"그리고 제 남편은요?" 미자의 목소리는 납덩이처럼 무겁게 들렸다.

"나는 남편을 혼례식 날까지 보지 못했다." 할머니가 퉁명스럽게 말했다. "그리고 그 후에도 몇 주 동안 남편 얼굴을 바라보기 무서웠다."

할머니는 우리가 남편들에게 만족하지 못할 것이라고 미리 경고하는 것일까? 미자가 내 손을 잡았다. 나도 그 손을 꼭 쥐었다. 무슨 일이 일어나건 우리는 항상 함께할 것이다.

*

다음 날 다시 열기와 습기로 무겁게 동이 텄다. 나는 늘 물속에서 일해왔기 때문에 매일 깨끗하게 몸을 씻는 데 익숙했다. 그러나 지금은 고구마 수확을 하느라고 내 옷에 이미 묻어 있는 흙이나 오늘 더 묻을 흙이 그렇게 많이 눈에 띄지는 않을 뿐만 아니라, 감물 염색 덕에 그렇게 안 좋은 냄새가 나지는 않는다는 것을 그나마 감사하게 생각해야 했다. 그럼에도 불구하고 바지에 발을 끼우고 긴 갈저삼에 미리를 십어넣으면서 불쾌감에 얼굴이 저절로 찌푸려졌다. 아버지와 할머니, 남동생이 식사를 하고 각자 자기 자리로 돌아간 다음, 여동생과 나는 밭으로 향했다. 우리는 평소와 같은 올레 지점에서 미자를 만났다.

"이옥 숙모하고 힘찬 삼촌이 오늘은 나더러 두 분을 위한 일을 해야 한다고 하셔." 그녀가 말했다. "그렇지만 오늘 밤 바닷가에서 만나 이야기 좀 할래?"

이미 땀이 목 뒤로 흘러내리기 시작해서 나는 즉시 그녀의 계획에 동의했다. 몇 마디를 더 나눈 후에 미자는 떠났고, 우리는 밭으로 계속 걸어갔다. 고구마를 캐고, 땀을 흘리고, 물을 마시고, 우리는 이 과정을 계속 반복했다. 내가 등을 펼 때마다 멀리 반짝이며 나를 부르는 바다가 보였다. 나는 미자와 오늘 밤의 수영을 고대했다. 아니면 얕은 물에 앉아서 몸 주변을 소용돌이치는 파도를 즐길 수도 있었다. 치유. 진정. 회복. 그렇게 있으면 기운을 눈곱만큼도 쓸 필요가 없었다.

하루가 끝나갈 무렵, 여동생과 내가 지치고 지저분한 몸으로 집을 향해 길을 따라 걷고 있을 때 자동차 소리가 들렸다. 아주 드문 일이었다! 차가 속도를 늦추더니 우리 옆에 멈춰 섰다. 기사가 딸린 차였고 뒷자리에 남자 둘이 타고 있었는데 안쪽에는 상문이 서양식 양복을 입고 앉아 있었다. 심장이 쿵 하고 위까지 내려앉았다.

나와 더 가까운 쪽에 앉아 있던 남자 — 상문의 아버지가 틀림없었다 — 도 비슷하게 옷을 입고 있었다. 그는 창문을 내린 다음 팔꿈치를 그 위에 올리고 나를 내다봤다. 나는 몸을 깊이 숙여서 여러 번 절을 했다. 내 겸손함과 존경심을 통해 미래의 시아버지가 나를 단지 지저분한 얼굴과 손을 한 처녀 이상으로 봐주기를 빌었다. 그는 자기 아들을 보살피고, 가족의 재정에 보탬이 되며, 좋은 가정을 꾸릴 부지런한 일꾼을 보게 될 것이다. 적어도 그러길 빌었다. 나는 여동생을 힐끗 쳐다봤다. 이제 그녀는 절을 다 하고 나서, 그들의 외국 옷과 차, 기사를 입을 벌린 채 넋이 빠져 바라보고 있었다. 동생은 한 번도 하도 밖으로 나가본 적이 없었기 때문에, 예전에 내가 그랬던 것처럼 전혀 세련되지 못했다. 그럼에도 불구하고 창피함이 물밀 듯이 밀려왔다. 그러나 나는 상문이 앞만 똑바로 보면서 내게 아는 체를 하지 않는다는 것을 알아차렸다. 약혼을 하러 가는 청년에게 적절한 태도였다.

소개가 필요 없다고 느꼈는지 미래의 시아버지가 나를 불렀다. "아가씨……."

내 지저분한 모습에 긴장되고 여전히 창피해서, 내가 불쑥 말했다. "저희 할머니와 아버지께 모셔다드리겠습니다."

상문이 깜짝 놀라서 호기심에 찬 눈빛으로 나를 바라봤다. 더 분별력이 있는 그의 아버지는 놀란 기색을 감췄다. 그가 나를 비웃지는 않았지만 그의 표정 때문에 나는 매우 창피했다. "나는 한 미자의 가족을 만나러 왔소." 그가 부드럽게 말했다. "우리를 그 집으로 안내 좀 해줄 수 있겠소?"

미자라고? 내 입술은 굳어졌고, 심장은 쿵 하고 창자까지 떨어졌다. 그녀는 더 예뻤고 제주시에서 자랐다. 그의 아버지는 친일 협력자였고 그래서 이 혼인은 끼리끼리 하는 혼인이 될 예정이었다. 모든 것이 들어맞았다. 그렇지만 미자의 비밀주의와 할머니의 잔인함에 내가 얼마나 마음이 아팠던가. 할머니에게 상문에 대한 내 감정을 미리 말하지 않았다 해도, 할머니는 중신을 하면서 그와 내가 만났다는 사실을 분명히 알았을 것이다. 내가 할 수 있는 일은 고작 울음을 터뜨리지 않도록 참는 것이었다. 이미 깎인 체면은 그렇다 쳐도, 더 이상 체면을 깎일 수는 없었다.

"자동차를 여기 둬야 할 거예요." 내가 말했다. "나머지 길은 걸어가셔야 합니다."

기사가 길옆에 차를 주차시킨 다음 옆으로 가서 아버지에게 문을 열어주고 다음에는 아들에게 문을 열어줬다. 상문은 아직도 나를 알아보지 못했다. 더운 날이라 우리가 지나가는 모든 집에서 바람이 통하도록 대나무 장대 위에 풍채를 받쳐 열어놓고 있었다. 그래서 우리가 지나가는 길에 있던 모든 사람이 우리 행렬을 목격했다. 미자네 집에 도착했을 때 그녀의 숙모와 삼촌 또한 풍채를 열어놓고 큰구들에서 양반다리를 하고 앉아 있었다. 그들 옆으로 한쪽에는 우리 할머니가 잘 손질된 가장 깨끗한 갈굴중이와 갈적삼을 입고 앉아 있었다. 다른 쪽에는 미자가 무릎을 꿇고 단정하게 무릎 위에 양손을 올린 채 일본식으로 앉아 있었다. 그녀는 모란 문양이 찍힌 면 기모노를 입고 있었고 일본식으로 빗은 머리에 핀을 꽂고 있었다. 그녀의 얼굴은 흰색에 가까웠다. 일본식 화장 때문이 아니라 다른 것 때문이었다. 슬픔 때문이었을까? 죄책감 때문이었을까? 울고 있었는지, 그녀의 눈가가 불그스름했다. 그들 네 사람은 일어서서 낯선 사람들에게 몸을 깊이 숙여 절을 했다. 상문과 그의 아버지는 맞절을 했지만, 그렇게 깊이 몸을 숙이진 않았다.

"저는 상문이 애비인 이한봉입니다."

"어서 오십시오." 미자의 삼촌이 말했다. "제 조카가 차를 내올 것입니다."

아버지와 아들은 신발을 벗은 다음, 처마 밑을 지날 때 목을 수그리며 집 안으로 들어갔다. 나는 안으로 초대받지 못했지만, 떠나라는 요청을 받지도 않았다. 나는 물러나와 햇볕 속에 무릎을 꿇고 앉아서 고개를 숙였다.

제주에서는 육지와 달리 신부값이 없었다. 그러나 협상이 필요한 다른 격식들이 있었고, 할머니가 양쪽에서 나오는 작은 불화나 다툼을 중재했다. 이미 점쟁이를 통해 상문과 미자의 사주를 따져봤고, 지금부터 닷새 후에 혼례를 올리기로 날짜를 정했다. 신랑의 집안이 분명히 잘살긴 해도, 그들은 전통적인 사흘 혼례 대신 하루 혼례를 치르고 싶어 했다.

"중산간 출신 사람이 바닷가 출신 사람과 혼인하는 것이 흔하진 않습니다." 상문의 아버지가 설명했다. "방식이 너무 다릅니다. 또한 섬의 서쪽 지역 사람은 동쪽 지역 사람과 혼인하고 싶어 하지 않고요."

그의 말은 중산간 남자들이 해녀 신부와 비교해서 더 세련됐고, 섬의 서쪽 지역 남자들은 뱀을 숭상하는 동쪽 마을 출신의 여자들을 좋아하지 않는다는 의미였다. 분명히 그는 이중의미를 통해 무슨 말인가를 전달하려 하고 있었다. 나는 다른 사람들이 그의 말을 어떻게 받아들이고 있는지 보려고 고개를 들었다. 미자의 숙모와 삼촌의 시선은 반응을 감추기 위해 눈을 반쯤 내리뜨고 있었지만, 내 친구는 앞을 똑바로 노려보고 있었다. 그녀의 몸은 그곳에 있었지만 마음은 집 밖으로 흘러넘쳐서 바다 위로 높이 솟아오르고 있는 것처럼 보였다. 그러나 나는 미자를 너무 잘 알았다. 그녀는 일본식으로 유순하고 정숙한 새색시인 척 가장하고 있지 않았으며, 자신이 상문과 결혼하게 될 것이라는 사실에 대해 슬픔이나 걱정스러운 감정을 숨기지 않았다. 그녀는 나를 쳐다보지 않으려고 애쓰고 있었다. 그동안 할머니는 얼굴에 가장 불쾌한 표정을 지었다. 할머니는 특권이 부여되고 존경을 받는 위치에 있었지만, 그녀가 무슨 말을 할지 걱정스러웠다.

"도시 청년이 도시 아가씨와 혼인하면 좋겠죠." 친일협력자의 아들에게는 친일협력자의 딸이 딱 어울린다고 말하고 싶었겠지만 할머니는 대신 그렇게 말했다.

"맞습니다." 상문의 아버지가 동의했다. "그러면 제주시와 이곳을 왔다 갔다 해야 할 필요가 없겠죠."

마침내 나는 이해했다. 이한봉은 미자의 가족이나 그녀가 지난 14년 동안 고향으로 불렀던 마을과 인연을 끊고 싶어 했다. 정말 혐오스러운 사람이었다. 그리고 미자의 숙모와 삼촌에게는 말할 수 없이 체면이 손상되는 일이었다. 그러나 그들은 아무 말도 하지 않았다. 오랫동안 미자에게 가혹하게 대했다 해도 이제 그들은 이씨 집안의 영향력으로부터 혜택을 받을 수 있었다. 그들은 평소처럼 위선을 보여주고 있었다.

"미자가 도시 방식을 잃어버리지 않았다는 것을 곧 아시게 될 겁니다." 할머니가 부드럽게 말을 계속했다. "사실 그 애는 해외에 살면서 일도 했고, 경험이 많습니다."

"저는 아가씨의 아버지와 어머니까지도 압니다." 이한봉이 끼어들었다. "저 아가씨는 절 기억하지 못하겠지만 저는 그녀를 아주 잘 기억하고 있습니다." 이런 말에도 미자는 그가 있는 쪽을 바라보지 않았다. "저 애는 항상 머리에 흰색 리본을 달고 있었습니다." 그가 미소를 지었다. "작은 신발과 유아복을 입은 모습이 예뻤죠. 대부분의 사람은 대가족 속에서 자란 며느리를 들이고 싶어 합니다. 그것은 며느리가 모든 사람과 잘 지낼 수 있다는 것을 보여주기 때문이죠."

"그리고 일을 열심히 합니다."

"그렇지만 제 아들 역시 독자입니다. 상문과 미자는 이 점도 닮았습니다." 그는 계속해서 결혼의 다른 이점들에 대해 논의를 이어나갔다. 그러나 이야기는 같이 밥을 먹는 식구가 된다는 생각보다 미자와 상문의 신체적 특징과 더 많은 연관이 있었다. "이 아이들 중 누구도 피부가 아주 까맣진 않습니다." 그가 말했다. "해녀에게는 이것이 얼마나 놀라운 일인지 여러분도 잘 아시리라 믿습니다. 그렇지만 미자가 제 아들과 결혼하면 햇볕 속에서 일하던 시절은 끝날 것입니다. 그 아이의 얼굴이 제가 예전에 알던 소녀의 얼굴로 되돌아올 것입니다."

이 모든 말을 들으면서 나는 가슴이 무너졌다. 정식으로 선물 교환이 이루어졌다. 미자가 미래의 남편을 위해 카메라를 샀다는 것을 알고 있었지만, 상문 가족의 선물이 무엇인지 겉모양으로는 알 수가 없었다. 미자의 혼인 예복을 만들기 위한 전통적인 천 두루마리는 아니었다. (친일협력자가 왜 그녀에게 그런 한국적인 선물을 주려고 하겠는가?) 협상이 끝나고 타협을 굳히기 위해 남자들이 작은 잔에 막걸리를 따르자마자, 나는 천천히 일어나서 뒷걸음질쳐 마당으로 나와 집을 향해 올레를 따라 달렸다. 눈물이 뺨을 타고 흘러서 아무것도 보이지 않았다. 나는 멈춰 서서 얼굴을 가리고 돌담에 대고 울었다. 어떻게 내가 그렇게 말도 안 되는 꿈을 꿀 수 있었을까? 상문은 나한테 눈곱만큼이라도 관심을 가졌을 리 없고, 나는 친일협력자의 아들과 결혼하는 것을 한순간이라도 원하지 말았어야 했다.

"영숙아."

나는 미자의 목소리에 흠칫 놀랐다.

"네가 왜 슬퍼하는지 알아." 그녀가 말했다. "널 보면 울 것 같아서 뒤쪽에 있는 널 쳐다볼 수가 없었어. 하도에 사는 청년들하고 혼인해서 항상 함께 있고 싶었는데. 그런데 지금 이건……."

질투와 상처 때문에 나는 미자가 영원히 하도를 떠나게 되리라는 사실을 깨닫지 못하고 있었다. 잘생긴 얼굴에 매력적으로 웃는 남자와 잠시 한 번 만났다고 그것에 흔들리는 바람에 친구로부터 멀어져서 — 나건 그녀건 — 그와 결혼하는 결과가 우리의 우정에 어떤 의미를 가져다주게 될지 어쩌면 그렇게 생각조차 못 할 수 있었을까? 미자와 나는 헤어지게 될 것이다. 그리고 앞으로 해외 출가물질을 하러 항구를 지나가는 경우에나 그녀를 보게 될 것이다. 가정에 책임을 다하는 아내라면 어느 누구라도 단지 친구를 만나기 위해, 섬 주변을 운행하는 배나 오일장에 농산물을 실어나르는 트럭을 타는 데 경솔하게 돈을 쓰진 않을 것이다. 조금 전에는 슬펐지만 지금은 망연자실했다.

"나는 이 혼인을 원치 않아." 그녀가 고백했다. "숙모와 삼촌은 이익을 위해서라면 내 머리카락이라도 잘라서 팔려고 할 거야. 그런데 할머니는 왜 그러시지? 이런 일을 하시지 말아달라고 내가 애원했는데."

내 감정이 다시 변하는 것이 느껴졌다. "내가 그 사람에 대해 어떤 감정을 갖고 있었는지 넌 틀림없이 알았을 거야." 내가 힐책하듯 말했다.

"짐작은 했었어." 그녀가 시인했다. "그렇지만 설사 내가 네 감정을 알았다 해도 그게 지금 일어난 일에 대해서 나한테 결정권이 있었다는 것을 의미하진 않아. 할머께는 모든 것을 말씀드렸어. 애원도 했어." 미자는 머뭇거리다가 다시 말을 이어나갔다. "네가 그 사람과 결혼하지 않게 된 것은 운이 좋은 거야. 누구나 그가 좋은 사람이 아니라는 것을 알 수 있어. 팔 힘과 턱의 곡선으로 알 수 있어."

그녀의 의견에 나는 충격을 받았다. 화가 스멀스멀 척추를 타고 올라오는 것이 느껴지는 찰나 미자가 울음을 터뜨렸다.

"이제 어떻게 하지? 나는 그 사람이랑 결혼하기 싫어. 그리고 너랑 떨어지는 것도 싫어."

그 말에 우리는 둘 다 울음을 터뜨렸고, 어느 누구도 지킬 수 없는 약속들을 했다.

그날 집에서 나는 할머니의 무릎에 얼굴을 박고 흐느꼈다. 할머니한테는 더 허심탄회하게 내 혼란스러운 감정에 대해 말할 수 있었다. 나는 상문과 결혼하고 싶었다고 할머니에게 말했다. 실망도 컸지만 미자에게 화가 나기도 했다. 상문을 훔쳐간 것은 아닐지 몰라도 어쨌든 그녀가 그를 차지했고, 그래서 고통스러웠다. 그녀는 도시 아내가 돼서 포장도로와 전기, 실내 수도를 누리며 살 것이다. "상문이 미자를 위해 가정교사를 둘 수도 있어요!" 나는 분하고 질투심이 나서 울었지만, 여전히 마음이 너무 쓰렸다.

그러나 할머니는 나를 달래는 데에는 관심이 없었다. 대신 상문의 아버지, 이한봉에 대해 불쾌감을 쏟아냈다. "그 인간이! 여기 와서 입에 발린 말만 하네. 하루짜리 혼례식을 하자고 말하면서 마치 미자의 숙모와 삼촌이 먼길을 가야 하는 수고를 덜어주려고 하는 것처럼 굴잖아. 그 사람 말은 미자의 숙모와 삼촌이 너무 가난해서 제대로 된 혼례식을 못 치를 거라는 거지. 자기 친구들한테 초라한 혼례식을 보이고 싶지 않은 거야. 아들에게 예쁜 색시를 얻어주고 싶어 하는 척했지만, 그는 자기 친구들 사이에서 체면을 살리려고 애쓰고 있었어. 그 사람은 이것이 미자의 숙모와 삼촌에게 어떤 타격을 줄지 전혀 신경 쓰지 않았어."

"그런데 할머니는 미자의 숙모와 삼촌을 전혀 안 좋아하셨잖아요."

"그 사람들을 좋아하건 말건 그게 무슨 상관이 있어? 그자가 그들을 모욕하면 그것은 하도에 사는 사람들 모두를 모욕하는 거야! 그는 친일협력자고, 너무 일본식으로 생각해."

이것은 할머니의 관점에서 누군가에 대한 최악의 평가였다. 할머니는 일본인과 그들을 도운 사람들을 지독히 싫어했기 때문이다. 나는 손바닥으로 눈을 문질렀다. 나는 너무 내 생각만 하고 있었다.

내 옆에서 할머니는 아직도 성을 내고 있었다. "미자가 그러는데 그 사람 손이 매끈하더란다."

"이한봉의 손이요?"

"물론 아니지." 할머니가 콧방귀를 뀌었다. "아들 손 말이야."

내가 뻔한 질문을 했다. "어떻게 아시는데요? 누가 알려줬어요?"

"두 사람이 항구에서 걷고 있을 때 그가 자기를 붙잡았다고 미자가 그러더구나."

"그가 미자를 붙잡았다고요? 그런 말은 못 들었는데……."

"그 불쌍한 애한테는 첫 숨을 들이쉬는 순간부터 비극적인 운명이 정해져 있었다." 할머니가 말을 이어나갔다. "너는 좋은 운명을 타고났으니까 그 애를 불쌍하게 생각해야 한다. 내가 네 중매를 위해 애쓰고 있다는 것도 잊지 마라."

나는 너무 어려서 도저히 이해할 수 없는 감정의 소용돌이에 휩쓸리는 그런 처녀였다. 나는 내 마음과 생각을 바꾸려고 안간힘을 썼다. 나는 상문을 원했었다. 미자는 나한테 그와 결혼하고 싶지 않다고 말했고 할머니에게 알려준 이유가 사실일 수도 있었다. 그러나 그것이 사실이라면 미자는 나한테 말했을 것이다. 나는 그 점에 대해서는 확신할 수 있었다. 어쩌면 할머니가 내게 해준 말은 모두 내 기분을 풀어주려고 한 말이었을지도 모른다. 머리에 흰 리본을 달아도 나는 미자만큼 예쁘지 않았고, 얼굴이 하얗지도 않았으며, 귀티가 나지도 않았기 때문이다. 아무리 머리를 굴려가며 생각해봐도 항상 그렇게 가까웠던 친구를 의심하지 않을 수가 없었다.

"누구인지 말해줄 수는 없지만 너는 분명히 행복해질 것이다." 할머니가 선언했다. "네가 좋아하지 않을 누군가와의 혼인을 절대 중매하진 않을 것이다. 미자는 이야기가 다르다. 그 애의 선택권은 항상 제한돼 있었다. 그리고 그 애는 그런 대접을 받아 마땅해." 그때 할머니의 얼굴에 짓궂은 표정이 스쳐 지나갔다. "네 남편감이 내일 여객선으로 도착할 예정이다."

"육지 남자예요?" 나는 이것이 미자가 원하던 것이라는 사실을 알고 있었기 때문에 물었다.

할머니는 내 얼굴에서 머리카락을 넘겨주며 내 눈을 들여다봤다. 할머니가 내 눈에서 편협한 마음을 봤을까? 어쩌면 더 깊이 자리 잡은 슬픔과 배신감을 봤을지 모른다. 나는 눈을 깜박이며 시선을 옮겼다. 할머니가 한숨을 쉬었다. "내일 부두에 가보면……." 할머니가 내 손에 동전 몇 개를 밀어 넣었다. "이거면 충분히 시내로 가는 배를 탈 수 있을 것이다. 이건 내가 너한테 주는 선물이야. 약혼 만남 전에 네가 결혼할 남자를 한 번 볼 수 있게 해주는 현대적인 선물이지. 그렇지만 경고하는데 절대 눈에 띄어

서는 안 된다. 너의 모습을 그에게 들키고 싶진 않겠지! 현대적인
면도 있지만 전통도 있단다."

내 마음은 여러 가지 감정으로 소용돌이쳤다. 다시 할머니가 나
를 평가하고 있다는 느낌이 들었다.

"네가 결혼해서 아내가 되면 말이다." 할머니가 말을 이어나갔
다. "남편의 용돈 중 일부를 뺏는 법을 배우게 될 것이다. '이번 주
에는 수확이 많지 않아요'라거나 '장작을 더 사야 해서 해녀공동
체에 돈을 더 내야 해요'라고 하면서 말이다. 그러면 너 자신을 위
해 쓸 돈이 생길 거야. 너와 미자는 헤어지겠지만 쉬는 날과 약간
의 돈이 있으면 너희 둘은 항상 만나게 될 거다."

잠자리에서

다음 날 아침 미자와 나는 뗏목을 타고 항구로 갔다. 우리는 안벽岸壁에 앉아 기다렸다. 항상 가까운 사이였음에도 불구하고, 지금 우리 둘 사이엔 긴장감이 돌고 있었다. 나는 상문이 그녀에게 어떻게 했는지, 혹은 어떻게 하지 않았는지 묻지 않았고, 그녀도 자진해서 이야기하지 않았다. 우리는 이제 내 남편을 찾고 있었다. 할머니는 그가 어떤 여객선을 타고 올지 알려주지 않았고, 그가 어떻게 생겼는지 아무런 단서도 주지 않았다. 그는 키가 클 수도 있고 작을 수도 있었다. 머리숱이 많을 수도 있고 적을 수도 있었다. 또한 코는 오똑할 수도 있고 평평하고 넓을 수도 있었다. 만약 그가 육지 출신이라면 그는 농부일 수도 있고 어부일 수도 있었으며 상인일 수도 있었다. 그런데 할머니는 내가 어떻게 사람들 속에서 그를 골라낼 수 있다고 생각하셨을까?

미자는 일본 군인들의 소용돌이 속을 들여다보며 자신의 예비 신랑을 찾고 있었다. 나는 마음속으로 이를 받아들이려고 애썼다. 미자는 그를 만나고 싶어 하는 것일까 아니면 그를 만나기를 두려워하는 것일까? 만약 그를 본다면 그녀는 그에게 말을 걸까? 그에게 자기 손을 잡게 할까? 아니면 할머니가 말한 대로 그가 그녀를 붙잡을까? 상문과 미자가 이야기를 나누는 모습이 사람들의 눈에 띄면 이제는 두 사람의 혼인이 정해졌기 때문에, 그의 평판이 아니라 그녀의 평판이 나빠질 것이다.

부산에서 오는 여객선이 도착했다. 선원들이 배를 안전하게 대는 동안 미자와 나는 갑판을 훑어봤다. 눈썹이 짙은 사람이 내 미래의 남편일까? 그는 미남이었다! 또 다른 청년이 배다리를 내려오는 모습이 보였다. 너무 안짱다리였기 때문에 나는 웃음이 터질 것 같아서 시선을 돌렸다. 할머니가 전형적인 게으른 남편보다 훨씬 더 많은 조롱을 불러일으킬 남자와 나를 혼인시키지 않길 바랄 뿐이었다. (게다가 할머니는 내가 행복해할 것이라고 말했다.) 결국에는 승객이 거의 남지 않았고, 그들 중 어느 누구도 내 남편이 될 사람처럼 보이지 않았다. 어쩌면 그는 육지 남자가 아닐 수도 있었다. 실망스러웠다. 그러나 할머니는 또한 내 결혼이 미자의 결혼보다 더 낫다고 말했다. 나는 낙관적인 태도를 유지하겠다고 맹세했다.

미자와 나는 점심으로 내가 집에서 가져온 찐 고구마를 간단하게 먹었다. 우리는 군인들과 부두 일꾼들의 시선이나 그들의 말을 무시했다. 두 시간 후 오사카에서 여객선이 도착했다. 중요한 남자 승객들이 먼저 하선했다. 일본 군인들과, 중절모에 멋진 양복을 입고 지팡이를 든 몇 명의 일본인 사업가들이 보였다. 이 남자들 뒤를 기모노 입은 여자들이 나무로 된 평평한 나막신을 신고 균형을 잡으면서 종종걸음으로 따라갔다. 이 여자들은 절대 들쭉날쭉한 바위 위를 걸어서 바다로 가거나, 수확물을 끌어당기지는 못할 것이다. 그들은 단지 예뻐 보이기 위해 태어난 것처럼 보였다. 치맛단이 종아리를 스치고 작은 모자를 머리에 고정시킨 채 서양식으로 옷을 입은 다른 여자들도 마찬가지였다. 그다음에는 제주 태생으로 오사카에서 일해왔던 남자들이 미자와 내가 블라디보스토크에서 돌아올 때 그랬던 것처럼, 가족이나 어쩌면 신부를 위해 구매한 물건 상자들과 가방을 들고 배다리를 내려오기 시작했다. 그들 중 대부분이 마르고 지저분해 보였다.

그때 친숙한 얼굴이 보였다. 유리의 남동생인 준부였다. 그는 배다리 꼭대기에서 잠시 주춤했다. 그의 시선이 건너편 부두로 향했다. 그는 서양식 양복을 입고 있었고, 그의 눈은 숯처럼 검었다. 짧게 자른 그의 머리는 밤껍질처럼 진한 갈색이었다. 어렸을 때부터 줄곧 해온 공부와 독서 때문에 그의 콧등에는 금속 테 안경이 얹혀 있었다. 내가 팔을 들어 흔들려고 하자 미자가 내 팔을 붙잡아서 자기 옆으로 끌어내렸다.

"네 미래 남편을 이렇게 만나면 안 돼!"

나는 웃음을 터뜨렸다. "그는 내 미래 남편이 아니야! 그의 어머니가 절대 그걸 허락하지 않을 거야!"

어쨌든 그녀는 나를 끌고 구석진 곳으로 갔다. "할머니가 하신 말씀을 알고 있잖아. 어떤 상황에서도 너희 둘은 약혼 모임 전에 서로 만나서는 안 돼."

우리는 모든 사람이 하선할 때까지 유심히 살펴봤다. 내 남편이 될 것 같은 사람은 아무도 없었다.

"태어나면서부터 알고 지낸 사람과 결혼하게 되다니 너는 진짜 운이 좋은 거야." 표면적으로는 미자가 나를 위해 기뻐하는 것처럼 들렸지만, 그 말 속에서 나는 아직은 알 수 없지만 다가올 그녀의 상황에 대한 어두운 공포를 느낄 수 있었다.

"그렇지만 우리는 이미 서로 아는 사이잖아." 내가 말했다. "그가 나를 본다고 해서 무슨 차이가 있는데?"

그럼에도 불구하고 준부가 집으로 가는 배를 타러 어선들 쪽으로 걸어가고 있을 때, 미자는 내가 보이지 않도록 막아섰다. "그는 학자에다 진짜 똑똑해. 잘됐다. 잘됐어. 잘된 거야!"

나는 그가 아직 일 년 더 대학을 다녀야 한다는 것에 대해 생각하고 있었다. 그것은 우리가 함께 산 지 얼마 지나지 않아 그가 일본으로 돌아가야 한다는 것을 의미했다. 그러나 내게는 다른 걱정거리들도 있었다.

몇 시간 후 하도로 돌아왔을 때, 미자와 나는 평소 헤어지는 올레 지점까지 함께 걸어와서 작별을 고했다. 나는 그녀가 모퉁이로 사라지는 것을 본 다음 집으로 달려갔다. 밖거리에서 타오르고 있는 등잔불은 할머니가 아직 깨어 있다는 표시였다. 내가 문을 열고 빠끔히 안을 들여다보자 할머니가 나더러 안으로 들어오라고 손짓을 했다. 나는 할머니에게 나와 준부의 중신을 섰느냐고 물었고, 그녀는 그렇다고 대답했다.

"그렇지만 어떻게 그의 어머니가 저를 원할 수 있겠어요?" 내가 물었다. "도생이 잃은 것을 제가 계속 생각나게 만들 텐데요. 유리가……."

"맞는 말이다. 네 시어머니는 널 보면 비극적인 일을 떠올릴 것이다. 그렇지만 이제는 네가 유리 돌보는 일을 도울 수 있잖니."

"할머니 말씀이 맞는 것 같아요." 이것은 내가 바라던 답이 아니었다.

할머니는 내 절망을 무시했다. "좋은 쪽으로는 네 어머니가 도생과 제일 친한 친구였다. 네 존재가 너희 어머니를 도생에게 더 가깝게 다가가도록 만들어줄 것이다."

"그렇지만 그녀가 저를 원망하잖아요. 그 일에……."

다시 할머니는 내 말을 끝내지 못하게 끼어들었다. "또 무슨 다른 불만이 있니?"

"준부는 공부를 했잖아요."

할머니가 진지하게 고개를 끄덕였다. "이 문제는 도생과 상의를 했다. 그의 학비를 내는 데 이제는 네가 도움을 줄 수 있어."

"제가 친동생들도 도와줄 수 없었는데요?"

"준부는 선생님이 될 거야."

"아이고!" 내가 신음소리를 냈다. "그에게 저는 항상 바보처럼 보일 거예요."

할머니가 나를 찰싹 때렸다. "너는 해녀야! 한순간도 네가 하찮은 존재라고 생각하지 말거라."

나는 할머니를 설득하는 것을 포기했다. 태어난 이후 줄곧 알아온 사람과 결혼하는 것이 함께 누워 사랑을 나눌 남편을 얻는 일이라기보다 오히려 남자형제와 결혼하는 것처럼 느껴진다는 말은 하지 않았다.

*

다음 날 아침 도생은 아들과 함께 약혼 만남을 위해 집으로 왔다. 나는 깨끗한 옷을 입고 마루에 앉아서 미자가 그랬던 것처럼 똑바로 앞을 바라보고 있었다. 그러나 살그머니 호기심이 일어서 준부 쪽을 두 번 힐끔거렸다. 서양식 양복을 입고 있던 그는 집에서 만든 갈적삼과 갈중이(남자 바지)로 갈아입은 상태였다. 올린 풍채 쪽에서 들어온 빛이 그의 안경에 반사돼서 그의 눈을 볼 수가 없었다. 그럼에도 불구하고 그가 자기 감정을 숨기는 데 나만큼 잘하고 있다는 것을 조용한 그의 태도에서 알 수 있었다.

"영숙이는 일을 열심히 한다." 할머니가 말을 시작했다. "그리고 가정을 이루는 데 필요한 물건들을 이미 사놓거나 만들어놓았다."

"그 애의 엉덩이는 순실을 닮았어요." 도생이 말했다. 그 의미는 분명했다. 도생은 아기를 둘 낳았을 뿐이지만 나는 어머니처럼 많은 아이들을 낳을 수 있을 것이다. "밖거리에서 부부가 거주하면 자기들끼리 밥을 해 먹으면서 서로 알아가는 데 필요한 사생활이 보장될 거예요."

"그러면 빨리 일을 진행해서 점쟁이에게 길일을 택하도록 합시다."

선물 교환이 이루어졌다. 나는 준부에게 내가 사온 라디오와 내가 만든 짚신 한 켤레를 선물했다. 그는 바닥에 천을 몇 자 내려놓았다. 그것은 그렇게 화려하지는 않았다. 나는 혼례식 때 전통적인 갈옷을 입게 될 것이다. 솔직히 이것은 또 다른 실망을 안겨줬다.

그것으로 우리는 정식으로 약혼했다. 미자의 새 가족은 그녀가 새로운 생활로 빨리 옮겨오기를 원했고, 도생 역시 일이 빨리 진행되기를 원했다. 준부가 9월 중순에 오사카에 있는 대학교로 돌아갈 것이기 때문이다. 그 결과 미자와 나는 둘 다 빠르게 움직이고 있었지만, 분명히 다른 해류를 타고 이동 중이었다.

우선, 약혼 만남이 있고 나서 이틀 후에 미자와 여동생은 내가 요와 담요, 그릇과 수저, 그리고 힘든 일을 통해 얻은 조리도구를 바닷가에 있는 도생의 집으로 옮기는 것을 도와줬다. 안거리와 밖거리 사이의 안마당은 아담했다. 도생의 물질 도구가 한쪽 구석에 쌓여 있었고, 머리 위로 줄에는 햇빛에 마르도록 오징어들이 걸려 있었다. 유리는 집에서 나가지 못하도록 발목에 밧줄을 맨 채 그늘에 서 있었다. 내가 블라디보스토크에서 돌아온 후 처음으로 그녀를 다시 만나는 것이었다. 유리가 미소를 지었다. 아마도 나를 알아본 것 같았지만, 어쩌면 아닐 수도 있었다. 준부는 그곳에 없었다. 밖거리에는 방 하나와 작은 정지가 있었다. 우리가 물건 정리를 마칠 무렵, 마을의 여자들과 아가씨들이 내가 여행에서 사온 것들을 직접 구경하러 왔다. 그날 밤 나는 신혼집에서 혼자 지내고 다음 날 아침 아버지와 동생들에게 돌아갔다.

그다음 날 아침, 제주로 돌아온 지 딱 열흘 만에 나는 미자가 짐 싸는 것을 도왔다. 그녀는 행복해지려는 시도를 전혀 하지 않았다. 나도 똑같이 불행했다. 한때 가졌던 나의 질투심은 모두 바다로 씻겨 사라져버렸다. 이제 내가 생각할 수 있는 것은 더 이상 매일 미자를 볼 수 없다는 것뿐이었다.

"내 마음을 너와 나눌 수 있는 방법이 있으면 좋겠어." 내가 고백했다.

"우리가 떨어져 살아야 한다는 것은 도저히 참을 수 없는 일이야." 그녀가 목소리를 높이며 동의했다.

나는 미자가 자신이 처한 상황에서 행복을 찾아낼 수 있도록 도와주려 안간힘을 썼다. "너는 이제 어렸을 때 살았던 생활방식으로 돌아가게 될 거야. 진기도 쓸 수 있을 테고. 상문의 집에 전화기가 있을지도 몰라."

그러나 이런 말을 하면서도 나는 그런 변화가 그녀에게 얼마나 힘들까 생각했다. 한편으로 그녀는 하도에서 너무 오래 살았다. 반면 제주시는 블라디보스토크나 우리가 해외 출가물질을 하러 갔던 다른 큰 도시들에 비하면 아무것도 아니었다.

"네가 무엇을 하고 있는지 내가 어떻게 알 수 있을까?" 미자의 목소리가 잦아들었고, 눈은 눈물로 반짝거렸다. "우리는 편지를 주고받을 수가 없어. 내 이름 말고는 어떻게 글을 쓰는지 기억도 안 나. 우리 둘 다 글을 읽을 줄 모르고……."

"탁본을 서로에게 보낼 거야." 미자를 안심시키기 위해 나는 그녀의 팔을 꽉 잡았다. "우리 그림들이 항상 우리 이야기를 들려줄 거야."

"그렇지만 어떻게? 나는 네 주소를 쓸 줄 모르는데."

"남편들한테 시키면 되지." 그러나 내 제안은 내가 문맹이고, 미래의 남편 아래라는 것을 상기시켜주는 또 하나의 표시일 뿐이었다.

"날 보러 오겠다고 약속할 거지?" 그녀가 물었다.

"혹시 내가 해외 출가물질을 하러 제주를 지나가게 되면……."

"너는 이제 그렇게 안 해도 될 거야. 결혼할 거잖아."

"강씨 자매는 결혼해서 애들도 있어." 내가 콕 집어 말했다. "그래도 그들은 가잖아."

"그렇지만 너는 아닐 거야." 그녀는 확신하는 것 같았다. "도생은 네가 유리를 돌봐주길 원해. 그러니까 날 찾아오겠다고 약속해."

"좋아. 약속해." 그러나 내가 배를 타고 항구에 가는 데 돈을 쓰긴 힘들 것 같았다. 도생이 나를 감시하고 있고 내가 번 돈을 모아서 준부의 공부 뒷바라지를 해야 하는 상황에서는 아니었다.

"널 날마다 만날 수 없다니, 상상조차 할 수가 없어." 그녀가 말했다.

"나도 마찬가지야."

너무나 가혹한 진실이었다. 우리는 운명을 바꿀 수 없는, 슬픔으로 가득 찬 신부들이었다. 나는 그녀를 사랑했다. 앞으로도 영원히 사랑할 것이다. 그것이 우리가 혼인할 남자들보다 훨씬 더 중요했다. 어쨌든 우리는 서로 계속 연락을 취할 수 있는 방법을 찾아내야 했다.

미자는 상문의 가족이 보낸 기모노로 갈아입었다. 옷을 입은 후 그녀는 미래의 남편을 위해 만들어둔 짚신을 집어 들었다.

"상문한테 이게 소용이 있을까?" 그녀가 물었다.

그것은 상상하기 힘들었다.

신랑과 그의 부모가 도착했다. 그들은 미자의 숙모와 삼촌에게 막걸리 상자를 선물했다. 내 친구의 미래의 시아버지는 며느리에게 새끼돼지를 주지 않았다. 미자는 제주시에서는 새끼돼지가 필요 없다는 말을 들었다. 미자의 숙모와 삼촌은 사돈에게 이불 세 채를 선물했다. 상문은 미자의 숙모와 삼촌에게 복을 의미하는 비단으로 싸고 장수를 상징하는 끈으로 묶은 상자를 건넸다. 그 안에는 혼서지와 몇 가지 선물이 들어 있었다. 미자와 상문은 각자의 이름을 서명했다. 심방 김씨는 참여하지 않았다. 잔치가 열리진 않았지만 혼례식 사진은 정식으로 두 장 찍었다. 한 장은 신랑과 신부 사진이었고 다른 한 장은 혼례식에 참석한 사람들이 모두 함께 찍은 사진이었다. 한 시간 만에 혼례식은 끝났다.

마을 사람들 몇 명이 도로로 나가는 행렬에 함께했다. 미자의 짐은 시아버지의 차 트렁크에 실렸다. 우리는 작별의 말을 나누지 못했다. 그녀는 뒷좌석에 앉았다. 미자는 우리 모두에게 손을 흔들었고, 우리도 손을 흔들었다. 자동차가 움직이기 시작했을 때 할머니가 말했다. "저 애는 하도에 왔을 때와 똑같이 하도를 떠나는구나. 친일협력자의 딸로 말이다." 할머니의 말이 마침내 이겼다는 것처럼 이상하게도 의기양양하게 들렸다. 할머니는 턱을 처들고 집을 향해 갔지만, 나는 길에 남아 흙먼지 구름만 보일 때까지 그곳에 서서 바라봤다.

가슴이 허전했다. 미자에게 어떤 일이 펼쳐질지 상상할 수가 없었다. 그러나 생각해보면 내 삶도 마찬가지였다. 그녀는 오늘 밤 남편과 같이 잘 것이다. 나도 곧 준부와 자게 될 것이다. 미자와 나는 이런 모든 것에 대해 한 가지 생각도, 감정도 나눌 수 없게 될 것이다. 어머니의 죽음 이후에는 망연자실했지만, 미자가 없는 지금은 완전히 혼자가 된 기분이 들었다.

*

내 혼례식은 더 전통적이었지만 여전히 간소했다. 미자와 내가 집으로 돌아오고 나서 11일 후, 그리고 그녀가 하도를 떠나고 나서 하루가 지난 다음, 아버지는 키우던 돼지를 한 마리 잡았다. 고기는 꼬챙이에 끼워서 구워졌고, 우리는 친구들과 가족들과 함께 식사를 했다. 준부와 그의 어머니는 참석하지 않았다. 그들은 혼서지를 쓰고 그들 자신의 가족, 친구들과 함께 축하를 했다. 신랑과 신부가 하도의 같은 지역 출신이었기 때문에, 사람들은 두 집을 왔다 갔다 했다. 아버지는 술을 너무 많이 마셨지만 다른 많은 남자들도 마찬가지였다.

둘째 날 아침에 나는 어머니와 조상들에게 제물을 바쳤다. 준부와 그의 어머니, 누이도 그들의 조상들에게 똑같은 의식을 치르고 있다는 것을 나는 알고 있었다. 할머니는 준부가 준 옷감으로 내가 만든 갈굴중이와 갈적삼, 활옷을 입는 것을 도와줬다. 여동생은 내 머리를 빗겨서 목 뒤에 비녀를 꽂아 고정시켰다. 나는 혈색이 돌도록 뺨을 살짝 꼬집은 다음, 안거리와 밖거리 사이의 공터에서 준부와 그의 가족이 도착하기를 기다렸다.

멀리서 신랑의 행렬이 가까이 다가오다가 정자나무에서 멈춰서는 소리가 들렸다. 그곳에서는 심방 김씨와 조수들이 징과 북을 두드렸다. 시끄러운 소리가 잠잠해지자 도생의 팔팔한 해녀 목소리가 울려 퍼졌다. "제 아들은 똑똑하고 공부도 열심히 합니다. 건강하기도 합니다. 그는 의식에 따르고 바다의 선물을 믿습니다." 나는 이 의식을 여러 번 본 적이 있어서 다음 순서가 무엇인지 알고 있었다. 심방 김씨가 특별한 떡을 집어서 나무에 던질 것이다. 나는 숨을 죽이고 사람들의 반응이 어떨지 귀를 쫑긋 세웠다. 만약 떡이 나무에 맞으면 내 결혼은 복을 받을 것이다. 그러나 맞추지 못하고 떨어지면 준부와 결혼은 해야겠지만 우리는 영원히 불행할 것이다. 환호성이 일었고 북과 징이 울려 퍼졌다. 내 결혼은 행복한 결혼이 될 것이다.

마침내 준부가 양팔로 함을 안고 대문으로 들어설 때까지 북소리와 징을 치는 소리가 더 커졌다. 그는 여러 겹의 의식용 속옷 위에 종아리 중간 부분까지 내려오는 혼례복을 입고 있었다. 그리고 허리 부분에는 천으로 된 띠를 여러 겹 감아서 옷을 모두 여미고 있었다. 개털 머리 장식이 그의 이마를 덮고 어깨까지 드리워져 있었다. 머리 장식의 한 부분은 정수리 위로 솟구쳐 올라가 있고 밝은색 끈이 묶여 있었다. 여러 겹으로 두껍게 옷을 입고 있었음에도 불구하고 그의 몸이 말랐다는 것은 누구나 알 수 있었다. 그러나 그의 얼굴은 둥글고 매끈했다. 마치 질문하는 것처럼 활 모양으로 굽은 진한 눈썹 밑으로는 그의 검은 눈이 자리 잡고 있었다. 손가락은 거미 다리처럼 길고 가늘었고, 손은 놀라울 정도로 희었다. 이는 그가 자기 집 밭에서조차 햇볕 속에서 한 번도 일 해본 적이 없다는 것을 보여주었다.

준부의 아버지가 일본에 머물고 있었기 때문에, 도생은 내게 태어난 지 두 달 된 돼지를 선물해주는 것으로 그의 의무를 대신했다. 이 돼지가 살아남으면 일 년 후에는 값이 세 배로 오를 것이다. 나는 몇 분 동안 돼지를 안고 있다가 다른 사람에게 넘겨줬다. 그 사람은 돼지를 준부의 집으로 다시 데려가서 통시 밑의 돌 울타리 속에 다른 돼지들과 함께 넣어줬다. 양가의 혼례식 비용에 보태 쓸 수 있도록 봉투에 담은 축의금뿐만 아니라, 육지에서 산 이불과 집에서 만든 막걸리 등 더 많은 결혼선물 교환이 이루어졌다.

준부가 혼서지에 이름을 쓰고 난 후 내게 펜을 건넸다. "여기." 이것이 그가 내게 한 첫 말이었다. 나는 얼굴을 붉히고 시선을 돌렸다. 내가 누군지, 어떤 사람인지 떠올리고는 그가 손바닥에 먹을 조금 따랐다. 먹을 묻히던 내 엄지손가락이 그의 살에 닿았다. 어린 시절 얕은 물에서 함께 놀았던 이후 처음으로 우리 두 사람의 살이 맞닿았다. 아무 말 없이 나는 종이 위에 인장을 찍었다. 서로 마주 보게 됐을 때, 나는 그가 나보다 많이 크지는 않다는 것을 알았다. 그는 주저하지 않고 내 눈을 똑바로 쳐다봤다. 그가 내게 아주 살짝 미소를 보냈기 때문에 아무도 그것을 알아채지 못했을 것이다. 그러나 그 부드러운 행동에 나는 안심이 됐다.

혼례식 행렬은 이제 준부의 집으로 돌아갔다. 사람들은 안거리와 밖거리 사이에 있는 마당에 돗자리를 펴고 앉아서 잔치를 벌였다. 도생과 그녀의 친구들이 순무 장아찌와 젓갈, 김치를 포함해서 여러 가지 반찬을 준비해뒀다. 그들은 제주의 오곡 속에 영계를 넣고 끓인 닭죽을 대접했다. 도생 또한 잔치를 위해 돼지를 한 마리 잡았다. 그녀는 초간장과 양념 된장을 곁들인 돼지 내장과 삼겹살 구이를 상에 내놓았고, 손님들은 삼겹살을 상추에 싸 먹었다. 도생과 준부도 앉아서 음식을 먹었고, 나는 곡창지대가 내려다보이는 안거리의 작은구들(작은방)로 안내됐다. 유리가 절뚝거리며 들어왔고, 그 뒤를 도생의 해녀공동체에 속한 애기 해녀들과 시끄럽게 떠들어대는 어린 여자아이들이 따라 들어왔다. 애기 해녀들이 음식을 가져왔지만, 신부가 아기를 많이 낳을 수 있도록 아이들에게 대부분의 음식을 나눠주는 것이 풍습이었다. 유리는 일반적인 상황에서라면 너무 나이가 많아서 이런 전통에 낄 수 없겠지만 맛있게 떡을 먹었다.

나중에 나는 다시 호위를 받으며 밖으로 나가서 준부와 함께 결혼사진을 찍었다. 마침내 "큰절"을 할 때가 왔다. 시어머니와 유리, 여러 숙부들과 숙모들, 준부 집안의 사촌들, 다음에는 우리 집안의 모든 연장자들에게 경의와 복종을 보여주기 위해 나는 큰절을 했다.

나는 이제 공식적으로 아내가 됐다.

나는 신방으로 돌아왔다. 그리고 복과 행복, 행운과 다산이라는 가장 중요한 의미들을 받아들이려 애썼다. 밖에서는 사람들이 계속 마시고, 먹고, 떠들썩하게 이야기를 나눴다. 나는 작은 농을 열고 두 개의 요를 꺼내 나란히 깐 다음 그 위에 결혼을 위해 사둔

이불을 폈다. 몇 시간 후에 준부가 들어왔다.

"태어난 이후 줄곧 당신을 알고 지냈어." 그가 말했다. "내가 동네 아가씨와 결혼해야 한다면, 그게 당신이어서 기뻐." 그의 귀에도 이것이 대단한 칭찬처럼 들리지는 않았음에 틀림없다. "우리는 항상 물속에서 함께 즐거운 시간을 보냈어. 신혼 첫날밤이 똑같이 행복하기를 바라고 있어."

나는 불턱이나 해외 출가물질 동안 올랐던 배 위에서 옷을 벗는 것에 대해 부끄러워한 적이 없었다. 그러나 지금은 부끄러움을 보이지 않으려고 애썼다. 그리고 육지나 제주의 중산간 지역에 사는 남자들과 달리 준부는 자기 어머니와 누이를 포함해서 여자들이 거의 벌거벗은 채 물옷을 입은 모습을 보아왔다. 그 외에도, 사고 이후 누이를 돌보는 일을 도왔기 때문에, 그는 여자의 몸에 대해 모든 것을 알아야 했다. 결과적으로, 옷을 벗는 것을 쑥스러워하는 그를 이끌어야 할 사람은 나였다. 내가 그의 몸을 만지자 그의 살에 소름이 돋았다. 그러나 우리 두 사람 모두 어떻게 해야 할지 알고 있었다. 낮에는 사색가이면서 약했지만, 잠자리에서는 그가 항상 주도적이었다. 여자는 가족을 부양하기 위해 목숨을 내놓을 수 있지만, 잠자리에서는 남편이 아들의 아버지가 될 수 있도록 최선을 다해야 한다.

다 끝내고 내가 허벅지 밑으로 흘러내리는 핏물을 닦아내고 있을 때, 남편이 부드럽게 말했다. "앞으로 더 잘할 수 있을 거야. 약속해."

솔직히 말해서 나는 그가 무슨 말을 하는지 잘 몰랐다.

다음 날 아침, 나는 동트기 오래전에 일어나서 통시로 갔다. 계단을 올라 돌 울타리 안으로 들어가서 속옷을 내린 다음, 이 낯선 곳에 지네나 거미, 혹은 뱀이 살지 않을까 조심하면서 쪼그려 앉았다. 구덩이에서 올라오는 악취가 눈을 찔렀고, 돼지들이 내 밑에서 쿵쿵거리며 냄새를 맡았다. 모든 신부들이 그래야 하는 것처럼 나도 곧 이 새 통시에 익숙해질 것이다. 일을 마치자 나는 사다리를 내려와서 돌담 너머를 확인했다. 내 새끼돼지를 보호하기 위해 작은 칸막이가 마련돼 있었다. 돼지는 깨어서 음식을 찾느라 정신이 없었다. 곧 그의 매일의 목표는 식구들의 엉덩이에서 나오는 것을 받아먹는 일이 될 터이다. 그러면 나는 돼지에게서 나오는 것을 모아 밭으로 가져가서 비료로 사용할 것이다. 몇 년 후에는 이 돼지가 혼례식이나 장례식, 혹은 조상 숭배를 위해 도살될 것이다. 돼지는 우리에게 의존하고, 우리는 돼지에게 의존하는 끝없는 순환이 이루어졌다. 나는 전날 밤 먹지 않고 남겨놓은 음식 중 일부를 돼지에게 주고 몇 마디 정다운 말을 해준 다음, 화덕에 쓸 똥을 모아오고 물을 길러 나갔다. 앞으로는 내 시간을 쪼개서 친정과 시댁의 고구마 수확을 마칠 수 있도록 도와줘도 된다는 허락을 받길 바랐다. 나는 지금부터 좋은 아내이자 며느리가 되도록 애쓸 것이다.

이제 모두가 옷을 차려입고 아침을 먹은 뒤 준부와 그의 어머니, 누이와 나는 우리 친정집으로 마지막 행차를 했다. 여동생이 밥을 지었고, 우리 모두 그것을 나눠 먹었다. 그 후 도생과 유리는 집으로 돌아갔지만 준부와 나는 우리 가족과 그날 밤을 함께 지냈다. 제주에 고유한 이 마지막 전통은 세상 사람들에게 해녀가 항상 자기 친정과 연결되어 있다는 것을 알려줬다. 나는 일찍 잠 자리에 들었지만, 남편과 아버지, 남동생은 화투를 치고 이야기를 나누면서 밤늦게까지 깨어 있었다.

*

"너는 다시 우리 해녀공동체에서 잠수하렴." 혼례 후 이레째 아침에 도생이 말했다. "아직 밭일이 약간 남아 있긴 하지만 먹고살 아야 하니까. 조수도 적당하고."

"좋아요." 내가 말했다. "하도에 돌아오니 좋아요. 가족들과 가까이 있을 수도 있고……."

"그리고 네 아버지 술빚을 갚는 데 도울 수도 있고."

나는 한숨을 쉬었다. 그랬다. 맞는 말이었다. 그러나 나는 처음에 하고자 했던 말을 이어나갔다. "동생이 이제 애기 해녀가 됐으니까 제가 동생을 도울 수 있어요."

도생이 얼굴을 찡그렸다. "네 어머니라면 내가 그 애를 책임지는 걸 더 좋아할 거라고 확신한다. 어쨌든 너와 잠수를 하는 사람에게 행운이 따르진 않잖니."

그녀의 말이 따귀를 때린 것처럼 나를 쳤다. 앞으로 항상 이런 식으로 도생은 우리 가족의 결점을 들춰내고, 유리에게 일어난 일에 대해 나를 원망할 것인가?

"물론 어머니가 제 여동생을 책임지고 계시죠. 어머니 해녀공동체에 속한 모든 해녀들을 책임지고 계신 것처럼요." 내가 말했다. "그 애는 지도해줄 어머니가 계시니 운이 좋아요. 제 애긴 그냥······."

"이번 달에 검은색 물옷을 입을 거니?"

*화장실과 시집은 멀리 있을수록 더 좋다*는 말이 있다. 도생의 울타리 안에서 사는 것은 특히 힘들었다. 할머니는 내가 이 상황에 익숙해질 것이라고 말했지만, 늘 모욕을 당하고 산다면 장담할 수 없는 일이었다. 이 문제로 말하자면 준부는 아기가 들어설 수 있도록 최선을 다하고 있었고, 나 역시 내 몸 안에서 아기가 따뜻한 집을 찾을 수 있도록 열심히 노력을 다하고 있었다. 우리가 밤일을 더 잘하게 될 것이라는 준부의 말은 옳았다. 희열을 느끼는 내 신음소리가 안거리로 실려가지 않도록 준부는 때때로 내 입을 틀어막아야 했다. 그럼에도 이제 겨우 일주일밖에 되지 않았다.

"제가 알게 되면 어머니도 아시게 될 거예요." 마침내 내가 대답했다.

준부가 일본으로 돌아가기 전에 씨를 뿌릴 수 있도록 나는 훨씬 더 열심히 노력했다. 그가 느끼게 해주는 다리 사이의 쾌감은 좋았지만, 결혼생활의 실제적인 측면은 내 마음에 썩 들진 않았다. 남편은 내가 바다에서 집으로 돌아오면 몸을 데울 수 있도록 물을 끓여줬지만 그 외엔 대부분 책을 읽거나, 공책에 글을 쓰고, 다른 남자들과 함께 정자나무 옆에서 철학과 정치에 대해 토론을 벌였다. 유일하게 진짜로 바뀐 그의 생활은 우리가 지내는 밖거리에 내 저녁 식사를 준비해놓는다는 것과 밤에 그 옆에 내가 있다는 사실뿐이었다. 나는 도생의 해녀공동체에서 물질하고, 밭에서 일하고, 유리를 돌봤다. 유리의 머리를 빗겨주고, 옷에 실수를 하면 엉덩이를 씻기고, 오물이 묻은 옷을 빨고, 정지에선 화덕에 너무 가까이 가서 다치지 않도록 살펴보고, 어머니와 내가 바다에 가 있는 동안 그녀가 줄을 풀고 나가면 올레에 가서 그녀를 찾았다. 대개는 유리의 기분이 좋았지만 때로는 짜증을 내기도 했다. 이때는 화가 나거나 못마땅해서 보채는 아이를 다루는 것과 차원이 달랐다. 그녀는 다 자란 성인 여자였다. 다시는 물질을 할 수 없다 해도 그녀는 힘세고, 고집 센 전형적인 해녀였다. 나는 유리에게 마음이 쓰였고 그녀의 남은 인생 동안 기꺼이 그녀를 돌볼 수 있었지만, 때로는 모든 것이 감당하기가 힘들었다. 그럴 때면 미자가 가장 보고 싶었다. 아침이면 그녀를 만나러 뛰어가던 때가 그리웠다. 미자와 이야기를 나누고, 웃고, 물질하던 때가 그리웠다.

*

혼례식이 끝나고 12일 후 도생과 내가 마당에 앉아서 망사리를 수선하고 있을 때 준부가 밖거리에서 나왔다. 모든 어머니들처럼 도생은 그를 사랑스러운 눈길로 바라봤다. "며느리가 필요하지 않으시다면," 그가 어머니를 부르며 말했다. "제 아내를 빌려가도 될까요?" 자애로운 어머니라면 그런 부탁에 달리 어떻게 할 수 있겠는가? 몇 분 후 준부와 나는 나란히 올레를 따라 걷고 있었지만, 공개적으로는 서로를 만지지 않았다.

"오늘 어디 가는 거야?" 내가 물었다.

"어디 가고 싶은데?"

가끔 우리는 물가에 가거나 올레를 따라 산책을 하기도 했다. 때로는 오름에 올라서 경치를 바라보며 이야기를 나누고 또 때로는 대낮에 밤일을 하기도 했다. 나는 그것을 매우 좋아했고 그도 마찬가지였다.

나는 너무 멀지 않은 오름의 그늘 쪽을 가보자고 제안했다. "날이 더우니까 풀밭에 앉아 있으면 시원할 거야."

그가 씩 웃었고 나는 뛰기 시작했다. 그가 내 뒤를 바싹 따라왔다. 남자인 그보다 내가 더 빨랐다. 우리는 구불거리는 올레의 굴곡을 따라 구불구불 나아갔고, 밭을 몰래 지나서 가파른 봉우리를 오르기 시작했다. 우리는 꼭대기로 올라갔다가 그늘진 쪽으로 내려갔다. 그러고는 곧 풀과 꽃 속에서 함께 구르기 시작했다. 햇볕에 그을린 내 살 옆으로 보이는 그의 창백한 피부는 여전히 놀라웠다. 그의 두 손이 내 팔의 근육을 지나 단단한 엉덩이로 내려왔다. 부드러운 그의 팔과 몸은 그가 얼마나 상냥하고 살뜰한지 보여주는 신체적인 표시처럼 보였다. 얼마 후 바지를 다시 입은 뒤 우리는 하늘을 향해 누워서 바람에 구름이 밀려가는 모습을 올려다봤다.

나는 내 남편이 마음에 들었다. 옛날에 바닷가에서 함께 놀던 빼빼 마른 소년이었을 때와 마찬가지로 그는 따뜻하고 친절했다. 또한 그는 그의 지식을 내게 기꺼이 나눠주려고 했다. 그리고 나는 내가 생각했던 것만큼 그렇게 무식하지는 않은 것으로 드러났다. 나는 해외로 출가물질을 다녀왔기 때문에 많은 곳을 봤다. 반면에 그는 하도와 오사카에만 가봤다. 그는 책을 많이 읽었지만, 나는 듣고 보는 것을 통해 배웠다. 나는 해저를 알고 있었고, 그는 그것에 대해 계속 내게 질문했다. 그는 전쟁과 세상에 대해 더 나은 판단력을 지니고 있어서 그것이 나를 매료시켰다. 그래서 처음에는 우리에게 같이 나눌 이야깃거리가 없을 거라고 생각했지만, 실제로는 공유하고 탐구할 것들이 무수히 많았다. 우리는 각자 제주와 세상에 대해 다른 견해를 지니고 있었다. 그는 제주가 독립된 왕국이었던 오랜 옛 시절에 대해 말하는 것을 좋아했다. 나는 언제든 이 주제에 대해 자신이 있었다. 할머니가 탐라에 대해 많은 것을 내게 가르쳐줬기 때문이다. 또한 그는 연합군 지도자들이 장차 이루어질 한국의 독립에 대해 이야기했던 모스크바 회의와 카이로 회담에 대해 배운 것들을 내게 털어놓았다. 나는 세계 지도자들이 우리나라에 대해 회의를 하고 있다거나 독립이 가능할 것이라고는 상상도 하지 못했었다.

"대학에서 중국과 소련에서 온 사람들을 만났는데 그들 말로는 삶이 달라질 거래." 그가 말했다. "우리나라의 운명은 우리 자신이 만들도록 노력해야 해. 큰 토지와 공장 소유주들은 흙과 일 속에 영혼의 피를 흘리는 사람들과 자신들의 부를 나눠야 해. 남자아이들과 여자아이들 모두 의무교육을 받아야 하고. 왜 어머니와 누이들, 아내들만 그렇게 고생을 하면서 많은 것을 희생해야 하는데?" 그가 침묵에 빠졌다. 내가 그의 어머니를 도와 그의 학비를 낼 수 있도록 우리가 결혼한 게 아니었던가? "영숙, 내 말은 우리가 아들딸들에게 책을 읽히고, 세상을 이해하고 우리나라가 어떻게 될지 생각해보도록 해야 한다는 거야."

그가 이런 말을 했을 때, 나는 일본인들에 맞서서 해녀들을 이끌었던 시절의 어머니를 떠올렸다. 나는 이런 일들을 통해 그가 보여주는 미래의 아버지 모습을 상상하며 그를 더 사랑했다. 그런 생각을 하면서 나는 손을 내밀어 그의 배를 천천히 쓰다듬은 다음 바지 속으로 손을 집어넣었다. 그는 젊었고, 나는 설득력이 있었다.

*

9월 1일에 미자의 시어머니가 우리 시어머니와 이야기를 나누러 하도에 왔다. 이씨 부인은 단도직입적으로 말했다. "미자가 아직도 아기를 갖지 못했어요. 이 집 며느리는 어때요? 아기를 벌써 가졌나요?" 도생은 혼례식 이후 내가 아직 생리를 하지 않았다고 사무적으로 대답했다. 차를 타느라 방 안에 있던 나를 마치 없는 사람처럼 취급하며 이런 일을 상의하는 소리를 들었을 때, 내 기분이 어땠을지 누가 상상이라도 할 수 있을까. 이씨 부인이 말했다. "두 집안 며느리들이 여신을 찾아갈 때가 된 것 같아요."

"둘 다 결혼한 지 두 주밖에 안 됐는데요." 도생이 말했다.

"그렇지만 댁의 며느리는 같은 동네 출신이잖아요. 친정어머니가 굉장히 다산했다고 알고 있어요."

나는 이씨 부인의 어조가 마음에 들지 않았지만, 도생도 그녀를 못마땅해했다. 틀림없이 도생은 자신 또한 자식을 많이 낳지 못했다는 사실을 떠올리게 하는 이 말을 듣고 기분이 상했던 것 같다.

"아기를 만드는 방법은 딱 하나밖에 없어요." 도생이 씩씩거리며 말했다. "아마도 아드님이 제대로 할 수 없었기……."

"2주 후에 댁의 아드님이 일본으로 돌아간다고 알고 있어요. 아드님이 떠나기 전에 아기가 들어서야 할 텐데요. 그렇게 생각하지 않으세요?"

나 역시 원하던 바였기 때문에 나는 도생 또한 그럴 것이라고 확신했다. 그것이 순부의 어머니자 내 시어머니로서 그녀의 일이었다.

이씨 부인은 자기주장을 밀고 나갔다. "지방 정부에서 제 아들을 육지로 보낼 거랍니다. 저장고를 더 잘 감독하는 법을 배울 수 있게요. 일 년 동안 가 있을 거라고 들었어요." 상문이 미자에게 빠른 시일 내에 아기를 갖게 만들지 못하면, 이씨 부인은 적어도 일 년 9개월이 지나야 손자를 얻을 수 있을 것이다. "저희 며느리는 제주시 태생이긴 하지만 이곳 바닷가 동네 방식이 그 애한테 스며든 것 같아요." 여자가 턱을 내밀었다. "지금 이런 상황이니까, 댁의 며느리가 그 애를 데리고 적당한 여신을 방문한다면 이틀에 한 번씩 그 애를 하도에 보낼게요."

"일본인들은 전통적인 섬의 방식을 따르는 사람들을 처벌하는데요." 도생이 그녀를 일깨워줬다.

"그렇긴 하지만 바닷가 동네 사람들은 항상 그렇게 한다고 들었어요."

"그건 위험해요." 도생이 우겼지만, 나는 도생이 제물을 바치는 것을 평생 보아왔다. 나는 그녀가 너무 심하게 협상하지 않길 빌었다. 미자가 오길 진심으로 바랐기 때문이다.

"그래서 당신에게 폐를 끼친 것에 대해서는 돈으로 사례를 하려고 해요."

도생은 이제 자기가 유리하다는 것을 감지하고는 그 생각을 마치 악취라도 되는 것처럼 손사래를 치며 물리쳤다. "미자의 숙모와 삼촌이 하도의 다른 마을에 살고 있어요. 그 애를 그들과 함께 지내게 해요."

"행복한 아내는 아기 만드는 일을 더 잘 받아들인다는 걸 아실 거라 생각해요."

"그런데 저희 집에는 먹여 살릴 입이 하나 더 있어요. 만약 댁의 며느리가 여기 와 있으면 어떻게 저희 며느리가 자기 의무를 다할 수 있겠어요?"

거래가 성사될 때까지 협상은 이렇게 계속됐다. 미자는 상문이 육지로 갈 때까지 이틀에 한 번씩 하도로 오기로 했고, 상문의 어머니는 미자의 식비와 도생에게 폐를 끼친 것에 대해 약간의 사례비를 지불하기로 했다.

다음 날 내 친구는 치마에 작은 재킷을 입고 눈 위까지 내려오는 베일이 달린 모자를 쓰고 도착했다. 그녀는 아름다웠다. 미자가 절을 했고 나도 절을 했다. 그런 다음 우리는 서로 껴안았다. 그녀의 입에서 처음 나온 말은 "그 사람들이 나중에 날 데리러 차를 보낼 거야. 그렇지만 적어도 내가 여기 올 수 있게 해줬잖아"였다.

미자는 내게서 갈굴중이와 갈적삼을 빌렸다. 옷을 갈아입고 나자 그녀는 나와 함께 자랐고 내가 온 마음으로 사랑했던 아가씨의 모습으로 되돌아왔다. 그녀에게 들려줄 말이 너무 많았지만, 미자는 들고 온 구덕을 풀면서 쉬지 않고 재잘거렸다. "김치랑 신선한 버섯에 흰쌀이야. 그리고 봐! 귤이야! 오렌지도!" 그녀는 킥킥댔지만, 두 눈은 죽어가는 문어의 눈처럼 바닥을 알 수 없는 검은색을 띠고 있었다.

미자는 다산과 출산의 여신인 삼승할망의 신당으로 가기 전에 먼저 내 어머니의 묘지에 들르고 싶어 했다. 나는 그녀를 만난 것이 너무 기뻐서 그 이유를 묻지 않았다. 우리는 함께 어머니를 위해 음식을 준비한 다음, 묘지로 걸어가서 어머니의 혼과 점심을 같이 먹었다. 밥을 먹은 다음 미자와 나는 머리를 맞대고 항상 그랬듯이 마음을 나누기 시작했다. 나는 미자이 칫날밤과 그 이후의 모든 밤에 대해, 그리고 어쩌면 낮 동안의 일에 대해 이야기를 듣고 싶어 안달이 났다.

"괜찮아." 그녀가 말했다. "아내와 남편이 하는 일이잖아."

나는 이 말을 그녀가 사랑을 나누는 것을 좋아하지 않는다는 의미로 받아들였다. "엉덩이를 들어 올리려고 해봤어? 그러면 그가······."

그러나 그녀는 내 말을 듣고 있지 않았다. 그녀는 호주머니에서 비단 조각을 꺼낸 다음 천천히 풀었다. 그 안에는 단순한 형태의 금팔찌가 들어 있었다. 얼마 전까지만 해도 나는 팔찌가 무엇인지 몰랐다. 그러나 오사카와 부산, 블라디보스토크에서 여자들이 팔찌를 차고 있는 모습을 길이나 여객선, 버스에서 본 적이 있었다. "그건 장식을 위한 거야." 미자가 설명해줬다. 나중에 보석 가게 진열창 앞을 걷다가 금은보석의 가치에 대해 어느 정도 알고 나서야, 나는 '장식'이라는 것을 분별없는 사치로 간주하게 됐다.

"상문이 준 거야?" 나는 그가 자기 아내를 장식해주고 싶어 했을 것이라고 상상했다.

"이건 우리 어머니 거야." 미자의 목소리에 경외심이 묻어 있었다. "이게 있는지도 몰랐어. 이옥 숙모가 혼례식 날 나한테 줬어."

"네 숙모가?" 나는 믿을 수가 없어서 물었다. "그녀가 그걸 팔아 치우지 않았다니 믿을 수가 없어."

"알아. 나한테 온갖 일을 하게 했잖아."

"그걸 찰 거야?"

"아니, 절대로. 어머니 것이라곤 이것뿐인데. 잃어버리면 어떻게 해?"

"우리 어머니 것이 뭐라도 있으면 좋겠다."

"아, 갖고 있잖아. 어머니의 연장들 말이야. 그녀의······." 미자가 내 손을 잡았다. "너는 어머니의 혼을 지니고 있잖아. 나는 우리 어머니에 대해 아무것도 모르는데 말이야. 내가 어떤 식으로든 어머니를 닮았을까? 내가 어머니와 웃는 모습이 닮았을까? 내가 남편에 대해 느끼는 것처럼 어머니도 아버지에 대해 그렇게 느꼈을까? 나는 어머니가 어디에 묻혀 있는지도 몰라. 네가 네 어머니를 위해 했던 일들을 나는 우리 어머니에게 한 적이 한 번도 없었어. 이렇게 말이야." 그녀가 주변의 밭을 손으로 한 바퀴 휙 가리키며 진지하게 나를 쳐다봤다. "만약 남편이 아기를 심었는데, 만약⋯⋯."

"너는 네 어머니가 아냐. 네가 아기를 낳다가 죽는 일은 없을 거야."

"그렇지만 만약 그러면 누가 내 무덤을 찾아와주겠어? 심방 김씨에게 꼭 굿을 해달라고 해줄래?"

나는 그러겠다고 약속했다. 그러나 나는 그녀가 무슨 생각으로 그런 말을 하는지 가늠할 수조차 없었다.

우리는 구덕을 챙겨서 삼승할망의 신당으로 걸어갔다. 신당에 가까이 다가갔을 때 미자가 나를 뒤로 잡아끌었다. "기다려. 내가 가고 싶은지 잘 모르겠어."

그녀가 먼저 말을 꺼내지 않았기 때문에 내가 물었다. "아직도 어머니에게 일어난 일이 걸려서 그러는 거야?"

"그건 아니야. 내 말은 그것도 있지만, 또⋯⋯ 내가 아기를 갖고 싶은 건지 잘 모르겠어." 내가 아직 어머니가 되겠다는 생각을 한 번도 안 하고 있을 때, 이미 아기 옷과 담요를 만들기 위해 낡은 갈옷 천을 잘 간수해뒀던 여자에게서 이런 말을 듣게 되다니. 깜짝 놀란 표정이 내 얼굴에 드러났는지 그녀가 말했다. "남편이랑 사이가 별로 안 좋아." 미자가 주저하며 집게손가락 한쪽을 조금씩 깨물었다. 마침내 그녀가 털어놓았다. "잠자리에서 그 사람이 거칠어."

"그렇지만 넌 해녀야! 넌 강하잖아!"

"다음번에 그 사람을 만나면 잘 봐. 그가 나보다 더 힘이 세. 제멋대로야. 그리고 자기가 주도권을 갖고 싶어 해. 사랑을 나누는 게 아니라 혼자 차지해."

"그렇지만 넌 해녀잖아." 내가 이 말을 반복했다. 그런 다음 이렇게 말했다. "너에게는 그를 떠날 권리가 있어. 이제 갓 결혼했잖아. 이혼해."

"나는 이제 도시 아내야. 그럴 수 없어."

"그렇지만 미자야."

"신경 쓰지 마." 그녀가 짜증을 내며 말했다. "너는 이해 못 해. 내가 한 말은 잊어버려. 그냥 이걸 해보자. 내가 아기를 갖게 되면 상황이 변할지 몰라."

바로 그 순간 내가 뭔가 변화를 일으킬 만한 말을 했을 수도 있었다. 그러나 나는 어렸고 여전히 많은 것을 이해하지 못했다. 아, 삶과 죽음에 대해 알고 있었지만, 첫 숨과 마지막 숨 사이에 벌어질 수 있는 모든 일에 대해서 나는 아직 아무것도 이해하지 못한 상태였다. 이것은 내가 평생 끼고 살아야 할 실수였다.

우리는 제물을 바치고 빨리 임신하게 해달라고 빌었다.

"그냥 임신은 안 돼요." 내가 간청했다. "아들을 임신하게 해주세요."

미자가 "건강하게 태어나서 자애로운 어머니의 보살핌을 받을 아들들을요"라고 덧붙였을 때 나는 그녀가 마음을 바꿨다고 확신했다.

*

그다음 주 미자와 나는 이틀에 한 번씩 여신을 방문했다. 그녀는 항상 도시 옷차림으로 도착해서 갈옷으로 갈아입었다가, 제주시로 돌아갈 때는 다시 도시 옷차림을 했다.

그녀가 떠나자마자 시어머니는 준부와 나를 "둘만 있으라고" 안거리에서 몰아내곤 했다. 낮이건 밤이건 우리는 잠자리에서 눈한번 감지 않고도 함께 잘 수 있는 수많은 방법을 찾아냈다.

두 번째 주 중반쯤, 나는 미자에게 함께 저녁을 먹을 수 있도록 남편더러 데리러 오게 하라고 청했다. 그녀가 동의했고, 다음번에 그녀가 왔을 때 우리는 재빨리 제물을 바친 다음 식사 준비를 위해 서둘러 집으로 돌아왔다. 안거리와 밖거리의 정지가 마당 쪽으로 뚫려 있어서, 시어머니가 비록 바닷속에서 오랜 시간을 보낸 탓으로 청력은 손상됐지만 우리가 하는 말을 들으려고 귀를 기울이고 있을 수도 있기 때문에, 우리는 목소리를 낮췄다.

미자는 처음 왔을 때보다 더 행복해 보였다. 나는 그녀에게 제주시로 돌아가게 돼서 좋으냐고 물었다. 미자의 반응은 내가 그녀를 잘못 이해했음을 알려줬다.

"어릴 때는 말이야," 그녀가 말했다. "모든 게 크고 대단해 보이잖아. 어려서 하도에 온 것은 시간을 거슬러 올라가 아버지와 보낸 생활을 실제보다 훨씬 더 커 보이게 만들었어. 그렇지만 너와 나는 이 섬보다 훨씬 더 많은 것을 봤어. 나는 설문대 할망과 무한히 펼쳐진 바다의 아름다움을 사랑해. 반면에 이제는 제주시가 작고 흉하게 보여. 나는 하도가 그리워. 물질도 그립고. 다른 나라들에 가는 것도 그리워. 무엇보다도 나는 네가 보고 싶어."

"나도 네가 보고 싶어. 그런데 아마도 이것이 결혼의 의미인 것 같아."

미자가 입을 다문 채 씩씩거렸다. "나는 해녀지 양반집 마님이 아니라고. 남편과 시부모님은 우리 방식을 잘 몰라. 그들은 그저 어렸을 때는 아버지에게 복종하고, 결혼해서는 남편에게 복종하고, 혼자가 되면 아들에게 복종해야 한다고 믿고 있어."

나는 그런 생각을 웃어넘기려 했다. "어떤 해녀가 그렇게 하려고 하겠어? 게다가 나는 유교를 따르는 것은 남자들이 하루 종일 정자나무 아래서 거창한 생각을 해야 하는 것을 의미한다고 항상 생각했어."

미자는 말도 안 되는 그런 생각에 대해 쿡쿡대며 웃지도 않고 미소조차 짓지 않았다. 오히려 얼굴에 고민하는 표정이 스쳐 지나갔다. 내가 무슨 말을 하려고 하는 찰나 내 남편이 마당으로 들어왔다. 미자가 얼굴에 예쁜 미소를 지으며 다시 입을 다문 채 속삭였다. "결혼으로 우리 둘 다 더 나아졌다는 걸 명심하자. 우리 남편들 모두 글도 읽고 셈도 할 수 있으니까."

준부가 씻는 동안 미자와 나는 길로 나가서 미자의 남편이 오길 기다렸다. 마침내 한 쌍의 헤드라이트가 나타나서 어둠 속을 뚫고 다가왔다. 불빛이 우리가 있는 곳에 도착하자 상문이 차를 세우고 아버지의 차에서 내렸다. 그는 우리가 처음 만났을 때와 똑같이 편안한 복장을 하고 있었다. 미자와 나는 경의의 표시로 고개를 숙여 절을 했다.

"당신 옷은 어쩌고?" 그가 퉁명스럽게 물었다.

"더럽히고 싶지 않아서요." 미자가 모기소리처럼 작은 소리로 대답했다.

나는 이것을 모욕으로 받아들일 수 있었지만, 저자세로 변한 미자의 태도에 더 신경이 쓰였다.

나는 앞으로 나서서 다시 절을 했다. "제 남편이 당신을 만나길 고대하고 있어요."

상문은 곁눈질로 미자를 쳐다봤다. 그녀는 꼼짝도 하지 못한 채 서 있었다. 나는 그녀가 그를 무서워한다는 것을 깨달았다.

"저도 역시 고대하고 있었습니다." 그가 마침내 말했다. "그럼 가실까요?"

집에 도착해서 상문이 신발을 벗고 들어왔을 때, 그는 긴장이 풀린 것 같았다. 저녁 식사는 또 다른 문제였다. 남자들이란! 우세한 위치를 차지하고 자신들이 지배하거나 통제할 수도 없는 문제에 대해 논쟁을 벌여야만 하는 것이 남자들의 본성인가?

"일본인들이 항상 권력을 잡고 있을 겁니다." 상문이 주장했다. "우리가 그들에게 저항해봐야 무슨 소용이 있겠어요?"

"한국인들은, 특히 이곳 제주에서는 침략해오는 사람들이 있을 때마다 맞서 싸웠습니다." 준부가 따졌다. "결국에는 우리가 궐기해서 일본인들을 몰아낼 겁니다."

"언제요? 어떻게요? 그들은 너무 막강해요."

"그럴 수도 있어요. 그러나 그들은 너무 많은 지역에서 너무 많은 전투를 벌이고 있어요." 준부가 반박했다. "지금은 미국이 참전했으니까 일본인들이 틀림없이 영토를 잃을 겁니다. 그들이 퇴각할 때 우리는 준비를 할 거예요."

"준비요? 무슨 준비요?" 상문이 되받았다. "그들은 나이와 교육 정도, 결혼 여부나 충성심에 구애받지 않고 누구든지, 남자들 모두를 징집할 거예요."

이것은 그냥 해보는 협박이 아니었다. 내 친동생들도 잡혀갔다. 우리는 아직도 그들이 어디에 있는지, 그들을 다시 볼 수나 있을지 모르는 상태였다.

"그리고 이걸 생각해봐요, 친구." 상문이 말을 계속해나갔다. "일본이 승리하면, 반드시 그러겠지만, 당신 같은 사람들에게 무슨 일이 일어날까요?"

"나 같은 사람들이라뇨? 그게 무슨 말이에요?"

"당신은 유학을 하고 있잖아요. 외국 생각을 배웠죠. 당신 말이 선동자처럼 들려요. 그런데 공산주의자인가요?"

남편이 오래, 크게 웃었다.

"지금은 웃을 수 있겠죠." 상문이 말했다. "그렇지만 일본인들이 이기면……."

"만약 그들이 이기면……."

"그들은 반역자들과 반역하는 말을 하는 사람들을 죽일 겁니다. 조심할 필요가 있어요, 동생." 상문이 경고했다. "누가 듣고 있을지 모르니까요."

미자가 나를 안심시키려고 내 손을 꽉 쥐었지만 그녀의 남편은 내 마음속에 불안감의 씨앗을 뿌렸다.

＊

9월 14일이 됐고 남편이 마지막 해 공부를 위해 일본으로 돌아갈 때가 왔다. 우리가 마지막으로 함께 보낸 밤은 입맞춤과 사랑의 말로 가득 찼다. 다음 날 아침 그가 주요 항구로 가는 작은 모터보트에 올라탔을 때 스스로도 놀랍게 나는 흐느껴 울었다. 자신의 결혼에 그토록 실망했던 여자가 결혼한 지 겨우 4주 만에 남편을 사랑하게 된 것이다. 이 점에서 나는 운이 좋았다. 혼례식 전에도 할머니와 미자가 지적했듯이 모든 신부가 잠자리를 함께하는 남자에게 호감을 갖지는 않기 때문이다. 나는 준부를 그리워할 것이고, 전쟁이 사방에서 격화되는 상황 속에 그가 내게서 멀리 떨어져 있는 것이 벌써 걱정스러웠다.

다음 날 여전히 우리의 일과에 따라 미자가 도착했다. 그녀를 데리고 여신을 방문하러 갔지만, 남편이 멀리 떠난 상황에서 이게 다 무슨 소용이 있겠는가? 우리는 제물을 바친 다음 집으로 오는 길에 바다가 내려다보이는 언덕에 함께 앉았다.

"얼마 동안은 이게 마지막 방문이 될 거야." 그녀가 털어놓았다. "남편이 이틀 후에 떠나. 그는 일본군 호송대가 필요한 곳에 갈 수 있도록 한국을 샅샅이 여행할 거래. 네가 들은 대로 짐을 싣고 내리는 걸 감독한대. 시어머니는 아기를 갖게 해줄 그 사람이 여기 없는데 굳이 여신을 방문할 필요가 없다고 결정했어."

이 몇 주는 선물이었지만 이제는 다시 헤어져야 했다. 나는 벌써 외롭고 혼자가 된 기분이 들었다.

금줄

"제가 대장으로 왔습니다." 하도의 서문동 마을에서 온 김인하라는 여자가 시어머니에게 말했다. "해외 출가물질을 할 스무 명의 해녀로 큰 배를 채우려고 해요. 우리는 블라디보스토크에 9개월 가 있다가 평소와 마찬가지로 8월의 고구마 수확에 맞춰서 돌아올 거예요."

10월 말이었고 남편이 떠난 지 6주가 지났다. 도생과 내가 불턱에 일찍 도착했을 때 김인하가 우리를 기다리고 있었다. 이제 두 사람은 불구덕의 양쪽에서 서로를 마주 보고 앉았다. 어린 견습 해녀가 벌써 불꽃을 지펴놓았고, 물주전자는 석쇠 위에 올려져 있었다. 나는 장비를 정리하다가 블라디보스토크라는 말을 듣고 손을 멈췄다. 나는 그곳에서 지난 2년 동안 상당한 급료를 받았다.

"해녀 스무 명이라고요. 대단하네요." 도생이 말했다. "내가 어떻게 도와주면 되겠소?"

"아직 자식이 없는 젊은 색시들을 찾고 있어요." 인하가 대답했다. "맞아요. 가끔씩 향수병에 걸리긴 하죠. 그렇지만 그들은 아직

214

너무 경험이 없어서, 남편이 마을 여자와 사랑을 나누기 시작하거나 작은마누라를 찾을지 모른다고 의심을 안 해요. 아이들이 아픈지, 아니면 말썽을 부리진 않는지 걱정할 필요도 없고요. 정서적으로 안정돼 있고 남편들에 대해 고민하지 않을 해녀들을 찾는 게 중요하다고 생각해요."

이건 그녀가 나를 찾아왔다는 말을 에둘러서 표현한 것이었다. 나는 기뻤고 신났다. 다시 갈 수 있다면 좋을 것이다. 시어머니를 위해 허드렛일을 하고 불턱에서 그녀의 명령에 순종하는 것은, 설사 그 명령이 좋고 현명한 것이라 해도, 내 성격에 맞지 않았다. 오후마다 유리를 돌보는 일은, 그녀가 까탈을 부리고 신경질을 낼 때면, 힘들었다. 그리고 나를 사랑해줄 남편이나 나를 위로해줄 미자가 없었기 때문에, 나는 불안하고 언짢은 기분에 빠져 있었다. 그러나 내가 원했던 말을 시어머니가 정확하게 내뱉었을 때 ―"우리 며느리한테 제안해볼까요?"― 검은 돌 하나가 내 배 속으로 쿵 하고 떨어졌다. 내가 가는 걸 도생은 너무나 기꺼이 허락해줬다.

"나이로 말하자면 그 아인 애기 해녀예요." 그녀가 말을 계속했다. "그렇지만 그 애 기술은 하군 해녀로 칠 수 있을 만큼 충분히 훌륭해요." 이번에 처음으로 내가 공식적으로 하군 해녀로 불렸고, 조금은 영예를 부여받았지만, 검은 돌이 아직 녹아서 없어지진 않았다. "그 애는 열심히 일하죠. 그렇지만 그 애에 대해 내가 해줄 수 있는 최상의 말은 그 애가 남편과 떨어져 있어서 이미 보고 싶어 하는 것보다 더 보고 싶어 하진 않을 거라는 거예요. 그리고 그 애와 우리 아들은 아기를 만들 만큼 함께 오래 있진 않았던 것 같아요."

바로 그때, 내가 곁에 있는 것을 도생이 도대체 얼마나 싫어하는 것일까 하는 생각이 들었다. 할머니가 틀렸고 내가 맞았다. 도생은 유리의 사고와 어머니의 죽음에 내가 뭔가 역할을 했을 것이라 의심했고, 항상 그것에 대해 나를 원망하곤 했다. 내가 남편의 학비를 대는 데 도움이 될 수 있다면, 그건 괜찮았다. 내가 그녀의 눈앞에 보이지만 않는다면 말이다. 그렇다면 좋다. 나도 그녀와 함께 살고 싶지 않았다.

*

닷새 후 아직 깜깜한 새벽에 나는 가방을 싸고, 해녀 연장을 챙긴 다음 혼자 친정으로 걸어가서 여동생에게 조언을 했다. "물질할 때는 꼭 다른 사람들 가까이 있어라. 귀로 배우고 눈으로 배워라. 무엇보다 안전하게 있어라." 나는 셋째 남동생에게 주의를 줬다. "누나 말을 잘 들어. 집안에 꼭 붙어 있고. 일본 사람들 눈에 띄면 절대 안 된다." 아버지에게 작별인사를 했지만, 해가 떠오를 무렵이면 아버지가 이것을 기억할지 확신할 수 없었다. 그런 다음 나는 둑을 따라 걸어 나와서 하도의 다른 마을에 사는 두 명의 또 다른 젊은 새색시들과 함께 배를 타고 항구로 갔다. 기운이 솟아오르는 것이 느껴졌다.

인하와 그녀가 고용한 다른 나머지 해녀들이 여객선으로 가는 배다리 근처에서 기다리고 있었다. 이전의 다른 해외 방문 때 알았던 한두 명의 아가씨들이 눈에 띄었지만 나머지는 모르는 사람들이었다. 나는 몰래 이 여자 저 여자를 살펴보며 미묘한 표시를 통해 누구와 함께 짝이 되고 싶은지 ― 누가 옷 밑에 튼튼한 다리와 팔을 숨기고 있는지, 누가 책임감이 있거나 모험을 좋아하는 사람처럼 생겼는지, 누가 너무 말이 많거나 너무 조용할 것처럼 보이는지 — 가려내다가 나를 똑바로 바라보고 자기를 발견해주 길 끈기 있게 기다리면서 얼굴에 즐거운 미소를 띠고 있는 미자를 발견했다.

"미자야!" 나는 그녀에게 달려가서 내 가방과 다른 장비를 발밑에 떨어뜨렸다.

"너랑 함께 갈 거야." 그녀가 선언했다.

"너희 시어머니가 가라고 허락했어?"

"시어머니가 상문으로부터 편지를 받았어. 그 사람 말이 지금 많은 것을 배우고 있고 우리가 예상했던 것보다 더 오래 집에 못돌아올 거래. 나는 시내에서는 물질을 할 수 없는데, 남편이 육지에 있는 동안은 내가 먹여 살릴 또 하나의 입에 불과하잖아."

미자를 해외 출가물질에 보내는 것이 내게는 이해가 잘 되지 않았다. 상문이 내 친구의 물질 기술이나 그와 그의 가족을 위해 돈을 벌어올 능력 때문에 그녀와 결혼한 것은 아니었기 때문이다. 그렇지만 아무러면 어떤가? 우리는 다시 함께 있을 예정이었다. 그녀가 웃기 시작했고 나도 따라 웃었다.

다음 이틀에 걸쳐서 우리는 다른 여자들을 알게 됐다. 그들은 매우 착했지만, 대부분은 돈을 벌기 위해서라기보다 제주에서 겪은 위험을 떠나기 위해 온 것이었다.

"우리 해녀공동체에서 물질을 하고 있는데 물고기 떼처럼 부은 시체들이 바다 밭으로 떠내려왔어요." 뺨이 동그랗게 생긴 여자가 설명했다. 그녀는 끔찍해하며 몸서리를 쳤다. "오랫동안 물속에 있었던 것 같아요. 눈이랑 혀랑 얼굴이 물고기들한테 뜯어 먹했고요."

"어부들이었어요?" 내가 물었다.

"제 생각에는 선원들이었던 것 같아요." 그 여자가 대답했다. "시체가 그을려 있었어요. 전쟁 때문에요."

"일본인들이었어요?" 내가 물었다.

그녀가 고개를 저었다. "일본군 군복이 아니었어요."

양쪽 눈 사이가 너무 멀어서 당황스러울 정도로 물고기처럼 생긴 또 다른 여자는 세 자매를 잃었다. "어느 날 아침 나무하러 나갔다가 집에 안 돌아왔어요." 그녀가 우리에게 말했다.

일본 부대는 해녀라도 상관없이 납치해서 위안부로 삼았다고 한다. 그렇지만 누가 알겠는가? 제주 태생의 해녀나 어떤 여자라도 납치당해서 일본 군인들에 의해 성 노예로 이용당했다면, 체면이 손상되고 수치심이 너무 커서 절대 고향 집으로 돌아올 수 없을 것이다.

"적어도 우리가 블라디보스토크에 있는 동안에는 일본 점령자들로부터 벗어나 있을 거예요." 누군가 말했다. "소련이 유럽에서 싸우고 있고, 일본을 무시했대요."

"일본이 소련 사람들을 무시한 것 같은데요." 동그란 뺨을 가진 여자가 아는 체하면서 대답했다.

미자와 나는 전쟁에 대해 아무 말도 하지 않았다. 그것은 그녀 가족의 과거와 너무 가까이 닿아 있었다. 우리는 블라디보스토크에서 항상 안전함을 느꼈던 이유에 대해 한 번도 깊이 생각해보지 않았다. 그러나 우리는 해녀의 직감으로 모퉁이마다 무엇이 도사리고 있을지 따져보지 않을 만큼 충분히 안전하다는 것을 알 수 있었다. 우리는 남편을 통해 세계의 회의들과 전투 전략들에 대해, 그리고 우리의 영향력으로부터 멀리 떨어진 여러 밀실에서 우리나라에 대한 계획들이 세워지고 있다는 것에 대해 배웠다. 그렇다 해도 우리는 이 여자들보다 더 모르는 것 같았다.

*

블라디보스토크에는 미자와 내가 좋아하는 하숙집이 있었지만, 이번에는 인하를 포함해서 20명 모두가 기숙사에 머물렀다. 방은 길쭉하니 좁았고, 방 한쪽 끝에 매연과 항구의 먼지로 더러워진 지저분한 창문이 딱 하나 있었다. 몇몇 여자들은 3층짜리 침대를 차지했다. 미자와 나는 서로 붙어 있을 수 있게 바닥에 요를 깔고 누워 자는 것이 더 좋았다.

다음 날 아침 우리는 일어나서 장비를 챙긴 다음 부두로 향했다. 배가 그리 크진 않았다. 날씨가 안 좋을 때 우리 모두가 갑판에 모여 있거나 잠을 잘 수 있을 만큼 공간이 충분하진 않았다. 그러나 선장이 한국인이었고 믿을 만한 사람처럼 보였다. 안전한 항구를 벗어나자 배가 파도를 타고 솟구쳤다가 철썩 소리를 내며 다른 쪽으로 내려갔다. 속이 울렁거렸다. 엔진은 강했지만 바다는 무한하고 강력했다. 위로…… 아래로…… 위로…… 아래로…… 약간 배멀미가 났지만, 나는 미자만큼 창백하진 않았다. 그러나 우리 둘 다 불평하지 않았다. 오히려 우리는 바람 속에 얼굴을 내밀고 짭짤한 물보라를 맞았다.

선장이 모터를 끄고 배가 물마루 속에서 상하좌우로 움직이고 있을 때, 우리는 옷을 벗었다. 미자가 내 물옷의 끈을 묶어줬고 나도 그녀의 옷을 점검했다. 우리는 연장 벨트를 차고, 물안경을 쓰고, 배 밖으로 테왁을 던진 다음 발 먼저 물속으로 뛰어들었다. 상쾌한 차가움이 나를 삼켰다. 나는 계속 물에 떠 있으려고 양발을 찼다. 그럼에도 불구하고 물은 내 얼굴을 철썩 갈길 정도로 거칠었다. 숨을 들이쉬고, 들이쉬고, 들이쉰 다음 곧장 아래로 들어갔다. 사방이 고요해졌다. 귀에서 나는 심장 소리가 내게 조심하라고, 긴장 상태를 유지하라고, 내가 어디에 있는지 기억하고 다른 것은 싹 잊으라고 일깨워줬다. 나는 욕심 부리지 않을 것이다. 여유를 가질 것이다. 지금은 그저 주변을 둘러봤다. 다음번에 숨을 쉬고 들어올 때 쉽게 딸 수 있는 바다방석고둥을 하나, 둘, 세 마리 세놓았다. 오늘은 돈을 많이 벌 것이다! 막 표면으로 올라오려는 순간 바위투성이 동굴에서 빨판을 조금씩조금씩 움직이며 기어 나오는 촉수가 보였다. 나는 머릿속에 그곳을 담아둔 다음 재빨리 표면으로 헤엄쳐 나왔다. 숨비소리- 아! 나는 테왁에서 망사리를 떼어낸 다음 재빨리 몇 번 숨을 쉬고 돌아 내려갔다. 내가 바위틈으로 다가갔을 때, 그곳에는 한 마리가 아니라 두 마리의 문어가 서로 엉켜 날뛰고 있었다. 나는 머리를 때려서 한 마리를 기절시킨 다음 다른 한 마리도 기절시켰다. 문어들이 깨어나기 전 나는 그것들을 망사리에 넣고 표면으로 차올랐다. 아! 두 번째 잠수는 성공적이었다!

*

미자가 먼저 임신했다는 사실을 알았다. 나는 그녀가 울면서 걱정할 것이라 예상했고, 미자는 실제로 그랬다.

"만약 자기 아버지랑 똑같이 닮은 아들이면 어쩌지?"

"네 몸에 아들이 있다면 그 애는 완벽할 거야. 왜냐하면 네가 그 애 엄마가 될 테니까."

"내가 죽으면 어떻게 해?"

"내가 널 죽게 내버려두지 않을 거야." 내가 맹세했다.

그러나 내가 무슨 말을 하건 미자는 우울해하고 걱정스러워했다.

일주일 후에…… 기뻤다! 배의 난간 위로 머리를 내밀고 토하면서도 나는 그렇게 느꼈다. 나 역시 배 속에서 아기가 자라고 있었다. 그리고 배 위에서 미자와 나만 그런 것이 아니었다. 우리들 대부분은 결혼한 지 일 년 미만의 새댁들이었다. 그리고 자그마치 여덟 명이 임신 중이었다! 그렇게 많은 행복에 둘러싸여서 미자의 기분도 나아졌다. 행복해하는 여러 사람들 속에서 그녀도 행복해했다. 물론 인하가 썩 좋아하지는 않았다.

자식들 모두가 희망과 기쁨을 가져다주지만, 당연히 우리 모두 아들을 원했다. 우리 중 두 여자는 집을 떠날 때 임신했다는 사실을 알고 있었지만, 인하에게 알리지 않았다. 이는 아기들이 다섯 달 이내에 태어난다는 것을 의미했다. 미자와 나는 ― 우리가 계산을 잘 했다면 ― 6월 중순에 아기들이 태어날 것이라고 예상했다. 그러나 처음 6주 동안에는 힘든 입덧을 겪어야 했다. 매일 새벽, 바다에 나갈 때 한 해녀가 토하기 시작하면 나머지 사람들도 토하기 시작했다. 선장은 우리 위에서 나온 것이 바로 바다로 들어가는 한 신경 쓰지 않았다. 인하는 배 속에 아이가 자라고 있는 여자들한테서 매일 수확량을 더 많이 늘리고자 하는 욕구가 훨씬 더 클 것이라고 판단했다.

우리는 거의 매일 내장까지 다 넣어서 만든 전복죽을 먹었다. 우리는 이것이 우리가 먹을 수 있는 가장 영양가 있는 음식이고 또한 그 맛을 좋아하도록 아기들을 훈련시킬 수 있다고 생각했다. 곧 배가 불러오기 시작했고, 우리는 물옷의 옆을 묶었던 끈을 느슨하게 묶었다. 우리는 아기가 "바다 밭 한복판에서" 태어나기를 바랐다. 그것은 아기들이 첫 숨을 배 위에서 쉬거나, 우리가 바닷속에 있을 때 나온다는 것을 의미했다.

임신으로 여자는 몸뿐만 아니라 마음도 변한다. 예전에 미자와 내가 블라디보스토크에서 했던 일들이 이제는 우습게 느껴졌다. 우리는 이제 더 이상 이곳저곳을 싸돌아다니며 탁본을 만들지 않았다. 이미 그런 추억은 갈무리돼 있었다. 대신 아기들을 무럭무럭 키우고 있었다. 혹독한 겨울 달에 이르렀을 무렵 미자의 입덧은 완전히 사라졌다. 나는 아직 입덧이 남아 있었지만 얼음장 같은 바닷물에 들어가면 즉시 가라앉았다. 차가운 물속으로 들어가는 순간, 아기가 진정되고 잠이 들어 제자리에서 움직이지 않는 것 같았다. 여러 달이 지나면서 우리 배는 점점 불러왔고 물이 새로운 위안이 됐다. 잠수를 하면 쑤시던 부분이 마사지를 받아 나아졌고, 아기의 무게가 가벼워졌다. 나는 힘이 났다. 미자도 마찬가지였다.

아기들이 태어나기 시작했다. 육지에서는 아기를 돌봐줄 사람이 아무도 없었기 때문에 아기들을 아기구덕(요람)에 넣어 밧줄하나로 갑판에 묶어뒀다. 우리가 물속에 들어가자마자 관례에 따라 선장은 우리를 두고 떠났지만 그리 멀리 가지는 않았다. 신생 아들은 잠을 많이 잤고 배의 흔들림에 진정됐다. 그럼에도 불구하고 오전이 지나 우리가 잠수 후 표면으로 돌아오면, 각각의 해녀가 내는 개별적이고 독특한 숨비소리뿐만 아니라 아기들이 내는 개별적이고 독특한 울음소리가 들려왔다. 점심 식사 시간은 활발하고 분주했다. 엄마들은 기장과 김치를 입에 퍼 넣으면서 아기들에게 젖을 먹였다. 나머지 사람들은 자랑을 하고 수다를 떨었다. 그런 다음 다시 물속으로 들어갔다.

6월 중순에 미자는 바다에서 진통을 시작했다. 그녀는 마지막 시간까지 계속 일을 했고, 그 후 인하와 내가 갑판에서 그녀의 분만을 도왔다. 그녀의 온갖 불길한 예감에도 불구하고 아기는 거의 헤엄치다시피 미자의 몸에서 나왔다. 남자아이였다! 그녀는 아기의 이름을 요찬이라고 지었다. 미래에 그가 수행하게 될 조상 대대로 내려오는 권리를 통해 그녀는 저세상으로 떠났을 때도 가족과 계속 연결될 수 있을 것이다. 우리가 기숙사로 돌아왔을 때 그녀는 삼승할망 — 아기를 보호해주는 여신 — 과 저승할망 — 파괴의 꽃으로 아기들을 죽일 수 있는 여신 — 에게 제물을 바쳤다. 그동안 나는 그녀에게 먹일 메밀수제비를 한 솥 끓였다. 이 국은 출산 후 산모의 피를 깨끗하게 만들어준다고 알려져 있었다. 생후 사흘 동안 아기가 입는 특별한 보호 옷에 축복을 내려줄 심방 김씨가 없었지만, 나흘째 되는 날 아침에 미자는 모든 걱정을 털어버렸다.

나는 바다에서 분만을 시작해 바다 밭에서 아기가 태어나길 바랐다. 그러나 요찬이 태어나고 나서 여드레 후 한밤중에 양수가 터졌다. 나는 미자보다 더 쉽게 분만했다. 태어난 아기는 여자아이였다. 나는 '민'이라는 이름이 마음에 들었고, 장차 태어날 이 아이의 여동생들에게 돌림자로 쓸 '리' 자를 덧붙였다. 여전히 아들을 낳을 필요가 있었지만 준부와 나를 위해 일해주고, 앞으로 생길 미래의 아들 혹은 아들들을 학교에 보낼 때 도움을 줄 수 있는 누군가를 낳았다는 것은 얼마나 축복인가. 미자는 나를 위해

산후조리용 메밀수제비를 만들었고, 우리는 제물을 바친 다음 민리가 살아남을지 사흘을 기다렸다. 인생에서 가장 중요한 이 순간을 기리기 위해, 우리는 미자 아버지의 책에서 뜯어낸 책장 위에 아기들의 발바닥을 본떴다.

며칠 이내에 우리 넷은 배로 돌아갔다. 아기들은 아기구덕 속에 나란히 누워서 다른 모든 아기구덕들과 연결됐다. 몸을 녹이러 배 위로 돌아오면, 우리는 물적삼을 풀어 가슴을 내놓고 아기들에게 젖꼭지를 물렸다. 나는 착한 여자가 좋은 어머니가 된다는 격언을 따르도록 교육을 받으며 자랐다. 어머니로부터 좋은 어머니가 되는 법을 배웠고, 다음엔 내 형제자매들에게 두 번째 어머니가 되어주면서 좋은 어머니가 되는 법을 배웠다. 그래서 나는 아기가 첫 숨을 쉬는 순간부터 아기를 사랑했다. 미자에게는 모성이 자연스럽게 생겨나지 않았겠지만, 그녀와 아들과의 관계는 즉각적이고 깊었다. 요찬에게 젖을 물릴 때마다 그녀는 그를 '어진이' — 착하고 슬기로운 사람 — 라고 부르며 아이의 얼굴에 속삭였다. "잘 먹어라, 어진이." 그녀는 정답게 속삭였다. "잘 자라. 울지 말고. 엄마 여기 있어."

7월 말에 우리의 계약이 끝났을 때 아기들은 생후 6주와 5주가 됐다. 우리는 제주로 가는 여객선을 탔다. 제주에의 도착은 무섭기도 하고 희망적이기도 했다. 살아오는 내내 일본 군인들을 봐왔지만 이제는 부두에 훨씬 더 많은 군인들이 있었다. 수백 명, 어쩌면 수천 명이 배에서 내리고, 떼를 지어 다니고, 앞뒤로 행진을 했다. 어안이 벙벙할 정도여서, 평소처럼 호기심이 인 미자가 두 명의 부두 일꾼에게 물었다. "왜 저렇게 많은 거예요?"

"전쟁의 형세가 바뀌었어요!" 그들 중 한 명이 낮은 목소리로 대답했다.

"일본이 질지 몰라요!" 다른 사람이 소리치고는 눈에 띄지 않으려고 눈을 내리떴다.

"진다고요?" 미자가 마지막 말을 되풀이했다.

모두가 이런 일이 일어나길 바랐지만, 우리의 점령자들은 너무나 강했기 때문에 믿기가 힘들었다.

"최후의 보루라는 말 알아요?" 첫 번째 부두 일꾼이 물었다. "군국주의자들은 연합군이 일본으로 가려면 제주를 통해서 가야 한다고 말하고 있어요. 여기서 가장 큰 육지전과 해전이 벌어질 거래요! 7만 5천 명 이상의 일본 군인들이 땅속에서 살고 있다고 들었어요."

"연합군이 우리를 짓밟고 여기 있는 일본인들을 짓이겨버린 다음 일본으로 한 발 더 가까이 갈 겁니다."

몽고인들이 제주를 발판으로 삼아 일본과 중국을 침략하려 했다는 할머니의 말씀이 생각났다. 최근 일본은 제주를 기지로 삼아서 중국에 폭격을 가했다. 만약 이 남자들의 말이 맞는다면 우리는 다시 발판이 될 예정이었다. 다만 이번에는 그것이 일본으로 향하는 발판이었다.

"열 개의 일본군 사단이 여기에 주둔하고 있어요. 그들 중 상당수가 숨어 있고요! 동굴 속에! 용암 동굴 속에! 그리고 바로 해안선 가까이 있는 절벽 안 그들이 지어놓은 특별 기지에!" 두려움 때문에 두 번째 부두 일꾼은 완전히 긴장한 상태였다. "그들은 어뢰정을 미군 해군함정에 징조준할 거래요. 일본인들이 어떤지 알잖아요. 그들은 모두 죽을 때까지 이 섬을 지킬 거예요. 마지막 한 사람 남을 때까지 싸울 거예요."

미자는 손등으로 입을 가리며 경악했다. 나는 민리를 가슴에 꼭 끌어안았다. 우리 섬에 전쟁이 일어날 것이라는 생각은 무시무시했다.

"어떻게 하지?" 미자가 목소리를 떨며 물었다.

"우리가 할 수 있는 일은 없어요." 첫 번째 부두 일꾼이 말했다. 그는 얼굴을 긁적였다. "당신들이 3개월 전 이곳에 없었던 건 행운이에요."

"일본인들이 여자들을 모두 육지로 옮기고 남아 있는 남자들은 전투에서 자신들을 돕게……."

"그런데 그때 미국인들이 우리에게 폭격을 가하기 시작해서……."

"그들이 제주에 폭격을 했어요?" 즉시 가족에 대한 걱정이 들어서 내가 물었다.

"그리고 그들은 해변에 잠수함들을 가지고 있어요." 첫 번째 부두 일꾼이 말했다.

"그들이 *코와마루*를 침몰시켰어요." 두 번째 부두 일꾼이 덧붙였다.

"그런데 그건 여객선이잖아요!" 미자가 소리쳤다.

"여객선이었죠. 제주 사람들 수백 명이 죽었어요."

"이제 일본인들은 제주 사람들 모두에게 미국인들이 오면 그들과 맞서 싸우기를 원해요."

"제주 사람들 모두라니." 미자가 되풀이했다.

"집으로 가요." 두 번째 부두 일꾼이 말했다. "무사하길 빌어요."

미자와 그녀의 아들과 헤어져야 하는 고통은 무서운 소식 때문에 더 힘들어졌다. 미자는 남편의 집이 있는 제주시로 돌아가야 했고, 그곳은 분명히 첫 번째 공격 대상이 될 것이다. 똑같은 결론에 도달했는지 미자의 얼굴이 하얗게 질렸다. 어머니의 불안감을 감지한 요찬이 울부짖기 시작했다. 긴박한 마음에 우리는 서둘러서 각자 짐을 날라줄 소년을 구했다. 미자가 구한 소년이 손수레에 짐들을 실었을 때 그녀는 내게로 몸을 돌렸다.

"널 다시 보길 빌게."

"그럴 거야." 약속은 했지만 확신할 수가 없었다.

나는 요찬의 뺨을 만졌다. 미자는 손을 모아 민리의 머리 위에 얹었다. 우리는 그렇게 한참을 있었다.

"우리가 헤어져 있을 때도 말이야," 미자가 말했다. "우리는 항상 함께할 거야."

그녀는 내 손에 접힌 종잇조각을 밀어 넣었다. 그것을 펼치자 글씨가 적혀 있었다. "우리가 떠나기 전에 시아버지가 혹시라도 나한테 무슨 일이 생길 경우를 대비해서 시댁 주소를 적어주셨어." 그녀가 말했다. "이제는 이걸 너한테 줄게. 언젠가 네가 날 찾아오길 빌게." 그 말과 함께 미자는 소년에게 손가락으로 탁 소리를 내서 출발하라는 신호를 보낸 다음 그를 따라 우글거리는 군인들 속을 걸어갔다. 나는 그녀가 사라질 때까지 바라봤다. 미자는 한 번도 뒤돌아보지 않았다.

하도로 가는 트럭 위에서 모퉁이를 돌 때마다 새롭게 변한 모습이 나타났다. 섬 전체가 요새가 된 것 같았다. 모든 밭과 언덕에 군인들이 진을 치고 있었다. 멀리서도 오름 꼭대기에 있는 옛 등대 밑에 초소가 설치된 것이 보였다. 수세기 동안 이런 화산 봉우리에 자리 잡은 망루들은 섬 전체에 방어 교신을 보내는 제주 사람들의 방식이었다. 이제는 대포들이 바다를 향하고 있었다. 제주에 그렇게 흔했던 까마귀들조차 불길하게 느껴졌다.

집에 도착했을 때 우리 섬에 일어날지 모를 일에 대한 내 두려움은 개인적이고 직접적인 것이 됐다. 나는 여동생이 '한기寒氣'로 지난겨울에 죽었다는 것을 알게 됐다. 아버지는 아직도 첫째 남동생과 둘째 남동생으로부터 한마디도 소식을 듣지 못한 상태였다. 그러나 아버지와 할머니, 셋째 남동생이 아기를 보고 너무 기뻐해서 나는 슬픔을 많이 느낄 겨를이 없었다. 도생은 손녀가 생긴 것에 말할 수 없이 기뻐했다. 그녀는 우리를 보자 속담을 읊었다. "여자아이가 태어나면 잔치가 열리지만 남자아이가 태어나면 엉덩이를 걷어차인다." 그녀는 금줄에 소나무 가지를 끼워서 대문 위에 걸었다. 그것은 내가 장차 우리 가족을 위해 먹을 것을 벌어올 딸을 낳았다는 소식을 이웃들에게 알리는 표시였다. 유리는 환한 웃음을 멈추지 않았지만, 그녀와 민리를 단둘이 두지 않도록 주의해야 할 필요가 있었다. 의도적으로 해를 입히진 않겠지만 유리가 항상 민리에게 다정하게 대할 것이라고 믿기는 힘들었다.

내가 가장 보고 싶었던 사람 — 남편 — 은 없었다. 준부는 일본에서 안전하게 돌아와 하도에서 약 16킬로 떨어진 북촌의 초등학교에 바로 자리를 잡았다. 그는 지금 그곳에서 우리의 새 집을 마련하고 있었다. 나는 즉시 그곳으로 달려가고 싶었지만 도생은 내가 고구마 수확을 도운 다음 수업이 시작되는 9월 초에 그와 합류하는 것으로 아들과 합의했다고 말했다. 그때까지 나는 다시 하도의 마을 생활에 정착해야만 했다.

물론 우리 모두 공포에 떨었다. 하늘에서 폭탄이 떨어지기 시작하거나 외국 군인들로 가득 찬 착륙선들이 바닷가로 온다면, 우리에게는 밭에서 사용하는 삽과 호미와 바다 밭에서 사용하는 갈고리와 창 말고는 방어할 무기가 아무것도 없었다. 그러나 삶은 계속된다는 것을 상기시켜주는 데 아기만큼 소중한 존재는 없었다. 내가 떠나 있는 동안 강씨 자매 중 한 사람인 구선이 여자아이를 낳았다. 완순은 내 딸과 동갑이 됐다. 우리 네 사람은 많은 시간을 함께 보냈다. 가끔 구선은 우리 아기들이 자신들 자매나 미자와 나처럼 가까워질 것이라고 만족스러운 소리로 말하곤 했다. "민리와 요찬이 언젠가 결혼할 수도 있겠지만, 민리와 완순처럼 서로 친구가 될 수는 없을 거야." 나는 이 말에 대해 구선에게 한 번도 따진 적이 없었다. 대신 나는 그녀의 우정을 사랑이나 그 비슷한 성향보다는 필요에서 나온 것이라고 받아들였다. 우리는 아기들에게 젖을 먹이고, 트림을 시키고, 목욕시키고, 기저귀를 갈아주고, 다독이고, 재워줘야 했다. 나는 구선과 그런 일들을 함께할 수 있어서 좋았다.

다행히 민리는 순한 아기였다. 그 덕에 나는 바쁘게 손을 놀려 다른 일을 할 수 있었다. 밖거리에 있을 때면 나는 발로 아기구덕을 흔들면서 망사리를 손질하고, 칼을 갈고, 잠수복을 꿰맬 수 있었다. 고구마 밭에 나갈 때면 아기는 구덕 속에서 지냈고 나는 햇빛을 막기 위해 천을 구덕 위에 걸쳐뒀다. 도생과 계원들과 함께 물질을 할 때면 아버지가 민리를 돌봤다. 아버지는 내가 민리에게 젖을 먹일 수 있도록 점심때와 하루 일과가 끝날 무렵 불턱 밖으로 나를 만나러 왔다. 아버지는 여전히 아기 보는 일에 능했고, 술 마시는 것도 줄였다.

그 모든 것 — 어른 여자이자 아내, 어머니이자 해녀의 진짜 삶 — 은 정확히 일주일 동안 유지됐다. 정자나무 밑에 앉아 있던 남자들은 트랜지스터라디오로 소식을 들었다. 그날 8월 6일에 미국이 히로시마에 원자폭탄을 투하했다. 원자폭탄이 무엇인지 몰랐지만 도시 전체가 무너져 내렸다는 소식을 들었을 때, 우리는 히로시마에 있던 시아버지를 생각했다. 남편이 심방 김씨와 함께 굿을 하러 집에 온다면 우리는 시아버지가 세상을 떠났다는 사실을 받아들여야만 할 것이다. 그러나 준부는 오지 않았다. 그럼에도 불구하고, 남편이 살아남았다 해도 더 끔찍한 일이 일어났을지 모른다고 생각하면서 도생은 걱정과 슬픔으로 눈물을 자주 흘렸다. 그러다가 이틀 후 라디오 아나운서가 소련이 일본에 공식적으로 전쟁을 선포했다는 소식을 알렸다. 이제 또 다른 세계열강이 제주를 발판으로 삼고 싶어 할지 모른다. 그다음 날 미국이 두 번째 원자폭탄을 투하했다. 이번에는 나가사키였다. 미국이 비행기로 일본에 올 수 있다면, 그들은 수많은 일본 군인이 있는 제주에 매우 쉽게 올 수 있었다. 그리고 소련은 어떻게 할 것인가?

그러나 폭탄은 떨어지지 않았고, 수륙 침공도 일어나지 않았다. 일본 천황이 엿새 후에 항복했기 때문이다. 우리는 역사적인 사건들을 항상 날짜로 명명했다. 이것은 8.15 광복절로 알려지게 됐다. 우리는 마침내 일본 군국주의자들로부터 해방이 됐다! 우리는 침공에 의해 야기될 수 있었던 엄청난 수의 죽음으로부터 해방됐다. 우리는 들뜬 기분으로 잠자리에 들었지만, 다음 날 아침에도 일본인은 ― 군인이건 민간인이건 ― 모두 여전히 제주에 남아 있었다. 라디오에서는 한국이 네 국가들 ― 미국, 소련, 영국, 중국 ―에 의해 공동으로 신탁 통치를 받을 것이라는 소식을 전했다. 또한 세계의 반대쪽에 사는 또 다른 무리의 남자들이 우리나라를 북위 38도선을 경계로 나눠놓았다. 우리 중 어느 누구도 그것의 실효성이 무엇인지 알 수 없었지만, 이는 한국이 독립하여 독자적인 국가를 형성하는 과정에서 38선 위쪽은 소련이, 38선 아래쪽은 미국이 감독하게 될 것이라는 말이었다. 해방이 됐다고 생각했지만 지금까지 우리 생활에서 달라진 것은 일본 국기가 내려지고 미국 국기가 게양됐다는 것뿐이었다. 한 식민지 지배자가 다른 식민지 지배자로 바뀌었을 뿐이었다.

치맛자락

1945년 9월-1946년 10월

2주 후 나는 남편에게 갈 준비를 했다. 도생이 도와줬고 마지막 짐을 싼 후 그녀가 말했다. "너와 내 아들은 신혼이고, 아직 준부가 한 번도 못 본 아기도 있긴 하지만 유리를 좀 데려가주길 부탁한다. 네가 항상 그 애한테 잘 대해줬잖니. 잠시만 그렇게 해주렴." 나는 도생이 일본에 있는 남편의 운명 때문에 걱정이 많다는 것을 알고 있었다. 그녀의 짐을 덜어주기 위해서 나는 그 부탁을 받아들였다. 그래서 9월 1일에 아버지가 내 돼지를 끌고 할머니와 셋째 남동생 ― 더 이상 숨어 있을 필요가 없었다 ― 이 내 요와 이불, 옷과 정지살림을 올레로 옮겼다. 그곳에서 그들은 말이 끄는 수레에 모든 짐을 실었다. 나는 돈을 주고 수레를 빌렸다. 항상 그렇게 강했던 도생은 유리와 함께 팔짱을 끼고 눈물을 흘리며 수레로 걸어왔다.

"저 애를 잘 돌봐다오." 도생이 말했다.

"그럴게요." 내가 약속했다.

"설날 명절에 돌아오렴." 아버지가 말했다.

"더 자주 올게요." 내가 대답했다. "북촌은 그리 멀지 않아요. 일이 있을 때마다 왔다 갈 수 있어요." 그러면서 나는 북촌을 지나 20킬로 정도 더 떨어진 제주시에 있는 미자를 어떻게 하면 방문할 수 있을지에 대해 생각했다. 그 정도 거리는 걸어갈 수 있었다.

마부가 빨리 출발하고 싶어 했기 때문에 눈물을 흘릴 시간적 여유가 없었지만, 섭섭한 마음 때문에 헤어지기가 어려웠다. 수레가 흙길을 따라 덜거덕거리기 시작했을 때, 나는 가족들을 계속 바라봤다. 도생조차도 우리가 안 보일 때까지 그 자리에 그대로 서 있었다.

몇 시간 후 우리는 북촌에 도착했다. 나는 길에서 마부에게 유리와 돼지, 짐을 보고 있으라고 한 다음 올레를 따라 걷다가 돌로 된 초가집들을 지나 바닷가에 이르렀다. 북촌은 작고, 잘 막혀 있는 후미를 따라 만들어졌다. 해변에는 하도보다 모래가 더 많았지만, 불턱으로 가는 길에 상당히 많은 용암 바위 위를 걸어야만 했다. 나는 아기를 팔에 안고 불턱으로 들어갔다. 세 여자가 불가에 앉아 있었고, 지붕 없는 돌담 속으로 햇살이 내리쬐고 있었다. 그들이 급히 일어섰고 나는 그들에게 여러 번 깊이 몸을 숙여 절을 했다. 그들은 커다란 해녀 목소리로 "환영해요! 환영합니다!"라고 외쳤다.

소개를 마친 후 내가 말했다. "세 남편은 이곳 마을에 새로 온 교사입니다. 양준부 집으로 가는 길을 좀 알려주시겠어요?"

허벅지와 팔이 근육질인 사십대의 한 여자가 앞으로 걸어 나왔다. "내가 여기 대장이에요. 이름은 양기원이고요. 당신이 올 거라고 당신 남편이 알려줬어요. 경험이 많은 해녀라고 들었어요. 당신에게 우리 마을에서 물질할 수 있는 권리를 기꺼이 주고 싶어요."

나는 감사의 표시로 여러 번 더 몸을 숙여 절을 했다. 그러나 한 가지 조건을 보태야 했다. "저는 남편이 하는 말을 따라야 합니다. 아시다시피 그 사람이 일을 하니까요."

내 상황은 그들에게 친숙한 상황이 아니었다. 그들은 호의적으로 웃음을 터뜨렸다.

"당신도 아기도 많이 피곤할 거예요." 기원이 말했다. "당신 집으로 데려다줄게요." 그러고서 그녀의 입꼬리가 말려 올라갔다. 그녀가 매우 의미심장한 목소리로 덧붙였다. "당신 남편이 당신이 오길 목이 빠지게 기다렸어요."

다른 사람들이 웃음을 터뜨렸고 나는 얼굴을 붉혔다.

"우리한테는 부끄러워할 필요가 없어요. 그냥 예쁘게만 보여서 그 아기가 생긴 건 아닐 테니까."

그녀가 내게 따라오라고 손짓했지만, 다른 사람들도 함께 따라왔다. 우리는 다른 올레를 헤치고 나아갔다. 앞에 위쪽으로 학교가 보였다. 오른쪽으로는 밖거리들이 돌담 뒤쪽에 줄지어 자리 잡고 있었다.

"선생님들은 모두 여기서 살아요." 기원이 말했다. "여기가 당신 집이에요."

다른 여자들 중 한 사람이 소리쳤다. "양 선생님, 여기 사모님이 왔어요!"

킥킥대면서 세 여자가 나를 대문 안으로 밀어 넣었다. 그런 다음 그들은 준부와 내가 단둘이 인사를 나눌 수 있도록 남겨두고 어슬렁거리며 올레로 다시 내려갔다. 문간에 어른거리는 그의 형체를 봤을 때 지난 여러 달의 근심 — 헤어져 지낸 것, 아이 아버지 없이 혼자 갓 태어난 아기를 돌보는 것, 섬을 발판 삼아 벌어질 임박한 전투 — 이 모두 사라졌다. 나는 독립적이고 쾌활한 해녀였지만, 남편이 그리웠었다. 그가 나한테 달려와 1미터 떨어진 곳에서 멈춰 섰다. 우리는 절을 하고 애정 어린 말들을 주고받았다.

"보고 싶었어."

"당신이 무사해서 다행이야."

"좋아 보여."

"당신은 말랐네."

"당신 딸이야. 민리라고 이름을 지었어."

그가 햇빛을 가리기 위해 아기 얼굴에 씌워놓은 갈옷 천 조각을 뒤로 젖혔다. 그가 미소를 지었다. "예쁜 딸이야. 이름도 예쁘고."

"수레에 유리가 있어." 내가 말했다.

그림자가 그의 얼굴을 스쳐 지나갔다. 어쩌면 이것은 그가 기대했던 재회가 아니었을 것이다. 그러나 곧 그의 표정이 바뀌었다. "가서 누이를 데려오고 다른 것도 전부 가져옵시다." 그가 말했다.

마부가 내 짐을 들어 날랐고, 준부는 누이를 안내했다. 나는 따뜻한 정지 벽 옆에 그녀를 위한 자리를 마련했다. 준부와 나는 가져온 짐을 정리했고 민리는 아기구덕에서 잠이 들었다. 남편이 준비한 저녁을 먹지도 않은 채, 우리는 잠자리를 폈다. 그는 내 살에 굶주려 있었다. 유리가 우리를 보거나 듣거나 우리는 걱정하지 않았다. 끝났을 때, 나는 그의 겨드랑이 속으로 파고들면서 삼승할 망에게 기도했다. 오늘 밤 아들을 점지해주세요.

다음 날 일본 천황은 전쟁을 공식적으로 끝내는 합의문에 서명했다. 제주에 있던 많은 군인들이 마치 집에서 쏟아져 나오는 개미들처럼 동굴과 터널에서 빠져나왔다. 그들은 그저 여객선 요금을 내고 떠났다. 그러나 수천 명의 군인들은 여전히 산등성이에

진을 치고 남아 있었다. 겨우 일주일 후에 달의 주기를 통해, 나는 그달의 첫 번째 물질 기간이 거의 끝났다는 것을 알았다. 유리를 내 발치에 앉혀놓고 내가 문간에 서 있을 때, 북촌의 다른 구역에 사는 해녀들이 우리 집을 지나 바다로 향해 갔다. 그들 중 많은 사람들이 "같이 가요"라거나 "불턱으로 와요"라고 소리쳤다. 나는 그냥 손을 흔들며 그들이 지나가는 모습을 바라봤다. 오후에 마당을 쓸고 유리를 씻기고 겨울에 먹을 김장을 담근 후, 나는 그들이 — 즐겁고, 시끄럽고, 튼튼한 모습으로 — 집으로 오는 것을 봤다. 강구선과 완순과 같이 시간을 보내고 불턱에서 사람들과 어울리고 싶은 마음이 굴뚝같았다.

9월 10일에 조선건국준비위원회가 제주시에서 처음으로 만났다. 물론 목표는 섬과 한국 전체가 진정한 독립을 얻고 최초의 선거를 치르는 것이었다. 제주에서는 모든 마을이 청년회와 평화 유지 부대, 여성 연합을 결성하기 위해서 나름대로의 새 장을 시작했다. 이런 위원회들의 도움으로 모든 마을에서 문맹 퇴치 노력이 시행됐다. 남자아이들은 모두 교육을 받게 됐지만, 성인 여자들과 여자아이들도 수업을 받도록 장려를 받았다.

"마을 지도자들은 당신 같은 여자들에게도 정치의식을 심어주고 싶어 해." 준부가 말했다. "당신이 가면 좋겠어."

"우리 어머니는 나한테 읽고 쓰는 법을 가르치고 싶어 하셨어. 어머니는 분명히 정치적이었어." 내가 대답했다.

"당신 어머니가 당신에게 그랬던 것처럼 이제는 당신이 우리 딸에게 영감을 불어넣어주는 존재가 될 수 있어."

그러나 나는 내가 원하는 것은 물질하는 것뿐인데 공부하는 것이 무슨 소용이 있을까 생각했다.

*

우리의 결혼생활은 전통적인 것이 아니었다. 준부는 매일 아침 일하러 갔다. 그것은 누군가 남아서 민리를 돌봐야 한다는 것을 의미했고, 이는 결과적으로 내가 물질을 할 수 없다는 것을 의미했다. 아기를 돌보는 일 외에도 유리가 마음대로 다니지 못하게 살펴봐야만 했다. 나는 집을 청소하고 빨래를 했다. 준부는 지쳐서 집에 왔고 집에 와서도 학생들이 공부한 것을 채점해야 했다. 이 또한 내가 저녁 식사를 준비해야 한다는 것을 의미했다. 그가 내게 야학에 가서 읽기와 쓰기를 배우라고 계속 재촉했기 때문에, 나는 야학에 갔다. 그러나 내게는 읽기와 쓰기를 잘할 수 있는 재능이 없었다. 나는 바다에서 뛰어난 기술을 발휘했지만, 전통적인 한국의 아내가 되려고 노력했다. 정지에 딸린 우영에 씨도 뿌렸다. 드물게 더운 어느 가을날에는 생 자리돔 국에 오이채와 집에서 만든 된장을 넣어 남편에게 냉국을 만들어줬다. 남편이 감기에 걸렸을 때는 두부로 콩가루 죽을 쑤어줬고 어린 콩잎에 밥을 싸줬다. 남편으로 말하자면, 그는 정자나무 밑에 앉아 시간을 보내거나 아기에게 전복죽을 끓여 먹이거나 하지 않았고 물론 도박을 하거나 술을 마시지도 않았다. 역할이 뒤바뀐 우리의 생활은 제주의 본성을 거스르는 것이었다. 나는 괜찮을 것이라고 생각했다. 그러다가 달이 밤하늘 저편으로 움직이고 있을 때, 나는 다음 물질 기간이 다가오고 있다는 것을 알았다. 바다가 매우 강하게 나를 끌어당기고 있었다. 나는 3주 조금 넘게 그것을 잘 견뎌냈다.

어느 날 밤에, 아기와 유리가 잠들고, 준부와 내가 사랑을 나눈 후, 나는 용기를 내서 말을 꺼냈다. "우리는 거의 1년 동안 떨어져 있다 같은 지붕 밑에 산 지 얼마 안 됐어. 그전에는 우리가 함께한 시간이 겨우 몇 주밖에 안 됐고……."

"그리고 우리는 아직도 서로 잘 모르지." 그가 나를 대신해서 말을 끝맺어줬다. "나는 당신을 더 잘 알고 싶어. 우리 잠자리에서만 말고." 그가 몸을 숙여 내 뺨에 입맞춤을 했다. "내가 당신 기분을 어떤 식으로건 상하게 했어? 당신이 하는 모든 일에 대해 내가 얼마나 고마워하는지 알아주면 좋겠어. 내 누이를 당신 혼자 돌보고 있고…… 그렇지만 어떻게 하면 내가 더 나은 남편이 될 수 있는지 말해줘."

"당신은 훌륭한 남편이야. 그리고 당신이 항상 행복하길 바라고 있어." 내가 말했다. "그런데 나는 바다가 그리워."

그가 얼굴에 혼란스러운 표정을 지으며 내 쪽으로 몸을 돌렸다. "나는 치맛자락에 의존해 사는 그런 남자가 되고 싶지 않아."

"당신이 그런 남자라는 말이 아니야." 나는 그가 이해할 수 있는 방식으로 설명하려고 애썼다. "당신이 나를 만져주는 것도 좋고 잠자리에서 함께하는 시간도 좋아. 그렇지만 해녀라는 것은……."

"위험하지."

나는 그의 말을 정정했다. "해녀라는 것은 내가 누구냐는 것을 의미해. 내가 필요로 하는 부분들이 있어. 나는 물도 갈망하고, 뭔가 귀한 것을 발견할 때 느끼는 그 승리감도 갈망해. 여자들과 함께 있는 것도 그리워." 한 남자의 예민한 귀에 행여 거슬리기라도 할까봐 여자들이 불턱에서 웃고 떠드는 것이 좋다는 말은 덧붙이지 않았다. "무엇보다 나는 뭔가 기여하는 것이 그리워. 지금까지 계속 일해왔는데 이제 당신이 교사가 됐다고 왜 내가 일을 그만둬야 해?"

"당신 어머니와 유리에게 일어난 일을 겪으면서 나는 당신을 안전하게 지켜주고 싶었어. 그런데 물질을 계속하는 것이 당신한테는 분명히 중요한 일인 것 같아. 이 문제에 대해서는 당신과 싸우지 않을게. 나는 어머니의 아들이야. 누이에게 사고가 난 후 어머니는 물질을 그만두지 않았고, 지금도 그만두지 않았어. 아버지가……."

준부조차도 사실이 분명한 일에 대해 — 자기 아버지가 히로시마의 부서진 폐허 속을 헤매고 다니는 배고픈 귀신이 되었다는 것을 — 말하지 못했다.

"우리에게는 이미 딸이 있어." 그가 재빨리 화제를 바꾸면서 말했다. "만약 삼승할망이 우리에게 은혜를 베풀어준다면 우리는 더 많은 자식을 낳을 거야. 아들이건 딸이건 나는 그들에게 공부를 시키고 싶어. 마찬가지로 나는 당신이 배울 기회를 가지면 좋겠어."

딸을 학교에 보낸다고? 남편의 교육열에도 불구하고 나는 그렇게 할 수 있을지 확신할 수가 없었다. 설사 여자아이가 공립학교에 입학할 수 있다 해도 거기에 학비를 쓰고 싶지는 않았다. 그리고 딸을 사립학교에 보낸다는 생각은…… 준부가 내 생각을 읽은 것 같았다.

"우리 아이들에게 무엇이 최선인지 함께 결정하자고. 당신한테는 바다가 중요하고 나한테는 교육이 중요하지만, 내가 버는 돈으로는 네댓, 혹은 예닐곱 명의 아이들을 학교에 보낼 학비를 벌 수 없을 거야. 낭신 도움이 필요할 거야."

"일곱이라고?" 나는 머릿속으로 학비를 계산하려고 애썼다. 불가능했다.

우리는 함께 웃음을 터뜨렸고, 그가 나를 끌어당겼다.

"설사 우리에게 딸이 하나뿐이더라도, 나는 그 애에게 우리 어머니가 내게 준 것과 똑같은 기회를 갖게 해주고 싶어. 그 애는 학교에 갈 것이고……."

"그렇지만 우리가 자식을 일곱 명 두면 못 가! 그 애는 나를 도와 어린 동생들을 보살펴야 할 테니까. 그리고 나중에는 남동생들이 학교에 다니도록 도와야 해."

"남동생뿐만 아니라 여동생들도." 그가 내게 일깨워줬다.

나는 그의 등을 다독였다. 너무 희망적인 생각이었지만, 남자에게서 다른 무엇을 기대할 수 있겠는가?

다음 날 아침 나는 이 집 저 집 다니며 유리와 민리를 봐줄 어린 여자아이나 할머니를 찾았다. 그러다 최근 바다 물질에서 은퇴한 나이 든 여자를 찾아냈다. 조 할머니는 집에서 해먹을 수 있도록 내가 바다에서 얻은 수확물의 5퍼센트를 받고 아이 보는 일을 해주기로 동의했다. 그날 밤 나는 짐을 뒤져서 물옷과 물안경, 테왁과 다른 수확용 도구를 찾아냈다.

다음 날 조 할머니가 일찍 집으로 왔다. 아기는 그녀에게 순순히 갔다. 유리는 집에 낯선 사람이 와 있다는 것에 대해 전혀 신경쓰지 않았다. 어머니들은 일을 하려면 자식들을 두고 나가야 한다. 마음이 아프지만 어머니들은 그렇게 한다. 작별인사를 한 다음 나는 도구를 들고 불턱으로 걸어 내려갔다.

"당신이 오기까지 얼마나 걸릴지 궁금했어요." 기원이 큰 소리로 인사를 건넸다. "여자한테는 집안일이 안 맞아요!"

어떤 마을에서는 새색시를 회원으로 받아주지 않는 경우도 있었다. 어장이 좁아서, 제대로 어장 관리를 안 하거나 욕심 때문에 물고기를 남획해서, 그 새색시가 마음에 들지 않거나 새색시 시댁에 대한 감정이 나쁘거나 원한이 있어서, 혹은 새 바닷물에 적응할 수 있을 만큼 새색시의 기술이 충분히 좋지 않아서 그럴 수 있었다. 그러나 이런 것들은 나한테는 해당되지 않았다.

"이봐요, 당신 남편이 우리 아들 선생님이에요." 한 여자가 소리쳤다. "여기로 와서 나랑 같이 앉아요!"

"나는 당신 집이랑 매우 가까운 데 살아요." 다른 여자가 소리쳤다. "내 이름은 장기영이에요. 저 애는 내 딸이고요." 여자가 동그란 원 맞은편에 있던 젊은 아가씨를 가리키자 그녀가 손을 흔들며 나더러 건너오라고 재촉했다. 기영은 그냥 웃었다. "그만해, 윤수야. 너랑 다른 사람들은 애기 해녀지만, 영숙은 하군 해녀처럼 보이니까."

"한번 보죠." 기원이 말했다. "지금은 기영과 함께 앉아요. 오늘은 그녀와 함께 잠수하도록 해요. 그녀가 당신 기술을 시험해보고, 내일 내가 어느 무리에 당신이 앉을지 알려줄게요." 내가 기영 쪽으로 향하고 있을 때, 기원이 무리에게 말했다. "자, 오늘은 어디서 물질을 할까요? 내 생각에는……."

이후 우리는 노를 저어 바다로 나갔다. 물의 저항을 받으며 길게 끌어당긴 다음 너울 위로 노를 들었다가 바닷속으로 담가서 다시 세게 끌어당기기. 지난 몇 년 동안 나는 모터를 단 배 위에서 떠돌이 노동자로 일했다. 내가 팔의 힘을 전부 잃어버린 것은 아니었지만, 내일은 분명히 팔이 쑤실 것이다. 그것은 정말로 기분 좋은 느낌이었다!

우리가 너무 멀리 나가지는 않았기 때문에 잠수하는 깊이는 10미터밖에 되지 않았다. 그러나 이렇게 비교적 얕은 물에서도 해저에는 생물이 풍부했다. 새 물에 들어가본 적이 없고, 어머니와 자매들, 사촌들과 태어난 마을의 회원 해녀들과 함께 물질해온 바다 밭만 알았던 여자에게 이런 경험은 힘들 수 있었다. 그러나 나는 동해와 황해, 동중국해에서도 물질을 해본 적이 있었다. 새 잠수 지점은 다 다르다. 바다는, 하나의 거대한 실체임에도 다양하고 복잡하다. 육지에서와 마찬가지로 바다에도 산과 골짜기, 모래와 바위가 있다. 또한 육지에서와 마찬가지로 여러 가지 형태의 동물들이 있다. 어떤 동물은 포식자고, 어떤 동물은 먹이고, 어떤 동물은 햇빛을 좋아하고, 또 어떤 동물은 어둡고 안전한 동굴이나 틈새를 선호한다. 식물들 역시 숲과 꽃들, 조류와 다른 많은 것들이 있는 육지와 바다가 서로를 비춰주는 거울 이미지라는 것을 알려준다. 이곳에 한 번도 와본 적이 없었지만, 나는 진정한 고향에 와 있었고 그것은 보란 듯이 입증됐다. 기원은 감동을 받았고, 하군 해녀들과 할머니 해녀들 사이에 있는 자리를 내게 내어줬다.

"영숙은 이제 막 결혼한 새색시임에도 불구하고 기술이 아주 뛰어납니다." 기원이 계원들에게 설명했다. "영숙, 우리는 당신의 숨비소리를 환영합니다."

2주 후에 바다로 노를 저어 나갈 때 토할 것 같은 기분이 몰려왔다. 나는 그것이 무슨 의미인지 즉시 알아차렸다. 나는 함박웃음을 지었지만 곧 노를 잡아당겨놓고 배 옆으로 몸을 구부린 채 아침에 먹은 것을 토했다. 고춧가루 때문에 아침에 내려갈 때만큼 올라올 때도 속이 매웠다. 다른 해녀들이 내게 환호를 보냈다.

"딸을 낳아요!" 기원이 소리쳤다. "언제가 그 애가 우리 해녀공동체에 들어올 수 있도록."

"아들을 낳아요!" 기영이 외쳤다. "영숙에게는 아직 아들이 필요해요."

"그저 건강하면 좋겠어." 내가 집에 도착했을 때 남편이 말했다.

"여자는 남자의 감상적인 마음을 절대 과소평가하면 안 돼요." 다음 날 기원이 단언하자 우리 모두 동의했다.

*

9월 말경 미군 장교들 무리가 아직까지 지하에 숨어서 섬에 남아 있던 일본인들의 항복을 받아내기 위해 제주에 왔다. 우리는 미국인들이 민주주의를 들여와서 공산주의를 박살낼 것이라는 말을 들었지만, 대부분의 사람들은 그 둘 사이의 차이가 무엇인지 몰랐다. 우리는 우리 스스로 살 수 있게 내버려둬지길 원했다. 우리는 육지 사람들이 간섭하는 것도 원치 않았다. 그러는 사이 미국인들은 일본군 소총과 대포를 바다에 버리고, 탱크를 폭파시키고, 비행기를 불살랐다. 꽝 소리에 노인들은 낮잠을 자다 놀라 눈을 떴다. 제주의 변덕스러운 바람을 타고 사방으로 퍼진 매운 연기에 눈이 따끔거리고, 폐가 얼얼해지고, 혀에서는 신맛이 났다.

"지금은 물질 기간이 아니니까 하루 시간을 내서 시내에 있는 당신 친구를 찾아가봐." 준부가 제안했다. "그곳 공기가 당신과 민리에게 더 나을 수도 있어."

좋은 생각이었지만 준부를 혼자 남겨두고 가고 싶지 않았다. 그러나 그가 고집했다. 며칠 동안 나는 오름 등성이에서 딴 버섯과, 유리 잔을 씻을 때 미자에게 필요하지 않을까 하여 바닷가에서 캔 쑥, 남편에게 국 끓여줄 때 맛을 더해줄 다시마 등 가져갈 선물을 긁어모았다. 나는 이 모든 것을 구덕 속에 넣어 쌌다. 준부가 미자의 주소를 마부에게 알려줬고, 나는 친구를 만나러 출발했다.

민리와 내가 제주시에 도착했을 때…… 헉! 길을 지나갈 수가 없었다. 수천 명의 일본 군인들이 — 일본인 사업가들과 상인들, 그들의 가족들 역시 — 항구로 가서 배를 타기 위해 긴 줄을 서 있었다. 반대 방향에서는 오사카와 일본의 다른 지역에서 일하다 돌아오는 수천 명의 제주 사람들이 들어오고 있었다. 일본인이 소유했던 공장과 통조림 공장들이 문을 닫았기 때문에 일자리를 잃은 남자와 여자들이 사방에서 몰려다니고 있었다. 또한 한반도가 38선으로 분단된 후 남쪽의 우리 섬으로 도망쳐 온 피난민들이 있었다. 지난 몇 주도 무서웠지만, 수많은 사람들과 혼란 때문에 나는 심하게 불안해졌다.

마부가 일본식 집 앞에 수레를 멈춰 세웠을 때 나는 여전히 걱정스러웠다. 내가 문을 두드리자 미자가 아기를 어깨에 걸쳐 안고 문에서 나를 맞았다. 아기가 나를 보기 위해 고개를 들고 목을 돌렸다. 미자는 내가 온다는 것을 모르고 있었지만, 자기 집에 내가 예기치 않게 나타난 데 대해 흥분하는 것 같지도 않았다. 나는 그녀가 놀라서 그런 것이라 생각하고 그런 반응을 무심코 넘겨버렸다. 그녀가 아무 말 없이 집 안으로 더 깊숙이 들어가자 나는 신발을 벗고 그녀를 따라갔다. 집은 내가 상상했던 것보다 훨씬 더 크고 더 고상했다. 모든 것이 깨끗하게 정돈이 잘 돼 있었고 창틀에는 화병이 놓여 있었다. 바닥은 내가 자랄 때 깔았던 낡은 판자가 아니라 반짝이는 티크였고 우리가 깔고 앉은 방석은 비단으로 만든 것이었다. 아직 4개월도 안 된 아기가 둘이나 있는데도 방 안은 무시무시하게 고요했다. 우리는 아기들을 나란히 눕혔다. 미자의 아들은 자기 주먹을 빨았고 우리 딸은 잠을 자고 있었다. 혼담을 주고받는 것은 고사하고 아기들이 함께 노는 모습을 보려면 미자와 나는 오랜 시간을 기다려야만 할 것이다. 아이들은 희망이 자 기쁨이다. 예전에 구선과 완순과 함께 있을 때도 좋긴 했지만 그들과 있을 때는 한 번도 느껴보지 못했던 편안한 기분이, 모든 것이 좋다는 느낌이 뼛속까지 스며들었다. 그러나 미자를 바라봤 을 때 내 생각은 완전히 뒤집어졌다. 그녀는 부두에서 우리가 작 별을 고했을 때처럼 창백하고 겁에 질려 있었다. 나는 마음속에 떠오른 첫 번째 질문을 했다.

"모두 어디 계셔?"

그녀의 눈썹이 이마 위에서 마치 애벌레처럼 위로 올라갔다. "너는 우리 시아버지 같은 친일협력자들이 처벌받을 것이라고 생각하겠지. 그런데 오히려 일자리를 얻으셨어." 이 대목에서 그 녀는 우리 둘 다한테 새로운 단어들 때문에 잠깐 말을 더듬었다. "미군의 병참업무를 돕도록 미국 임시정부에 취직하셨어."

그 말과 개념이 내게는 낯설었지만, 나를 불안하게 만들었던 것 은 그 말을 하는 그녀의 방식이었다. 우리밖에 없는데도 불구하고 미자는 속삭였다.

"미국인들은 섬이 최대한 원만하게 계속 유지되기를 원해." 꼭 해야만 한다고 느낀 말을 외우기라도 한 것처럼 그녀가 말을 계 속했다. "그들은 일본인들이 떠났을 때 문을 닫은 사업체와 기업 들을 복원시킬 계획이래. 그리고 일본인들은 지금도 떠나고 있어. 우리 시아버지가 그러는데 우리 시민들 중에서 일자리를 잃은 사 람들이 너무 많으면 폭동이 일어날 수도 있대. 시아버지 말씀이 10만 명의 이주민들이 일본에서 고향으로 돌아왔대." 내가 이곳 으로 올 때 길에서 배회하고 있던 사람들도 그중 일부였을 것이다. "남자들과 여자들이 배가 고프면 극단적인 행동을 할 거래."

"제주에서는 우리도 항상 배가 고팠잖아." 내가 말했다.

"이건 달라. 사람은 너무 많은데 먹을 것은 충분하지 않은 거지." 그녀가 한숨을 쉬었다. "우리 시아버지는 일본 사람들을 위한 협력자였는데 지금은 미국인들을 위한 협력자가 됐어. 나는 항상 그 딱지를 달고 살아야 할 거야."

그것이 사실일까? 그녀는 자기 운명을 바꿀 수 없을까? 우리가 여신들에게 아무리 많은 제물을 바쳐도 우리의 운명을 바꾸기란 불가능한가? 나는 대화를 새로운 방향으로 끌고 가려고 애썼다.

"우리 시어머니는 나쁜 사람은 아니야." 내가 말했다. "나는 그분의 물질 기술에 대해서는 많이 존경해. 다만 시어머니 집에서 사는 것은 안 좋아. 그런데 너희 시어머니는 어떠셔?"

모든 새댁들은 이런 문제에 대해 이야기하고, 나는 미자가 예전처럼 내게 마음을 털어놓을 것이라고 기대했다.

"시어머니는 오일장에 가셨어." 미자가 대답했다. 그리고 그뿐이었다. 그녀가 창문 쪽으로 시선을 돌렸다. 나는 그녀가 바다를 그리워하고 있다는 것을 감지했다. 그러나 그녀가 나나 내 남편, 혹은 지인들의 안부를 묻지 않다니 너무 이상했다. 하도에 대해 단 한 가지 질문도 하지 않았다.

나는 다르게 접근을 시도했다. "남편은 잘 있어?"

그녀의 몸은 너무 가벼웠다. 곧바로 바닥에서 날아 창문 밖으로 나갈 것 같았다. "상문이 부모님께 마지막으로 편지를 쓴 게 다섯 달 전이야." 그녀가 대답했다. "그는 38선 위쪽에 있는 평양에서 보급 창고를 다니면서 선적과 보관을 더 잘 관리하는 법을 배우고 있었어. 그에게서 다시 연락을 못 받았어."

어쩌면 이것이 최악의 소식이 아닐 수 있었다. 그러나 나는 대답하기 전에 잠시 주춤했다. 나는 그녀의 무릎 위에 한 손을 얹고 긍정적인 목소리를 내려고 애썼다. "걱정하지 마. 한국 사람이 같은 한국 사람은 절대 해치지 않을 거야."

그러나 오후가 지나면서 나는 친구를 위로하는 것이 불가능하다는 것을 깨달았다. 그녀는 꼼짝할 수 없을 정도로 불행했다. 그녀는 이곳을 떠날 필요가 있었다.

"하도로 돌아가면 돼." 내가 제안했다.

"그래서 이옥 숙모랑 힘찬 삼촌이랑 살라고? 절대 안 해."

"북촌으로 와서 우리 집 근처에 방을 얻으면 되잖아."

"과부인 것처럼 마을에서 살 수는 없어. 나는 정말 하찮은 사람이 될 거야."

"과부로서 말고." 내가 마음이 아파서 대답했다. "내 친구로서 말이야."

전적으로 낙심천만인 방문이었다.

내가 떠나기 전에 미자는 돈을 주면서 다음에 하도에 가게 되면 심방 김씨를 시켜서 죽어 떠돌고 있는 상문의 혼을 찾아올 수 있도록 굿을 올려달라고 부탁했다. 나는 북촌으로 돌아오면서 남편과 우리 집에 대해, 그리고 내가 이전에 알았던 것과는 완전히 다르지만 안전하고 평화롭고 행복하고 안정된 내 생활에 감사함을 느꼈다. 나는 해녀로 일했고, 준부는 일본 점령군에 구속받지 않고 수업을 해나갔다. 그는 전적으로 우리 모국어로 학생들을 가르쳤고, 학생들은 처벌의 두려움 없이 한국 이름을 쓰고 제주 방언을 사용했다. 마침내 군국주의자들로부터 해방되었기 때문에, 우리는 이 모든 것들을 할 수 있었다. 그러나 미국 점령군하에서는 우리의 삶이 어떨지 여전히 알 수 없었다.

준부와 내가 가족들을 데리고 하도를 방문했을 때 나는 심방 김씨를 찾아갔다. 그녀는 상문을 위한 굿을 올렸다. "미자의 남편은 어디 있습니까?" 그녀가 신들에게 물었다. "집에 있는 아내에게 그를 데려다주시길 비나이다. 그를 집으로 데려와서 부모에게 경의를 표할 수 있게 해주시길 비나이다. 그가 집으로 돌아와 아들을 만날 수 있게 해주시길 비나이다."

*

6월에 나는 아들을 순산했다. 우리는 그의 이름을 성수라고 지었다. '수'는 준부와 나 사이에서 태어난 아들들이 공통적으로 갖게 될 돌림자였다. 나는 성수에게 기원이 준, 복을 가져다줄 재료를 이용해서 만든 특별한 옷을 생후 사흘 동안 입혔다. 북촌의 심방이 그를 축복했고 그녀의 힘센 영혼이 그의 영혼에 스며들었다. 성수는 생후 사흘을 살아남았을 뿐만 아니라, 폐활량도 크고 젖을 먹으려는 식욕도 왕성한 튼튼한 아기였다.

아기가 생후 4개월이 되고 설문대 할망의 산등성이에 가을 색깔이 불타오르고 있을 때, 준부와 유리, 민리와 나는 어머니와 여동생, 넷째 남동생, 그리고 전쟁이 끝난 후에도 돌아오지 않은 두 남동생을 위해 제사를 지내는 아버지를 돕기 위해 배를 타고 하도로 갔다. 우리가 도착해서 친정에 자리를 잡자마자 준부가 자기 어머니를 모셔왔다. 도생이 우리 친정으로 들어올 때, 그녀의 얼굴은 기쁨으로 환하게 빛나고 있었다. "내 손자!" 그녀가 소리쳤다. 자신의 제사를 지내줄 후손이 생겼다는 것 외에도 그녀는 딸을 보게 된 것에 기뻐했다. 그러나 유리는 도생이 누구인지 기억하지 못하는 것 같았다. 도생과 나는 함께 제사 음식을 준비했다. 올해는 재료가 최소한이었지만, 옥돔과 무, 미역국, 고사리나물 한 사발, 순무와 파를 넣은 메밀 빙떡을 만들 수 있었다. 조상들이 이런 음식들을 좋아한다고 알려져 있었기 때문이다.

아버지가 이제 15개월이 되어서 잘 걷게 된 민리 뒤를 쫓아다니고 있을 때, 자동차의 경적소리가 들렸다. 내가 아는 사람들 중에서 자동차를 가지고 있는 집은 딱 하나뿐이었다. 나는 손을 닦고 올레를 지나 큰길로 뛰어갔다. 정말로 그곳에 상문 집의 차가 있었다. 미자는 열린 뒷문 옆에 서서 차 안으로 몸을 기울이고 있었다. 그녀가 몸을 똑바로 펴고 요찬을 끌어내서는 아이를 땅 위에 내려놓았다. 미자는 서양식 옷을 입고 긴 꿩 털 장식이 달린 모자를 쓰고 있었다. 통통한 뺨 때문에 자기 아버지를 축소해놓은 것 같은 요찬은 그동안 많이 자라 있었다.

"내가 너와 함께 있을 때 이날을 표시해두는 걸 잊은 적이 있었니?" 내 친구가 물었다. "네 어머니는 나한테 어머니와 다름없었어."

바로 그때 자동차의 다른 문이 천천히 활짝 열리고 상문이 나왔다. 나는 2년 동안 그를 만나지 못했다. 만약 그가 미자와 아들과 함께 있지 않았다면, 나는 그를 알아보지 못했을지 모른다. 그는 완전히 피골이 상접해 있었다. 눈과 뺨이 푹 꺼져 있었다. 그역시 서양식 옷을 입고 있었지만, 신발은 미자가 전통적인 결혼선물로 만든 짚신을 신고 있나. 발이 상처투성이였다.

"남편이 북에서 탈출했어." 미자가 자기 옆에 서 있는 망가진 남자를 대신해서 설명했다. "이 사람이 처음 집에 왔을 때 우리는 그가 살지 못할 것이라 생각했어. 지금 우리가 여기 온 건 심방 김 씨한테 그를 대신해 애써준 신들과 혼들에게 감사를 드려달라고 부탁하기 위해서야. 내 생각에는 이 사람이 여기서 나을 수 있을 것 같아서."

우리는 함께 하도에서 일주일을 지내기로 결정했다. 준부는 노인들과 아픈 아기들에게 좋다고 알려진 성게 죽을 끓였고, 상문은 그것을 소리 내며 먹었다. 매일 아침 남편은 상문을 도와 바닷가로 가 그곳에서 상문의 발을 소금물에 담그게 했다. 두 남자가 아이들을 돌보는 동안 미자와 나는 도생의 해녀공동체 해녀들과 함께 물질을 갔다. 이른 저녁 우리 넷은 바위 위에 앉아서 해가 지는 것을 바라보고, 막걸리를 마시고, 귀여운 아이들의 모습을 바라보며 시간을 보냈다. 아이들은 일어났다 넘어지고, 바위를 붙잡고 다시 몸을 일으켜서 울퉁불퉁한 표면 위를 뒤뚱거리며 걷다가 다시 넘어졌다.

어느 날 상문은 결혼선물로 받은 카메라로 미자와 내가 잠수복을 입고 바다에서 걸어 나오는 모습을 찍었다. 나는 그것을 그의 기분이 좋아지고 있다는 표시로 받아들였다. 그러나 그의 마음은 여전히 공포에 질리고 참혹한 상태였다. 북에서 탈출한 다른 많은 사람들처럼 그는 공산주의를 증오했고, 제주와 다른 나머지 지역이 취할지도 모르는 노선에 대해 불신하고 있었다. 반면 남편은 우리의 새로운 나라에 대해, 우리나라가 어떤 나라가 될 수 있는지에 대해 이상주의적인 생각을 품고 있었다. 우리 모두 각자의 집으로 돌아가야 할 무렵이 됐을 때, 두 남편은 거의 말을 나누지 않는 사이가 됐다.

세 번째 날

2008년

영숙은 또다시 불안한 밤을 보냈다. 그녀는 요 위에 누워서 천장을 바라보며 바위에 부딪히는 파도 소리를 들었다. 그리고 어제 잠수하는 동안 자신이 보인 판단 착오에 대해 자책하면서, 그것이 더 안 좋은 일이 일어날 수 있음을 알려주는 암시는 아닌지 따져 봤다. 그녀는 자식들과 손자들, 증손자들에 대해 안달하며 걱정했다. "세계무대"에 대해 계속 들어오고 있기는 하지만 만약에······ 85년의 세월이 그녀에게 뭔가를 알려준 게 있다면 그것은 정부가 새로 들어섰다 사라지고, 다음에 누가 주도권을 쥐고 또 어떤 정부가 들어서건 결국에는 부패하게 된다는 사실이었다.

이런 것들이 마음 한구석을 어지럽혔지만 영숙은 오히려 이에 대해 고마워했다. 비명을 지르고 간청했던 것에 대한 더 깊고, 지속적인 기억이 계속 눈앞에 떠올랐기 때문이다. 그녀는 숫자를 앞으로 셌다 거꾸로 셌다. 그러고는 두개골 속을 상상의 지우개로 문질렀다. 빌가락 하나하나를 풀고 다음에는 발바닥을, 그다음에는 발목을, 이어서 종아리를 풀며 천천히 이마까지 올라왔다가 다시 내려갔다. 그녀는 머리에서 나쁜 그림을 몰아내기 위해 할 수 있는 모든 일을 했다. 그러나 그중 아무것도 효과가 없었다. 전혀 없었다.

마침내 동이 텄을 때 영숙은 옷을 입고 아침을 먹은 다음 무슨 일이 일어날지 생각해봤다. 그녀의 친구들 중 몇 사람은 텔레비전 연속극을 친구 삼아 지내지만 그녀에게는 등장인물들의 고민이 전혀 흥미롭지 않았다. 아니었다. 그녀는 집안에 앉아서 텔레비전이나 보는 그런 노인이 아니었다. 그러나 오늘은 ― 인정하기 싫었지만 ― 피곤하다고 느껴졌다. 바닷가로 내려가 정자에서 쉬면 얼마나 기분이 좋을까. 그곳에서 그녀는 바다를 내다보며 해변으로부터 멀지 않은 곳에서 해녀들이 위아래로 확확 움직이는 모습을 바라보고, 경쾌하면서도 잊히지 않는 숨비소리를 들을 수 있었다. 아니면 잠깐 졸 수도 있었다. 어느 누구도 그녀를 성가시게 하지 않을 것이다. 그녀는 하도에서 모든 사람의 존경을 받는 노인이었기 때문이다.

대신 습관적으로 그녀는 하도의 불턱인, 양철지붕을 댄 시멘트 건물로 갔다. 여자들이 밖에 웅크리고 앉아 있었다. 그들은 꽃무늬나 체크무늬 긴팔 셔츠를 입고 커다란 밀짚모자나 챙 넓은 보닛으로 얼굴을 햇빛으로부터 가리고 있었다. 그들은 늘어진 흰색 양말을 신고 플라스틱 슬리퍼나 앞이 막힌 샌들을 신고 있었다. 공동체를 책임지고 있는 남자가 그들에게 휴대용 확성기를 통해 이야기하고 있었다. 해녀들이 남자에게 명령을 받고 있는 모습, 아니면 확성기의 날카로운 소리, 둘 중 어느 것이 더 마음에 안 드는지 그녀는 선택할 수가 없었다. "오늘 여러분은 해녀 전통만큼 오래된 일을 할 겁니다. 그러나 새로운 호칭으로요. 바다의 수호자로 일하게 될 것입니다." 예전에는 바다의 선물이 끝없는 어머니의 사랑 같다고들 했는데 지금은 산호와 조류, 해초와 바다 생물 등이 죽어 바다의 여러 곳이 하얗게 변해가고 있었다. 이 가운데 일부는 기후변화와 남획, 인간의 등한시에 의해 야기됐다. 그래서 해녀들은 스티로폼과 담배 필터, 사탕 껍질, 플라스틱 조각들을 건져내기 위해 잠수할 예정이었다. 공동체에서 나온 남자는 "영숙님과 강씨 자매님은 오늘 바닷가에서 쓰레기를 주워주세요"라는 말로 명령을 끝마쳤다. 그는 어제 거의 죽을 뻔했던 실수에 대해 그녀의 체면을 살려주려고 애쓰고 있었지만, 얕은 물에서조차 다시 잠수를 허락받으려면 얼마나 오래 기다려야 할지 궁금했다.

십 년 전보다 눈에 띄게 줄어든 젊은 여자들은 장비를 집어 들고 배까지 태워다줄 트럭 뒤에 올라탔다. 강씨 자매와 영숙은 망사리와 방석을 집어 들고 비틀거리며 바닷가로 내려갔다. 강씨 자매는 즉시 일을 시작했다.

"이봐, 할머니. 이런 특별 대접을 받게 해줘서 고마워!" 강구자가 투덜댔다.

"우리는 뜨거운 햇볕 속에 앉아 있는 게 좋아." 강구선이 맞장구를 쳤다.

영숙은 그들의 놀림에 발끈해야 마땅했지만, 혼혈인 클라라가 바위 위에 앉아 있는 모습이 보였다. 그녀는 탱크탑에 허벅지를 겨우 가릴 만큼 짧은 바지를 입고 있었다. 그녀의 브라 끈이 보였다. 그리고 여선히 이어폰을 끼고 있었다. 영숙의 증손자들은 음악을 들을 때면 머리를 까딱댔다. 이 여자아이는 아니었다. 그녀는 얼굴에 진지한 표정을 짓고 있었다.

영숙은 방향을 바꿔서 곧장 소녀에게로 걸어갔다. 그러고는 간단한 제주 말을 사용해 물었다. "여길 또 왔니?"

"할머니한테도 똑같은 말을 할 수 있을 것 같은데요." 클라라가 이어폰을 빼고 미소를 지으며 말했다. 이어폰 줄이 그녀의 가슴으로 흘러내렸다.

"나는 여기 살아!"

"저는 방문 중이에요. 요전 날 구경을 못 했어요. 그냥 그럴 수가 없었죠. 엄마 아빠가 여기로 오는 버스를 타라고 했어요."

"너 혼자?" 영숙이 물었지만 마음속으로는 가족 모두가 오지 않은 것에 안도했다.

"저는 열다섯 살이에요. 할머니는 열다섯 살 때 뭐 하셨어요?"

노인은 턱을 치켜세웠다. 그녀는 그 말에 대답하지 않을 작정이었다.

옷을 제외하고, 클라라는 미자의 눈과 다리와 태도를 지니고 있었다. 영숙은 고개를 돌리거나 자리를 뜨거나 해야 했다. 그러나 대신 그녀는 처음 그 소녀를 봤을 때 들었던 생각을 말했다. "그러니까 네가 미자의 증손녀구나."

"증손녀요. 맞아요." 클라라가 대답했다. "우리는 같은 방을 썼어요. 할머니는 저한테 제주 방언만 쓰셨어요. 영어도 할 수 있었고요. 제 말은 할머니가 가게를 가지고 있었으니까 그래야만 했단 뜻이에요. 그렇지만 할머니의 영어는 지독히 형편없었어요. 그리고 할머니들이 어떤지 아시잖아요. 잔소리, 잔소리, 잔소리. 할머니 말을 알아들으려면 그걸 배워야만 했어요."

소녀는 과거 시제로 이야기를 했다. 그렇다면 미자가 세상을 떠난 것이 분명했다. 영숙은 시선을 죽은 모래 게의 껍질에 고정시켰다. 그러나 클라라는 그녀가 무슨 말인가를 하길 기다리면서 영숙을 뚫어지게 바라봤다. 영숙이 물었다 "어딜 다녀왔니? 이곳 명승지들은……".

클라라가 머리카락 몇 가닥을 어깨 너머로 넘겼다. "한라산 공원 주변을 등반하고 일출을 보러 성산 일출봉 오름에도 올랐어요. '세계에서 제일 긴 용암 동굴 규모'라는 마장굴도 구경하고요." 소녀가 한숨을 쉬었다.

"자연이 아름다운 곳이 많지." 영숙이 말했다. 그러나 그녀는 사람들이 한라산을 오르지 못하게 막았던 때를 기억했다. 오름이 친구와 이야기를 나누며 앉아 있던 곳이었을 때, 그리고 동굴이 은신과 죽음의 장소였던 때를 기억했다. "한라산. 우리는 그것을 설문대 할망이라 부른단다."

"근데 그게 전부는 아니에요." 클라라가 재빨리 말을 이어나갔다. "박물관 같은 데도 여러 군데 갔어요. 사당인가 뭔가라고 불리는 곳에도 가고요. 제주의 시조 삼형제가 땅속 구멍에서 기어 나왔다는 곳도 갔고요. 근데요, 그냥 땅속에 난 구멍일 뿐이더라고요! 돌 공원에도 갔어요. 돌들이 엄청 많았어요. 돌들이요! 그다음에는 기근이 들었을 때 제주 사람들을 구해준 김 뭐라는 어떤 여자의 삶을 기리기 위한 곳에 갔어요."

"김만덕."

"바로 그 사람이에요. 사람들이 그분을 마치 신처럼 대하던데요."

"여신이야."

"그런데 스위스와는 무슨 상관이 있는 거죠? 그러니까 스위스 마을이랑 온갖 스위스 식당들과 스위스 집들이랑……."

"미국 여자아이들은 모두 불만이 많니?" 영숙이 물었다.

클라라가 어깨를 으쓱하더니 잠깐 동안 아무 말도 하지 않았다. 그런 다음 그녀는 버스 옆과 광고판에 영어와 한국어로 붙어 있는 새 홍보 문구를 읊조렸다. "*세계가 찾는 제주, 세계로 가는 제주!* 저게 전부 무슨 말이에요?"

"관광? 미래?"

"근데 그건 말이 좀 안 되는 거 같아요. 세계가 여기로 올 것 같진 않으니까요. 제주가 저의 위시리스트 꼭대기에 있진 않아요." 클라라가 콧등에 주름을 잡았다. "만약 저게 미래에 관한 것이라면, 그건 훨씬 더 바보 같은 소리예요. 제 말은 그러니까 제주 사람들은 과거에 사는 것 같지, 현재에 사는 것 같진 않다는 얘기죠. 그리고 분명히 미래에 살지도 않죠."

그 모든 것에 대해 자신이 느끼는 바를 영숙은 어떻게 열다섯 살짜리에게 설명할 수 있을까? 과거가 바로 현재다. 현재가 바로 미래다.

소녀가 씩 웃음을 지었다. "제 말을 오해하진 마세요. 저는 여행하는 거 좋아해요."

"나도 그렇다." 영숙이 더 안전한 주제로 옮겨온 것에 기뻐하며 시인했다.

마치 이런 가능성에 대해서는 생각해보지 못했다는 듯 클라라의 눈이 커졌다. "어딜 갔다 오셨는데요?"

이것은 호기심인가? 아니면 되바라진 것인가?

"스무 살 무렵에는 세 나라를 다녀왔다. 일본과 중국과 러시아를 다녀왔지. 작년엔 중국에 갔다 왔다. 유럽에도 다녀왔어. 미국도. 그랜드 캐니언과 라스베이거스가 좋더라. 너는 어떠니?"

"그냥 일반적인 곳들요. 저희는 LA에 살아요. 그래서 방학 때

멕시코나 하와이에 가기가 쉬워요. 그렇지만 프랑스, 이탈리아, 스위스에도 다녀왔어요."

"스위스? 나도 거기 갔는데!"

"에이, 거짓말. 스위스랑 모든……."

"『하이디』를 읽어봤니?" 영숙이 물었다.

소녀가 새처럼 고개를 갸우뚱하더니 영숙을 야릇하게 바라봤다. "제 이름을 그 책에서 따온 건데요."

"클라라, 맞아."

"그렇지만 저는 휠체어를 타고 있진 않아요. 근데 말이에요, 그게……" 그녀가 적당한 제주 단어를 찾으려고 애쓰면서 잠깐 말을 멈췄다. 마침내 소녀가 영어로 물었다. "이상하다고요." 영숙은 증손자가 이 단어를 쓰는 걸 들은 적이 있어서 무슨 말인지 알아들었다. "이상하다고요." 클라라가 제주 방언으로 돌아오기 전에 이 말을 한 번 더 반복했다. "장애를 가진 등장인물의 이름을 따온 것이요."

갑자기 그 이야기를 큰 소리로 낭독하는 소리를 들었을 때의 기억이 영숙의 뇌리에 파고들었다. 영숙은 집으로 가서 하얀 잠수 가루약을 삼킨 다음 드러누워 눈을 감고 싶었다. "그렇지만 클라라가 회복할 수 있도록 하이디가 돕잖아." 그녀가 마침내 간신히 말했다. "알프스. 산양젖. 할아버지."

"그 이야기에 대해 많이 아시는 것 같아요." 클라라가 말했다.

영숙이 주제를 바꿨다. "나는 일해야 한다."

"도와드려요?"

영숙은 자신도 놀랍게 고개를 끄덕였다.

그들은 바위 위로 조심스럽게 걸어나가다 다다른 모래밭에 자리를 잡았다. 영숙은 엉덩이에 방석을 대고 몸을 낮춰서 무릎이 어깨에 닿을 정도로 쪼그리고 앉았다. 소녀도 쪼그려 앉았다. 그런데 그 숏팬츠가…… 영숙은 시선을 돌렸다.

"할머니이신데도 일을 상당히 많이 하시네요." 클라라가 말했다.

이제는 영숙이 어깨를 으쓱했다.

더 이상의 반응을 얻어낼 수 없을 것 같다고 생각한 클라라가 슬쩍 떠봤다. "그러니까 여행을……."

"내 나이 또래의 많은 해녀들이 같이 여행을 다닌다. 저 두 여자 보이지? 둘이 자매야. 우리는 많은 곳을 다녔다."

"그렇지만 할머니는 아직도 일하고 계시잖아요. 할머니 자신에게 보상해주고 싶지 않으세요? 그러니까 여행 말고 다른 것으로요."

"내가 나 자신에게 보상하지 않는다는 걸 네가 어떻게 아는데?" 그러나 사실 그런 생각 자체가 영숙에게는 낯설게 느껴졌다. 그녀는 남동생들과 여동생을 도와주고, 아버지가 세상을 떠날 때까지 그를 부양하고, 채소를 기르고, 자식들과 손자와 증손자들이 먹을 수 있도록 집에 해초와 바다방석고둥을 가져오기 위해 열심히 일했다. 영숙이 길어지고 있는 침묵을 깼다. "*베틀에서 베 짜는 일을 하는 할머니는 노년에 다섯 두루마리의 천이 남지만 평생 물질을 한 할머니는 속옷 하나도 제대로 가진 게 없다는 속담*이 있다. 나는 빈손으로 시작했다. 배고팠던 기억은 절대 잊지 못하겠지만 그 속담은 틀렸어. 나는 자식들을 학교에 보냈고 자식들에게 집과 밭을 사줄 수 있었다." 그녀가 소녀를 힐끗 바라보자 소녀 역시 그녀를 쳐다보며 여전히 더 많은 말을 바라고 있었다. "나는 속옷도 많아!" 이 말에 클라라의 얼굴에 미소가 번졌고, 영숙은 말을 계속했다. "나는 지금보다 더 바랄 것 없이 만족해."

"할머니가 원했던 게 틀림없이 있을 거예요."

영숙은 대답을 찾으려고 애썼다. "공부를 할 수 있었으면 좋았을 텐데. 내가 공부를 더 많이 했더라면 자식들을 더 많이 도와줄수 있었을 테니까." 그녀는 소녀가 이 대답을 어떻게 받아들이는지 보려고 클라라 쪽을 힐끗 살펴봤다. 그러나 소녀는 고개를 숙이고 플라스틱 조각들이 점점이 흩어져 있는 해초 사이를 찾아보고 있었다. 몸놀림이 빠르고 효율적이었다. 더 이상의 후속 질문이 나오지 않자 영숙은 클라라가 물어줬으면 했던 질문에 대해스스로 답을 했다. "그래서 어쩌면 나는 내가 인정하는 것보다 더많은 일을 했어. 내 자식들과 손자들이 많은 것을 이뤘으니까. 아들은 서울에서 컴퓨터 사업을 하고 있고. LA에서 셰프로 일하는손자가 있어. 한 손녀는 메이크업 아티스트야."

이 말에 킥킥거리는 웃음소리가 점점 더 크게 터져 나왔다.

"그게 그렇게 웃기니?" 영숙이 물었다.

클라라가 비밀을 털어놓듯이 몸을 앞으로 기울였다. "누군가할머니 눈썹과 입술에 문신을 해줬잖아요."

그 말에 뜨끔했다. 영숙과 같은 나이 또래의 해녀들이 모두 그렇게 했기 때문이다. 그녀의 증손자는 그것을 유행이라고 불렀다. 그녀의 염색 파마머리가 유행인 것과 똑같았다.

"흥." 영숙이 화를 냈다. "늙은 여자도 예뻐 보이고 싶어 해."

혼혈 소녀가 킥킥댔다. 노인은 그녀가 무슨 생각을 하고 있는지알고 있었다. 이상해!

영숙의 인내심이 사라졌다. "그런데 너는 왜 여기 온 거니?"

"여기요?"

영숙이 명확하게 설명해줬다. "내 바닷가에 말이다."

"엄마가 절 보냈어요. 할머니가 그걸 아셔야 해요."

"네 엄마를 도와줄 수 없어."

"도울 수 없는 거예요? 안 돕는 거예요?"

"안 돕는 거야."

"저도 엄마한테 그렇게 말했어요."

"그렇다면 너는 왜 여기 온 거야?"

그것은 간단한 질문이었지만, 소녀는 다른 방향으로 갔다. "다른 곳에 사는 할머니 자식들이랑 그들의 가족은 자주 만나시나요?"

"내가 미국에도 다녀왔다고 이미 말했잖니. 우리 손자가 2년에 한 번씩 가게……."

"LA로요……."

"그래, LA로. 육지에 살고 있는 가족을 만나러 육지에도 간다. 그리고 매해 봄마다 가족 전체가 여기로 온다. 손자들과 증손자들 한 명, 한 명을 바다에 소개하는 것이 내 특권이었다."

"얼마나 깊이 내려갈 수 있어요?"

"지금? 아니면 내가 최고의 해녀였던 옛날에?"

"지금요."

영숙이 양팔을 활짝 폈다. "이것의 열다섯 배."

"저를 물속에 데려가주실래요? 저 수영 잘해요. 그 말씀 안 드렸죠? 저 학교에서 수영부예요."

3부

두려움

1947년 – 1949년

악몽의 그림자

전쟁 직후 우리는 독립에 대한 큰 희망을 가지고 있었다. 그러나 한국에서는 일본 군국주의자들이 미군 정부를 통해 미국 점령자들로 대체됐을 뿐이었다. 매일 아침저녁으로 준부는 트랜지스터라디오를 틀었다. 미국인들이 영어로 말하면 다른 사람들이 그들을 위해 통역해주는 소리가 들려왔다. 그들은 오래전 일본인들이 그랬듯 그들과 똑같은 결론을 내린 것 같았다. 즉, 제주는 매우 전략적인 위치에 있었다. 섬은 이제 소련으로 가는 미국인의 발판이 됐다. 그래서 일본군 연대 대신 미국의 747야전 포병대와 51야전 포병대, 26사단의 20연대, 59군정 중대가 제주에 왔다. 정부 조직의 사령관인 서먼 A. 스타우트 소령은 제주 군정장관 스타우트가 됐다. 그는 한국인 장관으로 임명된 박경훈과 함께 제주를 통치했다. 두 사람 모두 선출된 것이 아니었기 때문에, 인민위원회(1945년 해방 직후 전국적으로 조직된 민간자치기구)는 이에 반대했지만 그들에게는 변화를 일으킬 만한 힘이 없었다. 스타우트 군정장관은 수많은 연설을 했지만 라디오는 존스 대위, 패트리지 대위, 마틴 대위, 무슨 무슨 대위와도 인터뷰를 했다. 어느 날 스타우트 소령이 선포했다. "평화롭고 효율적인 이전을 위해서 우리는 예전 행정부의 관리들에게 원래 일자리로 복귀할 것을 요청하고 있습니다. 우리는 또한 예전의 경찰관들도 모두 우리와 함께 일할 것을 환영합니다."

"그렇지만 그 사람들 모두가 예전의 친일협력자들이야!" 준부가 씨근거렸다. 준부 혼자만 분개한 것은 아니었다. 대부분의 사람들은 이런 조치를 미국인들이 우익을 편들고 있고, 섬 — 과 작은 마을 — 의 행정이 인민위원회에서 경찰과 경비대로 옮겨갈 것이라는 의미로 받아들였다. 미국인들은 자신들이 무엇을 물려받았는지 이해하지 못하는 것 같았다.

그러나 분노는 위험할 수 있고 의도치 않은 결과를 낳는다. 스타우트 군정장관과 인민위원회의 관계는 계속 나빠졌다. 동시에 경비대 제9연대에서 근무할 신병을 모집하는 포스터가 모든 마을에 배포됐다. 준부가 그중 하나를 내게 읽어줬다. "경비대는 우익 단체도, 좌익단체도 아닙니다. 그것은 동료를 사랑하고 조국을 위해 기꺼이 목숨을 바치고자 하는 젊은이들을 위한 애국적인 군사 기관입니다. 우리는 특정 국가의 사냥개가 아닙니다. 우리는 특정 정당의 꼭두각시가 아닙니다. 우리는 그저 국가의 보루로서 한국의 독립을 추구하고 사랑하는 조국을 수호하려고 애씁니다." 그러나 경비대의 행동이 더 분명한 메시지를 전했다. 대체로 제국주의 일본군에서 근무했던 경력이 있는 사람들을 부대원으로 둔 경비대 부대들이 모슬포의 옛 일본군 해군 항공대 기지에 있던 병영으로 옮겨가 섬 전체에서 비행을 저질렀다.

그 모든 과정에서 사람들은 다른 편이 무슨 말을 하는지 이해하려고 안간힘을 썼다. 그래서 미군 정부는 영어 학원을 열었다. 일본군에게 징집됐거나, 친일협력자로 일했거나, 해외에서 공부한 남자들은 등록을 종용받았고 준부와 상문도 그렇게 했다. 자신의 결정을 내게 설명하면서 준부는 "그냥 앉아서 아무것도 안 하면 어떻게 상황을 변화시킬 수 있겠어?"라고 말했다. 나는 남편을 매우 똑똑한 사람으로 생각했지만 그는 이 새로운 언어를 배우는데 그리 탁월하지는 않았다. 매일 밤 그는 영어와 씨름했다. 주고받으며 부르는 해녀 노래처럼 문장을 서로 큰 소리로 주거니 받거니 암송하면서 아이들과 내가 그보다 기본적인 문장들을 더 빠르게, 더 잘 배웠다. 헬로우…… 헬로우!…… 왓 이즈 유어 네임? 마이 네임 이즈…… 두 유 해브…… 예스, 아이 해브…… 웨어 이즈…… 턴 라이트 엣…….

내가 별로 존경하지 않았던 상문은 굉장히 빠르게 영어를 습득했다. 미국인들은 그를 고용해서 그에게 지난날 일본인들을 위해 했던 일과 거의 같은 일을 시켰다. 그는 그들의 공급 물품을 관리하고 그것들이 항구나 비행장에서 적당한 기지나 보급 창고로 배달됐는지 확인하는 일을 했다. 미군은 그에게 함덕에 있는 보급 기지 안에 살 집을 마련해줬다. 그곳은 북촌에서 3킬로밖에 떨어지지 않은 곳에 있었다. 그는 수없이 출장을 가서 한 번에 며칠씩 머물다 오는 경우가 많았다. 아마도 이런 이유 때문에 미자가 다시 임신을 하지 못하는 것일 수 있었다. 그러나 나는 다시 또 한차례 입덧을 치르고 있었다. 민리가 이제 막 두 살이 됐고 성수가 겨우 9개월이 된 상태에서 내 배 안에 이미 셋째아이가 들어섰다는 사실을 아무도 믿을 수 없었을 것이다. 당연히 나와 함께 물질하던 해녀들은 나를 놀렸지만 나는 뿌듯함을 느꼈다. 그러나 나는 미자와 내가 해외 출가물질을 갔을 때처럼 다시 함께 임신할 수 있기를 바랐다. 그때 나는 그녀와 매우 가깝다고 느꼈고, 민리와 요찬도 그 결과 항상 서로 가까울 것이라고 확신했다.

상문이 오래 출장을 가 있는 동안 미자가 아들과 함께 올레를 따라 북촌으로 걸어왔고, 나는 우리가 어린 소녀였을 때 하도에서 그랬던 것처럼 중간에서 만날 수 있도록 불턱에서 집으로 가는 도중에 함덕 쪽으로 방향을 틀었다.

"오늘은 성게로 가득 찬 망사리 두 개를 가져왔어." 내가 그렇게 말하기도 했다.

그러면 그녀는 "나는 김치를 담궜어"라고 대답하기도 했다. 아니면 빨래를 했거나 옷감 염색을 했거나 곡식을 빻았다고 답하기도 했다.

모퉁이를 돌다 보면 때때로 그녀가 돌담 위에 양팔을 올리고 바다를 바라보는 모습이 보이기도 했다.

"물질이 하고 싶니?" 내가 물었다.

"바다는 영원히 내 집이 될 거야." 미자는 항상 이렇게 대답했다.

한번은 그녀의 손목 위에 멍이 든 것이 보였다. 남자는 결혼했다고 해서 변하지 않는 법이다. 상문이 의심스러웠지만 그에 대해 직접적으로 묻는 것은 조심스러웠다. 어느 날 나는 용기를 내서 좀 더 막연하게 질문을 했다. "행복하니?"

"너와 나는 마침내 남편과 살고 있어." 그녀가 대답했다. "남편에 대해 결혼 후 처음 몇 주 동안에는 몰랐던 것들을 이제는 알게 됐어. 상문은 때로 심하게 코를 골아. 순무를 너무 많이 먹으면 방귀도 꾸고. 때로 그가 집에 오면 술을 마셨는지 알 수 있어. 우리 막걸리가 아니라 미국인들과 마신 술은 냄새를 견딜 수가 없어."

이것은 내 질문에 대한 대답이 아니었다. 미자는 그것을 알고 있었고, 나도 알고 있었다.

"이제 집에 가야겠어." 그녀가 이렇게 말하고는 아들을 불렀다. 나는 그들이 보이지 않을 때까지 올레를 걸어 올라가는 그들을 지켜봤다.

*

해녀로서, 아내로서, 어머니로서 나는 물질과 남편, 두 아이와 유리, 그리고 곧 태어날 아기에 집중했다. 우리는 먹고살기 위해 저승에 들어가고 자식들을 구하기 위해 이승으로 돌아온다. 우리 해녀들은 달과 조수의 지배를 받지만 또한 세 가지로 이루어진 여러 집합의 영향을 받는다. 제주에는 바람과 돌과 여자가 많고, 도둑과 대문과 거지가 없다. 우리의 농사 체계는 돼지들이 우리의 배설물을 먹고, 돼지의 배설물은 우리 밭의 비료로 쓰이다가, 결국에는 잡아먹히는 삼 단계로 이루어져 있었다. 그것에 대해 자주 말하지는 않지만, 또한 제주는 세 가지 재앙 — 바람과 홍수와 가뭄 — 의 섬으로도 알려져 있다. 바람이 항상, 영원히 분다.

이제 우리에게는 세 가지 재앙의 새로운 집합이 생겼다. 첫 번째로, 또 다른 콜레라 전염병이 발병했다. 할머니가 세상을 떠났다. 그녀를 잃게 돼서 마음이 아팠다. 마지막 시간 동안 할머니를 돌볼 수 없었기 때문에 훨씬 더 마음이 아팠다. 미자도 숙모와 삼촌을 잃었다. 두 번째로, 가을 작황이 극도로 형편없었다. 우리를 먹여살려줬던 작물들 — 기장, 보리, 고구마 — 이 턱없이 모자랐다. 곡식 자루를 타러 미국 배급소로 가라는 지시가 내려왔지만,

배급을 맡은 예전 친일협력자들이 이 식량을 훔쳐내서 암시장에 내다 팔았다. 45일 이내에 쌀값이 두 배로 뛰어서 새해 명절 때 말고는 쌀을 전혀 살 수 없는 형편이 됐다. 동시에 전기 요금이 — 전기가 들어오는 몇 군데 안 되는 섬 지역에서는 — 다섯 배로 뛰었다.

그리고 세 번째로, 사람들이 다른 주요 농산물들 없이 지내기 시작했다. 해방 이후 일본에서 돌아온 사람들과 남북 분단 이후 북에서 온 피난민들로 제주 인구는 두 배가 됐지만 미국인들은 우리의 예전 점령자들과 무역을 하지 못하게 막았다. 이것은 해녀 가정에 식량을 살 돈이 한 푼도 없게 됐다는 것을 의미했다. 해초와 밀기울을 섞어 먹으며 지내야 하는 날들이 많아졌다. 다른 집들은 평소 돼지에게 먹였던 감자전분박(감자찌꺼기)으로 연명했다. 그러다 보니 그런 짐승들조차 덜 먹고 견뎌야 했다. 나는 물질을 나가지 않는 아침에는 성수를 등에 업고 — 민리와 유리를 내 뒤에 따라오게 하고 — 다른 어머니들과 함께 바위투성이 바닷가로 가서 모래 게를 잡아 어머니의 손맛이 담긴 죽을 만들었다. 아이들 중 누군가가 게를 발견하면 거의 숨비소리 같은 꺅꺅 비명 소리가 울려 퍼지곤 했다. 나는 오후 내내 오랜 시간 동안 그 작은 껍질 속에서 살을 빼내 죽을 만들었다.

미자와 나는 우리 주변에서 여러 사건들이 소용돌이치듯 일어난다 해도 정치적 토론만큼은 멀리하자는 데 동의했다. 라디오에서는 새로운 미국인 책임자, 브라운 대령이 말하는 소리가 흘러나왔다. 그는 제주를 위한 장기적인 목표가 "공산주의의 악에 대한 긍정적인 확증을 제시하고 미국식 이념이 긍정적인 희망을 제공한다는 것을 보여주는 것"이라고 말했다.

"단지 한 가지 문제가 있어." 준부가 투덜댔다. "그들은 우리에게 자기들 식의 민주주의를 받아들이길 원해. 자기들 마음대로 통제할 수 있는, 미국의 지원을 받는 독재자로 말이야. 반면에 한국인들은 — 특히 여기 제주에서는 — 우리 나름의 방식으로 투표할 수 있도록 우리 나름대로의 후보자 명부를 가지고 우리 식으로 선거를 치르고 싶어 해. 그런 게 민주주의 아니야?"

미자와 그녀의 가족이 찾아왔을 때 그는 이보다 한 발자국 더 나갔다. "우리는 프랑스 선교사들을 밀어냈던 것처럼 미국인들을 밀어내야 해요." 그가 자신의 입장을 확신하면서 주장했다.

"몇십 년 전 그것은 작은 반란이었어요." 상문이 반박했다. "기독교인들은 아직도 여기 존재하고, 이제 미국인들이 와 있기 때문에 지금은 더 많은 기독교인들이 들어오고 있어요."

"그렇지만 우리는 반드시 독립해야 해요! 우리가 믿는 것을 옹호하지 않으면 우리는 마음으로 협력하는 죄를 범하는 거예요."

협력. 그 단어가 다시 등장했다.

한 가지 문제에 대해서는 상문도 동의하는 것 같았다. "적어도 우리는 자유선거를 치러야 해요." 그런 다음 그가 경고했다. "자유선거든 아니든 지금부터 내가 하는 얘기 잘 들어요, 친구. 조심해요. 당신은 교사예요. 학교에서 너무 많은 문제가 일어나고 있어요. 하도 야학 출신의 여성 조직자들과 그곳 교사들에게 그들이 어떻게 했는지 기억하죠?"

그들 모두 죽었지만 나는 내 남편이 조직자가 아니고, 폭동을 이끌 것도 아니었기 때문에 걱정하지 않았다. 게다가 우리에게는 가령 아이들을 어떻게 먹여야 할 것인지 같은 더 실제적인 걱정거리들이 있었다.

그러나 한 가지 일은 다른 일로 이어졌다. 새롭게 결성된 남로당(남조선노동당南朝鮮勞動黨. 1946년 11월 서울에서 결성된 공산주의 정당)에 의해 조직된 사람들이 전쟁이 끝난 후 19개월째 되는 날이자 일본으로부터의 독립을 요구하는 시위를 벌였던 날과 같은 날인 1947년 3월 1일에 전국적인 시위를 거행하기로 계획을 세웠다. 여기 제주에서는 섬 전역에서 사람들이 어느 편이건 — 우익이건, 좌익이건, 아무 편에도 속하지 않건 — 시위의 출발점인 시내의 한 초등학교로 모여들었다.

하늘은 맑았고, 봄 공기는 신선하게 느껴졌다. 준부는 민리를 안았고 나는 성수를 등에 업었다. (유리는 조 할망과 집에 남아 있었다.) 미자와 상문은 요찬을 데려왔다. 남편들이 만날 곳을 정해놓았기 때문에 우리는 쉽게 서로를 찾았다. 그러나 15년 전에 어머니가 미자와 나를 데려갔던 시위 때보다 군중 규모가 더 컸다. 일본 군인들이 우리를 감시하는 대신 이제는 수백 명의 경찰이 우리를 지켜보고 있었다. 그들 중 다수가 말을 타고 있었다.

남편들은 남자들 무리에 합류하기 위해 빠져나갔고, 미자와 나는 아이들과 함께 남았다. 요찬과 민리는 사람들 사이로 함께 뒤뚱거리며 걸어다녔지만, 우리에게서 멀리 가진 않았다. 요찬은 자기 어머니의 튼튼한 다리를 닮았고, 내 딸은 햇볕으로 이미 가무잡잡했지만 자기 아버지처럼 강단이 있었다.

"남자아이와 여자아이가 말이야," 미자가 미소를 지으며 말했다. "둘이 결혼하면……."

"우리 둘 다 진짜 행복할 거야." 나는 그녀의 팔짱을 꼈다.

아는 사람들이 보였다. 강씨 자매와 그들의 가족들도 보였고, 함께 해외 출가물질을 갔던 해녀들도 있었다. 나는 북촌의 해녀공동체에 속한 몇 명의 해녀들에게 인사를 했다. 미자가 나를 함덕에 사는 이웃들에게 소개했다.

연설이 시작됐을 때 남편들이 우리에게 돌아왔다. "무대에서 더 가까운 곳으로 옮깁시다." 준부가 말했다. "무슨 말을 하는지 아이들도 들어보는 것이 중요해요."

그러나 나 같은 사람도 연설을 읊조릴 수 있었다. "한국은 독립해야 합니다. 우리는 외국의 영향력을 거부해야 합니다. 남과 북은 재통일해서 하나가 돼야 합니다……" 등등. 마지막 연사는 우리에게 행진을 하라고 요청했고, 2만 명의 사람들이 같은 방향으로 출발하는 데는 시간이 걸렸다. 사람들이 마침내 움직이기 시작했다. 말을 탄 경찰들이 우리를 감시했다. 상문과 준부가 우리 시야에서 사라졌다. 나는 내 딸을 안아 올렸고, 미자는 아들을 안았다. 우리 바로 앞에서 여섯 살 정도 되는 한 꼬마 남자아이가 — 나중에 들은 바로는 여자아이였다고 한다 — 주변에서 일어나고 있는 상황에 흥분해 웃으며 이리저리 뛰어다녔다. 아이의 어머니가 아이를 잡으려는 순간, 아이가 몸을 돌려 말 탄 경찰이 오는 쪽으로 곧장 뛰어갔다. 기수가 고삐를 확 잡아당기자 말이 몸을 들어 올렸다. 아이 어머니가 "조심해!"라고 소리쳤다. 아이가 넘어졌고, 말굽이 내려와 요란한 소리를 내며 땅바닥을 쳤다.

너무 높이 앉아 있던 경찰관은 급히 고삐를 잡아당겨서 말을 돌리려고 했다. 우리 군중들은 분명히 사고로 일어난 일이었다는 것을 알고 있었지만, 경찰관이 말에서 내려와 도움을 주려 하지 않았다는 데에 분개했다. 사람들이 한목소리로 외쳤다. "끌어내려! 끌어내려! 끌어내리라고!" 사람들이 돌을 던지자 말이 더 놀랐다. 기수는 말의 어깨 부분을 찼다. 말이 좌우로 흔들리며 춤을 추면서 군중들 속을 헤쳐나가려고 애썼다.

"저 사람이 경찰서로 향하고 있어요!" 누군가가 소리쳤다.

"저 사람을 도망치게 내버려두지 맙시다!"

합창이 "검은 개! 검은 개!"로 바뀌었다.

우리는 모퉁이를 돌아서 큰 광장으로 들어섰다. 경찰이 위협적으로 총검을 앞으로 내민 채, 역 입구로 이어지는 넓은 계단 위에 서 있었다. 그들은 무슨 일이 일어났는지 알지 못했다. 그들이 본 것은 자신들을 향해 돌진해오고 있는 성난 군중이었다. 앞쪽에 있던 시위자들은 멈추고 돌아서 도망치려 했지만, 우리는 격노한 바다 한가운데 있어서 이리저리 밀려다녔다. 빵 하는 소리가 몇 번 들려왔다. 이 소리 다음에 불길한 침묵의 순간이 뒤따랐다. 모든 사람이 그 자리에서 꼼짝하지 않고 선 채 무슨 일인지 살펴봤다. 그런 다음 비명이 시작됐다. 사람들이 사방으로 흩어졌다. 혼란 속에서 미자가 아이들과 나를 문 쪽으로 끌어당겼다. 군중 수가 줄어듦에 따라 광장 곳곳에 흩어져 있는 사람들의 작은 섬들이 보였다. 사람들이 몰려 있는 곳마다 그 가운데에는 한 사람이 바닥에 누워 있었다. 어떤 사람들은 상처 때문에 아파하며 울부짖었다. 죽음과 같은 침묵이 다른 사람들에게 드리워졌다. 아이의 울음소리가 광장으로 퍼져나갔다. 미자와 나는 서로를 바라봤다. 우리는 도와줘야 했다.

아이들을 여전히 팔에 안은 채, 우리는 소리가 나는 쪽을 향해 총총걸음으로 다가갔다. 한 여자가 엎어져 누워 있었다. 총알이 여자의 등을 관통했고, 그녀의 몸에 아기가 깔려 있었다. 우리는 요찬과 민리를 내려서 바짝 붙여 세워놓았다. 미자는 죽은 여자의 어깨를 들어 올리고 나는 아기를 끌어냈다. 아기는 분홍색 입을 벌리고 세상에서 가장 불쌍하게 빽빽 울어댔다. 아기가 눈을 꼭 감고 있어서 앞으로 어디에 주름이 생길지 알 수 있을 정도였다. 아기는 피범벅이었다.

미자와 나는 함께 일어섰다. 나는 아기를 내 어깨에 대고 다독거렸다. 그동안 미자는 아기가 다치지 않았는지 살펴봤다. 우리 두 사람 모두 너무 열심히 집중하고 있었기 때문에 상문이 내게서 미자를 홱 잡아당겼을 때 우리는 소스라치게 놀랐다.

그가 미자의 얼굴에 대고 소리를 질러댔다. "어떻게 내 아들을 위험에 빠뜨릴 수가 있어?"

"위험에 빠지지 않았어요." 그녀가 차분히 대답했다. "말이 갑자기 내달렸을 때는 요찬이를 안고 있었어요."

"총알은 어쩌고?" 그가 양손을 불끈 쥐었다. 그의 얼굴은 막걸리 한 병을 마신 것처럼 붉었다. "그게 위험하다는 걸 몰랐어?"

준부가 광장으로 달려왔다. 아이들과 내가 안전한 것을 보고 그가 안도하는 모습이 눈에 들어왔다. 그가 걸음의 속도를 조금 늦춘 바로 그 순간 미자가 시인했다. "경찰이 우리에게 총을 발사하리라곤 생각도 못 했어요." 잠시 후 그녀가 물었다. "당신은 그럴 거라 생각했어요?"

상문이 미자의 따귀를 찰싹 갈겼다. 미자는 뒤로 비틀거리다가 요찬과 민리 위로 넘어졌다. 나는 그녀의 옆으로 달려갔다. 준부가 상문을 끌어당겼다. 주먹싸움이 벌어진다면 내 남편이 지겠지만, 그는 키가 더 컸고 교사로서의 위엄이 있었다.

미자는 엉덩방아를 찧었다. 그녀의 뺨에 맞은 자국이 이미 벌겋게 올라오기 시작했다. 상문의 손자국이 선명하게 드러났다. 요찬은 겁이 난 것 같았지만, 특별히 충격을 받거나 놀란 것 같지는 않왔다. 자기 아버지가 어머니를 때리는 것을 본 일이 이번이 처음은 아닐 거라는 생각이 확 들었다. 나는 무서움을 느꼈고, 걱정과 공포에 사로잡혔다. 우리 할머니가 이 혼인을 성사시켰다. 친일협력자의 아들과 친일협력자의 딸의 결혼이었다. 그러나 미자와 그녀의 남편은 성격이 이보다 더 안 맞을 수가 없었다.

상문은 두 손을 호주머니에 쑤셔 넣었다. 내 친구에게 쓴 무기를 감추기 위한 것인지, 아니면 다음에 쓰려고 준비를 하는 것인지 알 수가 없었다. 그가 시선을 돌렸을 때 나는 미자 쪽으로 몸을 숙여서 속삭였다. 이렇게 말한 것이 처음은 아니었다. "우리와 함께 살러 와도 돼. 이혼은 해녀에게 드문 일이 아니야."

그녀가 고개를 저었다. "내가 어디로 가겠니? 뭘 하겠어? 우리는 기지에 좋은 집이 있어. 아들도 잘 먹이고. 군인들한테 영어도 배우고 있어."

그녀가 다른 이유들을 더 들먹일 필요는 없었다. 내 남편과 나는 아이들과 유리와 함께 작은 집에 살았고, 분명히 먹을 것도 충분하지 않았다. 그러나 내가 그 입장이었다면 나는 아이들을 데리고 최대한 멀리 갔을 것이다. 일하면서 아이들을 부양할 수 있었다. 마찬가지로 원하기만 한다면 미자도 아들을 부양할 수 있을 것이다.

*

경찰서 앞에서 여섯 명이 죽었다. 그들 중 한 사람을 제외하고 모두 도망치다가 등에 총을 맞았다. 또 다른 여섯 사람은 근처 병원으로 이송됐다. 경찰은 관할 구역에서 나는 총소리를 들었기 때문에 너무 심하게 동요돼서 허공에 대고 무차별적으로 발사를 했다가 두 명의 행인을 죽였다는 내용의 공지문을 붙였다. 통행금지가 선포됐다.

다음 날 아침 남편이 신문에 난 엉터리 보도를 내게 읽어줬다. "어떤 구경꾼들은 그 남자아이가 말에 깔려 즉사했다고 주장하고, 어떤 구경꾼들은 상처 때문에 그 이후 죽었다고 말한다."

"진짜 끔찍해."

"그렇지만 이걸 들어봐." 준부가 격앙해서 말을 계속했다. "미군 24부대는 완전히 다른 견해를 취했어. 그들은 아이가 무심코 경찰의 말과 부딪혔다가 살짝 다쳤다고 전하고 있어."

나는 고개를 저었지만 준부의 말은 아직 끝나지 않았다.

"그런 다음 경찰서에서는 광장에서 일어난 총격이 자기방어의 문제로 정당화될 수 있다고 알리고 있어. 곤봉으로 무장한 사람들이 경찰서를 공격했기 때문이래."

"하지만 공격은 전혀 없었어. 아기를 안거나 대나무 장대에 건 플래카드 말고는 사람들이 아무것도 들고 가지 않았다고!"

"굳이 말하지 않아도 알아." 준부가 끔찍하다는 표정으로 어깨를 으쓱하며 말했다. "그 사람들은 총격을 '불행하고 경솔하다' 정도로 치부하고 있어."

매우 속이 상했지만 준부는 학교에 갔고, 나는 불턱으로 갔다.

그날 일이 끝나고 우리가 바닷가로 돌아가는 배의 노를 젓고 있을 때, 다른 배에 타고 있던 해녀가 우리에게 큰 소리로 인사를 건넸다. 우리는 배를 가까이 대고 수다를 떨었다

"경찰이 시위 조직자들을 붙잡아다 수감시켰대요. 22명의 고등학생들도 함께요." 대장이 우리에게 알려줬다. "경찰이 애들을 구

타하고 있다고 하더라고요."

우리는 그 말을 믿을 수가 없었다.

그날 밤 통금을 위반하면서 사람들이 제주 전역의 벽에 전단을 붙였다. 남로당은 모든 섬 주민들에게 미군정에 항의하고 미 제국주의와 맞서 싸울 것을 촉구했다. 그들은 살아남은 희생자들과 살아남지 못한 사람들의 가족을 도와줄 돈을 요구했고, 발포한 경찰을 재판에 넘겨서 사형을 언도해야 한다고 주장했다. 또한 일본에 동조했거나 협력했던 사람들을 경찰 고위직에서 즉시 파면해야 한다고 요구했다. 마지막으로 그들은 모든 제주 사람들에게 3월 10일에 있을 총파업에 참여해달라고 간청했다.

이 운동의 지도자는 스물두 살의 교사였다. 준부는 그를 모른다고 내게 말했다.

＊

농부들과 어부들, 공장 노동자들과 해녀들이 파업에 참여했다. 경찰관들과 교사들, 우체국 노동자들도 참여했다. 사업가들은 항구 사무실과 은행, 운송 회사에서 밖으로 나왔고 상점 주인들은 가게 문을 닫았다. 파업은 즉각적이고 압도적인 성공이었지만, 매우 높은 위치에 있는 사람들은 그것을 빨갱이의 영향을 받은 것으로 치부했다. 이 때문에 미군정은 강경론자들과 육지에 있는 정부 편을 들어서 질서유지를 위해 서북청년단(西北靑年團. 1946년 서울에서 결성된 우익청년단) 단원들을 보내도록 했다.

나는 일하기 위해서라기보다 정보를 교환하기 위해 불턱에 갔다. 모두가 이야깃거리를 가져왔지만 그중 어느 것도 좋은 소식이 없었다.

"서북청년단에 속한 대부분의 남자들이 38선 북쪽에서 탈출한 사람들이래요. 그들은 최악이야!" 기원이 불만을 토로했다.

상문 역시 공산주의자들이 점령한 영토로부터 간신히 탈출했기 때문에, 나는 그런 경험이 사람에게 어떤 영향을 미칠 수 있는지 알고 있었다.

"그들 중 다수가 비행자에 흉악범이고 범죄자들이에요." 이웃인 장기영이 말했다. 그런 다음 그녀는 거의 노래를 부르듯이 세 가지로 이루어진 또 다른 집합을 보탰다. "그들은 난폭하고, 폭력적이고, 용서가 없어요."

"나도 그런 말을 들었어요." 기원이 동의했다. "그들이 여기에 올 때 아무것도 안 가지고 왔대요. 그것은 그들이 집을 떠나올 때 얼마나 급하게 왔는지를 보여주는 거예요. 지금은 그들더러 알아서 챙기라는 지시가 내려지고 있대요. 두고 봐요. 그들은 우리 음식과 자원을 훔쳐가는 문제에 있어서 일본인들보다 훨씬 더 탐욕스러울 테니까요."

그러나 가장 무시무시한 소식을 가져다 전해준 사람은 기영의 딸인 윤수였다. "친구가 그러는데 그들은 공산주의에 관한 한 미친 개 같대요. 그들은 제주를 싫어한대요. 우리 생각이 빨갱이 같다고 여겨서요. 그들은 제주를 작은 모스크바라고 이름 붙였대요. 제주를 악몽의 섬이라 부른대요."

몇 사람이 신경질적으로 낄낄거리며 웃었지만, 곧 웃음은 사라졌다.

지금까지 계속 침묵을 지키고 있던 한 할머니 해녀가 말했다. "내 딸은 섬 반대편 마을로 시집을 갔어. 그곳에서는 이런 새로운 남자들에 대한 속담이 있대. *서북청년단이라는 말을 들으면 울던 아기도 울음을 멈춘다.*"

날씨는 따뜻했고 햇살이 불턱에 있는 우리를 향해 환하게 내리쬐고 있었지만, 오싹한 한기가 내 몸을 훑고 지나갔다. 다른 사람들도 오싹해진 것 같았다.

그녀는 낮은 목소리로 말을 계속했고, 우리 모두 그녀의 말을 듣기 위해 몸을 기울였다. "우리 딸이 그러는데 그 애 남편 마을 사람들은 그 남자들을 악몽의 그림자라 부른대." 그녀가 기원 쪽으로 고개를 기울였다. "그 남자들이 우리 음식과 자원을 훔쳐갈 거라고 우리 대장이 말했어. 그게 무슨 말일지 생각해봐. 섬 반대쪽에서는 사람들이 벌써 그 답을 알고 있어. 우리한테 제일 귀중한 자원이 뭐겠어? 우리 딸들이지. 혹시 딸이 있는 사람은 빨리 중신을 해야 해. 우리 딸이 사는 마을에서는 열세 살밖에 안 된 여자아이들이 결혼을 하고 있대."

이 소식에 몇 사람이 헉 소리를 냈다.

"일본인들이 이곳에 있을 때도 우리는 그렇게 안 했어요." 기원이 말했다.

할머니 해녀가 우리 대장을 매우 굳은 시선으로 바라봤다. "이러면 곤란한데. 전통적으로 한국 남자들은 절대 결혼한 여자들을 성폭행하진 않는다는데, 만약 이게 틀리면 어쩌지? 만약……."

우리에게, 혹은 집안의 결혼 안 한 처녀들에게 무슨 일이 일어날지 따져보는 동안 침묵이 드리워졌다.

그날 저녁 준부가 집에 왔을 때 나는 그에게 불턱에서 나눈 수다에 대해 이야기해줬다. 그는 그 가운데 어느 것도 일축하려 하지 않았다. 대신 그가 말했다. "나도 그런 말을 들었어."

나는 왜 더 일찍 내게 알려주지 않았느냐고 따지지 않았다. 어쩌면 나를 걱정시키고 싶지 않았을 것이다. 사실을 말하자면 나는 누군가 나를 공격할 수 있다는 것에 대해 불안해하거나 무서워하지 않았다. 나는 나 스스로를 보호할 수 있다고 확신했다. 그렇지만 유리는 어쩌지?

"당신 누이는 뇌가 정상이 아닐 수 있어. 보통 때라면 제일 좋은 시절이 지난 노처녀로 쉽게 무시될 수 있지만, 지금은 어떤 위험이 닥칠지 아무것도 장담할 수 없어." 그를 바라보던 나는 어떻게 해야 할지 내가 결정해주길 원한다는 것을 깨달았다. "더 이상 누나 혼자 마을을 돌아다니게 해서는 안 될 것 같아. 대문 안에만 머물러 있거나 항상 조 할망과 함께 있어야 할 것 같아."

물론 유리는 이런 처분을 눈곱만큼도 좋아하지 않았다. 그녀는 아직도 해녀 기질을 지니고 있어서 밧줄에 매어 있는 것에 짜증을 냈다. 너무나 마음 아픈 일이었다.

그러는 동안 한라산 높은 곳에 4천 명의 자위대가 옛 일본군 요새에 숨어 있다는 소문이 돌았다. 일본군이 두고 갔지만 미국인들이 미처 발견하지 못한 무기의 은닉처를 그들이 찾아냈다는 소문도 돌았다. 미국인들은 제주에 처음 도착했을 때, 버려진 탄약을 바다에 던졌다.

내가 불턱에서 전해 들은 이야기를 준부에게 말해주면 그는 암울하게 대꾸했다. "다시 또 섬사람들 대 외부 사람들의 대결이야."

그 무렵 파업에 대한 반응으로 경찰은 이틀 동안 제주시에서 2백 명을 체포했다. 그 후 그들은 공무원과 사업가들, 제주 태생의 경찰관들, 그리고 교사들까지 — 준부가 근무하는 학교의 교사 한 명을 포함해서 — 3백 명을 더 체포했다. 겁이 나서 많은 사람들이 다시 일하러 갔지만 준부와 나는 아니었다. 우리는 파업의 힘을 믿었다. 그러나 준부의 동료가 구금됐다 풀려난 후 집에 왔을 때는 마음이 바뀌었다. 두 남자는 막걸리를 마시며 낮은 목소리로 이야기를 나눴고, 나는 그들의 말을 들었다.

"그들은 우리 35명을 겨우 한 평짜리 감방에 가둬놓았어요." 준부의 친구가 자세히 이야기했다. "육지에서 온 경찰관들이 우리를 한 사람씩 끌고 나갔죠. 그러고는 비명소리와 용서를 비는 소리가 들려왔어요. 몇 시간 후에 그들이 그 사람을 감방으로 끌고 왔는데, 의식이 없거나 걸을 수가 없었어요. 그런 다음 다른 사람을 골라가곤 했어요. 제 차례가 됐을 때, 그들은 저를 구타했어요. 저도 다른 모든 사람들처럼 울부짖었어요. 그들은 제게 파업을 조직한 사람들의 이름을 대라고 했어요."

"그래서 그렇게 했어요?"

"제가 그들이 누구인지 어떻게 알겠어요? 경찰관들이 저를 더 많이 때렸지만, 저한테 일어난 일은 다른 곳에서 일어난 일에 비하면 아무것도 아니었어요. 그들은 여자들도 붙잡아 가둬놨어요. 여자들이 비명을 지를 때면…… 저는 절대 그걸 못 잊을 겁니다."

"이제 어떻게 할 거예요?"

"일본으로 돌아가려고요. 제 가족과 저는 그곳에서 더 안전할 거예요."

제주 사람이 자신이 태어난 고향 섬보다 차라리 쪽바리들 속에서 살겠다고 말하는 걸 듣게 되다니. 그것은 말할 수 없이 충격적이었다. 다음 날 준부는 자신의 결정에 대해 나한테 한마디 말도 없이 교실로 돌아갔다. 그의 타이밍은 좋았다. 그다음 날 아침에 여전히 파업 중인 교사들은 북한에서 도망 나온 남자들로 교체됐다. 나는 준부에게 제발 조심하라고 당부했다. 외국에서 공부를 했고, 평등과 토지 개혁, 보편 교육에 대해 다른 생각을 접해본 사람으로서, 그는 자동적으로 용의자가 될 수 있었다.

"걱정하지 마." 그가 말했다. "그들은 그저 공산주의가 무서운 거야. 사방에서 그게 보이니까."

그러나 우리 주변에서 상전벽해가 일어나고 있는 마당에 내가 어떻게 걱정하지 않을 수가 있겠는가. 마치 쓰나미가 우리 섬을 덮쳐서 우리가 알고 소중히 여겼던 것을 전부 바다로 휩쓸어가는 것 같았다. 더 많은 사람들이 체포됐다. 미군 장교들에 의해 재판이 열렸고, 이것은 고발당한 한국인들과 미국인 판사들 사이에 소통이 제한적으로 이루어진다는 것을 의미했다. 많은 사람들이 감옥에 수감됐다. 마을 사람들과 경찰의 충돌은 더 빈번해졌고, 점점 더 가열됐다. 더 많은 전단이 걸리거나 배포됐고, 더 많은 사람들이 체포됐다. 그사이 우리로부터 아주 멀리멀리 떨어진 곳에서 미국과 소련은 우리 조국의 운명에 대해 계속 논의했다. 그들의 말다툼은 우리와 아무 관련이 없는 것처럼 느껴졌지만, 이곳 제주에서는 경찰이 비상경계라 부르는 체제를 계속 유지했다.

나는 어머니의 마지막 순간과 빗창이 물속에서 어머니의 손목을 죄어오던 것에 대한 생각을 멈출 수가 없었다. 어머니는 풀려나려고 싸웠고 나도 도우려고 애썼지만, 결과는 피할 수 없었다. 단지 뭍에서 벌어지는 일이라는 점만 빼고, 그때와 비슷한 일이 지금 우리에게 일어나고 있는 것처럼 느껴졌다. 그러나 우리는 우리의 삶을 살고 싶었을 뿐이었다 준부는 학생들에게 공부를 시켰다. 낮이 길고 조용하면 조 할망은 유리와 아이들을 데리고 바다로 짧은 산책을 나갔다. 나는 해녀공동체 해녀들과 함께 물질을 가서 애기 해녀를 훈련시키기 시작했다. 나는 매우 바빴다. ― 미자 역시 바빴을 것이다 ― 함덕과 북촌 사이의 3킬로가 이제는 엄청난 거리처럼 느껴졌다. 그 행진 이후 나는 다섯 달 동안 그녀를 만나지 못했다.

그리고 여전히 여러 사건들이 점차 우리를 옥죄어왔다.

*

8월 13일이었다. 고구마 수확 시기였다. 유리와 아이들을 데리고 나는 일찌감치 밭으로 갔다. 나는 임신 8개월이었다. 아기가 점점 자라면서 배가 이제는 불룩해졌고 몸이 앞으로 숙여지다 보니 등이 아팠다. 성수는 이제 막 걸음마를 시작했고, 민리는 동생이 말썽을 일으키지 않도록 보살펴줄 수 있을 만큼 크진 못한 상태였다. 그래서 나는 일을 하면서 아이들 셋을 잘 살펴봐야만 했다. 10시경 비가 너무 세게 내렸기 때문에 나는 집으로 가서 날씨가 좋아질 때까지 기다리기로 결정했다. 나는 성수를 유리의 등에 업히고 민리의 손을 잡고서 마을로 향했다. 옷은 젖은 채 달라붙어서 살이 따끔거리며 쑤셨고, 발과 다리는 흙투성이였다. 오던 길에 우리는 이웃인 장기영과 그녀의 딸 윤수, 그리고 그들의 다른 여자 가족들과 마주쳤다. 그들은 밭에서 일하다 북촌으로 걸어서 돌아가는 중이었다.

"짐이 많네요." 내가 아이들과 유리를 함께 데려오는 것을 보고 기영이 칭찬을 했다.

"제가 복이 많은 여자라서요." 이렇게 답하고서 나는 그녀의 칭찬에 대한 답례로 덧붙여 말했다. "따님이 당신 뒤를 잘 따르고 있어요. 훌륭한 애기 해녀예요."

"당신 딸도 언젠가는 똑같이 할 거요."

"그거야말로 제 딸이 저한테 줄 수 있는 가장 큰 선물이죠."

우리는 마을에 들어섰다. 위쪽 앞에서 누군가가 전단을 배포하고 있었다.

"여기요. 하나 받으세요." 청년이 말했다.

"글을 못 읽어요." 내가 말했다.

청년은 자기가 가져온 물건을 기영과 윤수의 손에 쥐여주려고 애썼다.

"우리도 글을 못 읽어요." 윤수가 털어놓았다.

바로 그때 두 명의 경찰관이 모퉁이를 돌아왔다. 청년을 발견하자 그중 한 사람이 소리쳤다. "멈춰 서!" 다른 사람이 외쳤다. "거기 서!"

청년의 얼굴에서 핏기가 가시더니 이내 두 눈이 굳어졌다. 그는 전단지를 내던지고 서둘러 떠났다. 경찰관들이 그를 쫓아 우리를 향해 달려왔다. 나는 민리를 들어 올리고 성수를 등에 업고 있는 유리의 몸을 한 팔로 감싼 다음, 함께 공터를 향해 움직였다. 그 혼란의 와중에 윤수는 자기 어머니와 자매들, 할머니와 가는 대신 나를 따라왔다. 총소리가, 시위 중 광장에서 들었던 것과 똑같은 그 끔찍한 빵 소리가, 주변에서 울려 퍼졌다. 내 옆에서 윤수가 비틀거리며 넘어졌다. 그녀가 나가 떨어졌다 일어섰다. 그녀의 어깨에서 피가 흘러나왔다. 상처가 깊어 보이지는 않았지만 멈춰서 제대로 살펴볼 여유가 없었다.

"유리, 나한테 꼭 달라붙어!" 시누이는 겁에 질려서 손으로 내 적삼 자락을 꽉 붙잡았다. 민리는 너무 심하게 울어서 거의 숨을 쉬지 못했다. 나는 민리를 다른 쪽으로 옮겨 안은 다음 다른 쪽 팔로 윤수의 허리를 감쌌다. 우리 다섯 사람은 하나가 되어 움직였다. 공터에 도착했을 때 우리는 땅에 쓰러졌다. 민리는 여전히 비명을 질러댔고 유리는 두려움으로 하얗게 질려서 내 옆에 쭈그리고 앉았다. 윤수의 피가 사방에 떨어졌다. 나는 떨리는 두 손으로 유리와 민리와 성수의 몸을 감쌌다. 그들은 다치지 않았다.

마을에 경보가 울렸다. 이웃들이 집에서 뛰쳐나와 — 그들 중 몇 사람은 농기구로 무장을 하고 있었다 — 우리에게 총을 쏜 두 경찰관을 쫓아갔다. 무슨 일이 일어날지 몰랐지만 나는 일단 그곳을 벗어났다. 네 사람을 붙잡고 함께 윤수의 집으로 갔다. 기영과 다른 친척들이 놀란 표정으로 마당에 서 있었다. 윤수를 본 그들은 재빨리 움직이기 시작했다. 한 사람은 불에 물을 올려서 끓이기 시작했고 또 다른 사람은 기다란 갈옷 천을 꺼내서 붕대로 사용할 수 있도록 그것을 가는 띠 형태로 잘라냈다. 그러나 기영이 칼과 가위, 족집게를 들고 나타나자 이 불쌍한 아가씨는 의식을 잃고 다리에 힘이 빠진 채 내 품 안에서 축 늘어졌다. 다치긴 했지만 부상이 목숨을 위협할 정도는 아니었다. 일단 상처에서 피 냄새가 사라지면 그녀는 다시 물질을 할 수 있게 될 것이다.

나는 가족을 데리고 집으로 가야 했다. 우리가 광장으로 되돌아갔을 때 그곳에서는 마을 사람들이 두 명의 경찰관을 밧줄로 묶어놓고 있었다. 사람들이 고함을 지르며 욕을 퍼부었다. 어떤 사람은 몸집이 더 작은 경찰관을 발로 걷어찼다.

"낡은 신발로 찔러대는 것만으로는 충분하지 않아!" 한 노인이 욕을 퍼부었다. "그들을 함덕에 있는 경찰 초소로 데려갑시다! 그들이 반드시 처벌을 받도록 합시다."

군중은 큰 소리로 그에 동의했다. 원래 계획대로 집으로 가야 했지만 나는 다른 사람들과 함께 우르르 몰려갔다. 내 두려움은 분노로 바뀌었다. 어떻게 같은 한국인끼리 — 설사 그들이 제주 태생이 아니라 해도 — 총을 쏠 수 있단 말인가? 우리는 무고한 사람들이고 이런 일은 중단돼야 했다! 그래서 우리는 몰려가는 사람들 무리에 합류했다. 그들은 두 명의 경찰관을 끌고 올레를 지나 바닷가를 따라서 3킬로 떨어진 함덕으로 갔다. 내가 가족과 함께 밭을 떠나온 지 겨우 한 시간도 지나지 않은 상황이었다.

"이 두 사람을 고소하고 싶소." 우리가 작은 경찰서에 도착했을 때 북촌 출신의 노인 중 한 사람이 소리쳤다. "우리의 불만에 대해 말하게 해주시오."

우리가 불만을 제기하면 일본인들은 들어줬지만, 우리와 같은 나라 사람들은 아니었다. 오히려 몇 명의 경찰관들이 지붕 위로 나오더니 발사 준비가 된 기관총으로 경고도 없이 사격하기 시작했다. 나는 그 광경을 두려움에 떨며 바라봤다. 그들이 공포탄을 발사했다는 것을 곧바로 깨달았지만 기름 등불의 불빛에 놀라서 흩어지는 통시 바닥의 벌레들처럼 우리는 이미 흩어졌다. 몇 개의 통 뒤에 숨어서 나는 안전한지 몰래 재빨리 살펴봤다. 그런데 거기 경찰서 창문에서 상문이 밖을 내다보고 있었다. 나는 내 모습이 보이지 않도록 뒤로 물러났다. 가슴이 철렁했다. 내 눈이 잘못 본 것임에 틀림없었다. 그러나 다시 밖을 살짝 엿봤을 때 그곳에 그가 있었다. 우리 눈이 마주쳤다.

북촌으로 돌아오는 길에 나는 미자를 만나러 들르지 않았다. 그녀에게 무슨 말을 할 수 있을지 알 수가 없었다. 그렇게 오랜 시간 우정을 나눠왔음에도 불구하고 처음으로 나는 그녀를 믿을 수 있는지 확신할 수 없었다.

집에 도착했을 때 남편이 이문간(대문간)에서 우리를 기다리고 있었다. 아무 말 없이 그는 나를 품에 안았다. 나는 훌쩍이며 내가 본 것을 이야기했다.

"당신은 무사해." 그가 말했다. "중요한 건 그것뿐이야."

그러나 나는 그때의 분노와 혼란 때문에 아이들과 유리를 위험에 빠뜨렸다는 것이 너무 부끄러웠다. 나는 절대 그런 일이 다시 일어나지 않게 하겠다고 다짐했다. 엄마로서 그런 일이 일어나지 않게 할 것이다. 아내로서 그런 일이 일어나지 않게 할 것이다.

다음 날 신문은 경찰이 전단지를 뿌리는 사람들을 엄중 단속할 "필요가 있었지만" 북촌에서 피의자가 도주했다고 보도했다. 그 일이 있고 나서 이틀 후 미군 24부대에서 나온 보도가 다시금 신문 1면을 장식했다. 남편이 기사를 읽어줬다.

"전단지를 뿌리던 좌파들과 북촌의 경찰 사이에 벌어진 거친 총싸움에서 여자 두 명과 남자 한 명이 상처를 입었다."

"그렇지만 그건 사실이 아니야!" 내가 분개해서 소리쳤다.

준부가 기사로 돌아갔다. "거의 2백 명 정도 되는 폭도가 함덕에 있는 경찰서를 공격했다." 그가 읽었다. "폭도를 해산시키기 위해 경찰 증원 부대가 필요했다."

"그렇지만 그건 사실이 아니야." 내가 반복해서 말했다. "내 눈으로 똑똑히 본 것을 어떻게 그렇게 다르게 바꿀 수가 있지?"

그도 답을 알지 못했다. 그가 마지막 구절을 읽을 때, 그의 턱 근육이 움직이는 것이 보였다. "모든 정치적 집회와 행진, 그리고 시위는 이제 금지됐다. 어떤 거리집회건 단속이 이루어질 것이고 전단지를 붙이거나 배부하는 행위는 즉시 불법이 된다." 그가 신문을 접어서 바닥에 놓았다. "지금부터는 진짜 조심해야 해."

나는 어머니가 바다에서 죽는 것을 지켜봤다. 그리고 유리가 바닷속으로 들어갔다가 다른 사람이 돼서 나오는 것을 봤다. 바다가 위험하다는 것은 알고 있었지만, 마른 땅 위에서 일어나고 있는 일은 더더욱 나를 혼란스럽게 하고 무섭게 만들었다. 지난 몇 년 동안 나는 내 앞에서 사람들이 총에 맞는 것을 목격했다. 또한 사람들이 구타당하는 것을 봤다. 죽임을 당하거나 부상당한 사람들은 ― 육지 출신이건 제주 태생이건 ― 모두 한국인들이었고, 위반한 사람들 모두 우리 동포였다. 이것은 내가 도저히 헤아릴 수 없는 문제였고, 남편이 나를 꼭 안아주며 우리를 안전하게 지켜주겠다고 말했을 때도 두려움을 떨쳐낼 수가 없었다.

불의 고리

3.1절 시위가 있었던 이후 그해는 가족을 돌보고 일하면서 바쁘게 보냈고, 한 번도 미자를 만나지 못했다. 그녀는 틀림없이 자기 상황으로 고생하고 있었을 것이고, 나는 그 점에 대해 유감스럽게 생각했다. 그러나 내가 그녀를 사랑하고 그리워하는 만큼 조심해야 할 필요가 있었다. 그녀의 남편은 내 생각에 잘못된 편이었고, 그는 예측 불가능했다. 한순간의 분노나 의심으로 그가 준부나 내게 등을 돌릴 수도 있는 위험을 무릅쓸 수는 없었다. 물론 때때로 나는 미자가 왜 나를 찾지 않는지, 그것이 무슨 의미일지 질문해 봤다. 또한 그녀가 내 생각을 하는지, 아니면 그녀 역시 가족과 일에 몰두하고 있는지 궁금했다.

우리 아이들은 잘 지내고 있었다. 민리와 성수는 곧 생일을 맞이할 것이다. 민리는 세 살이 되고 성수는 두 살이 될 것이다. 준부와 나는 둘째아들, 경수를 낳는 경사를 맞이했다. 경수는 유순한 아기였고, 민리는 벌써 동생들을 돌보는 법을 배우고 있어서 나를 기쁘게 해줬다. 남편은 학생들에게 존경받았고, 나는 북촌 해녀공동체에서 하군 해녀로 자리를 잘 잡았다. 이런 행운에도 불구하고 우리는 나름대로 의견이 맞지 않는 일들이 있었다. 준부는 자식들 모두 교육을 시키고 싶다는 생각을 여전히 확고하게 품고 있었다. 그래서 우리는 적어도 일주일에 한 번씩 거의 똑같은 대화를 나눴다.

"당신한테 속담 하나 알려 줄게." 어느 날 오후 그가 수업 시간에 부정행위를 한 남학생에게 벌을 준 후 말했다. "콩 심은 데 콩 나고 팥 심은 데 팥 난다." 어머니도 가끔 이 속담을 읊조리곤 했다. 준부는 부모들이 자식을 잘 키우고 기르면 나중에 그들이 훌륭하고 유용한 어른이 된다는 의미로 이야기하고 있었다. 그런 다음 그가 덧붙였다. "당신도 민리가 우리 아들들과 똑같은 기회를 갖길 바라야 해."

"당신이 무엇을 바라는지는 알아." 내가 대답했다. "그렇지만 나는 또 아기를 갖게 된다면 여자애면 좋겠다고 계속 바라고 있어. 언니를 도와서 오빠들 학비를 내도록 보탬이 될 수 있을 테니까. 당신이 학교를 마치는 데도 여자 세 명—당신 어머니와 누이, 그리고 나—이 필요했잖아. 성수가 대학에 갈 때면 민리가 열아홉 살이 될 테니까 해외 출가물질을 해서 돈을 벌 수 있을 거야. 그렇지만 경수가 대학에 갈 때쯤에는 민리가 분명히 결혼한 상태일 거야. 아들들 학비를 내는 데 도움이 될 해녀가 우리 집에 적어도 또 한 사람은 필요해."

준부는 그냥 미소를 지으며 고개를 저었다.

물론 나는 그를 사랑하고 존경했지만 내게는 이 모든 것이 그가 여전히 그냥 남자일 뿐이고 내가 떠안고 있는 더 큰 문제에 대해서는 걱정거리가 전혀 없다는 것을 보여주는 데 지나지 않았다.

그가 집에 있거나 학교에 있을 때, 나는 세상 속에 있었다. 나는 현실적이 되어 미리미리 앞서서 생각해야 했다. 우리 주변의 모든 것이 불안정했기 때문이다. 이제 시위가 일어난 지 일 년이 지났지만 보복 행위는 계속됐다. 마을 연장자들이 서북청년단 단원들이 돈이나 기장가마니를 뇌물로 요구했다는 불만을 제기하면, 불만을 제기한 사람들의 모습이 다시는 보이지 않았다. 좌익들이 한라산을 내려와서 경찰관 한 명에게 총격을 가하면, 경찰 분대가 가해자를 찾아서 산을 샅샅이 뒤졌다. 범인들이 발견되지 않으면 경찰은 본때를 보여주기 위해 무고한 마을 사람들에게 총을 쐈다.

미군정은 약간의 변화를 주기로 결정했고, 1대 한국인 장관이 유 장관으로 교체됐다. 그는 하루 24시간 동안 선글라스를 끼고 밤에도 총을 찬 채 잠을 자는 것으로 알려져 있었다. 미국 당국자들조차 그를 극우주의자로 분류했다. 그는 제주 태생의 공무원들을 모두 숙청한 다음, 북에서 탈출했고 자신처럼 반공산주의자인 사람들로 교체했다. 또한 제주 태생의 경찰과 경찰서장들을 몰아내고 우리 섬사람들을 좋아하지도 않을뿐더러 우리에 대해 동정심도 가지고 있지 않은 육지 출신의 사람들로 그 자리를 대체했다. 그는 모든 인민위원회 사람들을 금지했고, 그들로부터 혜택을 받은 내 가족과 나 같은 사람들을 극단적인 좌파라고 불렀다. 나는 절대 극단적인 좌파가 아니었다. 심지어는 좌파도 아니었다. 상관없었다. 여자들을 위한 수업도, 마을 지부에서 조직한 다른 활동들도 더 이상 전혀 없었다.

섬에는 단 하나의 신문만 존재했다. 그러나 신문이 북촌에 도착할 때쯤에는 그 소식이 이미 오래 지난 소식이 돼버리거나 아예 처음부터 틀린 소식이었다. 준부는 라디오로도 뉴스를 들었는데 어느 날 그가 침울하게 말했다. "내 생각에는 방송국이 우익으로부터 통제를 받는 것 같아. 그들은 다시 미국인들의 통제를 받고. 소문과 여러 이야기가 이 마을 저 마을로 퍼지고 있지만 우리가 듣는 것을 하나라도 믿을 수 있을까?"

나도 알 수가 없었다.

미국인들은 5월 10일에 38선 이남에 사는 사람들이 마침내 자율적으로 선거를 치를 것이라고 선포했다. 남편의 기분은 즉시 날아갈 듯이 좋아졌다.

"미국인들과 UN은 우리가 원하는 대로 자유롭게 투표할 것이라고 약속했어." 그가 내게 알려줬다. 그러나 곧 사실을 알고 그의 기분은 땅으로 곤두박질쳤다. "미국인들은 자신들이 선호하는 후보로 이승만을 지지한대. 그를 지지하는 가장 큰 세력은 예전에 일본에 협력했던 자들이야. 그를 반대하는 사람은 누구이건 빨갱이로 낙인찍히고 있어. 예전의 친일협력자들을 처벌하고 싶어 하는 사람은 누구나 빨갱이로 낙인찍히고 있다는 얘기지. 그 말은 제주에 사는 거의 모든 사람이 ─ 우리를 포함해서 ─ 빨갱이로 낙인찍히게 될 것임을 의미해."

나는 점점 더 어두워지는 준부의 마음상태가 걱정되기 시작했다.

38선 위쪽에서 보내는 라디오 방송은 이남의 지도자들에게 평양으로 와서 통일에 대해 논의하고 우리의 모든 문제를 해결할 헌법을 제정하자고 초대했다. 그에 대한 반응으로 미군정과 유 장관은 제주에서 반공산주의 단속을 강화했다. 처음에 미군에 의해 임명됐던 전임 박 장관이 체포됐다. 그는 유명 인사였고 사람들은 충격을 받았다. 이어 한 청년의 시체가 강에서 인양됐고 그는 시위자로 신원이 확인됐다. 여러 차례의 고문 가운데 하나를 목격한 사람은 그 학생의 머리카락이 천장에 묶여 매달려 있었으며 고환이 송곳으로 뚫려 있었다고 전했다. 제주에 사는 어머니 중에서 이 청년이 자기 아들이라면 그 슬픔이 어떨지 상상해보지 않은 사람은 아무도 없었을 것이다.

*

4월 3일 이른 시간 우리는 총소리와 비명소리, 올레를 지나가는 사람들의 시끄러운 소리에 잠자리에서 깨어났다. 준부와 나는 아이들을 우리 몸으로 보호했다. 나는 겁이 났다. 아이들이 훌쩍였다. 소동이 끝없이 계속되는 것처럼 여겨졌지만 너무 깜깜한 밤이라 그렇게 느껴졌을지도 모른다. 마침내 북촌이 조용해졌다. 체포가 이루어진 것일까? 얼마나 많은 사람들이 총에 맞고, 얼마나 많은 사람들이 죽었을까? 우울한 그림자들은 아무 대답도 보여주지 않았다. 그때 고함소리가 들리기 시작했다.

"서둘러!"

"빨리 와!"

준부가 일어나서 바지를 걸쳤다.

"나가지 말아요." 내가 간청했다.

"무슨 일이 일어났건 이제 끝났어. 사람들이 다쳤을지 몰라. 나가봐야 해."

그가 나간 후 나는 아이들을 더 꼭 안았다. 밖에서 남자들이 다급한 목소리로 말하는 소리가 들렸다.

"산들 좀 봐요! 옛 봉화 탑들에 불이 켜져 있어요!"

"지금 섬 전체에 신호를 보내고 있어요!"

"그런데 무슨 신호요?" 남편이 물었다.

남자들은 그것에 대해 한동안 중얼중얼 이야기를 주고받았지만 결론에 이르지는 못했다. 준부가 돌아와서 내 옆에 누웠다. 아이들은 우리 옆에서 새끼 돼지들처럼 몸을 둥글게 오그린 채 잠이 들었다. 동이 터서 하늘이 분홍색으로 조금씩 물들기 시작했을 때, 나는 조용히 일어나 평상복으로 갈아입고 밖으로 나갔다. 내가 막 마을로 출발하려는 찰나 준부가 함께 나섰다.

"나도 함께 갈게. 당신 혼자 가길 바라지 않아."

"아이들은……."

"아직 자고 있어." 그가 허벅을 집어 들며 말했다. "아이들을 데려가는 것보다 여기 몇 분 동안 남겨두고 가는 게 더 안전할 거야."

우리는 앞대문으로 가서 밖을 빠끔히 내다봤다. 몇 개의 버려진 대나무 창 말고는 올레는 텅 비어 있었다. 우리는 서둘러 큰 공터로 갔다. 그곳에서 우리는 반군이 마을에 있는 방 한 개짜리 경찰서에 침입했다는 사실을 알게 됐다. 가구가 자갈밭에 흩어져 있었고 바닥에는 종이들이 바람에 밀려 이리저리 날아다니고 있었다. 제복을 입은 몇 사람이 그것들을 긁어모아서 집어 올렸다. 한 남자는 머리에 붕대를 감고 있었으며 또 한 남자는 다리를 절었다. 마을 사람들 몇 명이 나무 밑에 모여서 나무에 붙어 있는 포스터를 자세히 들여다봤다. 준부와 나는 사람들을 밀치고 앞으로 갔다.

"무슨 말인지 좀 알려줘요. 선생님." 누군가가 말했다.

"친애하는 시민들, 부모님들, 형제자매들." 그가 글자들 위로 시선을 움직이며 읽어나갔다. "어제 학생 형제 중 한 사람이 살해된 채 발견됐습니다. 오늘 저희는 섬 전역에 있는 경찰 초소들을 급습하기 위해 손에 무기를 들고 산을 내려왔습니다."

사람들이 혼란스러워하며 겁에 질려서 웅성거렸다. 반군을 지지하는 몇몇 목소리가 나왔다. 그들은 고문당해서 살해된 청년에 대해 보복해야 한다고 요구했다.

준부가 계속 읽어나갔다. "우리는 나라를 분단시키는 선거를 죽을 때까지 반대할 것입니다. 우리는 38선에 의해 헤어진 가족들을 해방시킬 것입니다. 우리는 미국 식인종들과 그들을 추종하는 우리나라 사람들을 싹 몰아낼 것입니다. 양심 있는 공무원들과 경찰 여러분, 우리는 여러분에게 일어나서 독립을 위해 싸우는 우리를 도와달라고 요청합니다."

어떤 말이 적혀 있는지는 내게 별로 중요하지 않았다. 그러나 우리 모두에게 그 글이 전달하고자 하는 정서는 생생하게 전해졌다. 우리는 우리 자신이 만든 통일된 나라를 원했다. 우리는 우리 스스로 미래를 선택하고 싶어 했다.

"싸웁시다! 싸웁시다! 싸웁시다!" 남자들이 팔을 들고 외쳤다. 곧 여자들의 목소리도 가세했다. 그러나 준부와 나는 조심해야 한다는 것을 배웠다. 우리는 집으로 돌아와서 우리의 삶을 계속했다. 그동안 입에서 입으로 말이 퍼져나갔다. 나는 아침을 먹고 조할망이 아이들과 유리와 함께 잘 있는 것을 본 후 불턱으로 갔다. 해녀들 모두 간밤에 일어난 일에 보탤 이야깃거리를 한 가지씩 다 가져온 것처럼 보였다.

"남로당이 공격의 배후에 있었대요." 우리가 불 주변에 자리 잡고 앉았을 때 기원이 말했다.

"아니에요! 그건 반란군들이에요! 명백하고 간단해요." 기영이 귀를 긁으며 말했다.

"폭도 5백 명이 설문대 할망을 내려왔대요."

"그보다 훨씬 많았어요! 반란군이 이 마을 저 마을 돌아다닐 때 3천 명의 사람들이 합류했대요. 그랬으니까 한꺼번에 그렇게 많은 경찰서를 공격한 거죠."

"그리고 그게 다가 아니에요. 도로랑 다리도 폭파시켰대요."

"뭘로요?" 누군가 믿을 수 없다는 듯이 물었다.

대답이 나오기도 전에 또 다른 해녀가 외쳤다. "그들이 전화선을 끊어버렸대요!"

이것은 심각했다. 우리들 중에서 집에 전화가 있는 사람은 아무도 없었다. 그러므로 경찰서에 있는 전화선이 마을에서 제주시에 긴급 도움을 요청할 수 있는 유일한 길이었다.

"내가 보기에 그들은 우리가 바다에 들고 들어가는 것이나 별다를 바 없는 것으로 무장하고 있었어요." 기원이 말했다.

"직접 봤다고?" 기영이 놀라서 물었다.

"누가 나한테 감히 무슨 짓을 할 수 있을 거 같아요?" 기원이 자기주장을 내세우기 위해 턱을 치켜세웠다. "내가 이문간으로 나가봤거든요. 남자들과 여자들 몇 명이 작은 낫과 큰 낫, 삽을 들고 가는 걸 봤어요."

"그 사람들은 해녀가 아니라 농부들 같네요." 기영이 추측했다.

"농부들 맞아요." 그녀의 딸이 말했다.

"그리고 어부도 몇 사람 있었고요."

"이건 라디오에서 말하는 것처럼 좌파니 우파니 하는 문제가 아니에요." 기원이 말했다. "이것은 다른 나라한테서 어떻게 하라는 지시를 받고 싶지 않은 것에 대한 문제예요."

"그리고 나라를 통일하는 것에 대한 문제예요. 나는 북에 가족이 있어요."

"여기 있는 사람들 중에 영향을 안 받은 사람이 어디 있어요? 처음에는 일본인들이 있었어요. 그러다 전쟁이 났고. 그리고 지금은 먹고사는 모든 문제가……."

"누가 살해된 사람이 있었나요?" 내가 물었다.

불턱이 조용해졌다. 신나게 떠드느라 어느 누구도 도중에 말을 멈추고 누가 다쳤거나 얼마나 심하게 다쳤는지 생각해보지 않았었다.

기원이 답을 알고 있었다. "섬 전체에서 반란군 네 명하고 경찰관 30명이 살해됐대요."

내 옆에 있던 여자가 신음소리를 냈다. "경찰관이 서른 명이나?"

"세상에!"

"아이고!"

"그리고 함덕에서 장교 두 명이 실종됐대요." 기원이 덧붙였다.

그곳은 겨우 3킬로 떨어져 있었다. 미자. 어쩌면 나는 그녀 때문에 더 겁이 났어야 했다. 그러나 그날 경찰서에서 상문을 본 이후 그녀가 안전할 것이라고 추측할 수밖에 없었다.

"실종이라니? 실종이 무슨 의미인데? 그들이 탈영한 거예요?"

"납치된 거지!"

내 주변의 여자들 얼굴에 두려움이 스쳐 지나갔다. 공격과 보복은 우리들에게 삶의 방식이 됐고, 우리는 매우 불안해했다.

"북촌에서는 죽은 사람이 없어요." 기원이 말했다. "우리는 그 점에 대해 감사해야 해요."

틀림없이 안도할 수 있을 것 같았다. 이곳에서 아무도 살해되지 않았다면 우리는 아무런 보복도 당하지 않을 것이다. 우리는 아무 일도 일어나지 않을 것이라고 희망할 수 있었다.

일단 바다에 들어가자 뭍에 대한 생각은 한쪽으로 밀려났다. 몇 시간 후 우리가 밥을 먹고 몸을 녹이러 불턱으로 돌아왔을 때쯤에는 지난밤 사건에 대한 걱정은 줄어들었다. 우리가 예전처럼 수확물에 대해 자랑할 수 있다면 어쩌면 다른 사람들도 똑같이 그 습격을 대수롭지 않게 취급할 것이다.

책임자인 미군 대령 또한 그 일에 대해 무시하는 태도를 보였다. "나는 그 폭동에 관심이 없습니다." 브라운 대령은 그날 밤 라디오에서 기자에게 말했다. "그 반란을 진압하는 데 2주면 충분할 것입니다." 그러나 그가 틀렸다. 4월 3일, 4.3사건으로 불리게 될 바로 이날이 우리 삶에서 그렇게 중요해질 줄 우리는 아직 모르고 있었다.

이틀 후에 준부는 미군정이 제주도 비상경비 사령부라고 불리는 기구를 만들었다고 내게 알려줬다. 더 엄격한 통금시간이 실시될 예정이었다.

"그런데 해가 떠서 질 때까지 내가 어떻게 집에만 머물러 있을 수 있어. 물도 길어와야 하고, 땔감도 모아와야 하고 돼지들도 돌봐야 하는데?" 내가 남편에게 물었다.

준부가 머리카락 사이로 양손가락을 넣어 쓸어 올렸다. 그에게도 해결책이 전혀 없었다.

라디오로 우리는 경비대 제9연대 사령관이 평화협상을 위해 애쓰고 있다고 설명하는 것을 들었다. "나는 반란군들의 완전한 항복을 요구했습니다. 그러나 그들은 경찰의 무장을 해제하고, 모든 공무원을 해고하고, 서북청년단 같은 준군사 집단을 멀리 부내고, 두 개의 한국이 통일되어야 한다고 요구하고 있습니다."

당연히 어느 쪽도 그런 조건에 동의할 수 없었다. 그 후 경비대는 제주에서 자신들의 힘을 강화시키기 위해 거의 천 명을 들여왔다. 그 남자들 중 일부는 북촌과 하도, 함덕 같은 바닷가 마을을 지키도록 파견됐다. 그것에 대해서만큼 나는 고마워했다. 그러다가 경비대는 한라산으로 올라가서 반란군을 공격했다. 이 모든 소식을 우리는 라디오를 통해서나 아니면 수다를 통해 들었다. 4월 말쯤에 제주시는 교통이 완전히 차단됐고, 경찰은 공산주의에 동조하는 사람들을 색출하기 위해 가택수색을 실시했다. 그러나 경비대와 경찰에서 근무하는 많은 사람들이 제주 태생이었다. 그들은 벌어지고 있는 상황을 더 이상 견딜 수 없게 됐을 때 산 속에 있는 반란군들에게로 도망쳤다. 북촌에서도 몇 사람이 반란군에 합류했다.

당시 한국을 책임지고 있던 미군부 장관, 딘 소장이 '상황 판단'을 위해 제주에 왔다. 그는 북한군이 제주에 와서 반란군을 지휘하고 있다는 소문을 되풀이했다. 이런 말 다음에는 북한 해군함정들과 소련 잠수정이 섬을 선회하고 있다는 소문이 이어졌다. 딘 소장은 제주에 대대 병력을 또 보냈다. 그리고 미군은 개입해서는 안 된다는 명령이 내려졌음에도 불구하고, 정찰기를 이용해서 한국군 작전에 대한 정보를 추적했다. 내가 밭에서 일하고 있을 때면 그런 비행기들이 머리 위로 지나가면서 먹잇감을 찾았다. 밤에는 바다에 떠 있는 순양함들이 탐조등을 이용해서 지평선을 탐지하는 것이 보였다. 오일장에 가면 중산간 지역에서 온 채소 행상들이 한국군 임무를 위해 지프나 말을 타고 가는 미군 장교들과 마주치곤 한다는 이야기를 들려줬다. 6주가 지날 때쯤에는 4천 명이 체포됐다.

7주가 시작됐을 때, 준부는 읽거나 쓸 줄 모르는 해녀공동체 해녀들을 우리 집으로 불러 모아놓고 투표하는 법을 가르쳤다. 선거가 부정하게 조작됐다 해도, 우리는 이번 기회에 정부에 영향력을 보여주고 싶었다. "후보 이름을 나타내는 글자를 읽을 줄 몰라도 돼요." 그가 설명했다. "투표용지 위에서 후보가 어디 있는지만 알면 됩니다. 그 사람이 1번, 2번, 혹은 3번인가요? 그건 여러분의 선택입니다. 그런 다음 여러분이 원하는 사람의 번호에 표시를 하세요."

그러나 우리가 투표장에 갔을 때 한 무리의 남자들이 들어가지 못하게 우리를 막아서며 말했다. "돌아가요. 집으로 가요."

다시 다음 날 아침, 해녀들이 병아리들처럼 재잘거리는 불턱에서 정보를 얻었다. 북촌에서는 우리에게 투표가 허용되지 않았지만, 그것은 다른 곳에서 일어난 일에 비하면 아무것도 아니었다.

"경찰과 경비대, 서북청년단이 막았대요."

"동쪽으로 가는 제주의 주요 도로를……."

"그리고 서쪽으로 가는……."

"반란군이 지나갈 수 없도록……."

처음은 아니었지만, 기영의 딸인 윤수가 널리 알려진 일들에 대해 더 명확하게 파악하고 있는 것처럼 보였다. "그런 것은 전혀 중요하지 않아요." 그녀가 말했다. 그녀의 목소리에서 자부심 같은 것이 느껴졌다. "그 무엇도 반란군들을 못 막았어요. 그들은 투표장들을 급습해서 투표함들을 불태웠어요. 선거공무원들을 납치했고. 전화선도 더 많이 잘라냈대요."

그러자 다른 사람들이 다시 말을 시작했다.

"다리를 부쉈대."

"자기들이 지나다니지 않을 도로들을 막았대요."

결국 제주에서는 한 표도 집계되지 않았고, 미국인들이 선택한 이승만이 대통령으로 선출됐다. 그러나 우리는 아직도 공식적으로 국가가 되지 못한 상태였다.

다음 날 내가 불턱으로 돌아갔을 때, 어제의 소란스러운 재잘거림은 걱정으로 바뀌었다. 분명히 정부는 선거일 전날 밤 벌어진 소동에 대해 우리를 벌할 것이다.

"나는 우리 해녀공동체의 대장이에요." 기원이 말했다. "그러나 여자로서 나한테는 다음에 무슨 일이 일어날지 선택권이 전혀 없어요."

"어떤 여자에게도 발언권이 없지."

"아이들에게도 발언권이 없고. 그런데 노인들은?"

"그들에게도 권위가 전혀 없어요." 기원이 우리 모두를 대신해서 대답했다.

대부분의 아버지들과 남편들은 거창한 생각을 하고 아기들을 돌보며 하루하루를 보냈지만, 그들 역시 무력했다. 그러나 모든 사람은 — 무고한 사람들, 아이들과 노인들까지도, 심지어는 신문에 실린 선전 문구를 읽어줄 남편이 없는 사람들도, 혹은 무슨 일이 일어나고 있는지 전혀 파악할 수 없는 유리 같은 사람들도 — 편을 가르도록 강요받았다.

*

5월 말의 어느 날 미자가 우리 집 이문간에 나타났다. 그녀는 혼자였다. 미자는 말라 있었고, 얼굴색도 안 좋았다. 나는 그녀에게 안으로 들어오라고 청하면서도 걱정을 하지 않을 수가 없었다. 내가 감귤차를 만드는 동안 그녀는 유리를 만났다. "그동안 착하게 지냈어요?" 그녀가 물었다. "보고 싶었어요." 유리가 미소를 지었지만, 그녀는 미자가 누군지 알아보지 못했다.

"너도 보고 싶었어." 내가 차를 들고 들어가자 미자가 말했다.

"네가 올레에 오는 걸 그만뒀잖아."

"네가 나를 찾아올 수도 있었잖아."

"아이들이 있잖아……."

"이번에는 딸이야?" 그녀가 경수가 자고 있던 아기구덕 쪽으로 불쑥 다가갔다.

내가 한 손을 들었다. "아들이야." 그녀가 원래 있던 자리로 재빨리 돌아오자 나는 변명을 마저 끝냈다. "아이들과 유리를 함덕까지 데려가기가 나한테는 너무 힘들어서. 쉬운 일이 아니야."

"위험 부담도 있고."

"무엇보자 안전하지 않지." 내가 동의했다.

우리 사이에 침묵이 드리워졌다. 나는 그녀가 무엇을 원하는지 헤아릴 수가 없었다. 그녀가 숨을 한번 들이쉰 다음 천천히 내쉬었다. "행진 후에 얼마 지나지 않아서 상문의 아기를 가졌어. 아파서 널 보러 못 왔어."

죄책감이 들었다. 물론 이유가 틀림없이 있었을 것이다.

"아들이야, 딸이야?" 내가 물었다.

미자가 눈을 내리떴다. "딸이었어. 이틀 만에 세상을 떠났어."

"아이고. 어떻게 해."

그녀가 마음 아픈 표정으로 나를 바라봤다. "네가 필요했어."

내가 어떤 염려를 했건, 그것은 사라져버렸다. 나는 마음속 깊은 곳에 자리 잡고 있는 친구에게 도움이 되질 못했다.

"네 남편 말이야." 내가 과감하게 물었다. "너한테 잘해줬니?"

"임신했을 때는 잘해줬어." 내가 그 말에 들어 있는 진짜 의미를 제대로 파악하기도 전에 미자가 말을 계속했다. "그 사람이 얼마나 힘든지 넌 모를 거야. 섬 이곳저곳으로 옮겨 다니면서 계속 회의에 참석해야 하거든. 제2연대 3대대가 지금은 근처 세화에 주둔하고 있지만 본부는 함덕에 있어. 스트레스가 많아."

"참 힘들겠다."

그녀는 한숨을 쉬며 시선을 돌렸다. "어려운 일이 닥치면 어떻게 할까 상상해보면서 많은 사람들은 맞서 싸워야지 하고 생각해. 그런데 어릴 적 이옥 숙모와 힘찬 삼촌과 살아야 했을 때, 실제로는 무슨 일이 일어나고 있는지 알게 됐어. 너도 알다시피 그 사람들은 나한테 먹을 것을 안 줬어. 나는 맞서 싸우고 싶었지만 너무 약했어."

나는 그녀의 기분을 북돋아줄 말을 찾기 위해 안간힘을 썼다. "그렇게 끔찍한 상황 때문에 우리가 가까워졌잖아. 나한테는 그게 항상 좋은 결과가 될 거야."

그러나 그녀의 마음은 우정에 있지 않았다. "어떤 여자들은 자살을 생각하기도 하지만 그것이 어떻게 어머니가 취할 방법이 될 수 있겠어?" 그녀의 두 눈이 눈물로 반짝였다. "나한테는 요찬이 있어. 그 애를 위해서 살아야만 해."

오랫동안 미자를 알아왔지만 그렇게 우울해하는 것을 본 적이 없었다. 그녀는 우리 주변에서 벌어지고 있는 혼란스러운 상황을 겪고 있을 뿐만 아니라, 아이까지 잃는 큰 변화를 경험했다. 게다가 그 혼란 속에는 남편이 있었다. 그녀의 얼굴에서 멍 자국은 보이지 않았지만, 그녀의 벗은 몸을 본 것도 아니고 물옷을 입은 것을 본 것도 아니었다. 나는 그녀의 팔에 손을 얹었다.

"여자들은 조용히 살아." 내가 말했다. "아무리 화가 나도, 아무리 부서져도, 여자들은 누군가를 때릴 생각을 안 해. 그렇지?"

"우리 남편은 나쁜 사람하고 결혼한 거야."

그녀의 말에 나는 당황했다. "어떻게 그런 말을 하니?"

"내가 그 사람에게 도움이 안 되잖아. 아기도 잃었고. 집에 먹을 것을 벌어오지도 못하고. 어머니처럼 집안일을 꾸리지도 못해……."

내가 그녀의 말에 끼어들었다. "마치 그 사람이 너한테 한 짓이 네 잘못인 것처럼 그 사람을 방어하거나 그의 행동을 정당화시키지 마."

"어쩌면 내 잘못일 수 있어."

"자기를 때려달라고 요구하는 아내는 없어."

"너희 어머니가 너보다 남자들에 대해 더 잘 이해하신 것 같아. 남자들을 불쌍하게 생각해야 한다고 말씀하셨잖아. 남자들은 할 일도 없고 하루를 버티게 해줄 목표도 없다고 말씀하셨어. 그들은 지루해하고……."

"그렇지만 네 남편은 그런 이유를 댈 수 없잖아! 그 사람은 일을 하고 자기 삶이 있어!"

이 말을 듣고도 미자는 그를 위해 변명해주기를 멈추지 않았다. "그 사람은 너무 많은 일을 겪은 후 집에 돌아와." 그러고서 그녀는 이를 악물었다. "그의 폭력과 잔인함은 요즘 섬 전체의 방식이야."

그러나 그는 현재 우리가 겪고 있는 문제들이 일어나기 훨씬 전부터 폭력적이었다.

나는 무력감을 느끼기 시작했다. "매일 우리가 올레에서 만났던 시절로 돌아가면 좋겠어."

"그렇지만 그건 안전하지 않아. 우리 둘 다 우리 아이들을 보호해야 해." 그렇게 우리는 그녀가 찾아왔던 처음으로 되돌아갔다. 잠시 후 그녀가 덧붙였다. "이번에는 우리가 너무 오래 있다 다시 만나지 않길 빈다."

"그리고 다음에 널 만날 때는 아기가 네 젖을 먹고 있길 빌게."

나는 그녀를 문까지 배웅했다. 작별을 고할 때도, 그녀에게 얼마나 나쁜 일들이 일어날지 알 수가 없었다.

*

8월 15일 남에서 정식으로 대한민국 정부가 수립됐다. 한 달 후 북에서는 김일성이 소련의 도움으로 인민공화국을 설립했다. 비록 미군도, 소련군도 완전히 떠나지 않았지만 우리나라의 분단은 확정된 듯했다. 생활이 진정된 것처럼 보였고, 미자를 다시 만날 수 있을 것 같았다. 그러나 제주에서는 초가을 내내 여러 파벌들이 싸움을 계속했다. 군대는 미군이 공급하는 기관총과 다른 현대 무기들로 무장한 반면, 반란군은 일본식 검과 한줌의 소총, 대나무 창으로 자신들을 보호했다. 그러다가 1948년 11월 17일 이승만 대통령은 제주에 계엄령을 선포하고 첫 번째 명령을 내렸다.

해변으로부터 5킬로를 벗어난 곳에서 발견되는 사람은
무조건 사살될 것이다.

그것은 불의 고리로 불리게 됐다. 이 명령을 어기는 것은 무엇이건, 누구건 초토화정책을 당할 것이다.

불턱에서 우리는 이것이 우리에게 무슨 의미일지 의논했다.

"산에 있는 사람들은 전부 어디로 갈까요?" 한 여자가 물었다.

"바닷가로 보내고 있대요." 기원이 말했다.

"그렇지만 그들이 들어갈 곳이 아무데도 없잖아요." 다른 해녀가 말했다.

"그게 요점이에요." 기원이 답했다. "바다 가장자리에서는 어느 누구도 숨을 수가 없으니까요."

나는 우리 모두가 생각하고 있다고 느낀 질문을 했다. "우리가 위험해지나요?"

기원이 어깨를 으쓱했다. "우리는 이미 불의 고리의 안전한 쪽에서 살고 있잖아요."

다음 날 하늘이 울기라도 하듯 비가 쏟아졌다. 민병대 남자들과 제주 경찰, 미군 부대가 처음으로 수백 명의 산간 피난민들을 북촌 외곽지역으로 떼 지어 이끌고 갔다. 여자와 아이들은 내가 생각하기에 전혀 문제를 일으킨 사람들처럼 보이지 않았다. 어린 소년들과 머리를 숙이고 걷는 몇 명의 늙은 남자들을 제외하고, 고통스러운 행렬에서 남자들의 모습은 거의 보이지 않았다. 나는 한 가지 결론을 내릴 수 있을 뿐이었다. 남자들은 이미 대부분 죽었다. 심각한 상황을 덜 무겁게 만들기 위해 아이들은 이야기를 하거나 노래를 부르지 않았다. 가족들은 집에서 들고 나올 수 있었던 것들 ― 이불, 요, 조리기구, 곡식 부대, 김치 항아리, 말린 고구마 ― 을 들고 갔지만 어쩔 수 없이 가축은 버려두고 나와야 했다. 그들은 갈대와 소나무 가지로 날개 시붕을 만들면서 최대한 좋게 막사를 만들었다.

북촌에서는 밭에 있는 돌들을 이용해 마을 주변에 담을 쌓으라는 명령이 내려졌다. 고된 노동에 익숙하지 않은 남자들은 힘들어했다. 준부는 손에 물집이 잡히고 등에 통증을 느끼며 집에 돌아왔다. 그 일에 바다 밭이나 농사 밭에서 일하던 여자들도 동원됐다. 아이들조차 도와야만 했다. 담 쌓는 일이 끝난 후에는 집에서 만든 창으로 무장을 하고 밤낮으로 경비를 서야 했다.

"반란군으로 판명된 사람을 누구든 들여놓으면 너희들 모두 처벌받을 것이다." 한 경찰관이 우리에게 경고했다.

곧 피난민들은 들고 온 식량이 동났다. 밤이면 배고픔의 신음소리가 달빛 어린 들판을 넘어, 돌담을 지나 우리 집까지 바람에 실려 왔다. 바람의 방향이 바뀔 때마다 씻지 않은 몸들과 위생시설의 부재에서 생긴 악취 때문에 코와 눈과 목구멍이 아팠다.

어느 날 내가 막사를 지나가고 있을 때 한 여자가 나를 불렀다.

"나는 애들을 키우는 엄만데 당신도 엄마처럼 보이는군요. 날 좀 도와줄래요?"

비록 중산간 사람들이 항상 해녀들을 무시하긴 했지만, 그들에게 일어난 일을 목격하면서 우리의 상처 입은 감정은 동정심으로 옮겨갔다. 그래서 당연히 나는 그들에게 내가 할 수 있는 일이 무엇이냐고 물었다.

"나는 해녀가 아니오." 여자가 말했다. "바다에서 수확하는 법을 몰라요. 좀 가르쳐줄래요?"

기꺼이 그렇게 해주려고 했지만, 그녀가 헤엄치는 것조차 모른다는 사실을 알았을 때 그 청을 거절해야 했다. 그녀가 울기 시작하자 내가 속삭였다. "오늘 밤 우리 밭으로 와요. 내가 고구마랑 다른 것들을 넣은 구덕을 거기 둘게요."

여자에게 위치를 알려주자 그녀는 훨씬 더 서럽게 울었다. 곧 북촌의 다른 여자들도 자기들 밭이나 막사로 가는 담 옆에 음식을 놓아뒀다는 이야기를 듣게 됐다. 그러나 한 이웃 사람이 그렇게 하다가 붙잡혀 가서 고문을 당하고 자선을 베푼 죄로 죽임을 당한 후에는 다시는 그런 위험을 무릅쓰지 않았다.

북촌과 다른 해변 마을에 사는 피난민들은 명령에 따라서 바닷가로 왔지만, 다른 사람들은 — 일부는 두려워서, 일부는 고집이 세서, 일부는 반란군이어서 — 내륙으로 도망쳐서 외딴 산마을에 숨거나 동굴이나 용암굴 속에 새 집을 만들려고 했다. 그러나 이것은 그들이 할 수 있었던 것 중 최악의 일이었다. 설문대 할망은 그들을 보호해줄 수 없었다. 마을 전체가 불에 탈 때는 말 그대로 불의 고리가 됐다. 군인들은 교래리에 불을 질렀다. 그들은 탈출하려는 사람들을 총으로 쏜 다음 증거를 없애기 위해 불꽃 속으로 던져 넣었다. 희생자 중 일부는 아기와 어린아이들이었다. 하가리에서는 군인들이 임신 마지막 달인 여자를 포함해서 25명의 마을 주민을 죽였다. 그런 다음 그들은 마을을 불태웠다. 거의 매일 우리가 그날의 물질 지점으로 노를 저어갈 때면, 큰 산에서 연기 줄기가 바람을 타고 바다 쪽으로 실려오는 것이 보였다.

오일장에 갔지만 살 것이 없었다. 건어물 가판대에 서 있던 여자가 자신이 알고 있던 소식을 전해줬다. "미군 배들이 섬을 막았대요." 그녀가 말했다. "숨어 있는 사람들을 돕거나 지금은 불의 고리 내에 살고 있는 수만 명의 피난민들에게 음식을 제공할 수 없도록 어떤 공급물자도 들여올 수 없대요."

그녀가 분명 알고 있는 것이 많은 듯해서 내가 물었다. "그럼 우리가 먹을 식량은 어떻게 해요?"

여자가 투덜거리며 말했다. "섬에 있는 사람들 중 어느 누구

도 — 불의 고리 바깥쪽에 사는 사람들조차도 — 더 이상 물건을
살 수 없게 될 거요."

더 끔찍하게도 — 훨씬 더 끔찍하게도 — 어느 날 해녀들에게
더 이상 물질을 하지 말라는 명령이 떨어졌다. 예전에는 일본 군
인들이 우리의 식량과 말을 훔쳐갔지만, 이번에는 같은 나라 사람
들이 우리를 굶기고 있었다. 남편과 나는 아이들에게 더 많이 먹
이기 위해 각자 고구마 한 개로 하루를 났다. 그러나 아이들은 살
이 빠졌고 머리가 푸석해졌으며 눈이 움푹 들어가기 시작했다.

누군가 내게 김녕리 해녀공동체가 경찰과 군부대에 음식을 제
공할 식당을 열 수 있는 허가를 받았다는 소식을 알려줬을 때, 나
는 그 정보를 기원에게 전달했다. 그녀는 불턱에서 회의를 소집
했다.

"김녕리 해녀들은 경찰의 폭력을 막고 싶어 하지만, 우리는 같
은 나라 사람들을 죽이고 있는 바로 그런 사람들을 위해 절대 물
질을 하진 않을 겁니다." 기원이 완강하게 말했다. "우리가 반군
에게 숙소와 음식, 옷을 제공하는 것이 오히려 우리 섬에 더 충실
한 게 아닐까요? 이들은 우리 사람이에요. 우리 아들들이나 형제
들, 혹은 사촌들일 수 있어요."

"걸리면 우리는 죽어요!" 장기영이 소리쳤다.

"죽느니 함께 굶는 게 더 나아요." 윤수가 덧붙였다.

"우리가 왜 그들을 도와야 해요?" 누군가가 물었다. "반란군은
먹을 것을 훔쳐가고 작물을 지키려고 하는 사람들을 죽이잖아요.
나는 호랑이뿐만 아니라 곰도 무서워요."

최근 들어 이런 말까지 생겨날 정도로 경찰과 민병대만큼이나
반군과 반란군들을 두려워하는 사람들도 많았다.

"나는 누가 무엇을, 혹은 언제 시작했는지 상관하지 않아요." 기영이 말했다. "그냥 평화를 원할 뿐이에요."

한 사람도 기원의 제안에 동의하지 않았다. 우리가 대장에게 등을 돌린 것은 이번이 처음이었고, 그것은 우리가 반란군에 대한 동정심을 완전히 잃었다는 것을 보여줬다.

＊

북촌을 지켜주는 돌담 사이로 더 많은 소식이 새어 들어왔다. 토산에서는 군인들이 18세부터 40세까지 남자들을 모두 죽였다. 150명이 죽었다. 조천에서는 2백 명의 마을 사람들이 반군과의 전투에서 죽임을 당하지 않도록 자수했다. 결국에는 그들 중 50명을 제외하고 전부 처형당했다. 이런 일이 절대 일어날 수 없을 거라고 우리는 저마다 스스로에게 다짐하고 있었지만, 실제로 일어나고 있었다. 제주 인구의 1/3이 강제적으로 바닷가로 옮겨가게 됐고, 너무나 많은 사람들이 살해돼서 그 숫자를 정확히 셀 수 있는 사람이 없을 정도였다. 하늘은 이 죽음의 장소에서, 저 죽음의 장소로 날아다니는 까마귀들로 검게 뒤덮였다. 시체를 쪼아 먹으면서 그들은 더 강해졌다. 까마귀들은 짝짓기를 해서 훨씬 더 많은 까마귀들을 부화시켰다. 까마귀 떼는 더 커지고 더 까매졌다. 까마귀 떼를 볼 때마다 나는 속이 메스꺼웠다.

미군 군인들은 한 산마을에서 거의 백 명의 시체를 발견했고, 또 다른 미군 군인들은 다른 마을에서 처형당한 76명의 남자들과 여자들과 아이들을 발견했다. 미국인들은 이 잔혹한 행동에 적극적으로 가담하지는 않았지만, 그렇다고 그것을 막으려는 행동도 전혀 취하지 않았다.

"아무 행동도 하지 않는 것이 자신들의 진짜 의도에 대해 우리에게 뭔가 신호를 보내는 그들의 방식이 아닐까?" 준부가 물었다.

이번에도 나는 답을 찾지 못했다.

또 다른 여러 산마을에서 남자들과 소년들이 죽임을 당한 후 생존자들은 — 여자들과 아이들과 노인들 — 함덕초등학교 운동장의 미군 군인들이 세운 군용텐트 안에 수용됐다. 더 이상 공간이 없자 민병대는 남은 사람들을 절벽 끝으로 데려가서 처형했다. 그들은 바닷속으로 떨어졌다.

남편이 묻기도 전에 나는 그가 무슨 질문을 할지 예상할 수 있었다. "텐트와 정찰기를 가진 미국인들이 그걸 못 봤을까?"

남편의 좌절이 점점 더 커지는 것을 보고 걱정이 됐지만, 함덕에서 무슨 일이 일어났는지 들었을 때 나는 무엇보다 가장 먼저 미자를 떠올렸다. 그녀는 그곳에 살고 있었다.

우리는 '삼다'로 일컬어지는 세 가지와 함께 자랐지만, 초토화 정책의 세 가지 '모두 전략' — 모두 죽이고, 모두 태우고, 모두 약탈하는 — 에는 준비가 돼 있지 않았다. 그 충격을 흡수하기가 힘들었다. 우리는 사건에 대해 들을 뿐, 피해를 당한 어머니나 아이나 형제를 직접적으로 보진 못했다. 개별적인 고통을 느끼진 못한 채 우리는 그런 이야기들을 듣기 시작했다. 한 가족이 집에서 끌려 나왔다. 며느리에게 다리를 벌리도록 하고 시아버지에게 며느리 위로 올라가게 만들었다. 시아버지가 그 행위를 끝내지 못하자 두 사람 모두 죽임을 당했다. 권총을 불에 달군 다음 그냥 무슨 일이 일어나는지 보려고 그것을 임신한 여자의 몸속에 집어넣었다는 군인 이야기도 들었다. 살해된 아들들의 어머니와 남편을 잃은 아내들은 종종 미쳐서 절벽에서 몸을 날려 저승에 있는 사랑하는 사람들에게 헤엄쳐 갔다. 한 마을에서는 처녀들이 납치돼서 2주 동안 집단성폭행을 당한 다음 그 마을의 모든 청년들과 함께 처형당했다. 아내들은 경찰관이나 군인들과 결혼을 강요당했다. 결혼은 재산을 합법적으로 보유할 수 있는 방법이었기 때문이다. 몇몇 해녀들은 돈을 주고 남편이나 아들을 감옥에서 꺼내기 위해 밭을 팔았다. 남편이나 형제, 아들, 다른 남자 친척을 감옥에서 석방시키는 대가로 경찰관과 결혼하는 데 동의할 수밖에 없는 여자들이 가장 불행했다. 그러나 사랑하는 사람들이 결국 처형당하는 경우가 비일비재했다. 이런 일들을 마음속에서 지워버리고 싶었지만 그것은 절대, 절대로, 사라지지 않았다.

나는 가족과 함께 도생과 아버지와 남동생이 있는 하도의 집으로 돌아가고 싶었지만, 준부는 우리가 북촌에 머물러 있어야 한다고 생각했다. "나는 계속 가르쳐야 해." 그가 말했다. "우리에게 돈이 필요하니까."

학교는 소년들과 청년들이 계속 나와서 공부할 수 있도록 열렸다. 준부는 학교에서 자기 역할을 다하느라 고생했지만, 해녀들에게 물질이 허용되지 않는 상황에서 우리에게 돈이 필요하다는 그의 말은 맞았다. 우리는 모두 배가 고팠고, 날마다 더 쇠약해져갔다. 아이들은 울 기운조차 없었지만 밤이면 칭얼댔다. 내가 할 수 있는 일은 젖이 마르지 않게 해달라고 빌면서 삼승할망에게 빈약하나마 제물을 바치는 것뿐이었다. 젖이 안 나오면 경수를 어떻게 기를지 막막했다.

생명을 주는 공기

제주의 겨울은 길고 황량하지만 1949년의 1월은 특히 그랬다. 어느 날 밤, 바람이 집의 벽들 틈새 사이로 더 심하게 불어오는 것 같았다. 아이들은 거의 움직일 수가 없었다. 옷을 너무 많이 껴입고 있어서 팔과 다리가 마치 나뭇가지처럼 몸에서 튀어나와 있는 듯 보였다. 준부와 나는 요를 전부 맞닿게 펼쳤다. 민리와 성수는 자기 요에서 기어 나와 더 따뜻한 품을 찾아 우리 가까이로 다가왔다. 나는 겨드랑이 밑으로 경수를 안았다. 기름등잔이 꺼지고 깜깜하게 어두운 방에서 아이들은 추위와 배고픔으로 안절부절못하고 있었다. 우리 자신도 잘 이해할 수 없는 마당에 아이들한테 우리의 불행을 어떻게 설명해야 할지 알 수가 없었지만, 나는 민리를 달랠 수 있으면 성수도 진정될 것임을 알고 있었다. 이야기를 들려주면 도움이 될지 모른다.

"우리 섬에는 우리를 지켜줄 여신들이 매우 많아서 참 다행이야." 나지막한 목소리가 평온함을 가져다주길 바라면서 나는 부드러운 목소리로 말했다. "그런데 우리에게는 여신만큼 용감하고 끈기 있는 실제 여자가 있단다. 이름은 김만덕이었고 그녀는 3백 년 전에 살았단다. 그녀는 이곳에 귀양 온 양반의 딸이었다. 그녀의 어머니는……." 기녀였다는 말은 안 할 작정이었다. "그녀의 어머니는 제주시에서 일했다. 김만덕은 어머니를 본받지 않았어."

준부가 어둠속에서 나를 보고 미소를 지으며 내 손을 꽉 쥐어 줬다.

"김만덕은 객주를 차리고 상인이 됐단다. 그녀는 제주의 훌륭한 특산품들 — 말총과 미역, 전복, 말린 황소 담석 — 을 팔았다. 그러다가 가장 끔찍한 흉년이 들었어. 사람들이 개들을 모조리 잡아먹었대. 곧 물밖에 먹을 게 없었는데 그 물마저 많지 않았지. 김만덕은 도움을 베풀어야만 했다. 그녀는 자신이 가진 모든 것을 판 다음 사람들에게 쌀을 사주기 위해 천 개의 금괴를 지불했어. 왕이 그 얘길 듣고 그녀에게 돈을 갚아주려 했지만 그녀가 거절했대. 왕은 무엇이든지 그녀가 원하는 것을 주겠다고 말했고, 그녀의 유일한 청은 달보다 더 컸단다. 그녀는 신성한 곳들을 방문하러 육지로 여행을 갈 수 있게 해달라고 청했대. 왕은 약속을 지켰고 그녀는 2백 년 만에 처음으로 제주를 떠나 육지에 간 최초의 제주도 사람이었을 뿐만 아니라 육지에 간 최초의 여성이 됐단다. 김만덕을 통해 상상할 수조차 없던 일이 실현 가능해졌지. 그녀는 너희 아버지와 다른 많은 사람들이 제주를 떠날 수 있도록 길을 닦아줬단다."

"김만덕은 마음이 넓은 여자였어." 준부가 민리에게 속삭였다. "자신의 이익보다 나른 사람늘을 더 생각했지. 아가, 그녀는 너희 엄마와 비슷했단다."

아이들은 서서히 잠에 빠져들었다. 나는 아기를 누이와 형 사이에 눕히고 남편의 품속으로 파고들었다. 옷을 다 벗기에는 너무 추웠다. 그는 바지를 엉덩이까지 끌어내렸다. 나도 몸을 틀어서 바지를 벗었다. 배고픔과 절망은 — 우리 주변에서 벌어지는 모든 죽음과 파괴는 — 우리에게 생명을 만들어내고, 미래가 있을 것이라고 말해주며, 우리 자신의 인간성에 대해 일깨워줬던 바로 그 일을 하게 했다.

*

몇 시간 지나지 않아서 우리는 총소리 때문에 잠에서 깨어났다. 이런 일이 그 시절에는 드물지 않았다. 정신이 번쩍 들고 공포가 몰려오는 순간이었다. 우리는 본능적으로 아이들을 끌어 모았다. 준부가 우리 모두를 두 팔로 감싸 안았다. 발소리가 올레에 울려 퍼졌다. 고함소리와 투덜대는 속삭임 소리가 우리 방으로 새어들어왔다. 그 후 조용해졌다. 아기는 곧 잠이 들었고 다른 아이들의 몸속에 있던 긴장은 그들이 나른한 잠에 빠져들면서 녹아내렸다. 준부와 나는 깨어 있는 상태로 함께 누워서 밖에서 나는 소리를 듣다가 우리 역시 잠이 들었다.

동이 터서 민리와 내가 말린 똥을 모으고 물을 길러 밖으로 나왔을 때, 미자가 우리 집 앞의 작은 마당에 서 있었다. 그녀는 8개월 전에 봤을 때보다 얼굴이 더 좋아 보였다. 머리카락의 윤기에 아침 햇살이 빛났다. 그녀의 눈이 반짝였고 입에서는 입김이 모락모락 피어났다. 그녀는 혼자였다.

"여기서 뭐 하는 거니?" 나는 매우 놀란 동시에 약간 경계하면서 물었다. 미자가 괜찮은 것을 보고 안심했지만, 그녀의 남편이 어느 편인지 알고 있었기 때문에 마음속 한편으로는 조심해야 한다고 느꼈다.

그녀가 대답하기도 전에 민리가 꽥꽥 소리를 질렀다. "요찬이 어딨어요?" 두 아이는 6월이면 네 살이 될 것이다. 그들은 우리의 뜸한 방문에도 불구하고 서로를 기억할 만큼 충분히 자랐다.

미자가 민리를 보고 미소를 지었다. "요찬이는 아버지와 함께 제주시에 사는 할아버지, 할머니를 만나러 갔단다. 가는 길에서 많이 벗어나지는 않아서 나를 내려주고 갔어. 지금은 말이야," 그녀가 내게로 시선을 돌렸다. "가장 오랜 내 친구를 만나러 온 거란다."

물어볼 것이 많았지만 의례적인 인사부터 먼저 나눴다. "밥은 먹었어? 자고 갈 거야?" 집 안으로 돌아와서 나는 그녀에게 무엇을 먹일 수 있을지, 작은 우리의 교사 사택 어디에 그녀를 재워야 할지, 그녀의 남편이 어떻게 반응할지 고민하고 있었다.

"그럴 필요 없어. 오늘 오후에 날 데리러 다시 올 거야." 그녀가 머리를 한쪽으로 기울였다. "허벅 하나 줘봐. 날 마을 우물로 데려다줘. 도와줄게."

민리가 다른 허벅을 찾으러 폴짝거리며 뛰어갔다. 미자는 양손을 내 뺨에 댔다. 곤궁함이 내 얼굴에 가져온 온갖 변화를 바라보고 있는 것인지, 아니면 다음에 우리가 다시 만날 때까지 간직하기 위해 마음속에 내 얼굴을 저장하고 있는 것인지 알 수가 없었다. 어느 쪽이건 나는 그녀의 손가락을 통해 내 살 속으로 사랑이 전해오는 것을 느꼈다. 내가 어떻게 그녀를 의심할 수 있었을까?

민리가 구덕에 담긴 물 항아리를 들고 돌아왔다. 미자가 그것을 등에 짊어진 다음 내 팔짱을 꼈다. 그녀가 민리에게 말했다. "길을 안내하렴."

미자는 민첩하게 움직였다. 그녀는 발걸음에 힘이 없어 보여서, 그녀의 몸과 마음이 얼마나 강인한지 감춰주는 역할을 했다.

위쪽에서 소동이 벌어지는 소리가 들렸다. 나는 집으로 돌아가고 싶었지만, 가족을 위해 물을 길어오는 것이 여자들과 여자아이들의 의무였다. 북촌의 우물은 공터에 있었고 그곳이 우리가 가야 할 곳이었다. 내 딸과 내가 더 이상 한밤중에 나는 총소리에 놀라지 않는다고 한다면, 나는 또한 시체를 보고서도 더 이상 두려움에 사로잡히지 않는다고 — 슬프게도 — 말할 수 있었다. 그러나 우리가 공터에 도착해서 군복을 입은 — 군인임을 알 수 있는 — 두 사람이 들것에 누워 있는 모습을 발견했을 때, 미자는 놀라서 크게 헉 소리를 냈다. 두 사람 모두 가슴에 총을 맞았다. 피가 셔츠 밖으로 새어 나와 기묘한 꽃 모양을 이루고 있었다. 열두 명 정도의 노인들이 생명 없는 형체들을 내려다보며 서서 다투고 있었다.

"저 사람들을 함덕에 있는 군대 본부로 데려가야 해요." 한 노인이 말했다. "그래야 우리가 이 일과 아무 상관이 없다는 걸 증명할 수 있소."

"아니야." 또 다른 노인이 분개하면서 대답했다. "정황이야 어찌 됐든 우리가 그들을 여기서 죽게 만들었다고 볼 거요."

"어떻게 우리가 그들을 죽게 만들었다는 거요? 그들이 여기에 온 것은 반란군으로부터 우리를 보호해주기 위해서인데……."

미자의 얼굴이 해면의 거품처럼 하얗게 변했다. 나는 그녀의 팔꿈치를 잡았고, 우리 세 사람은 남자들 사이를 밀치고 우물로 갔다. 우리는 허벅에 물을 채운 다음 물러나며 빨리 집으로 돌아가기를 바랐다.

"그들을 함덕으로 데려가면 군대가 보복을 할 거요."

"우리가 그들을 안 데려가면 군대가 보복을 할 거요."

"그렇지만 우리는 아무 짓도 안 했잖소!" 마치 그의 큰 목소리가 두 생명을 되돌아오게 할 수 있기라도 할 것처럼, 또 다른 노인이 소리쳤다.

올레로 들어서자 민리는 아무 일도 없었던 것처럼 즐겁게 재잘댔다. "요찬이는 셈을 잘해요? 벌써 글자를 배웠어요? 제가 어떻게 숫자를 세는지 보세요! 하나, 둘, 셋……."

그러나 우리에게는 보통이 된 일이 내 오랜 친구에게는 무시무시했을 것이다. 그녀는 여전히 충격을 받은 표정이었고, 공터에 처음 도착한 이후 한마디도 하지 않았다.

"너는 집으로 돌아가야 할 것 같다." 내가 말했다. "문제가 생길 수 있어. 준부가 널 데려다줄 거야."

"아니야, 난 괜찮아." 미자가 중얼거렸다. 그런 다음 약간 더 큰 소리로 말했다. "나는 시체를 함덕으로 데려가야 한다고 말한 노인 말에 동의해. 군대는 그걸 보면 무고함을 인정해줄 거야."

표면적으로 우리는 평생 동안 이런 식이었다. 그녀의 가벼움 대 내 현실적임. 그녀의 영리함 대 내 단순함. 그러나 상황이 변했다. 지금은 그녀가 일부러 순진한 척 행동하고 있다고 나는 생각했다. 군대가 함덕에 주둔하고 있었다. 피난민들은 학교 운동장에서 살고 있었고 사람들은 그곳에서 살해됐다. 그녀 남편의 지위가 아마도 그녀를 보호해줬을 것이다. 그러나 그렇다고 해서 현실에 눈을 감아서는 안 됐다. 그럼에도 나는 그녀와 다투고 싶지 않았다. 나는 그녀를 상문의 아내가 아니라 내 친구로 보고 싶었다.

우리는 집 앞에 있는 안마당으로 들어갔다. 미자는 물 항아리와 구덕을 내려놓은 다음 신발을 벗고 안으로 들어갔다. 민리와 나는 아무 말 없이 그녀 뒤를 따랐다. 준부가 경수를 안고 있었다. 미자가 두 팔을 활짝 펴고 앞으로 달려갔다. "아기 좀 보여줘요." 남편이 주저하는 것이 느껴졌다. 지난번에 함께 만났을 때 그와 상문 사이가 안 좋게 끝났기 때문이다. 그러나 그 순간이 지나자 준부는 미자에게 아기를 안게 해줬다. 준부에게 부탁해 걸어서 집으로 데려다주고 오라고 하면 어떻겠냐고 내가 다시 말해 보았지만 미자는 손사래를 치며 그 생각을 물리쳤다. 이 모든 일이 몇 초밖에 걸리지 않았다.

"그럼 나는 학교에 갈게." 남편이 말했다. 그러고는 이렇게 덧붙였다. "아들들 옷도 입히고 밥도 먹였어. 조 할망이 여기로 곧 올 거야. 점심 때 돌아올게." 그 말과 함께 그는 고개를 숙여서 방을 나갔다. 아직 경수를 안고 있던 미자는 마루를 미끄러지듯 가로질러서 조개껍질 무더기를 가지고 놀고 있는 유리에게로 다가가 그녀의 머리 정수리에 입을 맞췄다. 내 시누이는 아무런 반응을 보이지 않았지만 그것은 예상하던 바였다. 미자는 경수를 바닥에 내려놓고 이어 민첩한 동작으로 호주머니에서 수건을 꺼내더니 유리의 머리를 덮고 있던 것을 푼 다음 새 것으로 바꿔줬다.

"우리 남편이 나한테 이걸 사줬어." 그녀가 말했다. "그런데 이걸 본 순간부터 이건 언니 거라는 걸 알았어요. 근데 봐요. 녹색과 자주색 무늬가 언니 얼굴 옆에 있으니까 예뻐 보이잖아요."

유리는 턱 밑으로 손을 들어 올리며 만족스러움을 표현했다. 이어 미자는 방 안을 둘러봤다. 그녀가 마음에 들어 하는지 아닌지 알 수가 없었다. 그녀는 내가 물을 기회를 주지 않았다. 그녀의 시선이 내게로 와서 머물렀기 때문이다. "너 마른 것 같다." 미자가 말했다. "네가 이렇게 창백한 걸 본 적이 없어."

나는 거울의 확인을 필요로 하는 그런 여자는 아니었지만, 반사적으로 얼굴에 손가락을 댔다. 그러고 보니 내가 미자보다 더 창백했다.

"너는 세 아이의 엄마야." 그녀가 나를 나무랐다. "애들을 위해 더 강해져야 해. 모든 엄마가 가장 좋은 음식은 자식들에게 먹이지만 너도 먹어야 해."

미자가 나를 안쓰럽게 생각하지 않아서 내가 상처를 받은 것인지, 아니면 그녀의 생활이 너무 바꿔어서 미자가 배고픔의 절박함을 까먹었기 때문에 내가 망연자실했던 것인지 나는 솔직히 말할 수가 없었다. "우리가 만났던 날⋯⋯."

내 말을 무시하고 미자가 바다 쪽을 가리켰다. "네 바다 밭이 저기 있어. 물질하러 가자."

"네가 모르나 본데 해녀들에게 금지⋯⋯."

그녀는 우리가 블라디보스토크에 있을 적 곤경에 처할 때마다 그랬던 것처럼 순진하게 양손을 번쩍 들었다. "우리는 해녀로서 잠수하고 있는 게 아니에요." 그녀가 우리를 잡으러 올지 모르는 보이지 않는 사람에게 설명했다. "그냥 두 친구가 함께 수영하고 있는 거예요."

"1월에?" 내가 의심스럽다는 듯이 물었다.

미자가 미소로 답했다. 나는 그녀를 믿어보기로 결심했다.

조 할망이 도착했을 무렵 미자와 나는 바닷속에 입고 갈 수 있는 옷으로 이미 바꿔 입은 상태였다. 해녀로 보일 물옷을 입지 않고 나는 그냥 속옷을 입었고 미자는 낡은 잠옷 셔츠를 입었다. 그 위에는 평상복을 걸쳤다. 우리는 바닷가로 걸어가면서 아무렇지 않게 보이도록 하는 데 너무 집중하느라, 들것에 두 군인의 시신을 싣고 함덕 방향으로 가는 노인들의 행렬에 거의 신경을 쓰지 않았다. 우리는 그냥 올레의 돌담에 등을 대고 친구들이 그러듯이 서로에게 속삭이는 척했다.

감히 불턱에는 들어가지 않았다. 대신 훤히 보이는 데서 겉옷을 벗고 손에 손을 잡고 얕은 물로 걸어 들어갔다. 물안경도 끼지 않았다. 그것 또한 우리의 의도를 드러낼 수 있었다. 마을 사람이 우리를 본다면 일 년 중 하필 이때 — 재미로 — 얼음장 같은 물속에서 수영을 하다니 이상하다고 생각했을 것이다. 만약 군인이 소란을 부리려고 하면 나는 우리가 수확한 것을 그와 나눌 계획이었다.

해녀들에게 물질이 허용되지 않았기 때문에 바닷가 바로 근처 지역에도 소라와 소라고둥이 매우 풍부했다. 우리는 이것들을 따서 작은 망사리에 집어넣었다. 욕심을 부리지는 않았다. 그러나 발각된다면 욕심 부리는 것으로 보이지 않을 수가 없었다. 통금시간만큼 엄격하게 실시되고 있는 규칙을 깨고 있었지만, 바닷속에서는 내가 하고 있는 일이 완전히 옳은 것처럼 느껴졌다. 이것은 내 세계였다. 내 자식들을 먹이기 위해 바다를 찾지 말라고 누가 나한테 말할 수 있겠는가? 내 옆에는 미자가 있었고, 그녀는 내게 용기를 더 북돋아줬다.

11시경 성게로 맛을 낸 죽을 끓이고 소라와 말린 고구마 조림을 만들 수 있을 만큼 재료를 충분히 땄을 때, 미자와 나는 바닷가로 헤엄쳐 나와서 재빨리 옷을 걸쳐 입었다. 우리는 망사리를 구덕에 쑤셔 넣고 천 조각으로 덮었다. 우리가 한 짓을 감추되, 최소한의 방식으로만 감췄다. 너무 계획적인 속임수나 수법을 쓰면 누군가 우리를 조사하기 위해 멈춰 세울 경우, 더더욱 죄 지은 사람처럼 보일 것이다. 우리가 집으로 돌아가고 있을 때 사람들은 조심하면서 평화롭게 일상생활을 하고 있었다. 남자들은 대부분 정자나무 아래 모여 앉아 아직 어린 아이들과 아기들을 돌보고 있었다. 함덕으로 시신을 옮겨간 노인들은 아직 아무도 보이지 않았다. 동생들을 등에 업은 여자아이들은 어머니를 위해 심부름을 하고 있었다. 그리고 우리 나이 또래와 더 나이 든 여자들은 추위에 대비해 옷을 껴입고 집 앞 디딤돌에 앉아서 물질이 허용되지 않은 해녀들이 하는 일 — 망사리를 손보고, 칼과 창을 갈고, 물옷에 난 구멍을 때우고, 딸들을 위해 새 물옷을 기워주는 일 — 을 하고 있었다. 모두 물질 금지가 해제되면 곧바로 나갈 채비를 갖춰놓고 싶어 했다.

미리 경고해주는 단 한 번의 고함소리나 덜커덕 소리도 없이, 트럭들과 발포 소리, 뛰어다니는 발소리가 정적을 산산이 박살냈다. 눈 깜짝할 사이에 아수라장이 됐다. 마치 악마 신들이 갑자기, 사방에서 우리에게 들이닥친 것 같았다. 아버지들은 아기들과 아장아장 걷는 아이들을 재빨리 안아 올렸고 남자아이들은 오누이들의 손을 붙잡았다. 집에 있던 어머니들은 올레로 튀어나가서 자식들과 손자들, 남편들을 찾았다. 미자와 나도 뛰었다. 나는 아이들과 유리가 있는 집으로 돌아가야 했다. 미자는 내 옆에 남아 있었다. 우리는 떨어질 수 없었다. 나는 그녀가 필요했지만 그녀는 집에서 멀리 나와 있었기 때문에 내가 훨씬 더 필요했다. 미자는 북촌에서는 낯선 사람이었다. 우리가 떨어지면 어느 누구도 그녀를 받아들여주지 않을 것이다. 사람들이 그녀를 알고 있다 해도, 반란군이나 첩자로 몰릴 수 있었다.

연기 냄새가 났고, 눈앞에 보이는 것도 없이 먼저 총이 탕탕 발사되는 소리가 들렸다. 우리가 쏜살같이 모퉁이를 돌았을 때 뜨거운 총알들이 우리를 향해 비스듬히 날아왔다. 총알들은 불붙은 생쥐들 같았다. 총알 뒤로 초가지붕에서 불꽃이 솟아올라 이미 몇 집을 집어삼키고 있었다. 군복을 입고 횃불을 든 남자들이 이 집 저 집 돌아다니며 더 많은 지붕에 불을 붙였다.

"이리 와! 또 다른 길이 있어!" 내가 소리쳤다.

우리는 돌아서 왔던 길로 뛰어가며 우리를 향해 오는 사람들 속을 헤쳐나갔다. 그러나 군인들은 사방에 있었다. 우리는 곧 포위됐다.

"꼼짝 마!" 한 군인이 우리에게 소리쳤다.

"뛰지 마!" 다른 군인이 소리쳤다.

그렇지만 우리 아이들은 어쩌지! 나는 미친 듯이 사방을 살펴봤다. 집에 가야만 했다. 열두 명가량의 또 다른 사람들이 미자와 나를 붙잡은 똑같은 함정 속으로 뛰어 들어왔다. 분명히 우리들 모두 — 살고 싶은 바람에서, 아니면 가족을 찾고 싶은 바람에서 — 도망치고 싶어 했다. 그러나 소총들이 우리를 겨누고 있고 불꽃이 우리 등을 달구고 있는 상황에서 우리는 복종해야만 했다. 이 올레에서 내가 총에 맞는다면 나는 아이들을 도울 수도 없고 남편과 시누이를 찾지도 못할 것이다. 내 안의 해녀는 정당한 분노로 가득 찼다. *나는 내 가족을 위해 살아남을 것이다. 나는 내 가족을 보호할 것이다.*

군인들이 우리를 소떼 몰듯이 몰아서 앞으로 나아가게 만들었다. 더 많은 포로들을 데리고 다른 군인들이 우리 무리에 합류했다.

미자가 내 팔뚝을 꽉 잡았다. "우리를 어디로 데려가는 거야?" 그녀가 떨리는 목소리로 물었다.

답을 알 수 없었다. 미자와 나는 무리의 한가운데 있었다. 사방에서 몸들이 우리를 압박해왔다. 우리는 깔때기 모양으로 또 다른 모퉁이를 돌아서 우리 집을 포함해 교사들의 사택이 줄지어 서 있는 올레로 들어섰다. 나는 혼잡한 군중 속을 간신히 빠져나와 가장자리로 갔다. 우리 집 마당으로 들어가는 문이 열려 있었다. 유리를 묶어놓은 밧줄이 맥없이 덩그러니 놓여 있었다. 집 안으로 들어가는 문은 활짝 열려 있었다. 아무도 없는 것 같았지만 나는 어쨌든 큰 소리로 불렀다. "민리야. 성수야. 조 할망." 대답이 없었다. 나는 조 할망이 아이들을 안전한 곳으로 데려갔길 빌었다. 그러나 마음속 깊은 곳에서는 그럴 가능성이 없다는 것을 알고 있었다. 나는 두려움으로 창백했지만 내 피는 녹인 강철처럼 뜨겁게 느껴졌다. 나는 다시 군중 속으로 밀려들어갔다.

"학교야." 내 몸에서 나온 목소리가 내 목소리가 아닌 것 같았다. "우리를 초등학교로 데려가고 있어."

"준부가……." 미자가 말했다.

"어쩌면 그가 아이들을 이미 데리고 있을지 몰라."

우리는 학교 정문을 지나 나아갔다. 남편들과 형제들과 아버지들은 분리돼서 왼쪽으로 밀려났다. 그들 중 많은 사람들이 여전히 품에 갓난아기들과 어린아이들을 안고 있었다. 분리 지점에는 보복을 피하기 위한 시도로 두 명의 군인 시신을 함덕으로 가져갔던 열 명의 북촌 노인들이 운동장에 널리려고 널어놓은 해조처럼 뻗어 있었다. 그들 모두 머리에 총을 맞았다.

"계속 움직여! 계속 움직이라고!" 군인들이 우리에게 소리쳤다.

내 팔다리가 앞에 있는 사람들의 팔다리와 부딪혔다. 뒤에서 나를 밀어제쳤다. 미자는 내 팔에 달라붙어 있었다. 그녀가 나와 함께 있는 것이 위안이 됐다. 동시에 그녀를 떨쳐내고 싶은 충동과 싸웠다. 나는 내 아이들을 찾아야만 했다.

준부와 아이들을 볼 수 있을까 해서 발끝으로 서서 살펴봤지만 북촌에 사는 사람들이 모두 이곳에 와 있는 것 같았다. 마을 전체가 말살당한 — 불에 타서 무너지고 모든 주민들이 죽임을 당한 — 이야기를 들었기 때문에 나는 군인들이 우리에게 무슨 짓을 할까 생각하면서 겁이 났다.

우리는 또 다른 군인들 무리가 있는 지역으로 갔다. 그들은 우리에게 또다시 명령을 내렸다. "앉아! 앉아! 앉아!"

굽이치는 파도처럼 우리는 땅바닥에 주저앉았다. 주변에서 사람들이 흐느껴 울었다. 어떤 사람들은 여신들에게 기도했다. 한 노파는 불경을 암송했다. 아기들은 울부짖었다. 더 큰 아이들은 엄마를 찾아 울었고 노인들은 고개를 떨궜다. 약하거나 아픈 몇 사람은 너무 지쳐서 움직일 수 없었기 때문에 땅바닥에 쪼그리고 누웠다. 맞은편 황량한 흙바닥 너머에는 북촌의 남자들과 십대 소년들이 앉아 있었다. 우리 위로 검은 까마귀들이 선회하고 있었다. 그들의 저녁 식사가 다가오고 있었다.

군인들이 땅을 굳게 디딘 채 다리를 벌리고 서 있었다. 그들의 무기가 앞뒤로 흔들리며 우리 몸 위를 훑고 지나가면서 도망치려는 사람을 찾고 있었다. 연기가 자욱해서 숨쉬기가 힘들었다. 학교를 제외하고 마을 전체가 불이 난 것처럼 보였다.

확성기의 날카로운 소리가 학교 마당을 가로질러 들려왔고 한 남자가 앞으로 나섰다. "나는 제2연대 3대대 사령관이다. 너희들 중에서 경찰이나 군대, 혹은 우리를 위해 일하는 사람들의 가족이 있다면 앞으로 나와라. 너희들을 다치게 하진 않겠다."

미자는 이 범주에 들었다. "가." 내가 속삭였다.

"널 두고 가진 않을 거야." 그녀가 속삭이며 대답했다. "내가 여기 있으면 널 도와줄 수 있을지 몰라. 상문이 오면 내가 그에게 우리 모두를 데려가달라고 할게. 그가 우리를 구해줄 거야. 그에게 어떻게 부탁해야 하는지 아니까."

나는 마음이 갈팡질팡해서 입술을 깨물었다. 그가 나와 내 가족을 돕기 위해 나서줄지 의심스러웠다. 더 중요한 것은 과연 미자가 그에게 영향력을 미칠 수 있을지 의심스러웠다. 그러나 나는 그녀를 믿으려고 애썼다.

사령관은 그가 한 말을 다시 반복하면서 덧붙였다. "너희들을 가족에게 안전하게 넘겨주겠다고 약속한다." 그 말에 몇 사람이 일어났다. 경찰관들과 군인들이 자신들의 친척들을 모아서 나머지 사람들에게 일어날 일로부터 벗어날 수 있는 곳으로 안내했다. 우리에게 무슨 일이 일어날지는 모르지만 말이다. 그들이 시야에서 사라지자 사령관이 다시 우리를 보고 말했다. "오늘 새벽에 내 부하 두 명을 죽인 반란군을 찾고 있다."

그 일이 일어났을 때 우리 가족은 자고 있었고, 아마 다른 모든 집도 마찬가지였을 것이다.

"우리는 또한 적을 도와준 사람들과 우리의 움직임에 대해 귀띔해준 밀고자들을 찾고 있다."

나는 둘 중 아무것도 하지 않았나. 그러나…… 일 년 전쯤 나는 산간 지방의 집에서 밀려난 한 어머니와 자식들을 돕기 위해 밭에 먹을 것을 남겨둔 적이 있었다. 우리가 아직 일할 수 있도록 허용됐을 때 해녀공동체 해녀들과 귓속말로 수다를 떨었고, 최근 몇 달 동안에는 이웃들과 작은 소리로 수다를 떨었었다. 그리고 남편이 우리 주변에서 일어나고 있는 일에 대해 통렬히 비판하는 것을 들은 적이 있었다.

"지금 앞으로 나와서 고백하면 더 많이 용서해주겠다." 사령관이 소리쳤다. "앞으로 나오지 않으면 너희 가족과 친구들은 고통을 당할 것이다."

어느 누구도 그 제안을 받아들이지 않았다.

"우리는 이미 북촌 주변의 마을들을 다녀왔다." 그가 말을 계속했다. "우리는 농부라고 주장하는 제주 사람들을 3백 명 제거했다."

제거란 죽였다는 의미인 것이 틀림없었다. 그러나 다시 아무도 나서지 않았다.

"좋다, 그렇다면." 사령관은 가장 가까이 있는 군인들에게 손짓을 했다. "누구든지 남자 열 명을 데려와라."

군인들이 건너편 흙에 앉아 있던 아버지들과 남편들, 형제들과 아들들의 바다 속을 헤치고 들어갔다. 군인들이 선택을 하고 있을 때 나는 눈으로 그들을 따라가며 준부를 찾았다. 대부분 십대와 이십대로 보이는 처음 선택된 열 명의 남자들이 운동장에서 초등학교로 호위되어 왔다. 우리 쪽 마당에 있던 남자들의 어머니들과 아내들, 누이들과 딸들이 흐느껴 울기 시작했다. 내가 느낀 것은 군인들이 준부를 데려오지 않았다는 안도감뿐이었다.

곧 제주의 혹독한 바람이 고문당하는 남자들의 비명소리를 우리 귀까지 실어다줬다. 나는 두려움으로 꼼짝도 하지 못했다. 독립적이고, 단호하며, 죽음을 두려워하지 않는 사랑의 여신인 자청비 할망에게 기도했지만 남자들은 마당으로 돌아오지 않았다. 또 다른 열 명의 남자들이 집결돼서 안으로 끌려갔다. 다시 그들의 여자 가족들은 슬퍼하며 울었고, 고통스럽게 울부짖다가 무시무시한 침묵에 빠졌다.

내 눈이 미자의 눈과 마주쳤다. 그녀가 무슨 생각을 하고 있는지 헤아릴 수가 없었다.

"내가 여기서 죽는다면 말이야," 내가 선언했다. "그렇다면 내 아이들과 함께 죽을 거야."

다음 남자 무리가 안으로 끌려간 뒤 나는 앉은 채로 사람들 사이를 빠르게 돌아다녔다. 미자도 나를 따라왔다.

"저희 애들 보셨어요?" 나는 몇 미터마다 주변 사람들에게 물었다. "조 할망 보셨어요?"

캐묻고 다니는 사람이 나 혼자만은 아니었다.

가장자리까지 위험한 모험을 하는 동안 우리는 앰뷸런스에 가까이 — 너무 가까이 — 다가갔다. 뒷문들이 열려 있어서 우리는 남자들이 안에서 언쟁을 벌이는 소리를 들을 수 있었다.

"여기 있는 사람을 모두 죽여야 하지 않을까요?" 한 남자가 쉰 목소리로 말했다.

"그건 불가능해." 나는 사령관의 목소리를 알아들었고 실낱같은 희망을 느꼈다. 그런 다음 그가 말을 계속했다. "하지만 살려준다고 한들 이미 모든 것을 다 태워버렸는데 그들에게 필요한 물건들 — 옷, 음식, 집 — 을 다시 제공해줄 수도 없는 노릇이고. 다 없애야 하나?"

"그러면 목격자들도 없게 되는 거죠."

"그렇지만 그게 — 얼마나 된다고? — 천 명?" 사령관이 물었다.

"그렇게 많지는 않습니다. 겨우 몇백 명에……."

바로 그때 앰뷸런스 기사가 문을 열고 마당 가장자리로 비틀거리며 걸어가서 토했다. 곧 사령관과 그의 장교들이 앰뷸런스 뒤쪽에서 쏟아져 나왔다. 그들이 V자 대형으로 성큼성큼 걸어가버렸을 때 미자와 나는 앉은 채로 군중들 속으로 돌아왔다. 우리는 무슨 일이 일어날지 사람들에게 말하지 않았다. 공포는 도움이 되지 않을 것이다.

나는 자식을 보호하고자 지구만큼 오래된 본능에 의해 행동하는 동물로 변해 있었다. 미자와 나는 모여 있는 사람들의 앞쪽으로 다가가서 우리가 가장 두려워했던 한 곳으로 갔다. 무기를 들고 있는 군인들 가까운 곳으로 다가가고 있을 때, 미자가 반은 속삭이고 반은 외치는 소리로 간신히 말했다. "봐!"

몇 미터 앞쪽에 열두 명가량의 머리들 사이로 조 할망과 유리가 보였다. 민리는 그들 사이에 안전하게 앉아 있었다. 유리는 큰아들 성수를 무릎 위로 안고 있었고, 작은아들 경수는 조 할망의 어깨 위에서 자고 있었다. 안도감이 몰려왔다. 세 아이는 안전했다. 이제 내가 할 일은 주의를 끌지 않고 그들에게 다가가는 것이었다. 그런 다음 남편을 찾아야 했다.

미자와 내가 그들에게 거의 닿을 무렵 사령관이 두 무리 사이의 빈 공간으로 다시 걸어왔다.

"우리가 남자들을 데려가지만 너희들은 신경 안 쓴다. 너희 딸들 중 하나에게 질문을 하면 무슨 일이 일어나는지 보자."

그가 손을 뻗어서 그의 필요에 맞는 가장 가까이 앉은 사람을 붙잡았다. 유리였다. 성수가 그녀의 무릎에서 떨어져 일어났다. 성수가 막 뛰어가려는 순간 조 할망이 저고리 꼬리를 붙잡아서 아이를 막았다.

누군가가 소리쳤다. "그 아가씨는 말을 못 해요! 그 사람은 당신을 도울 수 없을 겁니다!"

나는 그 목소리가 남편의 목소리라는 것을 깨닫고 두 손에 얼굴을 묻었다. 그는 살아 있었고 여기 있었다.

"말한 사람이 누구지?" 사령관이 물었다. "이 여자를 아는 사람이 누구야? 앞으로 당장 나와! 이 여자 대신 네 목숨을 바쳐."

"안 돼요." 내가 울부짖었다.

유리가 겁에 질려서 땅 위에 엎드렸다. 사령관이 손목을 까닥하자 몇 명의 남자들이 그녀에게 성큼성큼 걸어왔다. 남편은 자신이 할 수 있는 유일한 일을 했다. 그가 벌떡 일어섰다.

"그 여자는 내 누이예요. 그녀는 말을 못 합니다. 그녀는 당신을 도울 수 없을 겁니다."

사령관이 남편 쪽으로 몸을 돌렸다. 그의 눈이 번득였다.

"그럼 넌 누구야?"

"나는 양준부입니다. 이 학교의 교사입니다."

"아! 교사라. 선동자들 중에서 최악이지."

"나는 선동자가 아닙니다."

"당신 누이가 그것에 대해 무슨 말을 하는지 보자고."

군인들이 유리에게 다가가서 그녀의 옷을 찢기 시작했다. 그들은 그녀를 고문할 생각이 아니었다. 남편은 앞으로 달려가려고 했지만 힘센 팔들이 앉은 상태로 그의 다리를 끌어당겨서 그를 저지했다. 그는 화가 나서 비명을 질렀다. 나는 소란한 틈을 이용해서 몸을 구부린 채 소 할방과 아이들이 있는 곳으로 다가갔다. 나는 재빨리 딸을 무릎 위에 앉혔다. 미자가 내 옆에 털썩 앉는 것이 느껴졌다. 내 눈은 유리와 남편과 사령관 사이를 빠르게 오갔다.

여신님, 어떤 여신님이건 우리를 도와주세요. 시누이는 군인들의 손에 붙잡혀 있었다. 그들이 남편에게 무슨 짓을 할지 생각할 겨를이 없었다. 그때 거의 난데없이 미자의 남편이 마당을 가로질러 뛰어오고 있었다.

"사령관님! 사령관님!"

상문은 조부모를 방문하기 위해 선원 복장을 한 요찬을 안고 있었다.

상문이 사령관에게 미친 듯이 손짓을 했다. 그는 준부를 알고 있었지만 내 남편이 바로 그곳에 있다는 사실을 모르는 것 같았다.

"제 집사람이 여기 있습니다. 그녀를 찾게 해주십시오!" 그가 간청했다. "그녀는 보호받는 범주에 들어갑니다!"

그는 준부에 대해 한마디도 하지 않았다. 마음속으로 나는 신호를 보내고 있었다. *봐요!*

무릎 위에서 내 딸이 요찬에게 달려가고 싶어 몸부림을 쳤다.

"미자!" 상문이 소리쳤다. "나와!"

나는 미자의 팔을 잡았다. "우리 아이들을 데려가줘."

"안 돼." 그녀가 한순간의 망설임도 없이 말했다.

그 두 마디의 말이 내 배를 찌르는 비수처럼 느껴졌다.

"그래야만 해."

"내 아이가 하나라는 걸 그들이 알아. 그리고 요찬이가 이미 자기 아버지와 함께 있잖아."

"이 애들은 내 아기들이야……."

"안 돼."

"저 사람들이 우리를 죽일 거야. 제발." 나는 애원했다. "애들을 데려가줘."

"한 애만 데려갈 수 있을지 몰라."

그녀는 무슨 생각을 하고 있을까? 아까는 우리를 도와줄 수 있을 것이라고 말했었다. 한 아이만 데려가는 것은 우리를 도와주는 게 아니었다!

"미자!" 상문이 다시 고함을 질렀다.

그녀가 매 맞은 개처럼 어깨를 구부렸다.

우리 앞에는 유리가 완전히 벌거벗겨져 있었다. 어느 누구도 다치게 한 적이 없고 무슨 일이 벌어지고 있는지 이해하지도 못하는 내 시누이가 무릎으로 기고 있었다. 한 군인이 그녀를 발로 걷어찼다.

"한 애만." 미자가 되풀이했다. "네가 선택해."

내 마음은 갈팡질팡했다. 미자에 대한 분노와 실망감. 그녀가 우리를 도와줄 수 있을 것이라는 희망. 그리고 절망감. 그녀가 내게 요구하고 있는 결정을 내가 어떻게 할 수 있단 말인가? 언젠가 바다에서 나와 함께할 내 딸을 구해달라고 해? 우리가 저승에 갔을 때 우리 모두에게 제삿밥을 먹여줄 큰아들 성수를 구해달라고 해? 애 아버지가 가장 귀여워하는 경수를 구해달라고 해?

"성수여야 해." 내가 말했다. "우리 모두 여기서 오늘 죽을 거니까. 그 애를 데려가. 그 애가 앞으로 해마다 우리를 위해 제사를 지내도록 해줘."

내 옆에서 민리가 훌쩍였다. 그 애는 내가 자기를 선택하지 않은 것을 알아들을 만큼 충분히 컸다. 나는 함께 있는 마지막 순간 동안 그 애를 달래줘야만 할 것이다. 그러나 그 이전에 미자가 내 피를 솟구치게 만들 말을 했다.

"상문에게 먼저 말해보고 그가 동의할지 알아볼게."

그에게 먼저 말해본다고? 그가 동의할지 알아본다고?

"너도 알다시피 나 역시 우리 아들을 보호해야 해." 그것이 그녀가 일어서기 전에 내게 한 마지막 말이었다. 소총과 권총이 그녀의 방향으로 휙 돌았다. 그 움직임이 상문의 주의를 끌었고, 그는 사령관에게 미자를 가리켜 보여줬다. 사령관이 다시 손목을 까닥하며 이번에는 그녀를 지나가게 허용해줬다. 그녀가 걸어가는 모습을 모든 사람이 바라봤다. 그녀의 아름다운 걸음걸이는 두려움으로 훨씬 더 느려졌다. 관심이 잠시 미자에게 집중되자 준부는 그를 붙들고 있던 팔들을 떨쳐내고 누이를 향해 달려갔다. 군인들이 다시 붙잡아서 몸부림치는 그를 힘으로 제압했다. 그들 뒤로 겨우 2미터 떨어진 곳에서 미자가 자기 남편의 귀에 속삭이고 있었다. 나는 지켜보며 기다렸다.

"네가 대신 그녀의 몸에 올라탈 거야?" 사령관이 준부에게 물었다.

군인들이 이제는 준부를 앞으로 밀었다. 나는 소리를 지르고 싶었지만 아이들을 보호해야만 했다. 나는 미자 쪽을 바라봤다. 상문은 무슨 일이 벌어지고 있는지 이제야 알아차리고서 당황한 것처럼 보였다. 그리고 내 가족을 위해 자비를 간청하고 있어야 할 이때 미자는 아들을 품에 안고서 도대체 뭘 하고 있는 것일까?

"사람들은 닥치면 뭐든지 하게 돼 있어." 사령관이 말했다.

"아마도요." 남편이 말했다. 그의 목소리는 실낱처럼 가늘었다. "그러나 나는 아니오."

나는 딸의 눈을 가리려고 했다. 그러나 충분히 빠르지 못했다. 사령관이 또다시 손목을 까닥하자 한 군인이 권총을 들고 쐈다. 남편의 머리가 바위로 깨뜨려진 수박처럼 박살이 났다.

이어 모든 일이 다시 순식간에 일어나는 것 같았다. 남편이 넘어졌다. 상문은 무슨 일이 일어났는지 깨닫고 이마에 손바닥을 댔다. 조 할망이 붙잡고 있던 손이 느슨해졌는지 성수가 갑자기 떨어져 나와서 아버지를 향해 뛰어갔다. 또 다른 총성이 울려 퍼졌다. 아들의 발꿈치에서 먼지가 튀어 올랐다.

"총알을 낭비하지 마." 사령관이 소리쳤다. "나중에 필요할 테니까."

그러자 그 군인은 아이의 발목을 잡아 집어 올렸다. 성수는 저항하며 발길질을 했다. 군인이 아이의 다른 발목도 마저 붙잡았다. 그런 다음 그 남자는 바다에 그물을 던지려는 것처럼 내 아들을 휙 돌렸다. 아이의 작은 몸이 허공을 날아서 학교 담벼락에 부딪혔다. 아이의 몸이 축 늘어졌다. 군인은 이미 죽은 것이 분명한 아이를 들어 올려서 똑같은 행동을 세 번 더 반복했다.

상문은 미자의 팔을 붙잡고 걸어가기 시작했다.

"미자야!" 내가 고함을 질렀다. "우릴 도와줘!"

그녀는 계속 얼굴을 돌리고 있어서 군인들이 유리에게 더 이상 시간을 낭비하지 않기로 결정했을 때 무슨 일이 일어났는지 보지 못했다. 유리는 오랜 시간 동안 내내 말을 할 수 없었지만 그들이 그녀의 가슴을 도려낼 때는 비명을 질렀다. 그녀의 고통은 내 고통이었다. 그러다가 그녀가 비명을 멈췄다.

몇 초 만에 나는 남편과 아들과 시누이를 잃었다. 그들은 내가 해녀로서 첫 물질을 한 이래로 내가 책임을 져야 한다고 느꼈던 사람들이었다. 그리고 가장 친하고, 가장 오랜 내 친구인 미자는 아무것도 도와주지 않았다.

나는 바다의 가장 깊은 곳에 있는 것처럼 가능한 더 오래 공기를 머금고 숨쉬기를 멈췄다. 더 이상 숨을 참을 수 없게 됐을 때, 내가 들이마신 것은 빠른 죽음을 가져다주는 바닷물이 아니었다. 그것은 용서 없고, 가차 없이, 생명을 가져다주는 공기였다.

그리고 그때 총격이 시작됐다.

과부들의 마을

1949년

북촌 대학살에서 살아남은 사람이 아무도 없다고 말하는 사람들이 있다. 단 한 사람만 살아남았다고 말하는 이들도 있다. 아니면 3백 명이 죽었다는 설도 있다. 아니면 350명, 480명, 혹은 천 명이라는 설도 있다. 어떤 사람들은 백 명가량의 생존자들이 함덕으로 끌려가서 결국에는 "희생됐다"는 이야기를 전해주기도 한다. 물론 살아남은 사람들이 있었다. 한 할머니는 손자를 담요에 싸서 구덩이에 버렸다. 어떤 가족들은 하룻밤을 보낸 후 불의 고리를 표시하는 담을 넘어 탈출했다. 그리고 대학살이 끝날 때까지 정미소에서 보호를 받은 경찰관, 군인들의 아내와 부모와 자식들이 있었다.

여기서 밝혀두고 싶은 것은 4.3사건이 일어나는 동안 다른 어떤 마을보다 북촌에서 더 많은 사람들이 죽었다는 사실이다. 학교에서건, 근처의 삭은 마을늘에서건 사흘간의 고문과 살해에서 살아남은 사람들은 수백 구의 시신을 처리하는 일에 동원됐다. 시신처리는 병참 업무에 속했다. 어떤 사람들은 그것을 증거 인멸이라고 부를지 모른다. 우리는 큰 구멍을 팠다. 그런 다음 우리 이웃들과 사랑하는 사람들의 시체를 가장자리로 끌고 가서 구멍 안에 버렸다. 흙으로 구멍을 다시 덮고 나서야 우리는 풀려났다. 우리는 운이 좋았다는 말을 들었다.

나는 민리와 경수를 데리고 학교를 떠나면서 우리가 목격한 것으로 인해 혼비백산이 된 사람들의 행렬에 합류했다. 북촌에 있는 집들이 모두 불태워졌기 때문에 우리에게는 돌아갈 곳이 없었다. 그러나 살아남아야 했기 때문에 우리는 단결했다. 무너진 돌담을 수리하고, 머리 위로 지붕을 얹기 위해 짚을 모아왔다. 그러는 동안에는 미군이 제공한 막사에서 잤다. 불타버린 집들을 뒤져서 혹시라도 화염을 견디고 남은 먹을거리가 있는지 찾아보고, 돼지우리에서 산 채로 구워진 돼지들 중 먹을 수 있는 부분을 먹었다. 나는 아직 도둑맞지 않은 배추를 찾아냈다. 소금이 없었기 때문에 바닷물과 눈곱만큼 남아 있던 붉은 고춧가루로 김치를 만들어서 돌그릇에 이틀 밤 담가놓았다가 항아리에 넣었다. 나는 아이들을 먹이기 위해 내가 할 수 있는 일을 다 했다. 그것은 밤에 몰래 나가서 물질을 한 것을 의미했다. 그리고 그때가 내가 온전하게 혼자 있을 수 있는 유일한 시간이었다. 민리는 내가 제 남동생을 위해서 자기를 기꺼이 포기하려고 했다는 것을 알았기 때문에 이제는 바위 위에 붙어 있는 문어처럼 내게 찰싹 달라붙어 있었다.

나만 불행을 겪고 있는 것이 아니라는 사실을 알았다고 해서 위로가 되지는 않았다. 북촌에서 너무나 많은 남자들이 살해됐기 때문에 이곳은 이제 과부들의 마을로 불렸다. 나는 슬픔으로 가득 차 있었지만, 내 마음은 상자 안에 갇힌 생쥐처럼 이리저리 뛰어다녔다. 내게 그 생쥐는 미자였다. 그녀는 내 머릿속에서 잽싸게 돌아다니며 앞뒤로 긁어 생채기를 냈다. 옳건 그르건, 나는 우리 가족에게 일어난 일을 그녀 책임으로 돌렸다. 우리가 처음에 마당으로 끌려갔을 때 미자가 나서줬다면, 그녀는 그들과 함께 일하는 누군가의 아내로서 책임자들에게 직접 말을 할 수 있었을 것이다. 아니면 그녀는 남편이 올 때까지 기다렸다가 사려 깊게, 목적을 가지고 그에게 다가갈 수 있었을 것이다. 그러나 대신 그녀가 한 일이라고는 자기 자신을 보호하는 것뿐이었다. 어쩌면 자기 아들과 남편을 보호한 것이었을지 모른다. 그러나 아무리 생각해도 어느 한순간이라도 그들에게 도움이 필요했던 것 같지는 않았다. 내가 목격했던 것은 친일협력자의 딸이 자기 자신을 먼저 보호한 것이었다.

그녀가 그런 사람이란 걸 익히 알고 있었음에도 불구하고, 내가 그 사실을 충분히 염두에 두지 않았다는 데 대해 불같이 화가 났다. *가랑비에 속옷 젖는 줄 모른다*고 날마다, 해마다, 나는 미자에게 속았다. 아주 오래전 일본 군인들이 우리 밭에 왔을 때 어머니를 구하려던 미자의 희생적인 행동은 자기보존을 위한 행동이었다는 것을, 이제는 한라산 등성이에 있는 마을들을 태워 재로 만든 불처럼 분명하게 알 수 있었다. 그 후 어머니는 미자에게 반드시 밥을 먹였고 일을 줬다. 어머니는 미자를 자기 해녀공동체의 해녀가 될 수 있게 해줬다. 가장 중요한 것은 그날 밭에서 미자가 보여준 행동 때문에 내가 그녀에 대한 진실을 보지 못했다는 것이다. 그녀가 취한 행동은 오로지 자기 혼자만의 이익을 얻기 위해 의도된 것이었지만, 나는 내가 보고 싶은 것만 봐왔다.

내 마음이 갈등을 일으킨 — 내가 틀림없이 그녀의 행동들을 부정확하게 읽어내고 그녀의 말을 잘못 알아들었을 것이라고 알려주는 ― 순간들이 있었다 해도, 내 삶에서 그녀가 없어지자 오히려 내가 옳았을 것이라는 확신이 날마다 들었다. 만약 그녀에게 아무 잘못이 없다면, 미자는 내가 어떻게 지내는지 보러 오거나, 아이들을 위해 음식을 가져다주고, 내가 울면 품에 안아줬을 것이다. 상문이 그녀에게 내가 상상하는 것보다 더 많은 영향력을 미쳤기 때문에 상문의 잘못일 수 있다는 점도 고려해봤다. 어쩌면 그가 준부를 보고도 아무런 도움을 주지 않기로 결정했을지 모른다. 그가 사령관에게 준부를 죽이라고 속삭였을지도 모른다. 또 어쩌면 그가 내 어린 아들을 죽이라고 군인들을 팔꿈치로 슬쩍 찔렀을지도 모른다. 그러나 실제로 그런 일은 전혀 일어나지 않았고, 그 결과 내 영혼은 식초 통 속에 빠진 것 같은 기분이 들었다.

남편과 아들, 시누이와 조 할망, 수많은 이웃과 친구들을 잃은 슬픔이 너무 깊고 끔찍해서 검은 물옷을 입어야 하는 때가 오지 않았어도 나는 전혀 신경 쓰지 않았다. 다음 달에도 다시 똑같은 일이 반복되자 나는 슬픈 일을 겪고 먹을 것을 충분히 먹지 못해서 그런 것이라고 생각했다. 세 번째 달도 그냥 넘어갔을 때 깊은 슬픔의 구렁에 빠져 있던 나는 젖가슴이 아프고, 심하게 피곤함이 느껴지는 데다, 남편의 머리가 박살나고 아들이 벽에 던져지고 유리가 공포와 고통으로 울부짖던 것을 생각할 때마다 심한 메스꺼움을 느꼈지만, 그것을 인정하려 하지 않았다. 다음 달 ― 우리는 아직도 짐승처럼 살고 있었다 ― 나는 남편이 죽기 전에 내 몸속에 아기를 심어놓았다는 것을 마침내 알아차렸다.

밤사이 머릿속에 어떤 모습이 떠오를지 무서워서 눈을 감을 수가 없을 때, 나는 저승에 있는 남편을 생각했다. 그는 자기가 내게 또 다른 아기를 만들어줬다는 사실을 알고 있을까? 아니면 내가 겪은 고통으로 충격을 받은 채 내 몸속에서 자라고 있는 것이, 자비라곤 눈곱만큼도 없는 세상의 혹독하고 위험한 공기를 들이쉬기 전에, 내 몸에서 그것을 짜내버리는 편이 더 나을까? 나는 자라나는 아기 때문에, 또 잠을 자지 못해서, 그리고 군대와 경찰, 서북청년단 무리나 반란군이 다시 오지 않을까 하는 두려움 속에서 살다 보니 기진맥진했다. 과부들의 마을에서는 아기를 낳고 싶지 않았다. 며칠 동안 나는 어떻게 할 것인지 고민했다. 설문대 할망에는 숨을 곳 ─ 동굴과 용암굴, 오름의 화산추 ─ 이 많았다. 그러나 그것들 모두 불의 고리 안에 있었다. 만약 발견되면 우리는 ─ 더 끔찍하게도 이제는 알게 됐듯이 ─ 현장에서 즉시 총살될 것이다. 내 유일한 희망은 ─ 그리고 그것은 대단한 모험이었다 ─ 하도로 돌아가는 것이었다.

나는 얼마 안 되지만 들고 갈 수 있는 음식과 물을 챙겼다. 그것과 두 아이 말고는 쌀 짐도 없었다. 어느 누구에게도 작별인사를 하지 않았다. 나는 가장 깜깜한 밤 시간에 빠져나와 음식과 물을 등에 묶은 채 맨발로 마을을 기어서 지났다. 경수는 가슴 쪽으로 묶어서 안고 민리의 손을 잡았다. 나는 민리의 입에 짚을 넣고 천 조각으로 꽉 묶어서 우리가 마을을 안전하게 벗어날 때까지 아무 소리도 내지 못하게 만들었다. 우리는 밤새 걸으며 악취와 불행에 신음하는 소리로 가득한 피난민 야영지의 가장자리를 지나갔다. 낮에는 버려진 밭을 둘러싸고 있는 돌담 그늘에서 함께 웅크리고 잠을 잤다. 날이 어두워지자마자 다시 출발해서 섬을 빙 두르고 있는 흙길은 피하고, 바닷가에 바싹 붙은 곳만을 골라 걸었다. 사람이 살고 있음을 알려주는 것은 무엇 ─ 집이나 기름 등불, 혹은 모닥불 ─ 이 됐건 피했다. 온몸이 쑤셨다. 경수는 가슴에 안겨 잠을 잤지만, 이제는 민리를 등에 업었기 때문에 짊어진 무게가 더 늘어났다.

더 이상 한 발자국도 나아갈 수 없을 것 같은 기분이 든 바로 그 순간, 눈앞에 하도의 윤곽이 들어왔다. 갑자기 내 발이 돌 위에서 날아갈 듯 빨라졌다. 아버지와 남동생을 찾고 싶었지만 내 임무는 시어머니의 집으로 곧장 가는 것이었다. 나는 몸을 숙여서 밖거리와 안거리 사이의 마당으로 들어갔다.

"누구세요?" 떨리는 목소리가 들려왔다.

지금까지 살면서 너무나 많은 일을 겪었지만, 내가 알고 있던 여자들 중에서 가장 강한 사람 중 하나였던 도생이 두려움으로 그렇게 겁을 먹을 수 있으리라고는 상상도 하지 못했다.

"영숙이에요." 내가 속삭였다.

앞문이 천천히 열렸다. 한 손이 나와서 나를 안으로 잡아끌었다. 반짝이는 별의 도움이 없어지자 나는 균형을 잃었고 내 눈이 적응할 때까지 기다렸다. 도생은 거친 손바닥으로 내 손목을 계속 꼭 붙잡고 있었다. "준부는? 유리는?"

좀처럼 말이 나오지 않았다. 내 침묵이 시어머니에게 답을 알려줬다. 그녀는 터져 나오는 울음을 삼켰다. 충격으로 쓰러질 것 같은 몸을 그녀가 간신히 지탱하고 있다는 것이 어둠 속에서 내게 전해졌다. 그녀는 손을 위로 올려서 내 얼굴을 만진 다음 다시 몸 아래쪽으로 내려가다가 민리를 만졌다. 아이의 머리카락과 튼튼한 작은 다리와 몸을…… 그런 다음 그녀는 내 가슴에 안겨 있는 아기를 더듬었다. 그녀의 두 손이 작은 남자아이를 찾아내지 못했을 때 그녀는 내가 아들도 잃은 것을 알았다. 우리는 그렇게 함께서 있었다. 두 여자가 가장 깊은 슬픔으로 하나가 된 채 눈물을 흘리며, 혹시라도 누군가 우리 말을 듣지 않을까 무서워서 아무 소리도 내지 못했다.

통풍을 위해 사용되는 풍채와 문이 닫혀 있었지만 우리는 한 쌍의 유령처럼 움직였다. 도생이 요를 폈다. 나는 민리를 먼저 눕힌 다음 경수를 풀었다. 그러자 기분 나쁜 냄새가 적삼과 갈굴중이 앞섶 사이를 뚫고 나와 코를 자극했다. 경수의 오줌으로 옷이 젖어 있었기 때문이다. 도생은 나를 어린아이처럼 다루며 옷을 벗기고 가슴과 배를 젖은 걸레로 닦아내려갔다. 그녀의 손이 잠시 내 아랫배에서 멈췄다. 그곳에서는 준부의 아이가 이제 막 자신의 존재를 알리기 시작하고 있었다. 그 순간 시어머니와 나 사이에 지나갔던 슬픔과 절망감은 어떤 말로도 표현할 수 없을 것이다. 여전히 손으로 더듬으며 그녀는 내 머리 위로 옷을 입혀준 다음 속삭였다. "나중에 이야기할 시간을 갖자."

나는 오랫동안 잤다. 동이 틀 때 주변에서 여러 가지 일들이 일어나고 있는 것이 느껴졌다. 버선을 신은 발들이 집 안으로 들어왔다가 나갔다. 시어머니가 내 옆에서 민리를 데리고 나가 통시를 갔거나, 아니면 물을 긷고 땔감을 구하러 나간 것 같았다. 경수는 두 번 꽥꽥 소리를 질렀고, 두 손이 그를 요에서 들어 올려 내가 놀라거나 깨지 않도록 멀리 떨어진 곳으로 데려가는 것이 느껴질 만큼 나는 충분히 의식이 있었다. 낮고 걱정스러운 남자들의 목소리가 들렸고 나는 그것이 아버지와 남동생의 목소리라는 걸 알았다.

굉장히 많은 시간이 흐른 후 내가 마침내 눈을 떴을 때, 도생이 1미터쯤 떨어진 곳에 양반다리를 하고 앉아 있었다. 경수는 옆에서 이곳저곳을 기어다니며 탐험을 하고 있었다. 민리는 바닥에 놓인 사발 옆에 수저를 놓고 있었다. 방에서는 기장으로 지은 밥과 잘 익은 김치의 신 냄새가 났다.

"엄마 일어났네요!" 딸의 목소리에서 내가 자기를 떠나거나 포기할지도 모른다는 두려움이 들렸다. 불쌍한 아이는 내가 일어나 앉도록 도와주고 사발 하나를 건네줬다. 음식은 맛있었지만 ─ 집과 안전함의 향을 발산하고 있었다 ─ 내 배 속은 요동치며 뒤틀렸다.

"히로시마 폭격 이후에 말이다." 묻지도 않았는데 시어머니가 말했다. "나는 일어난 일을 받아들일 수가 없었다. 여섯 달 동안 달거리가 없었다. 그러나 남편은 내게 또 다른 생명을 이 세상으로 데려올 수 있는 축복을 내려주진 않았다. 결국 나는 그가 돌봐줄 나나 가족 없이 혼자서 죽었다는 사실을 인정해야만 했다. 가장 끔찍한 부분은 그가 즉사했는지, 아니면 고통을 겪었는지 궁금한 것이었다. 너처럼 나는 먹을 수도, 잠을 잘 수도……."

"걱정해주셔서 감사합니다."

도생은 나를 보고 슬프게 미소 지었다. "일곱 번 넘어져도 여덟 번 일어선다. 나한테는 이 속담이 죽은 사람들이 미래 세대에게 길을 내준다는 의미라기보다 제주의 여자들을 위한 것 같다. 우리는 고통당하고, 고통당하고, 또 고통당하지만 계속 일어선다. 우리는 계속 살아간다. 네가 용감하지 않았다면 여기 못 왔을 것이다. 이제는 더 용감해져야 한다."

이 말은 설사 하도에 아직 아무 일도 일어나지 않았다 해도 반란군에 의해서건, 경찰에 의해서건, 아니면 군대에 의해서건 이곳에도 공포가 찾아올 수 있다는 것을 그녀 식으로 나한테 알려주는 방법이었다.

시어머니는 부드러운 목소리로 말을 계속했다. "영숙아, 너는 앞을 내다봐야 한다. 먹어야 해. 배 속에 있는 아기가 자랄 수 있도록 도와줘야 한다. 너는 살아서 번창해야 해. 자식들을 위해 그렇게 해야 한다." 그녀가 잠시 머뭇거리더니 말을 이었다. "그리고 다음 대장이 될 수 있도록 열심히 준비를 시작해야 한다."

이것을 다른 무엇보다 원하던 때가 있었다. 이제는 내 소망이 사라졌을 뿐만 아니라 그런 생각조차 불가능한 것처럼 보였다. "대장요? 설사 물질이 허용된다 해도 저는 그걸 못 할 것 같아요. 제가 충분히 강하질 않아요."

"일하다 끈이 끊어지면 아직 밧줄이 있다. 노가 닳아 없어지면 아직 나무가 있다." 그녀가 읊조렸다. "너는 계속할 수 없을 것같이 느끼겠지만 계속할 것이다." 그녀는 내 대답을 기다렸지만 내가 아무 대답도 하지 않자 말을 계속했다. "네가 막 시집왔을 때 너한테 해외 출가물질을 허락한 진짜 이유가 궁금하지 않았니? 나는 널 대장이 될 수 있게 더 빨리 훈련시키고 싶었다. 나한테 무슨 일이 생기면 어쩌겠니?"

이것은 내가 그녀에 대해 생각했던 모든 것과 정반대였다. "네가 나를 원망했을 것이다……."

"한때 나는 유리가 대장이 되길 원했다." 그녀가 내 몸 위로 말했다. "그러나 우리 두 사람 다 그 애가 그 일을 할 만한 판단력이 없었다는 걸 알고 있다. 그날……." 그 오랜 시간이 지난 후에도 그녀는 그날 일어난 일에 대해 말하는 것을 힘들어했다. "너는 첫 물질이었음에도 불구하고 용기를 보여줬다. 해녀 대장이 되는 것은 네 어머니 역시 널 위해 계획했던 일이다. 그녀는 너한테 좋은 어머니였고 너를 믿었다. 너는 네 아이들에게 좋은 어머니로 살아왔지만, 이제는 훨씬 더 훌륭하고 강한 어머니가 돼야만 한다. 아이들은 *희망이자 기쁨이다.* 뭍에서는 어머니가 되지만 바다에서는 슬퍼하는 과부가 될 수 있다. 지구 전역에서 큰 파도로 밀려오는 소금 눈물의 바다에 네 눈물이 보태질 것이다. 나는 이걸 알고 있다. 네가 살려고 애쓰면 너는 잘 살아갈 수 있다."

나는 세상의 모든 시어머니들은 까다롭다고 생각했었다. 그러나 그날 깨닫게 되었다. 시어머니들은 정말 알 수 없는 존재라는 걸. 행동이나 말에 담긴 의중을 알 수 없고, 어떤 기준으로 아들딸의 결혼상대를 선택하는지, 또 김치 담는 법을 며느리에게 알려주는지 어쩌는지 시어머니란 알 수 없는 존재였다. 그러나 한 가지는 분명했다. 도생은 수많은 상실을 겪었음에도 불구하고 계속 살아갔다. 그녀가 겪은 상실은 적어도 내가 겪은 상실과 비슷하거나 어쩌면 훨씬 더 끔찍했다. 그녀에게는 저승세계에 갈 때 남아서 돌봐줄 아들이 하나도 없었기 때문이다. 그럼에도 불구하고 나는 가장 기본적인 사실, 즉 어머니가 세상을 떠났을 때 내가 배웠던 사실을 다시 직면해야 했다. 종말이 오면 그걸로 끝이다라는 사실에 다시 직면해야 했다. 그것은 명백하고 단순한 사실이었다. 시계를 되돌릴 수는 없었다. 보상을 할 방법도, 심지어는 작별을 고할 방법조차 없었다. 그러나 할머니가 하신 말씀은 기억났다. "부모는 자식들 속에 존재한다." 준부는 아직 태어나지 않은 우리 아기 속에 존재했다. 배 속에 들어 있는 내 남편의 이 작은 일부를 보호하기 위해서라도 나는 이제 시어머니의 충고를 따라서 내가 배운 것들로부터 힘을 끌어내야 했다.

*

7월이 오자 바다와 바람과 공기는 뜨겁고 조용해졌다. 내 임신은 이제 의심의 여지가 없어졌다. 6개월째가 되자 전보다 먹는 양이 줄어들었음에도 불구하고 내 배는 이전에 임신했을 때보다 더 많이 불러왔다. 그리고 운 좋게 뭔가를 목구멍으로 넘기기만 하면 곧바로 다시 올라왔다. 임신 초기에 몇 달 동안 나타나야 하는 구토 증세가 마지막 몇 달 동안에도 맹위를 떨치면서 사라지지 않았다. 파도치는 바다 위에 떠 있지만 배에서 내릴 수 없는 것 같은 느낌이었다. 절대 내릴 수가 없었다. 내가 통시에서 토하면 밑에 있던 돼지들은 내 입에서 떨어지는 것을 받아먹기 위해 서로 다퉜다. 물을 길러 가거나 땔감으로 쓸 똥을 주우러 갈 때 올레에서도 토했다. 이웃들의 집 밖에서도 토했고 그들의 집 안에서도 토했다. 그래도 여전히 내 배는 더욱더 부풀어 올랐다.

"아마도 이게 다 네가 바다에 들어갈 수 없어서 그런 것 같다." 시어머니가 추측했다. 그것은 사실이었다. 몸이 너무 거북해서 밤에 몰래 나갈 수도 없었고, 바위 위를 재빨리 뛰어다닐 수도 없었으며, 수확물로 무거워진 망사리를 등에 지고 갈 수도 없었다. 이것은 내가 물의 상쾌한 한기를, 물에서 떠오르는 기분을, 고요함을 느낄 수 없다는 것을 의미했다.

아버지와 남동생은 나를 볼 때마다 웃었고, 나를 부드럽게 놀리는 것으로 내 기분을 되살려주려고 애썼다. 이웃들은 내 불편함을 없애줄 민간요법을 알려줬다. 상구자는 나더러 김치를 더 많이 먹어야 한다고 말했고 강구선은 김치를 피해야 한다고 말했다. 어떤 사람은 나더러 왼쪽으로 모로 누워서 자야 한다고 했고, 또 어떤 사람은 오른쪽으로 자야 한다고 말했다. 나는 한 가지 제안만 제외하고 다 시도해봤다.

"결혼을 다시 해야 해." 구선이 말했다. "네 항아리 안을 휘저어 줄 남자가 필요해."

"그렇지만 누가 나와 결혼해서 이미 다른 남자의 아이로 가득한 항아리 안을 휘젓고 싶겠어요?" 나는 절대 그럴 생각이 없었지만 그 제안에 장단을 맞춰주며 말했다.

"작은마누라가 될 수 있어."

"그건 절대 안 해요!" 예전에도 남자들이 많지 않았던 제주에 지금은 남자들이 훨씬 더 줄어들었다. 나 같은 여자들 ─ 특히 중산간 지역 출신으로 자식 딸린 과부들 ─ 이 틀림없이 많았을 것이다. 안정감을 줄 남자가 필요한 여자들이 많았겠지만 나는 아니었다. "나는 해녀예요. 나 자신과 아이들을 돌볼 수 있어요. 다시 물질할 수 있는 때가 올 거예요."

그 무엇보다 나는 준부를 사랑했다. 그는 부서진 잠수 도구처럼 대체될 수 있는 존재가 아니었다. 절대 아니었다. 나는 결코 다시 다른 사람의 아내가 되거나 작은마누라가 될 수 없었다.

어쨌든 내 배가 왜 그렇게 부른지에 대해 여러 가지 설이 있었다. 항상 매우 튼튼했던 내 근육이 내가 겪은 일과 지금도 주변에서 여전히 벌어지고 있는 일 때문에 극단적으로 늘어났다는 설이 있었다. 그해 첫날부터 수십 개의 마을이 불타서 잿더미로 변했고, 더 많은 사람들이 죽임을 당했다. 그들 중에는 무고한 사람들이 많았다. 내가 그들 모두를 내 몸속에 담아서 다니는 것 같은 기분이 들었다. 시어머니와 나는 유리와 준부와 성수의 위패를 만들어놓고 매일 그것에 절을 하고 제물을 바쳤지만, 그 어떤 것으로도 내 불편함은 진정되지 않았다. 등과 다리가 끊임없이 아팠고 발과 발목, 얼굴과 손가락이 부풀어 올랐다. 요 위에 누워서도 편안하지가 않았다. 사실 바닥에 앉았다가 일어나기조차 힘들었다. 민리는 내가 더 이상 자기를 안아주지 않는다고 불만을 토로했다. 내 몸 안에 있는 모든 구멍이 축축하고 땀이 났다. 눈물샘은 대부분 말라버렸지만 아직도 죽는 것에 대해 생각해보는 때가 있었다. 더 이상 바닷가로 돌아올 기력이 남지 않을 때까지 밤늦게 바다 저 너머로 헤엄쳐서 나갈 수 있을 것이다. 독을 마실 수도 있었고 우물에 몸을 던질 수도 있었다. 아니면 물질용 칼로 손목을 그을 수도 있었다. 나는 그렇게 절실하게 평화를 찾고 싶었다.

8월이 되자 날씨가 변했다. 동중국해에서 일어난 바람이 걸리적거리는 것 없이 바다를 가로질러 내려와 제주를 강타했다. 태풍이 오고 있다는 것을 알리는 신호였다. 도생은 우리가 안전할 것이라고 장담했다. 그녀는 남편의 증조부가 이 집들을 지었고, 섬을 지나간 모든 태풍에도 잘 견뎌냈다고 말했다. 그럼에도 불구하고 나는 겁이 나서 안쪽에 있는 친정집으로 옮겨가고 싶었다. 그때 닥친 태풍은 우리가 겪은 태풍 중에서 최악의 것은 아니었지만 우리 모두 몸과 마음이 훨씬 더 약해져 있는 상태였기 때문에 그 영향력은 또 하나의 혹독한 타격이 됐다. 세차게 몰아치는 바람과 사나운 돌풍이 섬에 휘갈기듯 불어왔다. 거대한 파도가 우레와 같은 소리를 내며 바닷가와 집으로 몰려왔다. 맹렬한 빗줄기가 거의 수평으로 휘몰아쳤다. 배들이 바위에 부딪혔고 농사를 지은 몇 집에서는 작물이 물에 잠기거나 쓸려가버렸다. 비가 그치고 소용돌이치던 바다가 가라앉고 해가 나오자 나는 도생의 말이 맞았다는 것을 알았다. 많은 사람들이 집을 잃거나 지붕이 뜯겨 나가고 불턱의 한쪽마저도 무너졌지만 우리는 전혀 피해를 입지 않았다. 나는 이웃들을 도와 무너진 담에서 떨어진 돌들을 줍고 지붕을 이을 짚을 잘랐다. 해녀공동체의 모든 해녀들이 함께 모여서 불턱과 탈의장, 돌담을 다시 지었다. 수심이 얕은 곳에 돌담을 쌓으면 웅덩이가 생겨 그곳에서 멸치를 잡을 수 있었다.

우리는 9월에 또 다른 좌절을 겪었다. 반란군이 하도에 들어와서 초등학교를 불태웠다. 다행히 불은 밤에 나서 아이들이 그곳에 없었다. 10월 초에는 설문대 할망을 올라가는 산등성이가 붉게 타올랐는데 이번에는 또 다른 마을에 불을 질러서가 아니라 가을의 붉은 단풍 때문이었다. 이것은 또한 남자들 사이에 일어나고 있는 일이 무엇이건 지나가게 돼 있고 자연은 순환하면서 아름다움을 뽐내며 견뎌낸다는 것을 우리에게 일깨워줬다. 하도 사람들은 여전히 열심히 일했다. 겨울 동안 심을 수 있는 작물이 있는지 살펴보고, 해녀들에게 언젠가는 물질이 다시 허용될 것이라는 희망에서 망사리와 다른 바다 도구들을 손질했다. 이것은 낙관주의의 표상이 아니라 그냥 살아 있으려고 애쓰는 것이었다.

어느 날 도생이 평소와 다르게 조용한 것이 느껴졌다. 농담도, 잔소리도 전혀 하지 않았다. 아무것도 없었다. 나는 그녀가 아이들과 함께 생활하는 데에 익숙하지 않고, 아이들의 웃음소리와 울음소리, 보채는 소리 때문에 잃어버린 아들과 딸이 생각나서 가슴이 아픈 것이라고 혼자 생각했다. 아버지와 남동생이 아이들을 봐주러 왔다. 예전에 그랬던 것처럼 아이들을 정자나무 밑으로 데려가는 대신 그들은 아이들과 마당에서 놀았다. 그들은 혹시라도 제9연대가 올 것을 대비해서 가족들이 꼭 붙어 있길 원했다. 남동생이나 아버지, 혹은 도생이 우물에서 물을 길어다주겠다고 하면 나는 동의했다. 만약에 군인들이나 반란군이 강간하거나 죽이려고 한다면, 오도 가도 못 하게 된 고래만큼 몸놀림이 둔한 만삭의 여자가 자신을 보호하기 위해 무슨 일을 할 수 있겠는가? 살아오면서 처음으로 나는 다른 사람들의 보살핌을 받아들였다. 그러다 어느 날 모든 것이 명확해졌다.

나는 임신 9개월이었고 집에 혼자 있었다. 시어머니는 세화에서 열린 오일장에 혹시라도 곡식을 살 수 있을지 보러 갔다. 아버지와 남동생이 아이들을 친정집으로 데려갔기 때문에 나는 낮잠을 잘 수 있었다. 그러나 그들이 떠나고 온 집이 적막해지자마자 마음속에 형체와 기억들이 스멀스멀 기어 나오기 시작했다. 주의를 돌리기 위해 나는 마당을 쓸었다. 그러다 아이들의 옷을 빨아서 햇볕에 말리기로 했다. 나는 옷을 보자기에 싸서 빨래구덕(빨래통)과 빨래판과 비누를 집어 들고 조심스럽게 바위를 건너 얕은 물에 도착했다. 그곳에는 돌담이 둘러져 있어서 빨래를 하고 몸을 씻어도 밖에서 보이지 않았다. 그 안으로 들어가는 것은 불턱에 들어가는 것과 같았다. 그곳에 누가 있을지 전혀 몰랐지만 수다 떠는 소리를 들을 수 있을 것이라 기대했다. 그러나 이번에는 한 여자가 혼자 물속에 앉아서 팔의 때를 문지르며 콧노래를 하고 있었다. 나는 등 굴곡을 보고 그녀가 누군지 알았다. 배 속의 아기를 보호하듯이 배에서 경련이 일어났다.

"미자야."

내 목소리에 그녀의 등이 뻣뻣해졌다. 이어 그녀가 천천히 고개를 한쪽으로 돌려서 곁눈질로 나를 쳐다봤다. "모두가 말하는 대로 배가 엄청 부르네."

그게 그녀가 나한테 해야 할 말인가?

"여기서 뭐 하는 거야?" 내가 간신히 말했다.

"지금은 여기서 아들이랑 함께 살고 있어." 한동안 말이 없다가 그녀가 덧붙였다. "숙모와 삼촌 집에 살아. 함덕에 있는 우리 집과 제주시에 있는 시댁은 태풍에 망가졌어. 남편은 육지로 갔고. 지금 정부에서 일하고 있어. 나는……."

두 번째 경련이 너무 세게 강타하는 바람에 나는 몸을 접었다. 나는 빨래구덕과 들고 온 다른 물건들을 떨어뜨린 다음 돌담을 붙잡고 간신히 몸을 가눴다.

"괜찮아?" 미자가 물었다. "도와줄까?"

그녀가 일어서려고 하자 물이 그녀의 가슴과 다리로 흘러내렸다. 그녀의 살갗에 소름이 돋아 있었다. 미자가 옷을 집어 들 때 나는 돌아서 비틀거리며 그곳을 나왔다. 또다시 경련이 일었다. 나는 허리까지 몸을 구부린 채 거의 걸을 수가 없었다. 도생이 바닷가를 훑어보며 집 밖에 나와 서 있는 것이 보였다. 그녀는 나를 보자 장바구니를 떨어뜨리고 게가 바위 위를 기어오는 것처럼 빠른 속도로 허겁지겁 내게로 달려왔다. 그녀는 내 몸의 가운데 부분에 팔을 두르고 서둘러 나를 집으로 데려갔다. 미자가 우리를 따라오고 있지 않았지만, 나는 분노와 슬픔과 고통으로 울고 있었다.

"저 애가 어떻게 여기에 올 수 있어요?"

"사람들이 그러는데 남편 집이 태풍에 무너졌다고 하더라." 도생은 미자가 방금 전에 내게 한 말을 확인해주며 대답했다.

"그렇지만 다른 곳으로 갈 수도 있잖아요."

"하도는 저 애 고향이고, 걔 남편은……."

"육지로 보내졌다면서요." 내가 대신 말을 마치며 신음했다.

"왜 저 애가 여기 와 있다는 것을 저한테 말해주지 않았어요?"

"네 아버지와 남동생은 물론이고 나도 그것이 최선이라고 생각했다. 우리는 너를 보호하고 싶었다."

"그런데 저 애가 어떻게 여기에 올 수 있어요? 저 애가 한 짓이 있는데 어떻게 저 애를 여기 살게 할 수가 있어요?"

도생은 엄한 표정으로 입을 굳게 다물었다. 이것은 그녀에게도 고통스러운 일이었다.

또 다른 수축이 나를 사로잡았다. 과거에도 출산할 때 문제가 없었기 때문에 나는 아기가 쉽게 나올 것이라 확신했다. 이 아기는 내가 그 존재를 안 순간부터 까다로웠다. 아기가 세상으로 나오고 싶어 하지 않는 것일까? 아니면 아기가 나오는 것을 내가 원치 않는 것일까? 내가 아는 것은 아기가 세상으로 밀고 나오는 데 사흘이 걸렸다는 것이다. 나는 사흘 동안 내내 토하고 울며 비명을 질렀다. 나는 내가 잃어버린 모든 것에 대해 생각했다. 미자에게는 증오를 느꼈고 아기에게는 사랑을 느꼈다. 새로운 생명을 세상으로 데려오는 순간에도 나는 준부와 아들과 유리를 잃은 상실감을 느꼈다. 마침내 도생이 내 다리 사이로 아기를 끄집어내서 내가 볼 수 있게 아기를 들어 올렸다. 여자아이였다. 나는 아기 이름을 준리라고 지었다.

도생은 속담을 읊조렸다. "여자아이가 태어나면 잔치가 열린다." 그러나 나는 지쳤고, 몸은 아팠다. 울음을 멈출 수가 없었다. 준리는 사흘간의 여행에 지쳐서 너무 졸린 나머지 내 젖을 물지도 않았다. 나는 아기의 발바닥을 손톱으로 긁었지만 아기는 눈을 한번 깜박이고는 다시 감아버렸다.

*

미자가 아기에게 줄 선물과 차 봉지, 귤 상자를 들고 집으로 몇 번 찾아왔다. 모두 대단한 호사품들이었다. 나는 도생과 아버지와 남동생에게 그녀를 돌려보내라고 시켰다.

"영숙이가 자고 있다."

"영숙이가 아기에게 젖을 먹이고 있어."

"영숙이 누나는 여기 없어요."

그런 변명 중 어떤 것은 사실이었고, 어떤 것은 아니었다. 내가 집에 있을 때면 그녀의 목소리가 담에 난 틈새로 스며들어왔다.

"영숙이에게 보고 싶다고 전해주세요."

"영숙이에게 딸을 안아보고 싶다고 전해주세요."

"그런 비극 속에서 그런 좋은 일이 생기다니, 제가 정말 행복하다고 영숙이에게 전해주세요."

"영숙이에게 내가 영원히 친구가 될 거라고 전해줘."

때때로 나는 그녀가 떠나가는 모습을 몰래 훔쳐봤다. 그녀는 다리를 절며 하도로 돌아왔다. 그날 탈의장에서는 그것을 보지 못했다. 사람들은 그녀가 어쩌다 다리를 절게 됐는지 추측하면서 예쁜 자태를 잃어버려서 참 안됐다는 말을 했다. 나는 상관하지 않았다. 그녀에게 무슨 일이 일어났건, 그런 일을 당해도 싸다고 생각했다. 그것 말고는 그녀를 그럭저럭 잘 피할 수 있었다. 미자는 아침 일찍 우물에 갔고, 나는 아기가 있어서 도생이 민리를 데리고 물을 길러 갔다. 여느 여자아이들처럼 민리는 마을 이곳저곳을 뛰어다니며 내 심부름을 했고 동생들을 돌보기 시작했다. "이런 식으로 너는 아내와 어머니뿐만 아니라 독립적인 여자가 되는 법을 배우고 있다." 내가 딸아이에게 말했다. "언젠가 네 살림을 꾸려 나가려면 자신감과 자존감이 필요하다." 그러나 민리를 내보내는 것은 한편으로 내가 미자를 피할 수 있는 방법이기도 했다.

밤에 아기가 잠들고 나면 도생과 나는 불턱으로 가서 내 앞에 놓여 있는 책임에 대해 이야기를 나누곤 했다. "너는 내가 지금 앉아 있는 자리에 앉게 될 것이다." 그녀가 말했다. "너는 열심히 들어야 한다. 사람들의 기분이 어떤지 읽어낼 줄 아는 심방 김씨의 능력과 그녀의 뛰어난 눈치에 대해 우리가 얼마나 칭찬하는지 알고 있지? 이런 특성을 네 자신에게서 길러야 할 필요가 있다." 그녀는 여러 바다 생물들의 부화시기를 외우게 했다. 매듭을 매는 새로운 방법과 불턱을 깨끗하게 유지하는 것의 중요성도 가르쳐줬다. "해녀는 주변을 어지럽혀서는 안 된다." 그녀가 설명했다. "물속에서는 깨끗하고 빈틈이 없어야 한다. 뭍에서도 너무 많은 잡동사니는 마음을 어지럽힐 수 있다."

이 중에서 많은 부분은 내가 의식하지 못하는 사이에 이미 흡수하고 있었다. 그러나 이런 것을 직접적으로 배우게 되자 내게는 목적이 생겼다. 시간이 지나면서 그녀는 다툼을 해결하는 방법, 어떤 해녀들이 다른 해녀들보다 더 나을 때 생겨나는 자연스러운 질투와 시기를 진정시키는 방법, 그리고 해녀공동체 전체에 영향을 미칠 수 있는 위험을 경계하는 법에 대한 조언으로 넘어갔다.

"모든 여자의 월경 주기에 대해 계속 알고 있어야 한다. 어떤 때는 자기 월경이 다가오고 있다는 사실을 잊어버리는 여자도 있으니까 조용히 귀띔을 해줘야 한다. 우리 농네 물은 일반적으로 안전하지만 상어는 아주 멀리서도 피 냄새를 맡을 수 있다. 상어 한 마리면 회원들이 싸워서 물리칠 수 있지만 상어 떼는……." 그녀가 고개를 젓고는 말을 이었다. "내가 가진 가장 어려운 임무 중 하나는 55세에 이른 여자에게 이제는 자식들과 손자들이 있는 집으로 갈 때가 됐다고 말해주는 것이다." 그녀가 그 나이에 가까워지고 있다고 내가 지적하자 도생이 말했다. "맞는 말이다."

마침내 물질 금지가 끝났다. 도생과 나는 불턱으로 돌아갔고 아버지와 남동생이 집으로 와서 아이들을 돌봐췄다. 미자는 자기 마을에 있는 해녀공동체에서 물질을 했다. 내 어머니가 그녀를 받아주지 않았다면 애초에 그녀는 그 해녀공동체에 들어갔을 것이다. 우리를 둘러싸고 너무나 많은 적대감과 싸움이 있었기 때문에, 하도의 마을별로 편이 갈라진 것은 전혀 놀랄 일이 아니었다. 내가 살고 있던 하도의 굴동 마을 사람들은 내 편을 들었고 미자의 숙모와 삼촌이 살았던 섯동 사람들은 이제 미자를 불쌍하게 생각했다. 그녀를 친일협력자의 딸로 생각했던 그 오랜 세월이 지나고 나자 이렇게 바뀌었다. 그러나 이것이 우리가 살았던 시대의 모습이었다. 마을들이 갈라지고, 집안들이 갈라지고, 친구들이 갈라져서 어느 누구도 믿을 수가 없었다. 예전에는 항상 배정받았던 물질 장소를 이제는 두 파벌의 여자들이 선점해서 격렬하게 지키며 내주지 않았다. 바다는 영역 다툼과 오랜 원한, 지속되는 신랄함의 장소가 됐다. 집이 내 도피처가 됐다. 집은 복잡한 문제들로부터 벗어나서 내 아이들을 사랑하는 일에 집중할 수 있는 장소가 됐다.

*

일 년이 지나고 북촌에서 벌어진 대학살 1주년이 왔다. 아직 두 살 반이 채 되지 않은 경수는 너무 어려서 아버지와 고모, 형의 제사를 지낼 수 없었지만 외할아버지와 외삼촌이 그를 도왔다. 도생과 나는 며칠 동안 음식을 장만한 다음 남자들이 제사를 지낼 수 있도록 물러났다. 아버지는 내 아들을 이끌고 함께 준부와 유리와 성수의 위패 앞에 제사 음식을 놓았다. 이웃들도 울면서 조문을 했다.

별도의 의식을 치르기 위해 우리 집안 여자들과 회원들은 어머니가 묻혀 있는 밭으로 갔다. 어머니 이외 내가 잃은 다른 사람들에게는 무덤이 없었기 때문이다. 심방 김씨가 장식 술로 나를 두드렸다. 죽은 사람들로부터 내 마음을 진정시킬 수 있는 전갈을 듣고 싶었지만 준부와 유리와 성수는 아무 말도 하지 않았다. 나는 매우 실망했다. 굿이 끝나고 내가 꿇어앉아 있다 몸을 일으켜서 방향을 틀어 이웃들을 마주 보게 됐을 때였다. 밭의 입구에 미자가 서 있는 모습이 보였다. 분노가 치밀어 오르면서 얼굴이 붉어지고 숨이 막혔다. 그녀가 와 있었기 때문에 내가 사랑하는 사람들이 전갈을 보내지 않은 것이라는 생각이 들었다. 나는 곧장 그녀에게 걸어갔다.

"너는 내게 널 찾아갈 수 있게 허락해주지 않았어." 내가 가까이 가자 미자가 말했다. "너는 내게 설명할 기회를 한 번도 안 줬어."

"설명할 건 전혀 없어. 내 남편은 죽었어. 내 시누이도 죽고, 내 큰아들도 죽었어."

"나도 거기 있었어. 나도 봤어." 그녀가 기억을 몰아내려는 듯 고개를 저었다.

"나도 거기 있었지. 너는 네 자신의 가족을 지켜야 한다고 나한테 말했어! 너는 내 자식들을 데려가려고도 안 했어."

우리 주변에 있던 사람들이 헉 소리를 냈다. 미자의 얼굴이 빨개졌다. 화가 나서인지, 아니면 창피해서인지 알 수가 없었다. 그러다가 그녀의 몸이 뻣뻣해지고 눈이 차갑게 변했다.

"이 섬에 사는 모든 집이 고통을 겪었어. 너만 유일한 희생자가 아니야."

"너는 내 친구였어. 우리는 한때 자매들보다 더 가까웠어."

"너희 가족을 구하지 않았다고 무슨 권리로 나를 원망하는 거야?" 그녀가 물었다. "나는 여자일 뿐이야."

"그리고 해녀야. 너는 강하게 행동할 수도 있었어. 너는 할 수⋯⋯."

"다시 한번 물을게. 네가 뭔데 나를 비난하는 거야? 네 자신의 행동을 봐. 너는 왜 유리가 다시 잠수하는 걸 안 막았는데?"

나는 비틀거리며 뒷걸음질쳤다. 내가 그렇게 사랑했던, 그러나 자기가 행동하고 또 행동하지 않음으로 인해 내 가족을 파괴한 이 여자는 내가 자기한테 털어놓은 비밀을 이용해서 나를 공격하고 있었다. 그리고 그게 끝이 아니었다.

"너희 어머니의 죽음은 또 어떻고? 그분은 최고의 해녀였어. 너랑 함께 내려갔다가 다시 표면으로 돌아오지 못했어. 네 발길질 때문에 전복이 그분의 빗창을 세게 내리누른 거잖아. 그리고 네가 칼을 서투르게 다뤘다고 시인했잖아."

지금 내가 비난당하고 있는 그 모든 것에 대해 틀림없이 그렇게 오랫동안 나를 나쁜 쪽으로 보고 있을 것 같았던 도생이 앞으로 나섰다. 그녀의 양쪽에는 구자와 구선이 있었다. 그들은 막강한 트리오를 이뤘다.

"오늘은 우리 가족에게 애도의 날이다." 도생의 목소리에는 해녀 대장의 위엄이 서려 있었다. "제발 미자야, 우리 가족을 그냥 내버려두렴."

　미자는 잠시 가만히 있었다. 그녀는 눈만 움직여서 자신이 어린 시절부터 알았던 사람들의 얼굴을 천천히 훑어봤다. 그런 다음 그녀는 몸을 돌려서 절룩거리며 밭을 나가 돌담 뒤로 사라졌다. 나는 여러 해 동안 다시는 그녀와 말을 나누지 않았다.

큰 눈 물안경

1950년

　다섯 달 후인 1950년 6월 25일에 북한이 남한을 쳐들어왔다. 우리는 이것을 6.25전쟁이라 불렀다. 사흘 후에 서울이 함락됐다. 제주에서는 경찰이 라디오를 전부 제출하라고 명령했다. 나는 남편에게 사준 결혼선물을 그들에게 주고 싶지 않았다. 나는 그것을 숨길 만한 곳을 전부 따져봤다. 곡식 창고에 숨길까? 돼지우리나 통시에 숨기면 괜찮을까? 그러나 꼼꼼하게 숨긴 라디오를 빼앗겼을 뿐만 아니라 체포돼서 다시는 소식을 들을 수 없는 이웃들을 보고 난 뒤 그런 생각은 재빨리 던져버렸다. 나는 라디오를 제출했고 남편의 또 다른 일부가 사라졌다.

　이 나라의 다른 곳에서 무슨 일이 일어나고 있는지 알 수가 없었다. 그러나 여기 제주에서는 아직도 마을 밖의 야영지에서 살고 있는 수만 명의 산간 출신 피난민들에 더해 육지에서 온 수십만 명 이상의 피난민들을 받아들였다. 사람의 오물이 사방에 쌓였고 질병이 퍼졌다. 그리고 더 많은 사람들이 체포됐다. 공산주의자로 의심되거나 좌익으로 간주될 수 있는 모임에 혹시라도 참석한 적이 있는 사람은 누구든지 아내와 남편, 형제자매들, 부모들, 조부모들까지 다 함께 구금당했다. 제주에서는 하도 태생의 몇 사람을 포함해서 천 명 이상이 현재 구류 중인 것으로 알려졌다. 우리는 다시는 그들을 보지 못했다.

4.3사건이 시작될 때부터 구금됐던 사람들은 위험 정도에 따라 A, B, C, D로 불렸다. 8월 30일, 제주의 경찰에게 C와 D 범주로 구분된 사람들을 사격 분대로 처형하라는 지시가 내려졌다. 이 모든 와중에 유일하게 좋은 소식은 대부분의 서북청년단 단원들이 북쪽 정권에 맞서 싸우기 위해 군대에 입대했다는 것이었다.

그럼에도 불구하고 우리 해녀들은 여전히 배를 젓고 노래를 부르고 물질을 했다. 우리가 다시 바다에 들어가도 된다는 허가를 받았을 때 도생은 과부였다가 하도의 우리 동네로 새로 시집 온 김양진이라는 여자와 나를 짝지어줬다. 그녀는 나와 동갑이었고 머리를 짧게 자르고 있었다. 안짱다리여서 걷는 모습이 웃겼지만 물속에서는 그것이 그녀에게 장애가 되지 못했다.

"내가 바다에 들어가면 저승이 왔다 간다네." 우리가 광활한 바다로 향할 때 도생이 떨리는 목소리로 노래했다. "우리는 밥 대신 바람을 먹지. 나는 파도를 내 집으로 받아들인다네."

그러면 우리는 그녀에게 화답했다. "나는 운이 나쁘지. 유령처럼 물속에 들어갔다 물 밖으로 나오네."

"남편들은 집에서 담배 피우고 술 마시며 우리 고생을 모른다네. 아기들은 집에서 우리를 찾으며 울지만 우리 눈물을 보지는 못한다네."

오른쪽으로 멀리서 해녀들이 가득 탄 배가 보였다. 먼저 우리는 그 사람들이 섯동 해녀들은 아닌지, 그들 중에 미자가 타고 있진 않은지 확인해야 했다. 여자들 몇 명이 창이나 칼, 혹은 지레로 떼어내는 도구들을 붙잡고 우리 영역을 지키기 위해 싸워야 할 경우를 대비해서 그것들을 눈에 띄지 않게 낮게 들고 있었다. 일단 그들이 우리 경쟁자들이 아니라는 것을 알고 우리는 더 가까이 노를 저어갔다. 배에 타고 있는 사람들 중에서 얼굴을 알아볼 수 있는 사람이 아무도 없었다. 나는 시어머니를 힐끗 쳐다봤다. 그녀는 이 사람들이 밀렵꾼이면 대결할 태세였고, 우호적이라면 정보를 교환할 태세였다.

우리는 가까이 다가가면서 노를 위로 끌어 올렸다. 두 배가 서로를 향해 미끄러져 갔다. 너울을 따라 내려갔다 올라갔다 하면서 우리는 충분히 가까이 다가가 두 배가 충돌하지 않도록 노를 다른 배에 대고 버텼다. 다른 배의 대장이 먼저 말을 걸었다.

"우리가 당신네 바다 밭을 무단 침입했다면 죄송합니다." 그녀가 말했다. "우리는 며칠 동안 집에서 멀리 노를 저어 나오기로 결정했어요. 우리 가족들이 추적당하지 않길 바랐거든요."

"어디서 왔어요?" 도생이 물었다.

"제주시 동쪽에 살아요. 공항 근처에요."

그들이 이곳에 오려면 30킬로 이상 노를 저어야 했다. 무언가, 아니면 누군가가 그들을 무섭게 만들었기 때문에 그들이 자기들 영역 밖으로, 그것도 집에서 매우 멀리까지 나왔을 것이다. 배에 타고 있는 여자들은 모두 신체적으로 튼튼했지만 충격을 받은 것이 분명했다. 어느 누구도 우리와 눈을 맞추려고 하지 않았다.

"무슨 일이 있었어요?" 도생이 물었다.

상대방 대장은 대답하지 않았다. 소리는 물 위로 멀리 갈 수 있고 바람은 목소리를 훨씬 더 멀리 실어 나를 수 있다. 나는 손을 뻗어 다른 배에서 내민 노의 끝부분을 잡았다. 그 노를 들고 있던 여자들이 내 노를 붙잡았다. 배들을 버티고 있던 다른 한 쌍의 노에서도 여자들이 똑같이 했다. 우리는 낮은 목소리를 들을 수 있을 만큼 충분히 가깝지만 배에 손상이 가지 않도록 그렇게 밀착되지는 않게 배를 댔다. 이제는 육지 쪽으로 잘못된 귀들에 들리지 않을까 하는 두려움 없이 정보를 나눌 수 있었다.

"우리는 그들이 바다에 시체들을 버리는 것을 봤어요." 대장이 굵고 쉰 목소리로 말했다.

"바다에요?" 자매끼리 배 뒤쪽에 앉아 있던 구자가 너무 큰 목소리로 무심결에 말했다.

"너무 많은 남자들이⋯⋯." 대장이 고개를 저었다.

도생이 실질적인 질문을 했다. "그 사람들이 육지로 밀려올까요?"

"안 그럴 것 같아요. 파도가 밖으로 치고 있었거든요."

또다시, 무슨 일이 일어났는지에 대한 증거가 사라질 것이다. 그러나 이는 또한 바다가 다시 우리의 통시가 됐다는 것을 의미했다. 이런 생각에 마음이 불편해져서 속이 울렁거렸다. 우리 엉덩이에서 시작해 돼지 입으로 들어갔다가 나중에 돼지 몸에서 나온 고기를 우리가 먹고 다시 엉덩이에서 떨어져 나가는 순환 대신, 이 순환은 우리와 같은 동포에서 시작해 물고기와 다른 바다 생물들이 그것을 지금도 먹고 있고 나중에 우리가 그 물고기와 해산물을 수확해 먹게 되는 것으로 이어진다.

"당신들은 무슨 말을 들었어요?" 다른 배에 탄 해녀 대장이 물었다.

시어머니는 불턱에서 나나 다른 회원들에게 들려주지 않았던 이야기를 밝혔다. "세화의 해녀 대장이 그러는데 자기 사촌이 공항 근처에서 수백 명이 사살되는 걸 봤대요. 그들 모두 그곳에 묻혔대요."

몸이 떨리기 시작했다. 왜, 왜, 왜 내 동포들은 서로를 공격해야 하는 것일까? 아직도 계속되고 있는 4.3사건으로 충분하지 않은가? 이제 우리는 침략을 받았고 피를 흘리며 전쟁을 벌이고 있다. 아무리 생각해봐도 이것은 남과 북 양측 모두의 가족에게 수많은 슬픔과 비극 위에 더 많은 슬픔과 비극을 쌓는 일일뿐이었다. 우리 생존자들은 슬픔과 고통과 죄책감이 뒤엉킨 복잡한 망 속에 함께 연결되어 있었다.

도생은 여자들에게 우리 불턱에서 밤을 보내게 해주겠다고 제안했다. "그러나 아침에는 떠나야 해요."

이후 몇 달에 걸쳐 나는 여러 여신들에게 매일 제물을 바쳤다. 나는 내가 왜 운이 좋은지 따져봤다. 첫째, 아들이 너무 어려서 싸울 수 없다. 둘째, 전쟁은 절대 직접적으로 제주에서 일어나지 않았다. 그뿐이었다. 첫째와 둘째 이유. 그리고 다른 모든 면에서는 계속 슬픈 시기였기 때문이다. 제주에서 폭동에 참여했다가 육지로 옮겨진 사람들은 혹시라도 북한군이 남쪽으로 밀고 내려와 그 죄수들을 해방시킨 다음 자기들 편에서 싸우게 할 경우를 대비해 처형당했다. 그리고 바로 이곳 제주에서, 설문대 할망의 높은 곳에서는 반란군이 여전히 굴속에 숨어 새로운 추종자를 모집하거나 재보급받지 못하여 점점 더 기습공격이 약화되고 있었다. 경찰은 계속해서 수색하고 야영지를 파괴했으며 반란군으로 의심되는 사람은 누구건, 그 부류에 농부나 그의 아내, 자식들이 포함된다 해도 죽였다. 내 말은 그런 살해가 이곳 제주뿐만 아니라 한국의 육지 양측에서 일어났다는 것이다. 죄가 있는 사람들과 무고한 사람들이 날마다 온 나라에서 죽었다. 이런 일이 벌써 몇 년째 벌어지고 있었다. 누가 상상이라도 할 수 있을까. 매일매일, 매달, 죽음을 보고 죽음의 냄새를 맡으며 어머니들은 여전히 자식들을 먹이고, 입히고, 달래려고 애썼다.

*

전쟁이 일어나고 여섯 달이 지난 후 도생은 55세가 됐다. 불턱의 모든 사람이 그것이 무슨 의미인지 알고 있었지만, 내가 그 말을 해야 할 책임을 맡았다.

"저희 시어머니께서 20년 동안 우리를 이끌어주셨습니다." 내가 말했다. "그분이 대장으로 계셨던 동안 바닷속에서 단 한 번의 죽음도, 부상도 없었습니다. 이제는 그분이 해초와 조류를 따고 손자들과 시간을 보내실 때가 됐습니다."

"새 대장을 선출할 투표를 합시다." 강구선이 제안했다. "저는 제 언니인 구자를 추천합니다."

나는 도생 쪽을 바라보지 않으려고 애썼다. 우리는 도생 이외의 누군가가 나를 추천해야 한다고 미리 합의를 본 상태였다. 도생이 나를 대신해서 조용히 작업을 해왔기 때문에 이것은 내게 충격으로 다가왔다. 심지어는 배신으로 느껴졌다.

"구자는 항상 하도에서 살았습니다." 강구선이 계속 말을 이어나갔다. "제 언니는 다른 곳으로 시집을 갔거나 이사를 가지도 않았습니다. 가장 중요한 점은 그녀가 한 번도 슬픈 일을 겪지 않았다는 것입니다."

도생은 다른 추천이 있는지 물었다. 아무도 나오지 않았다. 그녀는 투표를 요청했고 구자가 만장일치로 선출됐다. 그때 당시는 내게 모든 순간이 슬픔으로 채색됐지만, 다른 해녀들은 차분한 내 반응을 겸손함으로 받아들였던 것 같다.

"나는 항상 여기서 구자를 도울 겁니다." 도생이 말했다. "깊은 바다 밭은 이제 내게서 사라졌고 나는 그것을 그리워할 겁니다."

이후 우리가 집에 돌아왔을 때 도생은 색 바랜 갈옷 천으로 싼 뭔가를 건넸다. "나는 오늘 상황이 다르게 진행되길 바랐다." 그녀가 고백했다. "이건 전통은 아니지만 널 위해 선물도 사놓았었다."

겹겹이 접힌 천을 벗겨내자 뒤쪽에 줄이 달려 있고 테두리가 검은 고무로 된 물안경이 들어 있었다.

"우리 모두 눈이 작은 물안경 때문에 고생했다." 도생이 설명했다. "금속 테두리가 우리 얼굴을 눌렀고 옆이 시야를 제한했다. 이건 새로운 거야. 일본인들은 그것을 큰 눈이라고 부른다. 더 잘 볼 수 있고 아프지도 않을 것이다. 너는 대장은 못 됐지만 제주에서 큰 눈 물안경을 갖게 된 최초의 해녀다."

자주 그랬던 것처럼, 나는 그때 분노와 혼란을 느끼며 미자를 생각했다. 얼마나 있어야 그녀도 큰 눈을 갖게 될까?

다음번 우리가 바다에 갔을 때 다른 해녀 회원들은 신기해하며 내 물안경을 구경하러 몰려들었다. 나는 그것을 쓰고 물에 뛰어들어서 아래로 향했다. 큰 눈을 통해 바라보면서 내가 그간 봤던 것들과 내가 잃어버린 사람들에 대해 잊어버리기 시작했다. 전복과 성게를 찾으면서 내 마음은 비워지고 안정됐다. 단 몇 초 만에 나는 이 물안경이 한때 친구였던 여자에 대해 어떤 감정이라도 느끼지 않도록, 혹은 실수로라도 내 감정이 새나오지 않도록 나를 보호해주는 길이 될 것이란 사실을 깨달았다.

네 번째 날

2008년

영숙은 잠에서 깨어 요와 담요를 갠 다음 한쪽 구석에 쌓았다. 물옷과 얼굴 마스크는 고리에 걸려 있었고 물갈퀴가 벽에 기대 세워져 있었지만, 오늘은 물질을 하지 않을 예정이었다. 그녀는 밖으로 나가서 밖거리의 모퉁이를 돌아 8년 전 바깥쪽에 덧붙여 지은 욕실로 어슬렁어슬렁 걸어갔다. (그녀는 하도에서 돼지를 팔아버 리고 변기를 설치한 마지막 사람은 아니었지만 거의 마지막에 가까웠다.) 볼 일을 보고 나서는 텃밭인 우영에서 꽃을 꺾은 다음 정지로 향했 다. 싱크대에 서서 그녀는 이파리와 가시를 다듬었다. 줄기 끝부 분을 작은 비닐봉지 안에 넣고 약간의 물을 부은 다음 고무 밴드 로 최대한 잘 봉했다. 그런 다음 꽃다발에 포장지를 대고 리본을 묶었다. 한 가지 일은 끝냈다.

그녀는 싱크대를 수세미로 한번 닦아낸 다음 잠옷을 벗고 검은 바지에 꽃무늬 블라우스와 분홍색 스웨터로 갈아입었다. 그러고 는 평소에 쓰던 챙 없는 모자 대신 며칠 전 오일장에서 산 챙 모자 를 썼다. 이어 핸드백에 오늘 필요할 물건들을 집어넣은 뒤 꽃다발을 살며시 안고서 집을 나섰다. 도생이 오늘 이곳에 함께 있으면 좋겠다고 생각했지만, 그녀는 14년 전 95세의 나이로 세상을 떠났다. 다른 죽음들도 있었다. 영숙의 아버지는 1980년에 암으로 세상을 떠났고 그녀의 셋째 남동생은 바로 전해에 동맥류로 세상을 떠났다. 그들 역시 오늘 그녀와 함께 갈 수 있었으면 좋았을 것이다.

영숙의 해녀 친구들은 그녀가 도착할 때쯤에는 큰길에 이미 모여 있었다. 하도에는 아직도 제주의 다른 어떤 지역보다 해녀의 수가 많았지만, 해녀들은 날마다 사라지고 있었다. 현재 섬에는 해녀 수가 4천에 불과하다. 그중 절반 이상이 고희를 넘겼다. 영숙과 강씨 자매처럼 많은 해녀들이 나이가 그보다 훨씬 많았다. 어느 누구도 그들을 따라 바다로 가지 않았다. 영숙과 그녀와 처지가 비슷한 다른 사람들의 딸들은 물옷 대신 사무복과 호텔 제복을 입었다. 이제 영숙은 주변의 나이 든 얼굴들을 보면서 생각했다. *우리는 살아 있는 신화에 불과할 뿐 곧 사라질 것이다.*

여자들 모두 가장 좋은 옷을 입고 있었다. 강씨 자매는 새로 파마를 하고 염색을 했다. 한 여자는 칼라에 파란색과 흰색 방울이 달린 밝은 녹색 스웨터를 입고 있었고 원피스를 입은 사람들도 있었다. 몇 사람은 꽃다발을 들고 있었고 또 몇 사람은 구덕을 팔에 끼워 들고 있었다. 해녀공동체의 현재 대장은 죽은 사람들을 기리기 위해 각 여자의 옷깃이나 스웨터에 흰색 국화꽃을 한 송이씩 달아줬다. 그들은 이날이 오기를 60년 동안 기다렸고, 각자 돈을 추렴해서 버스를 대절했다. 버스에 탈 때는 진정하고 심지어는 엄숙해져야 했겠지만 그들은 해녀였다. 그들의 목소리는 시끄러웠다. 그들은 서로를 놀리고 농담을 던졌다. 그러나 그들의 웃음소리 사이로 울고 있는 몇몇 여자들의 모습도 쉽게 볼 수 있었다.

해안도로는 포장이 돼 있었다. 영숙은 마을마다 사람들이 버스에 올라타는 모습을 봤다. 어떤 사람들은 일반 대중버스를 타고, 어떤 사람들은 개인 소유의 버스를 타고 있었다. 그러나 수많은 자동차와 밴과 오토바이 또한 같은 방향으로 향하고 있었다. 버스가 북촌을 지날 때 영숙은 눈을 감았다. 바닷가를 따라 솟아오른 호텔과 여관들을 볼 때면 영숙은 마음이 아팠다. 다음에는 함덕이 나왔다. 항상 그랬던 것처럼 두 마을 사이의 올레들과 그곳에서 그녀가 만나곤 했던 사람을 떠올릴 때면 영숙에게 다시 고통이 찾아왔다. 그러나 그 고통이 단지 하나의 이유 때문만은 아니었다. 그녀 자신의 마을을 포함해서 전국 대부분의 마을과 마찬가지로 두 마을 모두 이제는 흉측하게 변했다. 새마을운동이 그렇게 만들었다. 많은 돌집이 벽토 상자로 교체됐고, 초가지붕은 모두 기와나 물결무늬 양철로 교체됐다. 그것은 마을을 화재와 태풍으로부터 더 안전하게 만들어준다는 의미에서 개량으로 간주됐지만, 섬의 매력이 상당 부분 줄어들었다.

운전기사는 섬 안쪽으로 방향을 바꿨고 버스는 산을 오르기 시작했다. 말들이 들판에서 풀을 뜯어 먹고 있었고, 소나무들은 바람에 흔들리고 있었다. 설문대 할망은 ─ 위엄 있지만 변함없이 ─ 모든 것을 내려다보고 있었다. 영숙은 지금까지 여러 번 비행기를 탔고, 유럽과 아시아 전역의 경치를 구경했으며 아프리카에서 사파리도 다녀왔다. 강씨 자매는 자신들이 다녀온 이런저런 박물관이나 공원들, 넝소들에 대해 그녀에게 항상 이야기를 해주곤 했다. "바로 우리 섬에서 말이야!" 그들은 한목소리로 목청을 높여 말했다. 그리스 신화 박물관과 다빈치 뮤지엄. 아프리카 박물관. "진짜를 봤는데 내가 왜 그런 곳엘 가겠어요?" 영숙은 분개하면서 응수하곤 했다. 강씨 자매가 제주 돌문화공원 이야기를 꺼냈을 때 영숙은 손사래를 치며 그것을 물리쳤다. "나는 평생 돌속에서, 돌 사이에서 살았어요. 그런 걸 보러 공원까지 가야 할 이유가 어디 있겠어요?" (이 물음에 강씨 자매는 처음에는 말문이 막혔지만 구자가 말했다. "거기에는 네가 더 이상 볼 수 없는 것이 있어. 우리가 예전에 살았던 돌집이랑 물을 담아두는 돌 통들이랑 돌하르방…….") 그들은 '건강과 성 박물관'을 추천했다. "듣고 싶지 않아요!" 영숙은 두 손으로 양쪽 귀를 막으며 소리쳤다. 그들은 초콜릿랜드와 초콜릿박물관의 장단점을 논하면서 그녀에게 가보자고 꼬드겼다. 자연경관과 전망대를 보러 그녀를 데려가주겠다고도 했다. "제주는 유네스코 세계유산 유적지야! 제주에서 성산 일출봉 오름의 일출을 보지 않은 유일한 노인네가 되고 싶어?"

버스는 건물과 정원으로 이루어진 단지로 들어가는 차도에 도착했다. 커다란 그릇처럼 생긴 본관은 크고 당당했다. 안내원들이 버스들에게 앞으로 와서 승객들을 내리라고 손을 흔들었다. 영숙과 그녀의 친구들은 마침내 행사의 장중한 엄숙함에 압도되어 조용해졌다. 그들이 여기에 온 것은 수년에 걸친 대학살을 기념하고 죽은 사람들을 기리기 위한 제주 4.3평화공원의 개원 때문이었다. 영숙의 무릎이 떨렸다. 매우 늙고 약해진 것 같은 기분이 들어 그녀는 친구들 옆에 붙어 있었지만, 그들 역시 그녀만큼이나 몸이 흔들리는 걸 느끼는 것 같았다. 다시 안내원들이 그들을 안내했다. 여자들은 박물관 옆을 돌아서 추모관을 향해 걸어갔다. 두 동의 건물들 사이에 있는 거대한 잔디밭 위로 줄줄이 접이식 의자들이 세워져 있었다. 수천 명이 참석할 것으로 예상됐다. 마을 이름이 적힌 표지들이 각 구역에 표시돼 있었다. 여자들은 통로를 이리저리 돌아다니다가 하도 표지판을 찾아냈다. 이곳에서 그들은 친구들과 이웃들을 만났다. 영숙의 가족이 모두 참석해 있었고 그녀는 고마움을 느꼈다. 그러나 그녀는 해녀들과 함께 앉았다.

행사는 여러 연설들과 막간 음악 연주로 시작됐다. 한 연사는 아름다운 경치에 대해 언급했고 영숙도 동의했다. 눈을 뜨고 있으면 그녀의 눈앞에는 아름다움이 펼쳐졌다. 그러나 그녀는 되살아나고 있는 모든 어두운 형상들 때문에 눈을 감기가 두려웠다. "누가 비극적이지 않은 죽음을 댈 수 있습니까?" 연사가 말했다. "우리가 겪은 상실에서 의미를 찾을 길이 있을까요? 어느 영혼이 다른 영혼보다 더 무거운 슬픔을 가지고 있다고 누가 말할 수 있을까요? 우리는 모두 희생자들입니다. 우리는 서로 용서해야 합니다."

기억하라고? 그럴 것이다. 용서하라고? 못 한다. 영숙은 그렇게 할 수 없었다. 진실을 말할 수 있게 허용된 것, 그렇게 되기까지 너무나도 오래 걸렸다. 30년 전인 1978년에 현기영이라는 작가가 『순이 삼촌』이라는 소설을 출판했다. 영숙은 그 책을 읽을 수 없었다. 그녀는 글 읽는 법을 끝내 배우지 못했지만 그것이 북촌에서 일어난 일에 관한 이야기라고 들었다. 작가는 국정원으로 끌려가서 고문을 당했고 다시는 4.3사건에 대해 글을 쓰지 않겠다는 각서를 쓰고 나서야 석방됐다. 3년 후에 연좌제가 마침내 끝나게 됐다. 이 제도 때문에 섬 전역에서 수많은 가족이 피해를 당했다. 만약 누군가가 폭도로 기소되거나 죽임을 당했다면 그 사람의 나머지 가족은 취직이나 승진이 안 되거나, 해외여행을 할 수 없었다. 연좌제가 폐지됐을 때 경찰서에서 서류를 파기한 것으로 알려졌지만, 사람들은 혹시 모를 상황을 대비해서 입을 다물고 있었다. 8년 후인 1989년에 젊은 사람들이 4.3사건을 기리는 대중 기념식을 개최했다. 정부가, 제주에서 무슨 일인가 일어났다는 데 대한 증거가 전혀 없다고 우기고 있는 마당에 기념식에 참석한다고 해서 뭐가 달라지겠냐며 영숙은 가지 않았다.

또 다른 연사가 모인 사람들에게 말했다. "노인부터 젊은 사람들에 이르기까지 제가 아는 모든 사람들은 정신적인 상처를 받았습니다." 그는 군중에게 말했다. "대학살을 직접 경험한 사람들, 목격자인 사람들, 이야기를 들은 사람들이 있습니다. 우리 섬은 외상 후 스트레스 증상을 앓고 있는 사람들의 섬입니다. 우리 섬은 한국에서 알코올중독, 가정 폭력, 자살, 이혼 비율이 가장 높습니다. 해녀를 포함한 여성들이 이런 문제들의 가장 큰 희생자들입니다."

영숙은 그 연사와 그가 말하는 통계수치를 머릿속에서 밀어내버리고 그녀 자신의 기억으로 되돌아갔다. 16년 전에 세 여성과 한 아이의 시신을 포함해서 11구의 시신이 다랑쉬굴에서 발견됐다. 그들 주변에는 총이나 창이 아니라 사람들이 집에서 가져온 옷과 신발, 숟가락, 젓가락, 팬, 가위, 요강, 몇 가지 농기구 같은 물건들이 흩어져 있었다. 그들은 굴속으로 피신했지만 제9연대에 의해 발각됐다. 군인들은 입구에 풀을 쌓아놓고 불을 지른 다음 동굴 입구를 막아버렸다. 안에 있던 사람들은 질식사했다. 마침내 여기에 정부가 더 이상 부정할 수 없는 확실한 증거가 있었다. 그러나 노태우 전 대통령은 굴을 다시 폐쇄시키라고 명령했다. 증거는 문자 그대로 파묻혀버렸다.

그러다가 1995년에 제주도의회가 최초로 14,125명의 희생자 명단을 출간했다. 그러나 명단은 결코 완벽하지 않았다. 준부와 유리, 성수가 명단에 없었지만, 영숙은 나서는 것이 너무 위험하다고 생각했다. 그러다가 1998년에 50주년이 됐다. 4.3사건과 연관된 예술 축제와 종교 활동뿐만 아니라 더 많은 추모식이 열렸다. 그다음 해 대한민국의 새 대통령인 김대중 대통령이 추모 공원을 지을 수 있도록 정부에서 300억을 지원하겠다고 약속했다. "우리는 20세기의 사건을 끌고 21세기로 넘어갈 수 없다"가 구호가 됐다. 그해 말 국회는 제주 4.3사건 진상규명 및 희생자 명예회복에 관한 특별법을 제정했다. 진상규명위원회는 제주에 남아 있는 생존자들뿐만 아니라 육지와 일본, 미국으로 옮겨간 사람들을 인터뷰할 계획을 세웠다. 자료들 — 한국과 미국의 여러 기관들과 기록보관소에 오랫동안 숨겨져 있던 경찰과 군의 보고서와 사진들 — 을 찾아내서 조사가 이루어졌다. 그러나 2000년이 돼서야 학살에 대해 이야기하는 것이 해금됐다. 조사관들이 여러 번 영숙을 찾아왔지만 그녀는 그들을 만나길 거부했다. 그들은 그녀의 자식들과 손자들을 찾아냈다. 그녀의 자식들과 손자들은 그녀에게 똑같은 메시지를 전했다. "희생된 혼령들을 위로하는 것이 다음 세대의 의무래요." 그의 손자가 말했다. "저희가 그렇게 할게요, 할머니. 그렇지만 오직 할머니만이 할머니 사연을 말할 수 있어요." 그러나 그녀에게는 때가 아니었다. 지금도 그녀는 자신의 분노와 슬픔에 너무 익숙해서 변할 수가 없었다.

새로운 연사가 연단으로 올라갔다. "3년 전에 중앙정부는 제주를 세계평화의 섬으로 선포하려 한다는 의도를 발표했습니다. 그리고 여기 이렇게 우리가 모였습니다." 그는 박수갈채 소리가 사그라질 때까지 기다렸다. "그해 4.3사건 후에 두 개의 마을로 나뉜 하귀 마을은 용서를 선언했습니다. 희생자들을 위한 마을과 가해자들을 위한 마을이 더 이상 존재하지 않길 바랍니다. 빨갱이들과 반공산주의자들이라는 분류 딱지가 이제 사라질 것입니다. 사람들은 함께 두 마을을 하나로 합치겠다고 청원했습니다. 마을 이름은 다시 하귀가 될 것입니다. 그들은 세 개의 돌 기념비가 있는 화해의 사당을 세웠습니다. 한 기념비는 일제 치하에서 고통당했던 사람들을 기억하기 위한 것이고, 또 하나는 한국전쟁에서 죽은 용감한 아들들을 위한 것이며, 다른 하나는 4.3사건 동안에 죽은 수백 명의 양측 사람들을 위한 것입니다."

영숙은 속이 뒤집히면서 토할 것 같았다. 기념비 하나 세운다고 그녀의 감정이 어떻게 바뀌겠는가? 희생자들이 그들을 강간하고 고문하고 죽이고, 마을을 잿더미로 바꾼 사람들을 용서해야만 한다니 그것은 불공평했다. 세계평화의 섬에서, 다른 사람들에게 끔찍한 해를 끼친 사람들이 고백하고 속죄해야 할 뿐만 아니라 과부들과 어머니들에게는 돌 기념비를 만들 돈을 내지 말게 해야 하는 것 아닐까?

"우리 스스로에게 반드시 물어봐야 할 질문들이 아직도 있습니다." 연사는 말을 계속했다. "이 비극이 통제를 벗어난 폭동이었습니까? 그것이 반란이나 반역, 혹은 반미투쟁이었습니까? 아니면 그것이 민주화 운동이나 자유를 위한 투쟁, 혹은 탐라 왕국 시절부터 이 섬사람들의 핏속에 흐르고 있던 독립정신을 보여주는 집단 영웅적 반란이라고 말할 수 있습니까?"

그에게 우레와 같은 박수가 길게 터져 나왔다. 제주 토박이들은 모두 탐라 시절부터 자신들에게 남아 있던 자조적인 정신을 소중하게 여겼기 때문이다.

"우리가 미국인들을 비난해야 할까요?" 그가 물었다. "미군 대령들과 대위들, 장군들이 여기에 와 있었습니다. 미군 병사들은 무슨 일이 일어나고 있는지 지켜보고 있었습니다. 설사 그들이 직접적으로 죽인 사람이 아무도 없었다 해도 그들의 감시체제하에서 수천 명의 죽음이 발생했습니다. 그러나 그들은 책임을 전혀 지지 않고 있습니다. 그리고 단 한 번도 유혈사태를 중단시키기 위해 개입한 적이 없습니다. 아니면 이후 냉전으로 발전할 것의 초기 단계에 있는 공산주의의 진짜 위협을 그들이 억압하려 했다는 사실을 받아들입니까? 4.3사건은 미국의 첫 번째 베트남이었을까요? 아니면 그것은 남북통일을 염원하고 외국 열강의 간섭이나 영향 없이 우리나라에서 일어나고 있는 일에 발언권을 갖고 싶어 했던 사람들을 위한 싸움이었을까요?"

마침내 연설들이 끝났다. 마을별로 사람들은 안내를 받아 시신이 끝까지 발견되지 않은 희생자들을 추모하는 묘석들 앞을 지나갔다. 영숙은 잠시 발을 멈췄다. 북촌에 있던 공동묘지가 파헤쳐져서 영숙의 남편과 시누이, 아들의 시신이 확인됐다고 사람들이 그녀에게 알려줬을 때를 회상했다. 그녀와 그녀의 자식들은 마침내 그들을 지관이 고른 명당자리에 매장할 수 있었다. 준부와 유리와 성수는 이제 영원히 나란히 누워 있었고, 영숙은 날마다 그들의 묘지를 방문하고 있었다. 다른 사람들은 그렇게 운이 좋진 않았다.

그녀는 살짝 고개를 저은 다음 주변을 둘러보고 서둘러 다른 하도 사람들을 쫓아가서 함께 기념관으로 들어갔다. 이곳에는 굽은 긴 대리식 벽에 적어노 3천 명의 사망자 이름이 새겨져 있었다. 벽 한쪽에서 다른 쪽까지 이어진 제단용 선반에는 꽃과 촛불, 작은 술병들이 가득 쌓여 있었다. 영숙은 자기 가족들이 다가오자 해녀 친구들과 헤어졌다. 그녀는 가족으로서 함께 바칠 수 있도록 꽃과 제물을 충분히 가져오긴 했지만, 그들도 각자 뭔가를 가져온 것을 보고 기뻤다. 영숙의 큰딸인 민리는 셀로판지에 싼 꽃다발을 들고 있었다. 영숙도 인정하듯이 살찌고 둔한 경수는 아버지를 위해서는 막걸리 한 병을, 유리를 위해서는 말린 오징어 한 봉지를, 형을 위해서는 흰 쌀밥 한 공기를 가져왔다. 이것들은 60년 전에 영숙의 남편과 시누이, 아들이 좋아하던 음식들이었지만 그들의 입맛이 저승에서 변하진 않았을까?

민리의 눈이 울어서 부어 있었다. 영숙은 딸의 팔을 잡았다. "괜찮을 거야." 그녀가 말했다. "우리가 함께 있잖아."

기념관은 사람들로 가득 찼다. 저마다 자신들이 잃어버린 사람들의 이름을 찾아 밀치며 갔다. 사람들은 공간을 차지하거나 빠져나가기 위해 서로에게 고함을 쳤다. 민리는 길을 막는 사람들을 서슴지 않고 팔꿈치로 밀치며 나아갔다. 마침내 그 벽 앞에 이르렀다. 나머지 가족들은 그들 바로 뒤에 있었다. 만약 이것이 그렇게 중요하지 않았다면, 영숙은 몸이 짓눌리고, 산소도 부족하고, 폐쇄공포증을 불러일으키는 이곳에서 어떻게든 빠져나가고 싶었을 것이다. 벽 쪽을 따라가면서 민리는 북촌 지역을 찾았다. 어떤 마을들은 희생자가 손에 꼽을 정도밖에 되지 않았고 또 어떤 마을에는 수많은 이름들이 줄줄이 이어졌다. 주변 사람들이 이름을 발견하면서 소리를 질렀다. 다른 사람들은 울부짖으며 한탄했다.

"북촌요!" 민리가 소리쳤다. "아버지 먼저 찾아요." 민리는 이제 63세였다. 아버지와 남동생과 고모가 죽은 날 그녀는 세 살 반이었다. 그녀는 틀림없이 건강했지만 지금은 너무 창백해서 영숙은 딸이 쓰러지지 않을까 걱정했다. "어머니! 여기요!" 이름이 새겨진 대리석 위에 민리가 검지를 대면서 소리쳤다. 가족들은 영숙이 지나갈 수 있게 길을 터줬다. 그녀는 딸이 표시해준 곳에 닿기 위해 위로 손을 뻗었다. 그녀의 손가락들이 대리석에 새겨진 글자들 위로 스쳐 지나갔다. 양준부.

"보세요, 여기 유리 고모랑 첫째 남동생도 있어요." 이제 민리가 심하게 울고 있었고, 그녀의 자식들은 그녀를 걱정스럽게 바라봤다.

영숙은 이상하게 차분함을 느꼈다. 그녀는 가방 속에 손을 넣어서 종이 한 장과 숯 한 덩어리를 꺼냈다. 탁본을 떠본 지 몇십 년이 지났지만 어떻게 하는지 잊어버리진 않았다. 잃어버린 사람들의 이름 위에 종이를 놓고 숯을 앞뒤로 문질렀다. 그녀가 종이를 블라우스 속 심장 근처에 집어넣으려는 찰나 사람들 — 낯선 사람들 — 이 자신을 바라보고 있는 것 같은 으스스한 한기가 느껴졌다. 갑자기 계면쩍어진 그녀는 주변을 둘러봤다. 그녀의 자식들과 손자들은 제물을 바치느라 여념이 없었다. 그러나 그들이 함께 절을 할 때 그녀는 그 외국인 가족을 봤다……

그녀는 얼굴 표정으로 자신의 메시지를 전했다. 날 가만 내버려둬. 그런 다음 민리나 다른 가족들에게 한마디 말도 없이 그녀는 군중 사이로 들어가서 인산인해 속에 파묻혀 출구로 나온 뒤 절룩거리며 통로를 내려갔다. 그녀는 돌로 지어진 낮은 담이 있어서 살짝 불턱 느낌이 드는 곳에 놓인 단에 이르렀다. 그 안을 들여다보자 아기를 보호하듯이 위에서 감싸고 있는 여자의 동상이 있었다. 기다란 흰 천이 여자의 나리 주변에 드리워진 채 구덩이 쪽으로 잡아당겨져 있었다. 영숙은 수년간, 죽거나 실종된 해녀들을 위해 행해지는 모든 굿에 참석해왔기 때문에 그 이미지가 무엇인지 알아봤다. 그 어떤 굿도 그녀의 어머니를 위한 굿보다 더 중요하지는 않았다. 그녀는 심방 김씨가 긴 천을 바다에 던져서 영숙의 어머니 혼령을 바닷가로 돌아오게 만들던 모습을 기억하고 있었다. 영숙은 자신의 고통에 너무 깊게 빠져 있던 나머지 — 너무나 많은 죽음과 비극적인 사건들을 떠올리느라 — 캘리포니아 남부 억양에 무한한 자유의 사치와 혜택이 가미된 어투로 제주 방언을 사용하는 목소리를 듣고서 화들짝 놀랐다.

"저희 어머니가 할머니를 따라가보라고 했어요. 할머니가 괜찮으신지 확인해보라 하셨어요."

그 소녀였다. 클라라. 그녀는 지난번과 달리 원피스를 적절하게 갖춰 입고 있었지만, 물론 여전히 귀에 음악을 공급해주는 이어폰을 끼고 있었다.

4부

원망

1961년

비밀의 세월

제주에는 항상 여자들이 남아돌았지만, 그렇게 많은 남자들과 소년들이 살해된 상태에서는 ─ 후손 혈통이 완전히 말살됐다 ─ 불균형이 훨씬 심해졌다. 지난 11년 동안 우리 여자들은 스스로를 다그쳐서 과거보다 훨씬 더 많은 일을 해냈다. 우리 중에서 남편의 도움 없이 직접 가사를 꾸려나간 사람들은 술을 마시거나 도박으로 재산을 날리는 남편들이 없어지자 훨씬 더 많은 돈을 모을 수 있었다. 우리는 기금을 모아서 학교와 다른 마을 건물들을 다시 지을 수 있도록 기부도 했다. 우리가 다시 완전히 자유롭게 물질을 할 수 없었다면, 이런 일은 불가능했을 것이다. 또한 물질을 하려면 우리는 안전한 상태를 유지해야 했다. 바로 이런 이유로 음력 2월 초이틀에 우리는 마음속의 온갖 잡다한 일들을 씻어낸 다음, 심방 김씨를 만나서 영등할망(음력 2월 초에 찾아와 해상 안전과 풍요를 가져다준다고 알려진 풍신風神이자 풍농신豊農神)을 맞이하는 연례행사를 치렀다.

우리는 완전히 노출된 채 바닷가에 모였다. 내 목 뒤가 따끔거렸다. 우리가 하고 있는 굿은 불법이었다. 일본 군국주의자들이 샤머니즘을 금지시키려고 애썼다면, 우리나라의 새 지도자는 그 것을 완전히 종식시키기로 결정했다. 박정희 대통령은 군사 쿠데 타를 통해 권력을 잡았고, 똑같은 방식으로 자신의 새 직무에 접 근했다. 더 많은 납치가 일어났고, 고문과 실종, 죽음이 더 많이 발 생했다. 그는 모든 사당을 부수라고 명령했다. 심방 김씨는 북을 부수고 술을 태우도록 강요받았다. 파괴하기 힘든 것들 ― 꽹과리 와 징 ― 은 압수당했다. 우리 모두가 생존자로서 느꼈던 책임과 죄책감을 씻어낼 필요가 있었고, 또 씻어내기를 바랐던 시기에 이 런 일이 생겼다. 어떤 사람들은 가톨릭 선교사들에게 의지해서 도 움을 받았고 또 어떤 사람들은 불교와 유교에서 위안을 찾았다. 우리는 늘 그랬던 것처럼 조심했고 우리의 활동을 최대한 숨겼다. 그러나 이 연례행사는 규모가 너무 커서 몰래 열기가 어려웠다. 우리 해녀공동체뿐만 아니라 하도에 있는 여러 마을의 해녀공동 체들이 모두 함께 모였다. 해녀들만을 위해 열리는, 용왕과 바다 의 여왕을 기리는 잠수굿과 달리 이 의례에는 어부들도 참여했다. 여자들은 솜을 넣은 갈적삼을 입고, 목도리를 두르고, 장갑을 꼈 다. 열 명가량의 남자들은 발을 구르며 몸을 움직여서 열을 내려 고 애썼다.

"제주의 모든 신들과 여신들에게 청합니다." 심방 김씨가 신들 과 여신들을 불렀다. "저희는 바람의 여신인 영등할망을 환영합 니다. 저희는 그녀와 동행한 모든 조상님들과 혼령들을 환영합니 다. 활짝 피어 있는 복숭아꽃과 동백꽃을 즐기시길 비나이다. 저 희 섬의 아름다움을 봐주시길 비나이다. 오곡 씨앗을 저희 섬에 뿌려주시길 비나이다. 바다에 씨앗들을 뿌려서 바닷속 작물로 자랄 수 있게 해주시길 비나이다."

제물로 바친 과일과 쌀 그릇들, 말린 생선과 오징어, 집에서 만든 술병들과 삶은 달걀들이 임시 제단 위에 넘쳐났다. 우리 해녀 공동체에 속한 여자와 소녀들이 모두 이곳에 왔다. 강구자는 눈에 잘 띄는 자리에 앉아 있었다. 구자의 동생인 구선은 열다섯 살 된 딸 완순과 함께 가까이 앉아 있었다. 우리가 하도로 돌아왔을 때 민리와 완순은 친구가 됐다. 내 탓이겠지만, 민리는 침울한 편이었다. 그래서 이 두 여자아이들이 함께 킥킥대고 웃는 모습을 보면 신기했다. 가을에 열두 살이 되는 준리는 도생과 함께 앉아 있었고 물질 짝인 양진은 내 옆에 있었다. 모인 사람들의 맨 끝에는 내게서 최대한 멀찌감치 미자가 자기 해녀공동체 회원들과 함께 앉아 있었다. 모두 목욕을 하고 깨끗한 옷을 입고 있었지만, 그녀가 우리들 중에서 그래도 가장 말끔해 보였다.

심방 김씨는 한복 속에서 빙글빙글 돌았다. 그녀의 조수들은 유일하게 혼령들의 귀에 닿을 수 있다고 알려진 악기인 북을 조롱박으로 새로 만들었고, 바람과 물의 혼령들을 깨우는 징으로 사용하기 위해서 조리 용구를 납작하게 두드려 펴놓았다. 심방 김씨는 집이 급습당했을 때 땅 위에 사는 혼령들을 깨우기 위해 숨겨놓은 종을 울렸다. 그녀의 술은 갈옷 천을 잘라서 만든 것이었다. 우리는 그녀 때문에 걱정스러웠다. 이런 물건들 중 어느 하나라도 걸리면 그녀는 체포될 수 있었다.

"바람의 여신님께 해녀들을 보살펴주십사 기도드립니다." 심방 김씨가 간청했다. "테왁이 떠다니지 않게 해주시길 비나이다. 도구들이 부서지지 않게 해주시길 비나이다. 빗창이 옴짝도 못 하게 되거나 문어가 해녀의 팔에 달라붙지 않게 해주시길 비나이다."

우리는 무릎을 꿇고 빌었다. 그리고 절했다. 심방 김씨는 악령이 만에서 나오지 못하도록 물을 뿌렸다. 그녀는 날씨와 조류에 대해 언급하면서 바람의 여신에게 다가올 여러 달 동안 얌전히 있어달라고 달랬다. "우리 해녀들이 일 년 내내 안전할 수 있게 해주시길 비나이다. 우리 어부들이 태풍이나 폭풍우, 혹은 사나운 바다에서 실종되지 않도록 도와주시길 비나이다."

굿이 끝났을 때, 우리는 제물을 조금 먹은 뒤 물과 바람의 여신들과 신들이 모두 우리에게 호의를 보여줄 수 있도록 나머지 음식을 바닷속으로 던졌다. 그런 다음 춤추는 시간이 왔다. 민리와 완순은 손에 손을 잡고 몸을 흔들었다. 그들은 자유롭고 행복해 보였다. 작년에 민리가 열다섯 살이 됐을 때 나는 그녀에게 스티로폼으로 만든 테왁을 줬다. 완순에게도 똑같은 것을 줬다. 구선과 나는 딸들에게 물질하는 법을 가르쳤지만, 그들의 운명은 다른 곳에 있었다. 준부가 우리 자식들을 모두 교육시키고 싶어 했을 때 나는 그가 미쳤다고 생각했다. 그러나 지금은 그의 바람을 존중해주고 싶어서 가능한 모든 일을 했다. 민리는 고등학교에 다니고 있었고, 경수는 중학교에, 준리는 초등학교에 다니고 있었다. 손위 두 아이들은 그저 보통 학생들이었지만, 준리는 정말로 아버지의 딸이라 할 수 있었다. 그녀는 똑똑하고 부지런했으며 공부를 좋아했다. 매년 준리의 선생님들은 그녀가 반에서 — 남자아이, 여자아이를 불문하고 — 가장 똑똑한 아이라고 선언했다. 구선 역시 돈을 저축해서 막내인 완순을 학교에 보냈기 때문에 우리 딸들은 쉬는 날, 파도가 적당할 때만 우리와 물질을 했다. 아이들이 일하는 시간이 아주 적었기 때문에, 구선과 나는 그들에게 일해서 번 돈을 학용품 사는 데 쓰라고 허락해줬다. 그러나 그들은 그 돈을 대개 머리에 꽂을 리본이나 초콜릿을 사는 데 썼다.

다음 2주 동안에는 바람의 여신이 제주에 와 있었기 때문에 우리는 한가하게 지낼 수 있었다. 여신과 함께 온 바람이 매우 맹렬하고 변덕스러웠기 때문에, 우리는 물질을 하지 않았다. 어부들은 배나 뗏목에 오르려 하지 않았다. 다른 허드렛일도 할 수 없었다. 이 시기에 간장을 만들면 벌레가 그 안에 알을 낳는다는 말이 있었다. 지붕을 수리하면 지붕이 새고, 곡식을 심으면 가뭄이 든다고 했다. 그러므로 이 무렵은 이웃 사람들을 찾아가서 밤까지 오랫동안 이야기를 나누고, 함께 식사를 하며 오붓한 시간을 보내는 시기였다.

*

"어머니, 여기로 와보세요!" 준리가 소리쳤다.

내가 문밖으로 고개를 내밀자 준리가 마을 우물에서 길어온 물을 들고 안마당으로 들어오는 모습이 보였다. 열린 대문 사이로 남자들이 생선 꾸러미처럼 한 줄로 줄을 서서 지나가고 있는 모습이 보였다.

"빨리 이리 와!" 나는 겁이 나서 소리쳤다. 준리는 허벅을 땅에 내려놓고 재빨리 내 옆으로 뛰어왔다. 나는 그녀를 감추듯이 내 뒤로 밀어 넣었다. "언니는 어디 있니?" 내가 물었다.

준리의 대답을 듣기 전에 민리가 대문 안으로 들어왔다. 그녀는 물을 내려놓고 우리에게 뛰어왔다. "저 사람들은 생판 낯선 사람들이에요." 민리가 속삭였다. 물론 그랬다. 그들은 칼같이 주름을 세운 검은 바지를 입고, 가죽 신발을 신고 있었다. 재킷은 내가 전에 본 어떤 것과도 달랐고, 그들을 뚱뚱하고 어색해 보이게 만들었다. 그들 중 일부는 한국인이었다. 그들은 육지 출신임이 분명했다. 그러나 일본인과 백인들도 있었다. 나는 자동적으로 그들이 미국인일 것이라고 생각했다. 키가 크고 머리색이 연한 갈색이었기 때문이다. 그들 중 군복을 입은 사람은 하나도 없었고, 내가 보기에는, 무장도 하고 있지 않았으며 그들 가운데 적어도 절반은 선글라스를 쓰고 있었다. 처음에 느꼈던 불안은 호기심으로 바뀌었다. 마지막 사람이 빠른 걸음으로 지나갔다. 친구들과 이웃들은 수다를 떨고, 손가락으로 가리키며, 더 잘 보기 위해 고개를 빼면서 그들 뒤를 따라갔다.

"저 사람들이 뭐 하는 사람들인지 보고 싶어요." 준리가 내 손을 붙잡으며 말했다. 그녀는 너무 어려서 공포를 알지 못했지만, 어떤 이유에선지 나도 두렵지 않았고, 민리도 마찬가지였다. 나는 같이 가자고 도생을 부르기까지 했다.

우리는 올레로 걸어 들어가서 해안 도로를 따라 휩쓸려갔다.

"저 사람들은 누구예요?" 준리가 물었다.

그녀의 언니가 더 중요한 질문을 했다. "저 사람들이 원하는 게 뭘까요?"

더 많은 여자들이 집 밖으로 나왔다. 나는 내 물질 짝인 양진이 앞쪽에 있는 것을 보고 뛰어가 그녀를 따라잡았다.

"저 사람들이 마을 공터로 가고 있는 거예요?" 내가 물었다.

"아마도 남자들한테 볼일이 있는 것 같아요." 그녀가 대답했다.

그러나 그들은 마을 공터를 향해 안쪽으로 향하지 않고 대신 바닷가 쪽으로 갔다. 그곳에 도착해보니 그렇게 많은 사람들이 나온 것은 아니었다. 30명 정도의 여자들과 아이들이 와 있었던 것 같다. 낯선 사람들이 우리 쪽으로 몸을 돌렸다. 그들이 바다를 등지고 있었기 때문에 차가운 바람이 그들의 머리를 헝클어뜨리고 바지를 펄럭였다. 몸집이 작고 아담한 남자가 앞으로 나왔다. 그가 표준 한국어를 사용했지만 우리는 그의 말을 알아들을 수 있었다.

"저는 박 박사이고, 과학자입니다." 그가 주변의 남자들 쪽을 가리켰다. "우리 모두 과학자들입니다. 몇 사람은 육지 출신이지만, 전 세계에서 온 과학자들도 있습니다. 우리는 해녀를 연구하기 위해 이곳에 왔습니다. 부산 근처의 마을에서 2주를 보내고 왔는데 그곳에서는 많은 해녀들이 뜨내기로 일을 다닙니다. 이제 해녀들의 고향에 왔으니 여러분이 우리를 도와주길 바랍니다."

우리에게는 여섯 명의 해녀공동체 대장이 있었다. 각자 하도의 마을을 대표했지만, 한 사람도 이곳에 없었다. 나는 시어머니를 슬쩍 찔렀다. "어머니가 저희들 중에서 제일 높은 위치시잖아요." 내가 말했다. "어머니가 저 사람들하고 이야기를 나눠보세요."

그녀는 입을 꽉 다물고 결연하게 사람들 앞으로 나서서 남자들 쪽으로 반쯤 다가갔다. "나는 양도생이오. 섯동 해녀공동체의 예전 대장이오. 무슨 말인지 들어보겠소."

"여러분이 이제 막 바람의 여신을 맞이했기 때문에 앞으로 2주 동안은 활동을 쉴 거라고 알고 있습니다."

"여자는 절대 활동을 쉴 수 없소." 그녀가 말했다.

박 박사는 그녀의 대답에 미소를 지었지만, 굳이 따지지 않는 쪽을 선택했다. "이것에 대해 잘 모르실 수 있는데, 해녀들이 견디는 찬물의 압력이 세계의 다른 어떤 사람들이 견뎌내는 수치보다 더 크다고 합니다."

이 말을 들은 우리의 반응은 무심했다. 우리는 '다른 사람들'이나 '찬물의 압력'에 대해 몰랐다. 우리에게는 우리 자신의 경험밖에 없었다. 미자와 내가 겨울에 블라디보스토크에서 잠수했을 때, 다른 해녀들 말고는 우리와 함께 물속에 들어간 사람이 아무도 없었다. 우리는 우리의 능력을 우리 가족을 도울 수 있게 해주는 선물로 간주했다.

"우리는 20명의 지원자를 찾고 있습니다." 그가 말을 계속했다. "해녀 열 명과 해녀가 아닌 사람 열 명이 필요합니다."

"무엇을 위해 지원을 하라는 거요?" 도생이 물었다.

"물속과 물 밖에서 여자들을 검사할 겁니다." 박 박사가 대답했다.

"바람의 여신이 이곳에 오면 우리는 바다에 들어가지 않소." 도생이 말했다.

"바다에 안 들어가는 건가요, 아니면 수확을 안 하는 건가요?" 그가 물었다. "여러분에게 무엇을 수확해달라고 부탁하진 않을 겁니다. 그래서 여러분이 바쁘지 않은 지금 이곳에 온 것입니다. 여러분이 수확을 하지 않는 한, 여신이 화를 내진 않을 겁니다."

그는 우리 여신에 대해 무엇을 알고 있을까? 여신이 얼마나 강한지 알고 있을까? 그러나 그의 말에는 일리가 있었다. 이 시기에 물속에 들어가서는 안 된다고 말한 사람은 아무도 없었다.

"우리는 여러분의 체온을 잴 겁니다." 그가 확신에 차서 말을 계속했다. "우리는……."

"제가 도와드릴까요?" 준리가 새된 목소리로 물었다.

양쪽에 있던 사람들이 웃음을 터뜨렸다. 준리를 아는 사람들은 그녀로부터 이런 반응이 나올 것을 예상했던 반면, 낯선 사람들은 그녀를 귀엽다고 생각했던 게 분명했다. 준리는 할머니에게 뛰어갔다. 박 박사는 준리와 얼굴을 마주하기 위해 쭈그려 앉았다. "우리는 물질하지 않는 여자들과 비교해서 해녀의 기초대사율을 연구하고 있단다. 우리는 네 계절마다 올 거야. 너희 어머니도 해녀이시니?" 준리가 고개를 끄덕이자 그가 말을 계속했다. "이 바닷가에 실험실을 세울 예정이란다. 여자들이 물속에 들어가기 전과 후의 체온을 잴 거야. 그들의 오한惡寒 지수를 연구하려는 거야. 숨을 참는 해녀가 추위를 견딜 수 있는 능력을 유전적으로 타고나는 것인지, 아니면 그것이 학습된 적응인지 궁금하거든. 우리……."

준리가 몸을 돌려서 숯검댕처럼 검은 눈으로 나를 쳐다봤다. "어머니, 이걸 해보세요. 할머니도요! 그리고 언니도." 그녀는 다시 박 박사 쪽으로 몸을 돌렸다. "세 사람요. 아, 김양진 아줌마도 할 거예요, 맞죠?" 내 물질 짝이 고개를 끄덕이자 준리는 박 박사에게 단호한 표정을 지어 보였다. "제가 다른 사람들도 찾아드릴게요. 해녀가 없는 집이 거의 없거든요. 그렇지만 기장을 갈아서 파는 과부아줌마도 있고, 숯 만드는 아줌마와 베 짜는 아줌마도 있어요." 준리가 고개를 세우고 물었다. "그 사람들이 언제부터 시작하길 원하세요?" 그런 다음 그녀는 다른 사람들의 얼굴을 살펴봤다. "어디에 실험실을 세울 거예요?"

실험실. 나는 그게 뭔지 몰랐다. 그러나 그렇게 내 딸은 이미 멀리 앞서갔다.

지원자를 찾아내는 일은 쉽지 않았다. 지금은 여전히 비밀을 지켜야 할 시절이었고, 우리에게는 조심해야 할 충분한 이유가 있었다. 7년 6개월 후인 1954년 9월 21일에 마지막 반란군이 붙잡히거나 살해됐고, 한라산에서 보이는 즉시 사살하라는 명령이 마침내 해제됐다. 7년 이상 지속된 일이 어떻게 '사건'으로 규정될 수 있는지 나로서는 전혀 이해할 수 없었지만, 4.3사건은 공식적으로 끝이 났다. 우리는 다양한 방식으로 증거를 짜 맞췄다. 우리가 알아낸 것은 어마어마했다. 3백 개 마을이 불에 타거나 파괴됐고, 4만 채의 집이 파손됐으며, 수많은 사람이 살해당했다. 제주에서 영향을 받지 않은 집이 단 하나도 없었다. 육지에서는 사람들에게 대학살에 대한 이야기를 믿지 말라는 지시가 내려졌다. 제주 사람들은 항상 외부인들을 의심스럽게 생각해왔는데 이제는 훨씬 더 그렇게 됐다. 그 결과 우리 섬은 더 폐쇄적으로 바뀌었다. 제주가 다시 귀양 온 사람들의 섬으로 변하고 우리 모두가 방황하는 넋이 된 것 같았다.

무슨 일이 일어났는지 상기시켜주는 것들이 사방에 널려 있었다. 도끼로 무릎이 산산조각 난 한 남자는 목발을 짚고 다녔다. 거의 몸 전체에 화상을 입은 처녀는 결혼할 때가 됐어도 중매가 전혀 들어오지 않았다. 몇 달 동안 지속된 고문을 견디고 살아남은 청년은 머리를 산발하고 면도도 하지 않은 채 지저분한 옷에 초점 없는 눈으로 올레를 배회했다. 우리 모두 기억으로 고통당했다. 숨 막히는 피 냄새나 죽은 사람들 위로 구름 떼처럼 몰려든 까마귀들을 잊은 사람은 아무도 없었다. 이런 기억들은 꿈속에서도, 또 깨어 있는 매순간 우리를 괴롭혔다. 그러나 사랑하는 사람의 죽음에 대해 슬픔을 표하는 말을 한마디라도 하거나 눈물을 한 방울이라도 흘리는 실수를 범하는 사람이 있으면, 그 사람은 체포당했다.

규제 목록은 길었지만, 내게는 교육 기회를 제한하는 것보다 더 끔찍한 규제는 없었다. 상황이 아무리 나빠졌어도, 나는 우리 아이들에 대한 준부의 꿈이 실현될 수 있도록 최선을 다해야만 했다. 그래서 생면부지의 낯선 사람들이 나를 찌르고 쑤신다는 생각이 전혀 달갑지 않았지만, 준리가 그 프로젝트에 관심을 가지고 있었고 그 사람들이 내가 생각할 수 없는 어떤 면으로 그 아이에게 도움이 될지도 모르기 때문에 나는 참여하기로 결정했다.

우리는 가벼운 저녁 식사를 하고 다음 날 아침 평상복 안에 잠수복을 입고 아침 식사를 하지 않은 채 실험실로 오라는 지시를 받았다. 완순과 구선이 우리 시어머니와 나와 내 딸들을 데리러 왔다. 우리 여섯 사람은 바닷가로 내려갔다. 그곳에는 두 개의 텐트가 세워져 있었다. 한편으로는 우리 딸이 노력하고 한편으로는 팀에서 탐문을 벌인 끝에 그들은 강씨 자매와 내 물질 짝인 양진을 포함해 열 명의 해녀와 바다에서 일하지 않는 열 명의 여자를 찾아낼 수 있었다.

박 박사는 우리에게 이 박사와 복 박사, 존스 박사 등 다른 팀원들을 소개했다. 그런 다음 그가 우리에게 말했다. "30분 휴식을 취한 다음 하루 일과를 시작하십시오."

도생과 나는 시선을 교환했다. 휴식이라고? 그게 도대체 무슨 말이야? 그러나 그가 말한 대로 정확히 이루어졌다. 우리는 첫 번째 텐트 안으로 안내를 받았고 그곳에서 간이침대 위에 누웠다. 준리는 내 옆에 있었지만, 그녀의 두 눈은 이 간이침대에서 저 간이침대로, 이 테이블에서 저 테이블로, 이 사람에서 저 사람에게로 바쁘게 움직였다. 나는 그들이 사용하는 한국어 단어를 알아들을 수는 있었지만 무슨 의미인지는 거의 알 수가 없었다.

"9리터 콜린즈 폐활량계를 이용하여 산소를 측정하고 그것을 칼로리로 변환시켜 뒤부아 표준으로부터 백분율 편차로서 기초 신진대사비율을 입증하려고 합니다." 이 박사가 녹음기에 대고 읊조렸다.

무슨 소린지 황설수설처럼 들렸지만, 준리는 모든 단어와 행동을 하나도 빠뜨리지 않고 흡수하는 것처럼 보였다.

다음 단계는 복 박사에 의해 집행됐다. 그는 내 입 안에 유리관을 넣고 체온이 섭씨로는 37도이며 화씨로는 98.6도라고 알려줬다. 통로 맞은편에서는 백인 의사 한 사람이 귀로 관이 이어지는 뭔가를 가슴에 대자 큰딸이 킥킥대며 웃었다. 그 기계가 눈곱만큼도 마음에 들지 않았고, 그가 나한테도 똑같은 짓을 할 것이라는 생각 역시 마음에 들지 않았다. 내가 딸들을 데리고 그곳에서 나가려는 찰나, 박 박사가 목청을 가다듬었다.

"어제 저는 여러분이 틀림없이 이미 알고 있는 것에 대해 말씀드렸습니다. 여러분은 이 지구상의 다른 어떤 사람들보다 체온 저하를 더 잘 견뎌낼 수 있습니다. 오스트레일리아에서는 원주민들이 겨울에도 벌거벗은 채 돌아다니지만, 그들의 체온은 섭씨 35도 이하로 떨어지는 법이 거의 없습니다. 넓은 해협을 헤엄쳐 건너는 남자와 여자들은 체온을 많이 잃지만 그들도 섭씨 34.4도 아래로 내려가는 경우가 거의 없습니다. 캐나다 동남부의 가스페 반도에 사는 어부들과 영국에서 생선을 발라내는 일을 하는 사람들은 날마다 차가운 소금물에 손을 담근 채 하루를 보내지만 이 경우 그들은 몸 전체가 아니라 손만 담그는 것입니다. 그리고 다음으로는 에스키모인들이 있습니다. 그들의 체온은 정상범위 내에서 유지됩니다. 우리는 그들이 단백질이 풍부한 식사를 하고 옷을 매우 많이 껴입기 때문에 그렇다고 생각합니다."

말하는 방식도 이상했지만 활발한 그의 태도는 훨씬 더 이상했다. 나는 바보가 아니었다. 그가 그렇게 활발한 태도를 취하는 것은 다른 의사들이 하고 있는 짓으로부터 우리의 관심을 돌리기 위해서라는 의심이 들었다. 그들 중 한 사람이 내 팔뚝에 띠를 두른 다음 고무공을 누르자 띠가 부풀어 오르며 살을 눌렀다. 다음에 일어난 일은 너무 빨리 지나가버려서 우리들 중 어느 누구도 그것이 무엇인지 충분히 분석할 시간이 없었다. 구자 역시 팔에 똑같은 형태의 띠를 둘렀지만 과학자들은 눈앞에 나타난 결과를 마음에 들어 하지 않는 것 같았다. "이분은 혈압이 너무 높아서 연구에 적합하지 않아요." 나는 한 남자가 말하는 소리를 우연히 엿들었다. 누가 이의를 제기하기도 전에 우리 대장은 텐트 밖으로 안내됐다.

내게는 놀라운 일이었지만 박 박사는 전혀 신경 쓰지 않았다. 그는 그냥 말을 계속해나갔다. "우리는 여러분이 물속에서 얼마나 오래 있을 수 있는지, 물속에 있는 것이 여러분의 체온 변화에 어떤 영향을 미치는지 알고 싶습니다. 우리는 여러분의 오한 지수가 현대인, 이 경우에는 여성에게서, 설사 있다 해도, 거의 경험할 수 없는 심한 저체온증에 대한 잠재적인 인간 적응능력이라고 가정하고 있습니다."

물론 우리는 그가 무슨 말을 하고 있는지 전혀 알 수가 없었다.

"이런 능력이 갑상선 기능과 무슨 연관이 있을까요?" 그는 우리가 답을 알고 있기라도 한 것처럼 물었다. "작은 동물들이 육지와 물속에서 잘 행동하는 것처럼, 여러분의 내분비 체계에 있는 무엇인가가 추위 속에서도 잘 행동할 수 있게 만들어주는 걸까요? 여러분은 웨델 바다표범처럼……."

"저 사람한테 내 딸을 만지지 말라고 해요!" 구선이 간이침대에서 벌떡 일어나 완순의 몸에 손을 댔다 뗀 백인 의사를 무섭게 노려봤다. "당신네들이 무슨 짓을 하고 있는지 정확하게 알려줘요. 안 그러면 다 가버릴 거예요."

박 박사가 미소를 지었다. "무서워하실 필요가 전혀 없습니다. 여기 오신 여러분과 다른 분들은 과학을 창조하는 일을 돕고 계시는 거예요……."

"내 질문에 답을 안 할 겁니까?" 구선이 간이침대에서 다리를 밑으로 내려놓으며 물었다. 다른 몇 사람도 똑같이 했다. 해녀건 아니건 우리는 이 남자들이 우리 딸들을 만지는 것이 싫었다.

박 박사가 양손을 각지 끼듯 모았다. "여러분이 이해를 못 하시는 것 같군요. 우리는 여러분이 하는 일을 존중합니다. 여러분은 유명합니다!"

"누구한테 유명하다는 거요?" 구선이 물었다.

그는 그 질문을 무시하고 말을 이어나갔다. "우리가 부탁드릴 것은 여러분이 물속으로 들어가주는 것뿐입니다. 그러면 우리는 여러분의 오한 임계점을 측정할 것입니다."

"오한 임계점이라고." 구선이 따라했다. 콧방귀를 뀌고 턱을 내밀었지만, 그녀가 떠날 작정은 아니라는 걸 알 수 있었다. 연구에 계속 남아 있음으로써, 그녀에게는 퇴짜당한 자기 언니보다 내세울 수 있는 뭔가가 생겼다. 그러나 그렇다고 해서 내가 마음이 편했다고 말하는 것은 결코 아니다. 나 자신과 민리를 보호하고 싶은 바람과 막내딸에게 도움이 되고 싶다는 바람이 서로 싸웠다.

"혹시 달리 검사할 방법이 없나요? 그러니까 없이도……." 나는 과부였고 북촌 대학살 이후 남자의 손길을 접해본 적이 전혀 없었다.

그제야 상황을 깨달은 박 박사의 눈이 커졌다. 그가 맥 빠져했다. "우리는 의사와 과학자들입니다." 그가 뻣뻣하게 말했다. "여러분은 실험대상입니다. 우리는 여러분을 그렇게 보지 않습니다."

그러나 남자들은 모두 여자들을 그렇게 봤다.

"설사 그랬다 해도 여기에 이 어린 소녀가 있습니다." 그가 덧붙였다. "우리는 이 아이를 부적절한 것으로부터 보호해야 할 필요가 있습니다. 이 아이의 존재가 여러분도 보호해줄 겁니다."

준리는 얼굴을 붉혔지만, 그녀는 자신이 뽑힌 것을 즐기는 것이 분명했다.

"이 아이가 여러분을 이곳으로 데려오도록 도왔습니다." 그가 말했다. "이 아이가 또 어떻게 도와줄 수 있을지 봅시다."

그 말을 하고 남자들은 다시 검사를 실시하기 시작했다. 그들은 준리에게 도구를 만지게 해주진 않았지만, 그녀를 이용해서 자신들이 무슨 일을 하고 있는지 우리에게 ― 우리가 이해할 수 있는 말로 ― 설명했다. 우리의 평균 나이는 39세였고, 평균 키는 131센티였으며, 평균 몸무게는 51킬로였다. (아니면 한 미국인 의사의 표현을 빌려, "키는 51인치를 조금 넘었고 몸무게는 112파운드였다.") 약 15분 후 의사들은 우리에게 평상복을 벗으라고 요청했다. 우리들 중 해녀들은 몸을 보여주는 것에 대해 한 번도 부끄러워한 적이 없었다. 우리는 모두 서로 벌거벗은 몸을 봤고 벌거벗고 다닌다는 오명을 받으며 수세대를 살아왔다. 그러나 연구팀이 의사와 과학자들로 이루어져 있다는 박 박사의 설명에도 불구하고 그들 앞에서 갈굴중이와 갈적삼을 벗는 것은 부끄러운 일이었다. 해녀가 아닌 여자들이 가장 불편해했다. 그들은 남편 이외의 남자 앞에서 그렇게 옷을 적게 입어본 적이 한 번도 없었을 것이다. 한 여자는 그것을 도저히 감당할 수 없었기 때문에 연구에서 빠지기로 결정했다. 이제 해녀와 해녀 아닌 사람들의 수가 각 팀에 9명씩 똑같아졌다.

일 년 중 가장 추운 시기였고, 바로 그런 이유 때문에 우리는 이 시기를 여신을 맞이하는 때로 정했다. 그렇다 해도 해녀는 꽁꽁 얼어붙게 만드는 기온에 익숙하다. 반면에 물질하지 않는 여자들은 발끝으로 바위를 지날 때 꽥꽥 소리를 지르고 쩔쩔댔다. 혹독한 바람에 소름이 돋았고 그들의 살은 퍼렇게 변했다. 준리는 모래 위에 앉아서 따뜻함을 유지하기 위해 양 무릎을 감싸 가슴에 대고 있었다. 우리 모두 물속에 들어가서 바다 쪽으로 10미터 정도를 헤엄쳐 나갔다. 도생과 나는 함께 아래로 잠수했다. 우리는 이 지역을 잘 알고 있었다. 물이 아주 깊지는 않아서 빛이 해저까지 스며들어왔다. 봄이 오고 있었다. 육지에서 일어나는 일 — 잎이 나고 꽃이 피는 것 — 은 바닷속에서도 일어난다. 해조류는 따뜻한 햇볕을 받으며 자란다. 바다 생물들은 짝짓기를 하고 새끼를 낳는다. 나는 숨을 쉬러 올라갔을 때 구선에게 헤엄쳐 가서 그녀의 언니이자 우리 대장인 구자에게 다음 몇 주 동안 수확할 수 있을 만큼 많은 성게가 있는 곳을 알려주라고 요청했다.

5분 이내에 해녀가 아닌 여자들이 바닷가로 갔다. 그들이 텐트 안으로 사라졌을 때 나는 다시 아래로 내려갔다. 나는 미자와 내가 블라디보스토크에서 물질했을 때와 똑같은 분량의 시간인 30분 동안 물속에 남아 있었다. 과학자들은 오한을 보고 싶어 했다. 나는 그것을 그들에게 보여줄 수 있었다.

내가 텐트로 돌아왔을 때, 해녀가 아닌 여자들은 간이침대 위에서 이전에 받았던 검사를 다시 받고 있었다. 준리는 이 간이침대에서 저 간이침대로 돌아다니며 여자들과 이야기를 나누고, 수다를 통해 여자들이 느끼는 다양한 차원의 — 추위, 남자들, 그들의 말하는 방식, 기구들, 그 모든 것의 낯선 상황 — 불편함을 없애주려고 애쓰고 있었다.

박 박사가 내게 다가왔다. "당신 검사를 제가 할 수 있게 해주시길 바랍니다."

내가 고개를 끄덕이자 그가 입속에 유리관을 밀어 넣었다. 나는 너무 티 나지 않게 그를 살펴봤다. 그는 젊어 보였지만, 밖에서 생활하지 않아선지 손이 부드럽고 놀라울 정도로 희었다. 전에 그랬던 것처럼 그는 녹음기에 대고 말했다. 여전히 그가 하는 말을 거의 알아들을 수가 없었다.

"오늘 물은 섭씨 10도, 화씨 50도였습니다. 실험대상 6번은 33분 동안 잠수를 했습니다. 잠수 후 물에서 나와 그로부터 5분 뒤 피부 온도는 섭씨 27도, 화씨 80.6도로 떨어졌습니다. 반면 구강 온도는 섭씨 32.5도, 화씨 90.5도입니다." 그가 내 눈을 바라봤다. "이건 놀랄 만한 수준의 저체온증입니다. 이제 정상으로 돌아오는 데 얼마나 걸릴지 봅시다."

그런 다음 그는 도생에게로 옮겨갔다. 다른 의사가 5분마다 내 체온을 쟀다. 나는 30분 후에 '정상'으로 돌아왔다. "지금 다시 바다로 들어가실래요?" 그가 물었다.

"물론이죠." 그런 바보 같은 질문에 놀란 내가 대답했다.

"대단합니다."

도생이 내 눈을 쳐다봤다. *대단하다니.* 이것은 우리가 이해할 수 없는 말이었다.

다음 날 의사들은 같은 검사를 실시했다. 사흘째 되는 날 우리가 바다 밖으로 나왔을 때 그들은 준리에게 수건과 담요를 가져다주라고 부탁했다. 넷째 날에 우리는 그들의 특이한 방식을 더잘 받아들이게 됐다. 그리고 그들은 놀리기가 너무 쉬웠다. 우리는 단조로운 가락으로 그들이 사용하는 단어를 따라 불러서 그들을 웃게 만들었다. 민리와 완순이 가장 큰 선동자들이었고, 의사들은 그 아이들을 좋아했다. 닷새째 아침에 우리 일행이 막 텐트안으로 들어가려고 할 때, 미자가 안벽에 서 있는 것이 보였다. 그녀의 아들 요찬이 옆에 있는 자전거에 걸터앉아 있었다. 지금쯤마을의 모든 사람은 과학 실험에 대해 알고 있었고, 많은 사람들이 담으로 와서 멍하니 바라보기도 하고, 손가락으로 가리키기도했다. 미자도 연구에 참여하고 싶어 하는 것인지도 모른다. 어쩌면 내가 이런 기회를 갖는 것에 질투심을 느꼈을지도 모른다. 그러나 미자가 온 이유는 다른 데 있었다. 자전거를 끌고 요찬을 데려온 것은 자신이 아들에게 이런 걸 해줄 수 있다고 자랑하기 위해서였다.

준리 때문에 생각이 끊어졌다. 준리가 내 소매를 끌어당기면서소리쳤다. "보세요, 어머니! 요찬 오빠는 자전거가 있어요! 저도하나 사주실 수 있어요?"

"안 돼!"

"그렇지만 자전거 타는 법을 배우고 싶어요."

"그건 여자애들이 하는 게 아니야."

"제발요, 어머니. 제발요. 요찬 오빠는 자전거가 있잖아요. 우리 집에도 한 대 사면 안 돼요?"

준리가 흥분하는 걸 보고 나는 신경이 거슬렸다. 그 첫 번째 이유는, 당연히 내 딸은 요찬과 그의 어머니를 기억하고 있을 텐데 내게 그것이 달가울 리 없었기 때문이다. 둘째로, 우리가 여기에 온 것은 오로지 준리에게 기회를 주고 싶어서였는데 지금은 그 아이가 자전거의 반짝이는 금속에 빠져 연구에 대해 완전히 까먹은 것처럼 보였기 때문이다.

안벽 위에서 미자가 갑자기 몸을 돌려 절룩거리며 사라졌지만, 요찬은 그대로 남아서 우리 쪽을 쳐다보고 있었다. 나는 그가 나를 바라보는 것이 아니라 민리와 완순을 보고 있다는 것을 깨달았다. 그들 셋은 같은 학교를 다녔고, 많은 수업을 같이 들었다. 셋 모두 열여섯 살로 결혼하기에 충분한 나이였고, 문제를 일으키기에 충분한 나이였다. 나는 앞으로 가라고 여자아이들의 어깨를 슬쩍 밀었다.

우리가 잠수복을 입고 텐트에서 나올 즈음에는 요찬이 가고 없었다. 물은 일주일 내내 얼 정도로 추웠다. 또다시 해녀가 아닌 여자들은 몇 분밖에 못 버텼지만 나머지 사람들은 심하게 몸이 떨릴 때까지 물속에 남아 있었다. 내가 나왔을 때 준리가 수건을 들고 서 있었다.

"어머니." 그녀가 말했다. "자전거 사주세요. 제발요."

막내딸은 변덕을 부리기도 했지만, 또한 고집을 부릴 줄도 알았다.

"너는 과학자가 되고 싶니, 아니면 자전거 타는 사람이 되고 싶니?" 내가 물었다.

"둘 다 하고 싶어요. 제가 원하는 것은……."

나는 아이의 말을 잘랐다. "네가 *원하는* 것? 우리 모두가 *원하지*. 학교 점심 도시락으로 고구마를 넣어주면 너는 불평을 하지? 그러나 나는 하루 종일 고구마 한 개로 버티던 시절이 있었다."

불행히도 이 말은 준리를 다른 방향으로, 그러나 슬프게도 일상적인 방향으로 이끌었다. "다른 아이들은 흰 쌀밥을 싸오는데, 어머니가 싸준 음식은 우리가 가난하다는 걸 보여준단 말이에요."

"설날 명절에는 흰쌀을 사잖니." 내가 기분이 상해서 말했다. 그러고는 방어적으로 덧붙였다. "내가 가끔 네 도시락에 보리도 넣어주고."

"그게 더 창피해요. 그건 우리가 진짜로 가난하다는 것을 의미하니까요."

"그런 말을 하다니 너는 참 복도 많다. 너는 가난이 무슨 뜻인지 모르잖니."

"가난하지 않다면 왜 저한테 자전거를 안 사주는 거예요?"

준리의 머리끄덩이를 잡고서 내가 저축하는 돈은 그 애와 다른 형제자매의 교육을 위한 것이라는 사실을 일깨워주고 싶었다.

그날 밤 저녁 식사 후에 평소처럼 완순이 건너왔고 세 여자아이들은 산책을 나갔다. 나는 감귤차를 만들어서 두 잔을 들고 안마당을 가로질러 도생의 집으로 갔다. 그녀는 이미 요를 깔아놓고 있었지만, 기름등잔 불이 아직도 타고 있었다.

"널 기다리고 있었다." 그녀가 말했다. "네가 하루 종일 화가 나 있는 것 같더구나. 혹시 그 남자들 중에서 누가 너한테 무슨 짓이라도 한 거냐?"

나는 고개를 저은 다음 그녀 옆의 바닥에 앉아서 그녀에게 차를 한잔 건넸다.

"어머니는 준부한테 좋은 어머니셨어요." 내가 말했다. "다른 많은 해녀들과 달리 어머니는 그 사람을 학교에 보냈잖아요."

"다른 해녀들은 보낼 수가 없었던 거지. 네 어머니는 자식이 많았으니까." 그녀가 부러운 듯이 말했다. "그렇지만 네가 지금 어떻게 하고 있는지 보렴. 세 아이를 학교에 보내고 있잖니. 그건 마을의 어느 집보다 더 많은 숫자다."

"어머니가 도와주시지 않았으면 그렇게 못 하죠."

도생이 인정하듯 고개를 한쪽으로 기울였다. 그런 다음 한참 침묵한 후에 그녀가 말했다. "그러니까 나한테 말해보렴. 무슨 문제냐?"

"오늘 미자와 그 애 아들을 봤어요."

"그 애에 대해 생각하지 말거라."

"어떻게 안 그러겠어요? 여기서 십 분 거리에 사는데요. 서로 피하려고 최선을 다하지만 하도는 좁아요."

"그래서? 모든 마을에서 희생자들은 반역자들과 경찰, 군인들, 혹은 친일협력자들 옆집에 살고 있다. 지금은 살인자들과 살인자들의 자식들이 섬을 다스리고 있어. 네가 어렸을 때와 많이 달라졌니?"

"아니요, 그렇지만 그 애는 저에 대해 모든 것을 알고 있어요."

"너에 대해 모든 것을 알지 못하는 사람이 누가 있는데? 네가 말했다시피 하도는 작다. 네 진짜 걱정거리를 말해봐라."

나는 주저하다가 물었다. "연좌제가 있는 한 제가 아이들에게 어떤 미래를 줄 수 있을까요?"

"우리가 잃어버린 사람들은 아무 죄도 없다."

"정부는 그렇게 보지 않잖아요. 죽은 사람은 모두 죄가 있는 것으로 간주되고 있어요."

"너는 다른 사람들이 했던 대로 할 수 있다. 네 남편이 4.3사건 이전에 죽었다고 주장할 수 있어." 도생이 제안했다.

"그렇지만 준부는 선생님이었어요! 북촌 사람 모두가 그를 알고 있는데요."

"그 애는 교사였다. 맞다. 그러나 그 애는 선동자도, 반군도, 반란군도, 공산주의자도 아니었다."

"그의 어머니로서 그렇게 말씀하시는 거죠." 이어 나는 가장 두려워했던 것을 간신히 입 밖으로 꺼냈다. "우리가 모르는 비밀을 그가 지니고 있었을까요?"

"아니다."

대답은 간단했지만, 나는 확신할 수가 없었다. "그는 전단지를 읽었어요. 라디오도 들었고요."

"그 애가 사람들에게 무슨 일이 일어나고 있는지 알려줄 수 있도록 양쪽의 전단지를 읽은 거라고 네가 나한테 말해줬었잖니." 도생이 말했다. "그 애는 같은 이유로 라디오를 들었다. 당국에서는 아마도 그 애를 전형적인 제주 남편일 뿐이라고 생각할지 모른다."

"학생들을 가르친 전형적인 제주 남편요?"

"나는 그 애가 교사가 된 것이 항상 자랑스러웠다. 너도 그랬을 거라고 나는 생각했다."

"그랬어요. 지금도 그렇고요." 내 눈에 눈물이 차올랐다. "그렇지만 아이들 때문에 자꾸 두려워져요."

"내 아들이 무슨 짓을 했건, 혹은 안 했건, 너는 유리와 성수에게 잘못이 전혀 없다는 것을 알고 있잖니. 그 애들은 희생자들이었다. 우리 중에서 남겨진 사람들은 희생자들이다. 그러나 다른 많은 사람들과 달리 우리가 표적이 됐다고는 느끼지 않는다." 그녀가 내 눈을 바라봤다. "우리는 몇몇 집들처럼 매달 경찰에 보고를 해야 하는 상황은 아니잖니."

"맞아요."

"그리고 우리가 감시당하고 있다는 느낌을 받은 적이 있었니?"

나는 고개를 저었다.

"그렇다면 괜찮다." 그녀가 단호하게 말했다. "우리 삶에서 좋은 것에만 계속 집중하렴. 네 아들은 조상님들에게 제사도 지내고, 요리 같은 집안 의무도 배우고 있어. 민리는 좋은 해녀가 될 거다. 그리고 준리는……."

도생이 내 자식들 각자의 장점에 대해 이야기를 계속해나가자 마음이 더 진정됐다. 시어머니의 말이 옳을 수 있었다. 우리가 경찰서에 불려가지도 않고 미행당하지도 않았다는 사실은 특별한 의미일 수 있었다. 그러나 그렇다고 해서 그것이 우리가 어딘가 명단에 올라가 있지 않다는 뜻은 아니었다.

∗

엿새째가 되자 해녀가 아닌 여자들은 남자들 앞에서 물옷을 입고 있는 것에 더 익숙해졌다. 과학자들도 더 대담해졌다. 처음에는 우리가 바닷가로 이동할 때 우리를 쳐다보지 않으려고 신경을 썼지만, 지금은 보통 남자들과 마찬가지로 우리를 바라봤다. 그들이 입을 벌리고 민리와 완순을 바라보는 모습은 특히 염려가 됐다. 그들은 날씬하고, 행복한 얼굴에, 피부가 예쁜 아름다운 소녀들이었다. 그 아이들이 함께 있는 모습을 볼 때마다 나는 그 나이였을 때의 미자와 나 자신을 생각하지 않을 수가 없었다. 아니면 우리가 조금 더 나이가 들어서 블라디보스토크에 갔을 때가 생각났다. 우리는 부두에 나갈 때면 조심하려고 애썼지만, 우리가 어떻게 보였는지에 대해서는 크게 의식하질 못했다. 제주나 다른 곳의 남자들에게서 받는 시선보다는 일본 군인들이 우리에게 저지를 수 있는 일을 더 많이 두려워했다. *가지 많은 나무에 바람 잘 날 없다.* 그 의미가 내게는 항상 명확했다. 자식들이 많으면 그만큼 더 많은 갈등과 슬픔과 문제가 생길 것이다. 그런 일들이 하나라도 생기지 않도록 막는 것이 민리의 어머니로서 내가 할 일이었다.

이틀 후에 박 박사와 연구팀은 하도를 떠났다. 그들은 석 달 후에 돌아오겠다고 약속했다. 그들이 떠나고 이틀 후, 제주에 바람의 여신을 맞이하고 나서 정확히 2주가 되는 음력 2월 14일에 이제는 여신을 보낼 때가 됐다. 다시 해녀들과 어부들은 조심스럽게 바닷가에 모였다. 강구자는 우리 대장으로서 상석에 자리를 잡았다. 그러나 이번 행사에서는 그녀의 동생과 조카가 함께 앉지 않았다. 강씨 자매가 어렸을 적부터 말다툼을 하긴 했지만, 이번에 구선과 완순이 연구에 참가했다는 사실로 인해 우리 중 어느 누구도 예측하지 못할 만큼 구자는 화가 나 있었다. 우리가 돈을 전혀 받지 않고 차가운 물속에서 수영한 것이 어떤 식으로건 그녀의 지위와 권위를 위협했다고 느낀 모양이었다. 구선과 구자가 냉랭한 관계를 풀려면 한 시간이나 하루, 혹은 한 주가 걸릴 수 있었다.

우리는 떡과 막걸리를 여신들과 신들에게 제물로 바쳤다. 그런 다음 점을 보는 시간이 됐다. 이 마을 저 마을 다니는 노파들이 점을 치기 위해 돗자리를 펴고 앉았다. 민리와 완순은 가장 젊은 점쟁이를 찾아내려고 했다. 나는 햇볕으로 얼굴이 타고 주름투성이인 한 여자에게 다가갔다. 그녀는 나를 기억하지 못했지만 어머니가 그녀의 점을 항상 믿었기 때문에 나는 그녀를 기억하고 있다. 나는 무릎을 꿇은 상태로 일어서서 절을 한 다음 엉덩이를 발뒤꿈치에 붙이고 앉았다. 노인은 손바닥에 생쌀을 가득 채운 다음 공중으로 던졌다. 내 운명이 비처럼 내렸다. 몇 개의 쌀알이 노인의 손으로 떨어졌다. 다른 쌀알들은 돗자리에 떨어졌다.

"여섯 개의 낟알은 너한테 행운이 올 거라는 의미다." 그녀가 손등을 재빨리 감추면서 말했다. "8, 10, 12는 6만큼 좋진 않지만 충분히 좋다. 4는 내가 말해줄 수 있는 숫자 중에서 가장 안 좋다. 준비됐어?"

"네, 준비됐어요."

그녀는 낟알을 가리고 있던 손을 내린 다음 숫자를 셌다. "열 개다." 그녀가 말했다. "아주 좋지도, 아주 나쁘지도 않다." 그 말과 함께 그녀가 낟알들을 날렸다. 낟알들이 우리 주변의 바위 틈새로 떨어졌다.

나는 안도의 한숨을 쉬었다. 이제 제물을 더 바치고 기도를 더 할 것이다. 다른 사람들은 안 좋은 점괘를 받았다. 어떤 여자들은 자신들의 점괘를 듣고 울었고 또 어떤 여자들은 점괘를 웃어넘겼다. 민리와 완순 모두 여섯 개를 받았다. 그들의 점을 봐준 점쟁이는 행운을 간직할 수 있도록 낟알을 삼키라고 아이들에게 시켰다.

마침내 심방 김씨가 보초를 서고 우리는 짚을 엮어서 1미터 정도의 작은 배들을 만들었다. 이어 배들 위에 공물과 제물을 가득 채우고 각기 작은 돛을 단 다음 여신들과 신들을 배로 초청해서 바다로 띄워 보냈다. 우리는 더 많은 막걸리와 기장과 쌀을 물속으로 던져 넣었다. 이 의식과 함께 공식적으로 봄이 왔다.

영등신을 보내는 굿을 치른 다음 날 나는 우리가 남들 눈에 가난하게 비친다는 준리의 말을 떠올리고 아이들의 점심 도시락이 더 알차게 보이도록 고구마를 잘라서 보리와 섞었다. 그런 다음 항아리를 열고 멸치젓갈을 퍼서 준리의 보리에 얹어줬다. 준리가 학교에서 돌아왔을 때 나는 고맙다는 인사를 할 줄 기대했지만 아이의 생각은 다른 데 가 있었다. 준리는 안으로 달려 들어가서 책가방을 열고 새 책을 꺼냈다. 표지에는 주름 장식을 단 치마에 앞치마를 두르고 장화를 신은 어린 소녀가 그려져 있었다. 소녀의 얼굴을 금발의 곱슬머리가 감싸고 있었다. 그녀는 노인의 손을 잡고 있었고 염소들은 풀을 뜯어 먹고 있었다. 그들 뒤로는 높이도 굉장한 눈 덮인 산들이 여기저기 우뚝우뚝 솟아 있었다.

"쟤는 하이디예요." 준리가 알려줬다. "저는 그 애가 좋아요."

그 책은 섬 전역의 학교들로 배포됐다. 우리는 공부를 전혀 하지 못했지만, 준리 또래의 모든 여자아이에게는 그 책이 한 권씩 지급됐다. 며칠 전만 해도 자전거 배우는 데에 빠져 있었고, 그보다 며칠 전에는 과학자가 되는 것이 자기 소망이라고 선언했던 내 딸이 이제는 하이디에 푹 빠졌다. 준리를 격려해주고 싶은 마음에서 나는 이야기를 읽어달라고 부탁했다. 그러다 나 역시 하이디와 클라라, 피터와 할아버지에게 매혹되고 말았다. 다음에는 도생과 민리가 그 이야기에 홀딱 반했다. 민리는 완순에게 그것을 읽어보라고 권했다. 그러자 완순은 그 책을 자기 어머니에게 읽어 줬다. 곧 하도에 있는 많은 집에서 밤이면 기름 등불을 켜놓고, 딸들이 어머니들과 할머니들에게 그 이야기를 읽어줬다. 모든 사람이 그 이야기에 대해 말하고 싶어 했기 때문에, 우리는 서로의 집을 찾아가거나 올레에 모여서 이야기를 나눴다.

"빵 맛이 어떨 것 같아요?" 어느 날 오후에 완순이 물었다.

그녀의 어머니가 대답했다. "네가 해외 출가물질을 하러 블라디보스토크에 가면 그걸 맛볼 기회가 올 거야. 그곳에는 빵집이 많아."

"염소 우유는 어떨까요?" 민리가 내게 물었다. "해외 출가물질 갔을 때 그걸 마셔봤어요?"

"아니, 그래도 아이스크림은 한번 먹어봤어." 나는 미자와 두 명의 러시아 청년과 함께 길모퉁이에서 아이스크림콘을 핥아 먹었던 기억을 떠올리며 대답했다.

어떤 사람은 클라라의 할머니를 좋아했고, 또 어떤 사람은 하이디의 할아버지를 좋아했다. 그리고 이제 막 혼인에 대해 생각하기 시작한 많은 애기 해녀들은 피터를 좋아했다. 완순은 그가 남편이면 좋겠다고 말하기도 했다. 민리는 의사 선생님이 너무 친절해서 마음에 든다고 말했다. 그러나 다시 말하지만, 그 누구도 준리만큼 그 이야기에 푹 빠진 사람은 없었다. 그녀가 가장 좋아하는 등장인물은 클라라였다.

"왜 너는 클라라를 선택했어?" 내가 물었다. "그녀는 다쳤잖아. 자기 가족을 도와줄 수가 없어서 울고. 이기적이기도 하고."

"그렇지만 산과 하늘, 염소와 염소 우유로 나아요!" 준리가 잠시 멈췄다가 말했다. "언젠가는 스위스에 갈 거예요."

그 말을 들었을 때 나는 준리를 다른 방향으로 유도해야 한다는 것을 알았다. 도생이 무슨 말을 했건 우리 집안에 세 명의 희생자가 있다는 사실 ─ 그리고 그중 한 사람은 교사였다 ─ 로 인해 우리가 연좌죄에 걸릴 가능성이 아주 높았다. 준리는 스위스는 말할 것도 없고, 육지에 갈 수 있는 허가도 받지 못할 것이다. 아이가 아직 너무 어려서 그 모든 것을 이해할 수는 없기 때문에 나는 마음속에 떠오르는 대로 물었다. "동화의 세계에 네가 어떻게 갈 수 있어?"

준리가 웃음을 터뜨렸다. "어머니, 스위스는 동화의 세계가 아니에요. 여신들의 나라도 아니고요. 김만덕처럼 저도 제주를 떠날 거예요. 그리고 자전거를 살 거예요."

알 수 없는 광활한 바다

1961년 8월-9월

첫 방문 이후 석 달 만에 박 박사와 연구팀이 돌아왔다. 그리고 그 후 석 달이 지난 8월 말에 그들은 다시 왔다. 그들이 방문할 때마다 2주 동안 열여덟 명의 여자들 — 해녀 아홉 명과 해녀 아닌 사람 아홉 명 — 은 가벼운 저녁 식사를 한 다음 아침에 간이침대에서 휴식을 취하다가 검사를 받았다. 그러나 이번에는 미자와 내가 첫 물질을 했던 해저 골짜기로 배를 타고 갔다. 과학자들은 내 어머니가 그곳을 고른 바로 그 이유 때문에 그 자리를 선택했다. 지형 덕에 해녀가 아닌 사람들은 거의 표면까지 올라온 바위 위에 떠 있을 수 있었고 해녀들은 20미터 아래 차가운 골짜기로 내려갈 수 있었기 때문이다. 해녀가 아닌 사람들은 몇 분 이상을 견디지 못했지만, 날씨가 더 따뜻해졌기 때문에 우리 해녀들은 배로 돌아오기 전에 적어도 두 시간 반 동안 오르락내리락 물질을 계속할 수 있었다. 우리 체온이 겨울만큼 많이 떨어지지 않는다는 것을 알게 됐지만, 그것은 우리에게 뻔한 사실처럼 보였다. 그러나 지금 박 박사는 자신이 원하는 대로 정확하게 측정했다. 물속에서 섭씨 26도(화씨 79도)였던 체온이 섭씨 35.3도(화씨 95.5도)가 됐다. "매우 놀라워요." 그가 우리에게 말했다. "체온이 정상보다 그렇게 훨씬 아래로 떨어질 때도 여러분처럼 잘 활동할 수 있는 사람들은 많지 않습니다."

과학자들은 새로운 측면, 음식을 보탰다. 그들은 하루 세 번 우리 집에 와서 우리가 입에 넣는 모든 것을 측정했다. 그리고 우리가 불턱에서 가끔 농담으로 주고받던 것과 똑같은 질문을 했다. "누가 음식을 더 많이 먹어야 할까? 남자일까, 여자일까?" 우리는 그 답을 알고 있었고, 그들의 검사가 그것을 증명해줬다. 해녀가 아닌 여자들이 일반적으로 하루에 2천 칼로리가 필요한 반면, 해녀는 하루에 3천 칼로리가 필요했다. 뿐만 아니라 해녀는 하도에서 그들이 검사한 어떤 남자들보다 더 많이 먹었다. "다른 어떤 사람에게서도 이만큼의 자발적인 열 손실을 본 적이 없습니다." 박 박사가 흥분해서 말했다. "그렇지만 그것을 어떻게 보충하는지 보십시오!" 그러나 그는 우리 삶의 매우 다른 시점에서 우리를 연구하고 있었다. 나는 미자와 내가 막 물질을 배우기 시작했던 소녀 시절과, 이후 우리가 블라디보스토크에 갔을 때, 그리고 그보다 훨씬 더 이후 먹을 것이 없었던 전쟁 시절을 떠올렸다. 우리는 먹을 것이 충분하지 않아서 둘 다 매우 말랐었다.

해녀건 아니건, 여자들 모두 연구팀원들을 잘 대접하고 싶어 했다. 그들은 자기 집에 온 과학자에게 식사를 대접하기 위해 할 수 있는 한 가장 좋은 음식을 준비했다. 우리 집에서는 도생과 민리와 내가 평소 요리를 했던 경수를 옆으로 밀어내고 구운 소라와 삶은 전복, 콩을 넣은 작은 게 볶음, 아니면 문어 꼬치같이 우리가 불턱에서 주로 먹는 음식을 만들었다. 그날 찾아온 과학자가 우리

방바닥에 앉아서 밥을 먹을 때 준리는 끝없이 질문을 퍼부었다. 서울은 어떻게 생겼어요? 어느 대학교를 다녔어요? 연구 과학자와 의사 중 어느 게 더 좋아요? 찾아온 과학자들은 준리의 질문들에 모두 답을 해줬지만, 준리의 언니가 방을 지나갈 때마다 그녀를 쳐다봤다.

마침내 박 박사가 우리 집에 왔을 때, 나는 그에게 앉으라고 권한 다음 막걸리를 한 사발 따라줬다. 키 작은 상에는 벌써 김치와 장조림, 연근, 끓인 호박, 잘게 썬 흑돼지, 소금 간한 자리돔, 양념 넣고 무친 고사리, 삶아서 양념한 해삼 조각 등 반찬이 차려져 있었다. 우리가 막 밥을 먹으려는 순간 준리의 담임 선생님이 이문간에 나타났다. 오 선생님은 절을 하고 소식을 알렸다.

"제주도 전역에서 실시된 경시대회에서 따님이 5학년 중 일등을 했습니다." 그가 말했다. "준리는 제주시에서 열릴 학력경시대회에 한라산의 우리 쪽 대표로 뽑혔습니다. 이것은 대단한 영광입니다."

준리는 벌떡 일어나서 방 안을 팔짝팔짝 뛰어다녔다. 그녀의 언니와 오빠가 축하인사를 건넸다. 도생은 기뻐서 눈물을 흘렸다. 나는 미소가 저절로 나왔다. "어머니가 똑똑하니까 따님이 똑똑하군요"라는 박 박사의 말에는 정말로 미소를 금할 수가 없었다.

나는 오 선생님에게 우리와 함께 식사를 하자고 권했다. 그를 위해 자리가 만들어졌고 더 많은 막걸리가 부어졌다. 박 박사가 경시대회에 대해 질문하자 오 선생님은 "준리는 그냥 똑똑한 아이가 아닙니다. 우리 초등학교에서 제일 똑똑한 학생입니다. 제주시에 있는 학교를 다니는 학생들이 더 좋은 환경에서 공부했겠지만 저는 준리가 전체 경시대회에서 우승할 가능성이 높다고 믿습니다"라고 말했다.

이런 칭찬의 말을 들으면 내 딸은 겸손해야 했겠지만, 오히려 그들의 칭찬이 그녀를 부추겼다. "제가 우승하면요, 어머니. 저한테 자전거 사주실래요?"

내 대답이 입 밖으로 너무 빨리 나와버렸다. "자전거를 타는 것은 너한테 안 좋아. 다들 알고 있듯이 여자아이가 자전거를 타면 엉덩이가 커져."

박 박사가 눈썹을 치켜뗬고, 준리는 내 주장에도 눈썹 하나 까딱하지 않았다. "그래도 제가 우승하면요." 그녀가 말했다. "저한테 상을 줘야 한다고 생각하지 않으세요?"

상이라고? 짜증이 나서 내 얼굴이 붉어졌다. 과학자는 정중하게 화제를 돌렸다. "이 오징어를 직접 잡으셨어요?" 그가 물었다. "그렇다면 건조 과정에 대해 말씀 좀 해주세요."

저녁 식사 후에 완순이 와서 내 딸들을 데리고 저녁 산책을 나갔다. 오 선생님은 그들과 함께 떠났고 도생은 경수를 데리고 밤거리로 건너갔다. 나는 박 박사에게 서울에서의 생활에 대해 물었고, 그는 해녀로서의 내 삶에 대해 더 깊이 캐물으려고 애썼다. 모든 게 다 잘 넘어갔다. 그가 막 떠나려는 순간 민리가 문으로 뛰어 들어왔다.

"어머니, 빨리 와보세요!"

나는 재빨리 신발에 발을 집어넣고 민리 뒤를 따라 뛰었다. 박 박사는 내 뒤를 종종걸음으로 쫓아왔다. 우리는 민리를 따라 큰 광장으로 갔다. 그곳에 준리가 자전거에 양팔과 양다리가 엉킨 상태로 넘어져 있었다. 민리는 조용히 울고 있었다. 요찬이 그녀 위로 몸을 구부리고 있었다. 물론 요찬의 짓이었다. 그의 자전거로 내 딸이 다치다니. 부아가 치밀어 올랐다.

"그 애에게서 떨어져라." 내가 말했다.

소년은 뒤로 물러섰지만 떠나진 않았다. 나는 준리 옆에 쪼그리고 앉았다.

"팔이 부러진 것 같아요." 준리가 울먹이며 말했다.

내가 막 자전거를 들어 올리려고 하자 준리가 아파서 소리를 질렀다.

"가만요, 당신은 아이 팔을 붙들고 있어요." 박 박사가 말했다. "저 소년하고 내가 자전거를 옮길게요."

그가 요찬에게 손짓을 하자 요찬이 앞으로 걸어왔다. "제 잘못입니다." 요찬이 말했다.

"지금은 그런 걱정할 때가 아니다." 박 박사가 요찬에게 말했다. "그냥 함께 아이를 도와주도록 하자. 괜찮지? 준비됐지?"

우리가 준리에게서 자전거를 떼어놓는 동안 그 애 언니는 울면서 중얼거렸다. "죄송해요. 죄송합니다. 죄송해요." 그녀로부터 멀지 않은 곳에서 완순이 정자나무에 등을 댄 채 서 있었다. 완순의 얼굴이 달처럼 창백했다.

"제가 이 아이를 제주시에 있는 병원으로 태워가겠습니다." 준리가 자전거에서 풀려나자마자 박 박사가 말했다.

"저도 같이 갈게요." 내가 말했다.

"당연히요. 그리고 원한다면 다른 사람들도 같이 가도 됩니다." 그가 말했다. "공간이 있어요."

나는 민리와 완순에게 우리를 따라오라고 손짓을 보냈다. 광장을 떠날 때 나는 몸을 돌려 요찬을 쳐다봤다. 그는 머리를 푹 숙인 채 어깨가 축 처져 있었다.

나는 제주시에 있는 병원에 한 번도 가본 적이 없었다. 전깃불이 환하게 빛을 발하고 있었고 간호사들과 의사들 모두 흰옷을 입고 있었다. 준리는 휠체어에 태워졌다. "클라라 같아요." 그녀가 말하면서 희미하게 미소를 지었다. 그러자 한 간호사가 휠체어를 밀고 복도를 따라 내려갔고 이내 시야에서 사라졌다.

"복합 골절은 아니에요." 박 박사가 말했다. "그 점은 다행으로 생각하세요."

나는 마음의 평정을 찾기 위해 집중하면서 눈을 감았다. 어린 딸이 다치는 것을 보는 심정, 미자의 아들이 어떤 식으로건 연루되었음을 알게 된 것이 어떤 기분인지 그는 절대 알 수 없을 것이다. 더 끔찍한 것은 요찬이 아마도 언니인 민리에게 다가가기 위해 준리에게 자전거 타는 법을 가르쳐줬으리라는 사실이었다. 미자와 내가 우리 아들과 딸이 언젠가 결혼하게 될 것이라고 꿈꿨던 그 모든 시절이 마음속에서 활활 타올랐다. 절대 안 될 일이었다.

곧 간호사가 대기실로 와서 우리를 준리에게 데려다줬다. 아이의 팔은 석고로 깁스가 돼 있었다. 뺨은 창백했다. 의사는 제주 출신이 아닌 것이 분명해 보이는 양복 입은 한 남자와 열여섯 살 난 두 소녀, 그리고 그들보다 어린 소녀와, 솜을 넣은 갈굴중이와 갈적삼을 입고 머리에 수건을 두른 여자 한 명으로 이루어진 우리 일행이 어떤 관계인지 파악하려고 애썼다.

"준리 말로는 해녀 집안 출신이라면서요." 의사가 말했다. "다친 상처는 잘 나을 테니 안심하셔도 됩니다. 때가 되면 당신과 함께 물질을 할 수 있게 될 것입니다."

하도로 다시 차를 타고 돌아오는 동안 차 안 분위기가 너무 무거워서 마치 바위가 내리누르고 있는 것 같은 기분이 들었다. 나는 창밖을 내다봤다. 거리는 거의 텅 비어 있었지만 몇몇 여자들이 남자들과 함께 걷고 있었다. 네온사인들이 술집과 돼지 구이를 파는 노점들을 밝혀주고 있었다. 시내는 예전보다 훨씬 더 현대적으로 보였지만, 대부분의 집들은 아직도 전통적인 돌과 짚으로 지어져 있었다.

박 박사는 최대한 우리 집 가까이 차를 댔다. 그가 시동을 끄고 문을 열었을 때 내가 말했다. "이렇게 친절하게 도와주셔서 감사합니다. 그렇지만 남은 길은 저희끼리 갈 수 있습니다. 내일 아침 평소와 같은 시간에 뵙겠습니다."

준리는 팔을 살며시 안았다. 민리와 완순은 손을 잡고 우리 앞에서 걸었다. 집에 도착했을 때 완순이 말했다. "죄송해요."

"이 문제는 내일 너희 어머니와 상의하겠다." 내가 그녀에게 알렸다.

완순과 민리는 서로 시선을 교환했다. 완순이 떠날 때 나는 그렇게 가까운 친구가 있다는 것이 어떤 것인지 떠올리면서 마음이 아팠다.

딸들과 내가 안마당에 들어서자 아들과 시어머니가 우리를 기다리며 밖거리 섬돌 위에 앉아 있었다.

"요찬이 와서 무슨 일이 있었는지 알려줬다." 도생이 말했다. "괜찮니, 아가야?"

"괜찮아요." 준리가 기어들어가는 목소리로 대답했다.

"오늘 밤에 경수와 함께 지내실 수 있으세요?" 내가 시어머니에게 물었다. "딸들하고 얘기 좀 하게요."

경수가 벌떡 일어섰다. "그렇지만 저도 듣고 싶은⋯⋯."

할머니가 손자를 잡아당겨서 옆에 앉혔다.

딸들과 내가 안거리로 들어갔을 때 나는 민리가 어떤 반응을 보이는지 보기 위해 말을 짧게 했다. "너는 나한테 숨기는 게 있었다."

"준리가 안 넘어졌으면 계속 숨겼을 거예요." 그녀가 시인했다.

"지금 동생 탓을 하는 것이냐?" 내가 물었다.

민리가 대답하기 전에 준리가 말했다. "우리는 요찬을 좋아해요. 그리고 저는 배우고 싶어서⋯⋯."

"우리라고?" 내가 큰딸 쪽으로 몸을 돌렸다. 민리는 머리털 끝까지 얼굴이 빨개져 있었다.

"자전거 타는 법을 배우고 싶어 한 건 준리예요!" 민리가 방어적으로 소리쳤다. "저 애가 요찬에게 자기를 도와달라고 부탁했어요."

"저 애는 어린애다." 내가 말했다. "그렇지만 너는 분별 있게 행동할 수 있을 만큼 충분히 컸다. 내가 안 된다고 말할 때는 진짜 안 되는 거야. 그렇지만 이것은 자전거 문제를 넘어섰다, 그렇지 않니? 나는 네가 다시는 요찬을 보지 않길 바란다."

민리가 웃었다. "그런 일이 어떻게 있을 수 있겠어요? 작은 마을인 데다⋯⋯."

내가 딸아이의 말을 잘랐다. "너는 너무 많은 것을 받았다. 먹는 것. 학교 공부. 네가 그렇게 편안한 생활을 했기 때문에 초경이 일찍 시작한 것이다." 나는 딸아이에게 내가 할 수 있는 가장 엄격한 경고를 내렸다. "네가 다 컸기 때문에 요찬과 사랑을 나누면 임신할 수 있다." 이어 나는 거지가 없는 섬에서 어머니가 딸에게 해줄 수 있는 가장 심한 저주를 내렸다. "너는 결국 구걸하는 여자가 될 것이다."

민리가 고개를 쳐들었다. 그녀가 무슨 생각을 하는지 다 보이는 것 같았다.

"그런 게 아니에요." 민리가 마침내 입을 열었다.

"그 애는 남자아이고 너는 여자아이다……."

"저는 평생 요찬을 알고 지냈어요. 걔는 저한테 형제 같아요."

"그렇지만 요찬은 네 형제가 아니다. 걔는 남자아이다……."

"어머니, 우리는 섹스를 하진 않아요."

나는 놀라서 눈을 깜빡였다. 내가 분명히 그것에 대해 암시를 하고는 있었지만, 민리가 그렇게 단도직입적으로, 그것도 동생 앞에서 말하리라고는 전혀 예상하지 못했다. 주도권을 되찾아오려고 애쓰면서 나는 준리에게로 관심을 돌렸다. "요찬은 네 오빠가 아니다. 그리고 네 친구도 아니야. 그 애와 가까이 지내지 말거라."

준리가 눈을 내리떴다. "최선을 다할게요."

"최선으로는 부족하다." 내가 말했다. "내가 얼마나 진지한지 알아들었을 테니까 내일은 텐트에 가지 말거라."

"그렇지만……."

"계속 말대꾸해라. 한마디 할 때마다 하루 더 집에 머물러 있어야 할 테니까."

다음 날 아침 준리는 자신이 받은 벌에 대해, 그것이 얼마나 부당한지 조금 투덜댔다. 나는 딸아이에게 자전거에 올라타기 전에 좀 더 생각해봤어야 했다고 말해줬다. 그런 다음 민리와 도생과 함께 집을 나섰다. 우리는 올레에서 구선과 완순을 만났다. 완순은 지난밤 사고에 대한 책임에 대해 다시 한 번 더 사과했다. 그녀의 눈은 울어서 퉁퉁 부어 있었고 평소에 발그레했던 뺨은 핏기 없이 푸르스름했다. 완순이 마음고생한 것을 인정하며 내가 말했다. "고맙다, 완순아. 내 딸들보다 네가 어제 일어난 일에 대해 더 책임을 많이 져줘서 고맙다."

"그리고 앞으로 요찬이나 그 애 어머니와 연관되는 일에는 절대 간여하지 않겠다는 약속을 받아냈어." 구선이 알려줬다.

다시, 완순과 민리가 시선을 교환하면서 말없이 메시지를 주고받았다. 또다시 나는 예전에 미자와 내가 똑같이 그렇게 했다는 사실을 떠올렸다. 이 모습을 보면서 구선과 내가 이 둘을 잘 살펴봐야겠다는 생각이 더 확고해졌다.

우리가 실험실 텐트에 도착했을 때 박 박사는 준리의 안부를 물었다. 나는 준리가 오늘은 오지 않을 것이라고 알렸다.

"내일은 그 애를 보길 바랍니다." 그가 말했다. "도시 아이들보다 앞설 수 있도록 여러 가지를 접해봐야 합니다."

물론 그의 말이 옳았다. 다음 날 나는 준리에게 실험실에 돌아갈 수 있게 해줬다. 실험실에서는 박 박사가 다른 사람들에게 준리가 참가할 경시대회에 대한 소식을 알려준 것 같았다. 처음으로 준리에게 한 여자의 입에 체온계를 집어넣고 팔뚝에 두른 가압대에 공기를 주입해도 된다는 허락이 떨어졌다.

*

이틀 후에 박 박사와 연구팀은 기구들을 챙겨서 하도를 떠났다.

420

그들은 석 달 후에 돌아올 예정이었다. 나는 밭에서 일했고 아이들은 2학기를 시작했다. 방과 후에 언니와 오빠가 얕은 바다로 친구들을 찾아가서 더위를 식히는 동안 준리는 큰구들에 들어앉아 숙제를 하고 경시대회를 위해 공부를 하고 책을 읽었다.

어느 일요일에 다음 물질 기간이 돌아왔다. 이것은 완순과 민리가 같이 갈 수 있다는 것을 의미했다. 그날은 특히 바람이 요란하게 불어대는 날이었다. 바람에 옷이 몸에 착 달라붙었다. 폭풍우에 밀린 것처럼 파도가 흰 거품을 내며 부서졌다. 불턱 안에서 구자는 상석에 자리를 잡았다. 나머지 해녀들은 기술 수준에 따라 앉았다. 구자는 기분이 언짢은 상태였다. 최근 박 박사와 연구팀의 방문으로 자신이 연구에서 탈락했던 기분 나쁜 기억이 되살아났기 때문이었다. 그러나 나는 물속에서 하루 정도 보내고 나면 그녀가 평소의 성마른 성격으로 되돌아올 것이라고 생각했다.

일상적인 의례적 인사를 생략한 채 구자가 말을 시작했다. "오늘은 매우 더울 것입니다……."

"그리고 분명히 바람도 거셉니다." 구선이 끼어들었다. "물질할 때 조심해야 할 것입니다."

짜증이 난 구자는 손사래를 쳐서 동생을 조용하게 만들었다. "우리가 어디로 갈 것인지 제안해주시면 기꺼이 듣겠습니다. 누구 없어요?" 그녀가 물었다.

구자가 자기 동생에게 물어보는 것을 의도적으로 피하고 있음이 분명했지만, 구선이 제일 먼저 아이디어를 제안했다. "여기서 북쪽에 있는 후미로 걸어갑시다. 절벽이 그 지역을 바람으로부터 막아줄 거예요."

"너무 더워서 그렇게 멀리 걸을 수가 없습니다." 구자가 말했다.

구선이 다시 시도했다. "여기 그대로 머물며 둑에서 뛰어내려 잠수할 수도 있을 거예요."

"바람에 파도가 밀리고 있는 모습을 못 봤습니까?" 구자가 둥그렇게 앉은 얼굴들을 훑어봤지만, 그녀의 찌무룩한 기분 때문에 더 이상의 제안이 나오지 않았다. "그렇다면 좋습니다. 고원까지 바다로 똑바로 노를 저어 갑시다. 제발 바닷가에서 보는 것보다 파도가 더 부드러우면 좋겠네요. 그리고 물이 더 깊으면 더 시원할 것입니다."

내 옆에 있던 양진이 낮은 목소리로 중얼거렸다. "이건 안 좋은데요."

나도 같은 생각이었다. 구자가 대장이었지만 그녀는 어긋나는 결정을 내렸다.

우리는 물옷으로 바꿔 입은 다음 얼굴 마스크를 머리 윗부분 혹은 옆에서 묶고 장비를 챙겨 줄지어 배로 걸어갔다. 구자의 기분이 안 좋았을지는 모르지만, 이렇게 계절에 맞지 않게 더운 날에는 더 깊고 차가운 물이 상쾌하게 느껴질 것이라는 그녀의 판단은 옳았다. 우리는 배 위에 자리를 잡았다. 민리와 완순은 서로 마주 보고 앉았다. 곧 우리는 상체를 구부렸다 뒤로 젖히면서 다 함께 노를 물속에 담갔다. 우리가 노래할 때 소녀들의 목소리는 맑고 신선하게 들렸다. 구름 한 점이 하늘을 가로질러 빠르게 지나갔고, 갈매기들은 높이 날아올랐다 급강하했다. 그리고 구자가 예언한 대로 바다는 불안하긴 했지만 바닷가에서만큼 나쁘지는 않았다. 그럼에도 불구하고 잘게 부서지는 흰 파도는 위가 약한 사람들에게 환영받지 못했다. 네 번째 아이를 임신한 해녀는 노를 끌어 올린 다음 토하고는 다시 노를 저었다. 우리는 그녀에게 응원을 보낸 뒤 다시 노래를 불렀다. 그러나 완순의 안색이 훨씬 더 불안하게 푸르스름하니 흐려져가는 것이 보였다. 몸이 좋아 보이진 않았지만, 우리와 함께 물질을 한 일 년 반 동안 완순은 한 번도 멀미를 한 적이 없었다.

구자가 팔을 들고 우리에게 멈추라는 신호를 보냈다. 닻이 내려졌고 그녀는 바다 신들에게 전통적인 의식에 따라 제물을 바쳤다. 고사가 끝나자 그녀가 말했다. "함께 바다 바닥을 샅샅이 훑어봅시다." 그 말과 함께 우리는 이마에 있던 얼굴 마스크를 끌어내려서 유리를 쑥으로 문지른 뒤 눈과 코 위에 썼다. 여자들 모두 자신의 도구들을 재점검했다. 그런 다음 여자들은 둘씩 짝을 지어서 테왁을 물속에 던져놓고 그 뒤를 따라 뛰어들었다. 구선과 구자가 함께 뛰어내렸다. 나는 항상 그랬던 것처럼 민리에게 조심하라고 당부했다. 곧 그녀와 완순이 배 옆쪽으로 뛰어내렸다. 나는 양진에게 고개를 끄덕였고 우리는 함께 바다로 들어갔다. 우리는 구선이 원했던 대로 바닷가에서 멀리 떨어진 곳에 있었지만, 물속 지형은 모든 수준의 해녀들에게 이상적이었다. 어머니가 내 첫 번째 물질을 위해 선택했던 지점에는 깊은 계곡이 있었던 반면, 이곳에는 넓은 고원이 솟아 있었다. 높고 평평해서 접근하기 쉬웠지만 배의 선체를 긁지 않을 만큼 충분히 깊고 매우 넓어서 수확할 기회가 많았다. 흐릿한 물속에서 주변이 완전히 보이진 않았지만, 애기 해녀들끼리 함께 붙어 있으면 괜찮을 것 같았다.

나는 아래로 내려갔다. 양진과 나는 서로 보이는 곳에 있었지만, 그녀가 내 영역을 침범하거나 내가 그녀의 영역을 침범하지 않도록 너무 가까이 다가가지는 않았다. 나는 숨비소리를 위해 위로 올라가서 수확한 것을 망사리 안에 넣었다. 물은 느낌이 좋았다. 아래로. 위로. 숨비소리. 아래로. 위로. 숨비소리. 안전을 유지하며 최대한 많이 수확하고 뭍에서의 고민을 잊게 해주는 데 필요한 집중이 내 삶의 패턴을 만들어냈다.

망사리가 가득 찼을 때 양진과 나는 배로 돌아가서 장비를 잘 보관한 다음 수확해 온 것을 고르기 시작했다. 구자와 구선과 다른 여자들이 돌아오자 우리는 그들을 도와 망사리를 배 안으로 끌어 올렸다. 대부분의 여자들도 수확한 것을 골랐고, 몇 사람은 차를 마셨다. 가득 찬 망사리에 몸을 기대고 배의 흔들림을 자장가 삼아 잠이 든 사람도 있었다. 나는 아직도 물속에 있는 해녀들의 숨비소리에 계속 귀를 쫑긋 세우고 있었다. 민리 특유의 *하아 아아* 소리가 들릴 때마다 나는 안심했다. 민리는 아직 물질하는 법을 배우는 중이었지만, 나는 그녀의 기술을 믿었다. 그렇다 해도 민리가 두 팔을 배 옆에 걸치는 모습이 보이자 내 어깨가 느슨해졌다. 그러나 그녀가 망사리를 배 위로 밀어 올리지도 않고 몸을 일으켜 세우지도 않자 나는 뭔가 잘못됐다는 것을 알았다.

"완순이 본 사람 없어요?" 민리가 물었다.

이 말에 구선이 머리를 재빨리 치켜세웠다.

"저쪽에서 봤어." 한 여자가 배 앞쪽을 가리켰다.

"나도 그랬는데." 양진이 덧붙였다. "우리가 동시에 숨비소리를 위해 올라왔을 때, 내가 그 애한테 배에 더 가까운 곳에서 물질하라고 알려줬었어."

"걱정 말아요." 대장이 대답했다. "우리가 그 애를 찾을 테니까."

두 명의 낙오자들이 배를 향해 헤엄쳐 왔다. 구선이 그들에게 소리쳤지만 그들 역시 완순을 보지 못했다고 대답했다. 구선과 구자는 너울에 위아래로 흔들리는 배의 갑판 위에 발을 붙인 채 서 있었다.

"저기!" 구자가 소리쳤다. "그 애 태왁이야."

나는 이 지역을 잘 알고 있었다. 모든 할머니 해녀들도 그랬다. 태왁이 바다 쪽으로 멀리 떠내려갔다는 것은 걱정스러운 일이었다.

배에 타고 있던 사람들은 물속에 있던 몇몇 해녀들을 남겨둔 채 노를 집어 들고 젓기 시작했다. 완순의 태왁에 빨리 닿고 싶었지만 속도를 내려면 리듬을 맞춰야만 했다. 태왁에 이르렀을 때 구선과 구자는 노를 내려놓고 일어섰다. 구선은 우리에게 조용히 있으라고 고함을 질렀다. 완순의 숨비소리를 들을 수 있도록 조용히 있었지만, 바람결에 그 어디에서도 그녀의 숨비소리는 들려오지 않았다. 천천히 원을 그리면서 자매는 너울을 자세히 살펴봤다. 5분 정도 그랬던 것 같다. 그것은 해녀가 물속에서 버틸 수 있는 것보다 훨씬 더 긴 시간이었다. 이모는 겁에 질리고 필사적인 표정이었던 반면, 슬픔에 잠긴 어머니는 포기한 것처럼 보였다.

"여러분," 구자가 말했다. "우리는 물속으로 들어가야 합니다. 서둘러요." 그런 다음 그녀는 아무도 듣고 싶어 하지 않는 말을 했다. "완순의 시신이 바다로 휩쓸려가서 배고픈 귀신이 되기 전에 찾아내야 합니다."

얼굴 마스크를 다시 쓰고 모두 물속으로 뛰어들었다. 이미 물속에 있던 사람들이 더 가까이 다가왔다. 구선이 그들에게 소리쳤다. "우리는 완순을 찾고 있어요. 지금 있는 주변을 찾아봐요."

내 딸을 포함해서 애기 해녀들은 고원 전역으로 흩어졌다. 전복이 완순의 빗창을 누르고 있거나 그녀의 머리카락이나 옷이 바위 어딘가에 끼어 있으면, 시신을 찾을 수 있을 것이다. 하군 해녀들과 할머니 해녀들은 고원 옆쪽으로 헤엄쳐 내려갔다. 아무것도 없었다. 내가 표면으로 나올 때마다 여자들은 솟구치는 파도 너머로 질문들을 외쳤고, 이제는 점점 그 소리가 더 커지고 있었다. *이쪽은 찾아봤어요? 저쪽은 찾아봤어요? 여기는 아무것도 없어요. 저기도 아무것도 없어요. 다시 아래로.* 내가 표면으로 다시 올라왔을 때 민리가 완순의 테왁 위에 두 팔을 늘어뜨리고 있는 모습이 보였다. 유리가 사고를 당했을 때 나는 민리보다 그렇게 많이 어리진 않았다. 그래서 내 딸이 느끼고 있을 죄책감과 회한이 어떨지 잘 알고 있었다. 나는 민리에게로 헤엄쳐 갔다.

"그 애가 테왁 근처에 있지 않을까요?" 민리가 묻고 나서 감정을 억제하려고 입술을 앙다물었다.

"그러면 좋겠다." 내가 말했다. "함께 찾아보자."

나는 딸아이의 손을 잡고 완순의 테왁 바로 밑으로 헤엄쳐 내려갔다가 눈앞에 보이고 느껴지는 것에 금세 깜짝 놀랐다. 우리는 고원의 맨 가장자리에 있었다. 이곳은 물살이 셌고 광활한 바다가 우리를 삼킬 것 같았지만, 내 딸은 완순을 찾느라 너무 집중해서 그것을 알아차리지 못했다. 나는 민리를 나보다 앞장서서 가게 했다. 완순이 내 딸보다 더 빨리, 더 깊은 곳으로 갈 수 없었을 것이라고 생각했다. 우리가 사람 몸길이의 두 배 거리도 채 이르지 못했을 때 민리가 멈춰 섰다. 우리는 함께 몸을 바로 세웠다. 민리는 더 이상 숨을 참을 수가 없었지만, 나는 그녀에게 뭔가를 보여줄 필요가 있었다. 나는 아무것도 없는 손을 들어서 표면으로 돌아가지 못하도록 그녀를 막았다가 풀어줬다. 여기서는 바다의 흡인력이 너무 세어 민리는 즉시 내게서 떨어져 나갔다. 수백 킬로 이상은 아닐지라도 그 정도로 멀리 휩쓸려가버릴 수 있는 물살에 자기 역시 끌려 들어갔을지 모른다는 사실을 알게 된 민리의 얼굴에 두려운 표정이 스쳐 지나갔다. 나는 민리의 손을 붙잡고 수년 간의 물질에서 얻은 힘으로 그녀를 위험한 곳에서 끌고 나와 표면으로 올라왔다.

우리의 수색은 끝났다. 오늘은 완순을 찾지 못할 것이다.

모두가 배로 돌아왔을 때 구자가 우리에게 말했다. "바닷가에 도착하면 내가 이웃 마을의 해녀 대장들에게 전갈을 보낼 겁니다." 그녀가 동생의 어깨에 손을 얹었지만 구선은 그것을 털어냈다. "내일까지는 섬 전체에 소식이 돌 것이고, 모든 해녀와 어부들에게 전해질 것입니다. 바다를 다스리는 용왕 바다 신과 모든 여신님께 완순의 시신을 바닷가로 데려와달라고 기도합시다."

구자가 자기 노를 집어 들었고 다른 사람들도 자리를 잡았다. 나는 그녀가 마음속으로 무슨 생각을 하고 있을지 상상할 수가 없었다. 사고나 죽음을 처리하는 일이 모든 대장이 겪는 가장 큰 고통이었다. 슬픔과 자책을 느끼면서도 대장은 회원들을 이끌어야 한다. 유리의 욕심이나 유리가 문어를 만난 것에 대해 내 어머니는 책임이 없었지만 일어난 일에 대한 부담이 그녀를 무겁게 짓눌렀다. 이번 상황은 달랐다. 구자는 이런 재난을 예상할 수 없었겠지만 그녀가 질투심과 심술에서 잠수 장소로 이곳을 선택했다는 사실은 남았다. 누군가가 죽었다는 것은 끔찍했지만, 구자는 그 희생자가 자신의 조카딸이었기 때문에 훨씬 더 큰 슬픔을 느꼈을 것이다.

＊

알 수 없는 광활한 바다를 경험하고 나면 자기 어머니를 알게 되고 처음으로 이해하게 된다는 말이 있다. 사실 유리의 사고가 있던 날 나는 어머니를 새롭게 보게 됐다. 이제 민리 역시 나를 다르게 봤다. 모든 자식은 부모가 자신을 사랑하고 가르치고 보호해 줄 것이라는 사실을 알아야 하지만, 북촌 대학살 동안에 내 딸은 매우 다른 것을 경험했다. 이제 처음으로 민리는 내 사랑을 뼈저리게 느꼈을 것이다. 그럼에도 불구하고 그 후 며칠은 힘들었다. 민리는 슬픔과 후회로 아파했다.

"만약 제가 그 애한테서 시선을 떼지 않았더라면……."

"네가 할 수 있는 일은 없었어." 내가 달랬다. "네가 물살을 느껴봤잖아. 거기서 그 애를 끌어낼 수 있을 만큼 너는 아직 충분히 힘이 세지 않아."

"그래도 제가 함께 있었더라면……."

"너도 그 애와 함께 떠내려갔을 거야. 나는 널 잃었을 것이다."

또다시 절망해서 민리가 푸념을 했다. "그렇지만 저는 어떻게 이런 일이 일어날 수 있었는지 모르겠어요. 점 볼 때 어머니도 그곳에 계셨잖아요. 그 애는 쌀알을 여섯 개 받았어요……."

나는 그녀의 마음을 이해한다는 표시로 고개를 끄덕였다. "우리는 때로 운명과 숙명에 대해 이야기한다." 내가 말했다. "그리고 점쟁이들에게 우리의 미래에 대해 이야기해주기를 바란다. 그런 다음 우리는 왜 완순이 좋은 운을 받았는데도 죽고, 다른 여자들은 안 좋은 운을 받았는데도 여전히 우리와 함께 살아 있느냐고 자문한다. 심방 김씨는 내가 혼례식을 치를 때 정자나무에 떡을 던져서 맞추고는 내 결혼생활이 행복할 것이라 예언했었다. 그런데도 불구하고 나한테 왜 그렇게 힘든 일이 많이 일어났는지 나 역시 수없이 묻곤 했다. 나는 대답을 못 찾았다."

민리는 내 무릎에 얼굴을 묻고 울었다. 나는 민리의 등을 쓰다듬어줬다.

"그런데 궁금하구나." 내가 주저하면서 말을 이어나갔다. "혹시 완순이 정신을 딴 데 둘 이유가 있진 않았나 하고 말이다."

내 손 밑에 있던 민리의 몸이 굳어졌다. 나는 말을 더 하고 싶었지만, 준리가 들어와서 언니의 기분을 풀어주려고 애썼다. 준리는 우리 옆 바닥에 앉아서 『하이디』를 펼치고 읽기 시작했다. 오늘 밤에는 그 이야기 때문에 민리가 더 서럽게 울었다.

"하이디와 클라라는 너무 사이좋은 친구들이었어요." 민리가 마침내 간신히 말했다. "완순이랑 저도 그랬는데 이제는 그 애를 잃어버렸어요."

딸을 위로하기 위해 최선을 다했지만, 나 자신의 불안한 마음도 정리해봤다. 민리가 깊은 바닷속으로 빨려 들어갔을 수도 있었다는 분명한 사실에 대해 생각하지 않을 때면, 나는 지난 며칠간 완순에 대해 가졌던 생각을 조금씩 따져봤다. 준리가 팔이 부러졌을 때 완순의 얼굴이 하얗게 질렸었는데, 다음 날 아침에는 아픈 것처럼 푸르스름하게 바뀌었고 배에서는 거의 토할 것처럼 보였었다. 완순이 임신했을지도 모른다고 — 그리고 내 딸이 아이의 아버지가 누구인지 아는 것은 아닌지 — 의심한 사람이 나 혼자만은 아니었을 것이라는 생각이 들었다. 그 생각을 하지 않을 때는 미자를 떠올리며 내가 더 이상은 그녀에게서 조언이나 위로를 받을 수 없다는 생각에 괴로워했다. 그런 친숙한 어두운 심연 같은 생각에 빠져 있지 않을 때면 나는 구선과 구자를 걱정했다. 한 사람은 딸을 잃었고, 다른 한 사람은 그 사건에 대해 책임을 져야 할 것이다. 그 자매는 항상 말다툼을 하고 시샘을 부렸지만, 또한 떼려야 뗼 수 없는 사이였다. 그들이 서로에 대해 어떤 기분을 느끼고 있을지, 용서를 하려면 어떤 말을 주고받을 수 있을지 상상할 수가 없었다. 이 때문에 다시 미자가 마음속에 떠올랐다. 나는 한때 그녀에게 위안이 됐었고 그녀 역시 한때 내게 위안이 됐었다. 민리는 이제 위안을 주는 존재를 잃어버렸다. 구선과 구자도 역시 그런 존재를 잃어버렸을지 모른다. 그러다가 불편한 깨달음의 순간이 찾아왔다. 이 모든 일들은 거의 대부분 박 박사의 연구 때문에 생겨났다. 그가 와 있음으로 해서 — 그리고 다른 과학자들이 와 있음으로 해서 — 그의 존재가 잔물결처럼 퍼져나가 우리를 바꿔놓고 우리가 서로를 바라보는 방식을 바꿔놓고 있었다. 우리는 완순의 죽음으로부터 쉽게 회복할 수 없을 것이다. 그러나 다른 사소한 일들 — 예를 들어 미자가 아들에게 자전거를 사줬고 준리가 팔을 부러뜨렸던 일 — 이 내가 상상하고 싶지 않은 방식으로 여전히 퍼져나갈지 모른다.

열흘 후에도 완순의 시신은 여전히 발견되지 않았다. 그걸로 그녀는 잘 매장됐어야 할, 비극적으로 죽은 처녀에서 살아 있는 사람들에게 병과 문제를 일으킬 배고픈 귀신으로 바뀌어버렸다. 그러나 우리는 또한 상황의 현실적인 측면들을 인정해야만 했다. 완순의 시신을 찾고자 하는 노력의 말들이 이 해녀 마을에서 저 해녀 마을로 섬 전체에 퍼져나갔기 때문에, 많은 사람들이 우리가 굿을 벌일 것이라는 사실을 알고 있었다. 당연히 굿은 불법이었다. 생면부지의 사람이 당국에 잘보이려고 우리를 고발할 수도 있었다. 우리는 특히 경계하고 조심해야만 했다. 그래서 우리 불턱 사람들에게만 날짜와 시간과 장소가 통보됐다. 우리는 하도에서 걸어 20분 거리에 있는 바닷가 굴에서 만났다. 구선은 수척해졌고, 그녀의 언니는 10년은 더 늙어 보였다. 그들은 슬픔으로 하나가 되어 함께 서 있었다. 도생과 나는 민리를 사이에 두고 섰다. 심방 김씨가 하늘의 문을 열어서 혼령들이 우리와 함께할 수 있도록 사방으로 종을 울렸다. 그녀는 허공에 칼을 휘둘러서 혹시라도 끼어들려는 악귀를 몰아냈다.

"물속에서 혼자 죽은 여자에게는 손을 잡아줄 사람도, 이마를 쓰다듬어줄 사람도 없습니다." 심방 김씨가 시작했다. "그녀의 살갗은 그녀의 몸을 따뜻하게 해줄 사람이 없어서 점점 차가워지고 있습니다. 그녀는 친구들이나 가족들로부터 위로를 받지 못합니다. 그러나 죽은 사람이 산 사람에 대해 우려를 표하면 그들이 슬픔의 창살에서 벗어났다는 것으로 받아들여질 수 있다고 합니다. 완순이 무슨 말을 할지 봅시다." 심방 김씨는 혼령들을 달콤한 말로 꾀어내서 어르며 협상을 벌이는 것으로 유명했다. 이제 그녀는 완순에게 직접적으로 말을 걸었다. "어떤 이유에서건 네가 언짢은 것이 있다면 우리한테 말해라. 그러면 우리가 너를 돕겠다."

조수들이 임시로 만든 징과 북을 두드렸다. 제물에서 나는 냄새가 우리의 코를 가득 채웠다. 심방 김씨가 화려한 한복 속에서 빙글빙글 돌았다. 손으로 만든 그녀의 술이 휘날렸다. 갑자기 그녀와 조수들이 동작을 멈췄다. 마치 딸꾹질 사이의 정지된 순간처럼 우리에게 침묵이 드리워졌다. 그 이유는 미자가 동굴로 들어와서 울퉁불퉁한 벽에 등을 대고 서 있었기 때문이다. 그녀는 단정하게 옷을 입고 제물을 양팔로 가볍게 안고 있었다. 그녀는 완순이 아기였을 때부터 알고 지내는 사이였지만, 그녀의 참석에 사람들이 매우 불편해했다.

다시 북을 두드리는 소리와 징을 치는 소리가 울려 퍼졌다. 심방 김씨는 더 무섭게 허공 속으로 칼들을 휘둘렀다. 그녀는 속도를 늦추다가 멈춰서 빙의 상태로 들어갔다. 그녀가 말을 했을 때 그녀의 목소리는 먼 곳에서 들려오는 것 같았다. 완순이 도착했다.

"너무 추워요." 그녀가 말했다. "어머니, 아버지가 보고 싶어요. 이모와 이모부도 보고 싶어요. 우리 불턱에 있는 해녀들도 보고 싶어요. 친구도 보고 싶어요."

심방이 평소의 목소리로 돌아왔다. "완순, 너의 슬픈 불행에 대해 말해다오."

그러나 그 시절에는 혼령들조차도 말을 조심해야 했다. 완순의 혼령은 더 이상 아무 말도 하지 않으려 했다. 이것은 매우 불안해 보였다. 그런 다음 훨씬 더 불편한 일이 일어났다. 심방 김씨가 내 쪽으로 빙글빙글 돌며 오더니 내 앞에 멈춰 섰다.

"나는 바다에서 목숨을 잃을 뻔했다." 다른 혼령으로 빙의됐기 때문에 심방 김씨가 다른 목소리로 말했다. "나는 욕심을 부렸다."

유리였다! 그렇게 여러 번 심방 김씨에게 유리와 내 남편과 아들을 찾아달라고 부탁했음에도 불구하고 그들에게서 아무 소리도 듣지 못했었다.

"나는 오랜 시간 동안 고통을 당했다." 유리가 심방 김씨의 입을 통해 말했다. "그러다가 내 생의 마지막 날이 왔다. 아이고!"

그 목소리가 너무 고통스럽게 들려서 간담이 서늘해질 정도였다. 도생은 자기 딸 때문에 울었다.

그러다 작은 목소리가 말했다. "어머니가 보고 싶어요. 남동생도 보고 싶고 누이들도 보고 싶어요."

나는 쓰러졌다. 성수였다.

민리가 내 옆에 무릎을 꿇고 내 어깨를 한 팔로 감쌌다. 다른 사람들도 주저앉아서 이마를 굴 바닥에 댔다. 우리는 완순 때문에 왔지만, 내가 접신을 하고 있었다.

심방 김씨가 내 남편 목소리와 비슷한 소리를 낼 수는 없었지만 나는 그의 억양과 차분한 말씨를 알아들을 수 있었다. "이 무덤에는 사람이 너무 많지만 그들과 함께 있는 걸 고맙게 생각해. 우리는 함께 슬픔을 나누고 있어."

그런 다음 내가 잃어버린 그들 세 사람이 마치 자신들의 생각을 심방 김씨의 입을 통해 전달하기 위해 서로 싸움을 벌이기라도 하듯 앞다퉈 말을 했다.

"나는 다만 아버지 품으로 달려가길 원하던 아이였어요. 저는 죄가 없어요. 그들이 저를 죽였지만 저는 용서했어요."

"나는 한때 결혼을 갈망하던 처녀였어. 나한테는 죄가 없어. 그들이 나를 죽였어. 그러나 나는 용서했어."

"나는 남편이고 아버지고 동생이었어. 나는 죄가 없어. 그들이 날 죽였어. 그러나 나는 용서했어."

그런 다음 심방 김씨는 내가 그들에게 해주고 싶었던 말을 노래했다. "내 아들에게, 내가 널 보호할 수 있었더라면 좋았을걸. 시누이에게, 여러 해 동안 고통당하게 해서 미안해요. 그리고 남편에게, 내가 죽고 싶었을 때에도 내 몸 안에서는 아기가 자라고 있었다는 걸 알려줄게요. 당신들 중 어느 누구도 제대로 묻어주질 못했지만 적어도 당신들이 모두 함께 있다는 것은 알아요."

이제 심방 김씨는 자신으로 돌아와서 혼령들에게 직접 말을 걸었다 "당신들 셋은 바다에서 실종된 배고픈 유령들은 아니지만 조상님 집으로부터 멀리 떨어진 곳에서 끔찍하게 죽었소." 그런 다음 그녀는 오늘 우리를 이곳으로 데려온 사람에게로 관심을 되돌렸다. "제발, 완순아. 하도 출신의 다른 사람들이 있는 곳에서 위안을 찾아라." 우리 모두에게 말을 걸며 그녀가 말했다. "내가 용왕 바다 신께 완순의 혼령이 저승으로 가서 평화로이 쉴 수 있게 해달라고 간청할 때 함께 눈물을 흘려줍시다."

굿은 제물과 음악과 눈물과 노래 부르기로 계속 이어졌다. 심방이나 혹은 심방을 통해 메시지를 전하는 사람에게 질문을 하는 것은 우리의 풍습이 아니었다. 그러나 내가 잃어버린 사람들이 하필 왜 이 굿을 선택해서 찾아왔는지 너무 궁금했다. 사랑했던 사람들의 목소리를 듣게 되자 마음이 흔들렸다. 나는 감사하게 생각했다. 동시에 미자한테 분한 마음이 들었다. 나는 그녀를 찾아봤지만 그녀는 가고 없었다. 그녀가 왜 왔을까?

*

해녀에게는 가족을 부양하는 것 말고는 선택의 여지가 없다. 그래서 다음 날 도생과 나는 불턱으로 돌아갔다. 민리는 학교에 가느라 함께 오지 못했다. 오히려 다행이었다. 구자는 평소와 같은 자리를 차지했고, 그녀의 동생이 그녀 옆에 앉아 있었다. 구선은 한 달간 잠을 못 잔 사람처럼 보였다. 나는 이것을 애도의 일부로 이해할 수 있었다. 그러나 구자의 외모는 충격적이었다. 비극적인 사고 때문에 햇볕에 파인 주름이 훨씬 더 깊어져서, 우리 시어머니보다 나이가 더 들어 보였다. 그녀는 손을 떨었고, 말할 때면 목소리가 떨렸다.

"오래전 우리 해녀공동체에서 사고가 있었고 우리 대장은 그것 때문에 괴로워했습니다. 순실은 물러났어야 했지만 그러지 않았고 몇 달 후 바다에서 죽었습니다." 내 어머니를 기억할 수 있을 만큼 나이 든 사람들은 그때의 일을 떠올리며 진지하게 고개를 끄덕였다. "이 해녀공동체의 대장으로서 나는 완순에게 일어난 일에 대한 책임을 받아들입니다. 이런 이유로 이제 새 대장의 추천을 받겠습니다."

그녀의 동생은 너무나 빠른 속도로 그 말에 반응했다. 우리 모두 그것을 통해 언니에 대한 동생의 원망의 강도가 얼마나 셌는지 미루어 짐작할 수 있었다. "저는 몇 년 전 김영숙을 추천하지 않은 바로 그 이유 때문에 김영숙을 추천합니다." 구선이 말했다. "잃어본 경험이 있는 사람만큼 상실에 대해 더 잘 이해하는 사람은 없습니다. 우리 중에서 영숙이 가장 많은 사람을 잃었습니다. 이 때문에 영숙은 결정을 내릴 때 신중해질 수 있을 것입니다. 영숙이 우리 모두를 잘 지켜줄 것입니다."

더 이상의 추천은 없었고 나는 만장일치로 표를 얻었다. 내 자리를 원하는 다른 사람이 있었다고 해도 아무도 나서지 않았다.

나는 엄숙하게 첫 번째 지시를 내리고 일을 배정했다. "오늘 우리는 조심해서 바다에 들어갈 것입니다. 이번 물질 기간 중 남은 기간에는 조심하도록 합시다. 우리 기분은 가라앉아 있고, 여신들과 신들이 우리에게 무엇을 바라는지 알 수 없습니다. 그래서 특별 고사를 지낼 것입니다. 애기 해녀들은 바닷가 가까운 곳에 있기 바랍니다. 하군 해녀들과 할머니 해녀들이 그들을 잘 살펴볼 것입니다. 모두 안전한지 확인한 다음 더 깊은 물에 가고 싶습니다."

내 명령은 우리 모두가 한동안은 돈을 덜 벌게 될 것이라는 걸 의미했지만 반대하는 사람은 아무도 없었다.

"물질 짝으로 말하자면요." 내가 말을 계속했다. "구선에게 물어볼게요. 혹시 저와 함께 물질하고 싶은가요?"

구자는 동생을 바라보기 두려워하면서 모은 손을 내려다봤다.

구선은 예상치 못한 답을 했다. "언니와 나는 어릴 적부터 같이 바다에 들어갔어요. 나는 다른 누구보다 언니와 함께 있을 때 더 안전할 거예요."

몇몇 여자들이 귀에 들릴 정도로 헉 소리를 냈다. 마음속에 그렇게 많은 원망과 원한을 품고 있던 나로서는 그녀의 생각을 이해할 수 없었지만 나는 말했다. "원하는 대로 하세요." 나는 어머니가 자주 하곤 했던 말을 인용하면서 우리 모임을 끝냈다. "바다에 들어가는 모든 여자는 등에 관을 짊어지고 가는 겁니다. 이 세상에서도, 바닷속 세상에서도 우리는 힘든 삶의 짐을 끌고 다닙니다." 그런 다음 나는 몇 마디를 덧붙였다. "제발 오늘도, 그리고 매일 조심하세요."

*

나는 맡은 책임에 빠르게 적응해갔다. 어머니와 시어머니로부터 받았던 훈련이 이제는 내게서 자연스럽게 흘러나왔다. 첫날부터 내 판단에 대해 해녀들로부터 인정을 받았다고 생각하고 싶다. 해녀공동체의 대장. 나는 미자가 이 소식을 들으면 무슨 생각을 할지 궁금했다. 어쩌면 그녀는 아무 생각도 하지 않았을지 모른다. 신경 써야 할 그녀 자신의 문제들이 있었기 때문이다.

완순이 마지막으로 물질한 날에 대해 소문이 돌았다. "그 애가 그날 아팠대." 푸줏간 아내가 다 안다는 듯이 말했다. "우리 중에서 임신 초기 몇 달 동안 안 아파본 사람이 어디 있어?" "그 애가 미자의 아들하고 너무 많은 시간을 같이 보냈다는데." 준리에게 옷을 만들어주기 위해 모슬린 천을 사러 갔을 때 천가게 집 주인이 속삭였다. 나는 절대 이런 소문을 내지 않았다. 이 사실을 시인하는 것이 그리 떳떳하진 않지만, '내가 소문을 냈다면 좋았을 텐데'라고 한동안 생각했었다. 어떤 보복 행위로도 미자가 내게 야기한 고통을 지울 수 없었겠지만 이것이 시작일 수 있었다. 하도에 사는 대부분의 사람들은 한 번도 미자를 신뢰하지 않았다. 이제 그녀는 완순을 임신시켰을지 모르는 아들의 어머니로서 또 하나의 오점이 생겼다. "그 처자가 자기 어머니한테 말하기 무서웠을 거예요." 푸줏간 아내가 말했다. "어쩌면 요찬이 완순에게 결혼하지 않겠다고 말했을지도 모르죠." 기장을 갈았던 여자가 추측했다. 모두 나름대로 추측했고, 그런 추측은 완순이 고민하느라 정신이 없어서 파도에 휩쓸려갔다는 얘기부터, 임신한 것이 창피해 일부러 파도에 휩쓸렸다는 얘기까지 다양했다.

내 딸들은 소문에 대해 이상하게도 아무 말도 하지 않았다. 준리는 아마 너무 어리고 쑥스러워서 그런 소문을 내게 전하지 않았을지도 모른다. 나 역시 아직은 성에 대한 이야기를 하고 싶진 않았지만 결국 민리에게 소문이 사실이냐고 물었다.

"아이, 어머니." 그녀가 말했다. "어머니는 항상 요찬과 그 애 집안을 안 좋게만 생각하시잖아요. 그 애와 완순이는 친구였어요. 우리 세 사람은 준리가 자전거 타는 걸 배울 수 있도록 도와주고 싶었을 뿐이에요. 그게 다예요."

민리의 말을 믿어야 할지 말아야 할지, 알 수가 없었다.

*

　오 선생님이 경시대회에 참가하기 위해 준리를 버스에 태우고 제주시로 갈 날이 왔다. 그들은 사흘 후 놀라운 소식을 안고 돌아왔다. 준리가 우승했다. 나는 준리와 요찬이 앞으로 만나지 못하도록 예방 차원에서 자전거를 사줬다. 그렇다고 해서 불안감이 사라졌다는 얘기는 아니다. "너는 정말로 엉덩이가 커질 거야." 내가 경고했지만, 준리는 그냥 웃으면서 페달을 밟고 출발했다. 준리가 모퉁이를 돌아 사라졌을 때 나는 끔찍한 실수를 했다는 걸 깨달았다. 준리에게 더 이상 요찬의 가르침이 필요하지 않을 수도 있었다. 그러나 이제는 그 두 사람이 함께 자전거를 탈 수 있게 됐고, 내 딸이 무슨 짓을 하고 다니는지 다른 사람들의 소문에 의지하는 것 말고는 달리 손쓸 방법이 없었다.

　경시대회가 있고 나서 일주일 후에 오 선생님이 또다시 찾아왔다. "즐거운 날입니다!" 그가 전했다. "준리가 제주 중학교에 입학할 수 있도록 선발됐습니다."

　기뻐해야 했지만 내 첫 번째 반응은 현실적인 것이었다. "그 애가 날마다 통학하기에는 너무 멀어요."

　"통학할 필요는 없을 것입니다. 하숙을 시키면 됩니다."

　이것은 훨씬 더 안 좋았다. "그 애는 겨우 열두 살이에요." 내가 반대했다. "떨어져 지내고 싶지 않아요."

　오 선생님이 턱을 내밀었다. "그렇지만 모든 해녀 따님들은 해외로 물질을 가잖아요. 부인께서도⋯⋯."

　"그렇지만 저는 하도를 떠난 게 열일곱 살이었어요. 그리고 어쩔 수 없어서 간 거고요."

"만약 준리가 이렇게 하면요." 그는 마치 대답을 연습한 것처럼 이어나갔다. "그 애는 육지에 있는 전문학교나 대학교에 갈 수 있을 것입니다. 아니면……" 그의 눈이 반짝였다. "어쩌면 일본에도 갈 수 있을 것입니다."

그러나 그는 너무 앞서가고 있었다.

"이 나라를 떠나는 것은 말할 것도 없고, 어떻게 그 애가 제주를 떠나 육지에 가겠어요?" 내가 물었다. "당국이 절대 그걸 허용하지 않을 텐데요."

"왜요? 남편분이 교사여서요?"

"우리는 연좌제에 묶여 있어요. 우리는……."

"당국이 부인을 이제는 해녀 대장으로 알고 있을 거라고 생각하고 싶습니다. 부인 어머니와 시어머니도 해녀 대장이셨고요. 어쩌면 그게 도움이 될 것입니다. 그리고 장차 문제를 일으킬 남자아이도 아니고요. 아들에게는 일반학교나 군사학교의 입학이 허용되지 않는 경우가 더러 있지만, 딸들은 대학교와 직장을 찾아 육지로 많이들 간다고 들었습니다."

"몇몇 사람들에게는 그게 해당될 수 있지만, 저는 4.3사건 때 가족 중 세 사람을 잃었어요."

"제 얘기를 잘 이해하지 못하신 것 같아요." 그가 말했다. "윗분들은 이미 준리의 경우를 다른 방향으로 보기로 결정했답니다."

이 말에 나는 깜짝 놀랐다. "어떻게 그럴 수 있어요?"

그가 어깨를 으쓱했다. "그 애는 특출나게 똑똑합니다. 어쩌면 박 박사님이 말을 잘 해놓았을 수도 있고요……."

그런데 이제는 그가 내게 또 다른 이야기를 하고 있었다. 나는 통명스럽게 말했다. "어느 쪽이라는 건가요? 윗분들이 다른 방향으로 본 거라는 얘기예요? 아니면 박 박사님이 도왔다는 얘긴가요? 아니면 그 애가 충분히 똑똑하지는 못하다는 얘긴가요? 아니면 그 애가 남자아이가 아니기 때문이라는 건가요?"

"그런 게 문제가 되나요? 그 애한테는 거의 어느 누구도 받을 수 없는 기회가 주어졌어요." 그는 내 얼굴을 뚫어지게 보다가 덧붙였다. "무엇보다 좋은 점은 그 애가 자기보다 나이 많은 남자아이와 올레에서 자전거를 타는 일에 대해 부인이 더 이상 걱정하지 않아도 된다는 것입니다."

그는 더 이상 한마디도 더 보탤 필요가 없었다.

*

우리는 준리의 옷과 몇 권의 책을 샀다. 가족 전부 버스정류장까지 걸어 나가 준리를 배웅했다. 그곳에서는 오 선생님이 우리를 기다리고 있었다. 길은 장에 가는 사람들로 붐볐다. 여자들은 하얀 수건을 쓴 채 머리에 구덕을 이고 갔다. 남자들은 바지를 종아리 중간까지 접어 올리고 말총갓을 귀까지 눌러쓰고 있었다. 농부 한 사람이 불룩한 삼베 자루들을 등에 잔뜩 쌓은 당나귀를 끌고 갔다. 시선이 닿는 길 양쪽 어디에도 자동차나 트럭, 혹은 버스는 아직 보이지 않았다. 도생과 민리와 나는 눈물을 멈출 수가 없었다. 친정아버지와 남동생, 아들은 옆으로 비켜서서 감정을 감추려고 애쓰고 있었다. 그러나 준리는 슬퍼하지 않았다. 그녀는 신이 나 있었다.

"휴일과 명절 때마다 집에 올게요." 준리가 숨도 안 쉬고 종알댔다. "박 박사님이 다음에 돌아오시면 제가 올 수 있는지 물어볼게요. 열심히 공부하겠다고 약속할게요."

준리는 제 아버지와 닮은 점이 너무 많았다. 두 사람은 가족에 대한 사랑과 더불어 배우고자 하는 열망이 컸고, 책임감이 강했으며 새로운 것을 시도해보고자 하는 바람도 남달랐다. 그러나 버스가 보이자 준리의 두 눈이 급기야 촉촉해졌다.

"너는 용감한 아이다." 내가 말했다. 그러나 내 마음속은 아팠다. "우리 모두 널 대견하게 생각한다. 잘 지내라. 네가 집에 오면 우리는 모두 여기 있을 거다."

버스가 끼익 소리를 내며 멈춰 섰고 문이 활짝 열렸다. 먼지가 우리 주변에서 소용돌이쳤다. 나는 딸을 품에 안았다. 우리는 서로를 꼭 끌어안았다.

"여기서 영원히 있으라는 거요?" 버스 기사가 문에 대고 소리쳤다. "시간표를 지켜야 한다고요."

오 선생님이 준리의 책가방을 집어 들었다. "저 애가 잘 적응할 수 있도록 살피겠습니다."

준리가 나를 놓은 다음 나와 나머지 가족들에게 절을 하고 버스에 올라탔다. 기사는 준리가 자리에 앉기도 전에 출발했다. 통로로 걸어 내려가는 준리의 모습을 본 것이 마지막이었다.

사흘 후 미자와 요찬이 아침 버스를 타고 떠났다. 어떤 사람들은 미자가 자기 아들에 대한 소문을 더 이상 견딜 수 없어서 떠났다고 말했다. 한 소문에 의하면 그녀가 서울에 있는 남편과 합쳤다고 했고, 또 다른 소문에 의하면 온 가족이 미국으로 이민을 갔다고 했다. 어떤 사람들은 그녀가 다시는 돌아오지 않을 것이라면서 돼지들을 푸줏간에 팔고 간 것을 증거로 이용했다. 어쨌든 똥시-돼지-음식으로 이루어진 삼단계의 순환 없이 문명화된 생활을 할 수 있는 사람은 아무도 없었다. 몇몇 사람은 그녀가 다시 돌아오지 않을 작정이었다면, 숙모와 삼촌의 집, 요, 서랍장, 조리도구를 팔려고 했을 것이라고 지적했다. 소문 중 어느 것도 내게는 말이 되지 않았다.

몇 년 만에 처음으로 나는 미자가 살았던 하도의 섯동 마을까지 걸어갔다. 대문을 열고 미자의 집에 들어갔다. 마당은 깔끔했고 초가지붕은 잘 정리돼 있었다. 빈 항아리들이 모퉁이에 쌓여 있었다. 미자가 어렸을 때 잠을 잤던 쇠막은 비어 있었다. 자홍색 꽃 넝쿨이 담을 따라 뻗어나가고 있었다. 정지 옆에 딸린 조그만 우영 텃밭에는 오이와 당근과 다른 채소들이 풍성하게 자라고 있었다. 문이 열려 있어서 나는 안으로 걸어 들어갔다. 사람들이 말한 그대로였다. 그녀는 가구를 모두 두고 떠났다. 미자는 이곳에 없었지만 그녀의 혼이 모든 것에 스며 있었다. 한가하게 나는 안방에 있는 궤를 열었다. 그 안에는 그녀 아버지의 책이 있었다. 미자가 그것을 두고 갔다니 믿을 수가 없었다.

몇 주가 지나고 몇 달이 지났다. 미자와 요찬은 돌아오지 않았다. 집은 계속 열린 채 있었다. 아무것도 도둑맞지 않았다. 아마도 사람들이 제주에는 도둑이 없다는 말을 실천하고 있는 것 같았다. 아니면 내가 날마다 그곳에 갔기 때문에 혹시 나를 만나지 않을까 두려워했는지도 모른다. 나는 미자를 멀리서라도 보는 것을 그리워하고 있음을 알았다. 나는 그녀를 원망의 대상으로 삼는 것을 그리워했다. 그 그리움이 너무 강해지면 나는 그녀의 집으로 걸어갔다. 그곳에서 나는 그녀의 물건들을 만지고 사방에서 그녀를 느꼈다. 나한테 그 집은 자꾸 떼어내는 딱지 같은 존재가 됐다.

네 번째 날(계속)

2008년

"난 괜찮다." 하고 많은 사람들 중에서 왜 하필이면 미자의 증손녀에게 그러는 것인지 알 수가 없었지만 영숙은 털어놓았다. "이곳에 있기가 그냥 힘들구나."

클라라가 이 말을 듣고 곰곰이 생각해보더니 말했다. "벌써 박물관 안에 다녀오셨어요? 가지 마세요." 그녀가 잠깐 말을 멈춘 다음 덧붙였다. "제 말은요. 방금 알았는데 우리가 있는 곳이 공동묘지 위에 지어진 거래요. 수많은 시신이 발굴돼서 다시 매장됐대요. 그래도 너무 오싹하지 않아요?"

클라라는 성가신 존재였다. 그 점에 대해서는 의심의 여지가 없었다. 그러나 영숙은 그녀에게 주의를 기울이지 않을 수가 없었다. "너는 외국인이지만 말하는 것에 조심해야 한다. 지금은 여전히 위험한 시기고, 어쩌면 가장 위험할지도 모른다."

클라라가 고개를 치켜세운 다음 이어폰을 빼냈다. "뭐라고요?"

"신경 쓰지 말거라. 나는 우리 가족에게 돌아가야겠다." 영숙이 말했다.

"왜요? 죽은 사람들 이름을 전부 볼 수 있게요? 아니면 박물관 안에 있는 것을 보려고요? 제가 알려드리는데요, 그러지 마세요."

만류에도 불구하고……

영숙은 하얀 천이 드리워진, 아기를 안고 있는 어머니의 조각상을 마지막으로 한 번 더 본 다음 걸어가기 시작했다. 클라라가 따라왔다. "미자 할망이 항상 말씀하시길……."

"너 지금 미자 할망이라 불렀니?" 그런 식으로 그녀의 이름을 듣는 것만으로도 영숙은 설명할 수 없을 정도로 충격을 받았다.

"저는 보통 할머니라고 불렀는데, 그분은 할망이라는 말을 더 좋아했어요. '증조'라는 단어를 듣는 건 분명히 안 좋아하셨고요. 어쨌든 할머니는 항상 자신이 힘든 삶을 살았다고 말씀하셨어요. 증조할아버지는 한 번도 만난 적이 없는데, 미자 할머니는 그분이 나쁜 사람이라고 하셨어요. 그분이 할머니를 때렸대요. 그것도 아주 많이. 그래서 할머니가 다리를 절게 됐대요. 혹시 그거 아셨어요?" 클라라가 그녀를 뚫어지게 바라보며 대답을 기다렸다. 대답이 없자 그녀가 말을 계속했다. "할아버지가 할머니한테 겁을 줘서 할머니를 완전히 자기 마음대로 했대요."

영숙은 먼 곳을 바라봤다. 많은 여자들이 매를 맞고 살지만, 그들은 가장 친한 친구를 배신하지는 않는다. 그녀는 미국인 소녀가 절대 이해하지 못할 것이라 생각하고서 이 말을 하지는 않았다.

클라라가 말을 계속했다. "할머니가 처음 LA에 왔을 때는……" 그녀는 어깨를 으쓱했다. "이민자로 사는 게 쉽지는 않죠. 학교에서 그걸 배웠어요. 그리고 할머니도 그랬고요."

영숙이 비틀거리자 클라라가 그녀의 팔을 잡았다. "여기 앉는 게 좋겠어요. 할머니에게 무슨 일이 생기면 엄마가 저한테 엄청

화를 내실 거예요."

그들은 벤치를 발견했다. 영숙은 다시 소녀에게 말을 시켜야 했다.

"그래서 미자가 가게를 했다며." 영숙이 슬쩍 말을 꺼냈다.

"한인 타운에요. 부부夫婦가 경영하는 구멍가게요. 부부에서 부夫는 빼야겠네요. 무슨 말인지 아시죠?"

"물론이다." 사실 그녀는 무슨 말인지 몰랐다. "미자에게 자식이 더 있었니?"

"아니요."

"미자의 아들과 아내는……."

"저희 할아버지와 할머니요."

"그래, 네 조부모다. 그들에게 네 어머니 말고 자식이 더 있었니?"

"어머니는 무남독녀예요."

"미자가 며느리한테 삼승할망에게 제물을 바치고 기도를 하라고 시키지는 않았니?" 영숙이 이해할 수 없다는 듯이 물었다.

"삼승할망이 누구예요? 제 증조할머니의 할머니에요?"

"할망은 할머니이자 여신이다." 영숙이 설명을 해줬다. "삼승할망은 다산과 출산의 여신이다. 분명히 미자가 며느리를 데리고 여신을 찾아갔을 텐데……."

"저는 할머니를 못 만났어요. 미국으로 온 지 얼마 안 돼서 돌아가셨거든요. 유방암으로요."

소녀는 재잘대느라 영숙의 얼굴이 얼마나 하얗게 질렸는지 깨닫지 못하는 것 같았다.

"맞아요, 아무도 그 여신을 찾아가지 않았다고 확신할 수 있어요. 절대 제물을 바치지도 않았을 거예요. 우리는 그런 걸 안 믿어

447

요. 특히 미자 할머니는요. 그분이 제일 독실한 기독교 신자였으니까요."

"그렇지만 네 할머니는……."

"아까 말씀드렸잖아요. 저는 할머니를 만난 적이 없어요. 할머니가 돌아가신 다음 요찬 할아버지가 미자 할머니를 LA로 모셔 왔거든요. 할아버지는 아직 아기였던 저희 어머니를 돌볼 사람이 필요했으니까요. 나중에 제가 태어나고 나서 미자 할머니가 저를 돌봐주셨고 다음에는 제 남동생도 돌봐주셨어요. 할머니는 저희 랑 함께 사셨어요."

여기 기념관 개관식에서 이런 이야기를 듣는 것은 훨씬 더 괴로웠다. 그리고 영숙은 클라라를 의심의 눈초리로 바라볼 수밖에 없었다. 이 여자아이는 왜 이렇게 끈질길까? 왜 이 아이의 부모는 계속 아이를 보내서 영숙에게 말을 하게 만들까? 왜 그들은 그녀를 그냥 내버려두지 않는 것일까?

"미자 할머니가 할머니와 할머니 가족에게 초래한 고통에 대해 저도 알고 있어요." 클라라가 말했다. "그래도 그 일이 일어난 후 저희 할머니는 할머니와 할머니 가족을 돕기 위해 자신이 할 수 있는 일을 모두 했어요."

"너는 그 일에 대해 아무것도 모른다!"

그러나 놀랍게도 소녀는 그것에 대해 전부 아는 것처럼 보였다. "할머니와 저희 할머니가 올레를 같이 뛰어서 도망쳤잖아요. 그러다 할머니가 학교 마당에 갇혔죠. 할머니는 저희 할머니에게 할머니 자식들을 데려가달라고 부탁했고요. 저희 할머니는 한 아이만 데려갈 수 있다고 말하면서 할머니에게 선택하라고 했죠. 그래 놓고 저희 할머니가 아무도 데려가지 않았어요. 군인들이 할머니 남편과 큰아들과 유리 고모를 죽였죠. 미자 할머니가 유리 고모에 대해 아주 많은 이야기를 해주셨어요."

클라라는 해녀의 여윈 얼굴을 바라봤다. "제가 기억하는 한요." 소녀가 작은 손으로 영숙의 손을 감싸며 말했다. "우정의 어두운 그림자에 대해 생각볼 수밖에 없었어요. 친구란 나를 가장 잘 알고, 나를 가장 많이 사랑해주는 사람이잖아요. 이것은 친구가 나에게 상처를 주고, 나를 배신할 방법을 모두 알고 있다는 말이기도 해요." 그녀의 얼굴에 슬픈 표정이 살짝 스쳐 지나갔다. "그런데 아주 놀랄 일이 있어요! 저는 친구가 하나도 없어요. 어머니, 아버지는 그것 때문에 걱정을 해요. 저한테 계속 치료를 받으라고 하지만 저는 절대 치료는 받지 않을 거예요!" 클라라는 도리질을 하다 자신이 엉뚱한 이야기를 하고 있다는 것을 깨달은 모양이었다. "미자 할머니는 할머니께 상처를 줬어요. 그것에 대해 저희 할머니는 하루도 빠짐없이 자책했어요. 밤에 저희 할머니가 우는 모습을 할머니가 봤어야 해요. 저희 할머니는 악몽에 시달렸어요."

영숙은 소녀의 눈을 빤히 들여다봤다. 녹색반점은 백인 아버지로부터 물려받은 것이 분명했지만 그 부분만 빼면 눈은 미자의 눈과 똑같았다. 영숙이 깊은 그 눈에서 본 것은 고통이었다.

"미자 할머니는 저한테 항상 같은 질문을 했어요. '우리 입장이 바뀌었다면 영숙은 어떻게 했을까?'" 클라라가 말했다. "이제 제가 여쭤볼게요. 상문이나 요찬을 구하기 위해 할머니는 자신의 목숨이나 자식들의 생명을 희생했겠어요? 마음속 깊은 곳에서는 할머니도 아셨을 거예요. 미자 할머니가 깨닫지 못했다는 것을……."

"결과가 얼마나 심각할지 말이지." 영숙이 그녀 대신 말을 마무리했다.

클라라는 영숙의 손을 놓고 이어폰을 뺀 다음 그것을 영숙의 귀에 꽂았다. 음악소리는 전혀 없었다. 대신 누군가가 말을 하고 있었다. 그 목소리의 주인은 미자였다. 클라라의 눈에 눈물이 고였다. 클라라는 녹음 내용을 알고 있었다. 한마디 한마디가 차갑고 날카로운 진눈깨비처럼 영숙을 때렸다.

"매일 나는 행하지 않음으로써 행했던 것을 억지로 나 자신에게 받아들이도록 만들었다." 미자가 말했다. 그녀의 목소리는 나이가 들었고, 부드러웠으며, 떨렸다. 그 목소리에는 60년 이상 물질을 했던 해녀의 힘이나 성량이 들어 있지 않았다. "나는 예수님과 성모 마리아, 그리고 하느님께 용서를 빌었다……"

영숙은 귀에서 줄을 확 잡아당겨버렸다. 클라라가 그녀의 손을 다시 잡으며 읊조렸다. "*모든 것을 이해하는 것이 용서하는 것이다.*"

"누가 그 말을 했니?"

"부처님요."

"부처님이라고? 너는 가톨릭 신자잖니."

"우리 부모님이 저에 대해 다 알진 못해요." 소녀는 그 말을 음미하듯 잠깐 동안 아무 말도 하지 않았다. 그런 다음 불경 구절을 되풀이해서 말했다. "*모든 것을 이해하는 것이 용서하는 것이다.* 그럼 이제, 이걸 다시 귀에 꽂으세요."

영숙은 왜가리처럼 조용히 앉아 있었다. 소녀가 이어폰을 다시 꽂아줬다. 다시 미자가 말했다.

"나는 오랜 시간 동안 속죄할 방법을 찾았다. 기독교인이 됐고, 온가족을 성당과 주일학교에 가게 만들고 자원봉사 활동도 했다. 나는 준리를 위해 내가 할 수 있는 일을 했다……"

녹음 속에서 클라라가 물었다. "오늘 친구를 만나면 뭐라고 하실 거예요?"

"내 편지를 읽어줘. 제발, 제발, 제발 내 편지를 읽어줘. 아, 클라라, 만약 그녀가 내 편지를 읽는다면 내 마음을 알 텐데."

"그렇지만 할머니 두 분 다 글을 못 읽는다고 하신 걸로 아는데요."

"그녀는 이해할 것이다. 그녀가 그러리라는 걸 알고 있다. 그녀가 편지를 펼치면 알게……."

영숙은 이어폰을 뺐다. "난 못 해. 그냥 못 해." 영숙은 일어서서 몸을 바로 세운 다음, 그토록 많은 일을 헤쳐나가게 해준 기운을 끌어내어 소녀를 벤치에 남겨둔 채 한 발, 한 발 걸음을 옮겼다.

5부

용서

1968년 – 1975년

암소로 태어나다

우리가 불턱 바깥에 웅크리고 앉아 있을 때 한 남자가 확성기에 대고 우리한테 고함을 질러댔다. "오늘 할머니 해녀들은 심해 물질을 위해 2킬로를 나갈 겁니다. 선장에게 일러 하군 해녀들은 성게가 풍부한 후미에 내려주라고 하겠습니다. 오늘은 애기 해녀들이 없어서 그들 걱정은 안 해도 됩니다. 저는 계속 우리에게 애기 해녀들이 더 필요하다고 말씀드리고 있습니다. 제발 집안의 젊은 여자들에게 해녀공동체에 가입해달라고 계속 재촉 좀 해주시기 바랍니다."

남자가 우리에게 뭘 해야 할지 지시를 내리는 것도 충분히 짜증나는데, 확성기에 대고 고함을 질러대는 것이 문제를 더 악화시켰다. 우리는 청력이 안 좋았지만 그래도 우리가 불구덩 둘레에 동그랗게 앉아서 그날의 계획에 대해 논할 때면, 모두 내 말을 다 알아들을 수 있었다. 그러나 나는 여전히 우리 해녀공동체의 대장이었고, 다른 해녀들은 내가 이 남자를 바로잡아주길 기대했다.

"누가 물질을 할 수 있는지 당신이 규칙을 바꿨는데, 우리가 어떻게 애기 해녀들을 데려와야 한다는 거요?"

"내가 규칙을 바꾼 게 아닙니다." 그가 분개해서 소리쳤다.

"좋아요. 당신이 바꾸지 않았소." 내가 동의했다. "여기서 멀리 떨어진 곳에 있는 정치가들이 법을 통과시켰지만, 우리의 관습과 전통에 대해 도대체 그들이 뭘 안단 말이오?"

남자가 가슴을 폈다. 사실 그의 잘못은 아니었다. 한 가구당 한 해녀만 가능하다고 정한 법이 6년 전에 — 우리 의견은 묻지도 않은 채 — 발효됐다. 그것은 가족의 수입을 위해 할머니와 어머니, 딸에게 의지했던 모든 집안에 끔찍한 타격을 줬다.

"여자가 시집을 가거나 이사를 가면 그 마을에 대한 권리는 잃어버리는 게 관례였잖아요." 그가 말했다.

"그래서요? 오래전 내가 결혼해서 다른 마을로 옮겨 갔을 때 그 마을의 해녀공동체에서는 나를 즉시 받아줬소. 그런데 이제는 여자가 새 마을에서 60일을 살고 난 후에야 면허증 신청을 할 수 있소. 그리고 시어머니나 시누이가 이미 해녀라면 그렇다면⋯⋯."

"요점은 말이에요," 양진이 끼어들었다. "한 가구당 한 해녀만 면허를 받을 수 있다면 우리가 어떻게 딸들을 바다에 데려올 수 있다는 것이오?"

"설사 내가 그들을 데려올 수 있다 해도 말이오." 내가 물질 짝이 제시한 요점에 덧붙여서 물었다. "내가 왜 그러겠소?"

"이제 준리에 대한 이야기를 듣게 되는 건가요?" 남자가 한숨을 푹 쉬며 물었다.

맞았다. 그 이야기만 나오면 그가 지루해한다는 것을 내가 알고 있었기 때문이다. "내 막내딸이 서울에서 대학에 다니고 있소."

"알아요. 알고 있어요."

"모든 딸들이 준리만큼 운이 좋거나 똑똑하진 않지만, 젊은 여자들이 이제는 물질보다 훨씬 덜 위험한 기회를 갖게 됐소." 내가 말을 이어나갔다. "내 큰딸을 봐요. 그 애 어머니로서 민리가 제일 똑똑한 아이였다고 결코 말할 수는 없지만, 그 애는 엽서와 소다수와 선탠오일을 관광객들에게 팔아서 가족을 부양하는 데 도움을 주고 있소."

내 주변의 여자들이 알고 있다는 표시로 고개를 끄덕였다. 그러나 우리 중 한 사람도 최근까지 소다수나 선탠오일에 대해 들어본 적이 없었다.

"땅에서 안전할 수 있는데 굳이 왜 물질을 하겠소?" 양진이 물었다.

남자는 굳이 대답하지 않았다. 그는 바다에 들어가서 자기 목숨을 위태롭게 만들고 있지는 않았다.

"그러면 누가 남겠소? 주변을 둘러봐요. 모두가 오랜 시간 동안 함께 물질을 해온 여자들뿐이오." 내가 킥킥대고 웃었다. "강씨 자매, 양진, 그리고 나를 포함해서 사실 여기 있는 우리들 대부분은 은퇴할 나이에 가까워지고 있소. 그런 일이 벌어지면 당신은 어떻게 할 것이오?"

그는 무관심을 가장하면서 어깨를 으쓱했고 우리는 그 모습을 보고 웃음을 터뜨렸다. 그가 얼굴이 빨개져서는 다시 입에 확성기를 댔다. "저는 마을 어촌계를 운영합니다. 제가 책임자입니다. 여러분은 제가 시키는 대로 하시면 됩니다."

그러자 우리는 훨씬 더 크게 웃었고, 그의 얼굴로 더 많은 피가 몰렸다. 그는 자신이 우리에게 제주의 또 다른 삼집합을 제공하고 있다는 것을 깨닫지 못했다. 그는 정해진 말을 했고, 우리는 그를 보고 웃었으며, 그는 얼굴이 빨개졌다. 물질하는 날마다 똑같은 일이 일어났다.

제주는 여전히 삼다도였다. 아직도 바람과 돌은 많았지만 우리 여자들은 과거와는 다른 식으로 순응하도록 강요받고 있었다. 사실인지 아닌지 알 순 없지만 나는 남자 부족 사태 때문에 어촌계 시행령이 나왔다고 생각했다. 4.3사건과 6.25전쟁으로 수많은 남자들이 죽었고, 육지에서 이루어진 새로운 산업화 때문에 공장으로 무수한 남자들이 빠져나가면서 남자들이 부족해졌다. 우리는 주로 여자들을 위한 샤머니즘과 남자들을 선호하는 유교 사이에서 또 다른 갈등을 겪었다. 공자는 여자들을 크게 염두에 두지 않았다. 그의 사상으로 어려서는 아버지를 따르고, 결혼해서는 남편을 따르고, 남편이 죽으면 아들을 따라야 한다. 그러나 내가 어렸을 적에 나는 어머니를 따랐다. 결혼해서는 남편과 동등한 권리를 가졌었다. 그리고 남편이 죽은 뒤로 지금까지 줄곧 내 유일한 아들은 내 말을 따라야 했다. 많은 가정에서는 이렇지 않았다. 나는 이제 딸이나 아내가 아니어서 좋았고, 내 아들이 나를 통제하려고 하지 않을 만큼의 분별력이 있어서 좋았다.

가장 중요하고 놀라운 변화 중 하나는 이제 남자들이 어촌계를 감독한다는 것이었다. 우리는 여전히 우리 자신의 해녀공동체가 있었고 불턱에서 만났지만, 누가 일할 수 있고 얼마나 오래 일할 수 있는지 남자들이 우리에게 지시를 내렸다. 다른 남자들이 섬 전역의 모든 해녀공동체를 통제하려고 하는 것처럼, 그도 우리를 통제하려고 했다. 그래서 우리는 스스로 우리의 미래를 결정할 자유가 줄어들었다고 느꼈다. 그는 우리가 수확량 한도를 초과하거나 제철이 아닌 해산물을 수확하면 벌금을 물렸다. 벌금이라니!

나는 내 해녀공동체에 속한 여자들이 벌금을 내지 않도록 대장으로서 이것을 막아보려 안간힘을 썼다. 이 모두를 종합해볼 때 남자들이 우리에게 무엇을 하라고 지시하고, 딸들이 학교에 다니며 뭍에서 일하고, 특히 한 가구에 한 명 이상의 여자는 해녀로 일할 수 없도록 법으로 금지하는 상태에서는 해녀 수가 줄어드는 것이 당연했다. 그에 덧붙여 박정희 대통령의 방문 후에도 많은 일이 일어났다. 그는 우리 섬을 돌아보고 여기에 공장을 짓는 것이 현실적이지 않다고 판단했다. 그러나 날씨가 좋았기 때문에 생계를 꾸려나갈 수 있는 유일한 방법은 감귤이라 불리는 형태의 귤을 재배하는 것이라고 선언했다. 그래서 많은 해녀들을 포함하여 사람들은 섬의 반대쪽에서 귤을 재배하기 시작했다. 박 박사가 처음 왔을 때는 제주에 해녀가 2만 6천 명 정도 있었다. 얼음물 속에 손을 넣고 견딜 수 있는 능력을 측정하러 그가 작년에 왔을 때 해녀의 수는 1만 1천 명으로 뚝 떨어졌다. 1만 1천 명! 그는 앞으로 5년 이내에 다시 반이 은퇴해서 사라질 것이라고 장담했다.

어촌계의 유일한 좋은 점은 우리가 수확한 것 중에서 '필요한 할당량'을 초과하는 것은 무엇이든 가질 수 있다는 점이었다. 나는 이런 물건들을 제주시의 거리로 가져가서 팔았다. 거기서 나온 수입으로 자식들을 교육시키고 민리를 결혼시켰다. 또한 곧 있을 경수의 혼례식 잔치와 다른 행사들을 치를 수 있게 될 것이다. 경수는 육지에서 국방의 의무를 다하는 동안 한 아가씨를 만났다. 곧 한 울타리 안에서 시어머니, 나, 아들과 며느리, 그리고 그들이 낳을 자식들, 네 세대가 살게 될 것이다.

"이제 서둘러요!" 남자가 소리쳤다. "장비를 챙기세요!"

우리는 장비를 챙겨서 트럭 뒤쪽에 올라탔다. 그는 우리를 부두로 태워다줬고, 그곳에서는 커다란 모터보트가 우리를 기다리고 있었다. 우리가 배에 타자 선장은 바다로 향하면서 먼저 후미에 하군 해녀들을 떨군 다음, 일렁이는 파도 속을 뚫고 깊은 바다로 나아갔다. 도착하고 나서는 내가 주도권을 잡았다.

"테왁에 신경 쓰세요." 내가 말했다. "배에 가까이 붙어 있어요. 추워지면 들어와요. 그리고 제발 다른 사람들을 잘 살펴봐줘요."

뭍에서의 삶은 변했지만 바다는 똑같았다. 숨을 들이쉬고, 들이쉬고, 들이쉰 다음 아래로…… 이곳의 물은 상당히 깊은 곳까지 수정처럼 맑았다. 진주 빛 모래와 대조적으로 이곳에는 검은 화산암들이 솟아 있었다. 왼쪽으로는 해초의 숲이 부드러운 바람에 일렁이는 것처럼 흔들거렸다. 항상 그랬듯이 바다 위쪽에서의 걱정거리들은 내가 집중하기 시작하면서부터 눈 녹듯 사라졌다. 나는 망사리에 집어넣을 해산물을 찾아 바위를 뒤졌고, 내 감각들은 혹시 있을 위험을 경계하느라 예민해졌다.

네 시간 후 우리는 다시 바닷가에 다다라 차를 타고 하도로 돌아왔다. 그곳에서는 몇 명의 남자들이 트럭이 멈추기를 기다리고 있었다. 남편들은 여전히 마을 공터에서 낮시간을 보내며 아기들과 걸음마를 시작한 꼬마들을 돌봤지만, 예전에는 상상할 수 없는 방식으로 아내들을 도왔다. 우리 해녀들은 튼튼했고, 항상 직접 수확물을 끌어서 날랐다. 남자들은 육체노동에 익숙하지 않기 때문에, 해녀 한 사람이 바닷가로 가져온 것을 나르려면 남자 두 명이 옮겨야만 했다. "여러분이 우리의 도움을 받아들인다면," 책임을 맡은 남자가 설명했다. "수익이 더 높아질 겁니다." 물론 나는 남편이 없었고 아들은 육지에 가 있었다. 오늘 내 망사리는 수확물로 너무 무거워서 무게를 이기기 위해 얼굴이 거의 땅과 평행이 되도록 몸을 구부려야 했다. 내 노동의 물리적, 실체적 증거인 이 짐은 내게 있어서 돈과 기회와 사랑처럼 느껴졌다.

수확물은 여전히 함께 쟀지만, 판매와 바다 수확물로 번 돈의 분배는 어촌계 계장이 감독했다. 이 일이 끝나면 우리는 불턱으로 들어가 불가에서 몸을 녹이고 음식을 나눠 먹었다. 적어도 계장이 안으로 들어오지는 않았다. 만약 그랬다면 그것은 너무나 많은 사람들에게 모욕을 주는 행동이 됐을 것이다.

"준리가 오늘 집에 온다고 들었는데." 구자가 말했다.

"여름을 나러 와요." 내가 대답했다.

"아직 결혼할 생각이 없는 거야?" 구선이 물었다.

딸과 연관된, 딸의 인생이 어떻게 펼쳐질지에 관한 질문을 하는 것이 구선에게 얼마나 힘들지 알고 있었기 때문에 나는 그녀의 어깨에 손을 얹었다. "준리가 어떤지 알잖아요." 내가 대답했다. "그 애의 생각은 오로지 책에만 있는 것 같아요. 민리가 이미 쌍둥이 손자들을 낳아줘서 다행이에요."

"복을 많이 받은 거지." 구선이 동의했다. "저승에 가더라도 필요한 것을 제공해줄 남자 후손들이 생겼으니 이제는 든든하지."

우리는 함께 불턱을 나오자마자, 바로 헤어졌다. 나는 바닷가에 자리 잡은 우리 집으로 향했다. 이제 69세가 된 도생은 아직도 밖거리에서 살았지만, 안거리의 정지에서 준리의 귀향 환영 음식을 장만하고 있었다. 벽에는 집에서 만든 무장아찌와 간장과 된장으로 가득 찬 옹기 항아리들이 가득 쌓여 있었다. 내게는 그 옹기 항아리들이 내가 우리 집에 얼마나 많은 돈을 벌어왔는지 보여주는 금궤 더미와 같았다.

"준리는 항상 돼지 순대를 좋아했어." 도생이 말했다. "이렇게 얇게 썰어놓았으니까 각자 몇 점씩은 먹을 수 있을 거다."

그렇게 오랜 시간이 지난 후 나는 시어머니를 매우 잘 알게 됐다. 그녀는 순수하게 사실을 말하고 있지 않았다. 준리가 대학에서 첫해를 보내고 집에 돌아오는 것은 큰 행사여서 나는 우리 돼지 중 한 마리를 잡는 데 동의했다. 오늘 밤 축하행사를 위해 돼지의 모든 부분을 남김없이 다 쓸 터이지만 순대는 준리를 위한 것이 아니었다. 그것은 쌍둥이들을 위한 것이었다. 도생은 증손자들의 응석을 받아주는 것을 좋아했다.

"또 뭘 만드셨어요?" 내가 물었다. "어떻게 도와드릴까요?"

"돼지 뼈와 고사리, 파를 넣고 찌개 육수를 만들고 있다. 국물이 진해지도록 보릿가루를 넣어서 잘 저어보렴. 그런데 명심할 것은……."

"덩어리지지 않도록 계속 저으라고요. 저도 알아요."

"민리가 곧 여기로 올 거야. 구이용 옥돔을 가져다준다고 약속했다. 너도 바다에서 여러 가지를 가져왔길 바란다."

"구워 먹으려고 새끼 전복들을 한 구덕 가져왔어요. 준리가 이걸 좋아하잖아요."

"그 애는 우리의 가장 큰 희망이다." 도생이 미소를 지으며 말했다.

그러나, 아이고, 지난 7년 동안 나는 하루도 그 애를 그리워하지 않은 날이 없었다. 준리가 제주시에서 여자중학교와 고등학교를 다닐 때는, 특별한 경우에만 그녀를 볼 수 있었다. 준리는 여름방학 중에도 수업을 듣기 위해 시내에서 지냈다. "더 좋은 대학에 들어갈 수 있는 기회를 넓히고 싶어요." 준리는 집에 돌아온 며칠 동안 그 말을 자주 반복했다. 나는 아마도 도시가 그런 큰 꿈을 갖도록 그 애의 마음을 돌려놓지 않았을까 생각했다. 준리가 사립특수학교에 다니고 있다는 것만으로도 내게는 충분히 기적 같았기 때문이었다. 내가 좀 더 분별 있게 준리를 대했어야 했다. 하도에 올 때마다 준리는 나와 바다에 가고 싶어 하지 않았다. 대신 새 어촌계를 찾아가고 싶어 했다! 육지의 정부는 나 같은 해녀들이 '읽고 쓰는 능력'을 향상시킬 수 있도록 각 조합에 작은 도서관을 만들기 위해 책을 보냈다. 그러나 나는 무엇보다 책을 읽을 줄 몰랐기 때문에 이런 선물이 또 다른 모욕처럼 느껴졌다. 그러나 준리는 그 책들을 좋아했다. 그녀는 체계적으로 한 권 한 권씩 모든 책을 다 읽었다. 시간이 지나 준리는 대학입학시험을 치렀고 성적이 매우 좋았기 때문에 대한민국 최고의 학교인 서울대학교에 장학금을 받고 입학했다. 나는 놀라고 매우 자랑스러웠다. 그러나 서울대 입학에 대한 그 아이의 생각은 달랐다.

"전쟁 동안 학생들 중 반이 실종됐어요." 준리가 입학허가서를 받았을 때 말했다. "그들은 전투 중에 죽었거나 북으로 넘어갔어요. 여기 제주에서와 마찬가지로 육지에서도 남자들 수가 줄어들었죠. 그 빈자리를 나 같은 여학생으로 채운 거예요."

준리의 언니가 내가 느낀 것을 말로 표현했다. "너는 이걸 위해 열심히 공부했어. 마치 네 자리를 거저 얻은 것처럼 행동함으로써 네 노력을 깎아내리려 하지 마라."

나는 미래에 무슨 일이 일어날지 예측할 수 없었다. 그러나 남자아이들이 여자아이들보다 두 배 더 많이 중학교와 고등학교에 다녔다. 그런 남자아이들이 한 학년씩 올라갈 때마다, 경쟁은 더 심화될 것이다. 그러나 나는 내 손자들을 모두 반드시 고등학교에, 어쩌면 전문학교나 대학교에 보낼 것이다. 설사 그것이 일 년 중 대부분을 그들과 떨어져 지내야 한다는 것을 의미한다 해도 말이다. 소중한 결과를 얻으려면 마음 아픈 것은 때로 참아야 한다.

이때 민리가 부르는 소리가 들렸다. "어머니! 할머니!"

도생과 나는 밖으로 뛰어나갔다.

"제가 올레에서 누굴 만났는지 보세요." 민리가 말했다. 민리는 한 손에는 동생의 옷가방을, 다른 손에는 구덕을 들고 있었다. 민리 옆에는 내 둘째 딸이 서 있었다. 준리는 9개월 전 부두에서 작별인사를 했을 때와는 완전히 다른 모습이었다. 그날 준리는 갈옷 천으로 만든, 종아리 가운데까지 내려오는 치마에 긴소매 블라우스를 입고, 머리는 두 갈래로 땋아서 길게 늘어뜨리고 있었다. 지금은 치맛단이 무릎 위로 한참 올라오는 민소매 원피스를 입고 있었다. 앞머리는 눈썹을 가리도록 가지런히 자르고 뒷머리는 길게 길러 거의 허리까지 풀어서 늘어뜨리고 있었다. 네 살짜리 쌍둥이 조카들이 이모의 양손을 잡았고 준리는 함박웃음을 지었다. 준리의 엉덩이는 크지 않았다. 그 점에 대해서는 내가 틀렸다. 우리 모두 그것에 대해 감사해했다.

*

"아니요, 어머니. 바다에 어머니랑 함께 갈 수 없어요." 2주 후 다음 물질 기간이 시작됐을 때 준리가 내게 말했다.

"법에 대해서는 걱정하지 마라."

"그건 걱정 안 해요. 공부해야 해서 못 가요."

"그냥 더위 좀 식히라고 바다에 들어가라는 건데 안 되니?"

"어쩌면 나중에요." 그녀가 말했다. "이 장을 끝내야 해요."

어쩌면 나중에. 나는 그게 무슨 말인지 이미 알고 있었다. 절대 안 하겠다는 것이다. 항상 똑같은 두 가지 변명이었다. 공부해야 한다거나 아니면 편지를 써야 한다거나 둘 중 하나였다.

준리는 열두 살 이후 집에서 가장 오래 시간을 보내고 있었지만 잘 지내고 있진 못했다. 나는 딸을 사랑했지만 준리는 불평을 멈추지 않았다. 소금기를 씻어내려면 샤워를 해야 하는데 그럴 수 없기 때문에 그 아이는 바다에 들어가고 싶어 하지 않았다. 소금물에서는 헤어컨디셔너가 잘 안 풀렸기 때문에 불턱에서 머리를 감고 싶어 하지 않았다. 준리는 집안일에 익숙하지 않았고, 나나 할머니를 도와 물을 길어오거나 땔감을 모아오는 일을 하러 나가기 위해 일찍 일어나지도 않았다. 그 아이는 혼자 우물에 가서 물을 한두 허벅 길어와 머리를 감곤 했다. (나는 준리의 낭비가 얼마나 심한지 이웃 사람들이 보지 못하도록 밖거리 뒤에서 머리를 감게 했다.) 준리는 통시에 대해 가장 심하게 불만을 토로했다. "냄새가 너무 심해! 돼지들은 제 바로 밑에서 꿀꿀거리고요. 그리고 벌레들도요!"

준리가 서울로 돌아가려면 아직 두 달 반이 남아 있었다.

"책에 대해 말해보렴." 나는 딸아이와 통할 방법을 찾으려고 애쓰면서 말했다. "네가 나한테 『하이디』를 읽어줬던 때를 기억해봐라. 어쩌면 네가 이 책을 읽을 수……."

준리가 귀찮은 표정이었다가 슬픈 표정으로 나를 바라봤다. "어머니, 이해를 못 하시겠지만 저는 다음 학기에 들을 사회학 수업을 예습하고 있어요."

사회학. 그 애가 무슨 말을 하는지 못 알아들은 게 처음은 아니었다.

"좋다." 내가 시선을 돌리며 말했다. "미안하다. 다시는 널 귀찮게 하지 않으마."

"오, 어머니. 그걸 그렇게 받아들이지 마세요." 준리가 책을 내려놓고 방을 가로질러 와서 나를 양팔로 감싸 안았다. "제가 미안해해야죠."

준리가 내 얼굴을 빤히 들여다봤다. 항상 그랬듯이, 준리의 가냘픈 얼굴 생김새는 제 아버지와 너무 닮아서 나를 놀라게 했다. 나는 딸아이의 흘러내린 머리카락을 귀 뒤로 쓸어 넘겨줬다.

"너는 착한 딸이다." 내가 말했다. "그리고 날 자랑스럽게 만들어주고. 계속 공부하렴."

그러나 속으로는 마음이 아팠다. 준리가 점점 더 나로부터 멀어져가는 바다 거품같이 느껴졌다. 어떻게 하면 그걸 되돌릴 수 있을지 알 수가 없었다.

*

다른 사람도 아닌 구자가 내게 사회학이 무엇인지 알려줬다. "그건 사람들이 어떻게 잘 지내는지에 대한 연구야. 우리 육촌이 제주시에서 그 일을 하거든."

강씨 자매한테 시내에 공부를 많이 한 친척이 있다는 게 놀라웠다. 그러나 이 또한 바다에서 일어난 변화에 아무 생각 없이 적응했던 것처럼, 내 주변의 변하고 있는 상황에 대해서도 더 잘 적응해야 할 필요가 있다는 것을 알려줬다.

"친구들이나 가족이 잘 지내는 방법을 말하는 거예요?"

"아마도." 그녀가 대답했다. "그렇지만 나는 그게 우리 불턱에서 일어나는 일과 더 비슷하다고 생각해."

나는 며칠 동안 구자가 해준 말에 대해 곰곰이 생각해봤다. 어떤 한 가지 생각이 서서히 내 마음속에 자리를 잡아가기 시작했다. 여름철 두 번째 물질 기간이 됐을 때 나는 준리에게 할머니와 나를 따라 불턱에 가자고 청했다. "바다에 들어가자는 게 아니야." 내가 설명했다. "해녀 사회에 대해 배우라는 거야." 준리가 그러겠다고 했을 때 나는 감격했다.

불턱에서 준리는 다른 해녀들과 내가 옷을 갈아입을 때 조용히 앉아 우리가 하는 말을 들었다. "이 바닷가에 먹을 게 있나요?" 내가 계원들에게 물었다. 전형적인, 과시성 대답이 되돌아왔다. "우리 밭에 있는 돌들보다 더 많은 음식이 있어요. 우리 밭이 있다면 말이에요.""내 자동차에 채울 몇 리터의 기름보다 더 많은 음식이 있어요. 내 자동차가 있다면 말이에요." 준리는 그 대답들을 공책에 받아 적었다. 도생과 다른 할머니 해녀들이 바닷가에 밀려온 조류를 모으러 그쪽으로 갔을 때, 준리는 나와 다른 해녀들과 함께 트럭 뒤에 타고 부두로 갔다. 머리를 묶지 않아서 준리의 머리가 사방으로 날렸다. 우리가 물질을 하는 동안 배에서 기다릴 때에도 준리는 머리를 제대로 감싸지 않았다. 몇 시간 후 다 함께 바닷가로 되돌아가는 동안, 준리는 우리에게 무엇을 했느냐고 물었다. 그러나 그런 질문들은 나를 나쁜 엄마처럼 보이게 만들었을 뿐이다.

"저 애한테 물질에 대해 하나도 안 가르쳤어?" 구자가 내게 물었다.

마음속으로 지난 시간을 펼쳐보자, 가르치려고 시도는 했지만 효과가 없었다는 걸 알 수 있었다. 어렸을 적에도 준리는 내가 준

테왁을 바다에 가져가는 것에 전혀 흥미가 없었다. 준리는 내 큰 눈 물안경을 빌려간 적이 한 번도 없었을 뿐만 아니라, 물옷을 만들어달라고 청한 적도 없었다. 열다섯 살이 됐을 때는 이미 제주시에서 살고 있었기 때문에, 내 어머니가 나를 훈련시킨 것처럼 바다 일을 그 아이에게 가르칠 수가 없었다. 해녀들 앞에서 부끄러워하지 않을 수가 없었다. 그러나 내 딸이 나를 변호했다.

"대장님을 놀리지 마세요." 준리가 밝게 말했다. "저한테 이런 삶을 주기 위해 대장님이 열심히 일하셨으니까. 여러분도 따님들을 위해 똑같이 하셨잖아요, 맞죠?"

그랬다. 그러나 당연히 그 딸들 중 어느 누구도 준리만큼 공부를 잘하진 못했다.

불턱 안에 들어갔을 때 우리는 평소 하던 대로 했다. 불가에서 몸을 녹이고, 식사를 조리하고, 집안의 문제들에 대해 이야기를 나눴다. 준리는 우리 모계 중심 사회에 대해 온갖 종류의 질문을 해대며 내 앞에서 활짝 피어났다. 이때 우리는 처음으로 이런 분류—여자들에게 집중된 문화—를 들어봤고, 그것에 흥미를 느꼈다.

"여러분이 집안에서 결정을 내리잖아요." 준리가 설명했다. "여러분이 돈을 벌고요. 여러분은 좋은 삶을 살고 있어요……."

구자가 그 생각에 손사래를 쳤다. "우리는 스스로를 독립적이고 강하다고는 생각하지만 우리 일과가 얼마나 힘든지 알려면 우리 노래를 들어보기만 하면 된다. 우리는 시집살이의 어려움에 대해 노래하고, 자식들과 떨어져 있어야 하는 슬픔에 대해 노래하고, 이런 생활이 얼마나 힘든지 한탄한다."

"언니 말이 맞아." 구선이 말했다. "여자로 태어나느니 소로 태어나는 것이 낫다. 남자는 아무리 멍청하고 게으르다 해도 더 좋은 패를 가지고 있어. 남자는 가족을 관리할 필요가 없어. 빨래를 할 필요도 없고, 집안 정리정돈을 할 필요도 없고, 노인들을 돌볼 필요도 없고, 자식들에게 먹일 음식과 깔고 잠잘 요가 있는지 살펴볼 필요도 없어. 바다 밭에서도, 들판에서도 힘든 육체노동을 할 필요가 없어. 남자의 유일한 책임은 아기들을 돌보고 약간의 요리를 하는 거야."

"다른 곳에서는 남자가 아내라고 불릴 거예요." 준리가 말했다.

이 말에 우리는 웃음을 터뜨렸다.

"그러니까 만일 여러분이 남자라면," 준리가 재촉하며 물었다. "여러분 삶이 어떻게 달라질까요?"

애기 해녀로서 아주 어린 시절부터 불턱에서의 대화는 자주 남자와 남편들과 아들들에게 집중돼 있었다. 나는 남자로 사는 게 더 나은지, 여자로 사는 게 더 나은지에 대해 여자들이 토론을 벌일 때 어머니가 대화를 주도했던 것을 기억하고 있었다. 그러나 내 딸의 질문은 내 해녀공동체에 속한 해녀들을 새로운 방향으로 이끌었다.

구자가 먼저 대답했다. "내가 남자라면 나는 집안일이나 책임에 대해 걱정하지 않을 거야. 나는 그들처럼 정자나무 밑에 앉아서 거창한 생각들을 할 거야."

"남편이 돼서 사는 게 더 좋지 않을까 때때로 생각해보긴 했지." 구선이 인정했다. "내 딸이 죽은 후 남편은 술을 너무 많이 마셔. 그래서 내가 그에게 작은마누라를 얻어 같이 살라고 부탁을 했다니까. 그의 반응은? '당신이 이미 나를 재워주고 먹여주는데 내가 뭐 하러 그렇게 하겠어?'였지."

나는 각 여자의 사연을 알고 있었다. 누구의 남편이 술을 너무 마시는지, 아니면 노름을 하는지, 아니면 아내를 때리는지 다 알고 있었다. 누군가 멍이 든 채 불턱에 올 때마다 나는 그녀에게 예전에 미자에게 했던 말과 똑같은 말을 했다. *그와 헤어져!* 그러나 그들이 그러는 경우는 거의 없었다. 그들은 항상 자식들 때문에 너무 두려워했고, 어쩌면 자기 자신 때문에 두려워했다.

"음주와 노름이 가장 힘들지." 한 여자가 말했다. "손위 형제자매들이 아기들을 돌볼 수 있을 만큼 크자 내 남편은 목표가 없어지게 됐어. 그가 안됐긴 했지만, 만약 내가 술과 노름을 시작했다면 무슨 일이 일어났을까?"

"나는 시댁에서 노예였어요." 양진이 털어놓았다. "남편과 시아버지가 나를 두들겨 팼어요. 사실이에요! 나는 절대 그런 짓을 하는 남자는 안 되고 싶어요. 나는 여자로서 더 행복해요."

"남자는 누군가가 항상 돌봐줘야 해요." 한 여자가 말했다. "혼자 사는 남자가 한 사람이라도 있는지 한번 스스로에게 물어봐요."

어느 누구도 하도에서 혼자 살고 있는 남자를 단 한 사람도 생각해내지 못했다. 남자들은 자기 어머니와 살거나 아내, 혹은 자식들과 같이 살았다.

도생이 마침내 대화에 끼어들었다. "아내 없이 잘 지낼 수 있는 남자들은 많지 않지만, 여자들은 모두 남편 없이도 잘 지낼 수 있다."

내 딸이 공책에서 고개를 들었다. "말씀하신 얘기들을 들어보니 여러분이 주도권을 쥐고 있는 것 같지만 실상은 그렇지 않아요. 남편이 죽은 후 집과 밭은 아들들에게 물려주잖아요. 왜 남자들이 재산을 전부 소유하는 거예요?"

"너도 그 이유를 알잖니." 내가 대답했다. "딸은 제사를 지낼 수 없어. 그래서 모든 재산이 아들들에게 가야 하는 거야. 그것은 저승에서 우리를 돌봐주는 것에 대해 전하는 고마움의 표시다."

"그건 공평하지 못해요." 준리가 말했다.

"맞아." 내가 동의했다. "우리 중 많은 사람이 아들들을 잃었다. 전쟁 중에 혹은……" 나는 목소리를 낮췄다. "그 사건 동안, 바로 그런 이유 때문에 여기 있는 몇 사람은 아들을 입양했어. 그러나 우리 중에는 나처럼 밭을 사서 언젠가 딸들에게 물려주려는 사람들도 있단다."

"저를 위해 밭을 사셨어요?" 준리가 얼굴에 호기심 가득한 표정을 지으며 물었다. 이 순간까지 나는 준리가 제주에 있는 땅을 원하지 않거나 아예 돌아오지 않을지 모른다는 가능성을 생각해 본 적이 없었다.

"저는 왜 여러분 모두가 하나같이 남편들이 어떻게 다들 요리를 하고 아이들을 돌보는지에 대해 이야기를 나누고 있는지 모르겠어요." 한 이웃이 말했다. "저희 집에서는 요리와 청소, 빨래는 여자들의 일이에요. 제 일이죠. 저는 간단하게 해요. 보리죽, 김치와 국, 이렇게요."

"무슨 말인지 알아요." 다른 누군가가 동의했다. "남편은 우리 집의 가장이 되고 싶어 하지만 내가 모든 일을 해요. 나는 남편을 내 집에 온 손님으로만 간주해요."

"남편이 아예 없는 것보다는 집안에 손님이라도 하나 있는 게 더 니아요." 내가 말했다. "나는 남편을 사랑했고 영원히 그를 사랑할 거예요. 그를 되살려 올 수만 있다면 뭐든지 다 줄 거예요."

"그렇지만 준부는 다른 남자들하고는 달랐어." 구선이 말했다.

"우리 모두 그와 함께 자랐고…….."

"저는 남편이 둘 있었어요." 양진이 끼어들었다. "두 번째 남편은 저를 위해 아무것도 안 했어요. 이제는 그가 죽었기 때문에 그 두 사람 중 어느 누구에 대해서도 다시 생각하지 않을 거예요."

"저도 남편을 잃었어요." 하군 해녀 중 한 사람이 말했다. "그런데 저도 그를 보고 싶지 않아요. 그는 집안일을 전혀 돕지 않았어요. 물질도 할 줄 몰랐고요. 남자들은 바닷속에서는 약해 빠졌어요. 그곳에서 우리는 날마다 삶과 죽음을 마주하는데 말이에요."

"당신이 너무 엄하게 구는 거예요." 나는 잠깐 말을 멈추고 어떻게 이야기하면 그들이 이해할 수 있을지 잠시 고민했다. "시대가 바뀌고 있어요. 제 아들을 보세요. 그 아이는 결혼 허락을 구하지도 않았을뿐더러 신붓감이 해녀도 아니에요. 나는 아들을 사랑하고 여러분 모두 아들들을 사랑한다는 걸 알아요. 아들들이 자라서 남자들이 되는 거예요."

"맞아." 구자가 동의했다. "나는 아들들을 사랑해."

"나는 완순을 잃었어." 그녀의 동생이 인정했다. "그러나 아들 중 하나를 잃었다면 나는 죽었을 거야."

"나는 증손자들에게 요리하는 법을 가르치고 있어." 도생이 자랑했다.

"벌써요?"

"아무리 어려도 배우지 못하는 법은 없어." 도생이 말했다. "그들에게 죽 만드는 법을 가르치고 있어."

"나도요!"

그리고 여자들이 아들과 손자에 대한 사랑을 이야기하자 갑자기 대화가 바뀌었다. 준리는 여전히 적고 있었지만. 나는 그 아이가 원하던 정보를 얻고 있는지 확신할 수 없었다. 나로 말하자면 혼란스러웠다. 준리는 다른 관점에서 상황을 보게 만들어줬다. 우리는 여신들의 섬에서 살았다. 출산을 위한 여신, 아이의 죽음을 위한 여신, 부뚜막을 위한 여신, 바다의 여신 등등이 있었고 신들은 여신들의 배우자 역할을 했다. 가장 강한 여신은 우리 섬의 화신인 설문대 할망이었다. 가장 강한 실제 여자는 극심한 흉년에 사람들을 구한 김만덕이었지만, 우리는 지어낸 이야기 속의 여자들과 소녀들에게서도 영감을 받았다. 불턱에 있는 여자들 모두 하이디 이야기를 읽었거나 읽는 걸 들었다. 그러나 우리가 아무리 강하고, 아무리 많은 일을 한다 해도, 우리 중 어느 누구도 어촌계를 운영하도록 뽑히거나 하도의 마을 의회 대의원으로 선출되진 않을 것이다.

＊

8월에 고구마를 수확할 때가 됐을 때 준리는 첫날 도생과 나를 도와주러 따라나섰다. 딸아이는 정확히 한 시간 후 밭을 두르고 있는 돌담 그늘에 가서 앉았다. 준리는 백 팩에서 트랜지스터라디오와 공책을 꺼냈다. 그 애가 튼 음악은? 으으으으. 귀가 아팠지만 적어도 까마귀들을 쫓아줬다. 준리는 글을 쓰고 있었다. 또 다른 편지를 쓰고 있는 것이 틀림없었다.

"이번에는 누구한테 쓰는 거야?" 내가 물었다.

"진구요. 서울에 있는."

도생이 나를 힐끗 건너다봤다. 그녀는 내 딸에 대해 아무 말도 하지 않았지만 준리의 행동을 못마땅해한다는 것을 알 수 있었다.

"날마다 편지를 쓰는구나." 내가 말했다. "날마다 우체국에 편지를 들고 가는데, 답장받는 것은 한 번도 못 봤다."

"모두 바빠서 그래요." 준리가 공책에서 눈을 들지도 않은 채 대답했다. "서울은 제주하고 달라요. 서울의 마법은 지루하기가 불가능하다는 거예요. 사방에 문화와 역사, 창의성이 존재해요."

그 애가 어렸을 때는 꼬치꼬치 캐묻길 좋아해서 때때로 곤란한 경우가 있었다. 그러나 사실 그것 때문에 지금의 준리가 됐다. 그 아이가 이룬 것에 기뻐해야겠지만 내가 느낀 것은 슬픔뿐이었다.

＊

그러다 너무 빨리 — 물론 여러 가지로 그렇게 빠르진 않았지만 — 준리가 대학교로 돌아갈 때가 됐다. 도생과 나는 기숙사에 가져가도록 말린 생선과 고구마, 김치 단지를 쌌다. 책과 다른 용품들 사는 데 쓰라고 돈 봉투도 준비했다. 준리의 갈옷을 다시 염색해서 색을 더 진하게 만들어놓았지만, 준리가 서울에서 그 옷을 절대 입지 않을 것이라는 느낌이 들었다.

준리가 방에 들어왔을 때는 이미 여행복 — 민소매 흰 블라우스에 미니스커트라고 불리는 것 — 을 입고 있었다. 준리는 여름 내내 한 말이나 행동 중에서 그 어떤 것보다 나를 놀라게 할 말을 했다.

"어머니, 떠나기 전에 절 요찬의 집에 데려가주시겠어요?"

나는 마구 뛰는 심장이 진정되기를 바라면서 숨을 들이마신 다음 물었다. "내가 왜 널 거기 데려가겠니?"

준리가 한쪽 어깨만 으쓱했다. "매일 거기 들르시잖아요. 저도 함께 데려가주실 수 있을 거라 생각했죠."

"내 질문에 대답을 아직 안 했잖니."

딸아이는 내 눈을 피하면서 시선을 돌렸다. "요찬이 뭐 좀 가져다달라고 저한테 부탁했어요."

내 옆에서 도생이 혀를 찼다. 나는 딸을 뚫어져라 노려봤지만 감정을 억누르려고 애썼다.

"요찬이랑 연락을 하고 지낸다는 말이냐?"

"어렸을 적부터 서로 알고 지내는 사이잖아요." 마치 내가 그걸 모르는 것처럼 준리가 말했다.

"그들은 이사를 갔는데……."

"서울에서 다시 만났어요."

"네가 걔를 알아봤다니 놀랍구나." 나는 목소리를 차분하게 유지하면서 인정했다.

"어느 날 캠퍼스에서 그를 봤어요. 우리는 즉시 서로를 알아봤어요. 요찬이 자기 어머니와 만나라고 절 식당에 초대했어요."

"미자를……."

"그분들은 저한테 잘 대해줬어요. 요찬은 같은 학교 경영대학원에 다니고 있고……."

"준리야, 이런 식으로 나한테 상처를 주지 마라."

"제가 언제 어머니한테 상처를 줬다고 그러세요. 우리는 친구예요. 그게 다예요. 그분들이 저한테 가끔 저녁밥을 사주세요."

"제발 그 사람들과 가까이 지내지 마라." 내가 이것을 내 딸에게 간청해야 하다니 나 자신도 이해할 수 없는 노릇이었다.

준리가 자기 어머니를 짜증스럽게 쳐다봤다. "어머니는 그 집에 매일 가잖아요."

"그건 다르다."

"깊은 뿌리들은 땅속에 엉켜 있다." 준리가 읊조렸다. "요찬의 어머니가 두 분에 대해 그렇게 말했어요. 그분 말이 맞는 것 같아요."

"나는 미자와 엉켜 있지 않아." 말은 이렇게 했지만 사실은 그렇지 않았다. 날마다 미자의 집에 꼭 들러봐야 한다고 느끼는 이유를 나도 알지 못했다. 그럼에도 불구하고 나는 그곳으로 이끌렸다. 나는 그녀가 두고 떠난 꽃들에 물을 주고 더러워진 마룻바닥을 닦았다. 매년 시청에 가서 세금 납부가 됐는지도 확인했다. (세금은 납부가 돼 있었다.) 언제라도 미자가 돌아오면, 그녀를 위해 준비를 해두고 싶었다. 그런데도 지금은 미자와 그녀의 아들을 피하라고 딸을 설득시켜야 했다. "집에서 멀리 떨어져 있을 때 네가 그들을 안 만난다는 걸 알아야 내 마음이 편안해질 것 같다. 제발 그러겠다고 약속해줄래?"

"최선을 다할게요."

"몇 년 전에 팔이 부러졌을 때도 똑같이 말했었는데 지금 이러고 있잖니."

눈에 반항하는 빛이 스치고 지나갔지만 준리가 말했다. "약속해요, 됐죠? 그럼 이제 요찬이 자기 집에서 필요하다고 한 물건을 가져갈 수 있게 해주실래요? 제가 그것을 가져다주겠다고 약속했거든요. 그런 다음에는……."

"그것이 뭔데?"

"저도 정확히 몰라요. 큰구들 벽에 기대 놓여 있는 궤 속에 그게 들어 있다고만 했어요."

나는 그 집에 있는 것을 모두 알고 있었다. 그 궤 속에 들어 있는 것은 요찬의 것이 아니었다. 그것은 미자 것이었다. 그것은 그

476

녀 아버지의 책이었다.

"아시잖아요." 내 딸이 말을 이어갔다. "이번 여름에 언제든지 하루 그곳에 가서 가져올 수도 있었어요. 어머니한테 부탁할 필요 없어요."

그러나 준리는 나한테 부탁했다. 뭔가 없어지면 내가 알아차렸을 것이기 때문이다.

"어머니를 존중한 거예요." 준리가 우겼다.

이 말은 믿어야만 했다.

"이 일은 빨리 해결하면 할수록 더 좋을 것 같다." 내가 말했다. "널 데려가주마."

준리는 아버지와 닮은 미소로 내게 보상했다.

그러나 나는 여전히 속이 상했다. 지난 몇 년 동안 나는 어촌계에서 나온 남자로부터 어쩔 수 없이 명령을 받아야 했지만, 내 딸에게 최고의 교육을 시키고 있다는 사실에서 위안을 얻었다. 준리는 똑똑하고 야심찼다. 그 아이는 내가 절대 모를 것들을 알았다. 그러나 이제 나는 다른 사실들을 알게 됐다. 자식을 위해 모든 것을 해줄 수 있다. 책을 읽히고 산수 숙제를 시킬 수 있다. 자전거를 타지 못하게 하고, 킥킥거리며 웃지 못하게 하고, 남자아이를 만나지 못하게 할 수 있다. 나는 딸아이에게 요찬이나 미자를 다시는 만나지 않겠다고 약속해달라고 부탁했다. 준리는 마지못해 그렇게 하겠다고 약속했다. 때로는 내가 하는 모든 일이 바람에 대고 소리치는 것만큼 의미 없고 소용없다.

백년손님

1972년-1975년

"앉아요, 앉아." 나는 미군 병사들에게 악센트가 심하게 들어간 영어로 말했다. 나는 전복과 해삼, 멍게, 성게로 가득 찬 플라스틱 통들에 둘러싸여서 엉덩이를 대고 쭈그리고 앉아 있었다. 구덕에는 종이접시와 플라스틱 숟가락, 냅킨이 가득 들어 있었다. 내 눈에 베트남 전쟁터에서 휴가를 나온 이 군인들은 매우 젊어 보였지만, 그들 중 몇 명은 확연히 눈에 띌 정도로 뭔가에 불안한 표정을 하고 있었다. 술에 취했거나 마약을 한 것일 수도 있었다.

"오늘은 뭘 팔고 계세요, 할머니?" 군인들이 고용한 동네 소년이 물었다.

"여기 멍게가 있어요. 바다의 인삼이지. 이게 이 남자들의 허리띠 아래를 도와줄 거요."

소년이 이것을 통역했다. 두 군인이 웃음을 터뜨렸다. 한 군인은 얼굴이 벌게졌고 다른 두 사람은 토하는 시늉을 했다. 젊은이들이란. 쑥스러워할 때에도 그들은 서로를 이기려고 애쓴다. 그 점을 이용해서 물건을 팔 수 있었다. 나는 통 속에 손을 넣어서 멍게를 하나 꺼냈다.

"이게 바위하고 얼마나 비슷하게 생겼는지 봐요." 내가 말하자 동네 소년이 내 말을 조용히 영어로 되풀이했다. "더 자세히 봐요. 바다 이끼로 덮여 있어요. 벌써 친숙해 보이죠?" 나는 칼로 아래쪽을 잘라서 벌려놓았다. "이게 이제는 뭐하고 닮았어요? 여자의 음부요! 맞아요!" 나는 영어로 바꿔 말했다. "먹어봐요."

조금 전에 얼굴이 벌게졌던 군인은 이제 얼굴이 새빨개졌지만 그것을 먹었다. 그의 친구들이 그의 등을 철썩 때리며 알 수 없는 말을 소리쳤다. 나는 전복껍질에다가 집에서 만든 막걸리를 부었다. 군인들은 껍질을 입술로 들어 올려서 흰색의 술을 꿀꺽꿀꺽 마셨다. 그들이 다 마시고 나자 나는 아직도 살아서 통 바닥에 몸을 꼬고 있는 문어를 가리켰다. 나는 씩 웃으면서 전복껍질에 막걸리를 더 부어주며 그들에게 마시라고 권했다. 그들이 서로에게 먹어보라고 부추겼다. 마침내 그들이 고용한 소년이 말했다. "저걸 먹어보겠대요."

곧 잘린 빨판들이 접시 위에서 꿈틀거리며 씰룩씰룩 움직였다. "조심해요." 내가 영어로 경고했다. 그런 다음 나는 내 모국어로 바꿔 말했다. "꿈틀거리는 조각들이 아직 살아 있소. 여러분이 숨막혀 죽는 걸 원치 않소."

대담하다는 것을 보여주는 야유 소리. 더 많은 막걸리. 곧 문어 조각들이 전부 사라졌다. 이 남자들은 내가 예전에 해외 출가물질을 나가 있는 동안 만난 사람들과는 너무 달랐다. 나는 그때 구축함의 미국인 요리사가 사다리를 타고 우리 배로 내려와서 자기가 가장 쉽게 알아볼 수 있는 생선을 제외하고는 뭐든지, 모든 것을 거부하던 때를 떠올렸다.

군인들 중 키가 제일 큰 사람이 엽서 더미를 꺼냈다. 그는 그것들을 친구들에게 보여줬고 그들은 알았다는 듯이 고개를 끄덕였다. 그런 다음 그가 하나를 내게 내밀고 손으로 가리키며 영어 단어들을 쏟아냈다.

"알려주세요, 할머니." 제주 소년이 최대한 잘 번역하려고 애쓰면서 말했다. "이런 아가씨들을 어디서 찾을 수 있습니까?"

나는 도발적인 포즈를 취하고 있는 엽서 속 젊은 여자들의 모습을 자세히 들여다봤다. 그들의 다리와 팔은 날씬했다. 그들은 몸에 딱 맞는 잠수복을 입고 어깨를 드러낸 채 머리를 어깨까지 늘어뜨리고 있었다. 육지 정부는 해녀가 좋은 관광 상품이 될 수 있다고 결정했고 그래서 이제는 우리가 심해의 사이렌 요정이자 아시아의 인어로 광고되고 있었다. 나는 엽서 속의 아가씨들이 누구인지 전혀 몰랐지만 그들 중 어느 누구도 내 해녀공동체에서 일하지 않는 것을 다행으로 여겼다.

"저 사람들에게 내가 해녀라고 말해줘라." 내가 말했다. "내가 제주에서 최고의 해녀라고 말해줘."

그 말에 그들의 열의는 바로 시들어버렸다. 내 외모도 괜찮았지만, 나는 49세였고 은퇴까지 6년밖에 남지 않은 상태였다.

매주 토요일 오후는 이런 식이었다. 내가 바다에서 잡은 것을 가져오면, 민리가 그것을 버스에 함께 실어줬다. 그러면 나는 버스를 타고 제주시로 가서 술집과 아가씨들이 붐비는 지역의 길모퉁이에 자리를 잡고 내가 가져온 상품을 팔았다. 내 고객들은 대부분 미군 병사들이었다. 이곳으로 휴가를 온 그들은 바다에 접한 절벽에서 다이빙을 하고, 우리 바다 밭에서 수영을 하고, 서로 경쟁하면서 한라산에 올랐다. 다른 미국인 고객들도 있었다. 그들은 평화봉사단원들이었다. 그들이 사실은 미국 정부를 위해 일하면서 '빨갱이' 활동을 감시하고 있다는 소문이 돌았다. 무엇이 사실인지 아니면 그냥 소문일 뿐인지는 알 수 없었지만, 그들 모두 너무 젊고 경험이 없었기에 나는 가끔 성게 알을 수저로 퍼서 아기 새에게 먹이는 것처럼 그들의 입에 직접 넣어주기도 했다.

나는 가져온 물건을 다 팔았고, 군인들은 길을 따라 내려가서 술집으로 들어갔다. 나는 통들을 비우고 하나로 모은 다음, 버스 정류장으로 걸어갔다. 길을 따라 걸으면서 몸에 딱 달라붙는 옷을 입은 여자들을 지나갔다. 주름을 편 티셔츠에 반바지나 청바지를 입은 남자들이 그런 젊은 여자들에게 어슬렁거리며 다가가서 이야기를 나눴다. 때로는 거래가 성사됐지만 대부분의 여자들은 열렬한 관심을 무시하고 계속 길을 갔다.

내가 아가씨였을 때 해외 출가물질을 가기 위해 항구에 들어가거나 항구에서 나올 때는 제주시가 하도보다 훨씬 더 발전한 것처럼 보였다. 아직도 그랬다. 제주시에서는 섬에서 가장 큰 오일장이 열려 거의 무엇이든 살 수 있었지만, 시내에는 기념품 가게와 사진관, 미장원도 있고, 토스터와 선풍기와 등을 사거나 고칠 수 있는 곳도 있었다. 자동차와 오토바이, 트럭과 버스, 택시들이 산더미처럼 짐을 실은 손수레들뿐만 아니라 말과 당나귀가 끄는 마차들 사이를 뚫고 지나갔다. 공기는 담배 연기와 향수, 디젤과 가솔린 배기가스, 운반용 동물들의 배설물로 탁했다. 미처리 하수가 여전히 하수도를 거쳐 항구로 흘러들어갔다. 항구에서는 배들이 기름을 토해냈고 생선은 하선돼서 통조림 공장으로 운반되길 기다리고 있었다. 골목길은 제주도산 막걸리와 맥주, 바비큐와 아가씨들을 제공하는 술집들로 꽉 들어차 있었다. 그런 곳을 지나갈 때면 조심해야 했다. 손님들이 닭고기와 돼지고기 뼈, 쇠고기 뼈를 문밖 보도에 던져놓았기 때문이다. 가난한 아이들은 서둘러 뛰어와서 이렇게 버려진 것들을 주워 집으로 가져갔다.

내가 버스에 탈 때쯤이면 해가 이미 져 있었다. 차창 밖으로는 불빛이 무한하게 — 카페와 가정집부터 항구까지, 그리고 앞바다로 이어져서 바다와 별이 가득한 하늘이 만나는 곳까지, 또 바다에 점점이 흩어져 있는 오징어잡이 배와 새우잡이 배들까지 — 뻗어 나갔다. 섬을 순환하는 도로가 한 해 전에 포장돼서 차를 타고 가는 길은 평탄하고 빨랐다. 나는 하도에서 내려 올레를 따라 집으로 걸어갔다. 기름등잔이 여기저기에 환하게 켜져 있었지만, 예전의 고요함은 사라졌다. 사람들은 검소해서 집을 밝히는 데 새로 들인 전기를 항상 사용하지 않았고, 대신 라디오와 축음기를 트는 것을 더 좋아했다.

내가 집에 도착하기도 전에 우리 집에서 시끌벅적한 소리가 들려왔다. 나는 한숨을 푹 쉬었다. 피곤해서 사람들을 만나고 싶지 않았다. 대문을 들어서자 안마당이 사람들로 가득 들어차 있었다. 그들은 등을 내 쪽으로 돌리고 앉아 있었다. 안거리로 들어가는 새 미닫이문이 활짝 열려 있었다. 더 많은 사람들이 집 안 바닥에 앉아 있었다. 안이건 바깥이건 모두가 극장 안에 있는 것처럼 텔레비전 쪽을 보고 있었다. 그들 모두 무채를 넣은 메밀 빙떡, 쌀떡이 가득 들어 있는 떡국, 튀긴 고추를 고명으로 얹은 생선 매운탕 같은 음식도 가져왔다. 텔레비전 화면은 흑백이었고 수신 상태는 흐릿했지만, 무슨 드라마인지 금세 알아볼 수 있었다. 어쩌면 〈여로旅路〉에서 불우한 운명 속에 태어난 '분이'가 '영구'네 집에서 쫓겨나는 장면이 나오는지도 모른다. 민리와 민리의 남편, 이제는 여덟 살이 된 쌍둥이들, 그리고 다섯 살과 두 살이 된 딸들이 보였다. 민리의 남편이 그녀의 등을 문지르고 있었다. 그들의 다섯 번째 아이가 6주 후에 태어날 예정이었지만, 민리는 하루 종일 호텔의 선물 가게에서 서서 일해야 했다. 그들 모두 지금은 안거리에서 살았다. 나는 사람들 사이를 헤집고 도생과 내가 ― 두 과부들이 ― 함께 쓰는 밖거리로 갔다. 나는 통들을 치우고 오늘 번 돈을 보관하는 깡통 상자 안에 집어넣었다. 내가 이런 일을 마치자 도생이 꾸짖듯이 말했다. "사람들이 안마당에 또 오줌을 싸더라."

"그들에게 다음에는 통시를 사용하라고 말해라."

"제가 말을 안 했다고 생각하세요?"

우리 집은 하도에서 처음으로 텔레비전을 샀을 뿐만 아니라, 현 정권이 최근에 개시한 새마을 운동의 영향을 첫 번째로 받았다. 섬을 개량하지 않으면 관광산업을 촉진할 수 없다고 했다. 옥내 화장실과 전기, 전화와 포장도로를 갖추고, 민간항공사가 들어와야 했다. 이것은 다른 무엇보다 초가지붕을 물결 모양의 양철지붕이나 기와지붕으로 대체해야 하고, 돼지우리가 딸린 통시를 없애야 한다는 것을 의미했다. 관광객들은 돼지를 보거나 돼지 냄새를 맡고 싶지 않을 것이고 또 분명 돼지들의 탐욕스러운 주둥이 위에 엉덩이를 들이대고 싶어 하지 않을 것이다. 내가 아는 한 통시를 무너뜨리고 싶어 하는 집은 하나도 없었다. 나는 최대한 오랫동안 우리 집 통시를 계속 놔둘 작정이었다. 너무 빠르게 너무 많은 변화가 일어나는 것은 불안했다. 그것은 우리의 생활방식과 우리의 믿음, 우리의 전통을 훼손시켰다.

"너는 자식들의 응석을 다 받아주더니 이제는 저 텔레비전으로 네 손자들의 버릇을 망쳐놓고 있다." 도생이 불평했다.

나는 그 비난을 받아들였다. 나는 민리의 쌍둥이와 두 딸을 만 날 때마다 그들에게 설탕을 한 숟가락씩 줬다. 그것도 매일 그렇 게 했다. 손자들에게 간식을 주는 것은 아까워하지 않았지만, 텔 레비전은 분명히 내 실수였다.

"이렇게 한번 생각해보세요." 내가 말했다. "어머니는 증손자들 을 매일 볼 수 있고 그 아이들과 즐길 수 있을 만큼 건강하시잖아 요. 어머니 연세의 모든 여자들이 그렇진 않아요."

73세에도 도생은 놀라울 정도로 건강했다. 머리카락은 잿빛이 됐지만 몸은 튼튼했다. 그녀는 은퇴할 나이를 훌쩍 넘겼음에도 불 구하고, 다시 물질을 시작했다. 한 집안에 한 명 이상 해녀가 될 수 없다는 규칙을 깬 것이긴 했지만 어촌계장은 그녀가 이따금씩 우리와 함께 일할 수 있게 해줬다. 요즘에는 애기 해녀들을 찾기 가 하늘의 별 따기라 도생 같은 여자들이 필요했기 때문이다. 내 친할머니가 살아 계셨을 때라면 이런 일은 아이들에게 설탕을 주 는 것보다 훨씬 더 상상할 수 없는 일이었을 것이다.

"내일은 중요한 날이 될 것이다." 그녀가 나한테 일깨워줬다. "다들 이제 그만 집에 가라고 말해야 한다."

"어머니 말씀이 맞아요." 나는 동의했다. "그렇지만 먼저 잠깐 애들을 보고 와야 할 것 같아요."

"흥!"

나는 사발에서 귤을 몇 개 꺼낸 다음 그것을 호주머니에 집어 넣고는 마당을 헤치고 지나서 안거리로 들어갔다.

"할머니!"

"할머니!"

내가 양반다리를 하고 앉자 손녀들이 내 무릎으로 올라왔고 손자들은 내게 바싹 달라붙었다.

"아무것도 안 가져오셨어요?" 큰손녀가 물었다.

나는 귤을 하나 꺼내서 껍질을 길게 한 줄로 깠다. 껍질을 다 깐 다음 나는 그것을 다시 귤 형태로 말아서 바닥에 놓았다. 아이들은 내가 그렇게 해주면 좋아했다. 나는 아이들 각자에게 두 개씩 귤 조각을 나눠준 다음 똑같은 과정을 세 번 반복했다.

이렇게 예쁜 손자들을 두다니 나는 얼마나 복이 많은가. 민리가 자기 아버지 같은 교사와 결혼하다니 나는 얼마나 운이 좋은가. 민리의 남편은 바로 여기 하도에서 가르쳤다. 그러나 경수와 그의 가족들이 보고 싶었다. 경수가 곧 결혼할 것이라는 말을 전해왔을 때 나는 여기서 혼례식을 올릴 거라고 생각했다. 그러나 집에 왔을 때, 경수는 이미 육지 여자와 결혼한 상태였다. 나는 궁합을 맞춰보거나 점쟁이의 도움을 받아서 혼례식을 올리기 좋은 길일을 정하는 상의 과정에 전혀 간여하지 못했다. 당연히 나는 기분이 상했지만 처음으로 며느리를 만나던 날, 그녀가 아기를 가져서 배가 부른 것을 보고 그런 서운한 감정은 모두 풀어버렸다. 두 사람이 서울로 돌아간 후, 며느리는 아들을 낳아서 내게 손자를 만들어줬다. 이제 며느리는 두 번째 아이를 임신한 상태였고, 경수는 장인의 전기회사에서 일했다. 하나뿐인 아들이 그렇게 멀리 떨어져 사는 것은 싫었지만, 그에 대해 내가 할 수 있는 일은 아무것도 없었다.

무엇보다 준리가 보고 싶었다. 지난 4년 동안 그 아이 또한 서울에 있었다. 가을에 준리는 서울대학교 보건대학원에 입학할 예정이었다. 그런 준리가 내일 잠깐 집에 다니러 올 예정이었다. 준리는 민리에게 보낸 편지에서 "모두에게 놀랄 만한 일이 있어"라고 썼다. 나는 그녀가 또 다른 상을 탔다고 추측했다.

"귤 더 없어요?" 다섯 살짜리가 물었다. 나는 호주머니를 뒤집어서 아무것도 없다는 것을 보여줬다. 아이는 실망해서 아랫입술을 삐죽거렸다. 나는 아이의 이마에 뽀뽀를 해줬다.

도생이 맞았다. 나는 이 어린아이들을 너무 응석받이로 만들었다. 나는 그들과 그들의 부모에게 모든 것을 해줬다. 새로운 기준에 맞춰서 우리 집을 고쳤고, 여러 대의 자전거를 샀으며, 그들이 우리나라와 세계에 대해 더 많이 배울 수 있도록 텔레비전을 샀다. 그 결과 아이들이 약해졌다. 요즘 아이들은 편안한 삶을 원했다. 그들은 할머니나 증조할머니가 가진 신체적, 혹은 정신적 힘을 가지고 있지 않았다. 그렇다 해도 나는 그들을 사랑했고, 그들을 위해서라면 어떤 것이라도 희생할 각오가 되어 있었다. 설사 그것이 길거리 모퉁이에서 미군 병사들에게 해산물을 파는 일을 의미한다 해도 말이다.

27년을 과부로 살았지만 나는 나 스스로를 복이 많은 여자라고 간주했다. 내가 쌍둥이를 꼭 끌어안자 아이들이 꽥꽥 소리를 질렀다. 그러나 어느 누구도 그 소리에 신경 쓰는 것 같지 않았다. 모두 텔레비전 화면에서 벌어지고 있는 드라마 내용에 너무 집중하고 있었다.

*

다음 날 물질은 성과가 좋았다. 내가 불턱을 마지막으로 나와서 집을 향해 바닷가를 막 건너고 있을 때였다. 오토바이가 해안 도로를 따라 덜거덕거리며 와서 멈춰 섰다. 검은 가죽 재킷을 입고 헬멧으로 얼굴을 가린 남자가 앞에 타고 있었다. 준리가 그 뒤에 앉아서 남자의 허리를 붙잡고 있었다. 준리가 손을 흔들며 소리쳤다. "어머니! 저예요! 저 집에 왔어요!" 딸아이가 오토바이에서 뛰어내린 다음 계단을 뛰어 내려와서 바닷가를 가로질러 내게로 왔다. 긴 검은 머리가 뒤로 휘날렸고 짧은 치마는 바람에 펄럭거렸다. 준리가 내게 이르자 절을 했다.

"좀 더 나중에 올 줄 알았다." 내가 말했다. "버스는⋯⋯."

"우리는 오토바이를 빌렸어요." 그 말과 함께 그 애가 처음에 보여줬던 반가움의 분출은 사라졌다. 준리가 너무나 조용히 서 있어서 나는 즉시 걱정이 됐다.

"우리라고?"

준리가 내 손을 잡았다. "오세요, 어머니. 말하고 싶어서 입이 근질근질해요. 저는 그냥 너무 행복해요." 내 손을 잡은 딸아이의 손은 부드럽고 따뜻했지만, 목소리는 너무 진지해서 기쁨이 전혀 묻어 나오지 않았다.

나는 오토바이와 함께 있는 남자에게 시선을 고정시켰다. 굳이 헬멧을 벗지 않아도 그가 누군지 금세 알아볼 수 있었다. 그는 몇 년 전 박 박사와 연구팀을 구경하고, 해변에서 무슨 일이 일어나고 있는지 알아보기 위해 새 자전거를 타고 앉아 있었던 곳과 거의 똑같은 지점에 있었다. 마음속으로 그의 이름—요찬—을 부르자, 심장이 너무 세고 빠르게 쿵 하고 떨어지더니 세상이 깜깜해졌다. 나는 몇 번 눈을 깜빡이면서 빛을 되찾으려고 애썼다. 위쪽 도로에서는 요찬이 오토바이의 뒷받침 살을 세워놓고 헬멧을 벗어서 한 손잡이 위에 걸어놓은 뒤 우리가 다가가는 것을 바라보고 있었다. 우리가 가까이 다다르자, 그는 양 손바닥을 허벅지에 올려놓고 깊이 몸을 숙여 절을 했다. 몸을 세운 그는 인사말도, 의례적인 잡담도 나누지 않은 채 말했다. "저희가 곧 결혼할 예정이라고 말씀드리러 왔습니다."

이 순간의 불가피함은 명백하고 예측 가능했지만, 여전히 괴로웠다. 나는 잠시 — 사실은 너무 오래 — 주저하다가 마침내 물었다. "네 어머니는 뭐라 하더냐?"

"어머니께 직접 물어보세요." 그가 대답했다. "택시로 오고 계십니다."

그가 오토바이를 돌려서 우리 집 쪽으로 몇 미터를 밀고 갔고, 준리는 그를 따라갔다. 그 모습을 보며, 아교풀 속에 빠진 것 같은 기분이 들었다.

*

우리는 두 편으로 나뉘어서 나란히 앉았다. 내 딸은 내 옆에 앉았고, 맞은편에는 요찬이 자기 어머니 옆에 앉았다. 우리 사이의 바닥에는 찻잔이 담긴 작은 쟁반이 놓여 있었다. 밖거리에서 손녀들이 우는 소리가 안마당을 가로질러 들려왔다. 민리는 내가 안거리에서 이 만남을 가질 수 있도록 손녀들을 밖거리로 데려갔다. 나는 11년 동안 미자를 보지 못했다. 미자가 들어왔을 때, 그녀는 전보다 훨씬 더 심하게 다리를 절었다. 그녀는 지팡이를 짚고 있었다. 나보다 더 편하게 살았을 텐데도, 나보다 훨씬 더 나이가 들어 보였다. 옷은 헐렁했고 머리는 완전히 백발이었다. 그녀의 눈을 들여다보면서 나는 깊은 우물 같은 불행을 감지했다. 그러나 그것은 내 문제는 아니었다.

"궁합이 잘 맞는지 아직 점쟁이에게 물어보지도 못했습니다."
나는 최대한 정중하게 말하고 정중하게 처신했다. "중신을 설 사람도 없고요. 우리 집에 허락을 구한 사람도 전혀 없었습니다."

"아, 어머니. 아무도 더 이상 그런 거 안 해요."

나는 딸의 말이 끝나기도 전에 말했다. "아무도 약혼 모임을 정하지 않았습니다……."

"이걸 약혼 모임으로 간주하자." 미자가 말했다.

나는 딸에게 말을 걸었다. "네 생각이 결혼으로 바뀐 건 몰랐구나."

"요찬과 저는 사랑해요."

나는 어디서부터 시작해야 할지 알 수가 없었다. "4년 전 나는 너에게 요찬이를 다시는 만나지 않겠다고 약속해달라고 부탁했다. 그랬는데 네가 이……" 나는 적당한 단어를 찾다가 결정했다. "이 교제를 네 엄마인 나한테 비밀로 했구나."

"어머니가 어떻게 반응할지 알고 있었으니까요." 준리가 인정했다. "그냥 마음속에 잘 간직해두고 싶었어요. 어머니에게 상처를 주고 싶지 않았어요."

"이건 있을 수 없는 일이다."

"우리는 행복해요." 준리가 말했다. "서로 사랑해요."

준리가 고집을 부려도 나는 절대 물러나지 않을 작정이었다. 요찬과 완순에 대한 지저분한 소문을 들춰낼 수도 있었지만 나조차도 그건 믿지 않았기 때문에 마음속 가장 깊은 곳에 있던 논점으로 곧장 나갔다. "네가 아버지의 기억에 그런 불경을 보이다니……."

"죄송하지만 저에게는 아버지에 대한 기억이 없어요."

이 말은 너무 고통스러웠다. 무시무시한 이미지들이 홍수처럼 밀려왔기 때문에 나는 눈을 감았다. 아무리 물리치려 애써도 그 이미지들은 그 일들이 일어났던 그 순간만큼 세세하고, 생생하고, 잔혹했다. 미자가 자기 남편의 팔을 만지던 모습…… 작은 제복을 입고 있던 요찬의 모습…… 머리에 총알을 맞은 남편의 모습…… 유리의 비명소리…… 어린 아들을 낚아채 가던 모습…… 나는 결코 치유될 수도, 잊을 수도 없을 것이다.

미자가 조용히 목청을 가다듬었고, 나는 눈을 떴다. "너와 내가 이런 날이 오기를 바랐던 때가 있었어." 그녀는 살짝 미소를 지었다. "그게 민리와 요찬일 거라고 생각하긴 했지만 말이야. 그래도 이날이 왔어. 사위는 백년손님이랬어. 과거에 대해 아무 책임도 없는 이 두 아이가 결혼할 수 있도록 네 분노는 잊어버릴 때가 됐어. 제발 내 아들을 백 년 동안 네 가족의 일부로 받아주길 바란다."

"나는……."

그녀가 한 손을 들어서 내 말을 막았다. "네 딸 말대로 두 사람은 우리 허락이 더 이상 필요하지 않아. 우리는 두 사람이 원하는 것을 줄 수 있을 뿐이야. 나는 제주에 돌아오고 싶지 않았어. 그런데 준리가 식구들에 둘러싸여 혼례식을 올리고 싶다고 해서 돌아온 거야. 제주시에 있는 성당에서 두 사람이 혼례식을 올리도록 내가 준비를 해뒀어."

나는 헉하고 놀랐다. 기독교는 섬에서 세력을 키워가고 있었다. 샤머니즘에 관한 한 기독교 신자들이 우리 정부보다 훨씬 더 광적인 태도를 보였다. 준리가 고개를 숙이면서 목에 걸린 작은 십자가를 손가락으로 만졌다. 요찬이 오고 미자가 도착한 것에 너무 놀라서 나는 십자가의 존재를 지금까지 알아차리지 못하고 있었다. 준리가 나한테 상처만 주는 게 아니라 우리 해녀 집안의 전통을 저버리고 있다는 사실이 도저히 용납되지 않았다.

미자는 전혀 동요되지 않은 채 말을 이어나갔다. "혼례식 후에는 여기 하도에서 잔치와 피로연이 열릴 거야."

분노가 표면으로 떠올랐다. "너는 나한테서 너무 많은 것을 앗아갔다." 내가 그녀에게 말했다. "왜 준리까지 데려가려고 하니?"

"어머니!"

내 딸의 감정 폭발에 대한 반응으로 미자가 말했다. "우리 두 어머니들끼리만 이야기를 나누는 게 좋을 것 같다."

"저희도 같이 있고 싶어요." 요찬이 말했다. "제가 이해시켜드리고 싶어요."

"내 말을 들으렴." 미자가 부드럽게 말했다. "그렇게 하는 게 제일 좋을 것이다."

요찬과 준리가 문을 채 나서기도 전에 미자가 말했다. "너는 하나도 이해하지 못했어. 너는 실제로 무슨 일이 일어났는지 나한테 물어보지도 않고서 원망과 미움을 지닌 채 살아왔어."

"너한테 물을 필요가 어디 있어. 내 눈으로 직접 봤는데. 그 군인이 내 아들을 들어서……."

"너는 내가 날마다 그 일을 생각하지 않는다고 여기니? 그 순간이 내 기억 속에 새겨져 있지 않다고 생각해?"

미자가 괴로운 표정을 지었다. 그게 무슨 의미일까? 나는 그녀가 다음에 무슨 말을 할지 기다렸다.

"내 비겁함에 대해 나는 속죄해야만 했다." 그녀가 마침내 말했다. "남편이 여행을 시작했을 때, 나는 그가 나를 전혀 보고 싶어 하지 않을 것을 알고 있었어." 그녀의 얼굴에 어떤 감정이 스쳐 지나갔지만 미자는 내가 그것을 읽기 전에 재빨리 묻어버렸다.

"그래서 하도로 돌아왔다. 널 도울 수 있을지 보고 싶었으니까."

"너는 나한테 전혀 도움이 되지 않았어."

"나는 오래 기다려야만 했다. 나한테 희망이 전혀 없다고 생각했지. 그러다 완순이 죽었다."

"굿할 때 네가 왔지. 아무도 네가 그곳에 오는 걸 원치 않았어."

"너는 나를 원하지 않았을지 모르지만, 네가 잃어버린 사람들의 혼령은 나를 원했어. 그들은 내게 말했어……."

"그 혼령들은 나한테 말했어." 내가 그녀의 말을 정정했다.

"너는 일어난 일을 네 마음대로 바꿔버리는구나. 그건 네가 나를 볼 때 나쁜 점만 보기 때문이야." 미자의 조용한 차분함이 내게는 반대의 효과를 야기하고 있었다. 그녀가 이것을 감지했는지 나를 달래서 자기 말을 믿게 만들려는 듯 목소리를 계속 낮고 침착하게 유지했다. "실제로 무슨 일이 일어났는지 잘 생각해봐. 심방 김씨가 빙의 상태가 됐고 유리가 먼저 말을 했어……."

"그래, 유리는 나한테 말을 했어. 나는 오랫동안 유리가 전하는 말을 듣길 기다려왔었다. 그들 중 어느 누구에게서라도 말을 듣고 싶었어."

"그러나 그들은 내가 그곳에 있을 때만 말을 했어." 미자가 내 의심을 감지했는지 말을 계속했다. "그들이 다시는 너한테 안 왔잖아. 왔었니?"

그녀가 한 말에 대해 생각하다 보니 머리가 지끈거렸다. 이 말이 사실일 리가 없었다.

"그들 모두 똑같은 말을 했어." 미자가 계속 부드럽게 말했다. "그들은 용서했어. 그 메시지가 누구를 위한 것이었겠니, 나를 위한 것이 아니라면?"

나한테는 죄가 없어. 그들이 나를 죽였어. 그러나 나는 용서했어.

몸이 떨리기 시작했다. 어쩌면 그들은 그녀를 위해 온 것일지 모른다.

"죽은 사람들이 나를 용서해줄 수 있다면, 너는 왜 못 하는데?" 미자가 물었다.

"너는 절대 이해할 수 없어. 너는 내가 겪은 상실을 당해본 적이 없으니까."

"나는 내 나름대로 당해봤어."

그녀가 내 질문을 원한다는 생각이 들었지만 나는 질문하지 않았다.

침묵이 길어지다가 마침내 미자가 말했다. "너는 그것을 받아들이길 거부하지만 나는 내가 할 수 있는 모든 방법을 동원해서 네게 보상을 해주고 싶었다. 준리가 경시대회에서 우승했을 때 오 선생님이 내게 와서……."

"설마 그럴 리가……."

"맞아, 오 선생님이 왔었어. 제주시에 있는 좋은 학교에 준리가 입학할 수 있는 제안을 받았지만 연좌제가 가로막고 있다고 했어. 나는 여객선을 타고 육지로 가서 남편을 만났어. 그에게 원하는 것을 전부 할 테니까 준리가 입학할 수 있는지 알아봐달라고 부탁했어. 북에서 탈출한 그가 건강을 회복할 수 있도록 너와 네 가족이 어떻게 도왔는지 일깨워줬어. 그에게는 너도 알다시피 마음에도, 몸에도 그때의 상처가 남아 있었으니까."

"그렇지만 그 끔찍한 날 그는 아무 조치도 취하지 않았어. 멈추게 할……."

"그 사람은 네가 거기 있다는 걸 몰랐어. 그리고 알았을 때는 너무 늦었지. 그가 알았을 때…… 그는 전에도 나를 때렸지만 그때처럼 그렇게 심하게 때리진 않았어. 나는 결국 병원 신세를 져야 했다. 병원에 몇 주 동안 입원해 있었어. 그래서 내가 너한테 즉시 못 갔던 거야. 내 상처는 대부분 나았지만 엉덩이는 예전과 같아질 수가 없었어."

"내가 너를 불쌍하게 여겨야 하는 거야?"

미자가 입꼬리를 살짝 올리며 아주 옅은 미소를 지었다. "중요한 것은 준리가 학교에 갈 수 있도록 그가 연좌제 기록에서 준리를 지워주겠다고 했다는 거야. 그것에 대한 대가는 나더러 서울로 와서 다시 자기와 살아야 한다는 것이었어. 그는 그것만이 자기 체면에서 내 행동의 오점을 지울 수 있는 유일한 길이라고 말했어. 이것은 또한 내가 부두에서 그를 처음 만난 날부터 그가 나를 대했던 방식을 받아들여야만 한다는 것을 의미했어. 물론 나는 그를 믿지 않았어. 그래서 오 선생님이 준리가 학교에 잘 다닌다는 사실을 확인해줄 때까지 하도에 머무른 거야."

그녀는 자신에 대해 내가 어떤 기분을 느끼길 원하는 것일까? 확실히 알 수가 없었다. 연민일까? 나는 미자를 내 나름대로 불쌍하게 여겼다. 그러나 그녀가 들려준 이야기 때문에 오히려 내가 생각했던 것보다 훨씬 더 미자가 안 좋은 사람처럼 보이게 됐다. 오죽하면 자기 남편조차 그녀를 비난했을까?……

"그렇게 말이다," 미자가 또 한 번의 긴 침묵을 깨며 말했다. "나는 준리를 위해서 내가 할 수 있는 일을 했어. 요찬과 나는 상문의 부모님을 만나러 섬에 올 때면 준리를 찾아갔다. 준리가 서울에 왔을 때는……"

"요찬한테 그 애를 찾아내게 했구나."

"아니! 그런 건 절대 아냐! 그 애들은 캠퍼스에서 우연히 부딪힌 거야. 두 사람이 사랑에 빠질 줄 상상도 못 했지만 그렇게 됐어. 요찬이 준리를 아파트에 처음 데려온 날, 그 아이들의 얼굴에서 그걸 느꼈어. 그건 운명이야. 모르겠니?"

"가톨릭 신자들도 운명을 믿니?" 내가 물었다.

그녀가 재빨리 눈을 깜빡였다. 미자는 내 증오는 받아들일 수 있었지만 내가 자기 종교를 조롱하는 것만큼은 결코 용납하려 하지 않았다. 흥미로운 일이었다.

"준리는 아주 오랫동안 혼자 지내왔어." 미자가 말했다. "가능할 때마다 그 애한테 두 번째 엄마가 돼주려고 애썼다. 나는 준리를 사랑해. 나는 그 애를 돕기 위해 최선을 다했어."

"그 애를 나한테서 훔쳐가려고 애썼다는 말이구나."

미자의 뺨이 붉어졌다. 그녀는 내 얼굴 앞에 손가락을 흔들었다. "아니야, 아니야. 절대."

좋아. 드디어 내가 그녀를 괴롭혀줬다. 어쩌면 이제는 그녀가 진실되게 말을 할 것이다. 그러나 그때 미자가 깊이 숨을 들이쉬었다. 그녀의 뺨이 창백했다. 그녀는 다른 사람을 기죽이게 만드는 침착한 태도로 되돌아갔다. 아마도 그런 태도를 갈고 닦아서 완벽하게 만들어놓은 것 같았다.

"너와 마음을 나누려고 해봐야 소용이 없구나." 미자가 말했다. "너는 분노 때문에 삐뚤어졌어. 저승할망과 비슷해졌어. 모든 것을 파괴의 꽃으로 건드리고 있어. 너는 아름다운 모든 것 ― 우리의 우정, 준리에 대한 너의 사랑, 한 쌍의 젊은이들의 행복 ― 을 죽이고 있어." 미자는 일어나서 바닥을 가로질러 걸어갔다. 문가에 이르렀을 때 그녀가 내게 몸을 돌렸다. "준리 말이 네가 우리 집을 돌보고 있다고 하던데, 왜?"

"내 생각에…… 내 생각이 무엇이었는지 모르겠다." 나는 시인했다. 미자가 돌아왔을 때는 내가 준비가 돼 있을 것이라고 여러 해 동안 믿어왔는데 그 믿음이 마침내 틀린 것으로 판명됐기 때문이다. 나는 이런 것에 전혀 준비가 돼 있지 않았다.

"아무튼 고맙다." 미자가 턱을 치켜들고 덧붙였다. "아까 알려준 대로 혼례식은 내일 성당에서 올릴 거야. 잔치는 숙모와 삼촌의 집에서 열릴 거고. 네가 참석한다면 환영이야. 즐거운 날 네가 함께해주면, 애들이 좋아할 거야."

그러나 내가 아무리 내 딸을 사랑한다 해도 혼례식에 갈 수는 없었다. 무엇보다 그것은 아이의 아버지와 남동생과 고모에게 도리가 아니었다. 한편으로는 내가 오랜 세월에 걸친 준리의 거짓말과 깨진 약속들에 너무 상처를 받았기 때문에 그 애 얼굴을 쳐다보고 싶지도 않았다. 지금 우리 둘 사이를 가로막고 있는 장벽을 뚫으려면 나는 마음속에서 많은 것을 극복해야만 할 터이다. 그래서 다음 날 나는 민리 — 그 아이 역시 혼례식에 참석하기를 거부했다 — 와 그녀의 가족과 함께 마침내 밤이 될 때까지 길고 뜨거운 시간을 보냈다. 그들은 우리 모두 함께 잘 수 있도록 큰 구들에 요를 깔았다. 아이들은 잠이 들었다. 민리의 남편은 가볍게 코를 골았다. 그러나 민리와 나는 밖으로 나가서 손을 잡고 섬돌에 앉아 마을의 반대쪽에서 실려오는 음악과 노랫소리와 웃음소리를 들었다.

"나쁜 기억들이 너무 많아요." 민리가 속삭였다. "고통도 많이 느꼈어요."

나는 조용히 우는 딸아이의 등을 다독여줬다. 민리와 나는 23년 전 보고 잃은 것 때문에 결코 그 전으로 돌아갈 수 없었다. 그러나 그것은 섬에 사는 대부분의 사람들도 마찬가지였을 것이다. 이 밤에 나는 준부와, 그가 우리 자식들에게 바랐던 것과 또 그가 자식들에 대해 두려워했던 것에 대한 생각을 떨쳐버릴 수가 없었다. *가지 많은 나무에 바람 잘 날 없다고* 했다. 우리는 가지 많은 나무를 길렀다. 아들 하나는 너무 일찍 죽었지만 우리에게는 가문의 혈통을 이어나갈 손자들이 있었다. 그러나 준부가 지금 어디에 있건, 그는 준리에게 실망했을까? 아니면 그 애를 그렇게 키운 나에 대해 훨씬 더 실망했을까? 나로 말하자면, 내 삶의 자랑인 막내딸은 내가 전혀 예상치 못했던 식으로 부러져 나간 가지였다. 미자의 집안에 들어감으로써, 준리는 내 마음을 산산조각 내버렸다.

*

14개월 후, 후텁지근한 어느 가을날 아침 나는 쌍둥이 손자들을 학교에 데려다줬다. 손자들은 대개 자기 아버지와 등교했지만, 그날은 회의가 있어서 그가 아침 일찍 집을 나서야 했다. 다른 아이들도 올레에 있었다. 여자아이들은 진한 파란색 치마와 흰색 블라우스를 입고, 넓은 챙 밀짚모자를 쓰고 있었으며 남자아이들은 파란색 바지에 흰색 셔츠를 입고 있었다. 학교에 가까이 다다랐을 때 선생님을 만났다. 준부는 학생들을 가르칠 때 항상 전통적인 갈옷을 입었지만, 요즘은 교사들이 바지에 흰색 셔츠를 입고 타이를 매서 그늘 나름대로의 제복을 갖추었다. 우리는 경의를 표하기 위해 절을 했다. 선생님은 우리에게 고개를 끄덕이며 인사를 한 다음 고등학교 방향으로 씩씩하게 걸어갔다. 학교에 도착하자 나는 손자들 모두에게 귤을 하나씩 나눠줬다. 요즘 하도의 교사들은 매일 아침 자기 책상 위에 귤이 수북이 쌓여 있을 것이라 기대했고, 나는 내 손자들도 거기에 동참할 수 있다는 데 뿌듯해했다. 나는 손자들이 건물 안으로 달려 들어가는 것을 본 다음 집으로 돌아왔다. 민리는 낮은 돌담 위에 앉아서 손에 봉투를 하나 들고 내가 집을 떠났을 때처럼 나를 기다리고 있었다. 이것은 혼례식 후에 준리가 보낸 첫 번째 편지였다.

"준비됐어요?" 그녀가 물었다.

"열어봐라."

민리가 봉투를 찢어서 열었다. 봉투에서 돈이 펄럭거리며 떨어졌다. 우리는 그것을 재빨리 주워모았다. 그런 다음 민리가 편지를 읽기 시작했다 "어머니와 언니께, 저는 딸을 낳았어요. 아기는 건강하고 저도 괜찮아요. 아기 이름은 지영이라고 지었어요. 그간 저와 제 남편에 대해 언니와 어머니의 마음이 풀려서 아기를 보러 서울로 오시길 바라고 있어요. 여행 경비로 쓰시라고 돈을 동봉했어요. 저희는 12월에 미국으로 이사를 가요. 요찬이 LA에 있는 삼성 사무실에서 일하게 됐어요. 저는 학위를 마칠 수 있도록 UCLA의 학생이 되길 바라고 있어요. 언제 돌아오게 될지는 잘 모르겠어요. 그러니까 꼭 저흴 보러 와주세요. 어머니, 자식들이 희망이자 기쁨이라고 항상 말씀하셨잖아요. 지영이가 저희에게는 희망이자 기쁨이에요. 지영이가 어머니에게도 희망이자 기쁨이 되길 바랍니다. 사랑과 존경을 담아서 준리 올림."

민리의 목소리가 차츰 잦아들었다. 그녀는 나를 유심히 바라보면서 내 기분이 어떤지 알아내려고 애썼다. 내 마음은 갈팡질팡했다. 손녀가 태어났다. 그것은 대단한 축복이었다. 그러나 그 아이

498

는 내 삶을 거의 망가뜨린 여자의 손자이기도 했다.

"가신다면요," 민리가 주저하며 말했다. "저도 일을 잠깐 쉬고 함께 따라갈게요. 그렇게 해도 괜찮아요?"

"너는 착한 딸이다." 내가 말했다. "한번 생각해보마."

민리의 얼굴에 속상한 표정이 스쳐 지나갔다.

"오해하지 말거라." 내가 말했다. "가게 되면 당연히 너와 함께 가야지. 너는 항상 완벽한 딸이었고 앞으로도 네가 필요할 거야. 그런데 갈지 말지 모르겠다."

"그렇지만 어머니, 준리잖아요. 아기도……."

나는 천천히 일어섰다. "조금만 생각할 시간을 다오."

나는 그날 하루 종일 밤낮으로 어떻게 해야 할지 고민했다. 한밤중이 됐을 때 심방 김씨에게 조언을 받아야겠다는 생각이 떠올랐다. 나는 적절한 관습에 따라 채비를 갖췄다. 몸을 씻고 깨끗한 옷으로 갈아입은 다음 혹시 부정한 일을 한 것이 있는지 곰곰이 따져보았다. 그런 일은 없는 것 같았다. 최근에 막걸리를 마시지도 않았고, 친구들이나 가족들, 아니면 불턱에서 여자들과 싸운 적도 없었다. 더 이상 월경도 하지 않았다. 어느 누구와 사랑도 나누지 않았다. 돼지나 닭, 또는 오리를 잡아 죽이지도 않았다. 지난주에는 수확한 해산물도 전혀 없었다.

해가 아직 뜨지도 않았을 때, 나는 흰 수건을 쓰고 떡과 다른 제물이 가득 든 구덕을 들고 집을 나섰다. 심방 김씨와 그녀의 딸은 바람의 여신인 영등할망을 위한 임시 신당에 있었다. 심방 김씨는 이제 상당히 나이가 들었고, 그녀의 딸이 어머니의 자리를 대신하기 위한 교육을 받고 있었다.

"여신을 찾아오는 것은 자기 할머니를 찾아오는 것과 같다." 심방 김씨가 나를 보자 읊조렸다. "동이 틀 때쯤 여신의 신당에 도착하는 것이 제일 좋아. 그때는 여신이 신당에 분명히 계실 테니까. 무슨 말을 하건 여신이 들으실 거야. 울어도 된다. 여신이 널 위로해주실 테니까. 불만을 털어놔도 돼. 여신은 참을성이 많으니까." 심방 김씨가 내게 와서 앉으라고 손짓했다. "뭘 도와줄까?"

나는 새로이 손녀가 태어났다는 소식을 그녀에게 알리고 내 마음속 갈등에 대해 이야기했다.

"당연히 서울에 가야지." 내가 말을 마쳤을 때 그녀가 말했다.

그러나 내 마음은 너무 갈팡질팡해서 이 간단한 지시조차 받아들일 수가 없었다. "제가 어떻게 그럴 수 있겠어요? 아기도 보고 또⋯⋯."

"모두 사람들을 잃었다, 영숙아." 심방 김씨가 매정하지는 않게 말했다. "그리고 네가 용서하고 싶어 한다는 것을 스스로 알고 있잖니. 안 그렇다면 미자한테 복수할 수 있는 기회를 왜 안 잡았는지 설명해보렴. 너는 지붕에 쉽게 불을 확 질러버릴 수도 있었지만 오랜 시간 동안 미자의 집을 돌봤잖니."

"작년에 미자가 온 후로는 거기에 더 이상 안 가요." 내가 콕 집어 말했다. "곧 부술 예정이래요."

"그렇다면 그 소식은 어떻게 알았니? 너는 공들여서 미자에 관해 모든 것을 알아내고 있잖니."

나는 미자를 마지막으로 본 이후 내 마음을 괴롭히고 있던 문제로 방향을 바꿨다. "미자 말로는 준부와 유리, 성수가 자기가 나타났을 때만 말을 했다고 하네요. 그들의 전언이 자기를 위한 것이래요. 그들이 자기를 용서해줬다는 거예요. 그런데 정말 어느 한 가지라도 가당키나 한 소리예요?"

심방 김씨가 눈살을 찌푸렸다. "망자로 하여금 나를 통해 말할 수 있게 만들어주는 내 능력을 의심하는 것이냐?"

"심방님이나 그들이 한 말을 의심하는 게 아니에요. 저는 그냥 그들이 미자에게 말을 한 것인지, 아니면 저한테 말한 것인지 알고 싶었을 뿐이에요."

"어쩌면 그들이 너와 미자 모두에게 말한 것일 수 있다. 그렇게 생각해본 적이 있었느냐?"

"그렇지만……."

"너는 그들이 너에게 오길 오랫동안 기다렸다. 그런데 그들이 한 말을 정말로 들은 거야? 너는 고마워해야 한다. 그들은 용서를 했다. 너는 왜 못 하는 거냐?"

"그렇지만 그들에게 일어난 일이 있는데 어떻게 제가 미자를 용서할 수 있겠어요? 저는 날마다 그 일과 함께 살아가는데요."

"우리 모두 그런 너의 마음을 안다. 그리고 우리 모두 널 불쌍하게 생각한다. 그러나 섬에 사는 사람들 모두가 그 끔찍한 시절에 상처를 받았다. 너는 어떤 사람들보다는 더 상처를 받았고 또 어떤 사람들보다는 덜 상처를 받았다. 그들이 나한테 이렇게 했느니, 저렇게 했느니, 이와 같이 생각하는 사람은 절대 분노를 극복할 수 없을 것이다. 너는 네 분노 때문에 벌을 받고 있는 것이 아니라 네 분노에 의해서 벌을 받고 있는 것이다."

나는 귀를 기울여 들었지만, 심방 김씨는 내가 이미 알고 있지 않은 것은 아무것도 말해주지 않았다. 당연히 나는 내 분노에 의해서 벌을 받고 있었다. 또한 매일 그 분노를 안고 살았다.

나는 제물을 두고 불만스러운 상태로 구선의 집으로 걸어갔다. 아직 일렀지만 그녀는 벌써 불을 때서 뜨거운 물을 끓여놓았다.

우리는 같이 앉아서 차를 마셨다. 나는 솔직해도 된다고 느껴서 단도직입적으로 물었다.

"완순의 죽음에 대해 어떻게 구자를 용서했어요?"

"그것 말고 내가 달리 어떻게 할 수 있겠어?" 그녀가 즉시 되물었다. "구자는 내 언니야. 우리는 어머니, 아버지의 피를 나눴어. 구자 언니가 잘못했을 수도 있지만 어쩌면 물에 휩쓸려간 것이 완순의 운명일 수 있어. 어쩌면 그 애의 선택이었을 수도 있고. 나도 소문을 들었어."

"그게 중요한 것은 아니지만, 그게 사실이라고 생각하지는 않아요."

"요찬이 이제는 사위라서 그렇게 말하는 거야?"

"전혀 아니에요. 딸들이 한 말을 믿기 때문에 그렇게 말하는 거예요."

"민리는 내가 믿을 수 있겠지만." 구선이 말했다. "그렇지만 준리는? 요찬이랑 결혼했잖아."

이 모든 시간 동안 나는 요찬에 대한 구선의 감정이 어떤지 전혀 모르고 있었다. 그녀는 그것을 매우 잘 감추고 있었다.

내가 한 말에 나 스스로도 놀랐다. "나는 여전히 딸들을 믿어요. 무슨 일이 일어났건, 그건 요찬하고는 아무 상관이 없어요."

그녀의 눈빛이 아련해졌다. "내가 결혼하기 전에 아이를 배서 배가 불렀던 걸 알고 있었지?"

"사람들이 수근댔어요."

"남편이 결혼하겠다고 동의하기 전까지는 죽고 싶었어. 그래서 그런 일이 완순에게 일어난 거라면 나는 이해해."

"어쩌면 그건 그냥 사고였을지 몰라요. 그날 물살이 애기 해녀

502

에게는 너무 셌어요."

"그럴지도 모르지. 하지만 그 애가 임신한 거였다면 나한테 왔더라면 좋았을 텐데. 그 애 아버지와 내가 결혼하고 첫아들을 낳았을 때 우리 모두 기뻤다고 말해줬을 텐데. 그 애한테도 그렇게 될 거라고 빌어줬을 텐데. 그러나 완순에게 무슨 일이 일어났는지, 왜 그랬는지 절대 알 수 없는 것이 내 운명이라고 생각해."

그런 운명의 슬픔을 느끼며 우리는 침묵했다.

마침내 내가 입을 열었다. "구자에 대해……."

"이것만은 분명히 말할게." 그녀가 말했다. "언니가 나보다 더 힘들어했다는 생각이 드는 날이 있어. 언니는 절대 자신을 용서하지 않을 거야. 그런 언니를 내가 어떻게 사랑하지 않을 수 있겠어?"

"미자 역시 자책하고 있어요." 나는 시인하면서도 미자가 준리를 어떻게 도와줬는지 굳이 밝히지 않았다. "그런데 그것만으로는 충분하지 않아요. 왜 그랬는지 꼭 알아야 해요. 어떻게 미자가 그런 식으로 나를 배신할 수가 있었을까요? 어떻게 그녀가 우리 모두를 그렇게 죽게 내버려둘 수가 있어요? 미자에게 우리 아이들을 데려가달라고 간청했는데 그녀는 아무것도 안 했어요."

"그럼 그걸 받아들여. 가서 손녀를 만나. 그 애는 네가 제일 사랑했던 자식의 아기잖아. 아기를 안아보면 그 애를 사랑하게 될 거야. 할망이니까 그걸 알고 있잖아."

나는 길게 숨을 내쉬었다. 그녀 말이 맞았지만 나는 그렇게 할 수가 없었다.

"그 애를 만지는 건 말할 것도 없고 볼 수도 없어요." 내가 고백했다. "만약 내가 그 애를 본다면, 친일협력자이자 가해자의 손자로만 보일 거예요."

구선이 나를 바라볼 때 그녀의 얼굴에는 연민이 가득했다. 내가 마음을 바꿀 수도, 용서할 수도 없다는 사실을 알게 되는 것은 고통스러웠다. 그러나 나는 잃어버린 사람들을 기리는 한 방법으로 내 분노와 원한을 고수해야만 했다.

*

6개월쯤 지났을 때 우체부가 미국에서 온 첫 번째 편지를 배달해줬다. 편지는 열려 있었고, 우표는 뜯겨 나가 있었다.

"준리의 글씨 같아요." 민리가 내게 편지를 들고 와서 말했다.

"그렇겠지." 나는 상관없는 척하면서 어깨를 으쓱했다. "거기서 걔 말고 누가 우리한테 편지를 쓰겠어?"

민리가 봉투에서 편지를 꺼냈다. 나는 딸아이가 편지를 펼칠 때 어깨 너머로 힐끗 봤다. 대부분의 글씨는 지워져 있었다.

"검열이네요." 민리가 분명한 사실을 지적하며 말했다.

"읽을 수 있는 게 있어?"

"볼게요. '어머니, 언니께……'" 딸은 내가 함께 따라가며 볼 수 있도록 손가락으로 한 줄씩 짚어줬다. "저희가 여기 온 지…… 요찬의 일은…… 공기가 갈색이고…… 음식은 기름기가 많아요…… 바다가 바로 옆에 있는데 사람들은 바다에서 아무것도 수확을 안 해요…… 성게도 없고…… 소라도 없어요…… 전복은 낚시로 잡아요……" 그런 다음 몇 줄이 완전히 지워져 있었다. 다음 문단은 "의사한테 갔는데…… 느리길 빌어요…… 빨라요…… 시간이…… 이 외국 땅은 집이 아니에요……"라는 말로 시작했다. 민리가 편지 읽기를 멈추고 말했다. "미국에 대한 나쁜 점만 전해지길 원하는 것 같아요."

"나도 같은 생각이다. 이 부분은 어떠니?" 나는 손가락으로 마지막 문단을 짚었다. 그 부분이 글자가 제일 적게 지워진 것처럼 보였다.

"모든 어머니들이 걱정해요. 저는 무슨 일이 일어날지, 요찬이 어떻게 지낼지 걱정하고 있어요. 제 바람은 어머니가…… 제발요…… 제주의 집에 갈 수 있다면…… 어머니가…… 제가 어머니를 사랑한다는 것을 항상 기억해주세요, 준리'라고 쓰여 있어요." 민리가 나를 쳐다봤다. "이게 무슨 말이라고 생각하세요?"

"향수병에 걸린 것 같구나." 그러나 편지는 그보다 더 불길했다.

"뭐라고 답장을 쓸까요?"

"검열관들이 전부 지워버릴 텐데 네가 뭐라고 답장한들 무슨 소용이 있겠니?"

딸은 입을 꼭 다물었다. "어쨌든 그 애한테 편지를 쓸 거예요."

나는 고개를 끄덕였다. "꼭 그래야 한다면 그렇게 하렴."

＊

다음 달에 우리는 또 한 통의 편지를 받았다. 다시 봉투는 뜯겨 있었고, 우표 역시 뜯겨 나갔으며, 편지의 대부분은 잉크로 지워져 있었다. 그런데 글씨체는 달라져 있었다. 민리가 읽었다. "장모님께, 저는 요찬입니다. 저희 어머니를 대신해서 제가 편지를 씁니다." 거기까지만 듣고 나는 일어서서 걸어 나와버렸다. 나중에 민리는 편지에 진짜 소식다운 소식은 없었다고 알려줬다. 여기저기 그냥 한 단어나 한 구절밖에 남아 있지 않았다. "이건 마치 열

알의 모래알만 보고 해저를 이해하려는 것과 똑같아요." 민리가 말했다. 그리고 이번에는 답장을 쓰지 않았다.

그 후로 매달 1일경에 편지가 한 통씩 왔다. 그 시절에는 편지가 항상 뜯긴 채 왔지만, 나는 봉투에서 내용물을 꺼내지도 않았다. 그냥 그것들을 작은 나무 상자에 숨겨뒀다. 미자와 그녀의 아들이 내게 보내주고 싶은 거짓말이 어떤 것이건, 그것이 어둠 속에 숨겨져 있다는 사실을 아는 것만으로도 위안이 됐다. 내가 이겼다는 느낌이 들었다.

봄이 되자 중산간 지역부터 들쭉날쭉한 해안선까지 펼쳐진 유채 밭에 꽃이 피어서 노랗게 물들었다. 바다는 가차 없는 움직임을 계속했다. 진한 푸른색 물은 한순간 흰 거품을 내며 부서졌지만 다음 순간에는 거의 잠잠해졌다. 나는 농사일을 하고 바다에 나갔다. 물질을 할 때면 내 마음에서 딸과 손녀를 밀어낼 수 있었다. 나는 지구상의 그 어떤 인간들보다 추위를 더 잘 견디는 해녀들의 미스터리를 푸는 박 박사의 연구를 가끔 떠올리곤 했다. 나는 이제 그 답을 알아냈다고 생각한다. 내 중심에는 절대 녹지 않을 차가움이 존재할 뿐만 아니라 그것이 얼음만큼 단단해졌다. 나는 심방 김씨와 구선, 그리고 너무나도 많은 다른 사람들이 내게 해보라고 시킨 것을 할 수가 없었다. 설사 용서할 수는 없다 해도, 적어도 나는 내 분노와 원한을 차가운 껍질 안에 싸놓을 수는 있었다. 바닷속으로 가라앉을 때마다 나는 내 마음을 밖으로, 그 껍질에서 멀리 떨어진 곳으로 펼쳤다. *내 전복은 어디 있지? 내 문어는 어디 있을까? 나는 돈을 벌어야 해! 나는 생계를 꾸려나가야 해!* 설사 그것이 영원히 지속되지는 않는다는 것을 안다 해도, 나는 최고의 해녀가 되기 위해 계속 노력할 것이다.

네 번째 날 (계속)

2008년

영숙은 가족이나 친구들을 찾기 위해 기념관으로 돌아가지 않았다. 대신 주차장으로 가서 한 택시가 다른 방문객들을 내려주길 기다렸다가 그 택시를 잡아타고 기사에게 집까지 태워다달라고 했다. 클라라의 이야기를 듣고 녹음기에서 미자의 목소리를 듣다 보니 굳게 닫혀 있던 영숙의 마음에 무언가 변화가 일었다. *이모든 세월 동안 내가 틀린 거라면 어쩌지? 완전히 틀린 것은 아닐지라도, 일어났던 일의 일부를 내가 이해하지 못한 것이라면 어쩌지?* 그녀의 마음은 오늘 앞서 연설한 남자가 제기한 질문들로 반복해서 되돌아갔다. '우리가 겪은 상실에서 의미를 찾을 길이 있을까요? 어느 영혼이 다른 영혼보다 더 무거운 슬픔을 가지고 있다고 누가 말할 수 있을까요? 우리는 모두 희생자들입니다. 우리는 서로 용서해야 합니다.'

영숙은 자신이 늙었다는 것을 알고 있었지만 처음으로 그것이 무엇을 의미하는지 더 깊게 이해했다. 그녀에게는 사랑하거나 미워하거나 용서할 시간이 많이 남아 있지 않았다. 살려고 애쓰면

계속 잘 살 수 있다. 그녀의 시어머니는 그 말을 얼마나 자주 읊조렸던가? 그리고 그것은 사실로 판명됐다. 영숙은 하루 종일 일하고 밤새 온몸이 쑤셨지만 자식들을 위해 다시 그 모든 일을 하곤 했다. 자식들 없는 삶은 무의미했기 때문이다. 그럼에도 불구하고 그녀는 준리를 놓아줬다. 영숙은 분노 때문에 딸이나 요찬, 혹은 미자가 편지로 자신에게 해야만 했던 말에 신경 쓰지 않았지만, 연좌제가 폐지되고 마침내 여권을 갖게 됐을 때 그들을 찾아가봐야 했었다. 영숙은 가족을 만나러 여러 번 LA를 방문했다. 택시 기사에게 봉투의 발신인 주소란에 있는 집을 지나가달라고 단한 번이라도 부탁했어야만 했다.

택시는 구불구불한 하도의 해안선을 따라가다가 바닷가에 있는 그녀의 집 대문 앞에 멈춰 섰다. 영숙은 택시비 — 한 번도 해본 적이 없는 터무니없는 낭비 — 를 지불하고 서둘러 안으로 들어갔다. 그녀는 미국에서 온 편지들이 들어 있는 상자를 꺼내 바닷가로 비틀거리며 걸어내려갔다. 주변을 둘러봤지만 기념관 개관으로 모래사장에는 해녀가 한 사람도 없었고 관광객들조차 얼씬하지 않았다.

모든 것을 이해하는 것이 용서하는 것이다. 클라라의 말을 마음에 담은 채 그녀는 상자 안으로 손을 넣어 미국에서 온 편지 더미를 꺼낸 다음 처음부터 시작할 수 있도록 그것들을 뒤집어놓았다. 첫 번째 봉투에 적힌 준리의 글씨를 손가락으로 더듬었다. 그녀는 편지에 적힌 말을 기억하고 있었다. 이어 요찬의 글씨가 적힌 편지들이 나왔다. 첫 번째 편지들은 한 달에 한 번씩 왔고 이후 6개월 뒤부터 일 년 전까지는 일 년에 두 번 편지를 받았다. 한 통은 어머니의 기일에, 다른 한 통은 준부와 유리와 성수의 기일에

왔다. 초창기에는 편지가 모두 검열관에 의해 뜯긴 채 왔지만 영숙은 고집을 피우며 편지들을 절대 꺼내 보지 않았다. 이제 그녀는 첫 번째 봉투에 든 편지를 꺼내서 요찬이 어머니를 대신해 쓴 편지를 펼쳤다. 검열관의 손을 탄 관계로 이 편지에는 극소수의 글자만 남아 있었다. 미자는 어떻게 그녀가 "이해할" 것이라고 생각했을까? 영숙은 다음 봉투에서 편지를 꺼내 펼치다가 이번에는 안에 다른 종이가 끼워져 있는 것을 발견했다. 여전히 편지에는 글씨가 적혀 있었지만 역시나 대부분은 지워져 있었다. 다른 종이는 금세 알아볼 수 있었다. 그것은 미자의 아버지 책에서 뜯어낸 종이였다. 책장은 오래돼서 누렇게 변해 있었다. 그것을 펼치는 영숙의 손이 떨렸다. 거기에는 그녀와 미자가 함께 처음으로 만든 탁본이 있었다. 그들이 만난 날 만든 거친 돌의 탁본이었다.

영숙은 다음 봉투를 집어 들었다. 다시 뜯겨 있었다. 접힌 편지 속에 미자의 아버지 책에서 뜯어낸 종이가 들어 있었다. 해녀 대행진의 날에 만든 '화장실'이라는 탁본이었다. 다음 봉투에는 함께 첫 물질을 나갔던 배의 이름인 '일출'이 있었다. 봉투마다 두 사람이 방문했던 곳들과 그들이 살면서 겪었던 사건들 — 바로 이 바닷가에서 주운 조개껍질의 표면, 블라디보스토크에서 그들이 좋아했던 조각상, 아기들의 발 윤곽선 — 을 기념해주는 또 다른 탁본이 들어 있었다. 어쩌면 요찬이 어머니를 대신해서 쓴 편지에는 사과나 후회의 말이 적혀 있었겠지만, 영숙은 그것을 들을 필요가 없었다. 그들의 우정을 보여주는 이 보물들은 훨씬 더 많은 것을 의미했다.

미자와 함께 만든 것으로 기억되는 마지막 탁본에 이르렀을 때, 그녀는 남아 있는 편지 더미들을 바라보며 — 편지들은 모두 봉인

돼 있어서 그것들이 검열제도가 끝난 후에 왔음을 보여줬다 — 안에 무엇이 들어 있을까 궁금했다. 첫 번째 편지에는 그녀가 읽을 수 없는 또 다른 글자가 적혀 있었다. 그러나 이번에는 미자의 아버지 책장 안에 사진을 넣어서 접어놓았다. 책장은 아기의 발 탁본이었고 거기 끼워진 사진 속에서는 준리가 신생아를 품에 안은 채 병원 침대에 기대앉아 있었다. 다음 편지에는 훨씬 더 큰 종이 위에 뜬 탁본이 들어 있었다. 영숙은 그것을 읽을 수는 없었지만 글자의 형태와 숫자를 보고 그것이 딸의 묘비를 탁본으로 뜬 것이라는 걸 깨달았다. 영숙은 터져 나오는 울음을 억눌렀다.

감정을 억제하고서 그녀는 나머지 편지들을 열었다. 편지마다 영숙과 미자, 두 사람 모두의 손녀인 재닛의 삶의 일면을 보여주는 탁본과 사진이 들어 있었다. 머리에 밝은 색깔의 머리핀을 꽂고 웃고 있는 사진, 집 계단에 서 있는 사진, 손에 도시락을 들고 있는 사진, 휴일 노래 부르는 모임에서 찍은 사진, 초등학교 졸업사진, 중학교 졸업사진, 고등학교 졸업사진, 대학교 졸업사진. 결혼사진. 또 다른 아기의 발자국 사진, 클라라. 그리고 이후 또 하나의 발자국 사진, 그것은 클라라의 남동생이었다. 미자는 영숙에게 무슨 일이 일어나고 있는지 모두 알려주려고 애썼지만, 영숙은 모든 것을 놓쳤다.

영숙은 너무 열심히 집중한 채 격렬한 감정에 빠져 있어서 여자와 소녀가 다가온 것을 모르고 있었다.

"미자 할머니는 할머니가 우리에 대해 알기를 바랐어요." 재닛이 서툰 제주 방언으로 말했다. "그리고 우리가 영숙 할머니에 대해 알기를 바랐어요."

재닛과 클라라는 평화공원 개관식 때 입었던 옷을 벗고 지금은 거의 비슷하게 반바지에 티셔츠를 입고 샌들을 신고 있었다. 이어 폰 줄이 꽂혀 있는 아이폰이 클라라의 손에 매달려 있었다.

"미자 할머니는 원했어요." 클라라가 한마디 한마디를 강조하면서 말했다. "우리가 할머니 이야기를, 할머니 쪽 이야기를 들어보길 원했어요. 그렇지만 할머니도 미자 할머니 이야기를 들어봐야 해요. 저는 미자 할머니 이야기를 몇 시간 동안 녹음했어요."

"그것은 학교 과제였어요." 소녀의 어머니가 설명했다.

"제가 제일 중요한 부분에 맞춰놓았어요." 클라라가 말했다. "준비됐어요?"

그래, 마침내, 영숙은 준비가 됐다. 그녀는 이어폰을 받아서 그것을 귀에 끼고 고개를 끄덕였다. 클라라가 버튼을 누르자 미자의 노인 목소리가 나왔다.

"영숙은 내가 남편과 이혼해야 한다고 항상 말했다. 그녀는 나와 비슷한 경험이 있는 해녀공동체의 여자들에게도 늘 똑같은 말을 하곤 했다. 그들이 남편과 헤어질 수 없을 때도 영숙은 그들을 언제나 이해해줬다. 그러나 나에 대해서는 똑같이 생각하질 못했다."

"그건 그분이 이기적인 거네요." 녹음 속 클라라의 목소리였다.

"이기적인 게 아냐. 나는 그녀를 사랑했고 그녀는 날 사랑했지만 내가 어떤 사람인지 완전히 이해하진 못했다." 미자가 다 안다는 듯이 콧방귀를 뀌었다. "그리고 그건 나도 마찬가지였어. 내가 다른 많은 여자들과는 다르다는 것을 아는 데 오랜 시간이 걸렸으니까. 내 말은, 물론 그 여자들이 자기 남편들을 무서워하는 것처럼 나도 상문이 무서웠어. 그가 나한테 무슨 짓을 할지 항상 두려움에 떨었거든. 폭력적인 남편을 둔 다른 해녀들과 내가 달랐던 점은 나는 상문 같은 남편과 살면서 그가 나한테 가하는 처벌을 받아 마땅했다는 거야."

"할머니, 할아버지가 할머니에게 저지른 그런 짓을 당해 마땅한 사람은 아무도 없어요."

"나는 받아 마땅했다. 내 남편은 나쁜 사람이랑 결혼했다."

녹음 속에서 클라라는 자기 증조할머니에게 그녀가 나쁜 사람이 아니라고 말해주려 했고, 이 대목에서 영숙은 자신 역시 이 문제로 미자를 설득시키려고 애썼던 때를 떠올릴 수 있었다. 미자가 정말로 말하고자 했던 것을 영숙은 왜 듣지 못했던가? 왜 그녀는 더 많은 질문을 하지 않았던가? 더 고통스러웠던 건 이 대화가 아직 미자를 향한 그녀의 마음이 열려 있었던 시절에, 아니 그렇다고 생각했던 시절에 일어났다는 사실이었다.

"나는 나쁜 사람이었다." 이제 미자는 영숙의 귀에서 우겼다. "나는 이 세상에 태어나면서 우리 어머니를 죽였다. 나는 친일협력자의 딸이었다. 그리고 상문이 날 망치도록 내버려뒀다. 그러나 내 가장 큰 치욕은 북촌에서 벌어진 일을 중단시키지 못했을 때 일어났다. 태어난 순간부터 그 순간까지 나는 수치스러운 삶을 살았다."

녹음 속에서 미자가 울고 클라라가 달래는 소리가 들렸다. 다시 영숙은 기억들에 의해 고통을 받았지만, 그 기억들은 그녀 자신의 단점들에 관한 것이었다. 딸깍, 다시 한 번 더 딸깍 소리가 들린 다음 목소리들이 다시 들렸다. 미자는 다시 차분해졌다.

"망쳐진다는 것," 미자가 말했다. "그게 무슨 말인지 알 것이다."

"할머니, 저한테 수없이 말씀해주셨잖아요. 가끔 잊어버리신다니까요……."

"잊는다고? 아니야! 나는 절대 안 잊을 거야. 영숙과 나는 너무 행복했다. 우리는 해외 출가물질을 끝내고 막 제주로 돌아왔었다. 부두에서는 모든 것이 달라져 있었다. 무서웠다. 상문이 우릴 도와주겠다고 제안했어. 그는 남자답게 생겼지만 나쁜 사람이었다. 영숙이 왜 그것을 바로 못 알아봤는지 모르겠지만 어쨌든 그녀는 못 알아봤다. 나는 처음 그를 본 순간부터 그가 싫었다. 그가 틀림없이 나한테서 내 혈통의 약점을 알아차렸던 것 같다. 나는 쉽게 굴복하는 사람이었다. 그는 그것을 이용할 수 있다는 것을 알았고 나는 그에게 그렇게 하도록 내버려뒀다. 그는 쉽게 우리를 떼어놓았다. 일단 영숙이 시야에서 사라지자 그는 나를 자기 사무실로 데려갔다. 그가 나를 만지기 시작했을 때 나는 꼼짝도 하지 않았다. 나는 그가 내 바지를 끌어내리게 내버려뒀다……."

"내버려둔 게 아니에요, 할머니. 할아버지가 할머니를 강간한 거예요."

"내가 움직이지 않고 소리를 지르지 않으면 그게 빨리 끝날 것이라고 생각했다."

미자가 다시 울기 시작했다. 이것은 북촌에서 일어난 사건들보다 훨씬 더 전으로 거슬러 올라간 일이었다. 할머니가 미자에게 무슨 일이 일어났는지 귀띔을 해줬음에도 불구하고 영숙은 더 많은 질문은 고사하고 그것을 믿으려고조차 하지 않았다. 영숙은 상문이 자기를 위해 하도에 온 것이 아니라는 사실 때문에 비참한 기분에 푹 빠져 있었다.

"나는 무슨 일이 있었는지 영숙에게 말할 수 없었다." 미자가 말했다. "그녀가 나를 혐오했을지 모른다. 절대로 나를 예전과 똑같이 바라보지 않았을 것이다."

"그렇다면 그녀가 매우 좋은 친구였을 리가 없어요."

놀랄 정도로 날카로운 미자의 목소리가 들려왔다. "그런 말을 절대 하지 마라. 영숙은 대단한 친구였고 훌륭한 해녀였다. 그녀는 하도에서 최고의 해녀가 됐다. 유리의 사고와 어머니를 잃은 사고를 통해 일찍부터 그녀는 자신에게 안전과 무사를 기대하는 사람들을 보호하는 법을 배웠다. 영숙이 대장 해녀로 있었을 때는 그녀의 해녀공동체에서 죽은 사람이 한 명도 없었어."

미자가 영숙에 대해 이런 것을 알고 있었다는 사실이 어쩌면 더 놀라웠다. 아니 놀랍지 않았다. 영숙은 미자에 대해 모든 것을 알아내려고 했다. 어쩌면 미자도 영숙에 대해 똑같이 그랬을 것이다. 미자가 감정을 폭발했다가 침묵을 지키는 동안, 영숙은 클라라가 그 순간 어떤 기분을 느꼈을지 상상해봤다. 혼나서 풀이 죽었거나 어쩌면 무서움을 느꼈거나 아니면 겸연쩍었을지 모른다. 그러나 이 오랜 시간 동안 마음속에 품어왔던 분노와 원망에도 불구하고, 영숙은 그녀 자신도 많은 면에서 미자를 실망시켰다는 사실을 처음으로 깨달았다.

"영숙은 내 유일한 친구였다." 그녀가 우겼다. "바로 그래서 그 모든 것이 그렇게 많이 상처가 됐다." 다시 오랫동안 침묵이 이어졌다가 미자가 말을 계속했다. "너도 알겠지만 그녀는 상문을 좋아했다. 그녀는 내가 자기에게서 그를 훔쳐가려 한다고 생각했던 것 같아."

"훔쳐가다니요?"

"영숙은 항상 나에 대해 샘을 내는 면이 조금 있었다. 내가 아주 조금 읽고 쓸 줄 알았다는 것도 샘을 냈고 그녀가 불턱에 들어가도 된다는 허락을 받기 전에 내가 먼저 불턱에서 일하게 됐다는 것도 샘을 냈다. 내가 더 예쁘게 생겼다는 것도 그랬다. 지금

내 얼굴을 보면 늙어서 쭈글쭈글하지만, 나도 한때는 예뻤거든."

하루 종일 영숙의 마음의 평정을 깨뜨렸던 바다의 움직임이 다시 바뀌었다. 그녀는 이어폰 위에 손을 얹고 그것을 귓속으로 더 깊이 밀어 넣으며 바람 소리를 막으려고 애썼다. 클라라와 재닛이 영숙을 바라보며 그녀의 반응을 살폈다.

"그러니까 그녀는 나에게 혐오감을 느꼈거나 아니면 자기에게 상처를 주기 위해 내가 상문과 같이 가버렸다고 생각했을 것이다."

"오, 할머니……."

"그럼 나중에? 학살 이후 내가 그 얘길 했다면 그녀는 내 말을 안 믿었을 것이다. 날조된 변명이라고만 여겼을 것이다."

테이프에서 침묵이 이어지는 동안 영숙은 이 이야기를 마음속으로 정리해봤다. 그녀는 자기 자신의 결점에 대한 이런 사실들을 받아들이면서 입술을 굳게 다물었다.

"나는 선택을 했다." 미자가 말을 이어나갔다. "나는 영숙의 할머니를 찾아가서 무슨 일이 일어났는지 말했다. 그 노인은 무서웠다. 아무에게도 말하지 말아달라고 간청했지만 그녀는 곧장 내 숙모와 삼촌에게 갔다. '저 애가 임신하면 어쩔 거요?' 그녀가 그들에게 물었다. 숙모와 삼촌은 버스를 타고 제주시로 가서 상문의 부모와 대면했다. 그들은 만약 그들의 아들이 나와 결혼하지 않으면 그를 경찰에 신고하겠다고 말했다."

영숙은 이 모든 일을 받아들이려 애쓰면서 60년 전에 일어난 일들을 이해하려고 노력했다. 미자의 숙모와 삼촌이 그녀에게 그런 결혼을 시켰다는 것도 말이 안 되지만 할머니가 그 결혼을 중신했다고? 그랬는데도 자신에게 아무 말도 해주지 않았다고? 온몸이 오싹해지면서 영숙은 미자의 상견례 후 올레에서 그녀를 만났던 일을 떠올렸다. *나는 너희 할머니께 모든 것을 말씀드렸어. 그분께 간청했는데……* 그리고 이후 혼례식을 치른 뒤 미자가 하도에서 차를 타고 떠났을 때 영숙의 할머니는 의기양양한 태도를 보였다. *저 애는 여기 왔을 때와 똑같이 하도를 떠났다. 친일협력자의 딸로 말이다.* 영숙은 할머니를 사랑했다. 할머니는 영숙에게 인생과 물질에 대해 가르쳐줬지만 일본인들 — 그녀가 쪽바리라고 불렀던 — 과 친일협력자들에 대한 증오 때문에, 미자를 잔인하고 용서할 수 없는 상황으로 밀어 넣었다. 그러나 자신의 편협함 때문에 영숙은 사실을 알고 싶어 하지 않았고 그 결과 마음으로 연결된 자매를 잃었다. 그리고 나중에는 준리와 그녀의 가족을 잃었다…… *그러나 이제는…… 모든 것을 이해하는 것이 용서하는 것이다.*

"그 후에는 말이다," 미자가 말을 이어나갔다. "전에 내가 너한테 말해준 대로다. 상문은 어쩔 수 없이 나와 결혼했다. 그는 매일 밤 나와 사랑을 나누는 것이 자신의 의무라고 생각했다. 그는 아들이 필요했고 아들을 원했다. 그리고 그의 부모도 손자가 필요했고 손자를 원했다. 그들은 영숙과 함께 여신을 찾아가도록 나를 하도로 되돌려 보내기까지 했지. 나는 나 자신의 가정을 갖고 싶어 했었지만, 그때는 이미 내 몸 안에 아기를 심는 데 도움이 될 어떤 일도 하고 싶지 않았다."

내가 아기를 갖고 싶은지 잘 모르겠어. 미자는 그 첫 방문 때 영숙에게 이렇게 직접적으로 말했었다. 그녀에게 더 물어봤더라면 좋았을 텐데. 그러나 영숙은 그러지 않았다. 영숙은 오로지 자기 자신의 행복에 대해서만 생각하고 있었다.

"나는 줄곧 그가 무서웠다." 미자가 말을 계속했다. "그가 북에서 탈출했을 때는 더 끔찍했다. 사랑을 나눈다고? 아이고! 그게 얼마나 대단한 거짓말인데! 나는 어떻게 해야 할지 몰랐고 갈 곳도 없었다. 매번 나는 그가 나를 처음으로 망가뜨려놓은 그날처럼 얼어붙어 있곤 했다. 그리고 너무 겁에 질려 있곤 했지. 그는 멈추지도 않았다. 그런 식으로 그는 네 할아버지를 때렸어…… 나는 요찬을 보호하고 좋은 사람이 되도록 키우기 위해 내가 할 수 있는 한 최선을 다했어."

"영숙 할머니에게 말을 했어야 했어요." 클라라가 녹음 속에서 말했다. "만약 그랬다면, 만약 그녀가 진짜 친구였다면 어쩌면 모든 것이 달라질 수 있었을 거예요."

영숙은 자기 친구가 겪었던 일들에 대해 생각했다…… 그 긴 시간…… 미자와 상문이 영숙을 만난 첫날 미자의 창백했던 얼굴. 그 세월 동안 그녀가 감췄던 멍 자국들. 그가 보이면 항상 얼어붙곤 했던 그녀의 모습. 그에 대한 변명들. 그를 위해 입은 옷들. 미자가 직접 영숙에게 말해줬던 것처럼 그날 북촌에서, 상관 앞에서 체면을 깎인 것에 대해 상문이 그녀에게 치르게 했던 대가. 그리고 나중에 준리를 돕기 위해 그녀가 상문에게 돌아갔던 일…….

녹음 속에서 미자는 괴로운 신음소리를 토해냈다. "달라진다고? 나는 그날 북촌에서 우리 모두가 죽을 것이라 생각했다. 나는 살아남을 희망이 전혀 없었고, 설사 죽어야 한다 해도 내 친구와 함께라는 것에 감사해했다. 그때 상문이 요찬과 함께 나타났지. 내게는 날 사랑해줄 어머니가 단 한 순간도 없었고 나는 항상 그것을 그리워했다. 요찬이 나 없이 아버지와 혼자 살게 내버려둘 수 없었다."

오싹함을 느끼며, 영숙은 미자가 찾아왔던 일을 떠올렸다. 미자는 어떻게 여자들이 남편과 사느니 자살을 선택할 수 있는지에 대해 이야기했다. "그렇지만 어떻게 그게 어머니가 갈 길일 수 있겠어?" 그리고 이렇게 말했었다. "내게는 요찬이 있어. 나는 그 아이를 위해 살아야 해."

녹음 테이프에서 미자는 또 다른 이유를 덧붙였다. "그때 영숙이 내게 자기 아이들을 데려가달라고 부탁했을 때 말이다." 그녀가 말했다. "나는 그 아이들이 맞닥뜨리게 될 잔인함 말고는 아무것도 생각할 수 없었다."

"죄송한데요, 할머니. 그래도 죽는 것보다는 맞아도 사는 게 더 나을 것 같은데요."

"그날 어땠는지 네가 알 수 있으면 좋으련만…… 비명소리에…… 울음소리에…… 두려움의 냄새에…… 그렇지만 네 말이 맞는다." 미자는 시인했다. "결국 일어난 모든 일은 다 내 책임이었다. 나는 영숙의 자식들을 그의 집으로 데려갈 수 없었다. 나는 한 아이도 데려갈 수가 없었다. 상문이 요찬과 나한테 한 짓을 이미 알고 있는 형편에 그가 그들에게 무슨 짓을 할지 생각만 해도 참을 수가 없었어. 그리고 그때는 모든 게 눈 깜짝할 새에 일어났다." 그녀의 목소리가 멈칫거렸다. "나중에 상문은 내가 한 짓 ─ 하지 않은 것 ─ 을 알았을 때 나한테 엄청나게 화를 냈다. 그는 준부와 다른 사람들이 귀신이 되어 그를 괴롭히러 돌아오지 않을까 걱정했다. 그는 내가 자기를 약골처럼 보이게 만듦으로써 정부에서의 자기 지위를 위협했다고 말했다. 최악의 잘못은 내가 처음부터 앞으로 나서서 사령관에게 영숙과 그녀의 가족을 위해 부탁을 하지 않았다는 것이었다. 그는 나를 보고 친일협력자이자 가해자, 반역자라 여겼지만 나는 그저 내 아들을 위해 살아남기를 바랐을 뿐이었다."

영숙은 이어폰을 뽑았다. 그녀는 소녀를 보고, 소녀의 어머니를 본 다음, 다시 편지들을 봤다. 영숙의 마음이 쩍 소리를 내며 열리고 있었다. 어쩌면 그녀는 그것을 감당해낼 수 없을지도 모른다. 좋은 여자는 좋은 어머니다. 영숙은 그 말에 따라 살려고 애썼고 자식들을 위해 한 일에 자부심을 느꼈었다. 이제 그녀는 미자 역시 그렇게 살기 위해 애를 썼지만 비극적인 결과를 낳았을 뿐이라는 것을 알았다. 수십 년 동안 마음속에 지니고 살았던 슬픔과 분노와 후회가 부서져 녹아내릴 때 영숙은 참을 수 없는 고통을 느꼈다.

"미자 할머니는 한순간도 할머니를 사랑하지 않은 적이 없어요." 재닛이 말했다. "미자 할머니는 자신이 한 행동을 받아들였고, 영숙 할머니가 모든 것을 알기를 원했어요. 바로 그 때문에 우리가 여기 온 거예요."

여러 해 동안 사람들은 영숙에게 그녀의 이야기를 들려달라고 졸라댔다. 그녀는 매번 싫다고 말했다…… 그러나 지금은…… 이야기를 청하고 있는 사람들의 몸속에는 미자와 영숙의 피가 흐르고 있었다. 좋다. 영숙은 마침내 그녀 자신의 이야기를 들려줄 것이다. 이들에게 자신이 겪은 고통뿐만 아니라 용서할 수 없었던 닫힌 마음에 대해서도 말해줄 것이다.

클라라가 털썩 주저앉았다. "여기 바닷가에 먹을 게 있나요?"

이 질문은 최초의 해녀만큼 오래된 것이었고, 클라라는 그것을 틀림없이 또 한 명의 증조할머니에게서 배웠을 것이다. 영숙은 자신도 모르게 미소를 지었다. 바로 이 바닷가에서 함께 수영을 배

우고 놀고 사랑하면서 가장 친했던 친구와 맺었던 관계로 다시
돌아가지 못할 이유가 어디 있겠는가?

"내 할망의 집에는 냉장고 30대보다 먹을 게 더 많이 있단다."
영숙이 대답하고 덧붙였다. "할망에게 냉장고가 있다면 말이다."

"그러면 저희를 바다에 데려가주실 거예요?" 클라라가 물었다.
"저희한테 가르쳐주실래요?"

영숙은 망설이지 않았다. "수영할 때 입을 옷을 가져왔니?"

클라라가 자기 어머니를 올려다보며 씩 웃었고 그녀 역시 딸을
보며 웃었다. 두 사람 모두 어깨를 으쓱하자 밝은색 수영복 끈이
드러났다.

숨을 들이쉬고,

들이쉬고,

들이쉬고…….

감사의 말

앤 힐티 박사와 브렌다 백선우, 한진이 교수. 특별한 이 세 여성
이 도와주지 않았다면 『해녀들의 섬』은 나올 수 없었을 것이다.
제주특별자치도 홍보대사인 앤 힐티 박사는 『제주 해녀: 바다의
집사들』을 썼을 뿐만 아니라 《제주 위클리》와 《내셔널 지오그래
픽 트래블러》, 그리고 그 밖의 여러 잡지들에 수많은 기사를 기고
했다. 나는 그 글들을 통해 그녀의 발자취를 따라갔다. 해녀에 대
해 전문 지식을 가지고 있는 그녀는 제주의 지리와 심방들, 여신
들, 김만덕과 음식, 4.3사건, 장례식과 매장 의식에 대해서도 광범
위하게 글을 썼다. 우리는 활발하게 이메일을 주고받으며 스카이
프로 화상 채팅을 했다. 그때마다 그녀는 내 질문에 일일이 대답
을 해주었을 뿐만 아니라 내가 제주 여행 일정을 짤 때 도움을 주
고, 인터뷰를 주선해주었으며, 많은 도움이 될 여러 사람들을 소
개해주었다. 제주에 가서는 원희룡 지사의 따뜻한 환대를 받기도
했다. 칠머리당 굿전수관으로 찾아가서 제주 큰심방인 김윤수를
만났고, 서순실 심방은 자기 집에서 내게 경험담을 들려줬다. 《제
주 위클리》의 발행인인 송정희와 제주지지체의 국제관계 업무담
당 주무관인 김재연을 만나고, 제주씨그랜트센터 소장인 이병걸
교수도 만났다. 제주발전연구원에서 오래전부터 해녀 연구 팀장
을 맡아온 좌혜경 박사는 해녀 노래들의 녹취록과 번역본을 제공

해줬고, 그레이스 김은 번역을 해줬다. 김혜련은 내가 그녀 조카 딸의 하도 전통 가옥에서 지낼 수 있도록 주선해줬고, 중산간 지역에 있는 게스트하우스의 매니저, 마샤 보골린 또한 도움을 주었다.

힐티 박사는 제주 4.3사건 진상규명위원회에서 내린 결론을 모아놓은 『제주 4.3사건 보고서』를 보내주었다. 전 세계에서 최장기간 동안 이루어진 권조사의 결과물인 755쪽짜리 이 문서를 통해 나는 미국 국립문서기록관리청과 미군 및 한국군의 여러 분과에서 기밀 해제된 문서들뿐만 아니라, 생존자들과 갈등 관계의 양측 사람들이 제공한 세부적인 사실들을 수집했다. 또한 보고서를 통해 3.1절 시위와 북촌에서 일어난 젊은 여성에 대한 총격, 그날 무슨 일이 벌어질지에 대한 계획을 엿들은 앰뷸런스 기사의 이야기를 포함하여 그 마을에서 사건들이 어떻게 전개됐는지에 대한 1인칭 설명을 얻을 수 있었다. 그리고 포스터 원문과 전단지, 라디오 방송, 연설문, 집회 구호들을 접할 수 있었다.

『물 때: 제주 바다의 할망들』을 펴낸 브렌다 백선우는 내가 제주를 방문했을 때 바닷가의 곽지 마을에 있는 자기 집에 머물 수 있도록 관대함을 베풀어주었을 뿐만 아니라 패션디자이너인 양순자를 소개해주었다. 덕분에 감물 염색 과정을 살펴볼 수 있었으며 양순자의 이웃이자 은퇴한 해녀 조옥선을 만났고, 시인인 김종호는 어린 시절 겪은 4.3사건에 대한 기억을 들려주기도 했다. 또한 해녀의 딸이자 제주에서 가정폭력 전문가로 일하고 있는 강미경을 만날 수 있었고, 브렌다와 함께 학자인 한영숙을 만나 멋진 시간을 보내기도 했다. 한영숙은 해녀 어머니인 강희정과 매우 감동적인 인터뷰를 하는 동안 통역을 맡아주었는데 강희정은 전등을 처음 봤을 때와 일제강점기에 대해 그리고 어떻게 해녀가 되었으며, 딸을 대학에 보내는 것이 어떤 의미인지에 대해 이야기해 주었다. (다른 해녀들에게도 짤막하게나마 감사 인사를 드리지 않을 수가 없다. 덕분에 내가 그들의 이야기와 기억들을 한데 엮어 남자들의 본성과 과부로 사는 것의 이점들, 등등에 관해 불턱에서 오간 농담을 만들어낼 수 있었다.) 사람들을 만나는 과정에서 나는 많은 여자들과 함께 『하이디』가 그들의 삶과 섬에 미친 영향에 대해 활발하게 이야기를 주고받았다. 마지막으로 브렌다와 나는 미국에서 온 간호사인 김광숙과 굉장히 즐거운 시간을 보냈는데 그녀는 여러 인터뷰를 통역해 주기도 하였다. 전통적인 한국 목욕탕을 함께 방문했던 추억은 오랫동안 잊을 수 없을 것이다.

국립제주대학교에서 만난 한진이 교수는 고천금, 김춘만, 권영재, 정월선의 구술 이야기를 포함하여 몇몇 해녀들의 이야기를 통역해주었고, 그들은 해외 출가물질을 위한 해녀 모집과 여객선들, 음식, 기숙사 생활의 일상적인 실제 문제들에 대해 들려주었다. 한 교수는 내게 문순덕과 오성훈이 쓴 『제주어와 영어로 듣는 제주 이야기』도 보내주었는데 이 책에는 제주의 음식과 전통, 속담에 대한 설명이 들어 있어서 많은 도움이 됐다. 그녀는 또한 자신이 영어로 번역한 김순이의 「제주 여신들과 신화」를 보내주었고, 사실 확인이 필요한 경우에는 고맙게도 나 대신 문순덕(제주발전연구원)과 강건영(해녀박물관의 선임연구원)에게 확인을 해줬다.

섬과 문화적 전통, 해녀, 4.3사건 같은 더 포괄적인 범주에 대해 도움을 주신 분들에게도 감사를 드리고 싶다. 제주는 맨해튼의 30배 크기로, 이 푸르고 아름다운 섬에는 한국의 전체 식물 종 가운데 25퍼센트가 서식하고 있다. 제주는 흔히 크리스마스트리라 불리는 전나무의 자생지다. 제주에 온 최초의 외국인은 1653년 제주에서 난파한 헨드릭 하멜과 네덜란드 선원들이었다. 그들은 서울에 수감됐지만 13년 후 하멜을 포함해서 몇 사람은 탈출했다. 하멜은 네덜란드에 돌아갔을 때 고생했던 경험담을 기록한 비망록을 썼고, 그러면서 제주도를 서구에 소개했다. 수백 년 후인 1901년에 독일인 등반가인 지그프리트 겐테는 서양인 최초로 한라산을 등반할 수 있는 허가를 받았다. 그는 자신의 모험에 대해 글을 썼고 오늘날에도 많은 산악인들이 에베레스트를 등반하기 전 연습 삼아 한라산을 등반하고 있다. 1970년대로 건너뛰어 데이비드 J. 네메스는 제주에서 평화봉사단원으로 활동했는데 그의 일기가 나중에 『제주 순력담』으로 출판됐다. 그는 또한 제주를 주제로 박사논문 「이데올로기의 건축: 제주 땅에 새겨진 신유가사상의 자취」를 썼고, 이후 「한라산 재발견: 성실과 신비주의와 모험을 보여주는 제주도의 전통적인 풍경」을 썼다. 제주에 대한 다른 전반적인 정보는 제주발전연구원에서 출판한 『세계인의 보물섬 제주 이야기』에서 얻었으며, 김만덕 기념관에서는 이 여성 자선가의 유산에 대한 영감을 얻었고, 제주 항일기념관의 전시품들을 통해 제주에서 벌어진 항일 운동의 세부적인 자료들을 얻었다. 그리고 민속촌에서는 제주의 다양한 건축물과 그 목적에 대해 잘 느낄 수 있었다. 또한 제주 돌문화공원은 이 천연자원의 다양한 용도를 배울 수 있는 좋은 장소였다.

소설에서 내내 밝혔듯 제주는 한국의 다른 지방과는 완전히 다르다. 예를 들어 제주 말은 표준 한국어와 다르다. 제주 방언은 비음이 심하고, 섬의 거친 바람 속으로 사라지지 않도록 많은 단어가 급하게 끝난다. 제주 방언은 황제부터 닭까지 모든 사람을 어떻게 불러야 할지 알려주면서 시제와 문법을 계층별로 구분하는 한국어의 요소들로부터 완전히 벗어나 있다. 제주에서는 사람들이 평등한 존재로서 서로 인사를 나눈다. 섬의 가모장제적 본질은 제주에 만 명 정도의 정령과 신들이 살고 있고 그들 중 대다수가 여신들이라는 사실을 통해 표출된다. 김순이가 구술을 하고 한영숙이 통역하여 앤 힐티가 영어로 써서 완성한 『여신들과 강한 제주 여성들』은 수많은 여신들 중에서 몇몇 여신들에 대한 멋진 신화와 이야기들을 들려준다. 진성기와 홍귀영의 글 또한 제주의 풍부한 전통을 재창조할 때 유용했다. 또 한편 내가 만난 사람들 모두가 친절하게도 제주의 특별하고 맛있는 요리를 맛볼 수 있게 초대해주었다. 음식에 대해 더 학구적으로 살펴보기 위하여 국립제주대학교 식품영양학과와 제주도에서 공동 출판한 『맛과 건강을 창조하는 제주향토음식 20선』의 도움을 받았는데 (4개 언어로 번역된) 이 자료의 영어 부분 역시 한진이 교수가 번역한 것이다.

해녀에 대한 부가적인 정보를 제공해준 모든 분들에게 감사를 표하면서 먼저 밝혀두고 싶은 점은 제주의 해녀들이 자신들을 해녀라고 부르지 않는다는 사실이다. 그들은 제주 방언인 잠수, 잠녀, 혹은 줌녀라는 말을 사용한다. 그렇다 해도 전 세계적으로 알려진 단어는 일본식 단어인 해녀다. 여기서 잠시 살펴봐야 할 것은, 2004년에는 큰 자연산 전복 한 개가 5만 원 정도 나갔지만 요즘은 상군 해녀가 해녀 일로 벌어들이는 연간수입이 대략 3천만원 정도 된다는 점이다.

내가 처음 조사에 착수했을 때 찾은 첫 논문들 중 하나는 1967년 홍석기와 헤르만 란이 《사이언티픽 아메리칸》에 쓴 글이다. 이 글은 추위를 견딜 수 있는 해녀의 능력이 유전적인 것인지, 아니면 적응에 의한 것인지 살펴본 연구다. 이 문제에 나는 매료됐고 마법의 토끼 굴속으로 빨려들어갔다. '미국두통협회'와 '미국심리학협회', 《스포츠과학 저널》, '해저와 고압산소요법 의학협회'에 실린 여러 논문들을 통해 숨 참기와 감압병, 에너지 신진대사, 한국인 해녀와 일본인 잠수부의 체온에 대해 소중한 정보를 얻었다. 다음 열거된 사람들은 조사 논문에 의해 분류됐다. 히데키 타마키, 키요타카 코시, 탓슈야 이쉬타케, 로버트 M. 윙; 최제철, 이정석, 강사윤, 강지훈, 배종면; 윌리엄 E. 허포드, 홍석기, 박양생, 안도환, 케이조 시라키, 모토히코 모리, 워런 M. 자폴; 프레데릭 르메트르, 안드레아스 팔먼, 베르나르 가데트, 키요타카 코시, 이들의 논문이 많은 도움이 됐다. 그 외의 많은 사람들이 여러 논문에서 다양한 형태로 공동연구에 참여했다.

해녀와 샤머니즘, 제주 여성 전반에 대해 잡지 기사를 쓰고 학술 논문을 쓴 조상훈, 앨리슨 플라워스, 프리실라 프랭크, 권귀숙, 임애덕, 김순이, 조엘 맥콘베이, 사이먼 먼디, 이선화, 캐더린 영에게도 감사드린다. 바다와 연관된 최근 이슈에 대해서는 『해양 정책』에서 고재영, 글렌 존스, 허문수, 강영수, 강상혁이 실시한 해양자원 생산과 경제, 경영에 대한 조사로부터 자료를 얻었다. 영미 메이어가 세 명의 해녀 ― 오정원, 고준자, 옥문연 ― 와 『행운의 복숭아: 젠더 문제』를 위해 실시한 인터뷰의 필기록 또한 유용했다. 이 기사는 이후 《하퍼》지에 재수록됐다. 이네스 민이 잠수부인 김재윤을 인터뷰한 《COS》의 기사도 많은 도움이 됐다. 또한 여러 웹사이트에서도 해녀에 대한 기사를 찾았다. 나는 해녀 문화에 심취한 학자들에 대해 깊은 존경심을 품고 있다. 조혜정은

1970년대에 제주의 일부인 우도에서 살았다. 그녀의 학위 논문, 「한국의 해녀마을에 대한 민족지학적 연구」는 해녀의 삶과 남자들에 대한 그들의 생각과, 영어로 번역된 노 젓는 노래에 관한 많은 세부적인 사실들을 제공해주었다. 나는 해녀박물관을 여러 번 방문해서 그곳에 전시된 다양한 물건들을 보았는데 특히 해녀들이 실제 사용했던 도구와 물질할 때 입었던 옷을 가까이에서 볼 수 있었다. 그리고 비디오로 녹화된 할머니 해녀들의 구술口述을 통해 세부적인 사실들에 대한 정보를 많이 얻었다. 박물관 직원이 박물관에서 발행한 책들 ―『바다의 어머니』와 『제주 해녀』― 을 건네며 근처에 사는 해녀를 소개해주기도 했다.

미리 정해진 인터뷰 외에도 그레이스 김과 나는 바다로 나가기 위해 기다리고 있거나 바닷가에서 해초를 모으는 중이거나 수확물을 들고 물에서 나오고 있는 해녀들과도 이야기를 나눴다. 그들 가운데 강이숙과 김완순, 김원석이 있었다. 가족을 돕기 위해 제주에서 해녀로 일했고 출가해녀로도 일한 김은실과, 무엇보다 블라디보스토크에서의 생활에 대해 이야기를 들려준 윤미자, 이 두 사람이 특히 인상 깊었다. 그리고 불턱의 기능과 중요성을 이해하기 위해 강은정, 김규한, 변경화, 유창근의 연구에서 도움을 받았다. 해녀에 대한 미하일 카리키스의 비디오와 오디오 설치미술, 그리고 한국 작가가 찍은 벽 크기만 한 해녀들 사진 작품 덕에 노년의 영숙과 강씨 자매, 다른 해녀들의 신체적 특징들을 시각화할 수 있었다. 또한 운 좋게도 뉴욕에서 바바라 햄머를 만나 그녀가 만든 다큐멘터리 〈제주도의 해녀들〉에 대해 이야기를 나눌 수 있었다. 저널 필름의 '세계의 가족들' 시리즈는 1975년 제주에서 잠수를 배우는 열두 살 소녀에 대한 짧지만 아름다운 다큐멘터리를 제작했다.

제주에 가게 된다면 4.3평화공원을 방문해보기 바란다. 그곳은 아름답고 매우 감동적인 장소다. 4.3사건 동안 제주에서 얼마나 많은 사람들이 희생되었는지 최종 집계는 이루어지지 않았다. 당시 제주 주민 수는 30만 명이었다. 사망자는 3만 명에서 6만 명으로 추산되지만 최근 조사에 따르면 8만 명이 살해됐을 수도 있다. 1949년 초에 사망자 수가 가장 많았고 제주 총인구의 10퍼센트가 죽은 것으로 추정하는 사람들도 있다. 8만 명의 섬 주민이 피난민이 되어 친척들과 살거나 마을회관이나 초등학교, 들판의 천막에서 살았다. 7년 후 4.3사건이 공식적으로 끝났을 무렵에는 4만 명이 일본으로 옮겨갔다. 그 후 50년 동안 제주 사람들은 무슨 일이 일어났는지 말할 수가 없었다. 입을 여는 사람들은 죽음을 당하거나 다른 보복을 당할 수 있었다. 죽음과 파괴의 이야기들이 완전히 사라지지 않도록 막아준 이들은 오사카 같은 곳에서 망명생활을 한 사람들이었다. 제주 마을의 70퍼센트가 불에 타서 사라졌다. 그중 대부분은 다시 지어지지 않았다. 산간 지역에서는 이 무렵 파괴된 것으로 확인된 84개의 "사라진 마을들"이 여전히 폐허 상태로 발견되고 있다. 북촌에서 대학살이 일어났던 장소는 이제는 마늘밭이 됐다. 그곳에는 섬 전역의 다른 마을에서 희생자들을 기리는 것과 비슷한 작은 기념패가 세워져 있다.

4.3사건에 대한 공식적 보고서 외에도 브루스 커밍스의 「제주도 폭동 진압에 대한 미국 책임의 문제」, 도 키엠과 김성수의 「범죄, 은폐와 남한의 진실화해 위원회」, 로렌 플레니켄의 「서북청년단」, 한림화와 김순희의 「제주 4.3사건 상황에서 제주 여성의 삶」, 김훈준의 여러 논문과 「한라산에서의 대학살」, 권헌익의 「전쟁의

상처 치유하기」, 존 메릴의 「제주도 반란」, 《뉴스위크》의 「제주의 유령들」, 소니아 량의 「화산섬 읽기」, 월코트 휠러의 「1948 제주도 내전」에서 정보를 얻었다.

운 좋게도 너무나 많은 사람들이 작가이자 여성으로서의 나를 지지해주었다. 내가 반드시 찾아갈 필요가 있는 곳에 갈 수 있게 해준 올투어 여행사의 지니 보이스에게 감사드리고, 여러 가지 사무적인 일을 처리해준 니콜 브루노와 사라 세이요움에게도 감사드린다. 원활하게 일이 진행될 수 있도록 해준 마리 리머스, 뉴스레터를 도와준 북 리포트 네트워크의 캐롤 피츠제럴드와 그녀의 동료들, 그리고 내 웹사이트를 아름답고 유용하게 만들어준 사샤 스톤에게도 감사드린다. (해녀에 대한 비디오를 보고 북클럽을 위한 토론 질문들을 찾고 싶은 독자는 내 웹사이트 www.LisaSee.com을 방문하기 바란다.) 내 매니저인 샌드라 다이크스트라와, 멋진 여성들로 구성된 그녀의 직원들은 사업적인 측면을 계속 조율해주고 있다. 스크리브너 출판사와 사이먼&슈스터 출판사의 모든 직원이 내게 친절하게 대해주었다. 캐시 벨덴은 섬세한 손길로 내 소설을 다듬어주었고, 난 그레이엄과 수전 몰도우는 항상 날 응원해주었으며, 케이티 모나간과 로지 마호터는 홍보 일을 너무나 활기차고 원활하게 해주었다. 그리고 열정과 창의력으로 날마다 나를 놀라게 한 마케팅, 세일즈 파트의 다른 많은 분들에게도 감사를 표한다.

동생 클라라 스투락은 모든 원고를 읽어주었고 나는 그녀의 편집 안목을 백 퍼센트 신뢰한다. 크리스와 라키는 항상 사랑으로 나를 감싸주며, 알렉산더와 엘리자베스는 내가 열심히 일할 수 있도록 고무시켜주고 헨리는 나를 응원해준다. 그리고 사랑하는 리처드는 나를 웃게 만들고 내가 즐기면서 일하게끔 해준다. 그는 내가 조사차 여행을 떠나거나 북 투어를 떠나 있는 동안 끝없는 지지를 보내며 나를 그리워해준다. 그들 모두에게 무한한 사랑과 감사의 인사를 전한다.

『해녀들의 섬』은 1938년 열다섯 살의 영숙이 2008년까지 살아온 이야기를 담고 있다. 일제강점기를 거쳐 해방을 맞고, 4.3사건을 겪은 후 6.25전쟁을 치르고, 박정희 독재정치와 군부 독재정치, 민주화 과정을 지나 현재에 이른 영숙은 한국의 근현대사를 파노라마처럼 보여주는 극적이고 대서사시적인 삶을 산 여성이자, 파란만장한 대한민국 역사의 산 증인이다. 『해녀들의 섬』은 개인의 삶이 국가의 운명이나 사회 전체의 영향력에 의해 어떻게 굴절될 수 있는지 영숙의 굴곡진 삶을 통해, 영숙과 미자의 우정을 통해 생생하게 보여준다.

『해녀들의 섬』을 읽으며 나는 몇 가지 예상을 했다. 먼저, 소설의 배경이 일제강점기라 여자 주인공이 위안부로 끌려가는 것은 아닐까 우려했다. 그러나 다행히 위안부에 대한 이야기는 해녀들의 대화에서 당시의 상황 설명으로만 등장했다. 주인공이 위안부로 끌려가는 이야기까지 등장했다면 번역 작업이 참을 수 없을 만큼 고통스러웠을 것이다. 다음으로, 소설 초반부터 강조되는 영숙과 미자의 끈끈한 우정 때문에 나는 틀림없이 한 남자를 사이에 두고 두 사람이 갈등하는 삼각관계가 연출될 것이라고 예상했다. 그래서 영숙이 상문에게 첫눈에 반하고, 상문이 미자에게 관심을 보이는 장면에 이르러서는 내 추측이 맞았다고 쾌재를 불렀다. 그러나 영숙과 미자와 상문의 삼각관계는 소설 전반에 걸쳐 심각한 갈등 관계를 만들어내는 대신 영숙과 준부, 미자와 상문의 결혼으로 싱겁게 마무리돼버렸다. 그래서 나는 영숙과 미자의 남편들이 사상과 이념의 차이로 한 사람은 반란군으로, 다른 한 사람은 진압군이 되는 좀 더 드라마틱한 갈등구조를 떠올렸다. 해방 후 38선 이북에 갇혔다 탈출한 경험이 있는 상문이 미군정에서 일하며 극도의 반공산주의적 성향을 보이는 반면, 준부가 사회개혁에 동조하는 태도를 보이기 때문이다. 그러나 준부는 공산주의와는 상관없는 성실한 교사였고, 누이인 유리를 구하기 위해 나섰다가 총에 맞아 희생된 무고한 양민이었다. 준부와 유리, 성수의 죽음은 4.3사건 때 희생당한 사람들이 이념적 대립과는 상관없는 양민들이었다는 사실을 부각시켜준다. 상상력을 발휘하며 이런저런 황당한 추측을 해봤음에도 불구하고 내가 전혀 예상하지 못했던 것은 소설 첫머리에 등장하는 재닛과 혼혈 소녀 클라라가 미자의 손녀와 증손녀이면서 동시에 영숙의 손녀이자 증손녀라는 사실이었다. 소설 말미에 이르러서야 드러나는 영숙과 재닛, 클라라 세 사람의 관계는 스릴러 못지않은 반전이었다.

어린 시절부터 친자매같이 서로를 의지하며 살았던 두 해녀, 영숙과 미자. 미자는 폭력적인 상문과의 결혼생활이 행복하지 않았지만 영숙과 준부는 서로를 사랑하며 가난하지만 평화로운 삶을 살았다. 해방과 미군정 치하라는 역사의 소용돌이 속에서 공산주의에 대한 극도의 경계와 두려움은 4.3사건으로 이어지고 무고한 양민들에게 상상할 수조차 없는 비인간적이고 폭력적인 인권유린과 대학살이 자행됐다. 북촌에서 대학살이 벌어지던 날 미자는 상문의 영향력을 이용해서 영숙의 가족을 도와줄 수 있었음에도 불구하고 아무런 조치를 취하지 않았고 아이들을 데려가달라는 영숙의 청도 거절했다. 4.3사건 동안 남편과 시누이와 큰아들을 잃은 영숙은 민리와 준리, 경수를 키우며 미자에 대한 원망을 안고 살아간다. 영숙의 반대에도 불구하고 둘째 딸 준리는 미자의 아들 요찬과 결혼하고, 이를 미자 때문에 죽은 가족들에 대한 배신행위로 간주한 영숙은 준리와 요찬이 보내준 편지를 읽지도 않고 방치한 채 인연을 끊고 지냈다. 수많은 시간이 흐른 뒤 찾아온 재닛과 클라라를 통해 영숙은 준리가 이미 오래전에 세상을 떠났다는 말을 듣게 되고, 미자가 그동안 보내왔던 편지들을 읽으며 그녀에 대한 오해를 풀었다. "수십 년 동안 마음속에 지니고 살았던 슬픔과 분노와 후회가 부서져 녹아내릴 때 영숙은 참을 수 없는 고통을 느꼈다." 그러나 그 긴 세월 동안 "영숙은 모든 것을 놓쳤다." 미자와의 우정을 놓쳤고, 재닛을 낳은 직후 세상을 떠난 준리와의 마지막 시간을 놓쳤고, 외손녀 재닛의 성장 과정을 놓쳤으며, 증손녀 클라라의 어린 시절을 놓쳤다.

리사 시는 『해녀들의 섬』이 용서에 관한 이야기라고 말한다. "영숙과 미자의 관계는 용서라는 것이 과연 제대로 이루어질 수 있는지, 왜 용서가 이루어져야 하는지, 용서가 이루어지지 않으면 무슨 일이 벌어지는지 살펴볼 수 있는 기회를 제공해준다." 그러나 엄밀하게 말해서 영숙과 미자의 관계는 용서하고 용서받아야 할 관계가 아니다. 미자에게는 영숙의 아이들을 폭력적인 상문의 집으로 데려가고 싶지 않았다는 나름대로의 이유가 있었지만, 영숙에게는 가족의 죽음에 대해 책임질 비난의 대상이 필요했다. 체제에 대한 비난이 불가능한 억압적인 상황에서 무력한 개인으로서 영숙이 할 수 있는 최선의 방법은 비난의 화살을 똑같이 힘

없는 개인인 미자에게 돌리는 것이었다. 비난받아야 할 대상은 미자가 아니라 폭력적인 공권력과 정부, 다양성을 인정하지 않는 편협한 이념 체제, 반공산주의 체제를 유지하기 위해 대량학살이 자행되는 반인권적 상황에 대해 침묵으로 방관한 미군정이었다. 영숙의 비극은 미자가 만들어낸 개인적인 차원의 비극이 아니라 사회 전체가 총체적으로 만들어낸 비극이다. 이 비극은 영숙이 미자를 용서하고 화해한다고 해결될 문제가 아니다. 물론 용서는 개인적인 차원에서부터 시작돼야 한다. 소설에서 그랬던 것처럼, 굿을 하는 동안 심방에게 빙의되어 나타난 피해자들이 "나는 용서했다"라고 말한다고 해서, "3만 명에서 6만 명, 최근 조사에 의하면 8만 명"에 이르는 4.3사건의 희생자들이 개인적으로 가해자들을 용서한다고 해서, 이 사건이 해결될 것인가? 모든 4.3사건 희생자들과 피해자들의 한은 어떻게 풀릴 수 있을까?

작가는 "용서하는 것은 이해하는 것이다"라고 말한다. 그러나 "이해"는 개인적 차원뿐만 아니라 사회적 차원에서 동시에 이루어져야 한다. 영숙은 클라라가 녹음한 미자의 말을 듣고 북촌에서 대학살이 일어났던 날 왜 미자가 그렇게 행동할 수밖에 없었는지 이해하게 된다. 사회적 차원의 이해는 4.3사건에 대한 진상규명이다. 은폐되거나 왜곡된 부분 없이 모든 진실이 명백하게 밝혀지고, 적절한 절차에 따라 의식을 갖춰서 피해자들의 매장이 치러질 때 4.3사건에 대한 진상규명이 이루어진다. 제주 4.3사건 진상규명위원회의 활동과 4.3평화공원 건립, 계속해서 나오고 있는 4.3사건에 관한 영화와 소설, 시, 그림 등이 4.3사건을 이해하기 위한 노력의 산물들이다. 4.3사건이 완전히 이해돼서 충분한 애도가 이루어질 때까지, 4.3사건 가해자들에 대한 용서가 이루어질 때까지, 4.3사건은 진상규명활동을 통해, 예술작품을 통해 우리에게 끊임없이 반복적으로 되돌아올 것이다. 4.3사건을 다룬 영화로는 〈이재수의 난〉(1999), 〈국가범죄〉(1999), 〈끝나지 않은 세월〉(2005), 〈이어도〉(2011), 〈비념〉(2012), 〈지슬: 끝나지 않은 세월2〉(2013), 〈퇴마: 무녀굴〉(2015), 〈눈꺼풀〉(2018) 같은 작품들이 있으며 소설 작품으로는 이청준의 『신화를 삼킨 섬』, 임철우의 『백년여관』, 고은주의 『신들의 황혼』, 현기영의 『순이 삼촌』, 현길언의 『우리들의 조부님』, 김석범의 단편소설 「까마귀의 죽음」 등이 있고 정도상의 동화 『붉은 유채 꽃』, 이상화의 시 『한라산』과 같은 작품들도 있다. 『해녀들의 섬』 역시 4.3사건에 대한 이해에 이르기 위해 사회적 차원에서 이루어지는 노력의 일환이라 할 수 있다.

『해녀들의 섬』을 쓴 리사 시가 중국계 미국인 작가라는 말을 처음 들었을 때 내 마음은 호기심 반, 우려 반이었다. 한국 작가들에 의해 최근에야 조금씩 다뤄지기 시작한 4.3사건이 외국인의 관점에서는 어떻게 인식될 것인지 궁금하면서도 제주도에서 살아본 경험도 없고 자료조사차 제주도에 한 번 다녀간 것이 전부라는데, 흔한 표현으로 해녀를 "글로 배운" 외국인 작가가 도대체 제주 해녀에 대해 어떤 이야기를 할 것인지 걱정스러웠다. 그러나 이런 우려는 어떻게 외국인 작가가 한국의 역사와 제주 해녀에 관해 이토록 세세한 점까지 알고 있을까 감탄하는 마음으로 바뀌었다. 이야기 속에 녹아들어 있는 4.3사건에 대한 방대한 자료조사뿐만 아니라 한국의 속담과 제주의 문화에 대한 작가의 깊은 이해에 대해 경탄하지 않을 수가 없었다. "*암탉이 울면 집안이 망한다*라는 속담이 있다. 그러나 암탉이 죽었을 때 무슨 일이 일어나는지에 대한 속담은 없다" 같은 구절에는 한국 속담에 대한 깊은 이해가 없으면 나올 수 없는 풍자와 위트가 들어 있다. 처음에는 한국과 아무 관련 없는 미국인 작가가 한국의 역사와 문화에 대해 이런 깊은 이해를 보여주고 우리나라뿐만 아니라 전 세계적으로 4.3사건을 새롭게 조명해준 것에 대해 한편으로는 고맙고 또 한편으로는 의아한 생각이 들었다. 그러나 사실 리사 시는 한국과 아무 관련 없는 사람이 아니었다. 4.3사건은 미군정 시절에 일어났던 일이고, 미국은 공산주의에 대한 공포 때문에 제주에서 일어난 개혁 운동을 모두 좌경화 선동으로 간주했으며, "미국인들은 이 잔혹한 행동에 적극적으로 가담하지는 않았지만, 그렇다고 그것을 막으려는 행동도 전혀 취하지 않았다." 미국은 제3자가 아니라 4.3사건의 직접적인 당사자였고, 그것도 가해자 중 하나로 간주될 수 있다. 『해녀들의 섬』은 미국이 가해자로 개입한 한국에서의 사건을 올바르게 "이해"하려는 미국인 작가의 노력의 일환이다. 아무리 미국이 당사자라 해도 이런 노력 자체는 결코 쉬운 일이 아니다. 리사 시의 소설은 4.3사건에 대한 "이해"에 이르고 피해자들에 대한 애도를 완결할 수 있도록 미국인의 관점에서 시작한 노력의 첫 발자국이라 할 수 있다.

어머니의 죽음, 유리의 사고, 남동생들의 실종, 4.3사건, 준부와 유리와 성수의 죽음 등 리사 시는 영숙이 겪는 여러 비극적인 사건들을 감상에 빠지지 않는 건조한 문체로 담백하게 풀어낸다. 작가가 이런 장면들을 감정적으로 그렸다면 비극적이고 끔찍한 사건들이 상투적이고 진부하게 느껴졌을 것이다. "한 군인이 권총을 들고 쐈다. 남편의 머리가 바위로 깨뜨려진 수박처럼 박살이 났다…… 그 남자는 바다에 그물을 던지려는 것처럼 (영숙의) 아들을 휙 돌렸다. 아이의 작은 몸이 허공을 날아서 학교 담벼락에 부딪혔다. 아이의 몸이 축 늘어졌다. 군인은 이미 죽은 것이 분명한 아이를 들어 올려서 똑같은 행동을 세 번 더 반복했다…… 유리는…… 그들이 그녀의 가슴을 도려낼 때는 비명을 질렀다…… 그러다가 그녀가 비명을 멈췄다." 이런 담담한 어조 때문에 사건의 비극적인 측면이 오히려 더 잘 부각된다. 부디 리사 시의 『해녀들의 섬』이 4.3사건에 대한 진실을 전 세계에 알려서, 어느 곳에서도 다시는 이런 비극적인 사건이 일어나지 않도록 모두가 노력하는 세상이 오길 빈다.

끝으로 항상 꼼꼼하게 문장을 다듬어주시는 강희진 편집자님께 감사의 말씀을 전하고 싶다. 희진 씨, 고맙습니다.

이미선

옮긴이 이미선 경희대학교 영문학과를 졸업하고 동 대학원에서 영문학 석사, 박사 학위를 받았다. 캘리포니아 스테이트 유니버시티에서 영어교육학 석사 학위를 받았으며 옮긴 책으로는 『자크 라캉: 욕망 이론』(공역), 『자크 라캉』, 『무의식』, 『연을 쫓는 아이』, 『라캉의 정신분석학과 페미니즘 이론을 통한 아동문학작품 읽기』, 『창조적 글쓰기』, 『순수의 시대』, 『제인 에어』, 『오만과 편견』, 『여성, 거세당하다』 등이 있다. 저서로는 『라캉의 욕망 이론과 셰익스피어 텍스트 읽기』가 있다.

해녀들의 섬

초판 1쇄 발행 · 2019년 8월 8일
초판 4쇄 발행 · 2023년 9월 15일

지은이 · 리사 시
옮긴이 · 이미선
펴낸이 · 김요안
편집 · 강희진
디자인 · 주수현

펴낸곳 · 북레시피
주소 · 서울시 마포구 신수로 59-1
전화 · 02-716-1228
팩스 · 02-6442-9684
이메일 · bookrecipe2015@naver.com | esop98@hanmail.net
홈페이지 · https://bookrecipe.modoo.at
등록 · 2015년 4월 24일(제2015-000141호)
창립 · 2015년 9월 9일

ISBN 979-11-88140-90-9 03840

종이 · 화인페이퍼 | 인쇄 · 삼신문화사 | 후가공 · 금성LSM | 제본 · 대흥제책

이 도서의 국립중앙도서관 출판예정도서목록(CIP)은 서지정보유통지원시스템 홈페이지(http://seoji.nl.go.kr)와 국가자료공동목록시스템(http://www.nl.go.kr/kolisnet)에서 이용하실 수 있습니다. (CIP제어번호: CIP2019028310)